KB077130

7개의 목소리

SEVEN VOICES; SEVEN LATIN AMERICAN WRITERS TALK TO RITA GUIBERT by Rita Guibert

This Korean edition was published by Openhouse for Publishers Co., Ltd. in 2019 by arrangement with Lidia Guibert Ferrara through KCC(Korea Copyright Center Inc.), Seoul.

7개의 목소리

라틴아메리카 문학의 증인들

리타 기버트 지음 신정환 옮김

글항아리

차례

〈일러두기〉

-'인터뷰'에 앞서 나오는 작가 소개는 원서에는 없는 것으로, 모두 옮긴이가 썼다.

-1개의 원주를 제외하고 이 책의 모든 각주는 옮긴이가 붙인 것이다. 내용 이해를 돕기 위해 필요한 인물이나 사건을 간략히 설명했다. 특히 일반 독자들에게 생소한 스페인어권 인물들에 대해서는 대부분 각주를 달았다.

-스페인어는 모두 경음으로 발음되지만 이 책에서는 교육부 표기법에 따라 모두 격음으로 표시했다.

-비슷한 용어 표기는 문맥에 따라 조정했다. 예를 들어 '라틴아메리카'와 '중남미', '인디오'와 '원주민'을 혼용했고, 'modern(o)'은 문맥에 따라 '근대' 혹은 '현대'로 표기했다.

감사의 말

이 책이 '7명의 목소리'가 없었다면 존재하지 않았겠지만, 별도로 다음과 같은 분들에게 각별한 고마움을 표하고 싶다. 먼저 파블로 네루다의 부인 마틸데 우루티아[1], 미겔 앙헬 아스투리아스의 부인 블랑카 모라이 아라우호[2], 옥타비오 파스의 부인 마리-조 트라미니[3], 기예르모 카브레라 인판테의 부인 미리암 고메스[4]이다. 이 책을 구상할 때부터 깊은 우정을 가지고 정신적으로나 지적으로 큰 도움을 준 에미르 로드리게스 모네갈 교수에게도 감사한다. 딕 루리, 로날드 크리스트, 프랜시스 파트리지, 제인 가레트, 그리고 노만 토마스 디 조반니에게 감사한다. 이들은 그 값어치를 매길 수 없는 다양한 방식으로 이 책의 영어판 『Seven Voices』 출간을 도와주었다. 도서관 자료의 이용을 허락해준 컬럼비아대학교의 히스패닉 센터Casa Hispánica에도 감사드린다. 내게 믿음을 북돋워준 엔리케 라우치를 비롯해 나를 믿어준 모든 이에게, 그리고 믿지 않았던 이들에게도 감사를 드린다. 내 말을 들어준 루이사 허즈버그에게 감사하고, 남의 말을 듣는 법을 가르쳐주신 사랑하는 나의 부모님께 감사드린다.

1 마틸데 우루티아(Matilde Urrutia, 1912-1985)는 네루다의 세 번째 부인이다.

2 블랑카 모라 이 아라우호(Blanca Mora y Araujo,1912-2000)는 아스투리아스의 두 번째 부인이다.

3 마리-조 트라미니(Marie-José Tramini, 1934-2018)는 파스의 두 번째 부인이다.

4 미리암 고메스(Míriam Gómez, 1940-)는 카브레라 인판테의 두 번째 부인이다.

로드리게스 모네갈[5]의 머리말

"한 나라를 대표해야 하는 의무처럼 사람을 힘들게 하는 것은 없다"라는 자크 바셰[6]의 말은 전적으로 옳다. 라틴아메리카 작가들의 경우 그런 의무감은 더욱 커진다. 그들이 그 방대한 대륙의 어느 지역에서 태어났는지는 별로 중요하지 않다. 외국인이든 내국인이든 독자들은 그들이 라틴아메리카를 대변해주기를 바란다. 이들은 이 작가들의 작품을 읽으면서 이렇게 자문한다. "충분히 라틴아메리카적인가?" "이 작품에서 고동치는 대지, 웅얼거리는 광활한 초원, 스멀대며 기어오르는 적도의 벌레를 볼 수 있을까? 혹은 어디서나 볼 수 있는 똑같은 상투어만 있을까?" "이 사람들은 왜 색다른 시골 마을이나 전형적인 독재자들 또는 게릴라들은 말하지 않고 파리, 런던 아니면 뉴욕(모스크바나 베이징도 마찬가지지만)에 대해서만 말하는 거지?"

라틴아메리카 작가는 작가임을 인정받기 전에 라틴아메리카인임을 인정받아야 한다. 과연 누가 에즈라 파운드Ezra Pound에게 좀 더 미국인이 되고 프로방스 색채는 빼라고 요구할 생각을 할까? 과연 누가 나보코프Vladimir Nabokov에게 광대한 러시아 대초원의 침묵을 소설에서 다루지 않았다고 불평할까? 한때 『캥거루』라는 소설을 써보려 했던 영국 광부 집안 출신의 D.H. 로렌스David Herbert Lawrence를 왜 아무도 비난하지 않을까? 그러나 라틴아메리카 작가들은 자신의 예술을 보여줄 기회를 갖기 전에 출신을 먼저 증명해야만 한다. 모든 비평가가 그들에 대해 언급할 때면, 그들이 어디서 왔든지 간에 그들의 문학보다는 지리, 역사, 경제 혹은 정치에 대해 더 많은 관심을 보인다. 이런 현상이 잘못되었다는 건 굳이 말할 필요도 없을 것이다. 라틴아메리카 작가는 무엇보다 먼저 '작가'가 되어야 한다. 그가 라틴아메리카에서 태어나고 성장했다면, 독재자, 정글, 초원, 산악 그리고 게릴라들이 있는 그 광대한 대륙은 그의 작품 내에 혹은 행간에 분명 나타날 것이다. 이는 필연적 숙명이다. 그럼에도 혼선이 생긴다. 카프카의 일부 장편과 단편 소설에서 강제수용소의 공포가 예견되었음을 마르크스주의 비평이 수십 년이 지난 후에 깨달은 것처럼, 라틴아메리카의 마르크스주의자들 역시 「바빌로니아의 복권」과 같은 보르헤스의 단편소설이 혼돈의 아르헨티나를 정확히 묘사한 것임을 나중에야 깨달았다. 그들은 또한 바예호[7]나 네루다의 시에 나타나는 초현실주의적 가면들이 소외된 라틴아메리카인에 대한 적절한 은유임을 서서히 인식하게 되었다. 라틴아메리카 작가들은 최근까지도 자신의 땅에서 뿌리를 찾을 수 없었고, 망명객처럼 자기 것이라 부를 수 있는 땅을 발견하지도 못했다. 그들 대부분이 라틴아메리카를 구성하고 있는 개발도상국 출신으로 갈등 없이 살아가기가 너무나도 힘들었으며, 유럽이나 미국에 가면 자신이 촌스럽다는 사실을 절감하곤 했다. 상황이 많이 달라졌다고는 하나 작가들은 아직도 소외의 무게를 느낀다. 바예호와 네루다의 시에서 볼 수 있는 고뇌는 오늘날에도 여전하다.

그러나 이 지역의 문학적 지형, 커피숍의 사람들 그리고 거리의 사회학과 같은 풍속은 많은 비평가 사이에서 여전히 한담거리가 되고 있다. 이는 불과 몇 년 전에 미국의 라이오넬 트릴링[8]이 라틴아메리카 문학은 단지 인류학적 가치만을 가지고 있을 뿐이라고 말했던 사실만 봐도 짐작할 수 있다. 당시는 보르헤스의 훌륭한 단편작품들이 출판되어 있을 때였다. 오늘날에도 많은 비평가가 『백년의 고독』을 라틴아메리카 소설 가운데 가장 좋은 작품으로 꼽으면서, 이 소설이 외면적으로 민속학적 선입견을 충족시켜준다는 점을 그 이유로 든다. 그러나 사실 이 작품은 제임스 조이스나 조셉 캠벨[9]의 독자들이나 이해할 수 있는 수준의 신화적 면모를 지녔다.

『7개의 목소리』는 라틴아메리카 작가들이 무엇보다도 자기들을 작가로 읽어주기를 바라고 있으며 오로지 문학적 기준에 따라 자신들을 평가해주기를 열망하고 있음을 잘 보여준다. 리타 기버트는 인내심으로 무장하고 녹음기 하나와 받아 적을 노트 몇 권만 가진 채 세 대륙을 누비면서 라틴아메리카에서 가장 중요한 7명의 작가를 찾아 나섰다. 다른 인터뷰 작가들과 달리, 그녀는 정해진 답변을 끌어내려 하지 않는다. 질문은 그저 물 흐르듯 이어지는 대화를 이끌기 위한 수단이다. 그녀는 늘 듣는 자세를 취한다. 덕분에 이 책은 작가들 하나하나의 생생한 '목소리'를 완벽하게 들려준다. 또한 나이나 관점에 따른 개별 특성을 초월하여 소설의 기법이나 시 작법과 같은 공통 주제로 그들을 연결하고 있다.

이 책에 등장하는 7명의 목소리는 달라도 너무 다르다. 차이는 그들의 기질이나 이념에서만 드러나는 게 아니다. 대화 방식도 그렇다. 파블로 네루다가 거리낌 없이 말하고 그 말들이 격식 없는 대화체로 자연스럽게 흘러간다면, 옥타비오 파스는 말하기 전에 메모를 한 후 매우 조심스럽게 답변을 한다. 그러고 나서도 자신의 비판적 관점이 선명해질 때까지 자신의 말을 고치고 또 고친다. 그런데 이러한 대화 방식의 차이는 그들이 시를 쓰는 방식의 차이이며, 나아가 삶의 방식의 차이이기도 하다. 마찬가지로, 미겔 앙헬 아스투리아스의 느릿하고 수사적인 말투 역시 가브리엘 가르시아 마르케스의 빠르고 장난기 넘치는 어투와 대조된다. 이 책에서 서로에 대해 언급하는 두어 차례 대목에서도 드러나는데, 두 사람이 공개적으로 드러내는 서로에 대한 적대감은 결코 우연이 아니다. 아스투리아스는 문학이 뭔가 신성한 것이라고 믿는 세대에 속한다. 반면 가르시아 마르케스는 예언적 문체는 사제의 몫으로 돌리고, 모든 엄숙함으로부터 벗어나길 원하는 세대를 대변한다. 공통점을 많이 가지고 있을 뿐만 아니라 사제지간이라고도 할 수 있는 보르헤스와 코르타사르 사이에도 명백히 대조되는 문체를 발견할 수 있다.[10] 보르헤스는 모든 질문에 말로 대답하고 그 대화체를 끝까지 유지하는 반면, 코르타사르는 질문지에 자신의 답변을 꼼꼼히 적는다. 인터뷰를 단어 하나하나가 치밀하게 예정된 에세이 원고로 바꿔버리는 듯하다.

기예르모 카브레라 인판테는 7명 가운데 가장 독특하다. 그의 작품은 글쓰기와 말하기가 혼합되어 마치 양피지 원고를 보는 듯하다. 이는 자신의 소설 『세 마리 슬픈 호랑이』에서 이미 드러난 기법이기도 하다. 문장의 빠른 리듬은 말하기인 반면, 글쓰기는 그 즉흥성을 문학적이고 논쟁적인 모자이크 내에서 조직화한다. 그 최종적인 결과는 현란하다.

작가들 모두의 목소리가 매우 개성적이기는 하지만 우리는 여기서 하나의 공통된 관심사를 발견할 수 있다. 그들 모두 독자들이 자신의 출신 국가를 '대표'하기를 바란다는 점을 잘 인식하고 있다. 그리고 다소 모순적인 의미에서 실제로 작가들은 그렇게 하고 있다.

예를 들어, 아스투리아스, 네루다, 파스는 원주민의 입장에서 말할 수 있다. 비록 그들의 선조 가운데 많은 사람이 스페인 출신이지만 말이다. 보르헤스와 코르타사르는 아메리카 대륙 내에서, 미국의 원주민 문화와 마찬가지로 콜럼버스 이전의 원주민 문화가 철저히 파괴된 지역을 대변한다. 이 지역에는 파도처럼 끊임없이 몰려온 백인 이주자들이 반은 유럽인이고 반은 아메리카인인 메스티소 국가들을 탄생하게 했다. (보르헤스는 영국인 할머니에 의해 교육을 받으면서 스페인어보다 영어 읽는 법을 먼저 배웠고, 코르타사르는 브뤼셀에서 태어나 스페인어보다 프랑스어를 먼저 배웠으며 지금까지도 'r' 발음을 프랑스식으로 한다.) 가르시아 마르케스와 카브레라 인판테의 경우는 다르다. 이들 작품에는 포크너나 헤밍웨이 같은 미국 작가들에게 받은 영향을 비롯해 외국 경험이 잘 드러난다. 물론 그들은 각각 자기 모국인 콜롬비아와 쿠바 문화에서 볼 수 있는 혼혈 문화의 깊은 뿌리를 결코 잊지 않는다.

이처럼 국가적으로나 개인적으로 작가들의 출신과 목적지는 다르지만 이들이 공통적으로 추구하는 목표는 달라지지 않는다. 각기 개성이 다른 이 작가들이 보여주는 궁극적인 역설이 있다면, 이들 모두가 종종 라틴아메리카 전체 대륙을 대표하는 대변인 역할을 결코 마다하지 않는다는 점이다. 심지어는 보르헤스처럼 그러한 점을 드러내기 꺼리는 부정적인 태도 자체가 그들의 독자적 개성과 '라틴아메리카' 작가로서 필연적으로 안고 있는 숙명 사이의 풀리지 않는 긴장을 드러내는 방식이 된다. 이들의 작품에는 스페인어를 공유하는 언어적 유대감, 많은 개별 지방의 특성을 아우르고 흡수하는 수세기에 걸친 스페인어권 전통 그리고 뚜렷한 지정학적 연대감이 늘 존재한다. 어찌 보면 이들 7명의 작가는 모두 자기 자신이 되기 위해 투쟁했고 경이로운 성공을 거두었으나, 동시에 그들의 작품에는 이 거대한 대륙이 언제나 생생하게 살아 있다. 이렇게 보면 자크 바셰의 말은 틀렸다.

에미르 로드리게스 모네갈, 예일대학교

5 로드리게스 모네갈(Emir Rodríguez Monegal, 1921-1985)은 우루과이 출신의 대표적인 라틴아메리카 문학 비평가로서 예일대 교수를 지냈다.

6 자크 바셰(Jacques Vaché, 1895-1919)는 앙드레 브르통이 초현실주의를 창시하는 데 가장 큰 영감과 영향을 주었던 친구이다. 아편 과다 복용으로 요절했다.

7 세사르 바예호(César Vallejo, 1892-1938)는 페루 출신의 위대한 시인이다. 모데르니스모 경향의 『검은 전령Los heraldos negros』과 아방가르드풍의 새로운 시어를 창조한 『트릴세Trilce』가 대표적인 시집이고, 경향성이 짙은 노동자 소설이라 할 수 있는 『텅스텐El tungsteno』을 썼다.

8 라이오넬 트릴링(Lionel Trilling, 1905-1975)은 미국을 대표하는 문학비평가이자 작가이다.

9 조셉 캠벨(Joseph Campbell, 1904-1987)은 미국의 작가이자 신화학자이다. 대표작으로 『천의 얼굴을 가진 영웅The Hero with a Thousand Faces』이 있다.

10 보르헤스의 회상에 따르면 1946년 어느 날 키 큰 무명작가 한 명이 부에노스아이레스 사무실을 찾아와 습작한 원고를 봐 달라며 내밀었다고 한다. 작품을 읽어본 보르헤스는 며칠 후 원고를 돌려주며 칭찬을 아끼지 않았는데, 이 청년이 코르타사르였다.

들어가는 말

"라틴아메리카 사람은 서구의 주변부 그리고 역사의 언저리에서 살아온 존재이다."

-옥타비오 파스

이 책은 이중의 좌절 속에서 태어났으니, 바로 나의 개인적 좌절과 대륙의 좌절이다. 나의 좌절은 단순한 인식의 문제다. 예를 들어, 뉴욕의 사교 모임에 가면 내 억양 때문에 사람들은 내가 프랑스인인지 묻곤 한다. 내가 "아니요, 전 아르헨티나 사람이에요"라고 대답하는 순간 나는 상대방의 눈동자에서 나의 사회적 지위가 추락하는 것과 '글래머' 외국인 여성의 매력이 사라지고 있는 걸 볼 수 있다. 어떤 미국인들은 내게 아르헨티나 사람들이 포르투갈어를 쓰는지 묻기도 한다. 심지어 뉴욕 웨스트체스터에 있는 한 유명 중학교 교장은 내게 이렇게 물어보기도 했다. "아르헨티나 수도인 리우데자네이루는 굉장히 큰 도시지요?"

어떻게 보면 별 의미가 없을지도 모르는 이런 개인적 경험은 크게 보면 대륙 사이에 존재하는 문화적 소통의 부재가 빚어낸 결과이기도 하다. 많은 라틴아메리카 사람에게 미국은 달러에 미친 제국주의 나라이고 해병대와 상업광고와 천편일률적인 할리우드 영화의 땅일 뿐이다. 반면 많은 미국인에게 국경 남쪽의 나라들은 별반 차이 없는 저개발의 바나나 공화국[11]이자, 헤아릴 수도 없는 혁명에 시달리는 땅이다. 그곳에 사는 사람들은 말만 많고 무책임한 한편, 관능적이어서 쓸모 있는 데라고는 기타를 치고 연애하는 일뿐이다. 그들의 사랑이란 것도 믿을 만한 것은 못 되지만 말이다. 이러한 이미지는 워낙 확고하게 신화화된 나머지, 그 바탕을 이루고 있는 실제 현실을 왜곡하기에 이르렀다.

그런데 동전에는 양면이 있다. 윌리엄 포크너와 헤밍웨이 같은 이름은 프랑스보다 라틴아메리카에서 먼저 알려졌다. 그런데 나는 얼마 전 뉴욕에서 놀라운 경험을 했다. 교육용 테이프를 보급하는 회사의 사장에게 호르헤 루이스 보르헤스에 대한 프로그램을 만들어 팔자고 제안하자 그가 이렇게 대답하는 것이었다. "보르헤스요? 보르헤스가 누구죠? 보르헤스라는 사람을 제게 먼저 한번 '팔아'보시죠?" 나는 그와 그 회사 편집자 3명에게 보르헤스를 '팔기' 위해 설득했으나 결국 실패했다. 그들 중 누구도 세계적으로 유명한 이 작가를 알지 못했다. 좀 더 최근에도 비슷한 일이 있었다. 파블로 네루다는 이미 40년 이상 전 세계에서 논쟁거리가 되어온 이름이다. 그런데 그가 노벨문학상을 수상하면서 국제적으로 각종 언론의 1면을 장식하고 있을 때, 뉴욕의 한 작가이자 편집인이 내게 네루다의 이름을 처음 들어봤다고 실토했다. 내가 열성적으로 설명하고 있는 도중에 끼어든 그의 동료 하나도 내게 이렇게 물었다. "네루다가 누구예요?" 사실 놀랍지도 않았다. 다만 짐작하고 있던 사실이 명확해졌을 뿐이었다. 즉 라틴아메리카 문학에 대한 관심이 높아졌지만 네루다와 보르헤스 같은 이름은 아직 소수의 미국인들에게만 알려져 있다는 사실 말이다.

이렇게 라틴아메리카에 대한 인식이 부족한 건 미국 내에 라틴아메리카를 연구하는 전문가들을 위한 책과 글이 넘쳐나긴 하지만, 대체로 대중은 관광책자 혹은 자연재해와 정치경제적 재난을 다루는 신문 기사를 통해 정보를 얻기 때문이다. 1967년 노벨문학상을 받은 미겔 앙헬 아스투리아스는 몇 년 전부터 자기 프랑스 친구들에게 이렇게 말하고 있다. "여러분, 자리에 앉으세요. 이제는 우리가 당신들에게 얘기할 차례입니다." 이 말을 상기하면서 나는 라틴아메리카에 대한 보다 넓고 깊은 시각을 제공하는 가장 효과적인 방법은 이 대륙에서 가장 뛰어난 일곱 작가의 목소리를 들려주는 것이라 생각했다. 게다가 이들은 각기 다른 세 세대에 고루 속해 있다.

나는 이 책의 출판을 위해 미국에서 매우 인기 있는 매스커뮤니케이션 매체들의 관심을 끌려고 백방으로 노력했으나 실패하고 말았다. 그리고 훌리오 코르타사르가 자신의 작품 『팔방놀이Rayuela』에 대해서 말했듯, 책 이외에는 "내가 그것을 춤출 줄도, 침을 뱉을 줄도, 소리칠 줄도 몰랐고, 혹은 어떤 대중매체를 통해 그것을 정신적이거나 물리적인 형태로 상영케 할 줄도 몰랐기 때문"에 결국 알프레드 A. 크노프의 문을 두드리게 됐다. 이 출판사는 오래전부터 라틴아메리카 문학을 출판해왔다. 미국에서 칠레로, 영국으로, 프랑스로 그리고 스페인으로 다니면서 녹음해두었던 인터뷰 내용이 이렇게 책으로 세상 빛을 보게 되었다.

매번 인터뷰를 할 때마다 작가들의 개성도 달랐고 분위기도 달랐다. 그러나 나의 기획에 적극적으로 동참해주는 정신만은 같았다. 나는 며칠에 걸쳐 작가들의 집을 방문하여 광범위한 주제에 대해 격식을 차리지 않고 오래 얘기를 나누었다. 여기에는 작가들의 작품 세계와 개인적 관심사 외에 일상의 사소한 이야기도 포함된다. 이 과정에서 그들의 식구들과 함께 식사를 했고 파티에도 동행했으며 그들이 좋아하는 식당이나 잘 놀러가는 곳들도 알게 되었다. 녹음하는 동안 나는 심문하는 조사관이 아니라 촉매제의 역할만 했다. 즉 간결한 질문으로 도발하여 최대한의 대답을 얻어내려 했다. 생생한 육성을 통해, 그들의 삶과 작품과 세계 그리고 그들이 태어나고 뿌리를 내린 아메리카 대륙의 전부를 독자들에게 보여주는 것, 이것이 내가 진정 원한 것이다.

리타 기버트
뉴욕, 1972

11 바나나 공화국Banana Republic이란 바나나, 담배, 사탕수수 등의 농산품 생산에 의지해 외국 자본과 결탁한 독재자가 다스리는 저개발 국가들로, 주로 카리브해, 중미 그리고 남미의 북부 지역에 위치한다. 이들 정권들은 대개 청과물을 거래하는 미국 다국적 기업 유나이티드 프루트 컴퍼니United Fruit Company의 시장 독점을 위해 미국이 개입한 결과 탄생했다. '바나나 공화국'이라는 용어는 미국의 단편소설 작가인 오 헨리O. Henry가 「양배추와 임금님」(1904)이란 작품에서 처음 사용했다.

1904-1973

Pablo Neruda

파블로 네루다

파블로 네루다는 20세기 라틴아메리카가 낳은 가장 위대한 시인이다. 네루다가 무한한 상상력을 길어 올린 원천은 원초적이고 역사적인 기억을 간직한 자연이었다. 그 영감을 받아 시인은 평생 사랑을 노래하고 자유를 노래하고 아메리카의 뿌리를 노래했다. 그리고 그의 언어는 사람들이 암송하는 시가 되고 노래가 되었다. 미국의 비평가 해럴드 블룸은 20세기 서구의 그 어떤 시인도 감히 네루다와 비교될 수 없다고 단언한다.

네프탈리 리카르도 레예스 바소알토Neftalí Ricardo Reyes Basoalto라는 긴 이름을 가지고 있는 파블로 네루다는 칠레 중부의 파랄Parral에서 철도 기관사의 아들로 태어났다. 그가 2살 때 가족은 테무코Temuco로 이사해 광활하고 울창한 남부 삼림의 정기를 받을 수 있었다. 네루다는 13살이 되던 해부터 시를 쓰기 시작해 대학에 재학하던 1923년에는 첫 시집 『황혼의 노래Crepusculario』를 냈고, 1년 후에는 『스무 개의 사랑의 시와 하나의 절망의 노래Veinte poemas de amor y una canción desesperada』로 본격적인 유명세를 탔다. 사랑의 시인 네루다에게 여인의 존재는 우주의 신비를 이어주며 고독을 치유해주는 중재자였다.

1927년 외교관으로 임명된 네루다는 양곤 · 스리랑카 · 싱가포르 등 아시아 지역의 영사를 지내면서 '빛나는 고독'을 체험한다. 1930년 바타비아(자카르타)에서 네덜란드계의 마리아 안토니에타 아헤나르와 결혼한 것도 외로움의 산물이었을 것이다. 이 시기에 쓰인 『지상의 거처Residencia en la tierra』에는 당시의 고통스런 우울이 그대로 배어난다. 1934년 바르셀로나 영사로 임명된 네루다는 무대를 유럽으로 옮긴다. 그는 1년 후 마드리드 영사로 임명되면서 라파엘 알베르티, 가르시아 로르카, 미겔 에르난데스 등 스페인 '27세대' 시인들과 교제했다. 두 번째 부인이 되는 20세 연상의 델리아 델 카릴Delia del Carril도 이때 어울리던 일원이었다.

1936년 스페인 내전이 발발하고 로르카가 살해되자 네루다는 공개적으로 공화파를 지지하고 사랑의 시인에서 투사 시인으로 변모한다. 당시 피를 토하는 심정으로 쓴 시집이 『가슴속의 스페인España en el corazón』이다. 네루다는 1940년 멕시코시티의 총영사로 임명되어 1943년까지 일한다. 멕시코에서 귀국하는 길에 네루다는 잉카의 유적지 마추픽추를 방문하여 아메리카의 역사와 대면한다. 이를 계기로 쓴 『마추픽추 산정Alturas de Macchu Picchu』(1946)은 1950년에 출판된 필생의 대작 『대서사시Canto General』의 일부에도 포함된다. 아메리카의 자연과 사물과 인간에 대한 시인의 사랑은 1954년에 펴낸 『일상의 것들에 바치는 송가Odas elementales』와 1956년의 『일상의 것들에 바치는 새로운 송가Nuevas odas elementales』에도 잘 나타난다.

1945년 칠레의 국가 문학상을 받은 네루다는 공산당 후보로 상원의원에 선출되면서 본격적으로 정치에 입문한다. 그러나 당시 대통령 곤살레스 비델라를 강력하게 비판하는 바람에 체포 명령이 떨어지자 1949년 안데스 산맥을 넘어 유럽으로 망명한다. 같은 해 소련에서 스탈린을 만났고 다음해 스탈린 평화상을 받았으며 동유럽과 북경도 방문한다. 네루다는 망명 시절에 마틸데 우루티아와 사귀기 시작하고 『대장의 노래Los versos del capitán』, 『백 개의 사랑 시Cien sonetos de amor』 등을 쓴다. 1952년 칠레로 돌아온 네루다는 3년 후에 정식으로 그녀와 결혼하며,

여러 권의 시집을 낸다. 1958년에 펴낸 『에스트라바가리오Estravagario』도 그중 하나이다. 이 시집에서 네루다는 사랑, 정치, 역사 등의 주제를 다루던 이전과는 달리 아이러니와 유머를 구사하면서 새로운 시풍을 선보인다.

그렇다고 해서 네루다의 정치 성향이 바뀐 것은 아니다. 1969년 네루다는 공산당을 대표하는 대통령 후보가 되었으나 좌파 단일화를 위해 사회당의 살바도르 아옌데에게 후보직을 양보했고, 아옌데가 정권을 잡은 후 프랑스 주재 대사로 임명되었다. 그는 1971년 노벨문학상을 수상한다. 그러나 그때 네루다는 자신의 전립선암 발병 사실을 알고 있었다. 결국 시인은 1973년 대사직을 사임하고 귀국했으며 같은 해 9월 23일에 세상을 떠난다. 정치적 동지였던 살바도르 아옌데 정권이 피노체트 장군의 쿠데타로 전복된 지 12일 후의 일이었다. 그의 유해는 지금은 기념관이 된 이슬라 네그라 자택에 마틸데 우루티아와 함께 바다를 바라보고 잠들어 있다.

칠레, 이슬라 네그라

1970. 01. 15 - 1970. 01. 31

1971년 스톡홀름에서 열린 파블로 네루다의 노벨문학상 수상식에 참석한 후, 나는 그와 그의 부인 마틸데 우루티아와 함께 바르샤바까지 여행했다. 그곳에서 그의 연극 작품 『호아킨 무리에타의 영광과 죽음Fulgor y muerte de Joaquín Murrieta』이 초연되고 있었다.

67세의 파블로 네루다는 노벨상 수상자이자 프랑스 주재 칠레 대사로서 스톡홀름뿐만 아니라 바르샤바에서도 지식인들과 기자들, 사진기자들에게 열렬한 환영을 받았다. "인생은 선물"이라고 생각하는 시인 파블로 네루다는 카리스마가 있었다. 그의 전기 작가인 마르가리타 아기레Margarita Aguirre는 『파블로 네루다의 삶Las vidas de Pablo Neruda』에서 이렇게 말한다. "그는 멍하니 바라볼 수 없는 사람이다. 힘과 인간적인 따뜻함이 빛나며 자석과도 같은 신비한 매력이 있어 우리를 끌어들인다." 1966년 내가 뉴욕에서 그를 처음 보았을 때도 그는 세계 펜클럽 총회에서 모든 이의 주목을 끌었다. 사람들로 가득 찬 강당이든 친구들끼리 모인 격의 없는 소그룹이든, 그가 시를 낭송하는 곳에서는 시인과 시와 청중 사이에 일종의 자장磁場이 형성되었다.

내가 네루다를 잘 알게 된 건 그가 칠레 공산당 대통령 후보로 선거 유세를 하던 마지막 두 주일 동안 이슬라 네그라Isla Negra에 있는 그의 집에 묵으면서 인터뷰를 할 때였다. 잘 알려져 있듯이 네루다는 좌파 세력이 분열될 위기에 처하자 당시 사회당 후보였던 살바도르 아옌데[12]를 지지하기 위해 후보직을 사퇴했다.
'검은 섬'이라는 뜻의 이슬라 네그라는 섬도 아니고 검지도 않다. 그곳은 발파라이소에서 남쪽으로 40킬로미터 떨어져 있고, 칠레의 수도인 산티아고에서 자동차로 두 시간 거리에 있는 아름답고 한적한 해변이다. 아무도 그 이름의 기원을 모르지만 네루다는 자기 집 테라스에서 보이는 검은 바위들의 윤곽선이 섬처럼 보이기 때문이라고 생각했다. 30년 전에 이슬라 네그라가 잘 알려지지도 않고 황폐했을 때 네루다는 시집을 판 돈으로 그 해변의 땅 6천 평방미터와 언덕 위의 돌집을 샀다. "그리고 사람과 나무처럼 집도 자라났다."
네루다는 다른 집들도 가지고 있다. 하나는 산티아고의 산크리스토발 언덕 위에 있고, 다른 집은 발파라이소에 있는데 최근 지진으로 손상되었다. 시인은 자기 집을 장식하기 위해 세계 곳곳을 방문할 때마다 파손된 물건을 전문적으로 판매하거나 오래된 물건을 파는 가게에 들러 문이나 창문, 뱃머리 장식품, 고대 로마의 6푼짜리 동전, 초롱불, 종, 닻, 달팽이에 이르기까지 모든 종류의 물건을 사들인다. 그가 가진 물건은 저마다 얘깃거리가 있다. 그는 이슬라 네그라 식당 벽에 붙어 있는 헨리 모건 경[13]의 흉상을 가리키면서 내게 "스탈린을 닮지 않았나요?"라고 물었다. "파리의 한 골동품 상인이 팔고 싶어 하지 않던 물건이죠. 그런데 내가 칠레 사람이라는 것을 알고는 혹시 파블로 네루다를 아는지 묻는 거예요. 그래서 결국 살 수 있었죠."
그의 시에 자주 등장하는 해변의 이슬라 네그라는 '육지의 항해사' 네루다와 그의 세 번째 부인 마틸데가 영원한 안식처로 삼은 곳이다. 네루다는 '애기'를 의미하는 '파토하patoja'라는 애칭으로 마틸데를 다정하게 불렀다. 그녀는 시인이 수많은 사랑의 시를 바친 뮤즈이다.
큰 키와 건장한 체구, 반쯤 벗겨진 머리에 올리브색 얼굴을 한 시인의 외모에서 가장 두드러지는 것은 크고 졸린 듯한 갈색 눈과 매부리코다.

네루다의 행동은 느릿느릿하지만 절도가 있다. 그는 긴 아르헨티나 판초를 걸치고 투박한 나무 지팡이에 의지해 개 두 마리와 오랜 시간 산책을 하곤 한다. 그는 또박또박 힘주어 말하지만 권위적이지는 않다. 칠레 작가 호세 산토스 곤살레스 베라[14]는 이렇게 말한다. "그의 말투는 매우 특이하고 굵으며 다양하다. 그의 목소리에 익숙해지면 그의 시를 읽을 때 그 목소리를 바로 느낄 수 있다. … 원주민들의 말을 들으면서 나는 네루다의 말투가 생각났다."

네루다는 친구들을 초대하는 것을 좋아한다. 식탁 한 자리는 항상 마지막에 나타날 손님을 위해 비워둔다. 보통 그는 바bar에서 손님들을 대접하는데, 그곳은 바다가 보이는 테라스로 들어가 작은 복도를 지나면 나온다. 복도 바닥에는 빅토리아 시대의 비데와 오래된 풍금이 있다. 한 줄로 늘어선 선반 위 창가에는 모양과 색이 저마다 다른 병들을 모아놓았다. 바다를 향해 커다란 창문이 난 바는 각종 램프와 바다 그림으로 장식되어 있고, 가구들은 선박에서처럼 바닥에 고정되어 있다. 천장에는 라울리 나무로 만든 대들보들이 가로지르고, 우리 '목수 시인'은 그 하나하나에 세상을 떠난 친한 친구들의 이름을 분필로 써놓았다. 페데리코 가르시아 로르카[15], 폴 엘뤼아르[16], 알베르티[17], 미겔 에르난데스[18], 오르티스 데 사라테[19] 등. 이 시인의 필적은 나중에 '목공소 시인'인 라피타[20]에 의해 나무에 그대로 새겨졌다. 입구 옆에는 트위기[21]의 대형 사진이 바닥까지 길게 늘어져 있다. 한쪽 벽에는 시인의 적들이 만든 두 장의 포스터가 붙어 있다. 하나는 카라카스에서 가지고 온 것으로 "네루다 꺼져라"라고 쓰여 있고, 다른 하나는 아르헨티나의 잡지 표지인데 그의 사진 밑에 "네루다, 왜 자살하지 않는가?"라는 문장이 적혀 있다. 술병이 있는 바 구석 선반 위에는 '외상 사절'이라는 팻말이 보인다. 네루다는 위스키와 포도주만 마시지만 손님들을 위해 모든 종류의 술을 준비해놓는다. 그는 인도에서 영사로 일하던 시절에 제일 싼술이었던 위스키를 마시는 버릇이 들었다고 말해주었다.
그가 내놓는 음식은 칠레 고유 음식이다. 그중에는 그의 시에서 언급된 것들도 있다. 게 수프, 부드러운 토마토소스를 덮고 어린 새우가 가미된 생선 요리, 소고기 파이 등이다. 포도주는 늘 칠레산을 내는데, 가끔은 술을 따를 때 노래가 나오는 새 모양 도자기 술병에 내기도 한다. 여름에는 출입구의 정원을 마주보고 있는 베란다에서 점심을 먹는데, 그 정원에서 눈에 띄는 오래된 기관차 엔진은 "투박하지만 아주 힘이 좋고 생산적이며 쩌렁쩌렁 울리는 굉음과 우렁찬 기적 소리를 낸다. … 나는 그것을 굉장히 좋아하는데, 월트 휘트먼을 꼭 닮았기 때문이다."
네루다는 친구들 앞에서 자신의 시를 낭송하곤 했다. 어느 날 점심 때 네루다는 바에서 『무훈의 노래Canción de Gesta』에 나오는 시 「시에라 마에스트라의 명상Meditación sobre la Sierra Maestra」을 읽으며 이렇게 말했다. "자전적이고 정치적인 이 시는 2000년에 쓰였다고 추정됩니다. 그때는 이미 아메리카 혁명이 완료되었겠죠. 이 시는 그때 시작해서 우리 시대로 되돌아온 겁니다." 그는 시를 읽고 난 후 '해프닝'을 하면서 그날을 기념하자고 제안했다. 이를 위해 그가 준비한 앵두와 샴페인을 바다가 보이는 테라스 잔디밭 위에 있는 작은 보트인 마르발Marval에서 먹었다. 거기에는 네루다의 오랜 친구 솔리마노Solimano 형제도 있었다. 그들은 1948년 네루다가 국회에서 당시 대통령이었던 가브리엘 곤살레스 비델라[22]를 강력하게 비판한 유인물 "나는 고발한다"를 돌린 후 경찰에 쫓길 때 그를 자기들 집에 숨겨주었다.
네루다는 시와 정치를 구별하지 않는다. 그는 대통령 후보를 수락하는 연설에서 이렇게 말했다. "나는 한 번도 내 삶이 시와 정치로 분리되었다고 생각한 적이 없다. … 나는 칠레 사람으로 이번 세기를 살아오면서 조국의 불행과 어려움을 함께 겪었고, 매 순간 민중의 고통과 기쁨을 함께 나누었다. 나는 국토의 중앙과 남부 사이를 오가며 하루하루 힘든 삶을 영위했던 노동자 집안 출신이다. 나는 한 번도 권력을 가진 사람들 편에 선 적이 없고, 내 소명과 임무는 행동과 시를 통해 칠레 민중에게 봉사하는 것이라고 느꼈다. 나는 민중을 노래하고 민중을 지키면서 살아왔다."

인터뷰는 매번 짧게 진행되었다. 아침마다 네루다가 자기 방에서 식사를 마치면 우리는 집 옆에 새로 지은 별채 서재에서 만났다. 거기서 나는 그가 편지에 답장을 하고, 시를 짓고, 자신의 시집 『스무 개의 사랑의 시와 하나의 절망의 노래』의 새로운 칠레판 교정본을 수정하는 동안 기다렸다. 1924년에 초판을 발행한 이 시집은 그동안 2백만 권이나 팔렸다. 그는 공책에 초록색 잉크로 시를 썼다. 그는 조금씩 수정만 해가면서 짧은 시간에 긴 시를 쓰는 재주가 있다. 그러고 나면 50년 넘게 그의 친구이자 비서로 지내온 오메로 아르세Homero Arce가 그것을 타자했다. 우리는 서재 내의 조그만 공간인 '작은 동굴la covacha'에서 만나 대화를 나누었다. 내가 질문하면 네루다는 마치 자기 자신에게 얘기하듯 천천히 말했다. 그가 유일하게 대답을 빨리 한 적이 있는데, 칠레의 역사를 열정적으로 설명하던 중 그의 조카 알리시아 우루티아가 급한 연락이 있다고 알렸을 때였다. (이슬라 네그라의 유일한 전화는 걸어서 5분 거리에 있는 여관에 있다.)

오후가 되면, 네루다는 하루 일과의 일부가 된 낮잠을 즐긴 후에 바다가 보이는 돌 벤치에 앉아 녹음기 마이크를 들고 자신의 얘기를 했다. 녹음기에는 네루다의 음성 외에도 "과거의 전쟁터처럼 소란스럽고, 시인의 말을 방해하면서 노래하고 철썩거리는 '바다의 목소리'"가 함께 담겼다.

〈대화〉

선생님은 왜 이름을 바꾸셨나요? 그리고 파블로 네루다라는 이름을 선택한 이유는 무엇입니까?

이제는 생각조차 나지 않습니다. 제가 열셋이나 열네 살 때였어요. 제 기억에 아버지는 아들이 글을 쓰는 걸 못마땅해하셨죠. 좋은 뜻에서 하신 말씀이겠지만 글을 쓰는 것이 가정은 물론 자기 자신도 망가뜨린다고 하셨어요. 글이 저를 전혀 쓸모없는 인간으로 만들 거라고 걱정하셨지요. 아버지가 그렇게 생각할 만한 사정이 있긴 했어요. 그렇지만 그것이 저와 저의 소명에 부담을 주지는 않았어요. 어쨌든 제가 처음 택한 방법 중 하나는 이름을 바꾸는 것이었지요.

체코의 시인 얀 네루다[23] 때문에 네루다라는 성을 선택했나요?

체코 시인의 이름을 알지는 못했던 것 같아요. 당시 그의 단편소설을 하나 읽긴 했는데, 시는 전혀 읽지 못했어요. 그는 프라하 변두리의 가난한 사람들에 대한 단편집 『말라 스트라나 이야기』를 썼지요. 이미 말했듯이, 너무 오래전 일이라 기억이 나지 않지만, 제 이름은 거기서 따왔을지도 몰라요. 아무튼 이 때문에 체코 사람들은 저를 형제처럼 대하고 자기 나라 국민처럼 생각하죠. 그때부터 저는 체코인들과 우호적인 관계를 맺었습니다.

히브리어로 파블로가 "아름다운 것을 말하는 사람"이라는 뜻인 줄 알고 계십니까?

정말이요? 그렇다면 예수의 제자인 다른 파블로[24]를 의미하는 게 틀림없군요.

대통령 선거에는 이번에 처음 출마하시는 거죠?

저는 그동안 좌파 대통령 후보들을 따라 전국으로 유세를 다녔어요. 1938년에는 페드로 아기레 세르다[25]를 수행했습니다. 그 선거에서 이 나라 최초로 좌파 연합 정권인 인민전선Frente Popular이 승리를 거두었지요. 공산당, 급진당, 사회당 등이 연합한 것이었죠. 이후에도 계속 다른 후보들 유세를 따라다녔습니다. 현재 사회당 후보인 살바도르 아옌데는 대선에 세 번 출마했는데 모두 떨어졌어요. 저는 세 번 모두 그를 따라다녔습니다. 아리카에서 마젤란 해협 너머까지 전국을 돌아다녔어요.

파블로 네루다가 대통령 후보로 나서기는 이번이 처음이죠?

처음이자 마지막이죠.

대통령 선거에 출마해서 당선된 시인들의 사례가 있습니까?

마오쩌둥毛澤東이나 호치민胡志明을 봐도 알 수 있듯, 우리 시대는 시인이 통치하는 시대입니다. 마오쩌둥은 다른 재주도 많은데, 잘 알려진 것처럼 훌륭한 수영선수기도 합니다. 제게는 없는 장점이죠. 아프리카 세네갈 공화국 대통령인 레오폴 상고르[26]도 위대한 시인입니다. 또한 프랑스어를 쓰는 초현실주의 시인 에메 세제르[27]도 마르티니크의 포트드 프랑스Fort-de-France 시장이고요. 칠레의 시인들은 늘 정치에 참여해 왔습니다. 그러나 아직 대통령을 지낸 사람은 없어요. 라틴아메리카의 다른 나라에는 작가로서 대통령이 된 사람들이 있죠. 베네수엘라의 위대한 작가인 로물로 가예고스[28]가 베네수엘라 대통령을 역임합니다.

대통령 선거전은 어떻게 하고 계십니까?

유세 활동은 산티아고의 중심가, 특히 수십만이 살고 있는 구역에서 시작합니다. 한 사람이 올라갈 만한 연단을 설치하고, 민중음악이 흘러나

오면, 선거 책임자가 올라가 우리가 벌이는 선거 캠페인의 정치적 의미를 명확히 설명하지요. 저는 사람들에게 더 폭넓은 분야에 대해 두서없이 말합니다. 더 시적인 말투죠. 연설을 끝낼 때도 거의 항상 시를 낭송합니다. 시를 읽지 않는다면 사람들이 실망할 겁니다. 그들은 당연히 정치에 대한 생각도 듣고 싶어 하죠. 그러나 정치나 경제 얘기를 남발하지는 않습니다. 사람들이 다른 종류의 언어도 들어볼 필요가 있거든요.

그것이 미국에서 노먼 메일러[29]와 유진 매카시가 쓴 방법이지요.

저는 몰랐어요. 저는 늘 예전 음유시인들을 좋아했습니다. 미국 시인들 중에는 특히 기타를 치면서 시를 낭송했던 칼 샌드버그[30]를 존경했어요. 굉장히 좋아했지요. 따라 해보고 싶었지만 음악적 소질이 너무 없어서 간단한 멜로디조차 소리를 못 내요. 나에게 허락되지 않은 재능인데, 갖게 된다면 정말 좋을 것 같습니다.

선생님 시를 듣고 사람들이 어떤 반응을 보이나요?

저는 항상 우리 민중에 대해 깊은 신뢰를 가지고 있고, 그들 역시 저를 잘 압니다. 그들이 저를 아주 열정적으로 좋아한다는 사실은 꼭 말하고 싶어요. 너무나 많은 사례가 있어 일일이 다 말할 수가 없군요. 그들이 워낙 열광적인 반응을 보이기 때문에, 어떤 곳에 가면 들어가지도 나가지도 못할 정도입니다. 사람들이 저를 안아보려고 몰려들곤 해서 내게 특별 경호원을 붙여야 하죠. 가는 곳마다 그렇습니다.

보디가드가 필요하지는 않으신가요?

아니요, 어떤 공격으로부터 저를 보호하는 문제가 아니니까요. 예를 들어 마틸데와 저는 자동차를 타는 일도 여간 힘든 게 아닙니다. 우리를 둘러싼 열광적인 사람들 때문에 이리저리 밀리면서 움직일 수조차 없죠.

신체적 테러에 대한 두려움은 없으세요?

아니요, 후보들이나 대통령이나 그런 두려움은 안 가지고 있습니다. 대통령은 매일 수행원 없이 거리를 걸어 다닙니다.

좌파 세력의 단일화 가능성은 있습니까?

네, 일주일 내로 단일화가 될 겁니다.

선생님이 당선될 수 있다고 보세요?

그렇게 보지는 않지만, 또 모르죠. 정치적 의미에서 우리는 개인주의자가 아닙니다. 단일화가 된다면 저는 후보직을 사퇴할 수도 있습니다. 중요한 것은 민중 연합입니다. 다른 방법으로는 선거에서 이길 가능성이 없어요. 좌파 정당들이 제각각 선거에 나선다면, 경제적으로 강력한 지원을 받는 전통적 우파의 거대 세력을 이길 수 없지요. 기독교민주당 Partido Demócrata Cristiano 후보는 여당의 공식 후보입니다. 매우 강력한 세력이죠. 돈이 있고, 정부의 직접적인 지원을 받는 공식 후보가 있으니까요. 좌파 세력을 다 통합해야만 비로소 이 두 후보, 즉 돈과 사람을 이길 수 있어요.

대통령에 당선된다면 어떤 정책을 가장 먼저 시행하실 건가요?

모든 좌파 후보가 동의한 프로그램에 다 나와 있습니다. 너무 많아서 일일이 말하기는 힘들지만, 천연자원의 국유화를 먼저 내세우고 싶군요. 우리나라에는 세계 최대의 구리 광산인 추키카마타가 있는데 미국이 소유하고 있습니다. 전화국과 전기 회사도 미국 소유입니다. 칠레 사람들은 매일 밤 불을 켜면서 뉴욕이나 디트로이트에 있는 주주들 배를 불리고 있어요. 그들은 칠레인들의 존재조차 모르는데 말이죠. 이는 비극이라기보다는 희극적입니다. 서기 2000년을 바라보는 1970년에 이런 형태의 식민 체제가 지속되고 있다는 건 믿을 수 없는 일이에요. 국유화는 상식적인 정책이고 미국인들도 그걸 바랄 것이라고 저는 믿습니다.

그런데 나라가 그런 회사들을 맡을 만한 준비가 되어 있다고 보시나요?

모든 상황이 바뀌었고 많은 문제를 극복했으니 이것도 실현될 거라고 믿습니다. 왜 우리가 꼭 싸우면서 일을 하겠습니까? 모든 것이 언급되고 인식되고 다뤄져야 하지만, 결코 양보할 수는 없습니다. 이 나라의 많은 회사가 오랜 기간 투자 금액을 모두 갚았고 기술자들에게 돈도 모두 지불했습니다. 우리의 큰 구리 광산들에 미국 직원은 이제 거의 없습니다. 어떤 회사는 다섯 명도 되지 않아요.

그들은 기술자들인가요?

몇몇 미국 기술자가 아직 머물러 있지만 대체로 칠레 기술자들이 다 하고 있습니다. 광산업은 아주 오래된 산업이라서 칠레 사람들도 기술적 지식을 많이 갖고 있지요. 만일 누군가 이를 경제 보복이라고 말한다면, 우리는 이제 경제 보복 시대에 살고 있지 않다고 말하고 싶어요. 제국주의 국가들은 제국주의 시대는 이미 지나갔고, 우리 시대에는 정치적이거나 경제적 억압이 무의미하다는 것을 깨달아야 합니다. 고통이 따르더라도 이런 정책들에 대해 이해를 구해야 합니다. 우리가 광산을 국유화한다고 해도 미국과 단교하는 것은 원치 않습니다. 그건 결코 원하지 않아요. 우리는 계속 서로를 이해해야 하고, 경제적인 측면은 물론 다른 모든 측면에서 서로를 존중하고 더 잘 이해해나가야 합니다.

대통령 자리에 오르신다면 언론의 자유를 보장하실 건가요?

물론입니다. 언론 자유를 보장하는 민중 정부의 합의와 프로그램이 있습니다. 민중 정부는 여러 당이 연합해 만들어질 것입니다. 즉 연합정당 정부가 되는 거지요. 이는 모든 민중적 성향이 가진 경험의 다양함과 풍부함을 확인시켜줄 겁니다. 우리는 이러한 정부 프로그램을 통해 언론과 표현의 자유를 보장합니다.

선생님은 경제적, 정치적, 사회적으로 대통령직을 맡을 준비가 돼 있다고 생각하십니까?

이미 말했지만, 대통령직과 우리 공약은 개인주의를 거부합니다. 우리는 집단적인 공동 정부를 만들 것입니다. 물론 각 부문마다 전문가와 기술자들이 빠지지 않을 거고요. 대통령이 얼마나 알고 있는지는 중요하지 않습니다. 물론 대통령이 무식하거나 바보가 돼선 안 되겠죠. 그러나 모든 일을 조정하는 군주가 되어서도 안 됩니다. 대통령은 자문단과 전문가 집단과 함께 일해야 하는데, 이런 분들이 우리나라에는 넘쳐납니다. 이런 내용이 우리 공약 프로그램에 모두 적혀 있습니다. 우리의 민중 권력이 공약의 수행 여부를 면밀히 감시할 것입니다. 이런 면에서 저는 아무 두려움이 없습니다. 제가 대통령에 당선되는, 있을 법하지 않았던 일이 일어난다 해도 이런 면에서 저는 개인적으로 아무 문제가 없습니다. 제가 시인이기 때문에 공화국의 대통령이 될 수 없는 운명이라고는 생각지 않습니다. 대통령이 되는 것이 너무 좋은 일이라고도 생각하지 않습니다. 다만 기술자나 기업인, 변호사나 정치가, 혹은 무슨 수를 써서라도 권력을 찬탈했던 군인과 마찬가지로 시인 역시 대통령으로서 국가를 통치할 권리를 가집니다. 결론적으로 말해, 저는 시인 역시 모든 시인이 최소한 가지고 있어야 하는 사랑과 정의의 감정으로 민중과 함께 자신의 사명을 완수할 수 있다고 믿을 권리를 가진다고 믿습니다.

1933년, 선생님은 아르헨티나 작가인 엑토르 에안디Héctor Eandi에게 보낸 편지에서 이렇게 썼습니다. "정치적으로 지금은 공산주의자 아니면 반공산주의자가 될 수밖에 없다. 그 밖의 다른 이념은 쇠퇴하고 퇴락해버렸다." 여기서 다른 이념이란 무엇인가요?

그 편지는 기억이 나지 않지만, 아마 제가 말한 건 무정부주의였을 겁니다. 우리 시대에 굉장히 중요한 것이었죠.

무정부주의는 지금도 유효하다고 보시나요?

사상 자체로는 나름 중요합니다. 그렇지만 젊은 시절처럼 교조적으로 단언하기는 힘들군요. 그래도 제 말이 틀리지는 않습니다. 반공산주의는 비록 정치적 무관심이나 좌파의 옷을 입어도 반동적 사상을 가졌음을 의미합니다.

공산당은 젊은이들 사이에 지지자가 많습니까?

상당히 많습니다. 우리 공산당은 역사상 가장 높은 젊은이들의 지지를 받고 있어요. 산티아고에만 2만 5,000명 이상의 당원이 있지요.

MAPU(Movimiento de Acción Popular Unitaria, 통일민중행동운동)는 어떤가요?

MAPU는 기독교민주주의Democracia Cristiana의 분파입니다. 가톨릭 좌파가 만든 작은 정당인데, 우리 정치계에서 최근 활동을 시작했지요. 최근엔 기독교민주당에서 떨어져나갔어요. 정치적으로 매우 흥미로운 정당이죠. 이밖에 좌익 행동 그룹들이 있습니다.

그들이 제일 과격한 그룹인가요?

그들은 테러를 저지르고 직접적으로 행동합니다. 옛 무정부주의의 생존자들로 오늘날 세계 청년운동과 어느 정도 연계되어 있지요.

그런 운동들에 대해 어떻게 생각하십니까?

저는 그들이 체질적으로 건강한 기반을 가지고 있다고 봅니다. 젊은이들의 반항은 중요합니다. 하지만 이기적이고 개인주의적이고 단순하고 조직과 유리되고 민중과도 유리됐으며, 특히 노동계급과 유리된 행동을 야기한다면, 그건 옳지 않지요. 반면 젊은이들이 반항 후에 노동운동을 이해하게 되고 좌파의 큰 조직들을 이해하게 된다면 올바른 방향으로 가는 겁니다. 제가 어떻게 생각하느냐고요? 우리나라의 경우, 그리 많지 않은 이 젊은이들의 상당수가 대학생들이며 대부분 유복한 가정의 부르주아 계급 혹은 잘사는 프티부르주아 계급입니다. 이들은 언젠가 다른 민중운동에 합류할 겁니다. 그렇지 않으면 그들은 극좌에서 전향해 우파와 보수주의와 부르주아의 지도자가 될 겁니다. 젊은이들이 이렇게 선회하는 일은 언제나 있었어요. 저는 주위 사람들 모두가 무정부주의자이던 세대 출신입니다. 저는 16살에 무정부주의 책을 번역했죠. 프랑스어로 된 크로포트킨[31], 장 그라브[32] 등 무정부주의 작가들의 책을 번역했습니다. 당시에 저는 안드레예프[33]와 같이 위대한 무정부주의 성향을 가진 러시아 작가들만 탐독했어요.

젊은 무정부주의자였던 우리는 역시 무정부주의적 성향을 지닌 당시 민중운동과 연합할 필요가 있다는 걸 스스로 깨닫기 시작했습니다. 그때는 IWW (Industrial Workers of the World, 세계산업노동자연맹)의 시대였는데, 거의 모든 노동조합이 여기 소속되었어요. 제 기억으로 지도자는 미국의 마지막 무정부주의자들 가운데 하나인 해리 브리지스[34]였습니다. 미국에서 사코와 반제티[35] 같은 순교자를 낳았던 무정부주의 단체들은 라틴아메리카에서도 매우 중요합니다. 그렇다면 테러 활동을 하고, 제 자신이 그랬던 것처럼 선거를 방해하거나 거부하며, 조직을 가진 운동에 맞서던 당시 젊은이들은 어떻게 됐을까요? 그들에게 무슨 일이 일어났을까요? 일부는 노동운동과 협력하며 조직을 통해 나아가야 한다는 점을 깨달은 반면, 일부는 대자본가와 자본주의와 제국주의의 이익을 위해 일하게 됐습니다. 이처럼 오늘날의 젊은이들도 민중운동에 합류하거나 민중운동의 적군 진영에 합류할 것입니다. 이런 현상은 앞으로도 얼마든지 반복될 겁니다.

새로운 독립 전선을 형성할 수는 없을까요?

무엇에 대해 독립한다는 말이죠? 노동계층으로부터요? 저는 그렇게 보지 않습니다. 그것은 분파주의일 뿐 아무런 영향을 주지 않을 겁니다. 그런 한두 개의 조그만 그룹은 다른 큰 운동 그룹에 비해 비중이 너무 작거든요.

칠레 공산당이 라틴아메리카에서 제일 중요하다는 것은 어떻게 설명하실 수 있습니까?

우리에겐 위대한 창립자가 있어요. 바로 루이스 에밀리오 레카바렌[36]이지요. 그는 이미 45년인가 50년 전에 칠레 노동자를 위한 신문을 창간한 거인이었습니다. 칠레 민중의 불만을 표현한 작은 신문이었지요. 그는 최초의 노동조합과 큰 노조연맹 들도 만들었고, 공산당을 창당했습니다. 그는 훌륭한 인물로 칠레 민중의 존경을 받았습니다. 그래서 그를 국부로 간주하지요. 유기적이고 지칠 줄 모르는 당의 기반을 굳건히 하기 위해 치열하게 투쟁했던 이 인물은 우파로도 좌파로도 휩쓸리지 않았습니다. 그는 항상 민중의 적에 대항해 맞서는 길을 모색했고, 노동자와 농민을 지지하는 데 온 힘과 노력을 다했습니다. 당은 질적으로나 양적으로 계속 성장해 나갔고요.

공산당이 대통령 후보를 내는 것은 38년 만이죠?

그렇습니다. 우리는 오랫동안 후보조차 내지 못했습니다. 그러나 이제는 때가 됐습니다. 우리는 그동안 다른 세력들과 힘을 합쳐 민중의 정당에서 후보가 나오도록 도왔습니다. 그러나 이번에는 우리 자신이 출마하는 겁니다.

지금은 전망이 밝은가요?

우리는 지금 칠레 좌파 가운데 다수당입니다. 다른 어떤 당 못지않은 가능성이 있지요.

폭력이 정당화된다고 보십니까?

곳곳에 폭력이 난무합니다. 파시스트 테러와 폭력이 지배하는 나라의 경우, 그 상황에서 빠져나오기 위한 모든 수단은 정당화됩니다. 아이티의 파파 독[37] 같은 범죄자가 지배하는 나라에서 어떤 선택이 남아 있겠습니까? 아이티는 파라과이와 마찬가지로 오래전부터 감옥이 정치범들로 넘쳐납니다. 민중은 각자의 길을 선택할 줄 알아야 합니다. "나는 폭력을 신봉하지 않는다"를 정치 구호로 일반화시킬 수는 없습니다. 한 나라의 질서를 바꾸기 위해 혁명 세력이 단결한 결과로 폭력에 앞서 이런 운동을 지지할 세력 결집이 선행될 수는 있습니다. 그러나 개인적이고 개별적으로 행해지는 폭력은 대체로 실패할뿐더러 탄압의 구실이 되곤 합니다. 많은 테러 행위가 이미 수세기 전부터 경찰에 의해 저질러지고 있다는 사실도 빼놓을 수 없군요.

그렇다면 칠레는 폭력이 필요한 나라입니까?

그건 생각조차 할 수 없습니다. 칠레 사람들은 하고 싶은 대로 말할 수 있으니까요. 폭력을 해결책으로 내세우는 것은 정신 나간 일입니다.

선생님은 칠레에서 어려운 시절을 겪으셨는데요.

그건 칠레 역사에서 보기 드문 경우였습니다. 그러나 우리 칠레인은 그럴 때마다 역사에 잘 적응해왔습니다. 우리는 제가 위험을 무릅쓴 활동으로 핍박받아야 했던 그런 종류의 탄압이 과도기일 뿐이고, 탄압하고 폭력을 저지른 사람은 항상 그 대가를 치른다는 것을 알고 있습니다. 다시 말해서, 칠레 정부에서 비롯된 폭력 행위는 정부를 보호하는 것이 아니라 심각하게 약화시킬 뿐입니다.

사회주의가 라틴아메리카를 식민주의와 저개발에서 구원할 수 있다고 믿으십니까? 그렇다면 그 이유는 무엇입니까?

라틴아메리카를 엄청난 후진 상태에서 구원할 수 있는 유일한 체제는 당연히 사회주의입니다. 이제 이곳 국가들에서 행해졌던 모든 실험을 극복해야 합니다. 그것들은 그동안 식민 착취를 유지하고 자본주의 대도시를 위해 민중의 피를 빨아먹는 데에만 목적이 있었으니까요. 사회주의는 창조적인 힘을 가지고 있고, 라틴아메리카의 문제점을 온전히 수용할 수 있는 형태의 혁명을 대변합니다. 게다가 우리는 위대한 전통이 부재한 대륙을 가지고 있습니다. 사회주의의 창조적 풍요로움은 분명 이 땅에 새로운 형태를 낳을 것이고 훌륭한 특성을 형성할 것입니다.

러시아나 중국이나 쿠바의 것이 아니라 독자적 노선의 사회주의를 가진다는 말씀인가요?

마르크스주의는 사회 발전이 역사와 환경과 모든 인간의 삶에 적응해야 한다고 말하면서 그 어떤 유일 모델을 따를 필요가 없다고 가르칩니다. 다만 혁명을 수행한 민중의 경험은 중시되어야 합니다. 라틴아메리카에 쿠바 혁명이 있었는데, 그것 역시 다른 혁명의 모델이 되어야 한다고 말할 수는 없습니다. 칠레인은 당연하게도 쿠바인과는 매우 다른 나라에 살고 있고, 문화적 경제적 발전 양상도 다릅니다. 칠레에서 혁명이 일어난다면 아마 혁명 전의 쿠바 사회보다 훨씬 선진적인 상태에서 일어날 겁니다. 칠레 민중은 대단히 창조적이고 그 어떤 기술을 익히는 데에도 뛰어난 능력을 가지고 있습니다. 우리의 숙련된 노동자와 기술자 들은 라틴아메리카 전역에 골고루 퍼져 있으며 상당수가 기업의 자문 전문가나 기술자로 영입되었습니다. 쿠바는 사탕수수와 담배를 주로 생산하는 국가입니다. 혁명 이전의 정부들이 산업을 등한시하는 바람에, 혁명이 일어난 후 쿠바 사람 대부분은 칠레의 노동자나 기술자들이 공장에서 하는 일을 할 수 없었습니다. 이런 의미에서 쿠바가 개혁을 시작하면서 다른 길을 제시했고 산업의 의미를 일깨웠다는 점은 쿠바 혁명을 위대하게 한 성공 요인이라 할 수 있습니다.

선생님은 미국이 라틴아메리카에게 변치 않는 위협이 되고 있다고 하셨는데, 그 이유는 무엇입니까?

저는 평화로운 사람이라서 이런 주제가 매우 안타깝습니다. 그러나 틀림없는 진실이기도 합니다. 미국 산업과 경제 개발 역사는 그 자체가 오래전부터 팽창주의적 성격을 가졌습니다. 우리 대륙은 위협을 받았을 뿐만 아니라 수시로 침략을 받았습니다. 라틴아메리카 역사는 민중에게 매우 깊은 상흔을 남긴 이러한 침략으로 가득 차 있지요. 최근 들어 미국 제국주의는 이론가들이 보강되면서 더욱 기승을 부려, 베트남 전쟁과 같은 잔혹한 사업까지 정당화하기에 이르렀습니다. 저는 미국 제국주의가 심지어 베트남이나 한국과 같이 멀리 떨어진 곳까지 가서 자기 이론을 실행하고 세력을 확장하는 걸 보면, 훨씬 더 가까이 있고 자기네 영역이자 뒷마당으로 간주하는 라틴아메리카에서 똑같은 일을 왜 벌이지 않겠나 하는 생각이 듭니다. 미국이 라틴아메리카 여러 나라와 맺은 군사동맹은 민중의 동의와 아무 관계가 없습니다. 미국의 정치가들과 군인들의 호전적이고 위협적인 경험이 끌고 가는 배에 우리를 태워 호전적인 정책을 집행하기 위한 동맹일 뿐이지요. 게다가 우리는 최근 산토도밍고와 쿠바의 경험을 겪었습니다. 니카라과, 멕시코, 중앙아메리카, 파나마 등지의 경험도 가지고 있습니다. 여하튼 그 역사를 말하자면 매우 깁니다.

그런데 최근 넬슨 록펠러[38]의 유명한 보고서를 보면 이런 일들이 더욱 심해지고 있습니다. 록펠러는 한때 예술적 감수성을 가지고 지적인 활동을 하는 인물로 통했습니다. 제 기억에도 그는 파시즘에 대항해 싸웠던 세계 대전 동안 라틴아메리카의 친구처럼 보였죠. 그런데 최근 몇 년간 그는 린든 존슨 대통령과 같은 배를 탔어요. 최근에는 리처드 닉슨 대통령의 식민주의적 정책에 협조했고요. 닉슨 대통령에게 올린 록펠러 보고서는 우리도 이미 읽어보았듯 여러 곳에서 발표되었는데, 우리의 정신적, 역사적, 정서적 반응에 대해 전혀 무지한 정치적 강경책의 결정판이었습니다. 현재 그는 라틴아메리카 군사정권들에 대한 미국의 지원을 공개적으로 촉구하고, 이 정권들이 미국 제국주의자들에게 받아들여질 수 있는 형태의 사회정의를 수립하도록 도와야 한다고 주장하고 있습니다. 다시 말해, 넬슨 록펠러는 옛 명예를 상실했다는 점을 잘 인식하고 있는 1970년대 사람으로서, '큰 몽둥이big stick' 정책으로 알려진 시어도어 루스벨트 대통령에 의해 시작된 옛 정책으로 회귀하고 있습니다. 이는 군벌주의caudillismo와 탈법적 쿠데타를 통해 라틴아메리카의 군사독재 정치를 부추기는 행태입니다. 또한 라틴아메리카 국가들 사이의 분열과 적개심을 조장하는 행태이지요. 미국의 정책이 통합적이고 합리적으로 바뀌지 않는 한, 라틴아메리카가 기대할 것은 거의 없다는 증거이기도 합니다. 미국이 자기 젊은이들과 지식인들과 대학사회 가운데 일어나고 있는 현재의 상황을 인식하거나, 미국의 폭력 행위들이 자국 내에서 얼마나 저항을 야기하고 있는지를 보고 깨달음을 얻어, 우리 대륙을 하나로 뭉치게 하는 새로운 정책을 정립한다면 비로소 우리는 여러 방면에서 미국과 협력할 수 있을 겁니다. 그러나 현재로서 미국의 정책은 전반적으로 우리뿐만 아니라 세계 대다수 다른 나라에 대해서도 공격적입니다. 미국은 자국 영토를 넘어 자신의 힘을 무한대로 확대하는 것이 필요하다고 믿는 초강대국으로서의 입지를 굳히고 있습니다. 이는 심각한 현상입니다. 이 주제는 할 얘기가 너무 많아서 여러 번에 걸쳐 다시 언급할 필요가 있습니다.

제국주의에 대해 말하는 것은 선동적으로 비칠 수도 있습니다. 특히 유럽인들이나 정치에 관심 없는 관찰자들에게는 더욱 그렇습니다. 그러나 라틴아메리카에 사는 우리는 미국이 우리 땅에 들어와 간섭한 결과로 고통받았습니다. 그래서 어떤 길을 따라야 할지 알고 있지요. 멀리 갈 것도 없이 여기 칠레의 이야기를 해보겠습니다. 이건 제 얘기가 아니라 르낭 푸엔테알바Renán Fuentealba 상원의원의 얘기입니다. 그는 칠레 여당인 기독교민주당 의원으로 미국 정부나 정치인들과 깊이 교류하는 인물입니다. 그가 얼마 전 미국 CIA가 칠레에서 쿠데타를 일으키려 한다고 공개적으로 비난했습니다. 이건 제가 말한 것도 아니고 공산주의자가 말한 것도 아니고, 반미와는 거리가 먼 여당 국회의원이 한 말입니다. 그런데 이에 대해 어떤 조사도 충분히 이뤄지지 않았습니다. 유일 여당인 기독교민주당의 의원이 한 비난인데 말입니다. 이는 그 의원과 여당과 칠레 정부가 이런 종류의 비난을 뒷받침할 명백한 증거를 가지고 있다는 뜻입니다. 이 비난에 대한 조사가 중단되었다는 사실 하나만 봐도 미국이 우리 땅에 행사하는 해로운 영향력을 짐작할 수 있습니다. 독립과 존엄의 정신이 조금이라도 살아 있다면, 정부는 여당 의원의 폭로에 대한 진상을 조사한 후 국민들에게 명백히 밝혔어야 합니다.

강대국들 사이에 화해가 이뤄질 수 있다고 보십니까?

저는 상호이해와 평화를 항상 주창하는 사람입니다만, 자본주의와 사회주의 원칙의 화해는 또 다른 문제입니다. 그것들은 체제의 효율성을 입증하기 위해 투쟁하는 두 조직이니까요. 자본주의는 쇠퇴하고 있고 우리는 그 몰락을 목격하고 있습니다. 반면 사회주의는 인류에게 새로운 힘이 되고 있습니다. 겉으로 보기에도 자본주의보다 더 우월한 힘을 가지고 있습니다. 인간관계 그리고 생산수단과 부의 분배 문제에 대해 더욱 현명한 이해를 가지고 있습니다. 저는 그것이 화해의 문제가 아니라 공존을 위해 필요한 상호 존중의 문제라고 봅니다. 저의 오랜 친구인 에렌부르크[39]가 뉴욕을 방문했을 때, 미국 백만장자와 말할 기회를 달라고 요청했답니다. 그래서 사람들이 백만장자 중에서도 손꼽히는 부자들 가운데 소련인과 대화를 나누고 싶은 사람을 주선해주었습니다. 에렌부르크와 얘기를 나누던 그 백만장자가 이렇게 말하더랍니다. "당신이 착각하지 말아야 할 게 있어요. 우리가 무서워하는 것은 당신들 폭탄이 아니라 냄비입니다. 소련의 냄비 말입니다." 저는 이 말이 충분히 이해되었습니다. 냄비에 음식이 가득 있는 한, 사회주의 국가의 부엌에 국거리가 있는 한, 신세계의 경제 시스템이 성공적으로 작동하고 있으며 발전하고 있다는 얘기니까요. 그 부자의 말은 일리가 있었던 겁니다. 그의 솔직한 말에 에렌부르크가 즐거웠다고 합니다.

미국에 혁명이 일어날 가능성이 있다고 보시나요?

당장 일어나진 않을 겁니다. 하지만 미국에도 반란의 조짐은 있어요. 이 조짐이 어디로 흘러갈지는 아직 모르겠습니다. 적어도 젊은이들과 대학생들의 의식화가 이뤄지면 미국의 역사적 삶이 전개되는 조건과 국가의 방향에 언젠가는 영향을 미치겠지요. 그것이 첫 단계입니다. 첫 단계의 첫 발자국이죠. 두 번째나 세 번째 단계가 언제 올지는 모르겠습니다. 미국인에게 달린 문제입니다. 그게 공식처럼 맞아들진 않거든요. 제가 보기에 자본주의는 미국뿐만 아니라 다른 여러 나라에서도 위기를 맞고 있습니다. 당장 보더라도 미국인의 삶에서 커다란 도덕적 위기가 있다는 것을 알 수 있죠. 미국의 물질적 번영이 미국인에게 행복을 가져다주진 않았습니다. 오히려 많은 경우 절망을 초래했어요.

그 원인이 뭐라고 보십니까?

저는 그게 자본주의 시스템의 위기라고 봅니다. 그들은 곳곳에서 터지고 있는, 야만적인 입법에 기반을 둔 번영을 목표로 삼고 있습니다. 저는 이 체제의 전반적 위기가 전 세계로 퍼지고 있다고 봅니다. 베트남 전쟁은 세계인에게 전대미문의 사건입니다. 미국처럼 큰 나라의 모든 에너지와 부가 멀리 떨어져 있는 나라의 사람들을 죽이는 데 동원되고 있습니다. 이 나라를 알지 못했던 미국의 젊은이들이 그들을 죽이고 자기들도 죽고 있습니다. 이렇게 흘리는 피가 많은 세계인의 양심을 깨우고 있습니다. 베트남의 비극은 미국에서 일종의 죄책감을 불러일으키면서 확산되었고 많은 문제를 낳았습니다. 한편으로는 젊은이들이 저항하고 있고 다른 한편으로는 절망하고 있습니다. 저는 베트남 전쟁이 촉매 역할을 했다고 봅니다. 일찍이 그렇게 부당한 전쟁은 볼 수 없었고 인간이 그토록 이상하고 잔인한 집단 범죄를 저지르는 것을 본 적이 없습니다. 그러나 동시에 이 전쟁은 지식인들 사이에 본능적인 성찰을 불러왔습니다. 헨리 데이비드 소로, 월트 휘트먼 그리고 다른 수많은 훌륭한 사상가를 낳았습니다. 인간을 한 차원 높은 곳으로 발전시켰던 나라가, 그리고 산업혁명을 이끌었고 전쟁 이전에 지식과 문화의 영역에서 수없이 빛나는 업적을 이룩했던 나라가 어떤 영문으로 야만성과 비인간성의 측면에서 히틀러를 능가하게 되었는지 묻게 된 것이죠. 미국은 또한 할리우드라는 거대한 꿈의 도시를 건설해 영화산업을 진흥했어요. 만일 그것이 없었다면 영화산업 발전은 한 세기 더 늦어졌을 겁니다.

미국인들의 업적이 그토록 기대되었기에, 그리고 달 착륙과 같은 많은 성취가 있었기에 이렇게 자문하게 되는 것입니다. "어떻게 이런 나라가 자신의 모든 힘을 학살과 테러에 쓸 수 있을까?" 그런데 그런 질문을 제기하면서 사람들은 동시에 체제와 기성 질서에 의문을 갖게 되었고, 자기가 그곳에 들어온 것에 대해 의문을 갖게 되었습니다. 이것이 바로 미국의 삶에서 볼 수 있는 비탄, 염세주의, 절망의 시작입니다. 이뿐만 아니라, 루터 킹 목사, 케네디 대통령, 로버트 케네디 상원의원의 피살 같은 일련의 테러 행위, 청소년들의 살인 범죄, 트루먼 카포테가 『냉혈한In cold blood』에서 묘사했고 찰스 맨슨[40]의 범죄에서도 볼 수 있는, 믿을 수 없고 악마적이며 '묻지 마' 형태의 새로운 범죄들은 서로 무관한 것이 아니고 모두 연결되어 체제의 도덕적 위기와 사악한 풍토의 부상이라는 큰 줄기를 형성하고 있습니다. 이런 현상은 파괴와 사악함으로 치닫고 있던 사회에서 이미 형성되고 있던 겁니다.

따라서 이 질문과 그것이 야기하는 파편화된 생각들은 당신의 다른 질문과 연결됩니다. 그것은 "과연 혁명이 일어날까?" 그리고 "누가 이 혁명을 일으킬 것인가?"라는 질문입니다. 만일 노동자 대중이 이런 의식을 갖지 못한다면 혁명은 당분간 일어나기 힘듭니다. 어느 나라든 간에 혁명이 학생들에 의해 성취될 수는 없거든요. 그들이 세상이 잘못되고 있다고 의식할 수는 있겠지만, 운동을 조직하는 힘은 민중으로부터 나와야 합니다. 그런 일이 아직 미국에서 일어나지 않고 있다고 보는데, 흑인들 사이에서는 커다란 자각이 일고 있습니다. 그래서 조만간 매우 흥미롭고 중요한 혁명의 형태가 전개될지도 모르겠습니다. 그러나 그 이상은 저도 모르겠고 들은 바도 없습니다.

쿠바의 현 상황에 대해서는 어떻게 생각하십니까?

쿠바 혁명은 저를 포함한 우리 세대 작가들이 보위할 책무를 갖는 너무나도 위대하고 중요한 사건입니다. 라틴아메리카의 삶에 경이로운 중요성을 가지지요. 아마도 1810년의 독립운동 이래 우리 역사에서 가장 결정적인 사건이었을 겁니다. 쿠바 혁명은 일련의 요인들로 동요를 겪었습니다. 특히 미국 국무성이 라틴아메리카 국가들에게 부과한 '보이콧(봉쇄)'이 확대되는 가운데 쿠바는 살아남기 위해 모든 생명력을 집중해야만 했습니다. 이는 비극적이었습니다. 우선적으로 우리는 쿠바와의 접촉을 늘려야 했고, 이 새롭고 위대한 우리 대륙의 경험이 어떻게 진행되고 있는지 알아야 했으며, 혁명의 과정을 이해하기 위해 필요한 관계를 보존해야 했습니다.

현재 쿠바를 둘러싸고 다음과 같은 웃기는 일이 일어나고 있습니다. 이번에 다시 우파 대통령 후보가 된 호르헤 알레산드리Jorge Alessandri 전 대통령의 조카가 쿠바에 일주일 머물기 위해 방문했는데, 칠레에서 마드리드, 마드리드에서 프라하, 프라하에서 쿠바로 들어가야 했습니다. 돌아올 때는 아바나에서 마드리드나 런던, 거기서 프라하, 프라하에서 부에노스아이레스, 그리고 부에노스아이레스에서 칠레로 와야 했지요. 왕복으로 10시간 정도면 될 비행이 4-5일이나 걸린 겁니다. 쿠바에 가해진 고립과 봉쇄로 인해 벌어진 우스꽝스런 일이지요. 그런데 이 조치를 환영하는 사람들이 하나같이 '철의 장막'과 그곳 작가들의 어려움에 대해서는 불평을 늘어놓습니다. 쿠바에 대해서는 중세 때나 볼 수 있는 용납할 수 없을 정도의 봉쇄를 단행하여 그 나라의 발전을 무시하고 그 나라 국민들을 굶주림으로 죽게 하면서 말이죠. 이는 부당할 뿐만 아니라 전적으로 그로테스크한 현상입니다. 공통 언어를 말하고 공통 역사를 가진, 친척처럼 우리와 너무도 비슷한 사람들이 살고 있는 라틴아메리카의 한 나라와 왕래할 수도 없고 교역을 할 수도 없으며 외교관계를 맺을 수도 없다는 사실은 제게 최악의 상황으로 보입니다. 이는 모두 존슨 대통령이나 닉슨 대통령 그리고 백인 자본가들에게 이 나라의 정치 체제가 마음에 들지 않기 때문에 일어나는 일입니다. 이는 너무나도 괴이한 일입니다. 쿠바인들은 자신들이 원하는 정권을 가질 권리가 있습니다. 우리 칠레인은 쿠바 혁명의 경험을 크게 주목하고 있고, 쿠바의 경제 성장을 보면서 큰 응원을 보내고 있습니다.

체 게바라에 대해 말씀해주시죠.

체 게바라는 이제 신화가 됐습니다. 그는 대단한 용기를 가진 사람이고 매우 흥미로운 인물입니다. 이미 모든 것이 말해졌기 때문에 더 말할 게 거의 없습니다. 그는 세계적 신화가 되었고, 20세기에 적극적이고 창조적인 영향을 주고 있습니다. 그의 운명을 생각하면 고통스럽습니다. 그가 피살된 나라에서는 얼마 지나지 않아 그를 기리는 기념비를 세웁니다.

쿠바 얘기로 돌아가자면, 이 나라에 대한 봉쇄를 동독과 서독의 봉쇄에 비교할 수 있을까요?

아, 그건 다른 문제입니다. 독일은 한쪽에는 사회주의 국가가, 다른 쪽에는 자본주의 국가가 있지요. 게다가 서독은 독일 인민 공화국을 파괴하려는 공작을 벌이고 있습니다. 베를린 장벽은 보기에 좋지는 않지만, 저는 그것이 필요했다고 봅니다. 한편 민주주의 독일, 즉 동독은 세계경제의 강대국으로 부상해 세계 생산국가들 가운데 9위에 올랐다고 들었습니다. 경제적으로 역동적이고 미국의 엄청난 도움을 받고 있고 독점 체제의 이점을 누리고 있는 연방독일, 즉 서독과 이웃하고 있음에도 이 나라가 전쟁의 파괴와 폐허에서 벗어나 새로운 사회를 건설한 것은 대단한 성공입니다. 일반적으로 민중 사이의 모든 국경선은 철폐되어야 합니다. 그러나 이보다 더 고통스러운 것도 있습니다. 저는 독일에서 벌어지고 있는 상황이 실제로 인간적으로 안타까운 문제들을 초래했을 것이라고 봅니다. 그러나 제가 보기에 그들은 지리적으로 너무 가까워서 분단 외에는 다른 선택이 없었습니다. 동독이 인정되지 않고 상호 존중이 이뤄지지 않는 상황에서 불행히도 이렇게 일이 전개될 수밖에 없었지요. 그렇기 때문에 우리 아메리카 대륙에서 해야 할 일은 쿠바와 외교 관계를 맺고 그들의 혁명과 정부를 인정하는 것입니다. 쿠바 민족의 현 국가를 있는 그대로, 그 혁명과 정부를 인정해야 합니다.

기술 발전이 인간적이고 문화적인 가치에 위기를 초래했다고 보십니까?

글쎄요, 기술이 인간을 집어삼킬 것이라고 믿는 사람들이 있는데, 저는 그렇게 보지 않습니다. 저는 영국과 미국의 농민들이 철도 부설에 맞서 싸운 것을 기억합니다. 기술은 인류 진보를 위해 절대적으로 필요합니다. 기술의 발전이 인간을 잡아먹을 일은 없으리라 봅니다. 기술 진보와 그 여파에 대한 두려움은 우주적 공포로서 선사 시대 부족들이 가지고 있던 뿌리 깊은 미신적 성향을 띠고 있습니다. 우리는 지금 정작 인간 자신을 두려워하는 지점에 이르렀습니다. 그것은 인간이 발견하는 것에 대한 우주적 공포입니다. 물론 저는 그런 공포를 가지고 있지 않습니다. 오히려 인간의 길이 발견이라고 생각합니다. 신은 자기 자리에서 내려왔으며 이제 인간이 신입니다.

그런 공포를 느끼는 또 다른 이유는 기술의 진보가 파괴적 목적을 위해 쓰인다는 점에 있지요.

인류의 저주는 기술적으로 완벽해지는 모든 것이 생명을 파괴하기 위해 쓰인다는 것입니다. 글쎄요, 그것이 바로 전쟁과 핵폭탄에 맞서 싸우기 위해 우리 시대의 휴머니즘이 정립되어야 하는 이유겠죠. 그러나 그것은 또 다른 전투입니다. 그런 것들이 기술의 결과물이라는 이유로 기술의 진보에 문을 닫아선 안 됩니다. 엄청난 파괴력을 가진 도구가 존재한다는 것은 정말 끔찍한 일입니다. 마침 매우 존경받는 인물인 라이너스 폴링[41]이 지금 칠레를 방문하고 있는데, 그는 우리가 경계의 끈을 놓지 말아야 할 핵무기의 파괴에 대해 허심탄회하게 말하고 뛰어난 생각을 밝혀왔습니다. 자연스럽게 최근 몇 년 동안 핵에 반대하는 큰 운동이 있었지요. 아마도 초강대국들이 모여 더 이상 핵을 만들지 않기로 합의할지도 모릅니다. 그 협상이 어떻게 진행되고 있는지는 모르겠으나, 그 의도만은 진지하다고 믿습니다.

새로 개막한 1970년대를 어떻게 전망하시나요?

전망한다기보다는 기대하고 있다고 말하는 게 맞지 않을까 합니다. 저는 베트남 문제가 해결될 것으로 봅니다. 미군이 철수하고 베트남 민중이 자결권을 가지게 될 겁니다. 그것은 지금 세계에서 가장 심각한 분쟁입니다. 두 개의 독일 역시 분단된 공화국으로서 상호 존중의 길을 찾아가고 있다고 봅니다. 이는 유럽에 커다란 안정을 가져다줄 것입니다. 그런데 말을 하다 보니 제가 무슨 점쟁이처럼 말하고 있군요.

좋습니다. 그렇다면 1970년대에 기대하시는 건 뭔가요?

저는 골치 아픈 문제들이 해결되리라고 진심으로 믿고 있습니다. 그렇지만 또 다른 심각한 문제인 중동 분쟁의 해결책은 쉽게 보이지 않습니다. 라틴아메리카에서는 제국주의로부터 벗어나려는 경향이 더 크게 번질 것입니다. 반제국주의 투쟁이 강조될 테고, 제가 보기에 가장 중요한 일은 칠레에서 일어날 겁니다. 이번 대선에서 민중 세력이 승리를 거두면서 큰 변화가 있을 겁니다. 라틴아메리카의 다른 나라들에서는 어떤 일이 일어날지 말할 수 없군요. 많은 나라에서 상황은 참을 수 없을 정도입니다.

대통령으로 당선되어도 글은 계속 쓰실 건가요?

글쓰기는 제게 호흡과 같은 것입니다. 호흡하지 않고 살 수 없듯 글을 쓰지 않고 살 수는 없겠죠.

지금까지 쓰신 것만큼 쓸 수 있을까요.

그럴 수 있다고 믿습니다.

저는 선생님이 차에서도 글을 쓰시는 걸 봤어요.

저는 언제 어디서든 여건만 되면 씁니다. 여하튼 저는 항상 글을 쓰고 있습니다.

항상 손으로 쓰시나요?

손가락이 부러지는 사고를 당한 이후 몇 달 동안 타자를 칠 수 없었어요. 그래서 제 아련한 어린 시절의 습관대로 손으로 쓰기 시작했습니다. 거의 부러졌던 손가락이 좋아진 다음 다시 타자기를 쓸 수 있었는데, 이미 손으로 쓰는 것이 익숙해졌지요. 손으로 쓰면 감수성이 더 풍부해지고 시 형식도 더 쉽게 바꿀 수 있다는 점을 깨닫기도 했고요. 그러니까 제 손이 그런 것과 관련된다는 사실을 발견한 거죠. 얼마 전에 로버트 그레이브스[42]가 『파리 리뷰Paris Review』에서 인터뷰한 기사를 봤는데, 기자에게 이렇게 말했더군요. "이 집과 이 방에서 뭔가 특별한 점이 눈에 띄지 않나요? 다 손으로 만든 것들입니다. 작가는 수제품들 사이에서만 살아야 하죠." 그런데 제가 보기에 로버트 그레이브스는 시 역시 손으로 써야 한다는 점은 잊은 것 같더군요. 타자기가 저와 시 사이의 친밀성을 없애는 데 반해, 제 손은 그 친밀성을 다시 회복시켜준다는 느낌을 받습니다.

하루 중 언제 작업하시나요?

제겐 특별한 시간표가 없습니다. 하지만 대체로 오전에 쓰는 것을 좋아하죠. 그러니까 지금쯤 되는 시간에, 당신이 이렇게 제 시간을 뺏고 당신 자신의 시간도 낭비하는 일이 없었다면 저는 글을 쓰고 있었을 겁니다.

하루에 대략 몇 시간 정도 글을 쓰십니까?

저는 하루에 많이 읽지도 않고 쓰지도 않아요. 만일 하루 종일 쓸 수 있다면 좋겠죠. 그러나 생각과 문장, 그리고 흔히 하는 말로 '영감'을 받아 거칠게 분출되는 어떤 것들의 충일함이 종종 저를 만족스러운 상태로, 혹은 녹초가 된 상태로, 혹은 감정이 충만하거나 아예 텅 빈 상태로 만들어버립니다. 그래서 작업을 계속할 수 없는 겁니다. 게다가 저는 삶 자체를 너무 사랑하기 때문에 하루 종일 책상에 앉아 시간을 보내는 게 힘들어요. 책상에 붙어 있는 건 저와 잘 맞지 않습니다. 저는 우리 집과 정치와 자연에서 일어나는 모든 잡다한 일에 끼어드는 걸 좋아합니다. 그래서 항상 들락날락합니다. 그러니 하루 종일 글만 쓴다는 말을 할 수 없겠죠. 그렇지만 언제 어디 있든 간에 글을 쓸 때는 집중력을 발휘합니다. 제 주변에 사람들이 많아도 개의치 않습니다. 그들이 대화하든, 논쟁하든, 아니면 설사 싸우더라도 저는 글을 쓰고 생각을 전개할 수 있어요. 오히려 갑자기 조용해지면 그게 더 신경에 거슬리죠.

최근에 쓰고 계시던 책은 다 끝났나요?

네, 그 책 제목은 『불타는 칼La espada encendida』입니다.

산문인가요, 운문인가요?

항상 그렇듯 운문입니다. 아담과 이브의 신화이고, 죄와 징벌을 다룹니다. 사실상 새로운 아담과 새로운 이브에 대한 것입니다. 세상이 종말을 맞았는데, 폭탄과 전쟁이 그것을 끝장냈죠. 아담은 지상에 남은 유일한 사람인데 이브를 만납니다. 인류의 삶이 그들과 함께 다시 시작됩니다. 그 작품은 아주 강도가 높습니다. 한번 보실래요? 책은 저기 있습니다. 전 그 책을 잘 몰라요. 막 집필을 끝냈지만 아직 읽어보지는 않았죠. 책을 한 권 쓰고 난 뒤 바로 교정 작업에 들어가는 걸 좋아하지 않거든요. 잠시 그것과 거리를 두지요. 지금 저는 좀 더 평온하게 그걸 다시 읽어보기 위해 며칠이 지나가길 기다리고 있습니다.

그럼 출판은 언제쯤 될까요?

내년 3월이나 4월이 될 겁니다.

어느 출판사에서 내시나요?

부에노스아이레스의 로사다Losada 출판사입니다. 제 전담 출판사이고 저와 제일 좋은 관계를 맺고 있죠. 모든 출판사가 그렇지는 않았어요. 저는 여러 출판사와 싸운 적이 있어요. 작가와 출판사 관계는 정말 어렵습니다. 그런데 운 좋게도 저를 이해해주는 출판사를 만났고 이후에 아무런 문제가 없었습니다.

칠레의 출판사와는 관계하지 않으십니까?

몇 군데 있습니다. 그런데 제 책을 널리 알려야 한다는 필요성에 비춰 보면 그 출판사들은 규모가 너무 작아요. 제가 처음 책을 낸 출판사들은 모두 칠레 출판사였고 지금도 가끔 원고를 줍니다. 가급적이면 저는 제 책이 칠레에서 먼저 나오는 게 좋습니다. 최근 책들도 그랬고요. 몇 권의 한정판도 칠레에서 찍었죠. 로사다 출판사는 그런 걸 모두 이해해줬습니다.

구상하고 있는 다른 책이 있나요?

물론입니다. 다만 어떤 책인지는 말할 수 없어요. 아직 계획도 세우지 않았거든요. 막 끝낸 『불타는 칼』을 아직 교정도 보지 못했습니다.

책을 한 권 쓰는 데 얼마나 걸립니까?

1년 정도 걸립니다. 작년에 출판한 『세상의 끝Fin de mundo』은 1년 이상 걸렸죠. 시간이 더 부족했는데도, 마지막 책은 더 빨리 나왔습니다.

선생님은 산문에 큰 중요성을 두지 않으신데요, 그 이유는 무엇입니까?

산문이라…, 저는 제 모든 삶을 통해 시를 써야 한다는 필연성을 느끼고 살아왔지만 산문적 표현에는 관심이 없습니다. 그냥 지나가는 감정을 표현할 때, 혹은 소설에서 파생된 이야기들을 표현할 때 산문을 씁니다. 게다가 저는 산문에 별로 신경을 쓰지 않아서, 사실 산문 집필은 전면 중단할 수도 있습니다. 지금도 가끔씩만 쓰죠.

최근 몇 년 동안 선생님은 노벨문학상 수상자로 거론되었습니다. 이번 대통령 선거가 스웨덴 학술원의 결정에 영향을 주지는 않을까요?

이 질문은 학술원에 해야지 제게 할 것이 아닙니다. 물론 학술원이 대답하지도 않겠지요.

만일 대통령과 노벨상 가운데 하나를 선택하라면 어떻게 하시겠습니까?

그렇게 엄청난 것들은 선택하고 결정할 문제가 아닙니다.

선생님 책상 위에 대통령 자리와 노벨상이 올라와 있다고 가정해보시죠.

그럼 저는 다른 책상으로 자리를 옮길 겁니다.

노벨상 수상을 거부한 사르트르의 행동에 대해서는 어떻게 생각하시나요?[43]
아주 존경할 만한 행동이지만, 강한 개성에서 나온 개인적인 반응입니다. 저는 그것이 논쟁할 문제라고 보지 않습니다. 그것은 매우 투사적이고 모순되지 않는 사르트르와 같은 인간에게 어울리는, 품위 있는 반응이었다고 봅니다.

사뮈엘 베케트[44]에게 노벨문학상을 준 것은 옳다고 보십니까?
그렇다고 봅니다. 베케트는 글을 짧게 쓰지만 기막히게 잘 씁니다. 그리고 저는 노벨상이 누구에게 돌아가든 결국은 문학과 시와 소설과 희곡을 명예롭게 한다고 믿습니다. 저는 노벨상 수상자를 놓고 선정이 잘됐느냐 못 됐느냐 따지는 사람이 아닙니다. 그 상이 중요한 이유는 사람들로 하여금 문학하는 일에 존경심을 갖게 한다는 데에 있습니다. 그것이 가장 중요합니다.

선생님은 풍족한 생활 방식과 재력 때문에 신랄한 비난을 많이 받아오셨는데요.
그것은 대개가 꾸며낸 얘기입니다. 우리는 어떻게 보면 스페인에서 아주 나쁜 유전자를 받았어요. 그들은 자기들 가운데 누가 뛰어나거나 어떤 분야에서 두각을 나타내는 걸 못 참지요. 잘 알려져 있듯이, 그들은 스페인으로 귀환한 크리스토퍼 콜럼버스를 감옥으로 보냈습니다. 우리도 스페인에서 그렇게 질투로 가득 찬 소시민 근성을 받았다고 생각해요. 그래서 다른 사람이 가진 것에 대해, 그리고 자기가 가지지 못한 것에 대해 생각하며 시간을 보냅니다. 저는 민중의 권리 회복을 위해 투신해왔습니다. 그리고 집에 갖고 있는 것들이나 책들은 모두 제 노동의 산물입니다. 저는 그 누구도 착취하지 않았어요. 그런데 그들은 유산을 상속받아 부자가 된 사람들을 공격하지는 않아요. 집안에 돈이 많아

부자인 작가들도 공격하지 않습니다. 그들은 타인보다 우월한 경제적 수단을 가질 권리가 있다고 생각하는 겁니다. 반면 저처럼 사실상 50년 동안 일해온 작가에 대해서는 하루 종일 이렇게 흉을 봅니다. "저기 어떻게 사는지 좀 봐, 세상에. 바닷가에 집이 있고 좋은 와인만 마시는군." 사실 칠레에서 나쁜 와인을 마시는 건 어려워요. 칠레 와인은 거의 모두 좋거든요. 어쨌든 저는 못난 사람들이 저를 욕하는 것에 대해 신경 쓰지 않습니다. 이런 일은 어찌 보면 우리나라의 후진성과 우리 사회의 통속성을 보여줍니다. 당신 역시도 노먼 메일러가 미국의 한 잡지에 세 편의 글을 쓰고 9만 달러를 받았다고 얘기한 적이 있잖아요. 만일 라틴아메리카의 한 작가가 그런 원고료를 받는다면 사람들은 작가가 그 정도 대접을 받는다는 점에 만족해하기는커녕 "도둑놈! 나쁜 놈! 이제 그만 해먹어라!"라고 욕을 해대면서 대규모 시위를 일으킬 겁니다. 이런 것들이 바로 문화적 후진성이라는 겁니다.

선생님이 공산당원이기 때문에 비난이 더 거센 게 아닐까요?

바로 그게 저와 같은 위치에 있는 사람들이 가지는 부담입니다. 잘 알려져 있듯이 아무것도 가진 게 없는 사람들은 감방에 가는 것 외에는 잃을 게 없어요. 그런데 저는 우리의 정의와 미래를 수호하기 위해 매 순간 제 생명, 인격, 소유물, 책, 집 등 제가 가진 모든 것을 걸어야 합니다. 우리 집에 불이 난 적도 있어요. 박해를 받으면서 체포된 적도 있고, 망명도 해봤고, 행방불명 수배자로 분류되어 수천 명의 경찰에게 쫓기기도 했습니다. 이 점도 말하고 싶네요. 저는 가진 것을 누리면서 사는 사람이 아닙니다. 저는 가진 것을 민중 투쟁을 위해 다 내놨습니다. 이 집도 20년 전부터 칠레 공산당 소유입니다. 제가 공개적으로 기증했지요. 제가 지금 이 집에 살고 있는 건 당이 관대한 결정을 내려준 덕분입니다. 제 소유가 아닌 것들을 즐기고 사는 셈이지요. 이 집에 있는 모든 수집품, 책, 물건을 몽땅 기증했으니까요. 그리고 우리나라의 한 대학에 하나의 도서관 이상 가는 것을 기증했습니다. 지금 일부 당 지도부가 살고 있는 집도 제가 기증한 겁니다. 저는 제 책을 팔아서 먹고살고 있습니다. 은행 예금도 없어요. 매달 들어오는 인세 외에는 제가 쓸 수 있는 게 아무것도 없습니다. 어떻습니까? 저를 비난하는 사람들에게 저와 똑같이 해보라고 해보세요. 아니면 적어도 신발이라도 다른 사람에게 물려줘보라고 해보세요.

이슬라 네그라에 작가들의 도시를 기획하고 있는 칸탈라오 재단Fundación Cantalao도 기부를 위해 만드신 것입니까?

최근에 저는 바닷가 옆에 넓은 땅을 할부로 샀습니다. 거기에 작가들의 도시를 만들어 앞으로 작가들이 여름을 지내며 아름다운 경치와 분위기 속에서 창작 활동을 할 수 있도록 하려고 합니다. 칸탈라오 재단과 이 도시는 가톨릭대학교, 칠레대학교 그리고 작가협회에 의해 운영될 겁니다. 제 인세 수입으로 1년 동안 장학금을 받는 작가들이 와서 회합을 위해 집 한 채를 공동으로 쓰고 집필 작업을 위해서는 개인 숙소를 이용할 수 있습니다.

사람들은 선생님과 보르헤스의 관계가 불편해진 원인이 선생님에게 있다고 말하는데요.

제 탓이라고 말하는 보르헤스와의 불편한 관계는 근본적으로 존재하지 않습니다. 다만 우리가 서로 추구하는 방향이 달라서 학문적으로나 문화적으로는 불편할 수 있지요. 그래서 우리는 싸우더라도 평화로울 수 있습니다. 제 진짜 적은 고릴라들입니다. 제국주의자, 자본주의자, 베트남에 네이팜탄을 떨어트리는 자들이죠. 보르헤스는 저의 적이 아닙니다.

보르헤스 문학에 대해 어떻게 생각하시나요?

그는 위대한 작가입니다. 그걸 굳이 말해야 하나요? 우리 스페인어권 사람들, 특히 라틴아메리카 사람들은 보르헤스의 존재를 매우 자랑스러워합니다. 보르헤스 이전에는 유럽 작가들과 견줄 만한 작가들이 거의 없었지요. 물론 위대한 작가들은 있었지만, 보르헤스와 같은 세계적인 작가는 매우 드뭅니다. 그는 최정상급 작가들 가운데 한 명입니다. 물론 그가 제일 위대한 작가라고 말할 수는 없습니다. 그리고 그를 능가하는 수백 명의 작가가 나오리라 기대합니다. 그러나 누가 뭐라 해도 그는 유럽의 관심과 지적 호기심이 우리 땅으로 향하도록 한 사람입니다. 제가 말할 수 있는 건 이게 전부예요. 모든 사람이 제가 보르헤스와 싸우는 걸 보고 싶어 한다고 해서 그와 싸우는 일은 결코 없을 겁니다. 그가 설사 공룡처럼 생각한다 해도 상관없습니다. 그는 이 세계에서 무슨 일이 벌어지고 있는지 전혀 모르고 있지만, 그 역시 제가 모르고 있다고 생각할 겁니다. 그렇다면 우리는 서로 일치하는 점이 있는 거죠.

지난 일요일에 아르헨티나 젊은이들이 기타로 보르헤스의 밀롱가[45]를 부르며 선생님을 방문했죠? 상당히 즐거워하셨을 것 같은데요.

보르헤스의 밀롱가는 제가 정말 좋아하는 음악입니다. 특히 그토록 신비로운 시인이, 그토록 복잡하고 지적인 작가가 확실하고 진정한 방식으로 민중적인 주제로 회귀했다는 사실은 본받을 만하죠. 라틴아메리카의 많은 시인도 그의 사례를 따라야 한다고 봅니다. 대부분 민중적이고 전통적인 것에 대해 그만큼이나 관심을 가지고 있으니까요.

사람들이 선생님에게도 밀롱가 가사를 쓰라고 부탁하던데, 하실 건가요?

글쎄요. 그게 우리나라가 아니라 리오 데 라플라타 양식이라서 제가 잘 모릅니다. 그걸 잘하려면 그 민속 양식을 통달해야 하고 민중은 물론 국민성과 삶의 뿌리와도 일치해야 합니다.

칠레 민속 음악에 대해 쓰신 적은 있나요?

약간 썼습니다. 우리나라에서는 꽤 알려졌죠.

선생님의 개인적이고 정치적이고 문학적인 삶에서 가장 기억나는 것은 무엇인가요?

스페인에서 살 때의 기억이 가장 강렬합니다. 시인들과 나눴던 형제애, 그들과의 위대한 우정, 따뜻하고 진정한 환대 같은 것 말입니다. 여기 아메리카에서는 미처 느껴보지 못했던 것들이거든요. 여기는, 부에노스아이레스 말로 하자면 '전갈 침'을 찌르는 험담으로 가득 차 있잖아요. 그런데 곧 스페인 내전이 일어났습니다. 동지들과 친구들의 공화국이, 그 온 나라와 세계가 파괴되는 걸 보는 건 끔찍했지요. 전쟁은 제게 박해와 파시즘의 무서운 현실을 보여줬습니다. 친구들은 뿔뿔이 흩어졌고, 가르시아 로르카와 미겔 에르난데스 같은 친구들은 전쟁 통에 죽었고, 어떤 친구들은 망명 중에 죽었고, 또 다른 친구들은 아직도 망명 생활을 이어가고 있지요. 제 개인사나 삶이 전개되는 과정에서 일어난 사건들이나 깊은 감정, 결정적인 변화를 되돌아보면 제 삶 전체의 모습은 참 풍요로웠습니다.

그렇다면 선생님의 삶에서 가장 근본이 되는 나라는 스페인이군요?

제게 가장 근본적인 나라는 물론 우리나라입니다. 칠레 다음으로 꼽자면 스페인이라고 봐야겠죠. 지금은 그 나라가 어떻게 돌아가는지 모르지만, 프랑코 정권 말기로 접어들어 아직 시끄럽겠지요. 한 번도 그 땅을 다시 밟아보지 못했습니다. 그냥 몇몇 항구에만 들른 적이 있지요.

스페인 정부가 선생님의 입국을 허가합니까?

공식적으로 저의 입국을 막지는 않아요. 심지어 저는 스페인 주재 칠레 대사관을 통해 시 낭송회에 초대받은 적도 있죠. 당시 비자 문제는 쉽게 해결되는 것처럼 보였어요. 아마 입국을 허용했을 가능성이 높아요. 하지만 이 일을 별로 거론하고 싶진 않네요. 스페인 정부가 유리해지는 빌미가 될 테니까요. 그들은 굉장히 강력한 반대파들의 입국을 허용함으로써 민주주의의 모습을 보여주려는 거죠. 글쎄 잘 모르겠군요. 그동안 많은 나라가 제 입국을 금지했고 또 다른 많은 나라는 저를 추방했습니다. 처음에는 화가 많이 났는데 하도 많은 나라에서 이런 일을 겪다보니 이제는 아무렇지도 않습니다. 그리고 시간이 지나면서 많이 완화되기도 했습니다. 한 국가에서 저를 내쫓기 위해 취해졌던 많은 조치가 변경되거나 폐지되었어요. 무엇보다도 그들이 입국을 허용하든 말든 제가 느껴왔던 시퍼런 증오의 감정은 이제 더 이상 생기지 않습니다.

시인이 죽기 전에 쓴 「페데리코 가르시아 로르카에게 보내는 송가」에서 선생님은 어찌 보면 그의 비극적인 종말을 예언하셨던데요.

네, 그 시는 좀 이상해요. 당시에 페데리코는 굉장히 행복하고 복을 많이 받은 존재였는데, 마치 제가 그의 죽음을 예견한 셈이 되고 말았지요. 그는 제가 알았던 사람들 중에서 몇 안 되는 특별한 인물이었습니다. 그는 성공의 화신이 아니라 삶을 사랑하는 화신이었어요. 그는 매 순간 자신의 존재를 즐겼고 끊임없이 기쁨을 발산했습니다. 그렇기에 그의 죽음은 파시즘의 죄악 중에서도 가장 용서할 수 없는 것 가운데 하나입니다.

가르시아 로르카와 함께 미겔 에르난데스에 대해서도 시에서 많이 언급하시죠?

에르난데스는 아들 같은 존재였고 시의 제자라고도 할 수 있습니다. 그는 사실상 우리 집에서 살았고 밥도 거의 매일 우리 집에서 먹었어요. 그의 죽음은 페데리코 가르시아 로르카의 죽음에 대한 정부의 변명이 거짓말임을 입증합니다. 파시즘 정권은 공식적으로 시인의 죽음이 내전 초기의 혼란 때문이었다고 말했습니다. 물론 혼란이 있었어요. 하지만 스페인의 파시즘 정부는 왜 젊은 세대 시인들 가운데 가장 돋보였던 미겔 에르난데스를 그토록 오랫동안, 가르시아 로르카가 죽은 후에도 그토록 오랫동안 감옥에 가뒀을까요? 왜 그가 죽음에 이를 때까지 감옥에 두었습니까? 심지어 그를 병원으로 옮겨달라는 칠레 대사관의 호소를 거부하면서까지요. 미겔 에르난데스는 살해당한 것입니다.

선생님이 동양에 계셨을 때 가장 기억에 남는 것은 무엇입니까?

동양 체류는 어찌 보면 전혀 준비되지 않았던 일이었습니다. 저는 이전에 몰랐던 그 대륙의 광채에 압도됐고, 동시에 너무 오래 고독 속에 살면서 절망감을 느꼈습니다. 저는 끝날 기미가 보이지 않는 총천연색 경이로운 영화 속에 갇혀 있다는 느낌을 자주 받았어요. 영원히 계속되는 그 영화에서 아무도 저를 꺼내주지 않았지요. 저는 남미 사람들을 비롯해 많은 사람이 인도로 가는 이유인 신비주의는 경험하지 못했습니다. 짐작하기에 자신의 근심걱정에 종교적 해답을 찾기 위해 인도로 가는 사람들은 아마도 사물을 다른 방식으로 볼 것입니다. 저는 그 거대한 국가, 그토록 방대하고 무기력하고 제국의 굴레에 묶여 손쓸 방법이 없는 나라가 굉장히 인상 깊었습니다. 제가 각별한 호감을 가지고 있었던 영국 문화가 많은 인도인에게 지적 종속의 수단으로 부과되는 것 같아 종종 마음이 불편하기도 했지요.

저는 그 대륙의 젊은 반군들과 어울리기도 했습니다. 영사 직책을 가진 외교관이었지만 혁명가들을 자주 찾아갔죠. 훗날 인도의 독립을 이끌 큰 운동 조직과도 접촉했습니다. 그래서 1928년에는 네루Nehru와 만나기도 했어요. 비록 몇 마디 말과 인사만 나눴지만요. 그리고 그의 부친인 판디트 모틸랄 네루도 봤고, 수바스 찬드라 보스[46]도 만날 수 있었습니다. 이 사람은 인도 독립 혁명 시절에 가장 흥미로운 인물 가운데 하나입니다. 그는 애국심이 넘친 나머지 제2차 세계 대전 때 일본군 편에서 싸웠지요. 그는 인도 및 다른 아시아 식민지 국가들의 독립을 위해 싸우는 많은 이의 영웅이었습니다. 그들에게는 식민 지배자가 누가 되든 큰 차이가 없었습니다. 그들은 식민 지배자들을 바꾸면 식민주의자들을 분열시키고 세력을 약화시킬 수 있다고 믿었어요. 그래서 저는 수바스 찬드라 보스를 단죄할 수 없습니다. 비록 당시에 일본이 히틀러의 동맹국이었지만요. 아무튼 그의 회고록은 지금도 인도에서 큰 인기를 끌고 있습니다. 저는 그밖에도 무명의 학생들, 선생들과 작가들을 만났습니다. 그들이 저를 불신하는 바람에 만나는 일이 쉽지는 않았어요. 그들은 사실 아무도 믿지 않았는데, 이는 당연한 일이죠. 그렇게 큰 투쟁 중에는 누구든 조심해야 하니까요.

『지상의 거처』를 쓰신 건 인도에서였나요?

그렇습니다. 하지만 인도는 제 시에 지적인 영향을 주지 않았어요.

아르헨티나 작가인 엑토르 에안디에게 그토록 감동적인 편지들을 쓴 것도 인도에서였습니까?

맞아요. 그 편지들은 제 삶에서 중요한 부분이죠. 개인적으로 몰랐던 그 아르헨티나 작가는 마치 착한 사마리아 사람처럼 제가 지독한 외로움에 떨고 있을 때 뉴스를 전해주고 신문을 보내줬습니다. 당시 제 주변엔 죄다 다른 언어를 하는 사람들뿐이었고, 몇 달이고 몇 년이고 스페인어로 대화를 나눌 사람이 없어 우리말을 까먹을까 봐 걱정할 정도였어요. 그래서 라파엘 알베르티에게 당시 인도에는 없던 스페인어 사전을 구해 달라고 편지를 보낸 일도 생각나네요. 그때 몇 주가 지나도록 사람 한 번 못 본 적도 많았습니다.

인도에는 자원해서 가신 건가요?

아니요, 저는 영사 직함을 가지고 있었는데 그중에서도 제 자리는 직급이 낮아서 봉급조차 없었습니다. 저는 너무 궁핍하게 살았고 처절한 고독 속에 살았습니다.

그곳에서 조시 블리스Josie Bliss와의 열렬한 로맨스가 있었죠? 선생님의 시에 자주 등장하던데요.

네, 조시 블리스는 저의 시에 아주 깊은 영향을 남기고 간 여인입니다. 저는 항상 그녀를 기억하고 있고, 최근 작품들에서도 언급하고 있습니다.

선생님 작품은 개인사와 밀접한 연관이 있군요?

당연합니다. 시에는 시인의 삶이 투영되어야 합니다. 이는 이 직업의 법칙이고, 삶의 한 방식이죠.

선생님은 가장 많이 번역되는 작가 중 한 분입니다. 약 30개 언어로 번역됐죠?

한 번도 세어보지 않았어요. 하지만 여러 곳에서 번역이 된 것은 알고 있습니다.

가장 번역이 잘된 것은 어떤 언어라고 보십니까?

이탈리아어 같아요. 아무래도 두 언어가 가장 유사하니까요. 이탈리아어 외에 제가 알고 있는 영어와 프랑스어는 발음이나 어순, 단어의 색깔이나 무게에서 스페인어와 일치하지 않아요. 과하게 치장된 언어로 쓰였든 간결한 언어로 쓰였든 자기만의 질서와 단어 배열법을 가지고 있는 스페인어 시의 균형 감각은 프랑스어나 영어에서는 맞아떨어지지 않지요. 해석상으로 맞지 않는다는 말은 아닙니다. 아니, 의미는 맞을 수 있어요. 그러나 번역 자체, 그리고 의미의 정확성이 오히려 시를 파괴하는 게 될 수 있다는 얘깁니다. 그래서 저는 이탈리아어가 스페인어와 제일 가깝다고 봅니다. 소리가 단어 하나하나의 가치를 보존하는 가운데 의미를 반영하고 있거든요. 그런데 프랑스어 번역본을 보면, 모두는 아니지만 상당수의 번역에서 저의 시는 달아나버렸고 아무것도 남은 게 없는 것 같아요. 그렇다고 해서 불평할 수도 없습니다. 왜냐하면 쓰인 그대로 옮긴 것이 맞으니까요. 그러나 분명한 사실은, 만일 제가 프랑스어로 시를 썼다면, 그러니까 제가 만일 프랑스 시인이라면 번역된 것처럼 쓰지 않았을 겁니다. 단어 하나하나의 가치, 색깔, 냄새, 무게는 다 다르거든요. 그래서 프랑스어로 쓴 시는 또 달랐을 겁니다.

영어는 어떻습니까?

영어는 매우 직설적인 언어로 스페인어와는 많이 다릅니다. 많은 경우에 제 시의 의미를 잘 표현하고 있긴 합니다만, 분위기까지는 옮기지 못했어요. 그건 영국 시인의 시를 스페인어로 번역할 때에도 마찬가지일 겁니다.

선생님은 실제로 영어와 프랑스어 시를 스페인어로 번역하시기도 했죠?

네, 영어 시를 더 많이 번역했습니다. 윌리엄 블레이크, 휘트먼, 셰익스피어 등을 옮겼어요. 제법 잘 번역했다고 믿고 있습니다. 특히 블레이크의 것은 오래전에 번역했는데, 재판을 찍을 때마다 가끔 다시 읽어봅니다. 여전히 제 맘에 들어요.

선생님이 번역하신 『로미오와 줄리엣』이 칠레와 뉴욕에서 무대에 올려져 큰 성공을 거두었죠?

네, 그건 굉장히 흥미로운 경험이었습니다. 라틴아메리카 나라들에는 셰익스피어와 단테의 신화가 있습니다. 영어를 못하는 사람도 셰익스피어는 읽어봤고, 이탈리아어를 못하는 사람도 단테는 읽어봤지요. 셰익스피어 작품을 번역하는 일은 많은 노력을 필요로 하는 힘든 작업인데, 지금까지는 셰익스피어의 시가 발산하고 있는 복잡한 의미를 충분히 전달하기에 부족했습니다. 특히 완전히 운문으로 쓰인 『로미오와 줄리엣』 같은 비극 작품들이 그랬지요. 우리는 예전에 세기 초의 딱딱하고 수사학적인 시로 번역된 스페인식 셰익스피어 작품을 읽을 수밖에 없었어요. 제가 자부할 수 있는 건 의미를 온전히 존중하는 가운데, 그의 작품을 인격화하는 번역을 했다는 것입니다. 제 번역본으로 수백 번 공연이 이뤄졌는데, 거기에 흐르는 인간적 감정에 감동을 받지 않거나 눈물을 흘리지 않은 사람은 단 한 명도 없었습니다.

선생님이 처음 번역한 작가가 라이너 마리아 릴케는 아니었죠?

그건 젊은 시절에 한 겁니다. 이제 기억도 아련한 먼 옛날이죠. 저는 프랑스어로 된 그의 시를 번역했지요. 보들레르의 시도 조금 번역했습니다.

선생님의 작품을 몇 단계로 나누는 비평에 대해 동의하십니까?

그런 말을 들을 때마다 좀 혼란스럽습니다. 저는 단계를 가지고 있지 않아요. 비평가들이 그걸 만들 뿐이죠. 사람들은 그런 단계 없이 살기 때문에 언제 하나의 단계가 시작하고 끝나는지 모릅니다. 제 시는 살아 있는 생명체입니다. 그것은 제 자신의 몸에서 발산되는 유기적 존재이지요. 제 시는 제가 어린 시절에는 어렸고, 젊은 시절에는 젊었고, 고뇌를 겪을 때는 같이 절망스러웠고, 투쟁의 대열에 들어가야 했을 때는 전투적이 되었습니다. 지금의 시에는 이런 경향들이 모두 섞여 있습니다. 다시 말해, 어리고, 젊고, 절망적이고, 전투적인 경향이 동시에 있는 것이죠. 사실 여기에 대해선 더 얘기할 것도 없어요. 저는 항상 내적 욕구 때문에 시를 썼고, 이는 모든 작가, 특히 시인에게 공통적으로 일어나는 일이라고 봅니다. 저는 거기에 대해 관심이 없어지는 일이 일어날까 봐 몹시 두렵습니다. 저는 현학주의자가 아니어서 문학 사조를 분석하거나 검토하는 일을 좋아하지 않아요. 저는 책을 보고 글을 쓰는 작가가 아닙니다. 살면서 책을 읽는 건 필요하지만 말이죠.

『지상의 거처』에서 "이 시들은 사는 걸 도와주는 게 아니라 죽는 것을 도와준다"라고 하셨죠?

그 책은 제 삶에서 가장 위험하고 암울했던 시기를 대변합니다. 그건 출구가 없는 시입니다. 저는 빠져나오는 길을 찾기 위해 다시 태어나야만 했습니다. 그런 의미에서, 스페인 내전은 도대체 얼마나 깊은지 기억조차 나지 않는 절망으로부터 저를 구원했죠. 이미 말한 대로, 저는 인도에서 엄청난 고독의 순간과 마주쳤는데, 그때 『지상의 거처』 대부분을 집필했습니다. 그 후로 많은 일이 일어났어요. 그중 일부는 매우 심각해서 제게 생각할 시간이 필요할 정도였죠. 저는 만일 그럴 권한이 제게 주어진다면 그 책의 판매를 금지하고 재판도 못 찍게 하겠다고 말한 적이 있어요. 물론 저는 그 발언이 너무 쇼킹해서 듣기에 불편하다는 걸 알아요. 하지만 그 책에 고뇌를 짊어진 삶, 죽음의 압박을 받는 삶의 감정을 과장했어요. 너무 높이 치고 올라가는 바람에 결국 숨을 쉬기 어려울 정도였죠.

하지만 다른 한편으로 저는 그 책이 저의 걸작 가운데 하나라는 점도 알고 있습니다. 제가 시에 나오는 상황 그대로 살고 있던 시간으로부터 파생된 깊이를 가지고 있기 때문입니다. 그러나 우리는 글을 쓸 때 자신의 시를 결국 누가 읽게 될지 생각해봐야 합니다. 다른 작가들도 이런 생각이 드는지 모르겠어요. 로버트 프로스트는 자신의 한 에세이에서 "오로지 슬픔만이 시와 함께 있도록 놔두어라"라고 하면서, 시는 오직 고통을 향해 가야 한다고 말합니다. 하지만 만일 어떤 젊은이가 자살을 하면서 총알이 관통한 자신의 머리 옆에 피 묻은 자신의 시집을 놓아두었다는 사실을 알게 되면 프로스트가 어떤 생각을 했을지 궁금해집니다. 그런데 그런 일이 이 나라에서도 일어났어요. 앞길이 창창한 한 청년이 제 작품을 옆에 두고 목숨을 끊었거든요. 사실 저는 그의 죽음에 죄책감을 느끼지 않습니다. 아마 제가 모르는 여러 문제가 그를 죽음으로 몰아세웠을 것이라 믿습니다. 그러나 그 젊은이의 피가 묻은 채 펼쳐져 있던 저의 시집은 시인 한 사람뿐만 아니라 모든 시인에게 생각할 거리를 줍니다. 누군가 말하거나 행동한 것을 가지고 벌어지는 모든 일이 그렇듯, 훗날 제 반대파 사람들은 제가 제 책에 대해 자기 검열을 한 것을 정치적으로 이용했습니다. 저를 당파주의적 교조주의자로 몰아가고, 낙관주의적이고 행복만을 노래하는 시인이라고 비난하던 그 사람들은 그 사건에 대해서는 알지 못했습니다. 물론 지금은 다 알게 됐지요. 그러나 저는 고독과 고뇌, 혹은 우수의 감정을 표현하는 것을 그만둘 수 없습니다. 저는 시의 모든 어조를 바꾸고, 모든 소리를 찾아다니고, 모든 색깔을 추구하고, 창조적이든 파괴적이든 간에 삶의 힘을 찾는 것을 좋아합니다. 그렇게 하면서 저는 시인으로서의 사명을 완수해 왔어요. 저는 특정한 이념도 없고 특정한 진리를 신봉하지도 않습니다. 제 시는 가장 소박한 대상과 사물들을 향해 흘러가면서 더 맑아지고 행복해집니다.

마치 『소박한 것들에 바치는 송가』에서처럼 말이죠?

『소박한 것들에 바치는 송가』에 그런 시들이 많이 있죠. 그렇다고 해서,

특히 젊은 시인들에게 제가 그것을 하나의 교훈이나 비결이라고 충고하는 건 아닙니다. 제가 볼 때, 사랑의 열병이나 극심한 고뇌와 같이 누구나 겪는 단계를 거치지 않은 사람들은 사회적 의무감, 저항, 투쟁과 같이 고양된 시의 경지에 도달하기 힘듭니다. 개개인의 체험이 각자에게 맞는 길을 가리켜 주는 것은 당연한 일입니다. 만일 그 길에서 어떤 빛도 보지 못했다면, 자신이 침잠해 있는 세계의 어둠을 표현해야 합니다. 그것이 시인의 진정성입니다. 그런 시인에게 다른 걸 요구하는 것은 그를 그의 세계에서 끄집어내는 것입니다. 자신의 세계에서 나오는 일은 자신의 자발적인 힘으로 해야 하는 것이고, 우리가 영혼이라 부르는 것의 지도를 받아야 하는 것입니다. 그런 다음에야 세계를 다른 색깔로 물들게 하는 시가 찾아옵니다. 그 과정에서 우리가 꼭 간직해야 할 가장 절대적인 의무는 바로 진정성입니다.

최근 작품들 가운데 하나인 『세상의 종말』 역시 굉장히 고뇌에 찬 작품이더군요.

네, 정말 그렇죠. 하지만 고뇌의 종류는 조금 다릅니다. 그건 우주적 고뇌가 아니라 죽음과 학살로 뒤덮인 세계에 대한 고뇌입니다. 스페인 내전 이후 제가 줄곧 겪어야 했던 세계 말입니다. 나치의 침략, 히틀러의 유대인 학살, 지옥과도 같은 폭격, 원자폭탄, 그 외에도 수많은 끔찍한 일이 벌어지고 있는 세계에 우리가 살고 있습니다. 『세상의 종말』이란 제목은 그런 세계가 어서 끝나기를 바라는 마음에서 지은 것이기도 합니다. 비록 작품 전체가 어둡게 그려졌지만 마지막에 가면 희망의 종소리가 들립니다. 만일 우주를 날아 다른 별에 갈 수 있다 하더라도 우리들은 지구라 불리는 이 부패하고도 위대한 행성에 돌아올 것이고, 여기서 계속 살 것이며 후손들 역시 여기서 살아나갈 것이라고 썼습니다.

시집에 이렇게 쓰셨어요. "왜 그토록 많은 일이 일어났고, 왜 다른 일은 일어나지 않았을까?" 여기서 일어나지 않은 일은 무엇을 지칭하나요?

인간은 항상 구원받고 있다고 믿습니다. 그러나 사회적 형태의 구원은 너무도 어렵습니다. 저는 저와 거리가 먼 영혼의 구원이나 모든 형태의 신비주의를 믿지 않습니다. 제가 오로지 믿는 건 존재하는 것 가운데 가장 중요한 것, 즉 인간 생명의 보존, 그 생명의 구원입니다. 항상 그렇듯 우리는 전쟁과 멸종의 위협 속에 살고 있기 때문에 이런 생각을 하게 된 겁니다. "왜 다른 종류의 일들은 일어나지 않는 거지?" 구체적인 예를 들면, "왜 스페인 내전의 결말은 정의롭지 않았던 거지?"라고 생각하는 거죠. 사실 제가 말하고 싶었던 것은 절망과 희망의 동기는 똑같이 존재한다는 사실입니다. 그 시집에 이렇게 쓰기도 했습니다.

> 달력은 우리에게 충고하지
> 환상을 가지지 말자고.
> 모든 게 그대로 갈 거야,
> 이 땅에는 대책이 없어
> 우주의 또 다른 별에서
> 우리의 거처를 찾아야지.

물론 이 시는 저의 즉흥적인 감상의 발로입니다. 그래서 뒤에서는 완전히 반대되는 말을 하기도 합니다. 제 말은 그 어느 것도 영원한 게 없어요. 살아 있는 한 저는 언제든 제 말을 뒤집을 준비가 돼 있습니다.

다른 시도 한번 낭송해 주실 수 있을까요?

『에스트라바가리오』에 실린 「내 안에 내가 너무 많아Muchos somos」를 읽겠습니다.

나 자신이고 우리인 그 많은 이 중에
난 그 누구도 찾을 수 없다.
옷 속에 숨어 온데간데없고,
다른 도시로 떠나 버렸네.

똑똑한 채 보이려고
모든 준비가 끝났는데,
숨겨 놓았던 바보가 튀어나와
내 입을 움직여 말하게 한다.

가끔은 잠이 들어 버린다.
잘나가는 사람들 사이에서.
내 안에서 용맹한 나를 찾으니
몰랐던 겁쟁이가 튀어나와
내 해골을 뒤집어쓰고
천방지축 날뛰고 있네.

멋진 집이 불탄다.
소방수를 불렀는데
방화범이 달려든다.
그게 바로 나야. 멍청이.
정신을 차리려면 어떻게 해야 하지?
내 모습을 어떻게 찾을 수 있을까?
내가 읽은 모든 책은
언제나 자신감 충만한

빛나는 영웅들을 노래하지.
그 사람들 질투가 나서 못살겠네.
황야의 결투가 벌어지는 영화에서
난 언제나 총잡이를 부러워하고
그가 탄 말을 우러러봤어.

난 항상 대담한 나를 원하지만
찾아오는 건 늙은 게으름뱅이
그래서 나는 내가 누군지 몰라
내 안에 내가 얼마나 있는지 몰라.
초인종을 눌러
진짜 나를 불러내고 싶어.
내가 나를 필요로 할 때
사라지면 안 되니까.

글을 쓸 때 나는 없어
내가 돌아오면 나는 이미 떠났지.
한번 지켜봐야겠어
다른 사람들도 그런지.
나처럼 그들 안에도 그들이 많은지
그들도 서로 비슷하게 보이는지.
내가 그 비밀을 알게 되면
사물을 잘 알게 될 거야.
내 문제를 설명하기 위해
그들에게 지리를 설명하면 되겠지.

『에스트라바가리오』에는 다른 시집들보다 유머의 요소가 더 잘 드러납니다.

『에스트라바가리오』는 조금 예외적인 작품이에요. 그러니까 지식에 대한 조롱, 혹은 쾌활한 감각이 다른 작품들보다 더 많이 드러납니다. 사실 이런 점은 『황혼의 노래』 이래 제 작품에 항상 존재했던 요소입니다. 또 자학 개그의 성향이기도 합니다. 그렇다고 해서 제가 유머파라 불릴 정도로 잘하는 것은 아니고 앞으로도 그럴 겁니다. 그럼에도 제가 볼 때 산문과 소설과 연극에서 유머는 필수적인 것입니다. 마크 트웨인뿐만 아니라 도스토옙스키나 셰익스피어도 유머 작가였어요. 그런데 이런 유머는 근본적으로 시의 영역과는 거리가 있습니다. 『세상의 종말』과 같은 작품뿐만 아니라 『에스트라바가리오』에서도 저는 세계의 분열된 시각이 적극 개입하는 것을 받아들입니다. 여기서 '분열된 시각'이라 함은 한 인간이, 다시 말해, 자서전적 작품을 쓰는 시인이 자신 안에 서로를 각기 다르게 표현하는 분리된 공간을 가지고 있다는 말입니다.

선생님 초기작 가운데 『스무 개의 사랑의 시와 하나의 절망의 노래』는 수많은 독자에 의해 아직도 애송되고 있어요.

그게 큰 문제입니다. 저는 그 성공이 문학성 때문인지 아니면 인간적 감수성 때문인지 잘 모르겠어요. 그 점에 대해선 이미 100만부 인쇄 기념 특별판 서문에서 말한 적이 있습니다. 이제 곧 200만부가 되겠지만요. 저는 정말 그 원인을 모르겠습니다. 사랑과 슬픔, 사랑과 고통을 노래하는 그 책이 그토록 많은 사람, 특히 젊은이들에게 왜 그토록 끊임없이 읽히고 있을까요? 솔직히 저는 이해하지 못합니다. 이 책은 많은 수수께끼에 대한 젊은 시절의 물음이자 그 물음에 대한 대답일 수 있습니다. 이 책은 근본적으로 고통스러운 책이지만 바래지 않는 매력을 가지고 있는지도 모르죠.

『백 개의 사랑 시』(1960)에는 변화가 조금 있죠.

그건 사랑의 다른 형태입니다. 더 성숙하고 완전한 사랑이죠. 하지만 대체로 제 작품들은 상황의 변화에서 오는 산물입니다. 카를로스 푸엔테스[47]의 책 제목을 빌려서 말하자면 '허물벗기'인 거죠.

그 책도 자전적인 요소가 있지요?

모르겠어요. 과학자들 말에 의하면, 인간의 신체 조직은 항상 변하고 세포도 재생됩니다. 그러니까 일정 시간이 지나면 그 누구도 예전과 동일하지 않지요. 따라서 한 시인의 시는 근본적으로 변화하는 동시에 동일성을 유지해야 합니다. 그렇지만 이미 말했듯 저는 분석하는 걸 좋아하지 않고 시를 분석하는 개념도 모릅니다. 그래서 제가 쓴 시에 사족을 붙일 것도 거의 없습니다.

선생님 시에는 바다, 물고기, 새 등과 같이 반복해서 형상화되는 상징들이 있습니다.

저는 상징을 믿지 않아요. 그것들은 물질적인 것들이에요. 바다, 물고기, 새는 제게 물질적인 소재일 뿐입니다. 그것들을 쓰려면 햇빛에 의존해야 하지요. 상징이란 단어는 제 생각에 정확히 들어맞는 말이 아닙니다. 물론 제 시에는 지속적으로 재등장하는 소재들이 있습니다만, 그것들은 모두 물질적인 실체입니다.

불꽃, 포도주 혹은 불도 마찬가지입니까?

우리는 불꽃과 포도주와 불과 함께 살아갑니다. 특히 불은 살아가기 위해 중요한 부분이죠.

비둘기와 기타는 무엇을 의미하나요?

비둘기는 비둘기를, 기타는 기타라는 악기를 의미합니다.

그 말씀은 선생님 시의 이미지들을 프로이트나 다른 이론에 의거해 분석하는 사람들이 선생님 사고방식과는 맞지 않는다는 뜻이죠?

저는 어떤 생각도 가지고 있지 않습니다. 저는 써야 할 필요가 있기 때문에 쓰는 것이고, 비둘기를 보면 그걸 비둘기라고 부릅니다. 그 순간에 그것이 현존하든 안 하든 제게는 하나의 형태를 가지게 되고, 그것은 주관적일 수도 있고 객관적일 수도 있습니다. 그러나 그것이 결코 비둘기를 넘어 다른 것이 되지는 않습니다.

사람들은 선생님이 시를 쓰는 시인이 아니라 책을 내는 시인이라고 말하는데요.

사실 잘 생각해보면 사람들 말이 맞습니다. 저는 시가 아니라 책의 시인이에요. 혹은 둘 다일 수도 있습니다. 그러나 저는 주로 책을 낼 생각만 합니다. 시를 잡지에 싣는 것을 좋아하지 않는 것도 그 때문입니다. 잡지는 문학 소년소녀들이 좋아하는 것이죠. 우리는 모두 잡지에 글을 쓰고, 출판을 하고 싶어 안달합니다. 그러나 그런 현상도 시간이 가면 저절로 없어집니다. 특히 저는 제 작품이 신문이나 잡지의 문학 면에 다른 시들과 함께 나오는 게 싫었습니다. 그렇게 하다 보니 갈수록 잡지가 싫어지고, 갈수록 책을 내는 걸 좋아하게 됐지요. 잘 아시다시피, 잡지에서는 빛나야 하고 눈에 띄어야 하기에, 모두가 시대에 영합하려 하고 당대의 흐름에 보조를 맞춥니다. 그런데 저는 그런 점에는 흥미가 없어요. 저는 방금 코르타사르의 인터뷰 기사를 읽었습니다. 한 작가가 최근에 나온 자신의 작품을 비판하자 코르타사르가 쟁점을 잘 정리하는 특유의 명석함으로 설명하기를, 자신의 작품들은 나선형을 그린다고 하더군요. 어떤 사람들은 원을 그리거나 제자리에 머무는 데 만족하지만 자신의 작품은 피라미드 구조를 이루는 타원형이라는 겁니다. 글쎄요, 제 작품은 어떤 모양을 그릴지, 수평선이 될지 타원이 될지 잘 모르겠습니다. 저 역시 작품을 건축의 관점에서 봅니다. 아마 제 생각이 코르타사르보다 불확실할 테지만, 분명한 것은 제가 변화를 필요로 한다는 점이고 새로운 관점에 대해 응답해야 할 필요성을 느낀다는 점입니다. 저는 제 작품이 끊임없이 확장되고, 그것이 무엇인지는 정확히 모르지만 뭔가를 짓고 있다고 생각하는 걸 좋아합니다. 그것은 건물도 될 수 있고, 지붕이나 발코니 혹은 광장이 될 수도 있고, 배가 접근하는 부두가 될 수도 있으며, 심지어 여기저기 놓인 돌이 될 수도 있습니다. 어쨌든 저는 사물들을 고립된 것으로 보지 않습니다. 만일 제가 원형을 이루는 작품을 창조하길 원했다면 그것은 제가 항상 한 시대로부터 마지막 한 방울까지 짜내길 원한다는 의미에서 그랬던 겁니다. 즉 그 시대를 충분히 경험하고, 매 순간을 체험하고, 제 주제들을 깊고 넓게 다뤄보자는 것입니다. 젊은 시절부터 저는 확장, 거리, 공간, 인간의 가능성 등에 관심이 많았습니다. 제 초기작 가운데 하나의 제목은 『무한 인간의 시도』입니다. 지금 다시 제목을 붙이라면 '무한 인간'이 아니라 '미완의 인간'이라 할 겁니다. 인간은 미완성의 존재입니다. 그리고 삶의 두 공간인 시작과 끝이 부재한 그곳에 시인의 작품이 건설되어야 합니다.

그 책은 비평가들이 크게 주목하지 않았지만, 선생님께는 매우 중요한 작품이었죠?

저는 『거주자와 그의 희망』도 무척 좋아합니다. 유일한 단편소설 형식의 산문집이죠. 그것은 제 작품 가운데 잃어버린 열매라 할 수 있지만 지금도 계속 싹이 트고 있습니다. 게다가 저는 그것이 사람들이 무심코 지나가는 길가에 나뭇잎을 덮고 숨어 있는 게 너무 좋습니다. 제게는 너무 사랑스러운 존재입니다.

만약에 집에 불이 난다면 어떤 작품을 먼저 구하시겠어요?

아마 아무것도 구하지 않을 겁니다. 제 작품이 제게 왜 필요하겠어요? 차라리 아가씨를 구한다든지 제 시보다 훨씬 재미있는 탐정소설 시리즈를 구한다면 몰라도요.

선생님 작품을 읽는 비평가들 중에는 누가 이해를 제일 잘하는 것 같습니까?

아, 비평가들이요! 제 비평가들은 저를 거의 갈기갈기 찢어버렸어요. 저에 대한 사랑 아니면 증오심을 가지고 저를 분석하고, 산산조각 내버렸죠. 작품에서와 마찬가지로 실제 삶에서 모든 사람을 만족시킬 수는 없어요. 먼 옛날부터 변한 것은 거의 없고 언제나 그래 왔죠. 키스를 해주거나 어루만져주는 사람이 있는가 하면 몽둥이질을 하거나 발로 걷어차는 사람도 있습니다. 그게 시인의 삶입니다. 그런데 정말 저를 화나게 하는 것은 속임수나 악의적 의도를 가지고 시인의 행동이나 작품을 해석하는 겁니다. 예를 들어, 언론인으로서 당신도 직접 보았지만, 많은 나라 사람이 왔던 뉴욕의 펜클럽 대회에 제가 참가하고 있는 동안, 스페인어판 『라이프LIFE』를 위해 당신이 보도한 제 발언은 나중에 잡지 편집자들이나 운영진에 의해 잘리거나 삭제돼버렸지요.[48] 당신이 잘 아시겠지만, 우리 대화의 주제와 관련해 제가 했던 발언은 반미의 관점이 아니라 반제국주의 관점을 드러낸 것이었습니다. 베트남 전쟁의 범죄, 쿠바 침공, 도미니카 공화국 침공 등 미국의 전쟁 기계가 우리를 끌어들이는 호전적인 모험에 대해 강력히 항의한 겁니다. 아무튼, 거기에 대한 우리 대화는 결국 빛을 보지 못했지요.

그리고 당신도 잘 아시듯이, 저는 뉴욕에서 저의 참여시를 낭송했고 캘리포니아에서는 더 많이 읽었어요. 거기서 저는 구체적으로 쿠바에 바치는 시, 쿠바 혁명의 대의를 지지하는 시를 낭송했습니다. 그런데 쿠바의 작가들이 쓰고 서명한 편지를 수백만 부 복사해서 살포할 줄 누가 생각이나 했습니까. 그들은 편지에서 제 말이 의심스러우며 제가 미국의 보호를 받고 있는 존재라고 비난했어요. 심지어 제가 미국에 입국한 것도 일종의 포상이라고 왜곡했습니다. 이는 전적으로 저에 대한 모욕이자 비열한 짓이었습니다. 저는 사회주의 국가들의 다른 많은 작가와 마찬가지로 공식적으로 초청을 받았고, 심지어 쿠바 작가들도 도착할 예정이었으니까요. 당시에는 반제국주의 작가들의 입국 비자가 허가되었습니다. 우리가 진실을 말하기 위해 뉴욕에 간다는 이유 하나로 반제국주의자로서의 면모를 잃어버리는 것은 아니죠. 그럼에도 그런 일이 일어났습니다. 그들은 너무 성급했거나 잘못 알고 있었던 것이죠.

저는 당시에 이런 저의 입장을 해명하려 한 적도 없고 지금도 그럴 생각은 없습니다. 제가 우리 당의 대통령 후보라는 사실 자체가 제가 바로 혁명의 진정한 역사라는 점을 보여주니까요. 그 편지에 서명했던 작가들 가운데 그런 역사에서 저와 비교할 만한 작가가 있을지 의심스럽습니다. 그 사람들 중에 그동안 제가 해왔고 싸워왔던 것의 백분의 일만큼이라도 삶에 대한 헌신, 조직 작업에 대한 헌신, 대중의 혁명 과업에 대한 헌신을 한 작가가 있을지 모르겠습니다. 어쨌든 우리는 살아가는 과정에서 이렇게 부당한 비판과 부당한 인신공격을 받을 각오를 하고 있습니다. 다행히도 비판 가운데는 타인에게 진정한 창조의 씨앗을 심어주는 창조적인 지성도 있지요. 그리고 어딜 가더라도 선의를 가진 사람들이 있고, 인간에 대한 믿음을 간직한 사람들이 있는데, 저의 시는 그렇게 '민중'이라 불리는 절대 다수의 사람을 향하고 있습니다. 저는 지적인 영역에서는 지적인 정직함을 가지고 사람들을 대합니다. 동시에 저는 앞으로도 끝나지 않을 제 투쟁에 동참하고 있는 우리나라와 다른 많은 나라의 민중과도 얘기합니다.

어떤 것들이 선생님에게 문학적으로 영향을 주었습니까?

재미있는 주제입니다. 제가 볼 때, 제가 읽은 모든 시로부터 영향을 받았기 때문에 그걸 일일이 열거하는 건 힘듭니다. 사실 문학이란 것이 끊임없이 영향에 종속될 수밖에 없는데, 그것이 때로는 창조적이기도 하고 파괴적이기도 합니다. 그게 진화의 과정이죠. 마치 자연적인 요소들이 활동하여 우리의 깊은 감정을 일단 가루로 만든 다음, 그것을 뜨겁게 하든 차갑게 하든 우리가 문학이라 부르는 내면적 성찰의 실체로 변화시키는 것처럼, 작가 역시 자신의 작품을 통해 문화적 자산을 발전시킬 의무가 있습니다. 즉 그것을 받아서 깨끗하게 가루로 만든 다음 끊임없이 변형하는 것이죠. 혈액순환을 위한 영양섭취와 같은 겁니다. 문화의 뿌리는 문화에 있지만, 거기에만 있는 것은 아니고 삶에도 있고 자연에도 있습니다. 이 모든 방식이 작가 안에서, 시인 안에서 진행됩니다. 월트 휘트먼은 저의 위대한 동반자입니다. 저는 글 쓰는 방식에서는 휘트먼과 닮은 점이 거의 없지만, 그의 생명의 메시지와 더불어 세계와 삶과 존재와 자연을 받아들이고 포옹하는 점에서는 매우 깊은 휘트먼주의자라고 할 수 있습니다.

월트 휘트먼은 지상에 존재하는 가장 고귀하고 가장 폭넓은 소재들을 지칠 줄 모르고 다듬어내는 초인적 인물이었습니다. 세상을 대하는 자세가 그렇게 중요했던 시인은 찾아보기 힘듭니다. 프랑스 상징주의 시인들도 저에게 큰 영향을 미쳤습니다. 랭보로부터 잘 알려지지 않은 무명의 시인들에 이르기까지 화려한 명단을 볼 수 있지요. 14-15세쯤에 저는 배고프고 목마른 독서광이었고, 그때 읽은 글 모두 제 시에 흔적을 남겼습니다. 어찌 보면, 저는 언제나 타인들과 교류하고 있었어요. 우리가 호흡하는 공기가 한 지역에 국한되지 않고 온 대기의 일부분이듯, 우리는 서로의 경험과 지식과 성취를 교환했습니다. 작가는 항상 집을 옮겨 다닙니다. 그 과정에서 가구는 바꾸더라도 영혼은 바꾸면 안 됩니다. 어떤 작가들은 그런 환경에서 위축되는 것을 느끼기도 합니다. 페데리코 가르시아 로르카 생각이 나는군요. 유머를 좋아할 뿐만 아니라 훌륭하고 독창적인 유머리스트이기도 했던 그는 종종 제 시를 읽어 달라고 했어요. 그래서 제가 반쯤 시를 읽어 내려가면 말을 끊으면서 이렇게 말했죠. "그만, 그만, 이제 됐어. 나한테 영향을 주고 있잖아."

좋아하는 작품에는 어떤 것들이 있습니까?

제가 좋아하는 작품들은 가끔씩 논란의 여지가 되는 것들입니다. 여기서는 제가 제일 존경하는 작가 한 분을 먼저 언급하고 싶군요. 바로 라몬 고메스 데 라 세르나[49]입니다. 고메스 데 라 세르나는 문학적으로 위대하고 비범한 인물이며, 예술의 활력으로 보면 미술에서의 피카소와 좀 비슷합니다. 그는 스페인어권 세계에서 독보적 창조자였습니다. 자신의 고국인 스페인에서 이미 널리 알려졌고, 스페인 내전이 일어날 즈음에는 유럽 전체에 알려지기 시작했죠. 그는 전쟁으로 죽을 때까지 우리 아메리카 대륙의 항구 도시에 머물렀어요. 라몬은 영감과 환상적인 창조성이 솟아나는 큰 강물이었습니다. 그가 우리에게 남긴 환상적인 세계는 아직도 제대로 평가되지 않았습니다. 그는 말과 문장과 언어적 상상력의 위대한 마법사로, 그가 보여준 환상적인 언어의 조합은 스페인어권 문학사에서 유례를 찾아볼 수 없습니다. 그는 우리 시대의 케베도[50]이자 피카소입니다. 많은 창조적인 예술가가 그렇듯, 그의 작품 세계 역시 너무 방대하여 전체를 추천하기가 힘들 정도입니다.

마르셀 프루스트와 같은 시인의 세계도 무궁무진하죠. 젊은 사람이 소화하기엔 어려운 점도 있어요. 라몬의 경우에는, 그의 빈틈없는 창작과 비범한 언어 조합 능력이 아마도 독자들을 지치게 했을지도 모릅니다. 하지만 독자들은 불꽃이 일고 불길에 휩싸인, 그리고 대가들의 작품에서 볼 수 있는 유머가 가득한 이 거인의 위대성 때문에 지친 것이 아닙니다. 저는 라몬과 우정을 간직하고 있었지만 둘 다 너무 바빠서 별로 보지 못했습니다. 반면 피카소와는 몇 년 전 제가 유럽을 방문하는 길에 돈독하고 형제와도 같은 우정을 나누게 됐습니다. 그는 격의 없이 제가 가지고 있던 자질구레하고 정치적인 문제를 해결하도록 도와줬고 자기 집에도 여러 번 초대했습니다. 게다가 저는 극소수의 사람들만 누렸던 특권인 그의 스튜디오 열쇠도 가지고 있었지요. 제가 찾아가면 그는 주로 그림을 그리고 있다가 놀라서 고개를 쳐들곤 했어요. 열쇠를 준 사실을 까먹은 거죠.

노먼 메일러에 대해 얘기해볼까요? 선생님은 그를 알아봤던 몇 안 되는 작가 가운데 한 분이시죠?

『벌거벗은 자와 죽은 자』가 출판된 지 얼마 안 됐을 때, 우연히 멕시코의 한 서점에서 그 책을 봤습니다. 벌써 오래전 일인데, 아무도 그 책에 대해 몰랐고, 심지어 서점 주인도 그게 무슨 책인지 몰랐어요. 저는 곧 여행을 떠날 예정이었고 미국 소설을 찾고 있었기 때문에 그 책을 샀습니다. 당시에 저는 시어도어 드라이저Theodore Dreiser에서 시작해서 어니스트 헤밍웨이, 존 스타인벡, 그리고 윌리엄 포크너로 끝나는 위대한 거장의 시대가 막을 내리면서 소설도 종말을 맞이했다고 생각했었죠. 그랬는데, 섬세하고 경이로운 묘사력과 함께 놀랍도록 뛰어난 언어 능력과 구사력을 갖춘 제대로 무르익은 작가를 만난 겁니다. 저는 파스테르나크[51]의 시를 매우 좋아합니다. 그러나 『닥터 지바고』도 자연에 대한 시적인 묘사 같은 걸 제외하면 『벌거벗은 자와 죽은 자』와 비교할 때 지루한 소설로 보일 정도입니다. 반면 『벌거벗은 자와 죽은 자』는 최근 몇 년 동안 나온 가장 아름다운 작품 가운데 하나로 보입니다. 노먼 메일러 작품을 다 찾아서 읽지는 못했어요. 오래전 기억으로는 (저는 날짜 외우는 데 소질이 없습니다) 아마 그 무렵에 제가 쓴 시가 「나무꾼이

여 깨어나라Que despierte el leñador」입니다. 굉장히 많이 읽히고 번역되었는데, 링컨이라는 인물을 회고하면서 세계 평화에 바치는 시였습니다. 전쟁을 말하면서 일본 오키나와에서 일어나는 전쟁을 언급했고, 거기서 노먼 메일러라는 이름을 불렀습니다. 당시 저의 시는 유럽에서 번역되기 시작했는데 루이 아라공Luis Aragon이 이렇게 한 말을 기억합니다. "노먼 메일러가 도대체 누군지 찾아서 알아내느라 힘들었어." 사실상 그를 아는 사람은 아무도 없었어요. 그래서 저는 그를 초기에 주목했던 작가 가운데 한 명으로 일종의 자부심을 가지고 있습니다. 이제 세상 사람들이 모두 노먼 메일러를 아는 상황에서 제가 덧붙일 말은 없어요. 다만 저는 제 방식으로, 그리고 제 자신을 위해 그를 발견해냈습니다.

선생님은 탐정소설 애독자라고 들었습니다. 좋아하는 작가들은 누구입니까?

이런 장르의 책들 가운데 최근 몇 년 동안 문학 작품으로서 저를 감동시켰던 건 에릭 앰블러[52]의 『디미트리의 관A Coffin for Dimitrios』입니다. 이후에 앰블러 책을 찾아서 사실상 다 읽어봤는데, 『디미트리의 관』처럼 기본이 완벽하고 구성이 잘 짜여 있고 분위기도 신비스러운 작품은 없었습니다. 제게 이 작품은 서스펜스 문학에서 가장 뛰어난 단편 가운데 하나입니다. 제가 볼 때, 거의 이런 장르에만 전념하고 있는 작가들 가운데 최고는 제임스 해들리 체이스[53]입니다. 조르주 심농[54]도 매우 중요한 작가이긴 하지만, 해들리 체이스의 어떤 작품들은 공포와 전율 그리고 파괴력이 독보적입니다. 예를 들어 『미스 블랜디쉬에게 난초꽃은 안 돼No Orchids for Miss Blandish』는 탐정소설 분야에서 이정표와 같은 작품입니다. 저는 흥미롭게도 『미스 블랜디쉬에게 난초꽃은 안 돼』와 포크너의 『성역Santuary』 사이에 비슷한 점을 많이 발견합니다. 포크너의 작품은 매우 불쾌하지만 동시에 중요하죠. 하지만 두 사람 가운데 누가 좋은 작가인지는 결정하지 못하겠습니다.

탐정소설에 대해 말할 때 탐정소설의 역사를 바꾼 거장 대실 해미트[55]를 빼놓을 수 없죠. 그는 탐정소설을 실체도 불분명한 하위 장르에서 탈피시켜 구체적인 골격과 단단한 구조를 부여했습니다. 미국에서 수많은 작가가 그 장르의 위대한 창조자인 해미트를 잇고 있는데, 존 맥도널드John McDonald와 같은 작가가 그중 돋보입니다. 모두 왕성하게 작품을 쓰고 있습니다. 미국의 거의 모든 탐정소설 작가는 아마도 붕괴하고 있는 미국 자본주의 사회에 대한 가장 날카로운 비판자일 겁니다. 최근 탐정소설에서 발견되는 것보다 더 강력한 비판은 없습니다. 그들은 진정한 일급 탐정소설들로, 정치가와 경찰의 음모와 부패, 대도시에서 잘 볼 수 있는 돈의 위력, 미국 체제 전체 그리고 미국의 생활 방식에서 나타나는 부패를 비판합니다. 한 시대에 대한 가장 극적인 증언이지만, 지속성은 가장 부족한 고발일 겁니다. 탐정소설이 문학비평에서 제대로 된 대접을 받지 못하고 있기 때문이지요. 비록 과도기적이긴 하지만, 몰락하는 미국 제국에 대한 심오한 비판은 멈추지 않고 있습니다.

또 어떤 책들을 읽으시나요?

저는 역사책을 좋아하는데, 특히 우리나라의 매혹적인 역사를 즐겨 읽습니다. 당신이 아시다시피, 칠레는 파란만장한 역사를 가지고 있고, 그 심오한 깊이는 다른 나라의 역사에서는 쉽게 볼 수 없는 것입니다. 칠레라는 나라는 여기에 존재하지 않는 기념비나 고대 조각품 덕분이 아니라, 카를로스 1세의 시종이고 바스크의 귀족이며 정복자의 일원으로 이곳에 온 시인, 돈 알론소 데 에르시야 이 수니가[56]에 의해 발명되었기 때문입니다. 당시에 칠레로 온 정복자들이 대부분 감옥에서 나온 사람들이었음을 생각해 보면 그는 상당히 예외적인 존재였어요. 이 땅은 당시 세상에서 가장 험한 곳이었습니다. 아라우카노 부족과 스페인 사람들의 전쟁은 몇 세기 동안 계속됐습니다. 인류 역사에서 가장 긴 애국적인 전쟁이었죠. 반은 원시적인 아라우카노 부족은 300년 동안이나 독립과 자유를 위해 스페인 침략군에 맞서 싸웠습니다. 젊은 인문학도였던 알론소 데 에르시야는 아메리카를 정복하겠다는 잔인한 군인들과 정복자들 사이에 끼어 이곳에 왔고 실제로 그 뜻을 이루었습니다. 하지만 그들은 '칠레'라고 불리는 험하고 원시적인 이 땅만은 빼앗지 못했어요. 알론소 데 에르시야는 『아라우카나』라는 시를 통해 스페인어 서사문학에서 가장 중요한 노래를 써야 한다는 소명 의식을 갖게 됩니다. 이 작품에서 그는 자신의 동족인 카스티야 왕국의 군인들보다 자신이 최초로 이름을 붙여준 아라우카노의 무명 부족들과 무명용사들을 기렸습니다.

16세기에 출판된 『아라우카나』는 여러 언어로 번역되어 전 유럽에 퍼졌습니다. 이렇게 해서 칠레라는 이름이 세상에 첫 선을 보였지요. 위대한 시인이 낳은 위대한 시였습니다. 칠레 역사는 이렇게 조국의 탄생 시기에 불굴의 아라우카노 사람들과 스페인 군인들이 흘린 피를 통해 서사시적인 위대함을 가지게 되었습니다. 그러나 우리는 다른 아메리카 지역의 혼혈과는 반대로 스페인 군인들이 아라우카노 여인들을 강간하거나 첩으로 삼아서 생긴 후손이 아닙니다. 우리 칠레인은 그토록 오랜 세월 동안 필사적으로 투쟁하는 과정에서 포로가 된 스페인 여자들과 아라우카노 남자들 사이에 자발적이거나 강제적으로 맺어진 결혼의 산물입니다. 우리는 그렇게 흥미로운 예외의 사례가 됩니다. 이후 1810년 이래, 비극과 불화와 투쟁으로 점철된 처절한 독립의 역사가 전개됩니다. 그 과정에서 산 마르틴[57], 시몬 볼리바르[58], 호세 미겔 카레라[59], 베르나르도 오이긴스[60]와 같은 이름들이 성공과 실패의 끝없는 이야기 속에 교차합니다.

이 모든 이야기가 저의 흥미를 불러일으켜, 책들을 찾아내고 먼지를 없앤 다음 너무도 재미있게 읽어내려 갑니다. 그러면서 만년설이 덮여 있는 안데스 산맥과 온갖 꽃이 만발한 해변을 비롯해 모든 이에게 너무도 멀고, 낮은 위도 때문에 너무도 춥고, 북부 초석지대 대초원과 광대한 파타고니아의 너무도 황량한 땅을 가진 이 날씬한 나라가 원래 품고 있는 의미가 무엇인지 즐겁게 생각해봅니다.

이것이 저의 조국 칠레입니다. 저는 영원한 칠레인의 일원이고, 어딜 가나 대접을 잘 받더라도 결국 모국으로 돌아가야 하는 칠레인 가운데 한 사람입니다. 그래서 비록 제가 유럽의 대도시들, 이탈리아의 아르노 계곡, 코펜하겐과 스톡홀름의 거리, 그리고 파리, 파리, 파리를 너무도 좋아하지만, 깊은 애정과 자긍심을 가지고 칠레로 돌아가야 하는 것입니다.

선생님에게 러시아 작가들을 읽어보라고 소개한 분이 가브리엘라 미스트랄[61] 이었나요?

가브리엘라 미스트랄은 제게 많은 책을 빌려주었는데, 그중 일부가 19세기 러시아 작가들의 것이었죠. 가브리엘라 미스트랄은 엄청난 독서광으로 많은 소설을 읽었고 지리책도 많이 봤습니다. 그녀 또한 강렬한 창조자였습니다. 그녀는 대체로 우리 시대의 문단에서 올바른 이해를 받지 못했습니다. 가브리엘라 미스트랄은 우리 라틴아메리카 문학에서 최상급의 작가라고 할 수 있습니다. 잘 쓴 작품과 그렇지 않은 작품 사이에 기복이 심하긴 했지만, 그 활력과 언어의 강렬함은 당대 스페인어권 작가들을 모두 압도했습니다. 특히 「죽음의 소네트Sonetos de la muerte」를 썼던 초창기의 모든 시와 시집 『비탄Desolación』에 나오는 모든 시는 스페인어권에서 케베도 정도를 빼놓고는 필적할 작품을 찾기 어렵습니다. 화산과 같은 엄청난 힘과 감정의 폭과 깊이를 보면 케베도의 시와도 비슷한 점이 있습니다. 저는 그녀를 무척 존경하는데, 요즘 사람들은 잘 모르는 것 같아요. 유행에 뒤떨어진 탓도 있지만 그보다는 그녀를 몰라서 그런 것 같습니다. 그녀 역시 자기 나름대로 인문주의자였습니다. 강렬한 원초적 정서를 지니고 독학을 했어요. 온갖 어려움을 겪으면서도 언어를 다듬고 주조해내는 데 성공했습니다. 가브리엘라 미스트랄의 시적, 산문적 언어는 매우 빼어나고 측량할 수 없는 가치를 지닙니다. 자신을 표현하는 형식 때문에 겪은 어려움이 그녀의 문체에 믿을 수 없을 정도의 고상함을 주었지요. 표현의 어려움을 강조하면서도 자신의 단점에서 특유의 문체를 만들어낸 이 시인은 우리에게 커다란 교훈이 됩니다.

시와 문학의 기능은 무엇일까요?

이는 대단히 많이 듣는 질문인데, 대답은 항상 애매하지요. 그런데 사실은 질문이 애매한 겁니다. 시는 시간에 따라, 시대에 따라 다른 조건을 가집니다. 매우 내밀하고 주관적인 시가 필요할 수도 있지만, 이 사회의 소란과 논쟁과 반항이 동반되고 사회 운동이 동반되는 시가 필요할 수도 있죠. 저는 시의 사명이 가장 은밀한 것으로부터 가장 공개적인 것에 이르기까지, 그리고 가장 막연하고 신비스러운 것으로부터 손에 잡히는 곳에 있는 가장 단순한 것에 이르기까지 모든 것을 끌어안는 것이라 생각합니다. 시인의 마음은 시로 그 모든 것을 포용할 만큼 넓어야 합니다. 저는 시가 관심의 대상이 되는 모든 주제에 대해 주의를 기울이고 있어야 한다고 봅니다. 인류의 걸작들은 단테의 『신곡』처럼 정치 선전물과 비슷합니다. 많은 문학 작품이 현재의 권력과 질서에 맞서는 치열한 투쟁에 전적으로 투신했는데, 우리는 그런 예를 빅토르 위고, 존 밀턴, 랭보 등에서 찾을 수 있습니다. 순수시와 참여시 논쟁은 무익합니다. 순수시도 항상 존재하고 참여시도 항상 존재할 것입니다. 저는 두 개 모두의 편입니다. 저는 순수하면서 동시에 순수하지 않으니까요. 저는 제 시가 영혼의 신비주의를 표현하기도 하고, 우리 주변에 늘 널려 있는 소박한 사물들의 단순성을 표현하기도 하면 좋겠습니다. 또한 전사들의 휴식에 동참하는가 하면 전쟁 자체에도 참여하면 좋겠습니다. 그 전쟁은 인간 해방을 통해 잔혹함과 불의에 맞서는 전쟁이지요.

로버트 그레이브스[62]는 "시인은 대중에게 말하는 것이 아니라 단 한 사람에게 말을 할 뿐"이라고 말했습니다. 또 예브게니 옙투셴코[63]와 같은 시인들의 문제가 수천 명의 사람들에게 말을 하지만 막상 누구에게도 말하지 않는다는 점이라고 말합니다.

저는 그레이브스를 무척 존경하고 그의 시도 좋아합니다. 하지만 그의 생각과 달리 저는 많은 사람에게 말하는 시를 무척 좋아합니다. 수천의 사람에게 말하지만 막상 아무에게도 말하지 않는다는 건 잘못 생각한 것입니다. 그도 대중을 위한 시에 감동받은 사람들로부터 우리가 받았던 증언을 듣는다면 생각이 달라질 겁니다. 시인이 새로운 차원을 가질 수 있다는 점을 이해하게 될 것입니다. 저는 단 한 사람에게 말하는 로버트 그레이브스의 차원을 옹호하듯, 그 새로운 차원도 옹호할 것입니다. 시는 한 사람을 대상으로 말하는 경우가 많습니다만, 수많은 사람에게도 말해야 합니다.

시의 리얼리즘에 대해서는 어떤 입장을 가지고 계신가요?

리얼리즘과 문학 창작의 문제는 최근까지도 매우 책임 있는 작가들에 의해 빈번히 논의되는 주제입니다. 저는 문학의 리얼리즘을 믿지 않습니다. 오히려 현실 세계가 작가의 문학적 비전을 형성하는 데 훌륭하고 결정적인 역할을 한다는 믿음 혹은 태도에 공감하지요. 마찬가지로, 상징 역시 프랑스 상징주의 이래, 혹은 그 이전부터 그 중요성을 잃어버린 적은 없다고 생각합니다. 상징은 시 창작의 도구 중 하나지만 사조로서의 상징주의는 상징의 거대한 무덤일 뿐입니다. 저는 사람들의 집단이 만들어낸 유파나 체제의 유해성을 잘 알고 있습니다. 리얼리즘은 창조적 비전의 기본을 형성합니다만, 처방으로서는 현실을 이상하게 왜곡시킨 것밖에 한 게 없습니다. 상징주의가 꿈을 싸구려로 전락시킨 것처럼 말입니다. 현실과 상징은 앞으로도 문학을 풍요롭게 발전시키는 모든 운동의 일부분을 형성할 겁니다. 어떤 차원에서 그 둘은 섞이기도 하고 혼동되기도 하겠지만, 문학사조로서는 이제 사라져야 합니다. 다른 문학의 시대를 대변하는 도깨비 같은 실체에 맞서 특정 사조의 이름을 가지고 싸운다는 것 자체가 창조적인 과정을 불신하다는 점을 드러내는 겁니다. 저는 문학, 음악, 미술의 사조들이 뿌리, 줄기, 잎사귀, 열매 등의 독자적인 생명을 갖고 있으며 결국 시들어 죽음에 이른다고 믿습니다. 그래서 문화 유파들에 대항해서 싸울 필요가 전혀 없습니다. 이미 자기 안에 새로운 씨앗을 품고 있어서 저절로 성장하고 죽게 마련이니까요. 제 생각에는, 문학뿐만 아니라 회화에서도 인간의 형식적인 외면성에 집착하는 방대한 유파로 인식되는 리얼리즘은 이미 성장하고 꽃이 피고 얼마간 훌륭한 열매를 맺으면서 한 시대를 마감했습니다. 그동안 그것은 형식에 매달리는 추하고 천박한 물길에 우리를 빠뜨려왔습니다. 그렇다고 해서 제가 숭고한 예술을 원하는 건 아닙니다. 신비주의적 모호함, 혹은 꿈이나 언어나 숫자를 통해 시를 설명하는 일 역시 우리의 꿈을 화석화시키는 상태로 이끌었으니까요. 단지 저는 그런 예술 유파가 필요하지 않다고 믿는 것뿐입니다. 문학은 시간과 현실과 꿈이 개입하는 개인의 깊은 체험이 되어야 합니다. 이런 거대한 재료들이 작가의 내밀한 삶뿐만 아니라 우리가 살고 있는 시대와 공조를 이루도록 해야 합니다.

선생님은 독창성을 믿지 않는다고 자주 말씀하셨어요.

저는 독창성을 우상처럼 간주하는 것을 좋아하지 않습니다. 기를 쓰고 독창성을 추구하는 것은 근대의 현상입니다. 원시 건축이나 고대 조각뿐만 아니라 모든 시대의 음유시나 민중시는 시대의 산물로서 무명의 존재였습니다. 그럼에도 위대한 걸작들이죠. 우리 시대의 작가들은 뭔가 새로운 방법으로 자신을 드러내려 했습니다. 하지만 피상성에 머무는 이런 관심 때문에 물신숭배로 빠지고 말았지요. 사람들은 이제 그 깊이나 성과를 통해서가 아니라 새로운 방법론이나 기발한 차별성을 통해 자신을 드러내는 길을 모색하고 있습니다. 저는 독창성이 자신의 언어뿐만 아니라 자신의 존재와 체험을 진정성 있는 형식으로 표현하면서 각자의 내부에서 해결해야 하는 문제라고 생각합니다. 이러한 표현의 필요성은 자연스럽게 전개될 겁니다. 그런데 정말 독창적인 예술가는 그것이 전개되는 단계를 시간과 시대와 주제에 맞춰 변화시킵니다. 그 대표적인 경우가 바로 피카소입니다. 그는 회화나 아프리카 조각 혹은 원시 예술 운동과 같은 여러 위대한 문화 운동의 결실이면서, 동시에 그것들을 변형하는 힘을 발휘했습니다. 그래서 그의 작품들이 세계의 문화적 지질학 단층처럼 보이는 것입니다.

옥타비오 파스는 최근 인터뷰에서 문학이 근대시나 소설에서 볼 수 있는 비판적 어조를 가지게 된 것은 세르반테스 이후라고 말했습니다. 이 말에 동의하시는지요?

그는 빛나는 지식인입니다. 하지만 저는 그와 여러 문제에서 다른 의견을 갖는데 이 점에서도 그렇습니다. 저는 문학을 전 지구적인 모습으로 일반화할 수 없다고 생각합니다. 소설은, 특히 황금세기 피카레스크 소설 이래 오늘날에 이르기까지 늘 비판적 의미를 내포하고 있습니다. 앞서 언급했던 미국 탐정소설과 마찬가지로 말입니다. 위대한 작품은 그 자체로 항상 위대한 고발이 되어왔어요. 그러나 검열과 자기검열로 이뤄지는 비판의식은 때로 약점이 되어 창조 정신을 깎아먹을 수 있습니다. 비판정신이 어디로 들어오든 간에 그것은 창조적 충동을 파괴하고, 무엇보다 독창적인 힘을 파괴합니다. 특히 사람과 자연 사이, 그리고 감정과 시적 언어, 즉 감정을 언어로 번역한 것 사이에 존재해야 하는 직접적인 관계를 파괴합니다. 저의 경우, 정치시가 제 문학에서 큰 비중을 차지하지는 않지만 그래도 그런 시를 쓰긴 합니다. 그럼에도 제 느낌으로는, 비판적인 혹은 자기비판적인 모든 시는 시를 비판적 목적에 이용한다는 점에서 일시적일 수밖에 없고 사멸할 운명에 처합니다. 이는 단순히 저의 개인적인 느낌만으로 드리는 말씀이 아닙니다.

마찬가지로, 문학 자체를 다루는 모든 문학 역시 문학 창조의 일시적인 모습에 그칠 뿐이라고 생각합니다. 다시 말해, 시인으로서 제가 존재하는 이유는 시가 성찰, 음악, 활력 에너지, 사물의 근본 요소에 직접적으로 관련되기 때문이지, 현대의 모든 국면에 적용되는 감정들을 반영하기 때문은 아닙니다. 제가 볼 때, 시는 무엇보다도 근본 요소로서의 역할을 수행해야 합니다. 그러니까 시는 불, 흙, 물, 공기와 마찬가지로 세상의 근본 요소가 되는 겁니다. 그래서 공간적, 지질학적, 자연적, 현상적인 기능을 가진 시를 놓고, 창조라는 현상 자체를 분석하겠다는 충동적인 사명감에 붙들려 온갖 심문을 자행하는 행위를 저는 용납할 수 없습니다. 저는 모든 문학 선언문이나 모든 문학 논쟁을 혐오합니다. 이미 여러 번 말했지만, 정작 중요한 일은 자연이나 자기 자신의 심오한 내면을 상대하는 열정적이고 격렬한 작업입니다. 제게 가장 중요해 보이는 것은 자연적인 동시에 초자연적인 시의 역할입니다. 정치시의 효력을 옹호하는 저로서는 역사의 특정 순간에 인간과 민중과 인간의 운동이 시인의 도움을 필요로 할 때, 시인은 사회의 그러한 요청을 거부하면 안 된다고 봅니다.

러시아 문학에서 가장 좋아하는 시인은 누구인가요?

러시아 시의 최고 거장은 역시 마야콥스키[64]입니다. 월트 휘트먼이 한창 성장하던 미국 산업혁명의 시인이었다면, 마야콥스키는 러시아 혁명의 월트 휘트먼입니다. 마야콥스키가 시에 준 영향이 워낙 지대하여 이후 거의 모든 러시아 시는 마야콥스키가 되어버렸습니다. 경이로운 시인인 알렉산드르 블로크[65]와 역시 대단한 작가인 예세닌[66]도 중요한 시인입니다. 이후로는 물론 더 젊은 세대의 시인들이 있습니다. 지금은 별로 젊지 않지만 예브게니 옙투셴코가 있고요, 세묜 키르사노프[67], 미하일 루코닌[68], 안드레이 보즈네센스키[69], 그리고 훌륭한 여류 시인이자 대단한 미인인 벨라 아흐마둘리나[70] 등도 꼽을 수 있습니다. 이밖에도 많은 시인이 있고 그중에는 친한 친구들도 있습니다. 옙투셴코, 보즈네센스키, 아흐마둘리나와 같은 시인은 문학의 해빙기를 열고, 수많은 독자의 관심을 끌었습니다. 저는 음유시인으로서 내 조국뿐만 아니라 아메리카의 거의 모든 국가에서 수많은 청중을 상대로 시를 낭송하고 다닌 방랑 시인이기도 합니다. 그런데 저와 비슷한 경우를 자본주의 국가든 사회주의 국가든 어디서도 본 적이 없어요. 유일하게 기억나는 것은 미국의 위대한 시인인 칼 샌드버그입니다. 그는 기타 하나만 들고 시를 낭송하면서 여행을 다녔지요. 그가 얼마나 부러운지 모릅니다. 그는 에드거 리 매스터스[71]와 로버트 프로스트와 어깨를 나란히 하는 위대한 시인입니다. 이들은 휘트먼 이후 미국에서 가장 훌륭한 시인들입니다.

이미 말했듯이, 러시아에서 제가 감탄하는 것은 시인들이 시민들의 다양한 관심을 이끌어내고 있다는 점입니다. 그 일환으로 지금 소련에서는 공개적인 시 낭송회가 다시 열리고 있습니다. 낭송회는 거의 항상 아름답고 낭만적인 기념비인 푸시킨 동상이나 마야콥스키 동상의 발치에서 개최됩니다. 마야콥스키는 복싱 선수 같은 얼굴을 가지고 있었는데 그 동상은 더더욱 복싱 선수처럼 보입니다. 저는 그 동상들 밑에서 시인들이 몇 시간에 걸쳐 시를 낭송하는 모습을 실제로 본 적이 있습니다. 어떨 때는 새벽 2시에 거길 지나간 적이 있는데, 몇몇 시인이 남아서 10명 남짓한 청중을 대상으로 시를 읽고 있더군요. 이러한 종류의 공개적인 시 혁명이 효력을 발휘한다는 것을 보여주는 장면입니다.

강한 개성을 지닌 옙투셴코는 미국에서 그런 낭송회를 개최하면서 대성공을 거두었습니다.

옙투셴코는 대단히 재능 있는 시인입니다. 저는 그의 시뿐만 아니라 독특하고 화려한 행동과 관습에 반기를 드는 그의 도전정신을 무척 좋아합니다. 아마도 제가 그를 제일 존경하는 건 세계와 다른 사람을 비판할 때의 솔직함, 소련에 대한 변함없는 애국심, 혁명과 사회주의 건설에 대한 자부심 때문일 겁니다. 이는 보즈네센스키나 아흐마둘리나도 마찬가지입니다. 옙투셴코는 어린아이같이 허풍도 잘 떱니다. 항상 유쾌한 매력 덩어리이지요. 그는 독립심이나 개성 없는 저로서는 감히 하지 못할 일도 가볍게 저지릅니다. 예를 들어, 며칠 동안 옆에 붙어서 취재하고 있는 언론인을 인내하는 일 같은 것 말입니다. 옙투셴코라면 절대 참지 못할 겁니다. 그렇지만 뭐 다 생긴 대로 사는 거죠.

러시아를 떠난 작가들에 대해선 어떻게 생각하십니까?

대체로 저는 어떤 곳을 떠나길 원하는 사람이 있으면 떠나야 한다고 믿는 사람입니다. 그것은 순수하게 개인적인 문제니까요. 거기서 파생되는 정치적 문제는 많은 방식으로 해석될 수 있습니다. 소련의 많은 작가가 문학 연맹이나 정부와의 관계에서 불만을 느낄 수 있습니다. 이러한 상황 혹은 이렇게 작가들이 상황을 받아들이는 방식은 세계 어디서나 일어나는 일입니다. 서로 의견이 맞지 않을 수 있죠. 그런데 정부와 작가들 사이의 불화가 사회주의 국가들만큼 없는 곳도 없습니다. 제가 아는 대부분의 작가는 사회주의 건설, 나치에 대항해 싸운 소비에트 연방의 위대한 전쟁, 혁명과 위대한 전쟁에서 민중이 수행한 역할, 그리고 사회주의가 건설한 모든 업적에 대해 자랑스러워합니다. 그런데 만일 그렇지 않은 사람이 있다면 그건 개인적인 문제이기에 개별적으로 사안들을 봐야 하겠죠.

그러나 작가의 작품이든 화가의 작품이든, 그 창작물이 정부가 생각하는 노선을 항상 반영할 수는 없는 노릇이죠?

그것은 조금 과장됐어요. 저는 정부의 생각을 따라야 할 이유도 없고 그것을 찬양할 생각도 없는 작가와 화가들을 알고 있습니다. 그들과 얘기도 나눠봤습니다. 내가 아는 많은 작가는 매우 주관적입니다. 그런데 그 문제와 별개로 정부의 생각이 교조적이고 광범위하고, 거의 군대식으로 부과되고 있다고 믿게 하려는 일종의 음모도 깔려 있는데, 기본적으로 그건 사실이 아닙니다. 모든 혁명은 자신이 가진 역량을 총동원해야 한다는 점을 이해해야 합니다. 건설과 발전 없이 혁명은 지속될 수 없습니다. 자본주의에서 사회주의로 이행되는 엄청난 변화로 인해 생겨나는 전율은, 혁명이 사회의 모든 계층의 지지를 얻어 이뤄지지 않는 한 지속될 수 없어요. 특히 계층 가운데 작가, 지식인, 예술가는 매우 중요합니다. 영국에 맞서 독립전쟁을 벌인 미국의 혁명이나 스페인 제국에 대항해 일어났던 우리의 독립전쟁을 생각해보죠. 만일 독립 이후 50년이나 60년이 지나서 작가들이 군주제를 주장하거나 미국에 대한 영국의 권리를 복원하라고 주장했다면 어떤 일이 일어났겠습니까? 또 라틴아메리카의 독립 공화국들이 탄생한 옛 식민지 땅에 스페인 왕실의 권리를 복원하려 했다면 어떻게 됐겠습니까? 만일 초기의 10년, 20년, 30년, 40년, 혹은 50년이 지나기 전에 어떤 작가나 화가가 식민지 시대를 찬양했다면 그는 매국노 행위를 한 것이어서 당연히 처형됐을 겁니다. 하물며 혁명은 그보다 더 중요합니다. 혁명은 무에서 출발해 원하는 사회를 건설하려는 것입니다. 자본주의에서 사회주의로의 이행은 전례가 없는 일이니까요. 이 새로운 사회는 모든 사람에게 호소해야 하고 그들을 총동원해야 하며, 지식인과 예술가에게 사상과 창작의 도움을 요청해야 합니다. 그 과정에서 갈등이 있을 수 있습니다만 그렇게 발생하는 문제는 그냥 인간적이거나 정치적인 것일 뿐입니다. 시간이 흐르면서 사회주의 체제가 완전히 안정 궤도에 오르면, 비록 휴머니즘과 정의에 대한 사랑과 진리에 대한 사랑이 유행처럼 사라져버리진 않겠지만, 작가와 예술가 들이 사회문제를 생각해야 할 필요성은 감소할 겁니다. 그들이 내면적으로 진정 원하는 바를 할 수 있을 것입니다.

레닌 상Premio Lenin의 국제위원회 소속으로서 "민족들 사이의 평화 증진을 위해" 하신 일은 뭔가요?

레닌 상은 예술적인 공적이 아니라, 세계 평화를 위해 특정인이 행한 노고에 주어지는 영예입니다. 역대 수상자들이 워낙 많아서 그 명단을 모두 밝힐 수는 없지만, 제가 찬성표를 던져서 이 상을 수상한 뛰어난 인물들이 있는데, 파블로 피카소, 폴 로브슨[72], 마르틴 니묄러[73], 라사로 카르데나스 멕시코 대통령, 스페인 시인 라파엘 알베르티, 브라질의 위대한 건축가 오스카 니마이어[74], 프랑스 시인 루이 아라공 등입니다. 이들은 모두 세계 평화를 옹호한 사람들로서 핵무기와 그에 따른 인류 파멸의 위기에 맞서 단호한 결단력과 고집을 가지고 투쟁에 동참했지요. 피카소의 〈게르니카Guernica〉는 현대에 가장 중요한 작품 가운데 하나로, 반전사상이 우리를 전율케 하는 그림입니다. 파괴된 세상에서 인간과 동물이 느끼는 공포와 전쟁을 의미하는 살인이 보이지요. 피카소가 레닌 상을 받은 것은 이러한 요소들 때문입니다. 또다시 새로운 세계 분쟁의 불꽃이 튈 것만 같았던 순간에 평화 운동은 결정적으로 중요한 역할을 했고 지금도 그 역할은 끝나지 않았습니다. 레닌 상 위원회는 14-15명으로 구성되어 있는데, 정치와 무관한 사람들이 더 많습니다. 또한 종교인들, 불교도들, 인도 출신 사람, 폴란드와 이탈리아와 프랑스 사람들이 있고, 저는 오랜 기간 동안 유일한 아메리카 대륙 사람이었습니다. 의견 일치를 보는 것은 그리 어렵지 않습니다. 1년 내내 추천을 받고 토론은 간명하기 때문이죠. 지금까지 수상자는 항상 만장일치제로 결정되었습니다. 상금은 그렇게 많지 않아요. 노벨문학상과 비교할 수는 없죠. 그러나 이 상도 중요한 상이고 매번 충분한 자격이 있는 사람들에게만 주어졌습니다.

영화는 어떤 것을 좋아하십니까?

문제는 이슬라 네그라에 영화관도 없고 연극 무대도 없다는 점입니다. 가장 가까운 극장이 25킬로미터나 떨어져 있는데, 옛날 영화, 그러니까 멕시코 영화나 카우보이 영화만 틀어줍니다. 이와 관련해서 저는 「마을의 영화관에게」라는 짧은 시를 쓴 적도 있어요. 가끔씩 발파라이소나 산티아고에 있는 영화관에 갑니다. 가장 최근에는 〈위대한 모험La gran aventura〉을 봤는데, 역시 서부 개척 영화입니다. 그것이 최근 여섯 달 동안 본 몇 편의 영화 가운데 하나입니다. 때로는 영화관에 가지 않은 채 세 달, 네 달, 그리고 다섯 달이 지나가기도 하죠. 그 영화에서 흥미로운 점은 서부로 향하는 행렬들의 동기를 드러내는 극적인 형식이었습니다. 북미 원주민 부족에게서 땅을 빼앗기 위해 가는 행렬이었는데, 처음으로 진실을 밝히면서 이렇게 말하더군요. "원주민을 덮치러 가자, 원주민을 죽이러 가자, 한 놈도 남겨두지 말자. 우린 그 땅이 필요하니까." 사실 그들은 온 세계에서 이런 비슷한 짓을 했죠. 칠레에서도 마찬가지고요. 그런데 그 영화는 호전적인 군인을 낭만적으로 미화하는 동시에 숨겨진 진실을 훌륭한 방식으로 드러내더군요. 일반적으로 우리가 보는 영화들은 많은 재난, 압도적인 자연의 위력, 수많은 사람이 나오는 전투 등을 다룬 초대형 상업 영화입니다. 대부분 창조적인 것도, 새로울 것도 없이 기본적으로 흥미를 끌 만한 액션과 폭력이 난무하죠. 그런가 하면 저는 루이스 부뉴엘[75] 영화도 봤습니다. 어떤 건 아주 옛날 것이고 어떤 건 요즘 것들이었습니다. 저는 그를 스페인에서 알았어요. 그는 스웨덴의 잉마르 베리만Ingmar Bergman과 마찬가지로 영화사의 위대한 인물입니다.

제가 정말 변함없이 좋아하는 영화는 비토리오 데 시카[76]가 세자르 자바티니[77]와 함께 만든 〈밀라노의 기적〉과 찰리 채플린의 〈황금광 시대The Gold Rush〉입니다. 이 두 편이 제가 가장 좋아하고 가장 많이 생각나는 영화입니다. 최근에는 어떤 행사에서 로럴과 하디[78]의 리바이벌 영화를 연속해서 볼 기회가 있었어요. 제가 볼 때 그들은 매우 수준 높은 위대한 배우들입니다. 젊었을 때, 영화에서 그 '홀쭉이와 뚱뚱이'를 봤는데, 겉보기에도 코믹하게 생겨 그냥 광대로 생각했지요. 그러나 그들의 많은 영화를 보고 나서는, 비록 모두 세상을 떠났지만, 그들이 영화사에서 매우 중요한 역할을 했다는 생각을 합니다. 그들은 카프카나 도스토옙스키가 연상되는 일종의 염세주의라 할 수 있는 특별한 철학을 가지고 있었어요. 그들은 제게 정말 놀라운 감동을 줍니다.

몇몇 영화제에 심사위원으로도 참가하셨지요?

아니요, 그렇지 않아요. 일부 영화제에서 사회를 본 적은 있지만 심사를 한 적은 없습니다. 제가 좋아하지도 않고요.

한번은 선생님이 자본주의 산물로서 할리우드 영화를 비판한 적이 있으신데요.

네, 할리우드 영화는 천재적으로 잘 만드는 만큼 끔직하고 오싹한 단점을 많이 가지고 있습니다. 이미 말했지만, 할리우드 자본의 지원이 없었다면 영화는 그토록 빨리 엄청난 규모로 성장하지 못했을 겁니다. 제가 볼 때 영화 발전은 유물론의 주장을 뒷받침해주는 것 같습니다. 르네상스와 위대한 번영의 시대가 새로운 계층이 예술에 투자할 수 있는 수단을 마련해준 덕분에 인류사가 믿을 수 없는 속도로 발전했듯이 미국 자본주의의 추동력이 초창기 유럽 영화의 성공을 가능케 했습니다. 엄청난 물질적 지원이 영화의 황금시대를 가져왔지요. 마찬가지로, 미국 자본주의의 몰락은 서서히 무너지고 있는 꿈의 공장처럼, 지금의 할리우드가 보여주는 빈곤함에 반영되고 있습니다.

라틴아메리카의 문학 매체들에 대해서는 어떻게 평가하시는지요?

현재의 라틴아메리카 작가들이나 요즘 문학잡지들의 판단에 동의할 수 없는 점을 두세 가지 말씀드리겠습니다. 물론 제가 그 판단을 무시한다는 뜻은 아닙니다. 먼저, 우리가 온두라스, 몬테비데오, 과야킬 혹은 스페인어로 된 뉴욕의 잡지를 읽게 되면 모든, 아니면 거의 모든 잡지가 대동소이한 문학 목록을 보여주고 있다는 사실을 알게 됩니다. 물론 전에도 T.S. 엘리엇이나 카프카가 목록에 있었지요. 그러나 문학의 전범으로서가 아니라 그냥 목록에 선정된 작가들 중 하나였습니다. 그런데 그들은 오늘날 불변의 고전이 됐습니다. 저는 이런 현상을 속물주의라 부릅니다. 그런 목록 작업은 우리의 문화적 식민주의를 보여줍니다. 아직도 많은 경우에, 스페인의 스페인어든 라틴아메리카의 스페인어든 상관없이 스페인어로 된 우리 자신의 문학이 신비평이나 새로운 문학 풍토에 이식되어 주목을 받고 유럽인들의 추천까지 받게 되면 갑자기 관심의 대상이 됩니다. 그러니까 우리는 아직도 유럽의 기준에 종속되어 있다는 얘깁니다. 예를 들어, 다른 영역이지만, 여기 칠레의 가정에서 일상적으로 볼 수 있는 일을 말해볼까요? 한 가정주부가 귀한 도자기 접시를 가지고 있다면, 그것을 당신에게 보여주면서 이렇게 말할 겁니다. "수입품이에요." 실제로 많은 칠레 가정에서 볼 수 있는 일부 접시는 수입품입니다. 독일이나 프랑스의 공장에서 찍어내는 질 낮은 제품들이죠. 이렇게 말도 안 되는 물건들이 단지 수입품이라는 이유로 가정주부들에게 최고 품질의 물건으로 대접받는 실정입니다. 모두 스스로에 대해 불만이거나, 좌절감을 가지고 있거나, 자존감이 부족하거나 혹은 정신적으로 허약해서 생기는 현상이며, 아마도 식민지 근성이란 말로 설명될 수 있을 겁니다. 문화적 식민주의란 유럽으로부터 우리 가치관을 빌려오고, 우리도 최신 유행 상품이나 패션에 뒤떨어지지 않는다는 점을 보여주려는 안간힘입니다. 이것이 우리 자신과 우리 문화의 서글픈 상황입니다.

비록 우리가 지금 매우 활발하고 광범위한 문학의 부흥기를 맞고 있지만, 최근 몇 년 동안 문학계에는 정치적 성격의 문제점도 계속 발생하고 있습니다. 제가 문학에 본격적으로 입문하고 정치에도 관여하기 시작한 40여 년 전만 해도, 모든 사람이 좌파로 몰리거나 조금이라도 혁명 사상을 갖고 있는 것으로 비치는 것을 두려워했습니다. 그래서 대부분의 작가가 뒤로 내빼거나 종적을 감췄지요. 우리나라의 위대한 작가인 호아킨 에드워즈 베요[79]가 잘 알려진 한 작가에 대해 말해준 얘기가 생각납니다. 그는 겉으로는 진보를 자처하는 인사였는데(여기서 그 사람 이름은 밝히지 않겠습니다. 아직 생존해 있으니까요.), 생긴 지는 150년 되고 사상적으로는 300년이나 뒤처진 자본주의적이고 보수적인 거대 신문인 〈엘 메르쿠리오El Mercurio〉에 편집인으로 영입되자 변신을 합니다. 에드워즈는 제게 이렇게 말했습니다. "그가 편집장이 되고 나서 제일 처음 한 일이 뭔지 아는가? 포마드를 사서 헤어스타일을 관리하는 것이었네." 젊어 보이고 뭔가 새롭고 젊은 사상을 가진 것처럼 보이는 게 두려웠던 겁니다.

그런데 요즘 시대를 한번 보세요. 특히 쿠바 혁명 이후 유행은 완전히 반대가 되었습니다. 이제 작가들은 자기를 과격한 좌파 인사로 간주하지 않을까 봐 두려워하고, 저마다 좌파 게릴라에 동조하는 입장을 취합니다. 제국주의에 대항해 최일선에서 싸운다고 떠벌리는 글 외에는 하나도 쓰지 않는 작가들도 많습니다. 대중의 광범위한 행동을 이끌어내고, 민중의 마음속으로 투신하고, 시와 고통 그리고 확신과 의심 가운데 일하면서 반제국주의 투쟁을 그토록 오랫동안 해왔던 우리 같은 사람들은 이제 문학이 민중의 편에 서 있는 것만 봐도 기쁘기 그지없습니다. 하지만 이들이 그저 유행을 따르는 것에 지나지 않고 좌파 지식인으로 취급되지 못할까 봐 두려워하는 수준이라면, 함께 큰일을 도모하기엔 아직 갈 길이 너무 멀다고 봐야 하겠지요. 문학이라는 정글 안에는 온갖 종류의 동물이 살고 있습니다. 저는 수십 년 동안 집요하게 저를 물고 늘어지는 두세 사람의 도발을 견디면서 살아왔습니다. 저의 삶과 시를 공격하는 것에서 인생의 의미를 찾는 그들을 생각하면서 이런 말을 한 적이 있지요. "그래, 그 사람들도 그렇게 살라고 내버려두자. 정글에도 온갖 것이 다 사니까. 하물며 아프리카와 실론의 정글에도 몸집 큰 코끼리의 자리가 있는데, 아프리카 정글처럼 아름답지도 푸르지도 않은 문학의 정글에 온갖 종류의 시인이 없으란 법은 없지 않은가?"

지금 라틴아메리카 문학에서 어떤 작가들을 주목하고 계십니까?

수많은 새 얼굴이 나타나서 모든 사람의 입에 오르내리고 있는데, 그중 빼놓을 수 없는 작가가 코르타사르입니다. 라틴아메리카 소설에 코르타사르가 준 충격은 라틴아메리카 문학을 한 단계 도약시켰습니다. 저는 당신이 스페인어판 『라이프』지에서 코르타사를 인터뷰한 기사를 봤습니다. 그가 진실 어린 많은 얘기를 했고, 작가로 출발하면서 자기에게 영향을 준 문학에 대해 말했지요. 어떤 일이든 우연히 일어나는 것은 없고, 문학사에서도 자연발생적으로 생겨나는 작가는 없습니다. 화산이 폭발하듯 나타난 랭보 정도만 예외라 할 수 있을 겁니다. 그런데 코르타사르가 받았던 다채로운 문화적 영향들을 감안한다 하더라도 그의 문학은 너무도 뛰어납니다. 또 최근 우리 문학에 선풍을 일으킨 사람은 콜롬비아 작가인 가르시아 마르케스입니다. 새로운 형태의 작가인 그는 유량이 풍부한 강물과도 같습니다. 제가 그의 문학에서 제일 좋아하는 점은 이야기를 술술 풀어내어, 우리가 잠이 들 때까지 들려주는 천부적인 재주입니다. 예전에는 영국 소설에서만 볼 수 있었던 점이죠. 물론 그의 얘기를 들으면서 잠이 들기는 힘듭니다. 그가 펼쳐놓는 경이로운 이야기들은 끝이 없으니까요.

카를로스 푸엔테스는 멕시코다운 왕성한 필력으로 문학사의 일부가 되었습니다. 우리는 멕시코가 위대한 소설가들을 배출해온 땅이라는 점을 잊으면 안 됩니다. 잉카 가르실라소 데 라 베가[80]로부터 새로운 얼굴인 바르가스 요사[81]에 이르기까지 페루 역시 많은 작가를 낳았습니다. 멕시코의 후안 룰포[82] 역시 빼놓을 수 없어요. 비록 작품을 몇 편 쓰지 않았고 그 뒤로는 작품도 나오지 않고 있지만 우리 대륙에서 매우 중요한 작가들 중 하나입니다. 이밖에도 많은 작가가 있습니다. 분명한 것은 라틴아메리카 소설이 매우 큰 발전을 이룩했다는 사실입니다. 이는 당연히 이전 세대 작가들의 결실이기도 합니다. 마누엘 로하스[83], 호세 에우스타시오 리베라[84] 혹은 로물로 가예고스 같은 작가들이죠. 우리 시대의 작가들 중에서도 베네수엘라의 미겔 오테로 실바[85], 아르헨티나의 에르네스토 사바토[86]와 우루과이의 호세 카를로스 오네티[87], 칠레의 페르난도 알레그리아[88], 호르헤 에드워즈[89], 호세 미겔 바라스[90] 등을 들 수 있습니다. 이와 같은 현재와 과거 소설의 파노라마는 너무도 다양하고 화려해서 그 어떤 세대도 넘볼 수 없을 만큼 독보적입니다.

라틴아메리카 그림에서는 어떤 화가를 좋아하십니까?

사람들이 무어라 부르는지 잘 모르겠지만, 저는 요즘 크게 유행하고 있고, 라틴아메리카에서도 뛰어난 작가들이 탄생하고 있는 분야인 그림, 조각, 율동, 조명, 빛이 혼합된 종류의 키네틱 아트를 열광적으로 좋아합니다. 사실 저는 예술을 위한 예술을 표방하는 그림이나 작품들을 좋아하지 않았어요. 만일 우리 집에 렘브란트 작품이 있었다면 아마 처치곤란이었을 겁니다. 그런데 훌리오 르 파크[91]는 제게 큰 만족감을 줍니다. 저는 르 파크를 정말 존경합니다. 그래서 그의 작품이 널리 퍼져나가지 못한다는 점이 유감스럽습니다. 저는 위대한 작가나 작품을 생각할 때마다 라틴아메리카 전역에, 그러니까 우리 모국에도 좀 알려졌으면 하는 바람을 갖고 있거든요. 르 파크 하우스, 르 파크 미술관, 르 파크 갤러리 같은 것들이 리마, 부에노스아이레스, 칠레, 카라카스, 과야킬, 멕시코 등 모든 곳에 생기면 좋겠습니다. 르 파크 작품을 볼 때마다 이런 상상을 한답니다. 그 밖의 화가나 조각가, 혹은 소위 현대 회화의 마법사로 불리는 사람들은 베네수엘라의 소토[92]와 알레한드로 오테로[93]입니다. 이들이 만든 전기 조명이 들어오는 큰 모빌 구조물들은 라틴아메리카 모든 광장과 공원에 들어서야 할, 정말 매력적인 기념물입니다. 저는 원시예술도 항상 좋아했습니다. 아프리카와 폴리네시아 예술로부터 현대 원시예술에 이르기까지, 특히 그 효시인 '세관원' 루소[94]로부터 라틴아메리카 민중들에 의해 만들어진 경이로운 원초적 그림에 이르기까지 말입니다. 그래서 저는 흥미를 주는 아주 드문 경우만 제외하고는 추상화들은 다 생략하고 바로 원시예술로 넘어갑니다. 원시예술에는 민중의 손길이 스며 있고 사람들을 자연스럽게 소통시키는 상상력이 있지요. 순수함과 풍요로움을 가지고 저를 매혹시킵니다. 제가 회화의 위대한 시대들을 별 아쉬움 없이 무시하고 넘어가는 건 제가 예술가로서의 소양이 충분치 않아서이기 때문일 겁니다. 현대소설과 문학을 보는 눈과 다른 것이죠.

선생님은 멕시코 벽화 화가들을 항상 높이 평가하셨어요.

멕시코 벽화 화가들은 라틴아메리카 회화사에서 훌륭한 한 시대를 구현하고 있습니다. 저는 그들에게 깊은 존경심을 가지고 있어요. 키네틱 아트와 추상화가 지배하는 새로운 회화의 시대를 맞아 잊히는 것처럼 보이지만, 그들은 라틴아메리카 회화의 발전뿐만 아니라 일종의 멕시코 르네상스로서 한 시대를 포괄하는 위대한 주제와 인물이 있는 매우 중요한 유파의 탄생에 환상적으로 기여했습니다. 현재 새로운 유파의 그림이 주목을 받고 조형예술의 지평을 확대하고 있는 건 새로운 길을 모색하는 재탐색의 과정이 끝이 없다는 사실을 보여줍니다. 제가 볼 때 현재 멕시코의 새로운 그림은 조형예술이 활발하게 발전하고 있는 라틴아메리카의 다른 나라들에 비해 뒤처집니다. 이는 벽화의 단계가 멕시코 예술사에서 수명을 다했다는 점을 말해주는 것 같습니다. 이 시점에서는 베네수엘라와 브라질에서 회화적이고 미학적이고 조형적인 모색이 더 강렬하게 이뤄지고 있습니다.

라틴아메리카 작가들 사이에 반목이 심하다고 보십니까?

물질적으로나 지성적으로나 저개발 상태에 빠지는 것은 절망적인 적대감을 야기합니다. 그래서 우리 대륙의 많은 작가가 평화롭게 살기 위해 유럽으로 떠났다고 봅니다. 저는 아무리 심한 공격을 계속 받더라도 떠나지는 않을 겁니다. 저에 대해 비난과 중상모략을 일삼는 지식인들이 있습니다. 지금도 우루과이 출신의 한 문제아는 그걸 즐기면서, 저와 적대적 존재로 알려지고 유명해지는 것을 인생의 유일한 목표로 삼고 있어요. 제게 적대적인 또 다른 사람들은 저를 40년 가까이 쫓아다녔고 그중 일부는 생각하기도 싫은 끔찍한 비극을 맞았습니다. 저는 유럽이 지적 풍토가 더 건전하고, 문학계 분위기도 더 투명하다고 봅니다. 아마도 그들의 대도시 문화가 모든 정념과 야심, 그에 따른 문학 외적인 분규를 잠재우는 것 같아요. 하지만 저는 민중 투쟁에 투신하고 있어서 우리나라를 떠날 수 없습니다. 그건 나 자신을 떠나는 것과 같으니까요. 저는 근본적으로 우리나라의 땅과 사람이 내 자신의 일부를 이루고 있다는 유기체적 믿음을 갖고 있기에 애국자가 되지 않을 수 없습니다. 빈말이 아니라, 실제로 제가 느끼고 살아가는 현실입니다. 제가 적개심에 가득 찬 지식인들을 달고 다니는 이유도 이런 현실 때문입니다. 저는 그들에게 거의 대꾸하지 않고, 하더라도 아주 간단하게 합니다. 격려해주는 것처럼 말이죠. 한번은 기자 하나가 그들과 제가 어떤 관계냐고 묻기에 이렇게 대답했어요. "제가 홍보의 일환으로 그들을 이용한다고 믿지는 말기 바랍니다. 비록 그 사람들의 집요한 행위를 보면 오해할 수도 있지만요." 이런 의미에서 그들의 비난은 도가 지나칩니다. 그들은 있는 죄목을 다 뒤집어씌우려 해요. 가난하다고 욕하고, 부자라고도 욕하고, 독창성이 터무니없다고 욕하는가 하면, 표절했다고 욕하죠. 도둑놈, 사기꾼, 게으름뱅이, 이혼남 등 비난의 이유를 다 기억하지도 못할 정도입니다. 한 작가가 정치적 박해를 받고 일상적으로도 그런 박해를 받으면, 스스로를 방어하기 위해 나서느라 작품 쓸 시간도 모자라게 됩니다. 하지만 저는 아예 방어를 하지 않으니까 제 본업에 충실할 시간을 가질 수 있지요.

우리 지식인들이 이념적으로 뭉치고 있다고 말할 수 있을까요?

저는 그렇다고 봅니다. 라틴아메리카에서 드러내놓고 구질서를 옹호하는 작가는 보기 힘듭니다. 대부분의 작가가 사회생활에서 혁명을 공감하는 정서를 가지고 있어요. 이는 우리 대륙과 우리 민중의 체험에서 나온 것이라 할 수 있습니다. 대륙의 모든 작가는 어떤 방식으로든 국가의 발전, 민중에 대한 착취, 그들의 고통 등과 연관되어 있거든요. 칠레는 이런 점에서 최근 몇 년 동안 주도적인 역할을 해왔습니다. 우리

나라의 중요한 작가들 중에 보수 반동에 속하는 이는 아무도 없거든요.

망명하거나 이주한 라틴아메리카 작가들에 대해서는 어떻게 생각하십니까?

여기에 대해서는 많은 논의가 있었습니다. 비록 마음은 라틴아메리카에 있고 우리 대륙의 삶을 작품에 반영하고 있다지만, 굉장히 중요한 작가들 중 일부는 유럽에서 살고 있으니까요. 이는 매우 중요한 문제입니다. 옛날에 라틴아메리카 작가들은 망명하거나, 당신 표현대로, 이주를 해버렸고, 그 유일한 목적은 자기 나라, 기원, 민중, 갈등 등을 잊는 것이었어요. 뛰어난 우리 작가들 중에는 심지어 자기 이름을 프랑스어로 쓰는 사람도 있었어요. 위대한 시인 비센테 우이도브로[95]가 그랬죠. 그는 자기 책에도 '뱅상Vincent 우이도브로'라고 프랑스어 서명을 했습니다. 다른 라틴아메리카 작가들 중에도 프랑스에서 오랫동안 살면서 프랑스어로 글을 쓴 사람들이 있습니다. 물론 모국어 외의 다른 말로 글을 쓸 수 있습니다. 대표적인 사례가 조셉 콘래드입니다. 그는 폴란드 망명객으로 영어로 작품 활동을 하면서 독창적이고 위대한 작품들을 집필했지요. 하지만 유럽에 살면서 작품 활동을 하는 우리 작가들은 라틴아메리카인들에게 상처를 줬습니다. 그들의 이주는 단지 언어의 문제가 아니라 가난하고 착취당하는 우리 아메리카를 부끄러워한다는 걸 의미하니까요.

그런데 페루의 바르가스 요사, 아르헨티나의 훌리오 코르타사르, 콜롬비아의 가르시아 마르케스 등 고국과 멀리 떨어져 사는 이 세대의 작가들은 사는 나라와 대륙을 바꾸니까 더 민족주의자가 되고 자신의 땅과 사람들의 삶에 대해서도 더 많은 주제를 얻는 것 같습니다. 그렇다면 과연 누가 이들을 단죄할 수 있을까요? 그건 너무 불합리합니다. 물론 여전히 논쟁의 여지는 될 수 있습니다. 길고도 거의 끝나지 않을 논쟁이죠. 그들의 자발적 추방은 평화로운 환경에서 작업을 하고 싶은 소망의 표현일 겁니다. 우리 대륙에서 우리 작품은 유명해질수록 엄청난 증오와 시기 그리고 비열함의 산물인 항체를 만들어내니까요. 전적으로 우리만 쫓아다니는 사람들도 있습니다. 그들은 국경을 넘어 따라다니면서 우리를 괴롭히고 상처를 주고 흑색선전을 퍼뜨리는데, 그중에는 라틴아메리카 프티부르주아 작가들도 일부 있습니다. 이런 말도 안 되는 이유로, 일부 작가들은 이렇게 말하게 되는 겁니다. "그래, 이제 넌 덜머리가 날 정도로 지쳤어. 이제 나를 내버려두는 곳으로 갈 거야."
동전의 다른 면을 보여주는 현상도 있습니다. 민중과 민족과 단합해서 우리 모두가 열망하는 사회에 도달할 수 있도록 적극적으로 일해야 하는 것도 우리의 임무입니다. 이런 경향도 있지만, 만일 많은 사람이 투쟁의 소명을 갖지 못한다 해도 저는 그 또한 이해합니다. 단지 저의 삶이 다를 뿐이죠. 저는 많은 투쟁에 적극적으로 관여하면서도 글쓰기 작업을 할 수 있었습니다. 저는 정말 그 어느 작가보다도 혹독하게 공격을 받았지만, 작품 활동은 계속할 수 있었습니다. 그래서 저는 불만이 없습니다. 저의 삶은 공정했고, 만일 다시 태어난다 해도 지금까지 걸어온 길을 선택할 것이라고 봅니다.

에르네스토 몬테네그로는 「우리 시대 사람들Mis contemporáneos」이라는 글에서 이렇게 말합니다. "오늘날 유럽이나 미국 작가들이 자기 문학에 혁신을 꾀하고자 한다면 라틴아메리카의 동료 작가들을 공부해야 할 거라는 헛된 희망을 표현한 우루과이 비평가 에미르 로드리게스 모네갈의 인식은 솔직히 말해 터무니없는 소리로 들린다. 그건 개미가 코끼리에게 '내 어깨에 올라와'라고 말하는 격이다." 그리고 그는 보르헤스가 자신의 시선집 서문에 썼던 다음의 글을 인용합니다. "야만적인 미국과 달리, 우리나라(우리 대륙)는 에머슨, 휘트먼, 에드거 앨런 포처럼 세계적인 작가를 배출한 적도 없고 헨리 제임스나 멜빌처럼 위대한 비의주의秘義主義 작가를 낳은 적도 없다."

저는 그런 말은 별로 중요하지 않다고 봅니다. 우리 라틴아메리카 대륙의 촌스러운 점 가운데 하나는 수수하고 겸손하게 창작 활동을 하기보다 제목을 붙이는 데에 큰 힘을 쏟는다는 점입니다. 아메리카에서 휘트먼, 보들레르 혹은 카프카의 이름을 가지는 것이 뭐가 중요합니까? 문학 창작의 역사는 인류사만큼이나 장구하고, 전 세계만큼 광대합니다. 거기에 특정한 라벨을 붙일 수는 없습니다. 글을 읽고 쓸 수 있는 많은 인구를 갖고 있는 미국이나 수천 년의 전통과 많은 인구를 갖고 있는 유럽을 표현 수단도 없고 책도 없는 대다수 인구가 살고 있는 라틴아메리카와 비교하는 건 무리입니다. 라틴아메리카에서 작가들을 배출할 수 있는 대중이 얼마나 되겠습니까? 2억 5천만에서 3억 5천만 명 정도 되는 인구 가운데 예술과 문학 작품을 창조할 수 있는 수는 극히 적어 말을 꺼내기도 민망할 지경입니다. 문화적 유산을 물려받은 수많은 식자층이 너른 지역에서 활동하고 있는 미국이나 유럽과 달리 문화적 배경도 없고 글을 읽지도 못하는 라틴아메리카의 수백만 인구를 감안하면, 우리는 사실상 문화적으로 엄청나게 불평등한 환경을 가진 조그만 소도시에 지나지 않습니다. 서로 돌이나 던지고 있고, 어떻게 하면 다른 대륙을 이길 수 있을까 궁리하면서 허송세월하는 것은 촌스러운 일입니다. 물론 이건 전적으로 개인적인 의견입니다.

저는 유럽이나 북미의 작품보다 더 좋아하는 라틴아메리카 작품들이 많습니다. 그러나 동시에 남미 작가들보다 더 좋아하는 북미 소설가들이나 유럽 작가들도 많습니다. 저는 문화를 편 가르기 하면서 조각내는 일을 좋아하지 않습니다. 그건 모두 촌스러움에서 발생하는 결점입니다. 라틴아메리카가 위대한 철학자나 에세이스트를 탄생시킬 것이라고 기대하는 것 역시 의미 없는 일이라 생각합니다. 문화적으로 성숙했거나 고대의 문명을 계승한 나라들만이 새롭고 심오한 사상의 성찰을 구현하는 사치를 누릴 수 있습니다. 이곳 사람들은 철학이나 에세이를 쓸 열의는 충만하지만, 이제 막 발전을 시작한 선구자들의 대륙이기에 아직은 그럴 여지가 없습니다. 게다가 우리는 무지와 후진성이라는 스페인 식민시대의 부채를 떠안고 있습니다. 1810년까지 이 대륙에 책의 반입이 금지됐다는 사실만 봐도 짐작이 됩니다. 독립 후에 우리는 식민 체제로부터 책, 학교 혹은 이것들을 가질 가능성조차 없는 사람들을 고스란히 물려받았습니다. 이 모든 것이 바뀔 것입니다. 이 나라들의 전경이 바뀔 것이고, 문화가 확산되면서 세계 다른 모든 곳과 마찬가지로 정상적이고 안정된 모습으로 발전할 것입니다.

당신은 여러 큰 나라들을 언급하면서 거기에 에머슨 같은 시인도, 휘트먼 같은 시인도 없다고 탄식할 수 있습니다. 글쎄요, 굳이 이름을 말하고 싶지 않은 그 많은 나라에 에머슨이나 휘트먼과 같은 시인이 있을지 모르겠군요. 저는 현미경을 가지고 하는 그런 세균학과 같은 고찰을 싫어합니다. 제가 보기에 거기에는 근본적으로 중요한 기본 전제가 결여되어 있어요. 저는 라틴아메리카에서 작가들이 문화를 발전시키고, 문맹을 퇴치하고, 대중들이 지식을 쌓고, 모든 사람이 문화를 향유하게 하는 데에 기여하는 방안을 모색할 겁니다. 그것이 바로 제가 바라는 바입니다. 물론 대중문화 발전을 앞당기는 것은 매우 긴 여정이 될 것이고 스페인 식민통치자들이나 크리오요 과두계급은 관심도 가지지 않을 겁니다. 그들은 단지 노동자나 노예로서의 대중을 원하니까요. 그러나 우리는 지금 혁명의 시대를 살고 있고, 민중 정당들은 이 대륙에 문화 창달을 가속화하고 있습니다. 이것이야말로 정말 중요한 것입니다.

그러면 선생님은 유럽이 자기 혁신을 위해 라틴아메리카 문학을 참조할 수 있다고 믿으시나요?

제가 유럽의 문학잡지나 문화 매체에서 본 바에 따르면 그들은 그렇게 하고 있습니다. 그들은 어떤 방식으로든 우리를 바라보고 있어요. 제 책들은 유럽 전역에서 출판되고 있죠. 이탈리아처럼 제 책을 20권 출판한 나라들도 있습니다. 그런데 그것이 뭐가 중요합니까? 본질이 외양보다 더 중요하지 않습니까? 여기서는 일하고 창조하고 생산하려고 노력합니다. 따라서 그건 모두 불필요한 논쟁입니다. 저녁식사 후 얘깃거리는 될지 모르지만 제게는 애초에 관심거리도 되지 않습니다.

칠레 가톨릭대학이 선생님에게 명예박사 학위를 수여한다는 사실은 칠레 가톨릭교회의 새로운 경향인가요?

칠레의 라울 실바 엔리케스Raú Silva Henríquez 추기경은 분명히 명예박사 수여에 반대하는 주변의 목소리를 들었을 텐데, 이에 대한 응답인 듯 명백히 자신의 의견을 밝혔습니다. 그분의 말씀을 그대로 옮겨보겠습니다. "제 개인적인 생각은 의심할 여지 없이 시인이 그것을 받을 자격이 있다는 것입니다. 대학이 그에게 이 학위를 수여하는 것은 큰 의미를 가진 행위인데, 이는 어리석은 사람들에겐 이해되지 않겠지만 용기를 가진 사람들이라면 너무도 잘 이해할 수 있을 것입니다. 이러한 행위에는 오늘날 교회가 자신의 존재 방식과 행동에서 드러내고자 하는 아주 중요한 가치들이 반영되어 있습니다. 첫 번째 가치는, 교회가 진리와 선과 아름다움을 존중하고 있음을 보여주고 믿게끔 한다는 것입니다. 설사 그것들이 같은 신앙을 공유하고 있지 않은 사람들에 의해 구현되더라도 말입니다. 다시 말해, 가톨릭교회와 그리스도교는 본성상 분파될 수 없습니다. 즉 분파주의는 본질적으로 타파되어야 할 대상입니다. 이리하여 건전한 다원주의적 존재가 뿌리를 내립니다. 그렇다면 이 말이 의미하는 바는 무엇일까요? 가톨릭대학교에서 무신론이나 마르크스주의 강의를 해도 된다는 말인가요? 저는 그렇다고 말합니다. 물론 그런 강의를 할 수 있습니다. 우리 그리스도인들은 그런 학문이나 이념도 일부분이라도 진리를 담고 있으며, 우리가 알면 도움이 되는 비판을 우리에게 제기하고 있다고 확신하기 때문입니다. 또한 저는 우리 가톨릭교회가 자발적인 신념에 의해 비천한 이들의 인권 옹호를 위해 몸 바쳐온 분들의 행동과 가치를 인정하고, 이것이 자칫 왜곡되지 않도록 이를 명확히 증언해야 한다고 믿습니다."

실바 엔리케스 추기경의 말씀은 매우 단호해 보입니다. 교회의 교리를 적용하거나 재검토하는 과정에서 얼마나 큰 변화와 진보가 이뤄지고 있는지 보여주는데, 저는 이것이, 적어도 우리나라에서는, 이념과 사상의 풍토에 좋은 영향을 미쳐야 마땅하다고 생각합니다. 우리나라에는 거대 가톨릭 정당인 기독교민주당이 있는데, 최근 상당수의 독실한 신자가 결별을 선언하고 갈라섰습니다. 정당 내에 점점 증가하는 자본주의와 제국주의의 영향력에 대해 당이 맞서기는커녕 그것들과 제휴하는 경향을 보이고 있다는 게 이유였습니다. 저는 가톨릭 정당의 분열에 교회가 영향을 주었다고 봅니다. 그리고 그 영향은 일찍이 교황 요한 23세(재위 1958-1963)에 의해 시작되었습니다. 우리는 앞으로 칠레에서 최고의 가톨릭교도들과 가톨릭 세력들이 진정한 혁명을 구현하기 위해 위대한 마르크스주의 정치가들과 연합하리라는 점을 명확히 알 수 있습니다.

젊은 시인들에게 조언을 하신다면 어떤 말씀을 하시겠습니까?

아! 젊은 시인들에게 조언할 것은 없어요. 그들은 그들의 길을 걸어야 하고 표현의 장애물들을 만나 스스로 싸워야 합니다. 다만 그들에게 꼭 하고 싶은 말이 있다면, 절대 정치시를 쓰면서 시인의 길을 시작하지 말라는 것입니다. 정치시는 깊은 감성과 신념으로부터 나와야 합니다. 정치시는 사랑시를 포함한 다른 어떤 시들보다 더 깊은 감성을 가지고 있으며, 강요해서 되는 것도 아닙니다. 강요당한 시는 저속하고 도저히 읽어줄 수 없습니다. 그래서 정치시인이 되려면 먼저 모든 시를 두루 거쳐야 합니다. 또한 특정 대의에 봉사하기 위해 시와 문학을 배신한 것에 대해 가해지는 모든 비난을 받아들일 준비가 돼 있어야 합니다. 충분한 실체와 내용, 감성적이고 지성적인 풍요로움을 내적으로 갖춤으로써 거기에 맞서야 합니다. 이는 매우 도달하기 어려운 경지입니다.

선생님은 자연에 대해 매우 강렬하게 반응을 하시지요.

저는 작가들이 대도시 분위기에 빨려들어가는 바람에 자연으로부터 분리되는 건 생명의 일부를 빼앗기는 것이라 생각합니다. 한번은 『닥터 지바고』를 언급하면서, 제가 그 작품에서 유일하게 마음에 드는 것은 작가인 파스테르나크가 가진 자연과 소통할 줄 아는 경이로운 능력이라고 말한 적이 있습니다. 시인이 그런 능력을 갖지 못하면 잃는 것이 너무 많습니다. 물론 도시의 삶과 인류의 삶 역시 현대 시인들의 삶을 위해 필요한 재료입니다.

선생님은 대체로 새, 달팽이, 풀, 자연 등에 대해 아주 깊은 애정을 가지고 계시죠?

저는 어린 시절부터 새, 달팽이, 숲, 풀을 좋아해왔습니다. 바다 조개를 찾기 위해 캘리포니아만, 베네수엘라 해안, 칠레 남부의 바다 등을 쏘다니기도 했어요. 결국 굉장히 많이 수집하게 됐지요. 더 많이 찾고 더 많이 수집할수록, 색깔, 다양하고 놀라운 형태, 출신 국가들과의 양식적인 유사성 등 바다 창조물이 가지고 있는 무궁무진한 다채로움보다 더 신비롭고 더 매혹적인 것이 없다는 것을 알게 되었습니다.

제가 바다 조개를 수집하기 시작한 것은 쿠바의 유명한 연체동물학자인 돈 카를로스 데 라 토레Carlos de la Torre 때문입니다. 그 지혜로운 노인이 살아계실 때 자기가 소장하고 있던 개인 수집품 중 가장 좋은 부분을 선물로 주셨거든요. 그는 이미 아바나 박물관에 수집품을 기증해서 자기 이름의 전시실을 가지고 있었지요. 거기다가 제게 조개화석 수집품도 선물했어요. 나무 이끼들 사이에서 사는 육지 달팽이인데, 레몬색부터 불타는 빨간색에 이르기까지 화려한 색을 자랑했습니다. 어떤 것은 소금을 끼얹은 것 같고, 어떤 것은 후추를 끼얹은 것 같았지요.

저는 새의 삶도 연구했습니다. 저는 숲과 밀림에서 새를 쫓아다녔어요. 그 결과 『새들의 예술Arte de pájaros』이라는 책도 썼습니다. 또 풀과 동물들 사이에서 뛰어다녔고 『동물우화집Bestiario』과 『해저 지진Maremoto』을 썼지요. 제 책 『약초상의 장미La rosa del herbolario』는 꽃들과 나뭇가지, 식물의 성장을 다룬 것입니다. 펄떡이는 이 모든 생명의 세계는 나와 나의 감각을, 내 시의 방향을, 내 삶 자체를 지속적으로 무수히 호출해냈습니다. 저는 자연과 분리된 채로 살 수 없었습니다. 저는 이틀 정도 호텔에 머무는 것도 좋아하고 한 시간 정도 비행기 타는 것도 좋아합니다. 그러나 숲에 있거나 모래사장을 걷거나 항해할 때는 너무 행복합니다. 불과 땅과 물과 공기와 직접 접촉할 때 저는 참 행복합니다.

며칠 동안 이슬라 네그라에 머물면서 사람들이 잘 몰랐던, 기쁨에 차 있고 유머 감각이 뛰어나고, 주변 사람들에게 삶의 기쁨을 전파해주는 파블로 네루다의 진짜 모습을 볼 수 있었습니다.

제 시는 제 삶과 똑같은 단계를 거쳤습니다. 아주 고독했던 유년 시절, 그리고 머나먼 나라에 틀어박혀 모든 것으로부터 단절되어 있던 청년기에서 빠져나와 수많은 사람과 함께하게 됐습니다. 그렇게 저의 삶은 무르익어 지금까지 왔지요. 지난 세기의 시인들은 극심한 우울증을 겪거나, 폐병에 걸려 죽거나, 그것도 아니면 적어도 젊은 나이에 요절하는 것이 유행이었던 같습니다. 그래도 저는 어쨌든 19세기의 그런 관념을 깨기 위해 최선을 다했습니다. 지금은 리얼리즘과 삶의 활력으로 충만한 시인들의 시대입니다. 삶이 무엇인지 알고, 그 문제점을 알고, 모든 시류를 가로질러 살아가야 하고, 슬픔을 통해 충만함으로 나아가야 하는 시인들의 시대입니다.

12 살바도르 아옌데(Salvador Allende, 1908-1973)는 소아과 출신의 칠레 정치가이다. 1970년 대선에서 라틴아메리카 역사상 최초의 사회주의자 대통령으로 선출된다. 1973년 9월 11일, 육군참모총장 아우구스토 피노체트 장군이 쿠데타를 일으키자 직접 총을 들고 싸우다가 스스로 목숨을 끊었다.

13 헨리 모건(Henry Morgan, 1635-1688)은 카리브해의 스페인 식민지나 함대를 약탈한 영국 해적이다. 축적한 재산으로 자메이카의 사탕수수 대농장 지주가 되었고 그 공을 인정받아 찰스 2세로부터 작위를 받고 자메이카 총독으로 임명되었다. 카리브해의 해적을 소재로 한 수많은 낭만적 이야기에 영감을 준 주인공이다.

14 호세 산토스 곤살레스 베라(José Santos Vera, 1897-1970)는 칠레의 무정부주의 작가이다.

15 페데리코 가르시아 로르카(Federico García Lorca, 1898-1936)는 20세기 초 스페인을 대표하는 시인이자 극작가로 27세대의 일원이었다. 스페인 내전이 일어난 직후에 우파인 국민전선파 군대에 의해 살해당했다. 생전에 네루다와 각별한 우정을 나누었다.

16 폴 엘뤼아르(Paul Eluard, 1895-1952)는 프랑스의 초현실주의 시인이다. 스페인 내전에서 좌파인 인민전선의 일원으로 싸웠다.

17 라파엘 알베르티(Rafael Alberti, 1902-1999)는 스페인 27세대를 대표하는 시인이다. 공산당원이기 때문에 스페인 내전 중에 망명했으며 민주주의가 정착된 후 귀국했다. 네루다의 절친한 친구였다.

18 미겔 에르난데스(Miguel Hernández, 1910-1942)는 스페인 27세대 및 36세대 시인으로서 프랑코 정권에 의해 종신형을 언도받아 감옥에서 옥사했다.

19 오르티스 데 사라테(Julio Ortiz de Zárate, 1885-1946)는 칠레의 화가로 세잔느 등 프랑스 화가들의 영향을 받아 회화의 혁신을 시도했다.

20 라피타(Rafita)는 본명이 라파엘 에르난데스(Rafael Hernández)이며 이슬라 네그라 집을 지은 목수이다. 네루다는 시에서 그를 '목공소의 시인(poeta de la carpintería)'이라 불렀다.

21 트위기(Twiggy)는 슈퍼모델의 원조로서 세계적 선풍을 일으켰던 영국 출신의 모델 겸 배우인 레슬리 혼비(Lesley Hornby, 1949-)의 별명이다.

22 가브리엘 곤살레스 비델라(Gabriel González Videla, 1898-1980)는 칠레의 정치가이자 변호사로 1946년에서 1952년까지 칠레 대통령을 지냈다.

23 얀 네루다(Jan Neruda, 1834-1891)는 리얼리즘 성향을 가진 프라하 태생의 체코 시인이다.

24 '바오로'를 뜻한다.

25 페드로 아기레 세르다(Pedro Aguirre Cerda, 1879-1941)는 좌파 계열의 급진당 소속 정치가로 1938년에 칠레 대통령에 당선됐으나 임기 도중 결핵으로 사망한다.

26 레오폴 상고르(Léopold Sédar Senghor, 1906-2001)는 세네갈의 시인이자 정치가로 다섯 번에 걸쳐 대통령을 역임했으며 아프리카인으로는 처음으로 프랑스 학술원 회원이 되었다.

27 에메 세제르(Aimé Césaire, 1913-2008)는 카리브해 마르티니크 출신의 시인이자 탈식민주의 이론가이다. 레오폴 상고르와 함께 네그리튀드(Negritude) 운동을 주도했고 1945년부터 2001년까지 포트 드 프랑스 시장을 지냈다.

28 로물로 가예고스(Rómulo Gallegos, 1884-1969)는 베네수엘라의 작가이자 정치가이다. 1947년 대통령 선거에서 승리를 거두고 다음 해에 취임했으나 9달 만에 군부 쿠데타로 물러난다. 대표작으로 지역주의 소설인 『도냐 바르바라(Doña Bárbara)』가 있다.

29 노먼 메일러(Norman Mailer, 1923-2007)는 두 차례 퓰리처상을 받은 유대계 미국 작가이다. 대표작으로 『벌거벗은 자와 죽은 자(The Naked and the Dead)』, 『살인자의 노래(The Executioner's Song)』 등이 있다.

30 칼 샌드버그(Carl Sandburg, 1878-1967)는 퓰리처상을 세 번 받은 미국의 시인이자 전기 작가다. 생전에 미국 현대문학의 최고 거장으로 간주되었다. 그가 세상을 떠나자 린든 존슨 대통령은 "그가 곧 미국"이었다고 말하며 애도했다.

31 표트르 크로포트킨(Peter Kropotkin, 1842-1921)은 러시아의 대표적인 무정부주의자로서, '보로딘'이란 가명으로 잘 알려져 있다.

32 장 그라브(Jean Grave, 1854-1939)는 프랑스 무정부주의 및 국제 무정부주의적 공산주의 운동가이다.

33 레오니트 안드레예프(Leonid Andreev, 1871-1919)는 러시아 소설가로 죽음과 성 문제를 주로 다루었다.

34 해리 브리지스(Harry Bridges, 1901-1990)는 40년간 미국 노동운동을 이끌었던 지도자이다. 공산당원으로 미국 정부의 사찰 대상이었다.

35 사코(Nicola Sacco, 1891-1927)와 반제티(Bartolomeo Vanzetti, 1888-1927)는 강도·살인죄로 사형되었으나 무정부주의자라는 이유로 사법 살인을 당했다고 간주된다. 1959년 진범이 밝혀지면서 미국 재판 사상 큰 오점으로 남았다.

36 루이스 에밀리오 레카바렌(Luis Emilio Recabarren, 1876-1924)은 대통령 선거에도 입후보했던 칠레의 정치가이자 좌파 사상에 기반을 둔 노동운동의 대부이다. 훗날 칠레 공산당이 되

는 사회주의노동당을 만들었으나 공산당 내의 불화로 자살했다. 파블로 네루다는 『대서사시』에서 시를 통해 레카바렌을 추모했다.

37 '의사 아빠'라는 뜻의 '파파 독Papá Doc'은 의사 출신으로 아이티 대통령이 된 프랑수아 뒤발리에(François Duvalier, 1907-1971)의 별명이다. 1957년부터 1971년 죽을 때까지 독재를 펴면서 반대파들을 무차별 살해하고 개인숭배를 강요했다. 아들인 장 클로드가 대통령직을 승계했는데, 그의 별명은 '베이비 독Baby Doc'이었다.

38 넬슨 A. 록펠러(Nelson A. Rockefeller, 1908-1979)는 미국의 백만장자 기업인으로 뉴욕주지사를 지냈고, 포드 대통령 시절 부통령을 지냈다. 베네수엘라 석유개발 사업에 참여하고 국무부 라틴아메리카 담당 차관보를 지내는 등 라틴아메리카와 인연이 많았다.

39 일리야 에렌부르크(Ilya G. Ehrenburg, 1891-1967)는 유대계 소련 작가이자 볼셰비키주의자이다.

40 찰스 맨슨(Charles Manson, 1934-2017)은 영화감독 로만 폴란스키(Roman Polanski, 1933-)의 부인인 샤론 테이트를 살해한 미국의 흉악범으로 종신형을 살았다.

41 라이너스 폴링(Linus Carl Pauling, 1901-1994)은 분자생물학 분야에 정통한 미국의 화학자로 노벨화학상을 받았고, 핵실험 반대를 주창하면서 노벨평화상을 수상했다. 현재까지 단독으로 두 번의 노벨상을 받은 유일한 인물이다.

42 로버트 그레이브스(Robert Graves, 1895-1985)는 영국의 시인, 역사소설가, 고전학자이다.

43 1964년 사르트르가 노벨문학상 수상자로 발표되자 그는 수상을 거부한다. 문학의 우열을 가리는 행위가 부르주아적 발상이며, 그 상을 받으면 자신도 제도화되고 글의 영향력도 떨어질 것이라는 이유였다.

44 사뮈엘 베케트(Samuel Beckett, 1906-1989)는 아일랜드에서 출생한 프랑스 소설가이자 극작가로서 1969년 노벨문학상을 받았다. 대표작으로 『고도를 기다리며Waiting for Godot』가 있다.

45 밀롱가milonga는 19세기 후반 아르헨티나와 우루과이의 리오 데 라플라타 지역에서 기원한 4분의 2박자 민속 음악으로 탱고가 탄생하는 데에 영향을 주었다.

46 수바스 찬드라 보스(Subhas Chandra Bose, 1897-1945)는 벵골 출신의 독립운동가이며, 인도 임시정부 수반 겸 대통령, 인도 국민군 최고 사령관을 지냈다. 제2차 세계 대전 중에는 나치 독일과 일본의 도움을 받아 대영 독립 투쟁을 했다. 비행기 사고로 사망한다.

47 카를로스 푸엔테스(Carlos Fuentes, 1928-2012)는 멕시코의 소설가이자 비평가로 라틴아메

리카 소설의 붐을 일으킨 대표적 거장이다. 스페인어권의 노벨문학상인 세르반테스 상을 수상했고, 단골 노벨문학상 후보였다. 대표작으로 『아르테미오 크루스의 죽음La muerte de Artemio Cruz』, 『허물벗기Cambio de piel』, 『테라 노스트라Terra nostra』 등이 있다.

48 1966년 8월 1일자의 스페인어판 『라이프』를 지칭한다.

49 라몬 고메스 데 라 세르나(Ramón Gómez de la Serna, 1888-1963)는 아방가르드 성향의 스페인 시인이자 극작가이다. 유머와 경구警句가 담긴 한 줄 내외의 짧은 시구인 그레게리아Greguería 형식을 창안했다.

50 케베도(Francisco de Quevedo, 1580-1645)는 루이스 데 공고라와 함께 스페인 황금세기를 대표하는 시인이다. 전형적인 바로크 작가로 공고라의 과식주의culteranismo와 대조되는 기지주의conceptismo 성향의 시와 산문을 썼다. 대표작으로는 『꿈Los sueños』, 『부스콘의 생애 이야기Historia de la vida del Buscón』 등이 있다.

51 보리스 파스테르나크(Boris Pasternak, 1890-1960)는 소련의 시인이자 소설가이며, 대표작으로 『닥터 지바고』가 있다. 1958년 노벨문학상 수상자로 발표되었으나 소련 정부의 압력으로 수상을 거부했다.

52 에릭 앰블러(Eric Ambler, 1909-1998)는 영국의 저명한 스릴러 작가이자 탐정소설 작가이다.

53 제임스 해들리 체이스(James Hadley Chase, 1906-1985)는 유럽에서 '스릴러 문학의 왕'으로 불리는 영국 작가이다. 그의 작품 가운데 50편 이상이 영화화되었다.

54 조르주 심농(Georges Simenon, 1903-1989)은 벨기에 출신의 탐정소설 작가로 500편 이상의 소설과 단편소설을 썼다.

55 대실 해미트(Samuel Dashiell Hammett, 1894-1961)는 미국의 대표적인 탐정소설 작가이자 시나리오 작가로 영화 <몰타의 매> 각본을 썼다.

56 알론소 데 에르시야 이 수니가(Alonso de Ercilla y Zúñiga, 1533-1594)는 스페인 군인이자 시인이다. 스페인 정복군과 아라우카노 부족의 전쟁을 다룬 『아라우카나La Araucana』는 칠레 최초의 작품으로 간주된다.

57 산 마르틴(José de San Martín, 1778-1850)은 아르헨티나에서 태어나 스페인 군에서 복무한 후 아르헨티나 독립 전쟁에 투신한 독립 영웅이다. 아르헨티나, 칠레, 페루를 해방시켰으나, 시몬 볼리바르에게 지휘권을 양도하고 물러난 후 프랑스로 가서 여생을 보냈다.

58 시몬 볼리바르(Simón Bolívar, 1783-1830)는 베네수엘라 출신의 독립운동가로서 오늘날의 베네수엘라, 콜롬비아, 에콰도르, 페루, 볼리비아 등지를 해방시켜서 '해방자El Libertador'라 불린다. 산 마르틴과 에콰도르의 과야킬에서 만나 담판을 한 후, 남미 독립전쟁의 전권을 쥐었

으나 남미 통합의 꿈을 실현시키지 못하고 세상을 떠난다.

59 호세 미겔 카레라(José Miguel de la Carrera, 1785-1821)는 칠레 독립을 위해 투쟁한 군벌 caudillo로서, '건국의 아버지' 가운데 하나로 꼽힌다. 칠레 정부 수반을 지냈으나 오이긴스와 뜻이 맞지 않아 아르헨티나의 멘도사로 망명했으며 그곳에서 총살형을 당했다.

60 베르나르도 오이긴스(Bernardo O'Higgins, 1778-1842)는 산 마르틴을 도와 칠레를 해방시킨 독립 영웅으로서 '건국의 아버지' 중의 하나다. 산 마르틴의 뒤를 이어 칠레 최고 지도자가 되었으나 내분으로 인해 사임하고 페루로 이주한다.

61 본명이 루실라 고도이 알카야가Lucila Godoy Alcayaga인 가브리엘라 미스트랄(Gabriela Mistral, 1889-1957)은 칠레의 시인이자 교육자로서 1945년 라틴아메리카 최초로 노벨문학상을 받았다. 그녀의 서정시는 주로 사랑, 모정 배신, 슬픔, 자연 등을 다루고 있다.

62 로버트 그레이브스(Robert Graves, 1895-1985)는 영국의 시인이자 역사소설 작가이다.

63 예브게니 옙투셴코(Yevgeny Yevtushenko, 1932-2017)는 러시아의 시인이자 영화감독이다.

64 블라디미르 마야콥스키(Vladimir Mayakovsky, 1893-1930)는 볼셰비키 혁명을 찬양하는 동시에 문학 형식의 혁명을 시도했던 전위주의 성향의 소련 시인이자 극작가다. 사랑의 실패, 국가 권력의 압력, 혁명의 매혹과 환멸로 인해 권총 자살했다.

65 알렉산드르 블로크(Alexander Blok, 1880-1921)은 러시아의 시인이자 극작가로서 러시아 상징주의를 주도했으며, 푸시킨 이후 러시아의 최고 시인으로 꼽힌다. 볼셰비키 혁명을 지지했으나 환멸로 끝났으며, 병의 치료를 위한 출국도 금지된 채 요절했다.

66 세르게이 예세닌(Sergei Yesenin, 1895-1925)은 러시아의 저명한 서정시인이다. 볼셰비키 혁명을 지지했으나 공산당과 관계는 좋지 않았고, 미국의 발레리나 이사도라 덩컨과 결혼했으나 헤어졌다. 알코올 중독과 우울증에 걸린 상태에서 자살했다.

67 세묜 키르사노프(Semyon Kirsanov, 1906-1972)는 러시아의 시인이며 마야콥스키의 제자였다.

68 미하일 루코닌(Mikhail K. Lukonin, 1918-1976)은 소련 정부를 위한 시를 쓰면서 스탈린상을 받은 소련의 시인이다.

69 안드레이 보즈네센스키(Andréi Voznesenski, 1933-2010)는 스탈린 사후, 러시아 최고 시인 중 하나다. 사회주의 리얼리즘과 거리를 두고 인간 내면과 자연을 탐구했으며 '언어의 마술사'라 불렸다.

70 벨라 아흐마둘리나(Bella Akhmadulina, 1937-2010)는 '시대의 목소리'라 불렸던 러시아 시인이자 단편소설 작가이다.

71 에드거 리 매스터스(Edgar Lee Masters, 1868-1950)는 미국의 작가이자 변호사이다.

72 폴 로브슨(Paul Robeson, 1898-1976)는 미국의 성악가, 배우이자 인권운동가이다. 소련 공산주의에 호의적이고 미국 체제를 비판했다.

73 마르틴 니묄러(Martin Niemöller, 1892-1984)는 독일의 루터파 목사로 반나치 운동에 앞장섰고 전후에는 반전주의 운동을 했다.

74 오스카 니마이어(Oscar Niemeyer, 1907-2012)는 20세기를 대표하는 브라질의 건축가로 브라질의 행정수도인 브라질리아를 설계했으며 프리츠커상을 수상했다.

75 루이스 부뉴엘(Luis Buñuel, 1900-1983)은 스페인 출신으로 멕시코, 프랑스 등지에서 활동한 세계적인 영화감독이다. 아방가르드 영화를 비롯해 모든 종류의 영화를 감독했고, 화가인 살바도르 달리와 함께 초현실주의 무성영화 <안달루시아의 개Un Chien Andalou>를 찍었다.

76 비토리오 데 시카(Vittorio De Sica, 1901-1974)는 네오리얼리즘 영화의 선구자로 간주되는 이탈리아의 영화감독이다. 대표작으로 <자전거 도둑>, <구두닦이> 등이 있고, 네 차례 아카데미 영화상을 받았다.

77 세자르 자바티니(Cesare Zavattini, 1902-1989)는 이탈리아의 영화 각본가로서 네오리얼리즘 영화 이론의 기초를 놓았다.

78 스탠 로럴(Stan Laurel, 1890-1965)과 올리버 하디(Oliver Hardy, 1892-1957)는 무성영화 시대에 '홀쭉이와 뚱뚱이' 코미디 콤비로 활약한 미국의 영화배우이다.

79 호아킨 에드워즈 베요(Joaquín Edwards Bello, 1887-1868)는 칠레의 작가이자 언론인이다.

80 잉카 가르실라소 데 라 베가(Inca Garcilaso de la Vega, 1539-1616)는 스페인이 지배하는 페루 부왕령 시대의 연대기 작가이다. 스페인 정복자인 아버지와 잉카 왕족인 어머니 사이에서 태어나 아메리카 역사상 최초의 메스티소라고도 불린다. 대표작인 『잉카 왕조실록 Comentarios Reales de los Incas』은 페루 문학의 효시로 간주되기도 한다.

81 마리오 바르가스 요사(Mario Vargas Llosa, 1936-)는 페루 태생 소설가이자 비평가로 1993년 스페인 국적을 취득했다. 라틴아메리카 붐 소설을 대표하는 작가로서 2010년 노벨문학상을 받았다. 대표작으로는 『도시와 개들La ciudad y los perro』, 『녹색의 집La casa verde』, 『판탈레온과 위안부들Pantaleón y las visitadoras』, 『세상 종말 전쟁La guerra del fin del mundo』 등이 있다.

82 후안 룰포(Juan Rulfo, 1917-1986)는 붐 소설의 주요한 일원으로 간주되는 멕시코 작가다. 대표작으로 멕시코 혁명 소설 장르에 속하는 『페드로 파라모Pedro Páramo』가 있다.

83 마누엘 로하스(Manuel Rojas, 1896-1973)는 칠레 소설가로 대표작은 『도둑의 아들Hijo de ladrón』이다.

84 호세 에우스타시오 리베라(José Eustasio Rivera, 1888-1928)는 콜롬비아 작가로 지역주의 소설의 고전인 『소용돌이La vorágine』를 썼다.

85 미겔 오테로 실바(Miguel Otero Silva, 1908-1985)는 베네수엘라의 작가이자 정치가다.

86 에르네스토 사바토(Ernesto Sabato, 1911-2011)는 아르헨티나의 작가로 실존주의 소설인 『터널El túnel』을 남겼다. 세르반테스 상을 수상했다.

87 오네티(Juan Carlos Onetti, 1909-1994)는 우루과이 소설가로 군사독재정권의 탄압을 받다가 스페인에 망명했다. 대표작으로 『간결한 삶La vida breve』이 있다. 세르반테스 상을 수상했다.

88 페르난도 알레그리아(Fernando Alegría, 1918-2005)는 칠레 출신의 시인이자 비평가로 오랫동안 스탠포드대학교 교수를 지냈다.

89 호르헤 에드워즈(Jorge Edwards, 1931-)는 칠레 작가이자 외교관으로 네루다가 주 프랑스 주재 대사 시절 함께 근무했다. 대표작으로 카스트로의 쿠바를 비판적으로 그려서 논쟁거리가 된 『기피인물Persona non grata』이 있다.

90 호세 미겔 바라스(José Miguel Varas, 1928-2011)는 공산주의를 신봉하는 칠레의 작가이자 언론인이다.

91 훌리오 르 파크(Julio Le Parc, 1928)는 아르헨티나에서 태어난 옵아트optical Art와 키네틱 아트kinetic art 예술가다.

92 헤수스 라파엘 소토(Jesús Rafael Soto, 1923-2005)는 베네수엘라의 옵아트·키네틱 예술가, 조각가, 화가다.

93 알레한드로 오테로(Alejandro Otero, 1921-1990)는 베네수엘라의 작가이자 조각가이며, 기하학적 추상의 경향을 가진 화가다.

94 세관원Le Douanier이란 그 직업을 가졌던 프랑스 화가 앙리 루소(Henri Rousseau, 1844-1910)의 별명이다. 단순화되고 사실성을 무시한 화풍을 통해 이국적이고 환상적인 원시의 이미지를 창조했다. 대표작으로 <꿈El sueño>, <뱀을 다루는 여자La encantadora de serpientes> 등이 있다.

95 비센테 우이도브로(Vicente Huidobro, 1893-1948)는 칠레의 시인으로 창조주의creacionismo라는 아방가르드 시학을 개척했다.

1899-1986

Jorge Luis Borges

호르헤 루이스 보르헤스

보르헤스는 프란츠 카프카나 제임스 조이스와 어깨를 나란히 하는 20세기 최고의 소설가로 라틴아메리카 문학을 보편화하고 세계 문학의 지평을 넓혔다는 평가를 받는다. 비상한 기억력으로 동서양 문학과 사상을 섭렵했고 기상천외한 발상의 전환과 새로운 형식의 환상문학으로 후대 작가들에게 큰 영향을 미쳤다. 보르헤스 문학의 큰 특징은 우선 라틴아메리카 특유의 지방색이나 문체가 드러나지 않는 보편성이라 할 수 있다. 이는 아르헨티나가 유럽 이주민이 다수를 이루는 백인 중심 국가라는 점을 비롯해, 그가 어린 시절부터 쌓은 엄청난 독서량과 유럽과 아메리카를 넘나든 체험 등에서 그 이유를 찾을 수 있을 것이다.

보르헤스는 부에노스아이레스에서 태어났다. 그의 아버지는 변호사였고, 어머니는 영문학 교수이자 번역가였다. 집 서재에는 읽을 책이 늘 가득해 미래의 작가에게 지적 자양분이 되었다. 그에게 가장 큰 즐거움은 백과사전을 뒤지는 일이었다. 게다가 할머니가 영국인이어서 일찍이 영어에 능통했고, 『돈키호테』도 영어판으로 먼저 읽는다. 보르헤스는 이미 7살 때 단편소설을 썼고 이전에는 오스카 와일드의 단편을 번역하기도 했다. 1914년에는 아버지를 따라 스위스 제네바로 이주해 프랑스어, 독일어, 라틴어 등을 익혔고 이후 스페인에서 아방가르드 문학의 열풍에 동참했다.

1921년 부에노스아이레스로 돌아온 보르헤스는 '울트라이즘ultraísmo'

이라는 아방가르드 운동을 펼치면서 본격적으로 글을 쓰기 시작한다. 1923년에는 아버지의 후원으로 첫 시집 『부에노스아이레스의 열기Fervor de Buenos Aires』를 출판했다. 초기에 보르헤스는 주로 시를 많이 썼으나 지역주의 색채가 강하면서도 아방가르드 경향이 있는 단편소설을 쓰기도 했다. 그러나 그의 문학은 점차 전통적 시공간을 부정하고 인간과 세계의 근원을 묻는 보편적 주제를 다루게 된다. 이러한 경향의 대표적인 단편소설집이 『픽션Ficciones』(1944), 『알레프El Aleph』(1945), 『모래의 책El Libro de Arena』(1975) 등이다.

1938년, 전폭적인 후원자였던 아버지를 여윈 보르헤스는 시립도서관에서 일자리를 구한다. 한번은 도서관 창문에 머리를 부딪쳐 의식을 잃어버린 적이 있는데, 며칠 후 의식을 찾은 후 자신이 정상인지 여부를 시험하기 위해 단편소설을 쓴다. 이때 쓴 소설이 「피에르 메나르, '돈키호테'의 저자」이다. 결과적으로 이 사건은 아버지의 탯줄을 끊고 독립하는 통과의례가 되었다. 도서관은 보르헤스가 일했던 유일한 직장이었다. 훗날 국립도서관장(1955-1973)으로 임명되었을 때 실명失明이 본격적으로 시작되자 보르헤스는 "신이 허락한 오묘한 아이러니"라고 자조한다. 술도 담배도 하지 않는 마마보이에다 눈까지 어두운 보르헤스에게 유일한 세계는 책이었다. 그는 1967년 엘사 아스테테 미얀Elsa Astete Millán과 결혼했으나 3년 만에 이혼했고, 세상을 떠나기 직전인 1986년 4월 26일 일본계 여비서이자 옛 제자인 마리아 고다마María Kodama와 결혼한다. 같은 해 6월 14일 세상을 떠난 보르헤스는 제네바에 묻혔다.

보르헤스가 새로운 문학의 경지를 보여주고 포스트모더니즘의 선구자로도 간주되었던 건 무엇보다 그가 상상력을 통해 이성적 담론을 거부했기 때문이다. 문학 장르의 구분을 중시하지 않았던 것도 같은 맥락에서 해석할 수 있다. 이런 태도는 크게 보면 이성과 질서를 추구하면서 비인간화를 초래한 근대성에 대한 반성이라 할 수 있겠다. 일례로, 보르헤스는 과감한 발상의 전환을 권한다. 미셸 푸코가 배꼽 빠지게 웃었다는 대표적인 예가 새로운 동물분류법이다. 보르헤스는 척추동물 · 무척추동물 등의 전통적인 분류법 대신에 다음과 같이 동물을 나눈다. 황제 재산인 동물, 방부 처리된 동물, 상상의 동물, 미친 동물, 항아리를 깨뜨린 동물, 멀리서 보면 파리같이 보이는 동물 등. 보르헤스의 유희는 푸코의 말대로 사유의 전 지평을 산산조각 내면서 우리 상상력을 한껏 고양한다. "보르헤스의 작품을 처음 읽었을 때 경이로운 현관에 서 있는 것 같았으나 둘러보니 집이 없었다"라고 말한 나보코프 역시 비슷한 심정이었을 것이다.

보르헤스와 관련된 이야기에서 빼놓을 수 없는 것이 노벨문학상이다. 비록 그의 세계적 명성은 마치 "여름철의 석양처럼" 느리게 찾아온 것이 사실이지만, 보르헤스는 1977년 스페인 시인 비센테 알레이산드레 Vicente Aleixandre와 함께 공동 수상자로 내정된다. 그가 마지막 순간에 탈락한 것은 아마도 페론 정권을 축출한 쿠데타를 지지하고 군부정권하에서 국립도서관장을 지낸 이력 때문이었을 것이다. 앞서 언급되지 않은 보르헤스의 주요 작품으로는 『심문들Inquisiciones』(1925), 『불한당들의 세계사Historia universal de la infamia』(1935), 『영원의 역사Historia de la eternidad』(1936), 『상상 동물 이야기El libro de los seres imaginarios』(1957), 『브로디 보고서El informe de Brodie』(1970), 『7일 밤Siete noches』(1980) 등이 있다.

미국, 매사추세츠주 케임브리지

1968. 01. 15 - 1968. 01. 20

나는 스페인어판 『라이프』 기자로서 케임브리지의 하버드대학교에 방문 교수로 있던 보르헤스에게 전화를 걸어 인터뷰를 요청했다. 우리는 일주일 후에 그의 아파트에서 만났다. 보르헤스는 아르헨티나의 유서 깊은 군인과 지식인 가문의 후손으로서 자기 시대의 뼈대 있는 계급에게 볼 수 있는 전통적이고 독특한 예절을 깍듯이 지켰고, 그들 대부분이 그러하듯 옷차림도 매우 보수적이었다. 연약해 보이는 인상과 창백한 얼굴에도 불구하고, 그는 활력과 에너지가 넘쳤고 목소리는 중후하고 쩌렁쩌렁했다. 케임브리지에서 그는 마음에 드는 거리를 따라 매일 걸어 다녔다. 아침 일찍 집에서 나와 힐스 도서관의 연구실에 나가고 점심때는 똑같은 길을 따라 집으로 돌아오는 그의 일상은 아무리 춥거나 눈이 와도 변함이 없었다. 나는 여러 번 그 길을 따라 그를 동행했다. 보르헤스는 고대 영어로 옛 신화들과 앵글로색슨 시들을 암송하거나 보스턴의 빨간 벽돌집에 대해 얘기하기도 했다. 그가 항상 향수에 젖어 회상하는 곳은 부에노스아이레스의 거리들이었는데, 그것을 증언하는 것이 1967년 케임브리지에서 쓴 「1967년 뉴잉글랜드New England」라는 시다.

> 내 꿈에 등장하는 것들이 바뀌었다.
> 이제는 비스듬히 늘어선 빨간 벽돌집들…

그리고 아메리카는 모퉁이마다 나를 기다린다.
그러나 해가 기우는 저녁에 나는 느낀다.
이토록 느린 오늘과 그토록 짧았던 어제를.
부에노스아이레스, 나는 여전히 걷고 있다.
너의 보도를 따라. 이유도 모르고 시간도 잊은 채.

거의 장님에 가까웠지만 그는 뛰어난 기억력과 탁월한 방향감각을 갖고 있다. 그는 눈길에 미끄러져서 넘어진 적이 있었는데, 자기 집에서 한 블록 떨어진 곳에 있던 내 호텔까지 데려다주겠다고 고집했다. 그는 찾으려는 책이 서재의 어느 곳에 꽂혀 있는지 정확히 가르쳐줬고, 전화가 걸려오거나 누군가 문을 두드리면 날쌔게 방을 가로지르곤 했다. 보스턴 텔레비전 방송국과 인터뷰가 있던 어느 날 오후, 택시 기사가 그를 모시러 왔다가 문가에 있는 그를 보고 말했다. "장님을 태우러 왔는데요." 조그만 안색의 변화도 없이 보르헤스가 대꾸했다. "내가 그 장님이오. 잠깐만 기다려줘요."

그는 수줍어하고 비꼬기도 하지만 아주 다정하고 매력도 넘친다. 어떤 기자가 자기 취미가 시라고 말하자 그는 이렇게 대꾸했다. "그건 나의 취미이기도 해요. 그렇지만 남미식으로 말이죠." 그는 감정 기복이 심해서 어린이처럼 침착하다가 명랑해지고 활기차다가도 참을성 없이 안절부절못하곤 했다. 우리 대화를 녹음한 것을 듣다가 시와 민요와 밀롱가를 암송하는 대목이 나오면 어린아이처럼 순진하고 열정에 넘쳐서 즐거워했지만, 『라이프』의 사진기자가 예정된 시간에 오지 않자 갑자기 불안해하면서 온갖 공상을 하곤 했다. 1년 후, 뉴욕에서 그의 시 낭송회가 열려서 갔는데, 그는 나를 보자마자 농담 삼아 그 일을 제일 먼저 끄집어냈다.

그는 학생들을 정중하고도 친근하게 대했다. 하버드와 래드클리프[96]에서 그에게 배운 학생들은 보르헤스가 라틴아메리카에 대해 흥미를 갖게 했고, 비록 정치나 다른 시사 주제들에 대한 대화를 나눌 수는 없었지만 개의치 않았다고 말한다. 그 학생들 가운데 하나는 이렇게 말했다. "보르헤스는 그보다 젊은 당대의 수많은 작가보다 훨씬 더 아방가르드적이었어요. 그의 문학은 보편성을 가지고 있고 항상 새롭지요. 왜냐하면 그는 변덕스러운 유행을 좇지 않으니까요."

보르헤스와 그의 작품은 당대의 세계로부터 유리되어 있다. 시간적으로나 공간적으로 멀리 떨어져 있으며, 상징적이고 마술적이다. 그의 세계에는 상상의 존재들, 환상, 미로, 단도, 거울들이 가득하다. 보르헤스는 이것들이 자신을 미치게 하는 대상이라고 했다. 그는 인터뷰를 하면서 자신의 작품, 삶, 친구 그리고 좋아하는 장소에 대해 격의 없이 향수에 젖어 말해주었다.

그러나 보르헤스는 자신의 사생활에 대해서는 말을 아꼈다. 인터뷰를 위해 만났을 때 그는 69세였고, 갓 결혼한 상태였다. 그에게 처음이었던 이 결혼은 이혼으로 끝났다. 그는 종종 '두 보르헤스'가 있다고 말하곤 한다. 하나는 인간 보르헤스이고, 다른 하나는 작가 보르헤스이다. 그러나 이 두 존재, 즉 인간과 '타자'는 때때로 하나로 결합한다. 인간으로서 보르헤스는 1971년 컬럼비아 대학에서 자신의 작품을 세르반테스, 에드거 앨런 포, 보들레르, 카프카와 비교하면서 그해의 인물에게 주어지는 명예 문학박사를 수여할 때 눈물을 비칠 정도로 감격했다. 동시에 그는 「보르헤스와 나Borges y yo」라는 유명한 글에서 이렇게 밝혔다.

> 우리 관계가 적대적이라고 말한다면 과장일 것이다. 나는 보르헤스가 자신의 문학을 할 수 있도록 살고 있고 나 자신을 살게 내버려둔다. 그리고 문학이 내 존재를 정당화한다. … 그런데 나는 나 자신을 틀림없이 잃어버리는 운명에 처해 있다.

> 그리고 나의 어느 한 순간에만 타인 안에서 생존할 수 있을 것이다. … (만일 내가 누군가라면) 나는 내가 아닌 보르헤스 안에 머물러야 한다. 그러나 나는 그의 책들보다는 다른 수많은 책에서, 혹은 열심히 치는 기타 소리에서 나 자신을 인식한다.

〈대화〉

시력의 상실은 당신의 삶과 작품에 어떤 영향을 미쳤습니까?

부계 쪽으로 보면 저는 시력을 잃은 다섯 번째나 여섯 번째 세대에 해당합니다. 저는 아버지와 할머니가 장님이 되는 것을 직접 목격했어요. 저는 시력이 좋았을 때가 없었지만 제 운명이 어떻게 되리라는 건 알고 있었죠. 저는 또 1년 이상 소경으로 살면서 아버지가 보여줬던 온화함과 아이러니한 태도에 존경심을 느꼈습니다. 그러한 부드러움은 아마 장님들의 특징적인 모습일 겁니다. 귀먹은 사람들이 화를 잘 내는 것에 비해 장님들은 자기 주변 사람들에 대해 어떤 선의의 평온함을 느낀다고 하거든요. 이는 귀먹은 사람들을 놀리는 농담들은 많지만 장님들에 대해선 그런 이야기가 없다는 걸 봐도 알 수 있습니다. 장님에 대한 농담은 잔인한 짓입니다. 나는 수술을 얼마나 많이 했는지 횟수조차 잊어버렸고, 1955년의 '해방 혁명Revolución Libertadora' 정권이 나를 국립도서관장에 임명했을 때는 이미 책을 읽을 수가 없었어요. 그때 나는 「은총의 시Poema de los dones」라는 시에서 신에 대해 이렇게 썼지요. "절묘한 신의 솜씨로구나. 기막힌 아이러니로, 책과 어둠을 동시에 주시나니." 국립도서관에 있던 8만여 권의 책들과 함께 밤의 어둠이 저를 서서히 덮쳐오고 있었거든요. 하지만 그 황혼은 아주 느렸기 때문에 특별히 애절한 감정은 없었습니다. 한때 큰 글자로 된 책만 읽을 수 있더니, 좀 더 지나자 책 표지나 제목만 겨우 읽을 수 있었어요. 그리고 더 이상 아무것도 읽을 수 없는 시간이 왔죠. 지금 저는 아주 희미하게나마 보기는 합니다. 지금 이 순간에도 당신 얼굴이 보이지는 않지만, 희미하게나마 볼 수 있다는 것과 전혀 볼 수 없다는 것은 천지차이입니다. 전혀 볼 수 없는 사람은 마치 감옥의 죄수 같아요. 그에 비해 저는 자유인이라는 일종의 환상을 가지고 케임브리지든 부에노스아이레스든 쏘다니기엔 충분한 시력을 갖고 있는 것이죠. 물론 저는 사람들 도움 없이는 길을 건널 수 없습니다. 그런데 부에노스아이레스나 뉴잉글랜드[97] 사람들은 매우 친절해서 제가 인도 가장자리에서 멈칫거리고 있으면 즉시 도움의 손길을 내밉니다.

시력 상실은 물론 제 '작품'에 영향을 미쳤습니다. 저는 작품이란 말에 일부러 따옴표를 붙여 강조했습니다. 저는 한 번도 장편소설을 써본 적이 없어요. 장편소설이 독자에게 연속적인 형태로 존재하는 것처럼 작가에게도 연속적으로 존재한다고 생각하기 때문입니다. 반면 단편소설은 단번에 읽어치울 수 있죠. 마치 에드거 앨런 포가 "장편시 같은 건 존재하지 않는다"라고 말한 것처럼 말입니다. 저는 제 자신이 쓴 글을 검토해보는 걸 좋아하는데, 이런 습관이 저로 하여금 긴 단편소설을 그만 쓰게 하고 시의 고전 형식으로 돌아가게 했습니다. (그래도 한 편의 자유시를 쓴 적은 있습니다.) 각운이 기억을 도와주는 미덕을 가지고 있기 때문입니다. 만일 제가 첫 행을 알고 기억한다면 이미 저는 같은 각운이 반복되는 4분의 1의 시를 아는 셈이지요. 이렇게 소네트는, 말하자면, 휴대용이기 때문에 저는 시의 규칙적인 형식으로 되돌아간 겁니다. 저는 머릿속에 소네트를 한 편 넣고 도시를 돌아다니면서 그것을 다듬고 고칠 수 있습니다. 그밖에도 밀롱가를 비롯해, 한 페이지나 한 페이지 반의 분량이 되는 설화나 우화 같은 짧은 글도 쓰고 있습니다. 이런 글들 역시 머릿속에 넣고 다니면서 암송을 하고 수정도 합니다.

제가 또 하나 말씀드리고 싶은 것은, 시력을 잃으면 시간이 다른 방식으로 흘러간다는 사실입니다. 예를 들어, 예전에는 기차로 30분 정도 걸리는 여행은 한시적인 여정이어서 뭔가를 하거나 읽어야 했습니다. 그런데 지금은 제게 불가피한 고독의 시간이 주어졌기 때문에 그냥 혼자 있으면서 이것저것 생각해보는 데 익숙해졌어요. 아니면 아예 생각조차 하지 않고 그냥 되는 대로 내버려두지요. 이렇게 그냥 시간이 흘러가도록 내버려두면 그것이 아주 다른 방식으로 흘러가는 것처럼 보입니다. 더 빨리 흘러가는 건지는 모르겠어요. 다만 훨씬 더 밀도가 높고 더 달콤합니다. 또한 이전보다 기억력도 더 좋아졌습니다. 예전에는 무얼 읽으면 다시 읽을 수 있다는 걸 알기 때문에 피상적으로 읽었던 것 같아요. 그런데 이젠 누군가에게 뭘 읽어달라고 해도 계속 부탁하기는 미안해서, 그가 큰 소리로 읽을 때 훨씬 더 집중해서 들으려고 합니다. 원래 제 기억력은 시각적인 본성을 가지고 있었는데 청각적인 기억술을 배워야 했어요. 예전에는 책을 펴서 뭔가 읽은 다음에는 제가 읽은 것이 홀수 페이지 하단에 있으며 책의 어느 부분이라는 것을 본능적으로 알았는데, 이젠 다른 방식으로 일해야 했지요. 기억력이 더 좋아진 저는 자신감을 가지게 됐습니다. 1955년경 더 이상 눈이 보이지 않는 그 시점에서 저는 고전 영어 공부를 시작했어요. 그때부터 저는 여학생 몇 명과 고대 영어 세미나를 열고 있습니다. 한번은 그 학생들에게 국립도서관의 큰 칠판에 영어의 'th' 음성에 해당하는 룬runic 문자(초기 게르만민족이 1세기경부터 쓰던 특수한 문자) 두 개를 그리라고 한 후 그것을 읽어보려고 했습니다. 그런데 제 머릿속에는 영어로 쓰인 수백 편의 시가 있었지만 그것들이 쓰인 페이지가 잘 생각나지 않더군요. 하지만 학생들이 분필을 가지고 글씨를 크게 그려서, 이제 저는 한 번도 본 적 없는 그 페이지들이 어떻게 생겼는지 알 수 있습니다.

「다른 은총의 시Otro poema de los dones」나 「1967년 뉴잉글랜드」와 같은 시

에서 선생님은 "아메리카는 모퉁이마다 나를 기다린다"라고 쓰셨어요. 저는 이걸 보면서 선생님이 미국에 대해 애정을 품고 있다고 봤습니다.

저는 마크 트웨인, 브렛 하트, 너새니얼 호손, 잭 런던, 에드거 앨런 포를 읽었던 어린 시절 이래 미국에 대해 큰 애정을 느꼈고 지금도 그렇습니다. 제 친할머니가 영국인이어서 어린 시절부터 저희 집에서는 영어와 스페인어를 가리지 않고 썼다는 사실도 영향을 줬을 겁니다. 워낙 자연스럽게 썼기 때문에 저는 그것이 서로 다른 언어라는 것도 몰랐어요. 친할머니와 얘기할 때 썼던 말이 나중에 알고 보니 영어였고, 어머니와 외할아버지, 외할머니와 썼던 말이 알고 보니 스페인어였죠. 그런데 제가 미국에 대한 애정을 가지고 조사해본 결과 많은 라틴아메리카 사람뿐만 아니라 적지 않은 미국 사람 역시 엉뚱한 이유에서 미국을 좋아하고 있다는 사실을 알게 됐어요. 예를 들어, 제가 미국을 생각하면 떠오르는 것은 뉴잉글랜드의 집들, 빨간 벽돌집들, 아니면 남부에 가면 볼 수 있는 목조 저택들, 그들의 삶의 방식, 제게 많은 것을 의미하는 작가들입니다. 휘트먼, 헨리 소로, 멜빌, 헨리 제임스, 에머슨 같은 작가들 말입니다. 그런데 저는 대다수 사람이 이 나라를 좋아하는 이유가 주방용품, 슈퍼마켓, 종이봉투, 심지어 쓰레기봉투 때문이라는 사실을 알게 됐습니다. 그러나 이런 것들은 모두 곧 없어지는 것들이죠. 이들은 쓰라고 만든 것이지 숭배하라고 만든 게 아닙니다. 그건 마치 하찮은 물건을 보고 절을 하는 것과 같아요.

저는 미국에 대한 우리의 호감이나 비판이 다른 기준을 가지고 있어야 한다고 믿습니다. 저는 미국에 사는 당신이 온종일 주방용품에 대해 생각하면서 시간을 보낸다고 보지 않습니다. 그리고 아마도 뉴잉글랜드의 거리는 뉴욕의 마천루보다 더 미국적인 모습일 겁니다. 아니면 적어도 더 사랑받겠죠. 제가 말하고자 하는 바는, 이런 측면에서 미국을 보는 것 역시 중요하다는 것입니다. 저는 뉴잉글랜드를 좋아하긴 하지만 뉴욕에 갔을 때는 엄청난 자부심을 느꼈어요. 그리고 마치 그것이 저의 작품인 양 이렇게 생각했지요. “대단하군. 어떻게 이런 도시가 내게서 나왔을까!” 「다른 은총의 시」에서 저는 여러 가지에 대해 신에게 감사를 드렸는데, 그중에는 이런 것도 있습니다.

> 동틀 녘 가축 떼를 모는
> 평원의 거친 카우보이들,
> 몬테비데오의 아침…
> 샌프란시스코와 맨해튼의 고층 빌딩들…

이뿐만 아니라 저는 텍사스의 아침, 에머슨의 시, 제 삶에 일어났던 일들, 음악, 영국의 시, 영국 출신이었던 할머니를 주신 것도 신에게 감사드립니다. 할머니는 돌아가시면서 우리를 불러서 이렇게 말씀하셨어요. “아무 일도 아니란다. 나는 그냥 늙은이일 뿐이니까 천천히, 아주 천천히 죽어가는 거야. 이 때문에 온 집안이 걱정할 이유는 없단다. 너희 모두에게 내가 미안하구나.” 얼마나 멋진 분입니까!

> 너무 천천히 죽어가고 있는 데에 대해
> 자식들에게 용서를 구한 프랜시스 해슬람,
> 잠들기 전 몇 분간,
> 숨겨진 두 보물인
> 잠과 죽음,
> 굳이 언급하지 않을 끝없는 선물들,
> 시간의 신비로운 형식인 음악.

할머니는 1874년 혁명의 전투에서 전사한 보르헤스 대령의 부인이었습니다. 그녀는 국경의 삶과 원주민들을 보았고, 그곳의 추장인 핀센Pincén과도 얘기를 나눴어요. 그곳이 후닌Junín이었습니다.

전 세계가 미국식 생활 방식을 따라 하는 이유가 무엇이라 생각하시는지요?

저는 이제 그것이 일반적인 경향이 되었다고 봅니다. 제가 태어난 1899년에는 이 세계, 아르헨티나, 그리고 더 구체적으로 말하면 부에노스아이레스는 프랑스만 바라보고 있었죠. 다시 말해, 우리 모두는 아메리카 태생의 백인들이지만 자발적으로 프랑스인이 되었고, 프랑스인들처럼 놀았습니다. 그런데 이제는 세계적인 경향이 미국으로 돌아선 겁니다. 이런 현상이 스포츠, 생활 방식 등 모든 면에 반영되고 있습니다. 예전에는 압생트absinthe 술을 마시고 취했던 사람들이 지금은 위스키를 찾지요. 위스키가 스코틀랜드 것인데도 미국에서 만든 걸로 알고 있는 거죠. 그건 중요한 사실이 아닙니다. 정치가 큰 영향을 끼치는 세계에서, 제가 볼 때 개인적인 호불호를 떠나 두드러지는 두 나라는 미국과 소련입니다. 물론 저는 영국에 정이 많이 가고, 사람들이 영국을 바라보면 좋겠어요. 하지만 그런 일은 일어나지 않을 것이라는 점을 잘 압니다. 지금 우리 역사를 대표하면서 주도권을 다투는 두 나라는 그 두 나라입니다. 우리는 두 세력 사이의 전쟁에 도달해 있고, 둘 중 하나가 승리를 거둘 겁니다. 민주주의나 공산주의, 또는 민주주의라 불리는 것이나 공산주의라 불리는 것이 말입니다.

그렇다면 선생님은 본인이 제일 처음으로 유명해진 나라인 프랑스와 미국 중에서 어느 나라에 더 동질감을 느끼시나요?

미국입니다. 그렇다고 프랑스에 등을 돌린 건 아닙니다. 볼테르와 베를렌과 빅토르 위고를 낳은 나라를 무시한다고 과연 누가 말할 수 있을까요? 만일 프랑스 문화가 없었다면 우리는 모데르니스모[98]도, 루벤 다리오[99]도, 레오폴도 루고네스[100]도 가질 수 없었을 겁니다. 저는 그 어떤 나라의 문화도 부정할 수 없습니다. 저는 제1차 세계 대전 중에 제네바에서 고등학교를 다녀서 스위스에 대해 정이 많지만 그 나라와 동질감을 느끼지는 않습니다. 또 프랑스에 대해 나쁜 말은 한 마디도 할 수 없지만 프랑스에서 살라고 하면 싫을 겁니다. 그러니까 제 말은, 아르헨티나 외에는 그 어디서도 살고 싶지 않다는 말입니다. 만일 제가 아르헨티나에서 살 수 없다면 동쪽에 국경을 접한 우루과이도 좋습니다. 그러나 지금 당장의 소원은 부에노스아이레스로 돌아가는 겁니다. 저는 부에노스아이레스에 대해 깊은 향수를 가지고 있고 최근에 제가 쓴 모든 글에 그것이 반영되어 있습니다. 그렇지 않던가요? 부에노스아이레스가 특별히 아름다운 도시라서 그런 게 아닙니다. 오히려 그 도시는 추하다고 할 수 있죠. 그러나 그건 중요하지 않아요. 아무도 건축학적 관점에서 도시를 좋아하거나 싫어하지는 않으니까요.

미국에는 언제 처음 방문하셨어요?

6년 전입니다. 어머니와 함께 와서 텍사스에서 다섯 달을 지내면서 아르헨티나 문학을 강의했습니다. 교수인 동시에 학생으로서 윌라드 Willard 박사의 고대 영어 수업을 듣기도 했습니다. 이후 뉴멕시코와 애리조나에 있었고, 세상에서 가장 아름다운 도시 가운데 하나인 샌프란시스코에 있었고, 가장 험악한 곳 중 하나인 로스앤젤레스에도 있었어요.

하버드대학교 방문은 이번이 처음이십니까?

몇 년 전에 하버드에서 강연을 한 적이 있는데, 우연한 기회였기 때문에 정확히 기억이 안 나요. 공식적인 방문은 이번이 처음입니다. 찰스 엘리엇 노턴Charles Eliot Norton 재단에서 저를 초청했는데, 이전에는 E.E. 커밍스와 스페인의 위대한 시인인 호르헤 기옌[101]이 초청된 적이 있어요. 이번 강연 주제는 예이츠의 시로, 강연 제목은 '시의 기술This Craft of Verse'이었습니다. 저는 또 하버드대에서 아르헨티나 시에 대한 수업을 하기도 했습니다.

하버드에 몇 달 계시면서 느낀 점은 무엇인지요?

제가 이곳에서 받은 친절과 환대는 정말 놀라운 것이었습니다. 때로는 두려울 정도였죠. 살면서 한 번도 들어보지 못한 엄청난 박수 소리를 들었어요. 부에노스아이레스에서도 박수는 많이 받았지만 그건 어느 정도 의례적인 것이었어요. 그런데 이곳의 박수는, 굳이 영어로 표현하자면, 진정 따뜻한 마음에서 나오는 것이어서 놀랐습니다. 저는 그 이유가 무엇인지 몰라서 제 나름대로 추측을 해봤는데, 어느 정도는 제가 장님이라는 사실에 기인하지 않나 생각합니다. 그런데 사실은 제가 아직은 진짜 장님 행세를 할 수가 없어요. 비록 희미하게나마 당신 얼굴도 볼 수 있거든요. 제가 생각한 다른 이유는 제가 외국인이라는 점입니다. 아마도 외국인은 누구의 경쟁자도 될 수 없고, 나타났다가 곧 사라지는 존재이기 때문에 따뜻한 환영을 받는 것 같습니다. 또 다른 이유도 있을 수 있다고 생각해요. 일반적으로, 중남미나 스페인 사람들이 이곳에 오면 자기 나라에서 행한 훌륭한 공적에 대해서만 자랑하기 바쁩니다. 그런데 저는 시에 대한 강의를 하고 있고, 그것도 영국, 스칸디나비아, 고대 라틴, 스페인 그리고 미국 시인들에 대해 얘기하고 있어요. 즉 여기서 흔히 하는 말로, 뭔가 '팔아먹지' 않는 겁니다. 그냥 진정으로 시를 사랑하는 사람일 뿐이죠. 이런 점이 저를 호의적으로 보게 하는 데에 영향을 주었을 겁니다.

이곳도 아르헨티나 문학에 대한 관심이 높나요?

네, 그렇긴 한데 제가 확인해본 결과 알려진 건 거의 없어요. 대체로 스페인 교수들이 교육을 담당하고 있기 때문이지요. 그들은 중남미 문학보다는 대서양 건너편의 문학을 가르치려 하거든요. 혹은, 그들 말고 쿠바나 멕시코 교수들도 많은데, 자기들과 가깝고 더 좋아하는 것을 가르치는 현상은 자연스러운 것이죠. 저 멀리 남미 끝에 있는 아르헨티나를 거의 모르는 건 이상한 일이 아닙니다. 제가 루고네스 같은 이름을 말할 때 사람들이 저를 좀 이상하게 쳐다본다는 것을 깨달았지요. 한 번도 들어본 적이 없는 작가거든요. 저는 스무 번의 수업만 하기로 해서 결국 일부 작가들만 다루었습니다.

그래서 어떤 작가들이 다루어졌습니까?

저는 외국인들이 가장 관심을 갖는 것은 지역색이라고 생각했어요. 그런 점에서 아르헨티나는 너무 좋은 문학을 가지고 있지요. 저는 먼저 가우초 시인들에 대한 얘기를 했습니다. 이달고, 일라리오 아스카수비, 에스타니슬라오 델 캄포 그리고 호세 에르난데스[102]에 대해 얘기했습니다. 또 여러 시간 동안 『마르틴 피에로』에 대해 강의했고, 에두아르도 구티에레스[103]의 가우초 소설에 대해서도 강의했습니다. 저와 절친했던 작가 리카르도 구이랄데스[104]의 『돈 세군도 솜브라』도 강의했지요. 그 후에는, 사르미엔토[105], 알마푸에르테[106], 루고네스, 마르티네스 에스트라다[107], 엔리케 반치스Enrique Banchs에 대해 말했고, 아돌포 비오이 카사레스[108]와 카를로스 마스트로나르디[109]와 마누엘 페이로우[110]에 대해서도 조금 언급했습니다. 아마 당신은 제가 공정하지 못하게 빼먹은 작가도 많다고 말할지 몰라요. 그러나 저는 학생들에게 작가들 이름만 나열하는 전화번호부 같은 것 말고, 20시간의 한정된 강의에서 언급할 수 있는 작가들을 선별했습니다. 예를 들어, 라파엘 오블리가도Rafael Obligado라는 훌륭한 시인이 있는데, 언제 뭘 했고 「산토스 베가Santos Vega」라는 작품을 썼다고 언급한 후 다른 작가로 넘어가는 식의 강의는 필요 없다는 거죠. 그건 아무 도움도 되지 않습니다.
반면 저는 『마르틴 피에로』 1부를 함께 읽었고, 아스카수비의 시도 많이 읽었어요. 특히 루고네스의 경우에는, 학생들이 깊은 관심을 갖기에 이르렀지요. 저는 그들에게 1907년 루고네스가 『이상한 힘Las fuerzas extrañas』이라는 단편 환상소설집을 펴냈는데, 그중에 웰스와 포의 영향을 받아 쓴 두 편의 단편소설은 오늘날 사이언스 픽션이라 불리는 것의 선구자이고 작품성도 훌륭하다고 가르쳐줬습니다. 그중 하나인 「이수르Yzur」는 한 원숭이에게 말하는 법을 가르쳐주어 결국은 미쳐버린다는 줄거리를 가진 아주 우수한 작품입니다. 아주 비극적인 이야기죠. 이런 사이언스 픽션은 1907년 당시 스페인어권 문학에 존재하지 않았습니다. 제가 또 커다란 만족감을 가지고 확인할 수 있었던 사실은 우리 학생들이 아르헨티나 사람이지만 굳이 국적이 중요하지 않은 작가들에게도 관심을 가지기 시작했다는 점입니다. 오늘 아침에 한 여학생이 저를 찾아와서는 엔리케 반치스에 대한 과제물을 준비하고 있다고 말하더군요. 반치스는 아르헨티나 출신의 훌륭한 시인이지만 특별히 아르헨티나 사람이라는 점이 고려 대상이 되지는 않았죠. 그는 아르헨티나 출신으로서 당연히 아르헨티나 억양을 가진 멋진 소네트를 썼습니다. 하지만 그에게 국적은 중요하지 않았어요. 그가 원했던 것은 자신의 감정을 표현하는 일이었으니까요. 어떤 학생들은 레오폴도 루고네스의 『감정 달력Lunario sentimental』과 반치스의 소네트 「납골함La urna」에 대한 과제물을 제출하기도 했습니다. 그 젊은이들은 아르헨티나 작품을 읽을 때 그것을 멀리 떨어져 있는 이색적인 나라에 대한 기록물이 아니라 그 나라의 문학으로 보고 있다고 생각합니다.

오늘 아침에도 카페에서 한 학생이 선생님께 카를로스 마스트로나르디에 대해 작성하고 있는 과제물에 대해 말하자 굉장히 좋아하시더군요.

카를로스 마스트로나르디는 제게 많은 의미를 가지는 작가입니다. 위대한 시인이자 제 친구이기도 했던 그가 뉴잉글랜드의 학생에게 생각할 주제가 되었다는 사실이 굉장히 감동적입니다. 그 학생은 사실상 마스트로나르디의 유일한 작품으로, 엔트레 리오스Entre Ríos 주에 헌정된 시 「시골의 빛Luz de provincia」에 대해 연구할 겁니다. 이 시는 오랜 기간 동안 제가 애정을 가지고 읽었던 작품인데, 저는 이 구절을 특히 즐겨 암송합니다. "내 사랑, 부드러운, 내 사랑하는 시골la querida, la tierna, la querida provincia." 여기서 '내 사랑'이라는 말은 마치 시인이 그걸 마지막 단어라고 느끼기라도 하듯 반복됩니다. 아니면 굳이 다른 형용사를 찾는 것이 피곤하거나, 시골에 대한 사랑이 지극해서 그런 것인지도 모르죠.

강의할 때는 어떤 언어로 하십니까?

스페인어로 합니다. 제가 볼 때는 학생들의 스페인어 실력도 좋은 편입니다. 물론 제가 쓰는 스페인어가 멕시코 사람보다는 덜 멕시코적이고, 쿠바인보다는 덜 쿠바적이며, 스페인 사람보다는 덜 스페인적인 것은 당연합니다. 그래도 학생들은 제 강의를 잘 따라오고, 놀랍게도 한 작품이 좋은 시인지 나쁜 시인지 알아내기도 합니다. 교수는 자신이 가르치는 모든 것을 좋게 평가하면 안 됩니다. 그래야 학생들 스스로 의구심을 가질 수 있거든요. 루고네스의 시를 읽으면서 제가 좋아하지 않는 부분이 나오면 저는 그걸 학생들에게 직접 말하거나 그들이 스스로 발견하도록 내버려뒀습니다. 저는 어떤 작가가 위대한 작가이니 그렇게 받아들여야 한다고 주입한 것이 아니라, 교수와 학생들 사이의 생각을 주고받는 분위기를 만들어내는 데 성공했다고 생각합니다. 또한 가장 큰 목표도 이루었어요. 그건 학생들이 에르난데스, 루고네스, 반치스를 좋아하기 시작한 겁니다. 저는 이것이 다른 어떤 것보다 중요하다고 생각합니다. 학생들 가운데 한 명이 이 작가들을 진정 좋아할 때 저는 뭔가를 성취했다는 자부심을 느낍니다.

학생들과 소통이 잘되시나 보죠?

일단 저를 맞는 분위기가 굉장히 호의적이었습니다. 그래서인지 아주 신기한 일이 일어났어요. 제가 여기 하버드에서 학생들과 얘기하고 있으면서도, 제가 영어로 말하고 있다는 사실, 그리고 하버드에 있다는 것도 잊어버린 거예요. 마치 부에노스아이레스에서 제 친구들과 말하고 있다는 느낌이 들었지요. 실제로 두 장소는 참 많이 닮았습니다. 그래서인지 말하거나 대화를 나눌 때마다 부에노스아이레스가 많이 연상됩니다.

저는 그들과 말하면서, 그들은 학생이고 저는 교수라는 현학적인 태도의 잘못을 범하지 않으려고 노력합니다. 문학적 주제에 대해 토론을 벌일 때면 모두가 자기에게 관심이 있는 주제에 대해 말하는 동등한 인간일 뿐이죠. 그래서 교수법 차원에서 말하거나 조언을 주려는 유혹조차 느끼지 않아요. 그건 진정한 의미에서 서로를 도와주는 대화입니다. 저는 그런 젊은이들과 얘기하는 게 즐겁습니다. 게다가 학생들이 제게 하는 질문을 들을 때마다 분위기가 매우 지적이라는 점을 깨닫게 됩니다. 제가 여기서 알게 된 것은 학생들이 시험이나 졸업장보다는 공부하고 있는 내용 자체에 더 관심이 많다는 사실입니다. 이건 대단한 일입니다. 저는 저보다 제 작품에 대해 더 잘 아는 사람들도 보았습니다. 저야 작품을 한 번 쓰면 그만인데 그들은 그걸 여러 번 읽고 분석하려고 합니다. 반면 저는 뭔가를 쓰고 나면 잊어버리기 위해 출판해버리죠. 그래서 저는 제 작품의 주제에 대해 관심 있는 복잡한 질문을 많이 받았는데, 어떤 질문들은 매우 헷갈립니다. 많은 경우에 저는 그 글을 썼던 분위기도 다 까먹었는데, 이런 질문을 받아보세요. "그때 그 사람은 왜 잠시 침묵을 지킨 다음에 입을 열었죠?" 그래서 저는 이렇게 대답하죠.

"누구라고요?" 글쎄요, 저는 정말 그가 누구인지 기억도 안 났고, 왜 그 장면에서 그렇게 행동했는지도 모르겠어요. 굉장히 똑똑한 질문들도 많습니다. 그 덕분에 제 작품 안에서 서로 멀다고 생각했던 것들이 은밀한 유사성을 가지고 있었다는 점을 깨닫기도 합니다. 예를 들어, 미로에 대한 단편작품이 어떤 단편 탐정소설과 비슷하다는 점을 알게 되는 거죠. 이전에는 전혀 생각지 않았던 것이에요.

미국 학생들과 아르헨티나 학생들 사이에 차이가 있다고 보십니까?

저는 이 시대의 결점 중 하나가 한 나라와 다른 나라 사이의 차이점을 과장하는 거라 믿습니다. 젊은이들은 세상 어디나 다 비슷합니다. 다만 아르헨티나 학생들은 미국 학생들에 비해 더 소심한 것 같습니다. 여기 미국에서는 학생이 교수가 말하는 중간에 질문을 할 수 있습니다. 여기서 학생이 그렇게 하는 것은 무례해서가 아니라 강의 내용이 흥미롭기 때문인 듯합니다. 부에노스아이레스에서 어떤 학생이 도중에 질문을 하면 사람들은 그가 교수를 귀찮게 하려는 거라고 생각할 것입니다.

그것은 아르헨티나 교수들의 태도 때문이 아닐까요?

그럴지도 모릅니다. 저는 학생들이 자유롭게 질문할 수 있도록 했지만, 수업에서 대화를 이끄는 건 참 어려운 일이었습니다. 이곳 학생들이 공부를 더 열심히 하고 흥미를 가지는 건 사실입니다. 아르헨티나는 대학 개혁이란 것 때문에 시험을 보기 위해서만 공부하는 사람들이 많지요. 예를 들어, 제가 참관한 한 시험에서 교수가 학생에게 어떤 주제를 선택했는지 물어보더군요. 대체 그런 식으로 시험을 본다는 것이 말이 됩니까? 자기 가방에서 과제물을 꺼내 그대로 읽어 내려가던 여학생도 생각나는군요. 그래서 제가 중간에 끼어들어 이렇게 말했습니다. "학생, 우리는 인문대학에 있네. 그러니 학생이 쓰고 읽을 줄 안다는 것을 보여줄 필요는 없어. 주제는 학생이 직접 고른 것이니 우리에게 말로 설명을 해보게." 그랬더니 다른 교수가 이렇게 말하더라고요. "너무 많은 걸 요구하지는 맙시다."

히피와 마약 사용에 대해선 어떻게 생각합니까?

저는 히피나 마약이 결코 권장할 것은 아니라고 봅니다. 히피란 미국의 전형적인 무언가와 아주 잘 맞습니다. 미국인들은 많은 장점을 가지고 있음에도 고독을 향해 가는 경향이 있어요. 경향이라기보다는 고독의 희생자들이라고 말하는 게 좋겠군요. 문득 데이비드 리스먼David Riesman의 『고독한 군중』이란 책이 생각나는군요. 저는 미국인들에 비해 우리 중남미인들이 가지고 있는 장점 중 하나가 사람들과 쉽게 어울리는 것이라고 봅니다. 반면 미국에서는 사람들과 어울리는 게 어려운 것 같아요. 그 어려움을 위장하기 위해 미국인들은 크리스마스 파티 같은 행사를 많이 벌이고 단체나 회합을 만들어 이름표를 단 사람들끼리 모입니다. 저는 이 모든 게 우정이나 동반 의식을 병적으로 꾸며내는 것이며, 그들 모두 개인적으로는 분명 굉장한 고독감을 느낄 거라고 생각합니다. 이는 영국인들에게도 드러나는 현상입니다. 다만 그들은 혼자 있는 것을 전혀 개의치 않는다는 차이점은 있습니다. 그들은 혼자 있을 때 편안함을 느끼거든요. 저는 친밀한 친구 사이인데도 절대 속 깊은 얘기를 나누지 않는 영국인들을 봐 왔어요. 하지만 그들은 서로를 친구라고 생각합니다.

그런데 저보고 히피 얘기를 해달라면 아무 소용없는 일입니다. 저는 살면서 한 번도 히피와 얘기해본 적이 없거든요. 언젠가 거리에서 사람들이 제게 옷차림이 요란한 한 젊은이를 가리키며, "이런 친구가 히피예요"라고 말한 적이 있어요. 저는 눈이 안 보이니까 그냥 보는 시늉만 했지요. 나중에 사람들은 히피가 긴 머리에 구레나룻을 기른다고 말했고,

저는 그들이 마약을 복용하는 것도 알았어요. 저는 그런 것들이 좋지 않다고 생각하지만, 그들이 극단적으로 치달을 것이라고는 생각지 않습니다. 하지만 세상은 언제나 똑같죠. 만일 누가 현재의 관습에 반대한다면 그것을 공격하는 유일한 방법은 또 다른 관습을 만들어내는 겁니다. 수염을 깎는 관습의 시대에는 수염을 기르고, 수염을 기르는 관습이 유행할 때는 수염을 깎는 식이죠. 그런데 지금은 사실 하나의 관습에서 다른 관습으로 넘어가는 전환기입니다. 제가 여기 도착한 첫날 밤 하버드 스퀘어에 나갔을 때가 기억납니다. 사람들이 제게 아주 이상한 젊은이들 그룹이 있는데, 그들이 바로 히피라고 말하더군요. 일반화하는 것을 좋아하는 다른 사람들과 마찬가지로 저도 이렇게 생각했어요. "모든 것을 부정하는 이 젊은 친구들에게 아르헨티나 문학을 가르치려면 어떻게 해야 하지?" 그러나 첫 강의를 하면서 그게 아니라는 점을 깨달았습니다. 히피는 없었고, 설사 있다 해도 소수에 지나지 않았죠.

히피는 기성 체제와 소비 사회를 부정하고 있습니다만.

네, 그리고 그들이 그것을, 예를 들어, 헨리 데이비드 소로와 연결시키려 합니다. 그렇죠? 저는 베블렌Thorstein Veblen의 책 『유한계급론』을 읽은 적이 있어요. 거기서 저자는 현대 사회의 특징 가운데 하나로 사람들이 과시적인 방식으로 많이 지출하면서 스스로에게 일련의 의무를 부과한다는 점을 들었습니다. 예를 들어, 어떤 동네에 살아야 한다거나 어떤 해변에 가서 여름을 보내야 한다는 식으로 말입니다. 베블렌에 의하면 런던이나 파리의 한 재단사는 과한 돈을 받고 있는데도 고객이 넘치는 이유가 바로 그의 물건이 매우 비싸다는 점 때문이었다고 합니다. 혹은 어떤 화가의 예를 들어보죠. 설사 그가 형편없는 그림을 그린다고 해도 그가 유명한 화가이기 때문에 그 그림은 아주 높은 가격에 팔립니다. 그 그림의 유일한 목적은 구매자가 "나는 피카소 그림을 가지고 있소"라고 자랑하게 만드는 것이죠. 저는 당연히 이런 풍조가 타파되어야 한다고 믿습니다. 만일 히피들이 그것을 타파할 수 있다고 믿는다면 그건 매우 잘하는 겁니다. 저부터도 그런 미신들은 믿지 않습니다. 어떤 동네에 살아야 한다는 둥, 어떤 식으로 옷을 입어야 한다는 둥의 미신 말입니다.

그들은 폭력에 대해서도 저항합니다. 그 점에 대해서도 동의하시나요?

저는 그 점이 아주 마음에 듭니다. 그건 사실 란자 델 바스토[111]가 설교했던 내용과 흡사합니다. 그는 국립도서관에서 강연하면서 수동적 저항을 옹호하는 말을 했습니다. 제가 이렇게 바보 같은 질문을 던졌어요. "선생님은 수동적 저항이 절대 옳은 방법이라고 믿습니까?" 그는 이렇게 현명한 대답을 했지요. "아니요, 수동적 저항은 적극적 저항과 마찬가지로 실패할 가능성이 높습니다. 그것을 시도해야 하지만 그것이 만병통치약이라 생각하지는 않습니다. 혹시 소련 독재나 히틀러나 페론에 맞서 수동적 저항을 했다면 효과가 있었을 거라고 보십니까? 아마 그렇지 않았을 겁니다. 하지만 중요하지 않습니다. 위험 부담은 각자가 지는 것이죠." 그것은 수단입니다. 그러나 결과를 보장하지 못해요. 저는 히피들이 같은 생각을 하고 있다고 생각합니다.

토인비는 히피란 과학과 기술의 산물이라고 했습니다. 동의하시는지요?

그보다는 그들이 무대에 등장한 후에 과학과 기술의 산물이 되었다고 말하는 게 더 쉬울 겁니다. 이런 얘기는 예전에 했더라면 더 흥미로웠겠죠.

프랑스나 멕시코 혹은 미국 사람들과 마찬가지로 아르헨티나 사람들도 정

체성을 가지고 있다고 할 수 있을까요?

우리는 종종 개념의 어려움과 문제의 어려움을 혼동합니다. 이 경우에는 아르헨티나 사람의 개념을 규정하는 것이 어려울 거예요. 마찬가지로 빨간색, 커피 맛 혹은 시의 서사적 어조 등을 규정하는 것도 어려울 겁니다. 하지만 저는 우리 아르헨티나인이 아르헨티나 사람이 된다는 것이 무엇을 의미하는지는 알 것이라고, 아니 느낄 것이라고 봅니다. 그게 개념을 규정하는 일보다 훨씬 더 중요하죠. 굳이 개념화할 필요도 없이, 우리는 아르헨티나 사람이 스페인 사람이나 콜롬비아 사람, 칠레 사람과 다른 반면, 우루과이 사람과는 거의 차이가 없다는 걸 느낍니다. 저는 그것으로 족하다고 봐요. 왜냐하면 일반적으로 사람의 행동방식은 개념보다는 직관에 의해 이루어지니까요. 아르헨티나 사람의 말투를 규정하는 것은 어렵지만, 그가 입만 뻥끗해도 그가 아르헨티나 사람인지 아닌지, 그가 어느 지방 출신인지 알 수 있어요. 저는 원래 아르헨티나의 어조를 추구했던 가우초 시나 에두아르도 구티에레스와 리카르도 구이랄데스의 소설뿐만 아니라, 아르헨티나인이라 말한 적도 없고 직업적으로나 지속적으로 아르헨티나 사람도 아니었던 시인들에게서도 아르헨티나의 맛을 느끼는 게 가능하다고 봅니다.

저는 페르난데스 모레노Fernández Moreno의 시가 아르헨티나의 시라는 걸 모두 느끼고 있다고 믿습니다. 또한 제 작품을 읽을 때, 특히 지역적 언급이 전혀 없는 작품을 읽을 때조차도 작가가 아르헨티나 사람이란 걸 독자들이 느낄 수 있기를 기대합니다. 다시 말해, 제가 어떤 추상적인 문제에 대해 글을 쓰거나, 형이상학적인 주제에 대해 토론을 할 때 저는 아마도 스페인 사람이 하는 것과는 다른 방식으로 할 것입니다. 문장의 구조가 다를 것이고, 말투도 다를 겁니다. 그래서 저는 아르헨티나 사람은 존재하며, 그 개념 규정을 걱정해서는 안 된다고 믿습니다. 만일 우리가 그것을 규정해 놓으면 거기에 우리 자신을 맞추려고 시도 할 것이어서 결국 자연스러운 아르헨티나 사람이 되지 못할 것입니다. 언어에서도 똑같은 일이 일어난다고 봅니다. 제가 글을 쓰기 시작했을 때 저는 17세기 스페인의 고전 작가처럼 되고 싶었어요. 그 후에 아르헨티나 방언사전을 구해서 보면서 부지런히 공부하는 아르헨티나 사람이 되었죠. 훗날 저는 「장밋빛 모퉁이의 사나이Hombre de la esquina rosada」라는 단편소설을 썼는데, 거기에 향토적인 풍경과 지역색을 강조해 놓았습니다. 하지만 아르헨티나 억양이 나오는 지금은 글을 쓰거나 말을 할 때 일부러 그걸 추구할 필요는 없습니다. 이제 몸에 배어 있으니까요.

선생님은 스스로를 전형적인 아르헨티나 사람이라고 생각하십니까?

전형적인 아르헨티나 사람이 존재하는지, 아르헨티나인의 원형이 있는지 저는 잘 모르겠어요. 게다가 한 사람의 정체성을 국가에서 찾는 것은 허점이 많습니다. 저는 부에노스아이레스에서 지속적으로 만나는 대여섯 명의 사람들과 동일성을 형성하고 있으니까요. 오히려 특정 습관을 통해 제 정체성이 확인됩니다. 오전에는 플로리다 거리를 걷고, 오후에는 도서관까지 이어진 바리오 수르를 돌아다니는 것처럼 말이죠.

부에노스아이레스를 떠나겠다는 생각을 해보신 적이 있나요?

저는 부에노스아이레스를 떠나서는 살 수가 없을 겁니다. 저의 목소리, 몸, 보르헤스라는 존재, 보르헤스라 불리는 일련의 습관들에 익숙해졌듯, 부에노스아이레스에 완벽하게 익숙해져 있으니까요. 제 습관 중 중요한 부분이 바로 부에노스아이레스입니다. 그 도시는 제게 찬미의 대상이라기보다는 뭔가 더 심오한 관계입니다. 제 조국이 옳건 그르건 우리나라라는 사실에는 변함이 없는 거죠. 제 삶의 전부는 부에노스아이레스이고, 저도 이제 일흔 살이 됩니다. 그런데 제가 다른 곳에서 다른 삶을 시작하겠다는 것은 말도 안 되는 일이죠. 그리고 그럴 동기도 전혀 없고요. 부에노스아이레스에는 저희 어머니가 계시고, 여동생, 조카들, 친구들도 다 있습니다. 제 삶도 부에노스아이레스에 있어요. 저는 국립도서관 관장이고 인문대학에서 영미 문학 강의를 맡고 있습니다. 게다가 이미 언급한 고대 영어 세미나도 하고 있죠. 그 세미나에 참석하는 사람들 가운데 일부가 직장인이라는 사실은 아르헨티나에 아직 정신이 살아 있다는 증거입니다. 그 사람들은 어떤 실용적인 목적을 위해 공부하는 게 아니거든요.

만일 지식인들이 상아탑에 갇혀 종종 현실을 외면한다면, 사회문제를 해결하거나 바꾸는 데 도움이 될까요?

저는 상아탑에 틀어박혀 다른 일에 대해 생각하는 것도 현실을 바꾸는 하나의 방법이 될 수 있다고 봅니다. 당신 표현대로, 저 역시 상아탑 안에서 시를 구상하고 책을 구상하고 있는데, 결국 그것들이 다른 어떤 것 못지않게 현실이 되니까요. 일반적으로 사람들이 착각하는 것 중 하나는 현실은 눈앞의 일상적인 것이고 다른 것들은 비현실이라고 믿는 겁니다. 그러나 크게 보면, 열정이라든지, 관념, 추측 같은 것들도 일상의 것들과 마찬가지로 현실이고, 더 나아가 일상의 일들을 만들어낼 수 있습니다. 그래서 저는 세상의 모든 철학자가 실제 생활에 영향을 주고 있다고 믿습니다.

선생님은 최근에 여러 편의 밀롱가를 쓰셨는데요, 왜 탱고가 아닌 밀롱가인가요?

아르헨티나 사람들의 보통 의견과는 달리 저는 탱고가 카를로스 가르델[112]이나 '라쿰파르시타La cumparsita'와 같은 감상적 탱고를 끝으로 사양길에 접어들었다고 봅니다. 그 이전의 탱고들, 즉 과르디아 비에하guardia vieja라 불리는 전통 탱고는 정말 대단했습니다. 〈쿠스코 친구El cuzquito〉, 〈병아리El pollito〉, 〈홀쭉한 아가씨La morocha〉, 〈로드리게스 페냐Rodríguez Peña〉, 〈골칫거리El choclo〉, 〈흥겨운 저녁Una noche de garufa〉, 〈아르헨티나의 건달El apache argentino〉 같은 곡들 말입니다. 이 탱고들은 이전의 밀롱가와 다르지 않은 활력을 지니고 있습니다. 아주 옛날 것들이죠. 왜냐하면 탱고는 1880년 가난한 동네에서 시작되었거든요. 그때도 밀롱가는 존재하고 있었습니다. 사람들이 제게 탱고 가사를 써달라고 했는데 거절했어요. 저는 밀롱가 가사를 쓰는 게 더 좋거든요. 그것도 모두 실존 인물들에 대해서 썼죠. 제가 개인적으로 알았던 불한당들 이름도 있고 제가 어릴 때 들었던 그들의 이야기나 전설에 대한 것도 있습니다. 이런 것들은 보시다시피 민요copla의 정신과 더 가깝다고도 할 수 있습니다.

> 나는 바로오 델 알토 출신이네,
> 나는 바리오 델 레티로 출신이네.
> 나는 싸워야 할 상대방을
> 바라보지 않는 사람이라네,
> 밀롱가 춤을 추는 사람에게는
> 누구도 총을 쏘지 않는다네.

씩씩하고 흥겨운 민요와 슬픔을 자아내는 탱고를 비교하면 아르헨티나의 쇠락을 부분적으로 볼 수 있습니다. 아스카수비가 썼던 이런 시를 보는 것 같아요.

> 격렬한 시엘리토 춤이여
> 때로는 멋지기도 하지
> 총질을 하고 싶어 안달이 난

한 사내가 움직일 때.

제가 쓴 밀롱가 중에서 제일 좋아 보이는 것은 초기작인 「하신토 치클라나의 밀롱가La milonga de Jacinto Chiclana」입니다. 부에노스아이레스 온세 광장 근처의 군중 사이에서 사람들의 칼에 찔려 죽은 사람이었어요.

나는 기억한다. 발바네라에서였어.
기억도 아련한 어느 날 밤
누군가 이름을 흘렸지.
그 친구 이름은 하신토 치클라나.

어떤 모퉁이와 칼에 대해
얘기하는 소리도 들렸다.
세월이 흘러 결국 일이 터졌네,
난투극과 비수의 광채.

용기는 언제나 좋은 것이고
희망은 헛되지 않다.
그래서 나도 밀롱가를 부른다,
하신토 치클라나를 위해.

부에노스아이레스에 대한 글도 쓰셨지요?

네, 많이 썼습니다. 1921년 유럽에서 귀국한 후 팔레르모 동네의 추억을 모아놓은 책을 한 권 쓰고 싶었어요. 그때 알게 된 사람이 니콜라스 파레데스Nicolás Paredes라는 지역 유지였습니다. 그 사람에 대한 밀롱가도 한 편 썼는데 이름을 니카노르라고 바꿔서 불렀죠. 아직 시퍼렇게 살아 있는 그 사람 친척들이 작품을 보고 못마땅해 하면 안 되잖아요. 그 사람의 죽음에 대해 얘기했는데 그걸 기억하는 가족들이 어떻게 생각할지 몰랐던 거죠. 이렇게 처음에는 신변 안전 때문에 이름을 살짝 바꾼 겁니다. 이름을 바꾼 또 다른 이유는 운율을 맞추기 위해서였어요. 그래도 당시 팔레르모에 살았던 사람이라면 세기말 그 지역 유지 이름이 니콜라스 파레데스라는 걸 모를 리는 없습니다. 이름을 니카노르 파레데스라고 살짝 바꾼 것도 다 알아차렸을 겁니다.

부에노스아이레스로 돌아온 후 「장밋빛 모퉁이의 사나이」인 그 건달에 대해 왜 그렇게 마음이 끌리셨는지요?

네, 귀국하고 얼마 지나지 않아서 그 사람에게 끌렸어요. 제가 끌렸던 건 그 불한당에게 뭔가 참신해 보이는 것이 있었기 때문입니다. 그건 대가를 바라지 않는 용기라는 것이었어요. 그 멋쟁이는 뭔가를 지키려고 싸우는 것도 아니고 돈 때문에 싸우는 것도 아니었습니다. 그는 아무런 이해관계 없이 싸웠죠. 저는 제 친구이면서, 초기 탱고의 훌륭한 작품 가운데 하나인 〈돈 후안〉의 작가 에르네스토 폰시오가 한 말을 기억합니다. "보르헤스 씨, 나는 감옥을 들락거렸는데, 언제나 살인 때문이었죠." 그가 다소 뻐기면서 말하고 싶었던 것은 자기가 소매치기나 뚜쟁이 같은 잡범이 아니라 사람을 죽였다는 간단한 사실이었습니다. 그는 이를 통해 '멋쟁이guapo'라는 명성을 얻었고 다른 사람들과 싸우면서 그 명성을 보여줘야 했습니다. 마부나 백정 같은 다른 멋쟁이들처럼, 굉장히 가난했지만 그 사람 생각은 멋져 보였고, 심지어는 사치를 누린다고 보았죠. 그 사치란 용감해지는 것, 살인할 준비가 되어 있는 것, 그리고 심지어 모르는 사람에 의해 언제든 죽을 준비가 돼 있다는 것이었습니다. 제가 「탱고」라는 시에서 말하고 싶었던 것이 이것입니다.

저는 많은 사람에게 초기의 탱고에 대해 말했는데, 그들도 저와 똑같은 생각을 하고 있었습니다. 즉 탱고가 일반 서민 대중에게서 나온 것이 아니라는 사실 말입니다. 탱고는 1880년경 고급 윤락가에서 탄생합니다. 이는 한량이었던 제 삼촌이 직접 제게 말해준 것입니다. 저는 만일 탱고가 서민 대중에게서 출발했다면 연주 악기가 밀롱가처럼 기타가 됐을 거라는 점을 증거로 내세우고 싶습니다. 그러나 탱고는 피아노, 플루트, 바이올린처럼 상류층 악기들로 연주됐어요. 서민들에게 피아노 살 돈이 어디 있었겠습니까? 이런 사실은 요즘 사람들만 하는 얘기가 아니라 금세기 초에 춤을 묘사한 마르셀로 델 마소의 「탱고」라는 시를 봐도 확인할 수 있습니다.

반도네온bandoneón이란 악기는 언제 것이죠?

그것은 훨씬 뒤에 나옵니다. 설사 이전에 나왔다 해도 그것 역시 서민 대중의 악기는 아니었어요. 기타는 부에노스아이레스의 서민 악기였고, 반도네온은 아마도 보카Boca 지역에서 이탈리아 사람들이 연주했을 겁니다.

예전의 불한당들이 아직 있습니까?

이제는 존재하지도 않고 그 의미도 변했습니다. 옛날에 그들은 아주 드물게 사람을 죽였어요. 그런데 지금 갱들은 부에노스아이레스에서 매일 범죄를 저지릅니다. 그러니까 요즘 친구들은 미국의 갱과 비슷합니다. 돈벌이를 위해서 하는 짓이죠.

가우초나 팜파에 대한 숭배가 존재합니까?

가우초를 숭배하는 정도는 우루과이가 아르헨티나보다 더 심합니다. 저는 제 삼촌이자 우루과이 작가인 라피누르Lafinur를 겪어봐서 알아요.

그분은 두 나라의 가우초를 빼고서는 가우초에 대해 말하는 건 무의미하다고 하셨죠. 그는 아르티가스[113]를 공격하는 글을 써서 사람들로부터 버림받고 잊힙니다. 어떤 문학사 책을 봤더니 이런 대목이 있더군요. "루이스 밀리안 라피누르 박사는 자기보다 일곱 배는 성스러운 아르티가스를 공격했다." 저는 왜 하필이면 일곱 배인지, 그리고 어떻게 하면 일곱 배 성스러울 수 있는지 모르겠어요.

팜파(초원)에 대한 숭배는 특별히 많지 않습니다. 저는 팜파라는 말이 시골에서는 많이 쓰이지 않는 반면 부에노스아이레스 문인들이 잘 쓴다는 사실을 알게 됐습니다. 저는 『돈 세군도 솜브라』의 결점 중 하나가 등장인물들이 잘못된 용어를 구사하는 것이라고 봅니다. 그들은 흔히 이렇게 말하거든요. "우리는 팜파 사람들이다." 아스카수비와 에르난데스는 그렇게 썼지만, 사실 그 말은 다른 의미를 가지고 있죠. 즉 원주민들이 차지하고 있는 영토를 의미했어요. 그래서 저는 최근에 그 말을 잘 안 씁니다. 단지 시의 운율을 맞출 때만 사용하죠. 반면, 역시 시골에서 쓰이지는 않지만, 평원llanura이란 용어는 그래도 덜 잘못된 용어입니다. 비오이 카사레스의 말에 따르면, 자기가 어릴 때 완전한 복장, 즉 폰초(카우보이 외투), 봄바차(옆이 터진 바지), 치리파(허리에 두르는 천)를 갖춘 가우초를 보기가 힘들었다고 합니다. 한 사람이 폰초만 입으면, 다른 이는 봄바차만 입는 식이었죠. 그런데 지금은 완전한 가우초 복장을 한 사람들이 많이 보입니다. 그런데, 그의 말에 따르면, 흥미로운 사실은 요즘 시골 사람들은 부에노스아이레스 사람들이 아니라 살타[114] 주의 가우초들처럼 옷을 입는다는 겁니다. 이는 그들에 대해 많은 영화가 만들어졌고, 가우초들이 가게에서 닥치는 대로 물건을 사기 때문입니다. 비오이 카사레스는 부에노스아이레스 지방에서 챙이 넓은 모자를 쓰고 다니는 가우초들을 많이 본다고 하는데, 50년 전의 가우초들이 이 모습을 본다면 아마 많이 놀랄 겁니다. 이제 가우초들은 온 나라를 채우고 있는데, 크리오요 중심이었던 나라에서 예전에는 볼 수 없었던 일입니다.

마테mate 차에 대한 숭배는 어떻습니까?

네, 그건 변함없는 아르헨티나의 기호품입니다. 아마도 사람들은 그걸 카드놀이처럼 하나의 시간 때우기 습관으로 보는 것 같습니다. 일종의 여가 활동이지 영양 보충은 아닙니다. 저는 마테를 마시지 않은 지 40년 됐습니다. 한때는 저도 그걸 마셨고, 만들 줄 안다고 자랑하기도 했죠. 하지만 제가 만든 마테는 정말 별로였습니다. 항상 찌꺼기들이 서글프게 떠다녔거든요. 마테를 좋아하시던 할아버지가 돌아가신 후에 우리 식구들은 그걸 점점 마시지 않게 됐습니다.

작품 얘기로 다시 돌아가서, 선생님께 영감을 준 사람들은 누구입니까?

제가 읽은 책들뿐만 아니라 읽지 않은 것들도 제게 영감을 주었다고 믿습니다. 즉 과거의 모든 문학이죠. 저는 일일이 기억하지도 못하는 많은 이에게 빚을 지고 있습니다. 생각해 보십시오. 저는 스페인어로 작품을 쓰지만 영국 문학의 영향을 받고 있어요. 이는 수천 명의 사람들이 제게 영향을 준다는 뜻이죠. 언어 자체가 문학적인 전통이라고 할 수 있습니다.

저는 오랜 기간 중국 철학을 공부해왔는데, 특히 흥미로웠던 것은 노장사상입니다. 불교에 대해서도 공부했습니다. 또한 수피즘에도 관심이 많습니다. 이 모든 것이 제게 영향을 주었다는 말이죠. 그러나 얼마만큼의 영향을 주었는지는 잘 모르겠군요. 제가 동양 종교와 철학을 공부한 것은 이를 우리 사고와 행동의 한 대안이라고 생각했기 때문이고, 문학의 창조적 관점에서 바라보기 위해서이기도 했습니다. 그러나 제가 보기에 이는 다른 모든 철학에도 해당되는 겁니다. 쇼펜하우어와 버클리를 제외하면 그 어떤 철학자의 책도 제게 세계를 진실 되게, 더 나아가 비슷하게 묘사하고 있다는 느낌을 주지 못했습니다. 그래서 저는 형이상학을 환상문학의 일부분이라고 봅니다. 예를 들어, 저는 그리스도교도라는 확신이 없습니다. 하지만 자유의지, 벌, 영생 등의 신학적 주제에 대한 신학 저서들은 많이 읽었어요. 그 책들은 모두 흥미로웠는데 제 상상력에 자양분을 주기 위한 한도 내에서 그랬던 겁니다.

굳이 제게 이름을 대보라면 물론 제가 고맙게 생각하고 있는 작가들의 이름을 기쁜 마음으로 언급할 수 있습니다. 예를 들어, 휘트먼, 체스터턴, 버나드 쇼, 그리고 결코 빼놓을 수 없는 에머슨과 같은 이들입니다. 이밖에 비록 문학적으로 널리 알려지지 않았을지 몰라도 포함시켜야 할 사람들이 있습니다. 제가 알았던 모든 이 가운데 제게 개인적으로 가장 강력한 인상을 준 사람은 아르헨티나 작가인 마세도니오 페르난데스[115]입니다. 그는 작가라기보다는 이야기꾼으로 더 잘 알려진 사람입니다. 그는 독서를 많이 하지는 않았지만 독자적으로 많은 성찰을 한 작가이지요. 그는 제게 엄청난 영향을 주었습니다. 저는 월도 프랑크[116]나 오르테가 이 가세트[117]처럼 외국에서 온 유명한 사람들과 얘기를 나눠봤으나 기억나는 내용은 거의 없어요. 하지만 만일 제가 마세도니오 페르난데스와 대화를 나누는 것이 가능하다면, 죽은 이와 말한다는 기적은 염두에 없고, 그가 하는 말에 너무 흥미를 느낀 나머지 유령과 얘기하고 있다는 사실마저 잊어버릴 겁니다. 제게 깊은 영향을 준 또 다른 작가는 안달루시아 출신의 유대인으로 시간을 초월한 영원한 현대인인 라파엘 칸시노스 아센스[118]입니다. 저는 그를 스페인에서 알았습니다. 너무 가까운 존재여서 제가 판단할 수 없는 제 아버지를 제외한다면, 제가 알았던 사람들 가운데 대화를 통해 가장 깊은 인상을 준 사람은 마세도니오 페르난데스와 칸시노스 아센스입니다. 루고네스와도 좋은 기억이 있습니다. 그러나 여기서는 그를 제외시켜야 할 것 같아요. 루고네스는 대화보다는 글이 제게 더 중요하거든요. 그리고 저의 핵심이라 할 수 있는 한 사람, 제게 몇 되지 않는 핵심적인 존재들 가운데 하나인 이분을 여기서 언급하지 않으면 옳지 않을 것 같네요. 바로 제 어머니입니다. 지금 부에노스아이레스에 사시는 어머니는 영예롭게도 페론의 독재시기에 제 여동생과 조카들 몇 명과 함께 감옥에 갇힌 적이 있습니다. 어머니는 지금 91세가 되었지만 저는 물론이고 제가 아는 대부분의 여자보다 훨씬 더 젊으십니다. 저는 어떻게 보면 제가 글을 쓰는 데 어머니가 협조해왔다고 느낍니다. 그런 의미에서 저에 대해 말하면서 어머니 레오노르 아세베도 데 보르헤스(Leonor Acevedo de Borges, 1876-1975)에 대해 언급하지 않는다면 부당하죠.

선생님이 아주 존경하는 휘트먼, 체스터턴, 버나드 쇼의 작품에 대해 말씀해주시겠습니까?

휘트먼은 제 삶을 통해 가장 큰 감명을 준 시인입니다. 그런데 제가 보기에 『풀잎Leaves of Grass』의 작가인 월터Walter 휘트먼을 『풀잎』의 주인공인 월트Walt 휘트먼과 혼동하는 경향이 있어요. 저는 월트 휘트먼이란 이름이 작가의 이미지를 주는 게 아니라 시인을 과장하는 역할을 한다고 믿습니다. 월터 휘트먼이 『풀잎』을 쓸 때 그는 월트 휘트먼이 주인공인 일종의 서사시를 쓴 것이라 봅니다. 즉 글을 쓰는 자기 자신이 아니라 자기가 되고 싶었던 인간을 그린 것이죠. 물론 제가 월트 휘트먼을 폄하하려고 이런 말을 하는 건 아닙니다. 그 작품을 19세기를 살았던 한 인간의 고백이 아니라 유토피아적인 한 인물의 서사시로 읽어야 한다고 생각하는 겁니다. 그 인물은 독자뿐만 아니라 작가의 과장이자 투사라고 볼 수 있는 것이죠. 당신은 『풀잎』에서 작가가 종종 자신을 독자와 융합시키는 것을 기억할 것입니다. 이는 시인의 민주주의 이론, 즉 한 사람의 주인공이 다른 모든 시대를 대변할 수 있다는 사상을 반영한 겁니다. 휘트먼은 아무리 강조해도 지나치지 않은 중요한 작가입니다. 설사 성경이나 블레이크의 구절을 감안한다 하더라도, 우리는 휘트먼이 자유시의 창조자라고 말할 수 있습니다. 저는 휘트먼을 두 가지 방식으로 볼 수 있다고 생각합니다. 하나는 그의 작품에 등장하는 대도시, 군중, 아메리카 등에서 느낄 수 있듯이 시민의 면모이고, 다른 하나는 좀 더 개인적이고 친밀한 면모입니다. 물론 이것도 그의 진짜 모습인지 아닌지는 알 수 없습니다. 두말할 나위 없이, 휘트먼이 창조한 인물은 문학 사상 가장 사랑받고 기억에 남는 주인공 가운데 하나입니다. 그는 돈키호테나 햄릿과 같은 인물인데, 오히려 그들보다 더 복합적인 성격을 가지고 있으며 아마도 더 많은 사랑을 받고 있을 겁니다.

조지 버나드 쇼는 제가 애독하는 작가입니다. 저는 그도 역시 단편적으로만 이해되고 있는 작가라고 봅니다. 흔히 당대의 사회 질서에 맞서 싸우던 그의 초기 작품들만 생각하기 쉽습니다. 그러나 쇼의 문학에는 현실적 측면뿐만 아니라 서사적인 의미도 있습니다. 특히 그는 우리 시대에 영웅을 창조하고 독자들에게 소개한 유일한 작가입니다. 전반적으로 현대 작가들은 인간의 나약함을 드러내는 경향이 있으며 그 불행을 즐기는 것처럼 보이기도 합니다. 반면, 쇼는 바바라 소령이나 시저처럼 우리가 존경할 수 있는 인물을 보여줍니다. 이는 현대 문학에서 매우 드문 경우입니다. 현대 문학은 도스토옙스키 혹은 그 이전의 바이런 이래로 죄나 허약함을 다루는 것을 즐겨왔습니다. 반면, 버나드 쇼는 작품에서 인간의 위대한 덕성을 찬양합니다. 예를 들어, 사람은 자신의 운명을 잊을 수 있고, 자신의 행복을 감지하지 못할 수도 있고, 우리의 작가 알마푸에르테처럼 이렇게 말할 수도 있습니다. “나는 내 자신의 인생에 대해 관심이 없어.” 그의 관심사는 개인적인 상황을 초월하는 무언가에 있기 때문입니다. 만일 영문학에서 가장 훌륭한 산문 작품을 고르라면 우리는 그것을 쇼의 여러 서문들과 그의 주인공들이 하는 연설문에서 찾을 수 있을 겁니다. 그래서 그는 제가 제일 좋아하는 작가 가운데 한 명입니다.

저는 체스터턴에 대해서도 당연히 큰 호감을 가지고 있습니다. 체스터턴의 상상력은 쇼의 그것과는 종류가 달라서, 제가 볼 때 쇼가 체스터턴보다 더 오래 기억될 겁니다. 체스터턴의 작품에는 '서프라이즈'가 많은데, 제 경험으로는 그건 작품에서 약효가 가장 빨리 떨어지는 것입니다. 쇼에게는 체스터턴에게는 없는 고전적인 근원을 볼 수 있습니다. 체스터턴의 운치가 사라지는 것은 큰 유감입니다만, 그래도 100년이나 200년 안에 체스터턴은 문학사에 그 이름을 올릴 겁니다. 그리고 버나드 쇼는 문학 자체에 자기 이름을 올릴 것입니다.

선생님 작품은 언제 처음으로 출판하셨습니까?

1923년입니다. 그전에 아버지께서는 만일 제가 출판할 가치가 있는 책을 썼다고 스스로 판단한다면 출판 비용을 주시겠다고 약속한 적이 있어요. 저는 책을 두 권 썼었는데 모두 없애버리고 싶었죠. 『붉은 리듬Los ritmos rojos』이란 책은 러시아 혁명에 대한 시집이었는데 그 제목만큼이나 유치했습니다. 당시에는 공산주의가 지금과는 달리 보편적 형제애 사상 같은 것을 의미했지요. 그 후에 『도박꾼의 카드Los naipes del tahúr』라는 책을 썼는데, 여기서는 피오 바로하[119]처럼 쓰려고 노력했습니다. 그런데 두 권 모두 형편없다고 생각해서 제 기억에서 지워버렸어요. 지금 기억나는 건 제목밖에 없고, 아무도 그 책들을 보지 않기만을 바랄 뿐입니다. 두 번째 책은 출판하려고 하던 시점에서 다시 읽어봤는데 출판하면 안 된다는 사실을 깨달았죠. 반면 세 번째로 쓴 책 『부에노스아이레스의 열정』은 제가 1년 동안 유럽에 가 있을 때 출판했습니다. 그러니까 출판됐을 때 저는 국내에 없었고 이는 제게 일종의 면피 감정을 주었어요. 당시 문학지 『노소트로스Nosotros』는 알프레도 비안치와 로베르토 지우스티가 공동 편집인을 맡고 있었습니다. 저는 책을 인쇄한 후 복사본 50권을 만들어서 잡지사 사무실로 찾아갔습니다. 비안치가 놀란 얼굴을 하고 제게 묻더군요. "나보고 이 책들을 팔아달라는 거요?" 제가 이렇게 대답했어요. "아닙니다. 제가 미쳤나요. 그냥 이 책 크기도 적당하니, 여기 놀러오는 분들마다 외투에 한 권씩 슬쩍 찔러주십사 부탁하는 겁니다." 그런데 내가 1년이 지나서 다시 들렀을 때 그 책은 한 권도 남아 있지 않더군요. 게다가 그 책을 호평하는 서평들도 제법 나왔습니다. 그 책을 읽고 뭔가 얻은 게 있다는 젊은 친구들도 마주치게 됐지요. 이런 일들은 저를 참 기쁘게 했습니다.

『부에노스아이레스의 열정』에서 저는 마세도니오 페르난데스의 영향을 받아 약간 라틴어식의 스페인어를 쓰고 싶었고, 철학적 고뇌를 풀어놓은 형이상학적 유형의 시를 만들고 싶었고, 동시에 오랜 시간 유럽에 있다가 돌아와 재발견한 부에노스아이레스에 대해 말하고 싶었습니다. 이 모든 게 『부에노스아이레스의 열정』에 약간 일관되지 않고 불편한 방식으로나마 전개되고 있습니다. 그러나 저는 그 책 안에 제가 있고, 그 후 제가 행한 모든 일이 그 책의 행간에 있다고 믿습니다. 저는 다른 어떤 책들보다 그 책에서 내 자신을 더 잘 발견합니다. 그러나 독자들이 거기서 제 모습을 발견하기란 어려울 겁니다. 제가 보기에 거기서 저는 제가 30-40년 후에나 쓰게 될 것을 쓰려고 하는 기세였지요.

만일 당신이 『시집Obra poética』이라고 제목이 붙은 제 작품을 읽어보면, 제가 매우 한정된 주제만을 다루고 있다는 점을 알게 될 겁니다. 그 시집에는 1874년 전투에서 전사한 할아버지 보르헤스 대령[120]의 죽음에 대해 쓴 서너 편의 시가 있어요. 『부에노스아이레스의 열정』에도 할아버지에 대한 시가 한 편 있고, 또 다른 시집들에도 할아버지 얘기가 나옵니다. 그리고 가장 최근 책에서 후닌[121]에 바치는 시를 쓰면서 최종 설명을 했습니다. 저는 7-8편의 시만 쓰고 그걸 다양하게 변주하면서 인생을 보낸 것 같아요. 마치 이전의 책을 초안 삼아 새로운 책을 쓰는 것처럼 말이죠. 그게 부끄럽다는 말은 아닙니다. 그건 제가 그만큼 진지하게 글을 쓴다는 증거니까요. 다른 주제를 찾는 것이 어려운 일은 아닙니다. 제가 옛날의 주제로 되돌아가는 건 그것이 굉장히 중요하고 그것과 관련해 제가 해야 할 말이 아직 남았다는 일종의 부채 의식 때문에 그렇습니다. 어떤 때에는, 똑같은 시를 두 번 쓴 적도 있어요. 예를 들어, 「오디세이, 23번째 책Odisea, libro vigésimo tercero」과 「알렉산더 셀커크Alexander Selkirk」가 그렇습니다. 저는 이 시가 이미 다른 등장인물을 가지고 쓰였던 시인지 몰랐습니다.

앞으로 쓰실 작품에 문체의 변화가 있을까요?

저는 초기에 매우 자의식적인 방식으로, 그리고 매우 바로크적으로 글을 쓰기 시작했습니다. 아마 젊은 시절의 수줍음 때문이었으리라 생각해요. 젊은이들은 흔히 자기 글이나 시가 과연 흥미로울까 걱정을 많이 하거든요. 그래서 그들은 다른 방법을 동원해서 그걸 숨기거나 혹은 더 있어 보이게 하려고 시도합니다. 저는 작가 초기 시절에, 17세기 스페인 고전작가, 그러니까 케베도나 사아베드라 파하르도[122] 흉내를 내려고 한 적이 있습니다. 그러나 얼마 가지 않아 아르헨티나인으로서의 숙제는 아르헨티나 사람처럼 쓰는 것이라고 생각하게 됐지요. 저는 아르헨티나 방언사전을 샀고 글쓰기 방식이나 어휘에서 철저한 아르헨티나인이 되기에 이르렀습니다. 심지어는 글을 써놓고 저도 이해를 못 하거나 무슨 말을 하려고 했는지 잘 기억을 못 할 정도였어요. 단어들은 제가 겪은 경험과는 관계없이 사전에서 원고로 곧장 직행했습니다. 오랜 세월이 흐른 지금은 매우 단순한 어휘를 써야 하며, 우리 시대의 적지 않은 시인들로부터 잊힌 인물, 즉 독자의 존재에 대해 생각해야 한다고 믿게 됐습니다. 다시 말해, 독자가 읽기 쉽게 써야 하며 독자에게 혼란을 줘서는 안 된다는 것이죠. 예를 들어, 포크너는 천재적인 작가였지만 다른 작가들에게 안 좋은 영향을 준 게 있어요. 하나의 이야기를 하면서 시간을 갖고 장난을 친다든지, 두 명의 등장인물에게 같은 이름을 부여한다든지 하는 식으로 혼돈을 꾸미고 극대화하는 방법 말이에요. 우리는 쉽게 혼돈에 빠지는 경향이 있기 때문에 그런 걸 추구하면 안 됩니다. 그래서 저는 어휘를 제한하려고 노력합니다. 이미 저는 운명적이고 필연적으로 아르헨티나 사람이기 때문에 일부러 아르헨티나인이 되려고 노력하지 않습니다. 그 대신 저는 가급적 독자의 어려움을 없애려고 노력합니다. 그렇다고 해서 제가 쓰는 게 항상 뜻이 명백하다는 말은 아닙니다. 작가들 글이 종종 서투르게 나오는 이유는 그가 게으르거나, 혹은 자기가 이해하면 모든 사람이 이해할 거라고 착각해서입니다.

선생님 글에 종종 나오는 외국어 어휘나 인용문이 독자들을 혼동에 빠트리지는 않습니까?

물론 그럴 수 있습니다. 그렇지만 저는 늘 영어로 생각하고 있고, 게다가 스페인어 번역이 불가능한 영어 단어들이 있다고 봅니다. 그러니까 정확성을 위해 그렇게 쓰는 겁니다. 허세를 부리려는 게 아니에요. 게다가 어쩔 수 없이 그런 일이 잘 일어나는 이유는 제가 어릴 때부터 책을 대부분 영어로 읽었기 때문에 맨 처음 자연스럽게 떠오르는 단어가 영어라서 그렇습니다. 저도 그 점이 독자들을 불편하게 할 수 있다고 보기 때문에 가급적 그 습관을 버리려고 노력하고 있습니다. 스티븐슨은 잘 쓰인 한 페이지에서 단어들은 모두 같은 쪽을 봐야 한다고 말하곤 했습니다. 만일 외국어로 된 한 단어가 다른 쪽을 보게 된다면 독자들에게 혼란을 일으키겠죠. 하지만 결코 포기할 수 없는 단어들도 있어요. 작가가 말하고 싶은 것을 정확히 표현하고 있기 때문입니다.

앞으로 상상의 사물에 대해 계속 글을 쓰실 건가요, 혹은 실제의 사물에 대해 쓰실 건가요?

실제적인 주제에 대해 쓸 생각입니다. 그러나 저는 리얼리즘이 어려운 것이라고 봅니다. 특히 당대의 사실을 다룰 때는 더욱 그렇습니다. 제가 어떤 거리나 동네에 대해 단편을 하나 썼는데, 거기 사는 사람들이 즉각 사실이 아니라고 반박할 수 있겠죠. 그래서 좀 더 편하게 글을 쓰기 위해 작가들은 조금이라도 시공간적인 거리가 있는 줄거리를 찾습니다. 저는 제 단편의 무대를 시간적으로는 좀 멀리 떨어진 50년 정도 과거로 하고 공간 역시 부에노스아이레스 내에서도 거의 알려지지 않았거나 조금은 잊힌 동네로 하려고 합니다. 그래야 제가 작품 안에서 무엇을 언급하든 아무도 정확히 알아차리지 못할 테니까요. 이렇게 해야 작가가 상상력을 자유롭게 발휘할 수 있습니다. 게다가 저는 독자들이 시간적으로 좀 떨어져 있는 내용을 읽을 때 더 편안한 감정을 느낀다고 믿어요. 현실과 직접 대면하지 않아도 되고, 작가가 말하는 것을 비교해보거나 검토해보는 수고도 덜 수 있으니까요. 그러니까 그것은 제게도 편하고 독자도 편한 방법인 셈이죠. 그런 점에서 『돈 세군도 솜브라』는 너무 완벽한 리얼리즘을 추구하려고 한 실수를 범한 작품입니다. 결과적으로 그 작품은 목가적인 삶에 바치는 일종의 엘레지elegy가 되었습니다.

선생님은 『이시드로 파로디를 위한 여섯 가지 문제Seis problemas para don Isidro Parodi』에서 왜 H. 부스토스 도메크Bustos Domecq라는 필명을 쓰셨죠?

저는 그 책을 아돌포 비오이 카사레스와 함께 썼습니다. 우리는 공동으로 쓴 책들이 보통 수수께끼 같아서 이 부분은 누가 썼고 저 부분은 누가 썼고 하는 식으로 알아맞혀야 한다고 알고 있었어요. 그 책이 약간은 농담조로 쓰여서, 우리는 제3의 인물인 'H'를 창조하기로 했죠. 'H'

로 한 것은 잘 모르는 이름이 조금은 그럴 듯해 보이기 때문이고, '부스토스'는 제 할아버지의 이름이며, '도메크'는 비오이 카사레스의 조상 이름입니다. 흥미로운 점은 제3의 인물이 존재한다는 겁니다. 왜냐하면 우리가 쓴 글이 제 글 같지도, 비오이 카사레스의 글 같지도 않았거든요. 그것은 또 다른 문체였고, 또 다른 스타일이었고, 거의 다른 문장이었습니다. 제3의 인물을 존재하게 하기 위해 우리는 우리가 두 사람이란 걸 잊어야 했습니다. 그래서 글을 쓸 때 우리는 부스토스 도메크로 변신했어요. 줄거리가 비오이 카사레스의 것인지 제 것인지, 은유나 조크는 누구의 머리에서 나왔는지 정말 알 수가 없습니다. 우리는 글을 쓰기 시작하자마자 두 사람이라는 사실을 금방 잊었고 때로는 상대방이 쓰려는 내용을 이심전심으로 알아서 쓰기도 했거든요. 사실상 우리는 마치 한 사람의 생각을 가진 것처럼 완전히 자유롭게 글을 썼고 그 과정은 무척이나 재미있었습니다. 사실 글을 같이 쓴다는 것은 어려운 일이죠. 다른 친구들과도 그걸 시도해본 적이 있는데 아무것도 남은 게 없었어요. 자기 생각 전부를 받아들이라고 고집하는 친구가 있는가 하면, 반대로 너무 공손하게 제 말을 모두 받아들이는 친구도 있었거든요. 그래서 제가 아르헨티나로 돌아올 때 스스로에게 다짐한 행복 중 하나가 비오이 카사레스와 계속 함께 일하는 것이었습니다.

변함없이 부스토스 도메크라는 이름을 가지고 일하셨나요?

우리는 다른 이름도 가지고 있어요. 부스토스 도메크라는 이름이 너무 많이 알려졌거든요. 수아레스 린치Suárez Lynch라는 이름인데, '수아레스'는 저의 외증조 할아버지 이름이고 '린치'는 비오이 카사레스의 조상 이름이죠. 이런 이름으로 우리는 작년에 『부스토스 도메크의 연대기Crónica de Bustos Domecq』라는 책을 출판했습니다. 화가, 조각가, 작가, 건축가, 요리사 등에 대한 연대기인데, 이들 모두가 상상의 인물입니다. 일종의 풍자라고 할 수 있죠. 우리는 이미 수아레스 린치의 이름으로 다른 책 한 권도 출판을 계획하고 있습니다.

그럼 호르헤 루이스 보르헤스의 이름으로 쓰시는 것은 뭡니까?

1955년의 독재와 혁명을 명백히 암시하는 단편소설 하나를 쓰고 있습니다. 하지만 그게 유일한 주제는 아닙니다. 아주 아르헨티나적인 다른 주제가 있는데, 그건 바로 우정입니다. 독자들의 눈길을 끌기 위해 이야기의 줄거리를 만들었는데, 그래도 부끄럽지는 않아요. 실제로 굉장히 좋은 줄거리거든요. 그러나 진짜 중요한 것은 그 이면의 이야기입니다. 2-3년 전에 부에노스아이레스에서 어머니에게 그 이야기를 읽어드렸는데, 두 쪽 정도 읽다가 뭔가 잘못됐다는 점을 깨달았어요. 이야기를 그대로 진행하다간 좋은 작품이 나오지 않겠다는 생각이 든 거죠. 그런데 지금 여기 뉴잉글랜드에 있으면서 갑자기 그 작품을 어떻게 시작해야 할지 생각이 났습니다. 때로는 원고에서 멀리 떨어져 있는 게 좋아요. 만일 제가 계속 부에노스아이레스에 있었다면 아마도 또다시 잘못된 길을 반복했을 겁니다. 지금 저는 여기서 그 작품을 처음부터 다시 시작할 수 있는 유리한 지점을 가지고 있습니다. 아마 그것은 성공적인 작품이 될 겁니다.

이미 제목을 붙이셨나요?

아마 '친구들Los amigos'이란 제목일 겁니다. 하지만 아직 모르겠어요. 제과점이나 술집 이름 같아서요.

지금 준비하고 계신 다른 작품도 있습니까?

소네트 몇 편을 쓰고 있는데, 조금씩 모습을 드러내고 있습니다. 그리고 영국과 스칸디나비아의 중세 문학에 대한 책을 쓰려고 생각하고 있습니다. 이미 써놓은 분량이 있지만 제 서재가 있는 부에노스아이레스에 돌아가서 집필을 계속하려 합니다. 그리고 얼마 후에 심리학적 주제를 가진 단편소설집을 출판할 생각입니다. 거기에는 마술이나 미로, 거울, 단도와 같은 제 단골 주제는 없을 겁니다. 죽음도 등장하지 않게 할 거예요. 오로지 사람들 자체가 중요하게 다뤄질 것입니다. 물론 독자들을 위한 줄거리는 있어요. 그밖에도 저는 제 『시집Obra poética』에 시를 계속 추가하고 있습니다. 재판을 찍을 때마다 어떤 시들은 빼버리고 새로운 시들을 집어넣지요. 새로 나오는 책은 이전보다 조금씩 두꺼워집니다. 그리고 호르헤 기옌의 시선집을 출판한 적이 있는 작가 노먼 토마스 디 죠바니가 스페인어와 영어로 쓰인 저의 다른 시들을 저와 함께 편집하고 있어요. 1972년에 나올 건데, 미국과 영국의 훌륭한 시인들이 번역한 100여 편의 작품을 실을 겁니다.

선생님은 영화 시나리오도 좀 쓰셨다고 하는데요.

우고 산티아고Hugo Santiago와 아돌포 비오이 카사레스와 함께 환상적인 성격의 각본 하나를 썼는데, 제목은 〈침략〉이 될 겁니다. 부에노스아이레스에서 펼쳐지는 이야기인데, 「죽음과 나침반La muerte y la brújula」이라는 제 작품의 무대인 부에노스아이레스, 즉 꿈과 악몽의 부에노스아이레스입니다. 산티아고가 줄거리를 짰고, 감독도 그가 할 겁니다.

저의 또 다른 단편작품인 「죽은 자El muerto」는 아마도 미국에서 영화화될 것 같습니다. 우루과이와 브라질 국경에서 일어난 사건을 다루는데, 미국에서 촬영을 할 것 같아요. 중요한 건 플롯이고 지방색은 아니지만, 저는 영화 배경을 미국 서부로 옮기라고 권했습니다. 이미 시나리오 작업을 하고 있을 겁니다.

비오이 카사레스와 함께 쓴 또 다른 시나리오 두 편은 아르헨티나 영화사들이 퇴짜를 놓는 바람에 『강촌 사람들Los orilleros』과 『신도들의 낙원

El paraíso de los creyentes』이라는 제목의 책으로 출판했습니다.

선생님은 어떤 종류의 영화를 좋아하십니까?

저는 대화가 중요시되는 영화를 주로 찾습니다. 예를 들어, 〈사계절의 사나이A Man for all seasons〉 같은 것이죠. 〈웨스트사이드 스토리West Side Story〉나 〈마이 페어 레이디My Fair Lady〉와 같은 뮤지컬 영화도 좋아합니다. 반면에, 이탈리아나 스웨덴 영화는 안 좋아합니다. 이탈리아어나 스웨덴어를 모르기 때문에 아예 볼 수가 없고 배제된 느낌을 받거든요. 서부 영화와 히치콕의 영화는 아주 좋아합니다. 제가 가장 인상 깊었던 영화들 가운데 하나가 〈하이눈High Noon〉이었어요. 그 작품은 일찍이 가장 훌륭하게 만들어진 작품들 가운데 하나로, 서부 영화의 고전이죠. 아마 서부 영화는 누구나 좋아할 겁니다. 시가 산문보다 더 오래된 것인데, 작가들도 시나 문학의 가장 오래된 형태가 서사시라는 사실을 모르는 시대에, 할리우드는 서부 영화를 통해 세계의 서사성을 되살려 놓았습니다. 저는 사람들이 서부 영화에서 용기와 모험을 즐기는 서사시의 정신과 가치를 찾고 있다고 생각합니다. 전반적으로 볼 때, 저는 다른 어느 나라보다 미국 영화를 좋아합니다. 프랑스 영화는 제게 지루함의 찬양 같습니다. 제가 파리에 머물 때 많은 프랑스 작가와 얘기를 나눴는데, 그들을 놀려주겠다는 생각으로, 그렇다고 해서 거짓말도 아니니까 제가 미국 영화를 제일 좋아한다고 말했지요. 만일 누군가가 감동과 재미를 찾기 위해 극장에 간다면 미국 영화에서 그걸 보게 될 거라는 점에 모두 동의하더군요. 그들은 〈지난해 마리앙바드에서Last Year in Marienbad〉나 〈히로시마 내 사랑Hiroshima Mon Amour〉과 같은 영화를 일종의 의무감에서 만들긴 했지만 극소수의 사람들만 좋아한다고 말했어요.

아르헨티나 영화는 어떤가요?

르네 무히카[123]가 「장밋빛 모퉁이의 사나이」를 영화로 만들었는데, 주어진 줄거리의 가능성 안에서 훌륭하게 해냈더군요. 저는 참 좋았어요. 그런데 전반적으로 아르헨티나 영화는 부에노스아이레스에서 별로 인기가 없습니다. 아르헨티나 영화를 보는 것은 실험적이라고 간주되는 것에 대한 일종의 의무감입니다. 제가 볼 때는 좋은 감독들도 없고 줄거리도 단순하기만 합니다. 우리처럼 경제적 제약이 있는 나라에서는 대화가 중요한 비중을 차지하는 방식의 영화에서 그 출구를 찾아야 한다고 봅니다. 〈콜렉터The Collector〉처럼 세 명의 배우가 대화를 이끌어가는, 큰돈도 안 들어간 영국 영화를 우리라고 못 만들란 법은 없지요.

아르헨티나 연극은 어떻습니까?

부에노스아이레스에서는 연극에, 특히 '재능인vocacional'이라 불리는 아마추어 배우들이 있는 극단들의 연극에 관심이 많습니다. 제가 볼 때는 그들이 우리 연극을 살리고 있어요. 저는 그들이 셰익스피어, 입센, 오닐의 연극을 하는 걸 봐왔습니다. 저는 영화든 연극이든 잘 만들기만 하면 사람들이 좋게 평가하고 좋아할 수밖에 없다고 봅니다.

선생님은 탐정소설에 대해 관심이 있으신가요?

그럼요. 비오이 카사레스와 저는 아르헨티나의 한 출판사에 탐정소설 시리즈를 출판하라고 제안하기도 했습니다. 출판사는 처음엔 그런 소설을 미국이나 영국에서나 읽지 아르헨티나에서는 아무도 안 읽을 거라고 난색을 표했어요. 하지만 1년의 설득 끝에 그들을 납득시켰고, 비오이 카사레스와 제가 기획하고 있는 '일곱 번째 원El séptimo círculo' 문고는 거의 200권의 탐정소설을 출판했습니다. 그중 어떤 작품은 3판이나 4판까지 찍었죠. 저는 그 출판사에 공상과학 소설 시리즈도 출판하라고 제안했는데, 마찬가지로 아무도 사보지 않을 거라고 겁내더군요. 그래서 다른 출판사가 그것을 내게 됐고, 저는 첫 작품으로 브래드버리[124]의 『화성 연대기』를 추천했습니다.

작가로서의 삶 가운데 가장 만족스럽게 생각하시는 것은 무엇입니까?

사람들은 항상 저를 잘 대해주었고 제 작품도 인정받았습니다. 그러나 그것은 작품이 가진 장점 덕분이라기보다는 저를 좋아하는 분들이 만들어주신 성과라고 봅니다. 다만 이상한 것은 이 모든 과정이 매우 느리게 진행되었다는 사실입니다. 저는 꽤 오랫동안 부에노스아이레스에서 가장 비밀스러운 작가였습니다. 『영원의 역사』라는 책을 출판한 적이 있는데, 1년 뒤에 놀랍게도, 그리고 감사하게도 47권이 팔린 것을 알게 됐지요. 저는 그 책을 사준 모든 분을 개인적으로 찾아가서 감사를 드리는 한편, 책에 나오는 많은 오류에 대해 용서를 구하고 싶었죠. 그런데 만일 책이 470권이나 4,700권 팔리게 되면 너무 많아서 구입자들은 얼굴도, 주소도, 관계도 다 사라지게 됩니다.

지금은 제 책이 여러 번에 걸쳐 재판을 찍었다고 해도 놀라지 않습니다. 모든 것이 마치 추상적인 과정으로 제게 다가오거든요. 오랜 시간 너무나도 비밀스러운 작가이던 제가 문득 세계 모든 곳에 친구들이 있고 많은 책이 수많은 외국어로 번역되는 작가가 되었습니다. 제가 받은 상 가운데 가장 기뻤던 것은 『아르헨티나인들의 언어El idioma de los argentinos』라는 변변치 않은 책으로 부에노스아이레스 시청에서 받은 2등상이었습니다. 국제편집인협회의 포멘터Formentor 상이나 아르헨티나 작가협회에서 받은 상보다 더 좋았어요. 그리고 가장 기뻤던 건 1918년인가 1919년인가 「바다 찬가Himno al mar」라는 시가 세비야의 한 잡지에 실렸을 때입니다. 그런데 그 시는 정말 형편없는 작품이었지요.

최근 미겔 앙헬 아스투리아스에게 노벨문학상이 주어졌지만 라틴아메리카 작가들 중에서는 보르헤스와 네루다의 이름이 오르내리고 있습니다.

버트런드 러셀, 버나드 쇼, 포크너 등과 같은 작가들이 그 상을 타지 못했다는 점을 보면 그것이 제게 주어진다는 것은 터무니없는 일이라 봅니다.

아스투리아스의 수상에 대해서는 어떻게 생각하십니까?

제가 심사위원이라면 아스투리아스를 선택했을지는 잘 모르겠어요. 하지만 보르헤스보다는 네루다에게 상이 주어져야 한다는 건 알고 있습니다. 비록 정치적 견해는 다르지만 저는 그를 가장 뛰어난 시인이라고 생각하고 있습니다. 오래전에 단 한 차례 네루다와 이야기를 나눈 적이 있습니다. 두 사람 모두 젊을 때였는데, 우리는 스페인어로 시를 쓰는 것이 불가능하며 영어로 쓰는 게 낫다는 결론을 내렸어요. 스페인어는 아주 둔한 언어라는 이유에서였죠. 그때 우리는 아마도 상대에게 다소간 놀라움을 주려고 애썼고 이 때문에 서로 자신의 의견을 과장했던 것 같아요. 사실 저는 네루다의 작품을 거의 모르지만 그를 월트 휘트먼, 또는 아마도 칼 샌드버그의 훌륭한 후배라고 생각합니다.

1967년 3월 24일자 『타임Time』지는 선생님의 『개인 선집Antología personal』에 대한 서평에서 아르헨티나가 보르헤스와 같은 개성적 인물을 낳았지만 국민 문학을 가지고 있지는 않다고 말했습니다. 여기에 대해 어떻게 생각하시는지요?

그런 종류의 발언은 부적절하다고 봅니다. 사실 제게는 기분 좋은 말이 될 수도 있어요. 왜냐하면 제가 아르헨티나 문학을 시작한 사람이라는 결론에 이르니까요. 하지만 그 말은 터무니없기 때문에 그렇게 불편하고 황당한 선물에 제가 감사할 이유가 없군요.

그럼 국민 문학에 대해서 말할 수 있겠군요?

저는 그렇다고 봅니다. 아르헨티나의 다른 어떤 영역보다 그것에 대해 우리는 자부심을 느낄 수 있습니다. 예를 들어, 19세기에 우리는 『파쿤도』를 썼고 가우초 문학을 썼습니다. 스페인어권 문학의 위대한 혁신은 대서양의 우리 쪽 땅에서 시작합니다. 모데르니스모는 루벤 다리오, 루고네스 등의 시인들과 함께 시작했습니다. 우리는 뭔가를 해냈다고 봅니다. 그리고 제가 단편작품들을 쓰기 시작할 당시에 저는 아무런 의심의 여지 없이, 아르헨티나의 전통과 루고네스의 전통을 계승한다고 생각했죠.

라틴아메리카의 문학 비평가들에 대해서는 어떻게 생각하세요?

글쎄요, 그 어떤 비평가의 심기도 거스르고 싶지 않군요. 다만 일간지의 비평가들이 매우 신중한 편이라는 점은 말할 수 있습니다. 그들은 지나치게 비판하거나 칭찬하지 않는 것을 하나의 원칙으로 삼고 있다는 생각이 듭니다. 그래서 가능한 한 위험 요소는 줄이려고 해요. 여기 미국에서는 다릅니다. 물론 경제적 이해관계가 작용하겠죠.

경제적 요인이 비평에 큰 영향을 준다고 믿으시나요?

네, 그럴 수 있죠. 그것은 작가들에게도 영향을 줄 수 있습니다. 아마도 작가들은 자신의 작품이 큰돈이 되지 않는다는 점을 알 때 더 많은 자유를 느낄 겁니다. 1920년이나 1925년 즈음, 책이 거의 돈벌이가 되지 않던 때가 기억납니다. 이런 사실은 작가에게 큰 해방감을 주었죠. 자신을 팔아야 할 이유가 없었기 때문에, 자신을 팔지 않았거든요.

요즘은 라틴아메리카 문학에 대해 관심이 높아졌습니까?

그렇습니다. 저를 비롯해 에두아르도 마예아[125], 비오이 카사레스, 마누엘 무히카 라이네스[126], 훌리오 코르타사르 등이 어느 정도 유럽에 알려졌거든요. 이는 전에 없던 현상입니다. 제가 1920년대 스페인에 머물 때 스페인 작가들과 얘기를 나누면서 우연히 루고네스의 이름을 언급했는데, 그때 제가 내린 결론은 그 이름이 스페인 작가들에게 거의 의미가 없거나, 그들이 그를 단순히 에레라 이 레이식[127]의 제자 정도로 간주하고 있다는 것이었습니다. 그런데 3년 전에 스페인에 가서 스페인 문인들과 얘기해보니 상황이 달라졌더군요. 그들은 예의나 포용력이 아니라 자연스럽게 우러나오는 말로 대화 도중에 루고네스의 시를 인용하곤 했지요. 루고네스와 같은 위대한 시인조차 유럽에서 무시되었는데, 지금은 대여섯 명 혹은 열댓 명의 남미 작가가 알려져 있으니 관심이 많아진 게 확실하다고 봐야겠죠.

미국의 경우, 저의 단편이나 시집이 5권 출판되었습니다. 다 문고판 형식으로 나와 있는데, 점차 판매가 증가하고 있는 것 같아요. 이런 현상은 루고네스 시대에는 없던 것이죠. 제 책은 유럽에서 많이 번역되었고, 뉴욕뿐만 아니라 런던에도 많이 출판되었습니다. 아르헨티나 작가에게 이런 일은 30년 전에는 일어날 수 없었지요. 『돈 세군도 솜브라』 같은 책은 프랑스어로 번역되고 영어로도 번역되었을 겁니다. 그러나 거기에 대해 알려진 것은 거의 없습니다. 반면 지금은 모든 책이 언급되고 있습니다. 게다가 지역주의 색채나 사회적 가치를 가진 책을 읽는 데만 관심이 있는 게 아니라 그곳 사람들이 무엇을 생각하고 꿈꾸는지에 대해서도 관심을 가지고 있습니다.

라틴아메리카 현대 문학에 대해 논평을 부탁드립니다.

저는 라틴아메리카 현대 문학에 대해 말할 수 없어요. 예를 들어, 저는 코르타사르의 작품에 대해 잘 모릅니다. 그렇지만 조금 알고 있는 그의 단편작품들은 아주 훌륭하지요. 게다가 저는 그의 작품을 처음으로 출판해준 사람이라는 점에 대해 자부심을 가지고 있어요. 당시 저는 『아날레스 데 부에노스아이레스Los Anales de Buenos Aires』라는 문학지를 운영하고 있었는데, 하루는 키 큰 친구 하나가 원고를 들고 나타났어요. 저는 원고를 읽어보겠다고 약속했습니다. 그는 일주일 후에 다시 찾아왔죠. 단편소설의 제목은 「점거된 집La casa tomada」이었습니다. 저는 작품이 매우 훌륭하다고 칭찬했고 내 여동생 노라는 나중에 그 작품의 삽화를 그렸습니다. 제가 파리에 있을 때 우리는 가끔 봤는데, 그의 최근 작품은 읽어보지 못했어요.

다른 세대의 작가들에 대해서도 말할 필요가 있습니다. 제가 볼 때, 유럽과 아메리카의 스페인어권을 통틀어 가장 훌륭한 산문 작가는 여전히 멕시코의 알폰소 레예스[128]라고 봅니다. 저는 그의 우정과 인품에 대해 굉장히 좋은 기억을 가지고 있는데, 제 기억이 정확한 것인지는 잘 모르겠습니다. 제게 그는 모범적인 작가였고 그의 작품은 위대했습니다. 만일 문학 작품이 아무것도 존속하지 않는다는 최악의 상황을 가정한다 하더라도 글쓰기 방식은 남을 것이라 생각합니다. 만일 고전 작가들을 포함해 모든 시대를 통틀어 스페인어권 산문에서 누가 제일 글을 잘 썼는지를 말하라면 저는 지체 없이 알폰소 레예스라고 대답할 겁니다. 레예스 작품은 멕시코뿐만 아니라 모든 아메리카 대륙에서 중요합니다. 스페인에서도 마찬가지일 겁니다. 그의 글은 우아하고 깔끔하며 풍부한 색조와 아이러니와 감성으로 가득 차 있습니다. 레예스는 일종의 절제된 표현을 통해 감성을 드러냅니다. 그의 글을 한 페이지 읽어보면 겉으로는 건조해 보이지만 그 밑에는 작가의 고통이 배어 있으나 겉으로 드러내길 원치 않는 뭔가 매우 민감한 감성이 있는 것을 알게 됩니다. 신중하고 품위 있는 표현이죠. 그에 대한 평가가 어떤지는 잘 모르겠습니다. 다만 멕시코에 대해 많은 글을 썼음에도 전적으로 멕시코의 주제에 대해 계속 쓰지 않는다는 이유로 그에 대한 반감도 있다고 들었습니다. 그리고 그가 『일리아드』와 『오디세이』를 번역했다는 이유로 그를 용서할 수 없다는 사람들도 있다고 합니다. 분명한 것은 레예스 이후에 스페인어 문장이 다르게 쓰이기 시작했다는 점입니다. 레예스는 다양한 문화에 정통한 세계시민적인 작가였습니다.

선생님은 중남미 내에서 중남미 책을 더 많이 보급하면 더욱 통합된 대륙의 단일 문화가 형성되는 데에 영향을 줄 것이라고 보십니까?

이 질문은 대답하기가 매우 어렵군요. 우리 아르헨티나 사람들은 우루과이 사람과 많이 비슷하고 칠레 사람들과도 좀 비슷하지만, 페루나 베네수엘라 혹은 멕시코 사람들과는 비슷한 점이 많이 없거든요. 그런 하나의 중남미라는 인식이 어디까지 적용되어서, 많은 것을 잃어버리게 만드는 환상이나 일반화에 빠지지 않게 할 수 있는지 잘 모르겠습니다. 예를 들어 매우 다른 역사와 과거를 가진 멕시코라는 나라와 우리와 같이 역사에서 부차적으로 간주되던 나라 사이엔 비슷한 점이 많을 수가 없습니다. 그래서 그런 책들이 확산될수록 우리는 서로 닮은 게 없고 다르다는 점만 확인하는 결과를 낳지 않을까 싶습니다.

스페인 문학에 대해서는 어떻게 생각하십니까?

제 생각에는 19세기 초반부터 남아메리카의 스페인어 문학이 스페인 본토의 문학보다 더 중요해졌습니다. 물론 그렇다고 해서 제가 읽고 또 읽었던 우나무노[129]를 존경하지 않는다는 얘기는 아닙니다. 그의 작품을 접한 지가 몇 년 되었는데도 여전히 아주 생생한 그의 이미지를 지니고 있어요. 저는 그가 한 가장 중요한 일이 사람들에게 자기 견해에 앞서 자신의 이미지를 남긴 것이라고 믿습니다. 일반적으로 영국 문학에 대해 생각하는 사람들은 작가 개개인을 떠올리게 됩니다. 마치 셰익스피어나 디킨스를 말할 때 그 주인공들을 떠올리는 것처럼 말이죠. 그런데 다른 문학에서는 작가보다는 작품을 떠올리는 경향이 있습니다. 이 때문에 사람들은 일련의 책을 생각나게 하기보다는 인간 자체를 떠올리게 하는 작가들을 가지고 있는 다른 문학에 대해 고마워합니다. 그런 작가들 가운데 한 사람이 미겔 데 우나무노입니다. 반면 오르테가 이 가세트는 지성의 힘으로 생각한 사람이고, 또 끊임없이 생각한 사람이죠. 그러나 제가 볼 때 그는 작가로서 완벽한 사람은 아닙니다. 그는 자기 사상을 글로 옮겨주는 작가를 찾았어야 합니다. 하지만 저는 사상가로서의 그는 존경합니다. 반면에 가르시아 로르카는 일급 작가가 아니라고 봅니다. 그의 명성은 비극적인 죽음 덕분이기도 하다는 말입니다. 물론 저는 로르카의 시를 좋아합니다. 하지만 아주 중요하다고 생각되지는 않습니다. 그의 시는 시각적이고 장식적이며 약간은 농담조로 쓰였습니다. 바로크의 유희처럼 말이죠.

저는 스페인 문학이 거의 17세기 이래 쇠퇴의 길을 걸어왔다고 봅니다. 19세기에는 너무도 보잘것없는 것으로 전락합니다. 지금도 아주 중요한 문학이라고는 믿지 않습니다. 어떤 경우든 간에, 대서양 건너편의 이쪽 문학보다 더 중요하다고는 볼 수 없어요.

그래도 스페인 시에는 결코 언급하지 않을 수 없는 이름들이 있습니다. 마누엘과 안토니오 마차도[130] 형제입니다. 마누엘은 끝까지 변함없는 안달루시아 사람이었고, 안토니오는 카스티야인이 된 안달루시아 사람입니다. 호르헤 기옌이라는 이름도 기억해야 합니다. 그는 지금 여기 하버드에서 강의하고 있지요. 그와의 우정은 저를 자랑스럽게 합니다. 글을 통해 이미 친하게 지냈던 것처럼 생각되는 누군가를 만나는 일은 작은 '서프라이즈'처럼 즐거운 경험입니다. 그런 만남을 통해 그의 성격이 그가 글로 쓴 모든 것과 일치하지만, 그에 대해 가져왔던 모든 이미지와 완전히 일치하지는 않는다는 점을 발견하게 됩니다.

동시대 작가들 중 누가 선생님 문체의 영향을 가장 많이 받았다고 생각하십니까?

아무도 없다고 봅니다. 설사 있다 해도 그들을 위해 말할 수 없죠. 그러나 모든 작가는 그 자체로 하나의 영향력입니다. 저는 문학을 대화라고 생각합니다. 저는 그들에게 빚을 지고 있고, 그들 역시 제게 빚을 지고 있을지도 모릅니다. 그러나 중요한 것은 그의 작품이지 영향력이 아닙니다.

젊은 작가에게 조언을 하신다면 어떤 말씀을 하시겠어요?

아주 기본적인 조언을 하나 할 것 같습니다. 작품 발표에 대해 생각하지 말고, 작품 자체를 생각하라고요. 그리고 서둘러 발표할 생각을 하지 말고, 결코 독자를 잊지 말라고도 말하고 싶습니다. 소설을 구상하고 있다면, 진지하게 상상할 수 없는 것은 아무것도 쓸 생각을 하지 말라고도 충고하겠습니다. 또 단지 놀랍게 보이는 일에 대해서 쓰지 말고, 자신의 상상력에 창조적 시야를 넓혀주는 것에 대해 쓰라고 권하겠습니다. 그리고 문체에 관해서는, 어휘의 과도한 풍요로움보다는 차라리 빈약함을 택하라고 말할 겁니다. 문학 작품에서 흔히 발견되는 도덕적 결점이 하나 있는데, 그것은 바로 '허세'입니다. 비록 그 재능이나 천재성을 부정하는 것은 아니지만 제가 루고네스를 좋아하지 않는 이유 가운데 하나는 그의 글쓰기 방식에서 일종의 허세를 느끼기 때문입니다. 만일 한 페이지 내의 모든 형용사와 메타포가 새로운 것이라면 이는 독자를 놀라게 해 주려는 욕심에서 나온 허세의 결과입니다. 독자 역시 작가가 솜씨가 있다고 느끼지 않을 겁니다. 물론 작가는 솜씨가 좋아야 하지만, 그걸 너무 드러나게 표를 내면 안 됩니다. 모든 일이 잘 처리될 때, 그것들은 쉬워 보일 뿐만 아니라 필연적인 것으로 보이는 법입니다. 만일 인위적인 노력의 흔적이 느껴진다면 이는 작가의 입장에서 볼 때 실패한 것입니다. 다른 한편으로, 저는 작가는 즉흥적이 되어서는 안 된다고 말하고 싶습니다. 이는 작가가 가장 알맞은 어휘를 즉석에서 택한다는 것인데, 제가 볼 때 이런 일은 잘 일어나지 않기 때문입니다. 그러나 일단 작업이 끝난 후에는 그것이 즉흥적으로 보여야 합니다. 실제로는 비밀스러운 기교와 적당한 재주로 가득 차 있더라도 말입니다. 물론 이 재주에도 허세가 있으면 안 됩니다.

선생님은 남북 아메리카 대륙에서 스페인어와 영어를 모두 가르칠 필요가 있기 때문에 2개 국어 교육 프로젝트를 제안하고 싶다고 말씀하신 적이 있습니다.

3년 전에 저는 제가 굉장히 좋아하는 스칸디나비아 국가들을 돌아볼 기회가 있었습니다. 스웨덴과 덴마크에서 저는 길거리를 다니는 사람들이 영어를 말하는 것을 봤어요. 거기서는 초등학교에서 영어를 가르치기 때문에 모든 국민이 2개 국어 사용자입니다. 만일 중남미의 초등학교에서 영어를 가르치고 미국과 캐나다에서 스페인어를 가르친다면 매우 유용할 겁니다. 이렇게 되면 어차피 포르투갈어는 스페인어가 약간 변형된 것이거나 스페인어가 포르투갈어의 변형이기 때문에, 우리 대륙 전체는 2개 국어를 사용하는 땅이 될 것입니다. 아메리카 대륙 사람들이 2개 국어를 갖게 된다면 훨씬 더 넓은 세계가 열릴 것이고 두 문화를 동시에 접할 수 있을 겁니다. 이는 이 세계의 가장 큰 적이라 할 수 있는 민족주의를 통제하는 가장 좋은 방법이 될 수 있습니다.

아메리카 대륙에서 태어난 모든 사람이 영어와 스페인어권의 두 문화를 접한다는 것은 세계 역사를 위해 매우 중요한 일이라 믿습니다. 제가 볼 때, 두 개의 외국어를 안다는 것은 동의어 리스트를 안다는 것과는 다른 의미를 가집니다. 스페인어에서 'ancho'라는 단어가 영어에서는 'wide'나 'broad'라는 것을 안다는 걸 말하는 게 아니에요. 정말 중요한 것은 우리가 두 가지 다른 방식으로 생각하는 방법을 배우는 것이고 두 문학에 접근하는 것입니다. 어떤 사람이 단일 문화권 내에서만 성장한 결과, 다른 언어들을 적대적이고 자의적인 방언의 일종으로 보게 된다면, 그의 정신적 발전은 큰 제약을 받을 것입니다. 그러나 어떤 사람이 두 언어로 사고하는 데에 익숙하고, 위대한 두 개의 문학 전통 아래 자신의 정신이 발전해왔다는 점을 깨닫게 된다면 이는 그에게 큰 도움이 될 것입니다. 라틴아메리카와 스페인 초등학교에서의 영어 교육, 그리고 미국과 캐나다, 더 나아가 영국으로 확대될 스페인어 교육은 큰 어려움 없이 실시할 수 있는 간단한 문제라고 봅니다. 아마 당신은 스페인어권 사람들이 영어를 배우거나 영국 사람들이 스페인어를 배우는 것보다는 덴마크 사람들이 영어를 배우기가 더 쉽다고 말할지도 모릅니다. 하지만 저는 그렇게 보지 않아요. 영어는 게르만어 계통이지만 라틴어에도 속하죠. 적어도 영어 단어의 절반은 라틴어에서 왔으니까요. 생각해 보면, 영어는 각 개념이 두 개의 단어를 가집니다. 즉 색슨족의 단어와 라틴족의 단어입니다. 우리는 "Holly Ghost", 'sacred'라고도 하고 "Holly Spirit", 혹은 그냥 'Holly'라고 하기도 하죠. 여기에는 미묘한 차이가 있는데, 시를 쓸 때 참 중요해요. 예를 들어, 'dark'와 'obscure', 'regal'과 'kingly', 또는 'fraternal'과 'brotherly'의 차이입니다. 영어에서 추상적인 개념에 해당하는 단어들은 거의 모두 라틴어에서 왔고, 구체적 사물을 가리키는 것은 색슨어에서 왔습니다. 그런데 후자는 그리 많지 않아요. 제가 제안하는 실험이 당장 실행될 필요가 있습니다. 이미 부에노스아이레스의 학술원 Academia Argentina de Letras에 제안했고, 여기 있는 동안 미국에도 잊지 않고 똑같은 제안을 할 겁니다. 이는 세계 평화에 도달하는 방법이 될 것이라 믿습니다.

선생님의 정치적 입장을 규정해주실 수 있습니까?

저는 보수당에 속해 있는데, 왜 그런지 설명해 드리겠습니다. 저는 대통령 선거가 있기 며칠 전에 보수당에 가입했어요. 전 원래 급진주의자였는데 이는 우리 가문의 전통 때문이었죠. 저의 외할아버지인 아세베도가 알렘[131]과 절친한 친구여서 자신의 판단이나 정치적 신념보다는 친구와의 의리 때문에 그렇게 된 것입니다. 이후에 저는 급진주의자들이 공산주의자들과 연합하려 한다는 인상을 받았습니다. 저는 선거 4-5일 전에 보수당 정치가였던 아르도이Hardoy를 찾아가 민주보수당Partido Conservador Demócrata에 가입하겠다고 말했어요. 그가 경악하면서 이렇게 말하더군요. "만약에 우리가 이번 선거에서 진다면 가입하는 게 우스워질 텐데요." 그래서 저는 이런 말을 했습니다. "신사는 항상 패자의 편이지요." 그가 이렇게 대꾸했어요. "만일 패자의 편을 들려고 한다면 딴 데로 가지 마세요. 여기가 바로 그곳이니까." 우리는 서로를 바라보며 웃었고 저는 보수당에 가입했어요. 선거에서는 결국 급진주의자들이 큰 차이로 승리했습니다.

저는 특히 여기 미국에서, 아르헨티나에서 보수주의자가 되는 것은 우파가 아니라 중도파가 되는 것을 의미한다고 많은 사람에게 설명해야 했습니다. 다시 말해, 저는 공산주의자들만큼이나 민족주의자들과 파시스트들을 혐오합니다. 그래서 제 정치적 입장은 예전이나 지금이나 조금도 변화가 없다고 봅니다. 저는 민주주의를 신봉하고 있고, 페론주의를 줄곧 반대해왔어요. 페론 정부는 이 점을 너무나도 잘 알고 있습니다. 그들은 보잘것없는 직장에서 저를 쫓아냈고, 제 어머니, 여동생, 조카들까지 감옥에 가뒀어요. 저는 그 시대가 어땠는지 생생히 목격했습니다.

아르헨티나의 공산주의자는 어떤 사람들이죠?

모든 공산주의자는 지식인입니다. 그들은 노동자들이 아닙니다. 하지만 모든 지식인이 공산주의자라고 말할 수는 없어요. 지금은 공산주의자들 가운데에도 민족주의자들이 있어서 미국에 적대적 입장을 취하고 있습니다.

그런 반미 감정은 무엇 때문이라고 보시나요?

아르헨티나의 반미 감정은 다소 인위적이라고 할 수 있어요. 전에는 존재하지 않았던 겁니다. 공산주의의 영향으로 생겨났다고 봅니다. 우리나라에서 이전에는 없었던 미국에 대한 반감이 지금은 쿠바나 멕시코, 소련의 영향으로 분명히 존재합니다. 그런데 미국을 미워하는 사람들은 동시에 미국의 경제 원조를 바라는 사람들이고, 미국인과 닮은 삶을 살아가려고 하는 사람들입니다. 이는 참으로 이해하기 어려운 현상입니다. 그래서 그런 감정이 아주 인위적인 것이라고 말하는 겁니다. 우리나라에 있는 반유대주의에 대해서도 똑같이 말할 수 있습니다.

아르헨티나에도 반유대주의가 널리 퍼져 있나요?

조그만 민족주의 그룹들 사이에만 존재합니다. 우리나라에서 아무도 관심을 갖지 않는 문제가 하나 있다면 그건 인종 문제일 겁니다. 중동 전쟁 중에 우리는 모두 이스라엘에 대해 큰 동정심을 느꼈습니다. 전쟁이 발발했을 때 이스라엘을 지지하는 선언문에 제가 서명을 한 생각이 납니다. 다음날 제가 코리엔테스 거리를 걸어가고 있는데 갑자기 시상이 떠오르는 것을 느꼈지요. 이스라엘에 대한 소네트였습니다. 저는 즉시 다바르Davar 출판사로 가서 사장에게 이렇게 물었습니다. “사무실에 타자기가 있나요?” 그가 이렇게 대답했죠. “물론이요, 70대나 80대가 있어요.” “그럼 하나만 빌립시다.” “왜 그러시는데요?” “지금 이스라엘에 대한 시상이 하나 떠올랐거든요.” “어떤 시인데요?” “좋은지 나쁜지는 잘 모르겠지만, 즉흥적으로 떠오른 것이니 그렇게 형편없지는 않을 겁니다." 저는 시를 불러줬고, 문학지 『다바르』는 그것을 발표했습니다.

참여문학에 대해 동조하십니까?

제가 참여하고 있는 건 문학과 저의 진정성에 대한 것뿐입니다. 제 정치적 입장에 대해서는 이미 잘 규정해 놓았습니다. 저는 반공산주의자, 반히틀러주의자, 반페론주의자 등입니다. 하지만 이렇게 단순하고 피상적일 수 있는 의견이 제 문학 작품, 더 거창하게 말하면, 미학에는 결부되지 않도록 노력해왔습니다. 저는 작가가 자신의 양심을 만족시킬 수 있으며, 자신에게 정의롭게 보이는 방식으로 행동할 수 있다고 믿습니다. 하지만 문학이 교훈적인 우화나 변론이 되어야 한다고는 생각지 않습니다. 문학은 상상의 자유를 가져야 하고, 꿈꾸는 자유를 누려야 합니다. 저는 개인적 견해가 작품에는 반영되지 않도록 노력해왔고, 설사 반영되더라도 독자들이 그것을 알아차리지 못한 채 넘어가기를 원했습니다. 만일 저의 단편소설이나 시가 성공을 거둔다면, 정치적 관점보다는 내부의 깊은 원천에서 샘솟는 것 덕분일 겁니다. 정치적 견해란 틀릴 수도 있고 상황에 따라 가변적인 것이거든요. 게다가 저는 소위 정치적 현실이라 불리는 것에 대해 불완전한 지식을 가지고 있습니다. 저는 정말 인생 전체를 책들 사이에서 보냈고 그중에서 많은 책은 옛날 책들이었죠. 그래서 현실 정치에 대해 잘못된 판단을 할 수 있습니다.

선생님은 신앙을 가지고 있습니까?

아니요.

선생님은 우리 대화 중에 그리스도교도라는 확신이 없었다고 말씀하신 적

이 있어요. 그 이유는 무엇인가요?

제가 어떨 때는 그리스도교도라 느끼다가도, 그렇다고 인정하는 건 그 신학적 체계를 모두 받아들이는 것을 의미한다는 생각에 미치면, 전혀 그리스도교도가 아니라고 판단하게 됩니다. 또한 저는 가톨릭교도이면서 개신교에 끌리는 느낌을 가집니다. 제가 개신교와 그 체제에 대해 끌리는 이유는 위계질서가 없다는 점일 겁니다. 그러니까 많은 사람을 가톨릭교회로 이끄는 화려한 의식과 전례, 교계 조직, 찬란한 건축물 등이 제게는 정반대로 그것으로부터 멀어지게 하는 요인이 되는 것이죠. 이미 말씀드렸듯이, 저는 제가 그리스도교도인지 잘 모르겠어요. 그러나 제가 그리스도교도라고 해도, 가톨릭보다는 감리교에 가까운 모습이라고 말할 수 있습니다. 진심으로 말씀드리건대, 저는 제가 느끼는 것과 저의 정신적 성향을 있는 그대로 표현하는 겁니다.

한편 저는 유대인이 되기 위해 최선을 다했습니다. 그리고 항상 저의 유대인 선조를 찾아왔어요. 저희 외가는 아세베도 가문인데, 아마 포르투갈 계통의 유대인일 것입니다. 저는 아르헨티나 유대인협회Sociedad Hebraica Argentina에서 강연도 많이 했습니다. 카발라와 스피노자 철학에 대해서도 많은 관심을 가지고 있어서 책도 한 권 쓰려고 합니다. 게다가 스피노자에 대해 쓴 시도 있어요.

> 반투명한 유대인의 두 손이
> 어둠 속에서 유리를 깎는다.
> 그리고 공포와 추위로 죽어가는 오후.

저는 핏줄의 흥망성쇠와 상관없이 우리 모두가 그리스인이면서 동시에 히브리인이라고 생각합니다. 로마는 그리스의 연장에 지나지 않았으니 우리는 그리스인입니다. 우리는 『일리아드』 없는 『아이네이스Aeneid』,

에피쿠로스 철학 없는 루크레티우스의 시, 스토아 철학 없는 세네카를 생각할 수 없습니다. 모든 고대 라틴 문학과 철학은 고대 그리스 문학과 철학에 기반을 둡니다. 다른 한편으로, 우리가 그리스도교를 믿든 안 믿든, 그것이 유대교에서 비롯된 것은 의심할 여지가 없습니다.

현재 가톨릭교회 내에 일고 있는 자유주의 붐이 중요하다고 생각하십니까?

저는 현재의 운동이 가톨릭교회가 약해졌기 때문에 일고 있다고 봅니다. 교회가 강할 때는 관용적이지 않아서, 사람들을 탄압하고 화형에 처했습니다. 요즘 가톨릭교회가 보여주는 관용은 상당 부분 그 취약성에서 비롯된 것이지 개방성에서 나오는 것은 아니라고 봅니다. 교회가 강하면 개방적일 수 없습니다. 가톨릭이든 개신교든 교회는 관용적이지 않았고, 그럴 이유도 없었습니다. 내가 만일 진리를 소유하고 있다고 믿는다면, 잘못된 것을 믿으면서 스스로 구원을 위험에 빠트리는 사람들에 대해 관용적일 이유가 없죠. 오히려 그들을 박해할 의무가 생기는 겁니다. 저는 "당신이 개신교도인 것은 중요하지 않아. 우리는 결국 모두 그리스도의 자식들이니까"라고 말할 수 없습니다. 그것은 이미 회의주의에 빠졌다는 걸 뜻하니까요.

여행하는 것을 좋아하시나요?

저는 여행을 전혀 좋아하지 않습니다. 하지만 전에 여행을 했다는 사실은 좋아합니다. 저는 사람들이 추억을 위해 여행을 한다고 봅니다. 물론 모든 과거가 존재하기 위해서는, 그것도 언젠가 현재일 때가 있었지요.

아직 가보지 않았지만 방문하고 싶은 나라는 어디입니까?

저는 지난 세기에 윌리엄 모리스William Morris가 했던 것, 즉 아이슬란드 순례를 하고 싶어요. '순례'라는 표현은 제가 과장한 게 아니고 쓸데없이 강조한 것도 아닙니다. 저는 고대 아이슬란드어 공부를 시작했는데, 중세 시절에 북극 근처의 이 잊힌 섬에서 쓰인 문학이 세계에서 가장 중요한 문학 가운데 하나라고 믿고 있습니다. 그밖에도 저는 노르웨이와 이스라엘을 가보고 싶고, 제가 무척 좋아하는 스코틀랜드와 잉글랜드에도 다시 가보고 싶어요. 이것이 저의 지리학적 야심입니다.

러시아를 방문하신 적이 있나요?

아니요. 철의 장막 뒤에 있는 일부 국가들의 초청을 받은 일이 있으나 제가 편견을 갖고 갈 것이고 그런 여행은 그들을 위해서나 저를 위해서나 바람직하지 않다고 봤어요. 그래서 사양했습니다. 여행은 편안한 마음으로 해야 하니까요. 러시아 여행 역시 제가 얼마나 편안하게 갈 수 있을지 모르겠군요. 경험을 쌓기 위한 여행이라면 저는 성공할 가능성이 더 많은 곳으로의 여행을 택할 것입니다.

새로운 세대를 위해 해주시고 싶은 말씀이 있을까요?

저는 다른 사람에게 충고를 할 수 없습니다. 저의 인생조차 겨우 꾸려왔으니까요. 저는 좀 표류하면서 살아왔어요.

선생님의 삶에는 재미있는 일화들이 많을 것 같습니다. 어떤 것들이 제일 많이 기억나시나요?

기억나는 일화들이 있는지 모르겠군요. 제게 놀라움을 주는 것이 있다면 그건 사람들이 제게 보여준 인내심과 엄청난 친절이었던 같아요. 저의 적이 누가 있나 생각해보려고 하지만 생각이 나지 않습니다. 진짜 아무도 생각나지 않아요. 저에 대해 쓴 어떤 글들은 너무 가혹할 때가 있었지만, 저는 제 자신에게 이렇게 말했어요. "좋으신 하느님, 만일 제가 그 글을 썼더라면 훨씬 더 가혹하게 썼겠지요." 주변 사람들을 생각하면 감사의 느낌, 어찌 보면 경이로울 정도의 감사를 느낍니다. 전반적으로 사람들은 제게 과분한 대접을 해줬습니다.

리카르도 구이랄데스의 일이 생각나는군요. 우리는 1년 동안 『프로아Proa』라는 잡지를 공동으로 운영한 적이 있습니다. 당시에 저는 그냥 평범한 시들을 썼는데 『정면의 달Luna de enfrente』이란 제목을 달고 책으로 출판되었어요. 저는 그 시들을 구이랄데스에게 보여줬지요. 그는 그것을 읽고 나서 제가 원래 말하고 싶던 것들, 그리고 제 우둔함이나 허세로 인해 표현되지 않았던 것을 지적하더군요. 제게는 어차피 허세가 우둔함의 일종이었어요. 구이랄데스는 저의 시에 대해 다른 사람들에게도 언급했습니다. 그런데 제가 쓴 것이 아니라 쓰고 싶었던 것을 말하기도 하고, 자기에게 보여준 서툴기 짝이 없는 저의 초고를 보고 간파한 내용을 말했습니다. 그의 말을 들은 사람들은 제 시를 열렬히 좋아하게 됐고 출판된 제 시집에서 그 시를 찾으려고 했는데, 당연히 실패할 수밖에요. 그 모든 것은 구이랄데스가 제게 준 선물이라 할 수 있습니다. 그의 행동은 모두 무의식적인 것이었습니다. 저는 이렇게 구이랄데스에 대해 굉장한 기억을 갖고 있다고 말할 수 있습니다. 그의 관대한 우정과 그의 특이한 운명에 대해서 말입니다. 물론 운명은 모두 특이하다고 할 수 있죠.

96 래드클리프 칼리지Radcliffe College는 하버드대가 남학교일 때 여학생을 위한 자매 학교였으나 1977년 하버드와 형식적으로 합쳐진 후 1999년 완전 통합되었다. 현재는 하버드대 내의 래드클리프 대학원Radcliffe Institute for Advanced Study으로 있다.

97 뉴잉글랜드New England란 미국 북동부의 6개 주, 즉 매사추세츠, 코네티컷, 로드아일랜드, 버몬트, 메인, 그리고 뉴햄프셔로 이뤄진 지역을 지칭한다. 미국독립운동 발상지로서 정통 미국 문화를 상징하는 곳이다. 뉴욕과 뉴저지 역시 문화적으로 넓은 범위의 뉴잉글랜드에 속한다.

98 모데르니스모modernismo는 프랑스의 낭만주의, 상징주의, 고답파의 영향을 받아 문학적 인습을 타파하고 시어의 혁명을 이룩한 라틴아메리카 최초의 본격적인 문학 유파이다. 20세기 스페인어권 문학의 방향을 정립하는 전환점이 되었고, 중남미 문학이 유럽 문학의 그늘에서 벗어나 독립하는 의미를 가진다.

99 루벤 다리오(Rubén Darío, 1867-1916)는 중남미 모데르니스모 시파를 대표하는 니카라과 출신의 시인으로 스페인어권의 시어를 개혁했다.

100 레오폴도 루고네스(Leopoldo Lugones, 1874-1938)는 다재다능한 아르헨티나 작가로서, 루벤 다리오와 함께 모데르니스모의 대표적인 시인으로 꼽힌다. 스페인어 근대시를 개막했다고 간주된다.

101 호르헤 기옌(Jorge Guillén, 1893-1984)은 스페인 '27세대'의 시인이자 비평가이다. 네 차례에 걸쳐 노벨문학상 후보에 올랐다.

102 여기 언급된 작가들은 라틴아메리카의 카우보이라 할 수 있는 가우초를 소재로 한 남미 특유의 지역주의 문학인 가우초 문학literatura gauchesca 작가들이다. 바르톨로메 이달고Bartolomé Hidalgo는 우루과이 출신의 가우초 시 선구자이고, 일라리오 아스카수비Hilario Ascasubi는 아르헨티나 출신의 가우초 시인으로 아메리카 자연을 노래하고 로사스Rosas 정권의 독재에 맞서 싸웠다. 에스타니슬라오 델 캄포Estanislao del Campo 역시 아르헨티나의 가우초 시인이자 군인이었다. 호세 에르난데스(José Hernández, 1834-1886)는 가우초 문학을 대표하는 아르헨티나의 시인으로, 『마르틴 피에로Martín Fierro』 2부작을 남겼다.

103 에두아르도 구티에레스(Eduardo Gutiérrez, 1851-1889)는 아르헨티나의 가우초 문학 작가로 대표작으로는 『후안 모레이라Juan Moreira』가 있다.

104 리카르도 구이랄데스(Ricardo Güiraldes, 1886-1927)는 아르헨티나의 작가로 가우초 소설의 대표작으로 꼽히는 『돈 세군도 솜브라Don Segundo Sombra』를 썼다.

105 사르미엔토(Domingo Faustino Sarmiento, 1811-1888)는 아르헨티나의 작가이자 정치가로 대통령(1868-1874)을 역임했다. 문명과 야만의 이분법적 사고를 가지고 아르헨티나의 문명화를 주창했다. 대표작으로는 아르헨티나의 본성을 논한 『파쿤도, 또는 문명 혹은 야만』이 있다.

106 알마푸에르테Almafuerte는 아르헨티나의 시인 페드로 보니파시오 팔라시오스(Pedro Bonifacio Palacios, 1854-1917)의 필명이다.

107 마르티네스 에스트라다(Ezequiel Martínez Estrada, 1895-1964)는 포스트모데르니스모 postmodernismo 세대에 속하는 아르헨티나 작가이자 비평가다.

108 비오이 카사레스(Adolfo Bioy Casares, 1914-1999)는 라틴아메리카 문학사를 빛낸 아르헨티나 출신의 소설가로 특히 탐정소설, 환상소설의 대가였다. 보르헤스와 절친하여 여러 가명을 쓰면서 공동 작업했다. 부인 실비나 오캄포Silvina Ocampo 역시 아르헨티나 작가이자, 언니 빅토리아 오캄포와 함께 문단의 여걸이었다. 세르반테스 상을 수상했다.

109 마스트로나르디(Carlos Mastronardi, 1901-1976)는 아르헨티나 시인이자 에세이 작가다.

110 페이로우(Manuel Peyrou, 1902-1974)는 아르헨티나 작가로 보르헤스와 가장 가까운 친구 중 하나다.

111 란자 델 바스토(Lanza del Vasto, 1901-1981)는 이탈리아의 시인, 철학자, 그리고 비폭력주의자이다.

112 카를로스 가르델(Carlos Gardel, 1890-1935)은 탱고 음악의 거장으로 세계적인 명성을 누린 가수이자 작곡가 그리고 영화배우이다. 탱고 음악의 세계적인 작곡가인 아스토르 피아졸라를 발탁하기도 했다. 전성기 시절에 비행기 사고로 세상을 떠난 비극적 영웅이다.

113 호세 헤르바시오 아르티가스(José Gervasio Artigas, 1764-1850)는 우루과이 독립의 아버지라 불리는 애국자이다.

114 살타Salta는 아르헨티나의 23개 주 가운데 하나로 북서부에 위치한다.

115 마세도니오 페르난데스(Macedonio Fernández, 1874-1952)는 아르헨티나의 작가로서, 당시 보르헤스를 비롯한 젊은 작가들의 멘토 역할을 했다.

116 월도 프랑크(Waldo Frank, 1889-1967)는 미국 소설가이자 비평가다. 특히 스페인과 라틴아메리카 문학과 문화 연구에 정통해서 두 대륙 사이의 지적 가교 역할을 했다.

117 오르테가 이 가세트(José Ortega y Gasset, 1883-1955)는 20세기 스페인의 대표적인 철학자이다. '1914 세대'의 중심인물로 서구 합리주의에 기반을 두고 '생의 축제적 의미'를 강조하는 한편, 미래를 지향하는 스페인의 부활을 주창했다. 대표적 저술로 『돈키호테 성찰Meditaciones del Quijote』, 『예술의 비인간화La deshumanización del arte』, 『대중의 반역La rebelión de las masas』 등이 있다. 또한 『레비스타 데 옥시덴테Revista de Occidente』를 창간하여 유럽 사상을 소개하면서 스페인과 라틴아메리카 지성계에 큰 영향을 미쳤다. 스페인의 근대성을 본격적으로 논의한 최초의 철학자로 간주된다.

118 칸시노스 아센스(Rafael Cansinos Assens, 1882-1964)는 스페인의 작가이자 비평가이며 오르테가 이 가세트와 마찬가지로 '1914 세대'의 일원이었다.

119 피오 바로하(Pío Baroja, 1872-1956)는 미국과 전쟁에서 패배(1898)하고 마지막 남은 식민지들을 상실하여 국가적 몰락을 맞은 스페인 민족의 부활을 주창한 '98세대(La generación de 98)'의 핵심 인물이다. 자서전적 작품인 『지식의 나무El árbol de la ciencia』를 비롯해 100여 편의 소설을 썼으며 헤밍웨이에게 큰 영향을 주었다.

120 보르헤스의 할아버지인 프란시스코 보르헤스(Francisco Borges Lafinur, 1835-1874)는 아르헨티나군 대령으로 내전에서 싸우다가 전사했다.

121 1824년 시몬 볼리바르의 라틴아메리카 독립군이 페루의 독립을 위해 후닌에서 스페인 왕당파 군대와 격돌했다. 독립군이 결정적인 승리를 거둔 이 전투에 보르헤스의 외증조 할아버지인 이시도로 수아레스(Manuel Isidoro Suárez, 1799-1846)가 아르헨티나군 대령으로서 기병대를 지휘했다.

122 사아베드라 파하르도(Diego de Saavedra Fajardo, 1584-1648)는 스페인 바로크 시대의 작가이자 외교관이다. 베스트팔렌 조약에 스페인 대표로 참석했다.

123 르네 무히카(René Mugica, 1909-1998)는 아르헨티나 영화배우이자 감독이다.

124 브래드버리(Ray Bradbury)는 미국의 환상소설 및 사이언스 픽션 작가로 대표작은 『화성 연대기Las crónicas marcianas』, 『화씨 451도Fahrenheit 451』 등이 있다.

125 에두아르도 마예아(Eduardo Mallea, 1903-1982)는 아르헨티나 작가이자 외교관이다.

126 마누엘 무히카 라이네스(Manuel Mujica Láinez, 1910-1984)는 아르헨티나 작가이자 예술비평가다.

127 에레라 이 레이식(Julio Herrera y Reissig, 1875-1910)은 우루과이 작가로 모데르니스모 시파의 일원이었다.

128 알폰소 레예스(Alfonso Reyes, 1889-1959)는 멕시코의 다재다능한 작가이자 비평가이자 외교관이다. 20세기 멕시코의 가장 위대한 지성 중의 한 명으로 꼽힌다.

129 우나무노(Miguel de Unamuno, 1864-1936)는 '98세대'에 속하는 스페인 최고의 지성이자 작가, 철학가, 비평가이다. 대표작으로 철학서 『생의 비극적 감정El sentimiento trágico de la vida』과 소설 『아벨 산체스Abel Sánchez』, 『안개Niebla』 등이 있다.

130 안토니오 마차도(Antonio Machado, 1875-1939)는 '98세대'의 대표적인 시인이다. 모데르니스모 경향으로 시작해 상징주의를 거쳐 인간의 고통에 공감하면서도 노장사상의 영향

이 드러나는 성찰의 시를 썼다. 공화파 정부의 지지자로서 스페인 내전 막바지에 망명길에 나섰다가 객사했다. 안토니오의 형인 마누엘 마차도(Manuel Machado, 1874-1947) 역시 '98 세대'의 일원으로 모데르니스모와 상징주의의 영향을 받았으나 근본적으로 안달루시아의 서정성이 깊게 밴 시를 썼다. 동생과는 반대로 스페인 내전에서 쿠데타를 일으킨 국민전선을 지지했다.

131 알렘(Leandro Nicéforo Alem, 1841-1896)은 아르헨티나 급진시민연맹Unión Cívica Radical을 창설한 급진주의 정치가이다.

1899-1974

Miguel Ángel Asturias

미겔 앙헬 아스투리아스

라틴아메리카의 붐 소설을 이끈 선구자들로 꼽히는 ABC 작가가 있다. A가 아스투리아스, B가 보르헤스, C가 카르펜티에르다. 아스투리아스는 '마술적 리얼리즘' 기법의 원조라고도 할 수 있다. 1967년 아스투리아스는 라틴아메리카 소설가로는 최초로 노벨문학상을 받는데 이는 그가 붐 소설을 대표해 세계 문단의 인정을 받았다는 상징성을 가진다.

아스투리아스는 과테말라시티에서 태어났다. 아버지는 변호사였으나 에스트라다 카브레라 독재정권의 미움을 받아 온 가족이 외할아버지 농장이 있는 살라마Salamá의 농장으로 낙향한다. 시골에서 초등교육을 받으면서 아스투리아스는 처음으로 원주민 세계를 접하고, 자연에 깃든 전설과 마법의 세계와 대면한다. 1908년 아스투리아스 가족은 과테말라시티로 돌아와서 농민들을 상대로 장사를 했는데 항상 문전성시를 이루었다. 소년 아스투리아스는 물건을 사러 온 농민들이 해주는 옛날 이야기에 푹 빠졌다. 이때 들은 원주민 전설과 신화가 훗날 아스투리아스 문학의 원천이 된다고 할 수 있다.

아스투리아스는 산 카를로스 대학에서 법학을 전공하여 『원주민의 사회적 문제El problema social del indio』라는 논문을 쓰고 졸업한다. 그 후에는 뜻있는 사람들과 함께 노동자들을 위한 민중대학을 세워 직접 강의하면서 그들의 권리를 일깨워준다. 1924년 아스투리아스는 파리 소르본 대학으로 가 『포폴 부』를 프랑스어로 번역한 마야 문헌학의 권위자

레이노 교수 밑에서 5년 동안 지도를 받는다. 이를 통해 원주민 세계와 그 신화에 대한 이해가 더욱 깊어진다. 그 과정에서 1925년에는 첫 시집인 『별빛Rayito de estrella』을 냈고, 1930년에는 스페인에서 『과테말라의 전설Leyendas de Guatemala』을 출판한다. 1933년 귀국한 아스투리아스는 1939년 클레멘시아 아마도Clemencia Amado와 결혼해 두 아들을 두지만 8년 후 이혼한다.

1946년 그에게 최고의 명성을 가져다주는 소설 『대통령 각하El señor presidente』가 출판된다. 독재자 에스트라다 카브레라를 모델로 한 이 소설은 아르헨티나의 사르미엔토가 쓴 『파쿤도』에서 비롯된 '독재자 소설'의 장르로 분류된다. 이 장르의 계보는 로아 바스토스의 『나 최고』, 가르시아 마르케스의 『족장의 가을』, 바르가스 요사의 『염소의 축제La Fiesta del Chivo』 등으로 이어진다. '독재자 소설'이라는 장르의 존재 자체가 중남미에 만연한 독재를 반증할 것이다. 『대통령 각하』는 초현실, 꿈, 신화, 신비 등의 요소가 현실과 뒤섞인 마술적 리얼리즘을 제대로 보여준다. 나아가 무질서 속의 질서를 가진 모더니즘적 서사를 통해 이 대륙의 정체성을 모색하는 걸작이기도 하다.

1949년 아스투리아스는 마야 신화와 원주민 설화에 바탕을 둔 또 다른 걸작 『옥수수 인간Hombres de maíz』을 출판한다. 이 작품 역시 이해하기 힘든 원주민 언어와 그 심오한 세계관을 다루기 때문에 결코 읽기 쉬운 작품은 아니다. 아스투리아스는 같은 해에 또 다른 소설 『강풍Viento fuerte』을 펴냈고, 1950년에는 평생의 반려자가 되는 블랑카 모라 이 아라우호와 두 번째로 결혼한다. 1953년 아스투리아스는 하코보 아르벤스 정권에 의해 엘살바도르 대사로 임명된다. 하지만 그다음 해에 미국의 사주를 받은 카스티요 아르마스의 쿠데타가 발생하자 대사직을 사임한다.

1954년에는 아르헨티나에서 소설 『바나나 농장 주인El papa Verde』이 출판된다. 1956년에는 단편집 『과테말라의 주말Weekend en Guatemala』이, 그 다음 해에는 원주민의 보호자로 불렸던 라스 카사스 신부를 다룬 희곡 『청문회La audiencia de los confines』가 출판된다. 1959년에는 피델 카스트로의 초청으로 쿠바를 방문하고 1960년에는 소설 『매장된 자들의 눈동자Los ojos de los enterrados』를 출판한다. 앞서 언급한 『강풍』, 『바나나 농장 주인』, 『매장된 자들의 눈동자』를 '바나나 농장' 3부작이라 부르는데, 모두 독재정권과 결탁해 민중을 수탈하는 미국 기업의 횡포를 고발하는 저항 문학이다. 한편 1963년에 쓴 소설 『물라타Mulata de tal』는 부인을 악마에게 팔아넘겨 부자가 되지만 천벌을 받고 부인을 그리워한다는 민간 설화에 바탕을 둔 작품이다.

1966년 아스투리아스는 프랑스 펜클럽의 회장 자격으로 파리로 이주하는데, 같은 해 과테말라의 대선에서 승리한 멘데스 몬테네그로 신임 대통령은 그를 프랑스 주재 대사로 임명한다. 그는 1967년 대사 재직 중에 노벨문학상을 수상한다. 1970년 아스투리아스는 중남미인으로는 최초로 칸 영화제 심사위원장을 맡기도 한다. 1974년 6월 9일 마드리드에서 눈을 감은 아스투리아스는 파리의 페르 라셰즈Père Lachaise 묘지에 잠들어 있다.

프랑스, 파리

1970. 11. 06 - 1970. 11. 10

1967년 노벨문학상 수상자인 미겔 앙헬 아스투리아스는 파블로 네루다와 마찬가지로 "시와 소설을 통해 미식 찬가"를 부른다. 사실 그의 책 『헝가리에서의 식사Comiendo en Hungría』는 이 시인과 소설가가 맛집 탐방을 통해 우연히 만나면서 탄생한 것이다. "생생한 삶은 식탁에서 시작한다"고 믿는 아스투리아스는 그 책에서 '미식의 습관'을 웅변적으로 옹호한다. "인생은 과일, 생선, 고기 그리고 진수성찬의 식탁 위에 있는 모든 음식으로 만들어진 성에 유폐되어 있다. 최후의 공격은 과학적으로는 영양사에 의해, 미학적으로는 재단사에 의해, 종교적으로는 금욕주의자들과 독실한 신자들에 의해, 경제적으로는 상인들에 의해, 시간적으로는 일정표와 시계에 의해 이루어진다. 음식과 후식을 준비하는 사랑스러운 시간이 주방에서 도망쳐 나갔고, 비만과 곡선과 죄악과 비용 그리고 시간표를 엄수해야 한다는 걱정으로 위장한 슬픔이 즐겁고 유쾌했던 이전의 것을 없애버리고 식사를 위해 자리에 앉았다."

그러나 네루다와 마찬가지로 아스투리아스도 "먹는 것과 환대하는 일은 손에서 손으로 전해진다." 아스투리아스는 파리 17구의 자기 집에서 아내이자 협조자이며, 매력적이고 활기찬 아르헨티나 여인 블랑카 모라 이 아라우호와 함께 살면서 다양한 계층의 지식인들이나 정부 관리 친구들과 식사와 후식의 즐거움을 나누고 있다. 그는 정신적 안식처인 파리에 학생 시절부터 틈틈이 오랜 세월을 살았으며, 프랑스 주재 과테말라 대사직을 사임한 후에 이곳에 정착했다.

다른 과테말라 사람들과 마찬가지로 그의 용모에는 마야 조상의 흔적이 남아 있다. 그는 키가 크고 덩치가 있으며, 특히 매부리코로 인해 원주민의 외모가 두드러진다. 그럼에도 작고한 미국의 유명 영화배우인 시드니 그린스트리트Sydney Greenstreet와 비슷해 보이기도 한다. 그는 친절하지만 과묵하게 남의 말을 듣는다. 그의 고요함과 우수 어린 침묵에는 고국 원주민들의 특징인 의례적인 분위기가 있다.

일흔의 나이로 과거처럼 춤을 추지는 못하지만 그는 아직 날렵한 춤꾼이다. 또한 여전히 시에스타의 필요성을 믿고 있다. 그래서 인터뷰는 그가 낮잠에서 일어나 차를 한 잔 마시고 난 오후에 그의 아파트 거실에서 시작되었다. 그 방은 골동품 가구들과 물건들로 장식되어 있었는데, 이것들은 중남미 예술가들의 현대 미술품들과 대조를 이루었다. 크게 그려진 그의 초상화 두 점이 눈에 띄었는데, 하나는 아르헨티나 화가인 후안 카스타니노(Juan Carlos Castagnino, 1908-1972)가, 다른 하나는 에콰도르 화가인 과야사민(Oswaldo Guayasamín, 1919-1999)이 그린 것이었다. 아르헨티나 출신의 화가 로날도 데 후안Ronaldo de Juan의 작품들도 있었는데, 그는 아스투리아스의 책 몇 권에 삽화를 그렸고, 희곡 『토로툼보Torotumbo』가 파리에서 공연될 때 무대장치와 의상을 준비했던 인물이다.

입구의 복도와 서재에 있는 책장에는 발레리, 케베도, 세르반테스, 라파엘 알베르티, 헤밍웨이, 셰익스피어, 도스토옙스키와 같은 작가들의 전집과 마야와 고대 문명 전집 그리고 베트남어를 비롯해 거의 모든 외국어로 번역된 여러 판본의 자기 작품들이 꽂혀 있었다.

회색 프란넬 바지와 목이 트인 셔츠, 무명 카디건을 입고, 스카프형 넥타이를 매고, 슬리퍼를 신은 아스투리아스는 인터뷰 내내 바로크적 달변을 통해 거리낌 없이 이야기를 이어 나갔다. 그의 깊고 음악적인 목소리는 주제에 따라 톤이 달라졌다. 어머니와 어린 시절에 대해 회상할 때는 눈을 감고 시를 낭송하듯 단어들을 하나하나 이어 나갔고, 과테말라의 시골 풍경을 이야기할 때는 원기 왕성해졌으며, 조국의 독재자들에 대해 말할 때는 열정적으로 변했다. 내가 참여문학에 대해 가르시아 마르케스가 내놓은 선언문을 언급하자 목소리에는 분노가 실렸다.

그는 인터뷰를 시작한 지 한 시간 정도만 지나면 매우 피곤해하며 "오늘은 그만합시다"라고 말했다. 그러고는 과테말라의 기억과 신비롭고 성스러운 마야의 세계를 뒤로 한 채 TV를 틀고 현대 세계의 현실과 환상에 몸을 담았다.

〈대화〉

1930년 마드리드에서 출판되었으며, 발레리로부터 "비록 얇지만 읽지 말고 마셔야 하는 책"이라는 평을 얻은 선생님의 첫 저서 『과테말라의 전설』은 "옛날 얘기를 해주신 엄마께" 바쳐졌습니다. 특별한 의미가 있는지요?

그 헌사에는 혈육의 사랑이 담겼습니다. 단순히 생명을 준 것뿐만 아니라 더 나아가 정신적 행로를 제시해주신 어머니에 대한 아들의 감사 인사이지요. 『과테말라의 전설』에서 저는 저의 조국, 제가 태어난 조그만 대지, 화산과 호수와 산과 구름과 새와 꽃들이 있는 세상의 한 구석에 바치는 제 애정을 표현했습니다. 그리고 이 책에 가슴에 달아드릴 보석과 같은 브로치가 필요하다고 생각해서 "옛날 얘기를 해주신 엄마께"라는 11음절의 문구를 만든 겁니다. 그 이야기에는 과테말라의 전설도 있고, 일상에서 매일 일어나는 이야기도 있고, 제가 잠이 드는 동안 잠결에 들은 얘기도 있고, 어머니의 침묵도 있습니다. 침묵 역시 얘기하고 말하는 하나의 형식이니까요. 그러나 지금 처음 말하는 것인데, 이

기회를 빌어서 꼭 말하고 싶은 것은, 제가 쓴 헌사가 단지 스페인어 단어나 문구에 한정된 것이 아니라 더 넓은 범주를 포괄한다는 점입니다. 그래서 저는 책을 쓰는 동안 아메리카 사람, 제 경우에는 중앙아메리카 사람의 우주를 구성하는 모든 요소를 중심으로 그 감성과 철학 그리고 맨발의 원주민들에게로 침잠하는 것이 필요했고, 우주를 구성하는 요소로서 여성의 힘, 특히 그 창조적인 힘이 가진 근원과 본질을 고찰해야 했습니다.

그것은 여성이고 어머니이며, 마야와 키체Quiche 마야의 믿음 내의 자궁입니다. 키체 마야란 현재의 과테말라 영토를 차지하고 있는 마야인 후손들을 의미하는데, 혼혈인 저와도 직접적인 관계를 맺고 있어요. 그 마야의 우주는 많은 부분에서 모성적인 대지의 힘, 이 땅의 힘에 의지합니다. 대지는 가장 기본적인 요소이고 어머니이며 우리를 낳고 양육하는 존재이자, 궁극적으로는 우리를 가슴으로 받아주는 존재입니다. 과테말라의 전설에 대한 책의 첫머리에 "옛날 얘기를 해주신 엄마께" 라고 썼을 때 저는 거대한 우주적 힘의 활력적이고 본질적이며 보편적인 모든 요소를 상기해낸 것입니다. 그 힘은 원주민들의 어머니이고, 모든 마야 신앙의 어머니이며, 그 어머니 전에는 그 어머니의 어머니가 있었고, 거기에는 대지가 있었고, 거기에서 삶의 모든 요소가 솟아났습니다. 그런데 흥미롭게도, 키체 부족의 성경이라 할 수 있는 『포폴부Popol Vuh』는 위대한 마법사이자 치유자이며 모든 별들 가운데 으뜸인 어머니를 선과 악 사이의 투쟁과 갈등 속에서 아들과 손자들을 돕는 존재로만 묘사합니다. 후손들이 처음으로 악의 힘에 패했을 때 그 기억이 살아 있도록 해주었고, 펠로타 경기의 물건들을 보관해서 뒷날 후손들이 그것을 찾아내 선과 악의 투쟁에 나설 수 있도록 한 사람이 어머니입니다. 이 모든 의미가 "옛날 얘기를 해주신 엄마께"라는 11음절 문구 안에 포함되어 있습니다. 즉 신화로, 우주론으로, 그리고 뿌리를 알 수 없는 아득한 옛날부터 마야 원주민의 믿음 체계를 이뤘던 모든 것으로 확대되는 것이죠.

아메리카의 미래는 혼혈에 달려 있다는 이유로 선생님은 혼혈이라는 것을 자랑스러워했습니다. 그 생각을 명확히 설명해주실 수 있습니까?

저는 우리의 위대한 아메리카, 우리 가슴속에 있는 아메리카, 우리가 어깨로 짊어지고 있는 이 아메리카, 호세 마르티[132]가 '우리' 것이라 불렀던 이 아메리카가 가질 수 있는 모든 문제점을 가지고 있다고 봅니다. 이 가련한 아메리카는 이 땅에 처음 온 스페인 남자가 우리의 인디오 여인을 습격하여 끌고 가서 강간하고 임신을 시킨 후 어머니가 되게 만든 그날 밤에 태어난 것이기 때문입니다. 그 순간, 바로 그 찰나에, 새로운 해가 뜨는 그 시점에 스페인과 원주민의 피가 섞인 새로운 존재가 빛을 보게 된 것입니다. 지금 생각나는 인물은 잉카 가르실라소 데 라 베가입니다. 그는 페루의 왕족 여인과 스페인 남자의 자식이었습니다. 이 지엄한 페루 여인과 스페인 사람이 사랑을 나누었고, 그 결과 아메리카 최초의 메스티소 작가가 탄생했습니다. 그렇기에 다른 이들이 우리를 메스티소라 부를 때, 또 우리 스스로가 메스티소라고 느낄 때, 잉카 가르실라소라 불렸던 그 고상한 영혼과 엮이는 것을, 그의 모든 작품과 일치되는 것을 느끼게 됩니다.

동시에 우리는 그 시대의 또 다른 위대한 시인이었던 과테말라의 라파엘 란디바르(Rafael Landívar, 1731-1793)를 생각하게 됩니다. 그는 카를로스 3세가 스페인의 모든 영토에서 예수회를 쫓아낼 때 과테말라에서 추방됩니다. 란디바르 신부는 과테말라를 떠나 멕시코로 갔고, 그곳에서 이탈리아로 옮긴 후 볼로냐에 도착하지요. 시간이 지난 후 향수병에 시달리던 그는 3천 개가 넘는 육보격의 라틴어 시집 『멕시코의 전원Rusticatio Mexicana』을 썼습니다. 그는 먼저 과테말라와 중앙아메리카의 비옥한 산지를 노래했고, 유럽에 비해 부족한 것 하나 없는 대륙인 아메리카를 유럽인들에게 보여주었죠. 그는 자신과 그토록 멀리 떨어져 있는 그 아메리카 대륙에는, 소와 말과 양떼가 가득하고, 에트나와 베수비오 같은 화산들이 있으며, 신비의 약효를 지닌 샘물이 있고, 무엇보다도 희생자인 원주민 인종이 있다고 말했습니다. 원주민들은 부지런하고 위대한 지혜를 지녔지만 유럽인들에 의해 능욕을 당했습니다. 란디바르 신부는 그 진가에 비해 잘 알려지지 않았지만, 메넨데스 이 펠라요[133]는 그를 근대 라틴 문학의 베르길리우스라고 평가합니다.

오늘날 우리는 이 메스티소들을 기억합니다. 잉카 가르실라소, 란디바르, 안드레스 베요[134] 그리고 우리에게 열대의 찬가를 만들어주고 설탕과 목축과 커피, 모든 열대를 노래해준 많은 망명객을 떠올립니다. 이들이 아메리카를 만들고 있는 메스티소들입니다. 저는 스스로 메스티소임을 자랑스럽게 느낍니다. 제 자부심은 제가 두 개의 물길, 두 개의 바다, 원주민과 유럽의 두 감성이 섞여 있는 그 종족에 속해 있다는 데에서 나옵니다. 지치고 힘들게 우리 땅에 발을 내딛은 유럽인과 꿈에 가득 찬 눈망울을 하고 순수하게 다시 원초적으로 태어난 원주민들 사이에서 말입니다. 그래서 저는 우리의 메스티소 아메리카는 과거가 아니라 미래의 대륙이라 믿고 있습니다. 우리는 순혈이 아니기 때문에 우리 혈통이 소멸될 것을 걱정할 필요가 없습니다. 피는 나날이 새로워지고 있습니다. 과거 비극의 시기에 우리 땅에 도착한 흑인 노예들의 자취가 더해지면서 더욱 새로워졌기 때문입니다. 삶의 새로운 요소, 본질적으로 다른 요소, 우리 존재 가운데 좀 더 음악적인 정서가 메스티소에게, 즉 유럽인과 원주민 피에 동시에 더해진 것이지요. 그 순간에, 즉 흑인과 라틴족, 흑인과 유럽인, 유럽인과 흑인과 메스티소가 섞인 그 그룹, 그 요소, 그 인종에서 우리 국가들을 지키고 일할 오늘의 인간이 태어나는 겁니다. 그렇기 때문에 제가 메스티소 부모를 둔 메스티소라고 말할 때, 언짢아지기는커녕 자랑스러워집니다. 혼혈이기에 아메리카는 새로운 언어를 말하고 새로운 인간을 창조할 수 있습니다.

선생님 가족의 최초의 유럽인 선조는 누구인가요?

제 아버지의 할아버지와 고조부는 스페인 혈통이었습니다. 제게 최초의 스페인 선조가 되는 분은 아메리카 땅에 1770년이나 1780년에 도착했는데, 그 이름은 산초 알바레스 데 라스 아스투리아스로, 나바 이 노로냐 백작이었습니다. 그는 스페인의 오비에도에서 곧장 과테말라로 왔고, 그 형제들이 따라와서 원주민들과 결혼하면서 오늘날의 아스투리아스 가문을 이루었습니다. 처음에 그들은 자신들을 그냥 '알바레스'라 부르다가 후에 '알바레스 데 라스 아스투리아스'로 불렀고, 이후 '알바레스'를 '데 라스 아스투리아스'로 부르다가 결국 '데 라스'도 빼버리고 아스투리아스로 부르게 된 겁니다. 부계 쪽 사람들은 스페인 오비에도 사람들과 잘 알려진 관계를 유지했습니다. 제 모계는 스페인과 원주민 혈통이 섞였고 저의 어머니 역시 메스티소로 태어났습니다. 부모님은 올바른 가치관을 지닌 분들이었습니다. 공부를 많이 하셨고, 자기계발을 위해 애쓰셨으며, 자유를 사랑하셨죠. 바로 이 점 때문에 부모님은 '대통령 각하'의 독재 기간 중에 심한 박해를 당하셨습니다.

선생님은 과테말라시티에서 공부하셨나요?

그렇습니다. 변호사와 변리사 교육을 마칠 때까지 그곳에서 공부했습니다. 저는 1903년이나 1904년 정도에 부모님이 여러 해 동안 살았던 살라마라는 곳에서 공부를 시작했어요. 아버지는 1887년 좋은 성적으로 변호사 자격을 취득했고 어머니는 교사였습니다. 두 분이 가정을 꾸렸을 때 호세 마리아 바리오스José María Barrios가 대통령에 당선되었는데, 그는 아버지에게 젊은 변호사로서는 매우 흥미로운 자리 하나를 주었습니다. 만일 그가 죽지 않고, 또 그 자리를 『대통령 각하』의 실제 주인공인 에스트라다 카브레라[135]가 계승하지만 않았더라면 아버지는 더 높은 벼슬을 했을지도 모릅니다. 신임 대통령은 이전 정권에서 임명했던 모든 사람에게 비수를 들이밀었습니다. 이는 부모님에게 가난과 수도에서의 추방을 의미했습니다. 외할아버지는 부모님에게 훗날을 위해 살라마에 있는 당신 농장으로 가는 것이 좋겠다고 권했습니다. 결국 제 동생 마르코 안토니오는 외할머니와 함께 수도에 남았고, 저는 부모님과 함께 그 작은 마을로 떠나게 됐지요. 아직 어린 소년이었던 저는 그곳에서 공부를 시작했습니다. 또한 저의 예술적 잠재력에 지대한 영향을 준 무언가도 그곳에서 시작되었어요. 그곳에는 오로타바Orotava라는 재미있는 이름을 가진 강이 흐르는데, 마치 깊이 흐르고 있는 황금을 얇은 모래로 덮고 있는 것 같죠. 저는 그 강에 자주 놀러가서 "오로타바!"라고 외치면서 뛰놀았어요. 그 단어를 발음하면 쾌감이 드는 것 같았죠. 석양이 질 무렵이면, 강물과 커다란 바위에서 전설과 마법과 순진무구한 샘물이 솟아나왔습니다. 학교에 가서 처음으로 글을 배웠지만, 우리 조국의 목소리를 듣고 그 마법을 접한 건 그 오후의 석양, 강물, 바위, 나뭇잎을 통해서였습니다.

제가 서너 살 되던 무렵에는 외할아버지가 당신의 농장들을 둘러보는 여행에 저를 데리고 다녔는데, 회의를 하거나 가축을 보러 가시거나 할 때는 제가 일사병에 걸리거나 지치지 않도록 원주민 목장에 남겨두곤 했습니다. 대체로 조그만 광장 주위로 지어진 작은 촌락들이었는데, 서너 가구가 살았고 이들은 모두 부모와 그들의 결혼한 자식들로 이루어진 한 가족 구성원들이었습니다. 저는 거기서 제 또래이거나 저보다 너덧 살쯤 많은 원주민 꼬마들과 놀곤 했는데, 그게 제게는 원주민과 가장 직접적이고 자연스러운 최초의 접촉이었습니다. 무엇이라고 정확히 말할 수는 없지만 제 무의식 속에 그때 받은 것을 간직하고 있다고 봅니다. 때때로 두 눈을 감고, 춤피페라 불렀던 커다란 칠면조들, 물을 가득 담아 두었던 물통과 옥수수 요리와 옥수수 가루, 커피 열매의 껍질을 벗기던 사람들, 햇빛에 말리기 위해 널어두었던 담뱃잎 등을 어렴풋이 떠올려봅니다. 또 원숭이, 사슴, 다람쥐, 그밖에도 원주민들이 애완동물로 키웠던 다른 많은 동물도 생각납니다. 이 모든 것을 원주민 마을에서 그 분위기를 느끼면서 봐왔습니다. 거기서는 원주민 리듬에 따라 삶이 진행됐고, 서두르는 일도 없었고, 태양이 정해주는 시간에 따라 모든 일이 행해졌어요. 그곳이 저와 원주민들과의 관계가 처음 맺어진 곳이죠. 저는 그들이 자기들 언어로 말하는 것을 들었고, 제가 몇 마디를 배워서 그들에게 이야기하면 활짝 웃음을 터뜨리곤 했습니다.

그러나 이상하게도 외할아버지는 제가 원주민어로 말하는 걸 싫어하셨고 스페인어를 쓰라고 하였어요. 그 때문에 지금 제가 그들이 사용하던 케치kechit어를 이해하지 못하게 됐을 겁니다. 제가 성장하던 시대는 유럽인임을 드러낼 필요가 있고, 원주민어를 쓰거나 원주민이 되거나 혹은 원주민과 어떤 관계가 있으면 안 좋게 보던 때였습니다. 제가 기억하는 과테말라시티는 프록코트를 입은 신사들과 긴 드레스를 입은 여인들이 마치 프랑스의 『일뤼스트라시옹L'Illustration』 잡지에서 막 걸어나온 양 서로에게 고개를 숙여 인사하던 곳이었어요. 이런 사람들에게 원주민들과 친하게 지낸다는 것보다 더 불쾌한 일은 없었을 겁니다. 결국 멕시코에 위대한 벽화가 그려지기 시작하고, 멕시코 혁명과 제1차 세계 대전이 막을 내린 후인 1920년대의 제 세대까지 기다려야 했지요. 우리에게는 이미 고고학의 선구적 발견과 함께, 그토록 훌륭한 원주민들의 자산이 있는데 왜 유럽만 바라보고 있었는지 자문하면서 눈을 뜨기 시작합니다. 그러나 최초로 원주민을 주제로 그린 초기 화가들 그림과 제가 썼던 문학 작품들은 모든 사람의 비판을 받습니다. 그들은 우리가 우리나라의 품격을 떨어트려서, 이제 유럽인들은 우리를 인디오라 간주하고 유럽인이 되기에 자격이 없다고 생각할 거라며 비난했지요.

그래서 법학 박사학위를 위한 논문 주제를 원주민의 사회문제로 정하셨나요?

돌이켜보면 그건 다소 운명적이었다고 생각합니다. 당시에는 제가 어렸을 때 원주민과 접촉했던 것을 완전히 잊어버리고 있었어요. 그러나 1921년에서 1923년 사이에 그들과 더 많은 접촉을 하게 되었지요. 제가 논문 주제로 원주민 문제를 선택하고 그들에게 돌아갔을 때는 법학과 학생으로서 당시 새로운 학문으로 교육이 시작된 사회학을 공부하고 있었습니다. 저는 다시 수도 근처의 원주민 마을로 가서 그들의 생활 방식과 결혼, 경작 방식, 가족관계 등 논문을 위한 모든 것을 접했습니다. 마치 운명처럼 원주민들과 두 번째 접촉을 하게 된 겁니다. 이것이 끝이 아니었어요. 1911년 제 부모님이 과테말라시티로 돌아가면서 저택을 구입하여 밀가루나 설탕처럼 외국에서 들여오는 물건들을 판매하는 큰 사업을 시작하셨는데, 집 앞에서는 이러한 소매 상품을 판매했으나, 안으로 들어가면 나무가 몇 그루 있고 노새와 황소가 끄는 수레가 드나드는 커다란 문이 난 큰 정원이 있었는데 그곳으로 도매 장사를 하는 사람들이 드나들었습니다. 밤에는 모닥불이 밝혀졌고, 열한 살과 열네 살이었던 제 동생과 저는 모닥불 가에 앉은 사람들과 어울려 그들의 노래와 이야기에 귀를 기울이곤 했죠. 이런 경험은 제게 매우 도움이 됐습니다. 저의 작품에 나오는 인물들의 모든 대화는 이렇게 길고 화려했던 과테말라의 밤에 오갔던 이야기들을 기억해낸 것이거든요. 그 대화 속에서 저는 예전에 알았던 사람들의 목소리를 듣습니다. 사람이 젊을 때, 아직 어린이라면 더더욱, 이런 것들은 삶의 새로운 재료가 되어 이후의 삶에 중요하게 작용합니다. 저는 작가는 어릴 때나 젊을 때 만들어지는 것이라고 생각합니다. 이때야말로 훗날 자신의 작품에 나타날 무수한 경험을 하기 때문입니다. 일단 어른이 되면 둔감해지는데, 그렇게 되면 기억을 통해 어린 시절과 청년기에 자신의 감성과 정신에 새겨져 있던 것을 찾아야 합니다.

몇 년 후 선생님은 정치적 이유로 과테말라를 떠나야 했습니다. 선생님 삶과 작품에서 대단히 중요했던 이 시기에 대해 말씀해주실까요?

당시 스무 살 학생이었던 우리는 유럽의 세계 대전이 끝난 후에 작가나 언론인으로 나서서 '1920세대'라 불렸지요. 우리는 22년간 지속됐던 에스트라다 카브레라 독재에 저항해 싸웠고 그것을 전복시키는 데 성공했어요. 그러나 과테말라에 들어선 민주 정부는 군사 쿠데타로 인해 얼마 지속되지 못했고, 구시대의 독재가 독재자 이름만 바뀌면서 계속되는 결과를 낳았습니다. 우리는 즉시 정치계에서 물러나 민중대학Universidad Popular을 세웠습니다. 정치적 유세를 하기 전에 먼저 사람들을 교육시키는 것이 필요하다고 생각한 것입니다. 사람들에게 읽고 쓰는 법을 가르치는 것도 매우 중요했지만, 우리가 가장 큰 관심을 둔 것은 헌법에 의거해 자신의 권리와 의무가 무엇인지를 가르치는 것이었습니다. 우리는 국민들이 정치적 권리와 의무에 무지하지 않은 국가를 건설하려고 노력했습니다. 에스트라다 카브레라 정권을 무너트렸지만 또 다른 독재 정권이 들어오는 것을 보면서, 독재정치는 권력을 휘두르는 사람이 있어서만이 아니라 자신의 권리와 자유를 알지도 못하고 지킬 줄도 모르는 무지한 민중이 있기에 가능하다는 것을 깨달았기 때문입니다.

민중대학은 성공을 거두었고 아직까지 존재하고 있습니다. 우리는 변호사, 엔지니어, 의사들에게 강의를 부탁했고 그들은 아무 대가도 받지 않고 수업을 했습니다. 이는 그들에게 희생과 봉사를 요구하는 일이었습니다. 일반적으로 교육비는 국가에서 부담을 하는데 일단 학위를 취득하면 자신의 조국을 돕는 게 아니라 학위를 이용해 이익을 보려 합니다. 우리가 이 전문직 지식인들에게 요구한 것은 민중을 위해 자기가 가진 것을 좀 나누자는 것이었죠. 이 프로젝트는 다행스럽게도 잘 굴러갔습니다. 젊은이든 늙은이든 연령대를 초월한 전문가들이 자신의 일을 중단하고 겨울밤 7시나 8시에 강의를 하기 위해 왔지요. 우리 정책은 사람들을 교육하는 것이었으니, 우리 스스로도 진정한 교사로 거듭나야 했습니다. 우리 대학은 굉장히 알려져서 사창가의 여인들조차 와서 읽고 쓰기를 가르쳐 달라고 부탁할 정도였어요. 몇몇 포주들은 이를 허락했으나 이 여인들에게 읽고 쓰는 법뿐만 아니라 그들의 권리에 관해 가르치자 결국 화를 내더군요. 이는 사람들이 무지한 이들을 이용해 이익을 취하는 걸 상징적으로 보여주는 일이었죠.

민중대학이 큰 성공을 거두고 있을 때쯤 저는 이미 변호사가 되었어요. 이때 불행한 사건이 일어났지요. 과테말라시티에서 순찰대를 인솔하던 한 장교가 순찰대원들을 무단으로 데려가려고 하던 군의 고위 지휘관을 살해한 일이었습니다. 그는 곧바로 구속되었고 우리는 이 24세 젊은이의 변호를 맡게 되었습니다. 우리는 군법에 따라 그를 총살시킬 수 없다고 주장했습니다. 그는 순찰대를 지휘하고 있었고, 그에게 사형을 언도한 그 군법에 따르면, 순찰대는 일단 부대를 나서면 다시 부대로 들어가기 전까지는 해산될 수 없기 때문입니다. 우리는 그의 변호를 위해 가능한 모든 일을 했습니다. 그럼에도 그는 사형을 언도받아 총살되었고, 우리는 격분했습니다. 당시 『티엠포스 누에보스Tiempos Nuevos』라는 주간지를 출판하고 있던 우리는 한 호 전체를 할애해서 이와 같은 조치를 한 군대 내부의 원인을 분석하고 군인들을 매섭게 공격했습니다. 이 잡지가 나온 후, 잡지의 편집자 중 한 명인 에파미논다스 킨타나 박사가 과테말라시티의 중심부인 헤수스 거리에서 폭행을 당해 귀와 코가 찢어지는 일이 벌어졌어요. 킨타나와 마찬가지로 저도 편집자였기 때문에 독재 권력에 오랫동안 고통을 받던 부모님은 저의 외출을 금지시키고는 즉시 과테말라를 떠나게 할 준비를 하셨지요. 장남을 떠나보내는 것은 부모님, 특히 어머니로서는 큰 용기가 필요한 힘든 일이었지만 제가 조국에서 해를 입느니 떠나기를 원하셨던 거죠.

저는 모든 사람이 각자의 운명을 가지고 태어난다고 믿습니다. 제 운명은 망명자가 되는 것이었지요. 저는 독일 선박 '튜토니아'를 타고 과테말라를 떠나 파나마로 갔고 거기서 영국 배를 타고 리버풀로 갔다가 다시 런던으로 옮겼습니다. 아버지는 제가 그곳에서 정치경제학을 공부하길 바라셨는데, 저는 대영박물관에 빠지고 말았어요. 오직 그 경이로운 박물관에서만 볼 수 있는 진짜 원주민 예술 작품들, 물건들, 중요한 책들, 과테말라의 유물들에 빠진 거예요. 이것이 다시 한 번 원주민들에게 돌아가게 되는 제 운명이나 행운이었을 것입니다. 그러나 런던은 굉장히 추운 곳이었어요. 빛나는 태양과 아름다운 하늘이 있는 나라에서 혹독한 안개의 나라로 왔으니 특히나 더 추웠습니다. 저는 7월 14일 혁명기념일 행사를 보기 위해 파리로 갈 거라고 집에 편지를 보냈지요. 1923년 7월 14일 그곳에 도착하자마자 이미 그 도시에 매료당하고 말았습니다. 나는 소르본 대학으로 가서 조지 레이노Georges Raynaud 교수가 담당하는 (마야 아메리카를 의미하는) '중미의 신과 신화'에 관한 수업을 발견하고는 레이노 교수와 공부하기 시작했어요. 그는 키체 부족의 성경인 『포폴 부』에 원주민들의 기원에 대한 모든 요소가 담겨 있다고 설명했습니다. 이 책은 신들이 어떻게 우주를 창조했고, 남자와 여자는 어떻게 만들어지는지, 선과 악의 투쟁이 어떻게 펼쳐지고 어떻게 선이 악을 물리쳤는지를 묘사합니다. 그러고 나서 앵무새와 같은 일련의 동물 이야기가 시작되는데 이것들은 원주민들의 영적인 삶을 더욱 풍요롭게 해주는 도덕적 우화입니다. 레이노 교수는 이 책에 드러나는 신화적 특성과 농업적 성격을 설명하고 삽화를 덧붙였는데, 이는 원주민 문화의 발전을 설명하기 위한 매우 귀중한 기반이 되었어요. 2년간 이런 연구를 추가한 후에, 레이노 교수는 40년이 걸린 키체어 『포폴 부』의 프랑스어 번역을 완성합니다. 저는 그때 레이노 교수의 지도하에 그 책을 프랑스어에서 다시 스페인어로 번역하자는 생각이 들었지요. 이런 텍스트의 번역은 마치 성경이나 코란을 번역하는 것처럼 굉장히 어려운 작업이죠. 각각의 단어가 특별한 단일 의미를 가지고 있는 데다, 무수히 많은 동의어 가운데 무엇이 가장 적합한지를 찾아야 하니까요. 원본의 언어와 접촉하는 것이 필수적이기 때문에 우리는 지속적으로 키체어를 참고했습니다. 저는 이 번역 작업을 고인이 된 멕시코 학생 아바테 데 멘도사Abate de Mendoza와 함께 했는데, 이 이름은 그가 자신의 모든 글에 쓰던 필명입니다.

이 시기에 선생님은 『과테말라의 전설』을 집필하셨어요. 이 작품과 당시에 선생님이 하고 계시던 작업 사이에 어떤 관계가 있는지요?

이 책은 레이노 교수와 함께 하던 건조하고 과학적인 작업에 대한 예술적 감성의 반작용이라고 할 수 있습니다. 수많은 책을 탐독하고 도서관에 가서 본래의 개념을 가장 명확히 할 수 있는 단어를 찾기 위해 6-7시간 머물면서 책을 읽고 조사하는 일은 매우 보람이 있었지만 동시에 굉장히 피곤했지요. 창조적인 정신을 갖고 있던 저로서는 말입니다. 그래서 전설을 조금씩 기억해내서 책을 쓰는 일을 시작했습니다. 레이노 교수는 그 사실을 알고 나서 저를 약간 동정하는 눈빛으로 바라보더군요. 과학자인 그가 보기에, 저의 모든 창작은 과학과 일치하는 부분이 없으니까요.

선생님은 모국의 정치에도 계속 관여하셨습니까?

저는 23-24세 때인 학생 시절에 정치에 참여했습니다. 그 이후로는 거의 모든 시간을 과테말라 밖에서 생활했기 때문에 더 이상 그런 일은 없었어요. 33세에 귀국했는데, 당시는 호르헤 우비코[136] 장군의 군부 독재 시절이었죠. 그 당시에 정치는 존재하지 않았습니다. 대통령이 우리 모두를 대신해 생각하고 느끼고 말했지요. 우비코가 권력에서 물러나고 후안 호세 아레발로스Juan José Arévalos 박사와 하코보 아르벤스Jacobo Arbenz 대령이 이끈 두 개의 혁명 정부가 뒤를 이은 1944-1945년까지도 저는 정치와 무관한 사람이었습니다. 당시 저는 어떤 정당에도 속하지 않았어요. 아무런 정당에도 가입하지 않으니 외교관을 하라고 부르더군요. 그렇지만 저는 그 후에도 정치 활동을 하지 않았고 정당에도 가입하지 않았습니다. 제 신조는 늘 미국 제국주의 침략에 맞서 라틴아메리카를 지키는 것이었습니다. 파리든, 부에노스아이레스든, 멕시코든 제가 살았던 모든 나라에서 항상 반제국주의 단체에 참여했고, 이러한 경향을 작품에 표현했습니다. 저는 작가지 정치인은 아니고, 정치인이 되고자 한 적도 없어요. 정치가 언제나 제 뒤를 쫓아다녔죠. 물론 작품 내에서는 정치적이었습니다. 그러나 정치를 삶의 방식으로 취한 적은 없어요.

『과테말라의 전설』(1930) 다음에 『대통령 각하』가 출판될 때까지 왜 16년이나 걸렸습니까?

14년 동안 호르헤 우비코의 독재 치하에 살고 있었기 때문입니다. 과테말라로 돌아가면서 저는 프랑스어과 조르주 필레망Georges Pillement 교수에게 제 책의 복사본 한 부를 맡겨놓았어요. 그는 후에 그것을 프랑스어로 번역했지만 제게 그 책을 보내지는 않았습니다. 당시에는 그런 일이 상당히 위험했거든요. 과테말라에서 저는 저널리즘 계통의 일을 하면서 「별빛」, 「판토마임Fantominas」, 「경쟁자 리폴리돈Emulo Lipolidon」, 「알카산Alcasán」, 「매사냥의 왕El rey de la Altanería」과 같은 소네트 몇 편을 지었고, 이 시들은 후에 작은 책자로 출판됐어요. 『대통령 각하』는 1946년 멕시코에서 발간되었습니다.

『대통령 각하』는 어떻게 쓰시게 됐나요?

1923년에 과테말라 〈엘 임파르시알El Imparcial〉 신문에서 단편소설 공모전을 개최했습니다. 저는 「정치 거지들Los Mendigos Políticos」이라는 이야기를 썼는데, 이것이 사실상 『대통령 각하』의 첫 장이 되었다고 할 수 있습니다. 그런데 이 작품을 기한 내에 신문사에 보내지 못했고, 유럽에 올 때 짐 속에 처박아두었죠. 파리에서 중남미 출신 친구들을 만났는데, 이들 모두 자기 나라의 독재자에 관한 일화를 얘기하기에 저도 에스트라다 카브레라에 대해 들었던 것이 기억났어요. 그때 우리는 문을 다 닫고 주위를 살핀 후에 아무도 우리 이야기를 듣는 사람이 없다는 걸 확인하고서야 말을 시작하곤 했습니다. 어느 누구도 카브레라의 이름을 언급하지는 않았어요. 그는 그저 '그 사람'이라 불렸죠. 사람들은 그가 경찰서에서 어떻게 사람들을 죽이고 독살하고 고문했는지 말했습니다. 어느 날, 저는 이 모든 기억을 「정치 거지들」과 연결시켰고, 여기서 소설이 탄생합니다. 소설은 억울한 살인 혐의를 받는 카날레스 장군과 카르바할 변호사의 이야기로 시작해요. 소설의 모든 주인공은 실존 인물을 모델로 했고 작품 안에서 신화와 상상력을 덧붙였습니다. 저는 카라 데 앙헬Cara de Ángel[137]이라는 인물 안에 당시 매우 중요한 두세 사람의 얘기를 가미했습니다. 저는 이 인물을 멋지게 묘사했는데, 그가 아주 총명하고 잘생겼던 프란시스코 칼베스 포르토카레로Francisco Calves Portocarrero라는 변호사와 조금 비슷하게 보였기 때문입니다. 그는 독재자 카브레라 때문에 타락한 인물이었어요. 결국 민중의 손에 부당한 죽음을 맞이하는데, 그가 범죄자여서가 아니라, 카브레라가 자신의 목적을 위해 그를 이용했기 때문이었지요. 소설을 보면 카라 데 앙헬이 독재자가 원하는 것에 부응하지 않고 그 상황에서 도피하려고 하는 시기가 있습니다. 여기서 카브레라의 예민한 후각이 직관적으로 작동하는데, 이는 독재자만이 갖는 능력이라 할 수 있어요. 보통 사람들은 그렇지 못하거든요. 그는 카라 데 앙헬이 자기와 함께 있어도 더 이상 자기편이 아니라는 점을 느끼고 그를 불신하기 시작합니다. 그리고 결국 감옥에서 그를 가장 잔인한 방식으로 처단합니다. 즉 그에게 그의 아내가 독재자의 정부가 되었다고 믿게 만드는 한편, 그의 아내에게는 그 남편이 자기를 버리고 떠난 게 아닌지 의심하게 만든 것입니다.

이런 일들은 실제로 비일비재하게 일어났습니다. 독재자들의 모습은 드러나지 않은 채, 거미줄처럼 구석구석에서 악이 창궐하는 독재정치는 파시즘의 전조 현상입니다. 카브레라는 보르자Borgia 가문의 사람들과 마찬가지로 사람들을 독살하고도 남을 인간이었습니다. 그의 독재를 계승한 우비코는 커다란 유니폼을 입고 확성기를 튼 채 오토바이를 타고 과테말라의 여러 광장에 나타나곤 했습니다. 이는 이미 나치즘과 파시즘의 도래였지요. 반면 카브레라의 통치는 소리 없는 끔직한 독재였죠. 당시에는 요즘 같은 소통 수단도 존재하지는 않았지만요. 카브레라는 대서양과 태평양의 양쪽 항구들을 철저히 통제했고, 자신이 발행하는 간행물 외에는 어떤 신문도 허용하지 않았어요. 라디오도 없었지요. 요즘은 과거처럼 독재를 한다고 해서 사람들을 고립시키지는 못합니다. 사람들이 몰래 라디오 방송을 들으면서 무슨 일이 일어나는지 다 알 수 있기 때문이죠. 하지만 카브레라의 독재 기간에는, 어느 정도였느냐 하면, 외국 사람들이 방문한 적이 없어서 과테말라의 실정을 전혀 모르던 세계 유명인사들이 심지어 미네르바 축제[138]에 찬사의 글을 보내기도 했습니다. 아이들이 미네르바 여신에게 노래를 바치는 사진과 같은 거짓 체제 선전의 결과, 어떤 사람들은 우리나라를 낙원이라 믿었고, 카브레라는 페리클레스와 같은 훌륭한 정치가로 알려지기도 했던 거예요.

우리 세대는 다른 신문이나 책들을 구하지 못해서, 먼지 덮인 채 서재에 쌓여 있던 빅토르 위고, 뒤마, 졸라 등의 프랑스 작가나 스페인 작가들 책만 읽을 수 있었어요. 에스트라다 카브레라와 같은 독재자는 이제 다시 나올 수 없습니다. 그는 두 세대를 파괴했어요. 그중 1907년 세대는 거의 모두가 프랑스에서 교육을 받은 의사와 변호사들의 세대였는데 그들은 유학을 마치고 과테말라로 돌아온 후에야 독재의 실상을 깨닫게 됐습니다. 그들은 폭탄을 터뜨려 대통령 암살을 시도했으나 불행히도 그는 살아남고 마부와 말들만 죽었지요. 처음엔 마부가 대통령을 구하려다 목숨을 잃은 것으로 생각해서 장군, 국회의원, 공무원들이 대거 참석한 성대한 장례식이 치러졌고 그의 초상화가 신문에 실렸으며 그는 국가적인 순교자가 되었습니다. 그런데 아무것도 모르는 그의 아내가 집에서 발견한 몇몇 서류를 경찰서장에게 보여주면서 마부 역시 그 일에 가담했음이 밝혀졌고, 그의 유해는 다시 파내어 버려졌습니다. 그 일에 동참했던 다섯 명은 모두 의사였는데, 그중 한 명은 교도소에서 총살당했고 멕시코로 탈출 계획을 세우던 발데스 블랑코 형제는 숨어 있던 집에서 숨진 채 발견되었죠. 한 사람이 다른 사람을 죽이고 자기도 자살했는지, 혹은 모두 죽임을 당했는지는 알려지지 않았어요. 그 후에는 생도들의 암살 시도도 있었는데 역시 실패하고 말았습니다. 대통령을 죽이기 위해 사관학교 최고의 명사수를 뽑았는데도 소용없었어요. 대통령이 궁에 도착했을 때, 젊은 생도가 가까운 거리에서 총을 쏘았지만 총알은 그에게 경례하기 위해 내려진 깃발에 맞아 빗나가고 그는 손만 약간 다칩니다. 하지만 그가 바닥에 쓰러진 걸 보고 죽었다고 생각한 생도들은 그를 없애지 않았습니다. 격노한 카브레라는 사관학교를 해체하고 학교에는 불을 질러 완전히 파괴했습니다.

1919년 일부 학생과 노동자들이 카브레라 독재에 맞서 비폭력 투쟁을 시작했을 때 어머니는 우리도 다칠지 모른다고 생각하셨는지 어머니 머리가 갑자기 하얗게 세고 말았던 게 기억나네요. 우리는 서명이 들어간 선전물을 만들어 뿌렸습니다. 거기에는 이렇게 적혀 있었어요. "필요하다면 우리의 생명을 가져가라. 그러나 우리는 조국의 자유를 원하며 이를 위해 계속 싸울 것이다." 지금 그 성명서들을 읽으면 저는 두려움을 느끼는데, 어떻게 우리가 그런 야수에게 그렇게 할 수 있었는지 모르겠습니다.

선생님은 라틴아메리카의 독재자들에 대해 언급하면서 그런 사람들은 신화에 많이 의존하는 나라에서만 나타난다고 말씀하셨어요.

그런 종류의 대통령이 존재하기 위해선 신화가 필요한데 에스트라다 카브레라가 그 신화가 되었다고 봅니다. 그를 본 사람은 아무도 없었어요. 그는 숨은 신이었습니다. 진짜 신화적인 존재가 된 것입니다.

선생님이 초현실주의를 접한 것은 소르본에서 공부할 때였나요?

조금 후의 일이었습니다. 초현실주의가 처음 등장했던 시기에 저는 학생이었어요. 그리고 그것을 처음으로 접한 건 이미 소르본을 떠난 1929년에서 1930년 사이였죠. 저는 몇몇 위대한 초현실주의자들과 아주 가깝게 지냈어요. 특히 앙드레 브르통, 엘뤼아르, 아라공과는 같은 그룹에 있었고, 강제수용소에서 죽은 로베르 데스노스[139]와는 각별한 사이였지요. 또한 다다이즘의 아버지인 트리스탄 차라와도 자주 만났습니다. 저는 다른 여러 중남미 사람들과 어울려 그들이 파리 몽파르나스에서 여는 모임에 자주 참석했죠. 페루의 위대한 시인 세사르 바예호도 파리에 살고 있을 때였습니다. 초현실주의는 우리에게 또 다른 문을 열어주었고 우리를 열광시켰어요.

초현실주의가 선생님에게 미친 영향은 무엇인가요?

우리는 초현실주의가 창조의 자유를 준다고 느꼈습니다. 비록 다른 인종의 사람들이지만, 지성과 이성의 지배를 받는 예술 창조 규율에 익숙해져 있던 우리는 초현실주의가 저 깊은 곳에서 솟아나는 무의식의 내적 메시지를 표현하는 문을 열어주었다고 느꼈습니다. 자동기술법을 비롯한 모든 새로운 형식의 글쓰기는 이미 초현실주의의 원시적이고 순진무구한 형식을 경험한 우리에게 채찍질과 같았습니다. 의심할 나위 없이 초현실주의에는 무언가 원초적인 것, 무언가 심리학적으로 원초적인 것이 있어요. 초현실주의라는 이름의 이 새로운 학교는 우리가 내적으로 지니고 있던 원초성에 생명력을 부여하는 것을 가능케 했습니다. 원주민 문화에는 『포폴 부』나 『사힐 연대기』[140]와 같은 문서들이 있는데 이것들은 진짜 초현실주의적입니다. 현실과 꿈의 이원성을 가지고 있어서 매우 비현실적인 일종의 꿈이지만, 동시에 아주 구체적이어서 그 얘기를 들으면 그 어떤 현실보다 더 현실적인 것이라는 걸 느끼게 됩니다. 이로부터 우리가 소위 '마술적 사실주의'라고 부르는 것이 생겨났지요. 실제로 일어난 사건들이 나중에 전설이 되는 겁니다. 또 전설이 먼저 있고 나중에 이것이 실제적인 일이 되기도 합니다. 현실과 꿈, 현실과 허구, 보이는 것과 상상되는 것 사이에 경계는 존재하지 않습니다. 우리의 기후와 태양빛의 모든 마술은 우리 이야기에 두 가지 양면성을 부여합니다. 한편으로 그것은 꿈처럼 보이지만, 다른 한편으로 그것은 현실입니다.

그 시대에는 초현실주의 내에서도 다른 그룹의 작가들이 있었어요. 그 가운데 거트루드 스타인, 제임스 조이스, 레옹-폴 파르그[141]와 같은 작가는 단어 자체와 단어의 의미, 언어의 유희에 관심이 많았죠. 우리도 초현실주의 자체보다는 언어에 훨씬 더 많은 관심을 갖고 있었어요. 말이 라틴아메리카 사람들, 특히 원시 부족에게는 특별한 중요성을 가지기 때문입니다. 언어는 사고와 느낌을 전달할 뿐만 아니라 마법적인 본성을 가지고 있어요. 이 새로운 언어의 탐구자들은 단어들의 조합 방식에 따라 말하는 형식 이면에 숨겨져 있는 새로운 개념을 발견합니다. 우리는 진정한 황홀경에 도달하게 해주는 이러한 형식을 스페인어에서 시험해보기 시작했습니다. 이러한 실험은 특히 미사여구나 의성어를 통해 언어를 더욱 풍요롭게 해주었죠. 특정 단어와 음성의 반복은 원시 문학이나 원주민 문학에서 실로 본질적인 요소입니다. 초현실주의와 동시에 전개된 이러한 실험은 우리를 상당히 흥분시켰습니다.

선생님의 언어에 대한 관심은 모든 작품에 나타나고 있지요.

그렇습니다. 그런 관심은 원주민들에게서 볼 수 있는 대지의 원초적 성격을 조금 닮았습니다. 그들은 단어 하나하나가 신성한 개념을 가집니다. 그들에 따르면, 단어는 그것이 지칭하는 사물을 지배합니다. 내가 '집'이라고 말하면 집을 소유하게 되는 겁니다. 이는 그것을 내 것으로 만드는 방법이 됩니다. 이러한 지혜에 따라, 그들은 "단어 안에 모든 것이 있고, 단어 밖에는 아무것도 없다"라고 말합니다. 이로 인해, 원주민의 뿌리를 가진 우리 문학 역시 어휘에 대해 본질적인 관심을 가지고 있는 것입니다.

선생님의 근원이 과테말라 원주민들의 일상어였다면 외국에서의 생활이 창작에 방해가 되지는 않습니까?

고국을 떠난 생활은 작가에게 이로운 동시에 해가 됩니다. 고국을 떠나면서 청각적이고 후각적인 요소, 심지어는 미각적 요소에서 본래의 근원을 잃게 되지요. 그러나 다른 한편으로 고국을 떠나는 것이 유용하기도 한데, 그로 인해 풍경을 더 사랑하고, 사물을 더 잘 보고, 소리도 더 명확히 듣게 되기 때문입니다. 작가 혹은 예술가에게는 자신을 즉각적인 주변 사물로부터 분리시키는 공간이 존재합니다. 일정 시간을 밖에서 지내다가 돌아오면 문득 더 이상 옛 것이 아닌 새로운 세상을 발견하게 됩니다. 예를 들어, 과테말라에서는 너무도 환상적인 석양의 풍경을 볼 수 있습니다. 거기에 도착하는 사람은 무아경에 빠져 바라보지요. 그러나 시간이 지나면 더 이상 석양에 감탄하지 않습니다. 석양이 풍경 자체의 일부가 되었기 때문이죠. 따라서 예술가들은 1년의 일부는 고국에서, 또 다른 일부는 외국에서 사는 것이 이상적일 수도 있습니다.

선생님은 일생 대부분을 외국에서 보냈음에도 불구하고 작품의 주제는 언제나 과테말라였어요.

저는 사람이 특수성에서 보편성으로 이동해야 한다고 믿습니다. 한때 코스모폴리터니즘의 큰 움직임이 있었어요. 제가 파리에서 만났던 아주 중요한 작가들, 예를 들어, 과테말라 출신의 유명한 에세이 작가 엔리케 고메스 카리요Enrique Gómez Carrillo, 페루 형제 작가인 벤투라Ventura와 프란시스코 가르시아 칼데론Francisco García Calderón, 위대한 에콰도르 작가 곤살로 살둠비데Gonzalo Zaldumbide 등은 조국만 부각하지 않았고, 또 조국을 출발점으로 잡지도 않았죠. 대신 그들은 보편적인 것을 주목합니다. 그런데 그 중요성에도 불구하고 이들의 작품은 없어져버렸고, 지금은 거의 기억도 되지 않는다는 점을 알아야 합니다. 반면 자기 모국의 이야기로 문학을 출발한 작가들은 잊히지 않고 항상 기억됩니다. 그러한 작품들이 기억되는 이유는 그것들이 이정표를 세우고, 세계문학을 풍요롭게 하는 요소가 되기 때문입니다. 제1차 세계 대전 이후 라틴아메리카 작가들은 자기들의 조국에 열중했고 자기 세계와 관계된 것의 중요성을 강조하기 시작했어요. 이렇게 해서 우리의 문학은 혁신되고 풍요로워지고 확장되었죠. 이렇게 코스모폴리터니즘에서 출발하면 훗날 구체적이고 특징적이며 원주민적이고 토착적인 것으로 이동하게 됩니다. 그렇다고 해서 작가에게 원주민적이고 토착적인 것만 쓰라고 강요하지는 않습니다.

저는 작가의 세계가 구체적인 자기 모국에서 비롯되더라도 그 세계는 확장되어야 한다고 생각합니다. 『과테말라의 전설』의 프랑스어 번역을 위해 프란시스 드 미오망드르Francis de Miomandre에게 편지를 써준 발레리에게 감사 인사를 하려고 찾아간 것이 기억납니다. 그 편지에서 발레리는 전설이 다른 세계의 언어로 된 마법이며, 자기와 같은 유럽인의 인식을 가지고는 도저히 이해하기가 어색하기 때문에 읽기보다는 마셔야 한다고 썼지요. 어쨌든 그 만남에서 그는 제게 파리를 떠나겠다고 약속하라고 하더군요. 제가 만일 거기에 더 머문다면 곧 센강이나 노트르담, 베르사유에 대해 쓰게 될 텐데, "이는 -그가 이렇게 말했죠.- 사실 우리 프랑스 사람들이 훨씬 잘할 수 있거든요." 파리에 오는 많은 중남미 작가가 이런 이유로, 즉 자기의 본질을 잊어버리기 때문에 실패하고 맙니다. 발레리의 충고는 제게 큰 도움이 됐어요. 제가 10-11년의 유럽 생활을 마치고 조국으로 돌아왔을 때, 저는 새롭고 총체적인 시각을 가질 수 있었거든요. 스펀지처럼 모든 풍경과 삶의 요소들을 빨아들일 수 있었고, 이는 『옥수수 인간』이나 『물라타』와 같은 작품에 반영되었지요. 이 작품들에서 저는 더 아메리카적이고 더 폐쇄적인 작품인 『과테말라의 전설』을 썼을 때보다 더 다양한 시각을 표현할 수 있었습니다.

지구적이고 신화적인 특성 또한 당신의 작품을 지배해오고 있습니다.

자연이 저의 책입니다. 대체적으로 라틴아메리카 문학의 특징은 인간이 자연을 지배하지 않는다는 점입니다. 이에 반해, 유럽을 비롯해 다른 문학이나 소설 사조를 보면 자연이 언제나 인간의 지배하에 있습니다. 자연이 부각되는 경우도 극히 드물지요. 그들의 소설이 시멘트와 유리로 된 환경에서 발전하기 때문입니다. 우리 아메리카 소설에서 자연은 장식이나 무대 배경을 위한 존재가 아니라 주인공입니다. 유명한 콜롬비아 작가 에우스타시오 리베라의 작품 『소용돌이』를 예로 들어보죠. 이 작품에서 우리는 자연, 거대한 밀림, 마치 바다와 같은 그 밀림이 주인공으로 변모하는 과정을 보면서 그것이 소설에서 차지하는 비중을 깨닫게 됩니다. 원래의 주인공은 깊은 밀림으로 들어가는 두 젊은이죠. 처음에 그들은 사랑의 비극, 즉 순수하고 영웅적인 사랑의 비극을 보여줍니다. 그러나 이야기가 진행될수록 그들은 점차 존재감이 없어지고 말아요. 밀림 안으로 걸어 들어갈수록 그들은 소설의 본질적인 요소로서 지워지고, 오직 울창한 나무와 숲, 거대한 뱀들, 온갖 동물들 그리고 숲에서 길을 잃고 허기로 죽어가면서 토막나버린 사람들의 두개골이 널려있는 비극적인 세계만 남게 됩니다.

다른 소설들에도 비슷한 일이 일어납니다. 유명한 아르헨티나 소설 『돈 세군도 솜브라』에서 작가 구이랄데스는 수많은 말과 말 탄 가우초들의 여정을 보여주면서 팜파의 광대함을 인식시킵니다. 그 소설을 지배하는 주인공은 팜파를 가로질러 여행하는 사람들이 아니라 팜파 그 자체입니다. 팜파가 우리를 매혹하죠. 우리는 가우초들을 잊은 채 아득하고 무한한 아르헨티나의 평원 속에 말들의 발굽 소리와 함께 남겨집니다. 이렇게 라틴아메리카의 어떤 소설에서도 유럽 소설처럼 자연은 정복당하거나 단순한 전경에 머물지 않습니다. 그러나 낭만주의 운동이 시작되고 유럽인이 아메리카에 관심을 돌릴 때, 우리는 샤토브리앙의 『아탈라』나 『나체즈족Les Natchez』과 같은 작품에서 자연을 마치 극장의 배경처럼 그려놓은 것을 보게 됩니다. 다시 말해 묘사된 자연은 얼마든지 생략하거나 없앨 수 있는 존재로서, 소설과 주인공 혹은 상황을 더 풍부하게 하거나 빈약하게 하는 요소가 되지 못합니다. 반면에 스페인어권 아메리카 소설에서 자연을 제거하는 것은 인간에게서 허파를 떼어내는 것과 같습니다. 그 소설은 진정 자신의 일부를 이루고 있는 자연이라는 푸른 허파를 통해 숨을 쉬기 때문입니다. 자연은 장식품이나 무대장치가 아니라 사실상 생명력 있고 본질적인 소설의 한 부분이며 주인공이자 상황입니다.

제 작품에서도 과테말라의 자연은 압도적이고 주도적이며 중요한 위치를 차지하죠. 다른 중미 국가들과 마찬가지로 과테말라에는 유럽인들이 오직 그리스에서만 발견할 수 있는 현상이 일어나요. 육지가 점점 좁아지고 커다란 두 바다가 서로 접근하면서 중앙아메리카 지협은 극도로 날씬해집니다. 그리고 이 땅에는 강들과 수많은 호수가 있는데, 아티틀란 호수처럼 해발 2,000미터에 있는 것들부터 아마티얀 호수처럼 해수면과 같은 높이에 있는 것까지 모두 높이가 다릅니다. 태양은 바다와 강과 호수를 비추고 물에 반사된 후 그 빛은 다시 대기로 퍼져나갑니다. 과테말라의 햇빛이 늘 젖은 유리처럼 보이는 것은 그 때문이에요. 가까이서 보는 것처럼 선명하게 보이는 게 없습니다. 언제나 어렴풋하게 멀리 느껴지고, 거울이나 렌즈 혹은 유리를 통해 비춰지는 것 같지요. 과테말라에서 멕시코로 갈 때 이런 현상을 볼 수 있습니다. 비행기에서 두 시간 정도 보낸 후 멕시코시티에 도착하면 전혀 다른 빛을 보게 됩니다. 거기서는 모든 사물이 바로 코앞에 있는 것처럼 보이지요.

이러한 빛의 작용은 의심할 여지 없이 과테말라의 문학과 소설, 그리고 저 자신과 저의 시에 영향을 주었어요. 이런 문학은 당연히 남미 문학과는 다릅니다. 우리 문학은 물에서 태어난, 혹은 물의 수면에서 태어난 문학으로 커다란 매력을 가지고 있습니다. 이는 요즘의 현상이 아니라 오랜 옛날부터 그래 왔습니다. 유카탄이나 과테말라에 있는 마야의 위대한 신전 도시들에서 그런 빛의 현상이 나타나는 것을 보면, 당시의 위대한 조각가들도 그 빛을 자기들이 조각하는 부조의 한 요소로 이용했다는 점을 알 수 있습니다. 예를 들어 팔렝케[142]의 궁전과 사원들을 보면, 거대한 돔 안에서 일하던 조각가들은 끌을 가지고 그렇게 깊게 파지 않았어요. 장식들은 어차피 촛불이나 횃불의 빛으로 보이는 것이었기 때문입니다. 그런데 티칼, 코판, 욱스말, 켄 산토, 키리과[143] 등지에서 볼 수 있는 외부의 거대 조각물들은 다릅니다. 빛의 효과를 잘 알고 있던 마야의 조각가들은 끌로 깊은 각을 만들어서 조각물들이 빛을 받는 동안 뒤에 드리워지는 그림자를 통해 그 작품의 뛰어난 가치와 광채를 보여주고자 했습니다.

저는 중앙아메리카, 특히 모든 예술품이 투명한 조명 세례를 받는 과테말라의 예술에 빛이 매우 직접적인, 더 나아가 압도적인 효과를 가진다고 봅니다. 과테말라에서는 이 표현이 은유처럼 보이는데, 실제로 그렇습니다. 선명한 빛을 내뿜는 붉은 석양은 너무나도 붉어서 그것이 붉은 피가 아니라 단지 하늘의 붉은색이 반사됐을 뿐이라는 걸 증명하려면 석양이 반사되고 있는 정원의 수조에 손을 넣어 확인해봐야 할 정도니까요. 빛 이외에 제 작품에서 보여주는 또 다른 현상은 우리나라의 언덕과 화산들의 모양입니다. 마치 바다의 물결이 한순간에 돌로 변한 것처럼 굽이치고 있는데, 그 굽이침은 마야 건축물에서 반복되고 있는 것을 볼 수 있습니다. 당시의 위대한 예술가 작품에는 휘어지지 않는 선은 거의 존재하지 않습니다. 마야인들은 장식에 곡선을 사용했고, 특히 산과 언덕의 곡선인 것처럼 만들기 위해 공을 들였어요. 과테말라에는 남쪽의 태평양 연안 지방을 제외하면 평지가 없는 편입니다. 이 평지를 제외한 나머지는 모두 울퉁불퉁해서 마천루가 늘어선 땅 같지요. 기온이 섭씨 45-50도 정도 되는 해안에서부터 마천루를 올라가야 하는데, 해발 3,000미터에 오르면 기온은 싸늘해지죠. 제 작품을 보면 이런 모든 현상이 묘사됩니다. 『과테말라의 전설』에는 솜과 같이 부드러운 장밋빛 아침과 포근한 저녁, 경이로운 색채를 자랑하는 나무들의 광채 등과 같이 우리의 아름다운 풍경이 가지고 있는 모습이 끊임없이 드러납니다. 또한 어떤 큰 나무들은 어떤 계절에는 푸른 잎들을 모두 떨어트리고 장미색으로 변하면서 멀리서 보면 마치 동양의 설화에 나오는 분홍색 들판을 만듭니다. 여행자들의 손길이 닿는 곳에 온갖 종류의 난들이 피어 있고, 어떤 지역은 사시사철 장미와 카네이션으로 덮여 있습니다. 빛나는 깃털, 황금색과 에메랄드 빛깔의 깃털을 가진 새들도 있지요.

『과테말라의 전설』에는 사람으로 변모하는 산과 강을 통해, 혹은 사람들 자체가 자연의 이미지로 변모하는 것을 통해 수많은 의인화 현상이 일어납니다. 예를 들어, 『옥수수 인간』에 등장하는 마리아 테쿤Maria Tecún, 즉 테쿠나la tecuna는 언제나 도망치는 여인입니다. 과테말라 서부의 매우 높은 고원지대에는 거대한 돌이 하나 있는데, 언제나 안개에 둘러싸여 있어서 거의 보이지 않아요. 사람들은 이 돌을 마리아 테쿤이라 부르죠. 이렇게 큰 바위들은 전설상의 인물 이름을 가짐으로써 거의 인간적인 요소로 변모해갑니다. 그리고 사람과 자연 사이의 관계가 맺어지지요. 한편 과테말라는 굉장히 푸른 나라이고 원주민들을 '키체'라고 부르는데, 이는 '초록 나무의 나라' 사람이라는 의미입니다. 녹색은 우리의 색입니다. 사시사철 사방이 모두 초록색이지요. 이 녹색 풍경의 오솔길 위로, 이 푸른 카펫 위로, 초록 그림자가 드리운 이 산들 위로 온갖 색깔의 밝은 옷을 입은 남녀 원주민들이 길을 만들어 누볐습니다. 그들 또한 이 풍경의 일부가 되었죠. 특히 그들이 입은 알록달록한 옷은 더욱 특별한 정취를 부여합니다. 부족마다 고유의 의상을 가지고 있어요. 예를 들어, 아티칼란의 여인은 동양식으로 두른 붉은색 페티코트와 수를 놓은 소매 없는 슈미즈를 입고 아주 밝은 파랑색 허리띠를 하죠. 그 여인들은 긴 머리를 밝은 빨간색 리본과 함께 꼬아서 땋은 후에 그걸 머리 둘레에 묶는데, 커다란 붉은 접시처럼 무척 돋보입니다. 우리나라 촌락 역시 자연의 산등성이 모양을 본뜬 겁니다. 동쪽에서 서쪽까지 어딜 가더라도 마을을 둘러싸고 있는 산의 굴곡과 마을의 둥근 지붕들이 잘 어울리는 모습을 멀리서도 볼 수 있지요. 이 모든 것이 우리의 풍경에 통일감을 부여하고 다른 것과는 비교할 수 없게 합니다. 그 빛과 푸름과 수많은 새와 꽃은 우리의 풍경을 유일무이한 것이 되게 합니다.

이 모든 것이 제 문학에 영향을 주었지요. 제 글이 결코 지나치게 비관적이거나 잔인하지 않은 이유가 여기에 있어요. 우리 자연도 마찬가지죠. 자연은 거기에 거주하는 사람들의 삶의 방식에 반영됩니다. 많은 사람이 제 작품 속 등장인물들에게서 넉넉한 여유로움을 보는데, 이는 그 인물들이 주위 환경에 적응했기 때문입니다. 만일 반사된 빛을 생각해 본다면, 왜 우리들 사이로 전설, 마법, 주술, 마녀들이 돌아다니고, 눈에 보였다가 보이지 않았다가 하는 이 세상과 저 세상이 저 가난한 사람들이 살아가는 것을 돕고 있는지 그 이유를 알 수 있을 겁니다. 그들은 그들의 신에게만 의존하는 것이 아니라 그들을 둘러싼 모든 것, 경이로운 과테말라의 정경 앞에 경탄하는 몽유병자처럼 그들의 눈을 크게 뜨게 하는 모든 것에 의존하고 있습니다.

선생님 글에서 볼 수 있는 유머의 원천은 무엇입니까?

한 프랑스 비평가는 『대통령 각하』에 본질적인 요소가 하나 있는데, 설사 모든 것이 상실된 것 같은 때라도 하늘을 보고, 별을 보고, 빛을 보는 누군가가 있어서 독자로 하여금 우울한 상태에서 빠져나오게 해주는 것이라고 말합니다. 제 작품에 있는 유머는 부분적으로는 우리 과테말라 사람들이 차핀chapín 유머라 부르는 것에서 비롯한다고 생각합니다. 수도에서 태어난 사람들을 차핀이라 부르죠. 차핀 유머는 농담이나 우스갯소리를 하면서 상황을 좀 더 부드럽게 만들어주는 말투에 잘 드러납니다. 이 유머는 전통이 깊은데, 그걸 구사한 대표적 작가로 1830년대의 위대한 낭만주의 시인들 가운데 한 사람인 페페 바트레스 몬투파르[144]를 들 수 있어요. 그는 가장 고통스러운 순간에도 사람들에게 미소 짓게 하고 시를 계속 읽게 하는 좋은 시를 지었습니다.

히스패닉아메리카 문학의 스페인어는 카스티야어의 순수함을 잃어버리고 지방색이 가미된 고유의 특성을 형성하고 있습니다. 이런 변화를 야기하는 원인은 무엇이라 보십니까? 그리고 선생님은 이런 혁신에 공감하시는지요?

히스패닉아메리카 소설의 특징 가운데 하나가 바로 우리가 쓰고 있는 스페인어입니다. 특히, 정복 이전의 원주민 언어를 아직 구사하는 상당수의 원주민 인구를 가진 멕시코, 과테말라, 페루, 볼리비아, 에콰도르 같은 나라에서 스페인어는 매우 개성적이고 특별한 모습을 띱니다. 즉 원래 카스티야어의 구문법이 무시되고 평소에 쓰던 스페인어에 원주민의 말투가 가미된 것이죠. 의식적이든 무의식적이든, 적어도 저를 포함한 중미의 작가들은 원주민들이 구사하는 말투를 가져옵니다. 예를 들어, 하나의 개념을 다양한 단어로 반복하는 버릇도 그중 하나예요. 우리말은 또한 엄청나게 많은 동물, 보석, 광물, 식물, 꽃, 그리고 스페인어 사전에서는 찾을 수 없는 존재들 덕분에 더욱 풍부해졌어요. 저는 제 작품들의 특징이 제가 사용하는 문장보다는 그 단어에서 더 잘 드러난다고 생각합니다. 대체로 스페인어, 특히 카스티야 말은 긴 문장으로 이루어지는데, 저는 이렇게 긴 문장을 사용하지 않아요. 원주민어에서 문구는 그리 중요하지 않고, 이미 말한 것처럼 단어가 신성한 의미를 가져서 "단어 안에 모든 것이 있고, 단어 밖에는 아무것도 없다"고 보기 때문입니다.

다시 말해, 신들이 삶의 모든 요소를 창조하기 시작한 것은 단어를 통해서였고, 자기들끼리 연결된 것도 단어에 의해서였습니다. 마야 키체 부족들 사이에서 세상의 창조, 인간의 창조 그리고 창조의 우주론적 이론과 공식을 내포하고 있는 모든 것은 단어의 가치에 기반을 둡니다. 단어가 그들에게 얼마나 중요한 것인지 예를 들어볼게요. 만일 어떤 사람이 원주민 마을에 와서 앞에 지나가는 여인의 이름을 묻는다면 그들은 아마 '마리아'라고 대답할 겁니다. 모든 여자는 마리아이고 모든 남자는 후안이기 때문입니다. 그들은 결코 당신에게 그들의 정확한 이름을 말해주지 않을 겁니다. 그것이 어떤 마술적 힘을 부여한다고 알고 있기 때문이지요. 게다가 그들은 우리가 믿는 식의 죽음을 믿지 않아요. 그들은 사람들이 없어진다고 믿기 때문에, "그가 죽었다"가 아니라 "그가 사라졌다"고 말합니다. 생을 떠나는 사람은 미지의 세계로 여행을 떠난다고 생각하거든요. 사라진 사람들은 죽음 후에 거치는 길 위의 교차로를 만날 때마다 말해야 할 단어들을 알아야 하고, 실제로 알고 있습니다. 이는 이집트 오시리스의 지혜와 상당히 비슷하죠. 오시리스와 마찬가지로 그들은 언제 흰색, 붉은색, 녹색, 검은색 길에 도착하며, 거기서 보이지 않는 존재의 목소리가 던지는 질문에 어떻게 대답해야 하는지 알고 있어야 합니다. 특히 노인들은 구원받고, 절망과 슬픔의 구덩이에 빠지지 않으며, 즐거운 인생이 있는 곳에 다다르기 위해 이 지혜를 간직하고 실행합니다. 그들은 천국이 13단계로 나뉘어 있다고 믿는데, 극히 소수만이 가장 높은 천국에 이를 수 있지만, 대부분이 가게 되는 낮은 천국 역시 모든 샘물과 음식이 넉넉한 쾌적한 곳이라고 믿습니다.

이것이 생명력 있고 인간적이며 초월적인 언어의 관계입니다. 그래서 저의 모든 작품에서 단어들은 본질적인 가치를 얻습니다. 아마도 제가 글을 쓰기 힘든 이유가 여기에 있을 겁니다. 어떨 때는 이미 써 놓은 문단이나 문구에 맞아떨어지는 정확한 단어 하나를 찾기 위해 며칠 밤을 지새우기도 하거든요. 이미 써놓은 단어가 만족스럽지 않으면 그 인물,

사건, 혹은 풍경을 묘사하는 더 좋은 단어를 찾기 위해 노력하는 것이죠. 단어는 가능한 한 가장 정확한 것이어야 합니다. 그래야만 그것을 쓰는 사람이 더욱 완전하게 그 사물이나 사람을 소유하게 되니까요. 이렇게 단어를 고르는 일은 카스티야어와 더욱 멀어지게 합니다. 그래서 우리는 스페인어를 쓴다고 하지만 사실 그것은 인디오 언어를 머금은 말입니다.

원주민 언어와 세계가 미치는 영향은 중남미에 사는 사람들에게 너무 자연스러운 것이어서 아메리카에 온 초기의 스페인 사람들조차 곧 다른 형식의 글을 쓰기 시작했습니다. 이런 일은 멕시코 정복을 위해 에르난 코르테스와 함께 왔다가 이후 과테말라에 남은 베르날 디아스 델 카스티요[145]에게도 일어났죠. 그가 80세가 되었을 때 『누에바 에스파냐 정복의 진짜 역사』를 씁니다. 메넨데스 이 펠라요는 이 책을 읽으면서 카스티야의 군인이 카스티야어와는 전혀 관련 없는 언어로 글을 썼다는 사실이 매우 특이하다고 말합니다. 디아스 델 카스티요는 듣고, 읽고, 살면서 점차 그곳에 흡수되어 새로운 말투 형식을 얻게 된 거죠. 아메리카 자체가 그 공기와 빛과 원소를 가지고 그의 언어를 바꾼 겁니다. 카스티야에 사는 사람이 볼리비아의 산이나 멕시코 고원에서 사는 사람과 같은 카스티야어를 말할 수는 없습니다. 우리 언어는 이렇게 계속 변하고 있고 상이한 방식으로 더욱 풍부해집니다. 아르헨티나, 특히 부에노스아이레스에서 일어나는 현상을 살펴보면, 이곳에서 유럽 언어가 어떻게 스페인어에 덧붙여져서 결국엔 많은 이가 이해하지 못할 정도의 새로운 언어가 되는지 볼 수 있습니다. 그것은 새롭게 혁신된 언어이죠. 저는 언어가 그렇게 풍요로워지는 데에 반대하지 않습니다. 우리 언어인 중남미의 스페인어는 아르헨티나처럼 이민자들이 갖고 온 언어에 의해, 혹은 멕시코나 페루처럼 원주민들이 남긴 영향에 의해 갈수록 더 풍부해지고 있으니까요.

이는 영어에서 일어나고 있는 현상과 조금 유사합니다. 끊임없이 풍요로워지는 영어는 변치 않고 남아 있는 스페인의 스페인어와 다릅니다. 중남미는 스페인과 다른 세계이기 때문에 새로운 말투, 새로운 동사, 새로운 단어 배열법을 구사해야 했습니다. 예를 들어, 『흉악범Maladrón』이란 소설에서 저는 우리 밀림에서 길을 잃은 다섯 명의 스페인 사람들의 삶을 그립니다. 거기서 그들은 점차 스페인 사람의 특성을 잃어버리고, 우리 땅에 있는 나뭇잎, 꽃, 양귀비, 신비한 나무들 등 자연의 일부가 되어버립니다. 저는 또한 그 작품에 알폰소 레예스, 루벤 다리오, 우이도브로, 네루다를 포함한 위대한 우리 작가들의 풍부한 언어, 그러나 잊힌 언어를 가져오려고 했습니다. 『흉악범』에서 저는 16-17세기의 스페인어를 살짝 연상시키는 화려하고 낭랑한 스페인어, 그러나 시대에 뒤떨어진 것이 아니라 더욱 현대적이고 오늘날에도 잘 읽히는 그런 스페인어를 쓰고자 노력했습니다.

선생님 문체에서 음절과 단어의 반복은 무엇을 의미합니까?

원주민들은 최상급을 만들기 위해 음절과 단어를 반복합니다. 원주민 언어, 혹은 적어도 과테말라 원주민어에는 최상급이 존재하지 않아요. 그래서 그들이 "하얗고, 하얗고, 하얗고"라고 반복하는 건 곧 "제일 하얗고"나 "굉장히 하얗고"를 뜻하는 것이죠. 그들은 또한 음절을 반복하기도 합니다. 즉 'encantador(매력 있는)'를 말할 때, 'rerreencantador'라고 음절을 반복하면서 각각의 're' 위에 강세를 둡니다.

그러한 문체는 일반 독자가 접근하기에 쉽지는 않겠습니다.

제 작품들은 읽기에 쉽지 않습니다. 거기에는 바로크 문체가 있거든요. 어떤 사람들은 이 문체를 찬양하는가 하면 어떤 사람들은 비난하죠. 바로크는 아마도 우리 혼혈인들에게는 본질적인 것입니다. 스페인 사람들이 우리 땅에 도착해서 성당을 짓기 시작했을 때 그들은 정면의 출입문과 제단에 스페인 성당의 장식 형태를 이용했습니다. 그러나 그 작업은 원주민들에 의해 이루어졌지요. 원주민 노동력이 없었다면 4세기 동안의 스페인 지배 시기에 지금처럼 많은 성당과 궁전을 건설할 수 없었을 겁니다. 그런데 그들은 스페인 장식에다가 자기들 특유의 것을 가미했어요. 예를 들어, 작은 식물이나 축소한 독수리 모양 등입니다. 이로 인해 엄청나게 과잉된 장식이 나왔는데, 이는 우리 문학의 바로크 문체와 동일합니다. 저는 제 글이 쉽지 않은 또 다른 이유가 마야, 키체, 아스테카, 나우알 등의 원주민 서적들과 연관되어 있어서라고 봅니다. 그런데 지금 그 모든 문학과 예술 세계가 거의 5세기 동안 감춰져 있다가 오늘날 갈수록 더 많이, 더 힘차게 재발견되고 있습니다. 제 작품에서는 가능하면 원주민어의 사용을 피하려고 합니다. 독자들을 작품에서 멀어지게 하니까요. 그래서 저는 원주민어 대신에 스페인어에서 같은 의미를 지닌 단어들을 찾으려고 노력합니다. 저는 혼합적인 표현이나 특정 국가에서 독점적으로 표현하는 양식을 좋아하지도 않습니다. 저는 제 작품이 보편적으로 이해되면서도 우리 과테말라의 것이 되게 하려고 노력합니다.

선생님 작품 가운데 제일 마음에 드는 것은 무엇인가요?

작가에게 자기 작품은 마치 자식 같아요. 그러나 그중에서도 제일 좋아하는 작품을 고르라면 『옥수수 인간』을 꼽겠어요. 물론 『대통령 각하』가 문학사적으로 더 중요한 작품이라는 걸 부인하지는 않습니다. 『옥수수 인간』은 더 자족적인 작품이어서 문학을 잘 모르는 독자들이 다가가기 어려울 수 있어요. 이 책은 소설처럼 읽어 내려갈 수 있으나 대단히 깊이가 있어서 페이지 하나하나마다 해석이 필요합니다. 저 자신도 그 작품을 다시 읽을 때마다 그 안에 담긴 수많은 원주민 문화의 요소들, 식물적인 요소들을 다시 보게 됩니다. 책을 펴면 그 안에 갇혀 있던 일련의 유령들과 신화들이 밖으로 뛰쳐나옵니다. 등장인물들의 삶은 굴곡을 이루고 있어서, 어떤 것들은 유령으로 시작해 실제 존재가 되고 또 다른 것들은 실제 인물로 시작해 유령, 즉 보이지 않는 존재, 상상되는 존재, 환상적인 존재가 되지요. 그 안에는 실제 있었던 일들도 있어요. 예를 들어, 밤에 살라마 마을의 연회에 가서 즐기기 위해 옷을 빼입고 외출하는 독일인들 이야기도 실제 일어났던 일이죠. 말라리아와 모기를 제외하고는 아무것도 없는 것 같은 그 장소에 고립되어, 거의 매일 가게에서 죽치고 있던 주인들이 저녁이 되면 외출복을 입고 다른 삶을 시작합니다. 즉 화실에서 그림을 그리고, 음악을 연주하고, 특히 그들이 가장 많이 연주했던 작곡가인 바흐의 삶을 사는 것입니다. 그래서 『옥수수 인간』의 스페인어는 항상 스페인어가 아니라 때로는 다른 언어로 된 음악처럼 들리기도 하죠.

바나나 농장에 관한 선생님의 3부작 『강풍』, 『바나나 농장 주인』, 『매장된 자들의 눈동자』는 그다지 좋은 평을 얻지 못했고, 일부 비평가들은 그 작품들이 문학이라기보다는 보도 기사라고 평했습니다.

그렇게 보일 수도 있어요. 하지만 저는 그것들이 제 작품들 가운데 정수라고 생각합니다. 시간이 흐를수록 저는 '바나나 농장 3부작'에 과테말라의 삶 자체를 보여주는 절대적인 요소들이 있다는 걸 깨닫게 되거든요. 『강풍』의 몇몇 인물은 과테말라에 가면 언제든 마주칠 수 있을 것 같아요. 그 작품에서 미국 사회에 대해 비판한 내용은 제가 직접 겪은 것이지 만들어낸 게 아니에요. 『바나나 농장 주인』의 농장 주인은 제게 큰 관심을 불러일으키는 인물입니다. 그가 미국인이어서 처음에는 그를 증오의 대상으로 만들려고 했어요. 그런데 소설이 진행됨에 따라 그는 점점 호감 가는 사람이 되었고 결국 마지막에는 모든 이가 좋아하고 도와주는 사람이 되죠. 저는 세 작품 중에서 『매장된 자들의 눈동자』가 가장 소설다운 작품이라 봅니다. 등장인물들이 실감나게 그려졌거든요.

어쩌면 이 작품들이 보도 기사 같다고 말하는 비평가들의 말이 맞을지도 모릅니다. 저는 부에노스아이레스에서 과테말라로 가는 동안, 과일 재배 국가에서 보내면서 이미 알고 있던 것이었지만 새로운 눈으로, 그리고 어느 정도는 언론인의 관점에서 그 삶의 방식을 보았습니다. 제가 소설을 거꾸로 쓴다고도 할 수 있을 것 같아요. 저는 원래 처음에 『허리케인El Huracán』이라는 작품을 써서 단편소설로 출판하려고 했어요. 그런데 파나마 시인이자 작가인 로헬리오 시난Rogelio Sinán이 과테말라를 지나는 길에 제게 들러 작품을 읽어보더니 그게 장편소설의 훌륭한 시작 부분이 될 수 있겠다고 말했지요. 그래서 곰곰이 생각한 끝에 등장인물들이 새로 탄생하게 됐어요. 작품이 보도 기사처럼 보일 수 있는 이유는 또 있습니다. 바나나 농장들을 둘러본 두 명의 미국 기자가 쓴 책 『바나나 제국El imperio del banano』이 제게 깊은 영감을 줬거든요. 변장한 채 농장을 방문하는 백만장자 미스터 스미스míster Smith의 입을 빌어 나오는 대사, 즉 그가 주주들에게 말하는 내용은 그 책에서 따온 것입니다. 저는 『바나나 제국』은 기술적인 책이고 관료적인 보고서 같아서 아무도 읽지 않을 것이라 생각했기 때문에 그들의 생각을 제 등장인물 가운데 한 사람의 입을 빌려 말했습니다.

비평가들이 선생님 작품을 이해하고 있다고 생각하십니까?

사람이 하는 일에는 땅의 공통된 기운이나 일종의 텔레파시가 개입되는 게 틀림없어요. 제 책들이 출판되면 저는 거기에 대해 쓰인 논문이나 글들을 읽어보는데, 비평가와 학생들이 제가 미처 몰랐던 작품의 비밀을 계속 발견하는 것을 보고 놀라곤 합니다. 제 작품에 관한 비평은 많은 것을 깨닫게 해줍니다. 무의식적으로 작품 속에 담았지만 분명 작품 속에서 중요한 역할을 담당하는 것들을 말입니다. 저는 대체로 모든 비평이 제 작품을 잘 이해한다고 생각합니다. 이와 관련해, 벨기에의 위대한 작가이자 시인인 번더카멘Vandercamen 얘기를 해야겠습니다. 그는 제게 처음으로 많은 혜안을 주었던 사람 중 한 명입니다. 그는 저의 작품 『과테말라의 주말』을 읽고 나서 제게 이런 글을 보냈습니다. "옛날에는 빅토르 위고나 귀스타브 플로베르Gustave Flaubert와 같은 유럽 작가의 소설 주인공들이 아메리카의 길과 도시와 살롱들을 순회하고 다녔지요. 그러나 지금은 반대로, 아메리카 문학의 등장인물들이 유럽의 도시를 돌아다니고 있어서 우리가 그들을 알게 됐고 더 친숙해졌습니다. 고요 익[146]과 같은 선생님 주인공들도 잘 알고 있어요. 우리 집에 왔기에 인사를 나누고 얘기도 하고 있죠."

선생님 작품이 가장 많이 읽히고 이해되었던 곳은 어디인가요?

라틴아메리카보다는 유럽이라고 해야 할 겁니다. 프랑스, 독일, 네덜란드, 이탈리아에는 제 작품에 전념해서 공부하는 사람들이 있습니다. 제 모국에서는 초창기 연구가 진행 중이고 두세 권의 책들이 출판되었어요. 그리고 아르헨티나에서는 최근 코르도바 대학의 이베르 베르두고Iber Verdugo 교수에 의해 『히스패닉아메리카 문학과 관련해서 본 미겔 앙헬 아스투리아스의 작품』이라는 매우 중요한 책이 발간되었지요. 이 연구서는 19세기 히스패닉아메리카 문학을 단계별로 살펴보고 이것이 제 작품에 어떻게 반영되었는지 분석한 것입니다.

'참여문학'은 선생님에게 어떤 의미를 가집니까?

참여commitment 문학, 혹은 앙가주망engagé 문학에 대해서는 많은 논의가 있었고 글도 많이 있습니다. 앞으로도 논의는 계속될 겁니다. '앙가주'

란 용어는 몇 년 전에 『에스프리L'Esprit』라는 잡지에서 처음 쓰였고 그 후 장 폴 사르트르가 그런 종류의 문학에 관한 연구에서 사용했습니다. 많은 사람이 'committed'라는 용어를 한정된 정치적 의미로 사용합니다. 다시 말해, 어떤 작가를 '참여 작가author committed'라고 부르는 것은 그를 공산주의자나 친공산주의자, 혹은 좌익이나 좌파로 낙인을 찍는 겁니다. 특정 작가들을 지칭하는 이 은밀한 방식은 참여문학이 진정으로 말하고 싶은 것이 무엇인지를 아는 데에 전혀 도움이 되지 않아요. 많은 사람이 이 '참여'라는 말을 듣고 작가가 무언가 지시를 받고 글을 썼다고 이해하죠. 그러나 이는 전혀 다른 의미를 가집니다. 무언가의 지시하에 글을 쓰는 교조문학directed literature은 특정한 정치, 종교, 혹은 이념에 봉사하는 글입니다. 작가는 특정한 의무사항, 확고한 목표에 복종하는 것이죠.

반면에 '참여문학'은 책임감을 내포합니다. 실제로 라틴아메리카에서는 전에 이를 '책임감 있는 문학'이라 불렀습니다. 책임감을 가지고 있던 작가들이 있었는가 하면, 자기 자신에 대해, 자기 행위에 대해, 민중에 대해, 그리고 그들을 덮친 핍박에 대해 책임감이 없는 작가들도 있었죠. 제가 이해하는 '참여문학'은, 민중의 고난에 응답하고 그들의 목소리를 대변하며, 동시에 다른 사람들에게 자기 나라의 고난과 고통, 혹은 행복의 메아리를 전달하는 교량이 됨으로써 세계적인 반향을 일으키는 책임 있는 문학입니다. 중남미 문학에서 참여문학이라는 말이 우리의 나라들에서 일어났던 커다란 사건들에 대해 항상 책임을 져왔던 문학을 의미한다면, 또한 탄압, 폭정, 고통, 빈곤, 배고픔, 그리고 땅을 소유하지 못한 것에서 비롯되는 고난에 대해 책임을 가져왔던 것을 의미한다면, 우리 라틴아메리카의 문학은 언제나 '참여문학'이었고, '책임감 있는 문학'이었습니다. 초창기부터 오늘날까지 문학은, 우리의 위대한 작품들은 민중의 고난, 그 생생한 고난에 응답하기 위해 쓰였습니다. 따라서 우리 문학은 거의 대부분 참여문학이었습니다.

다만 예외적으로 몇몇 작가들만이 자신의 황금 새장이나 상아탑 안에 틀어박혀 주변에서 일어나는 일을 무시하고 스스로를 고립시켰지요. 이들은 심리적이거나 자기중심적 주제, 그리고 주위 환경과 동떨어진 인격의 문제를 다루는 자폐적 작가들입니다. 어쩌면 우리 문학은 '참여문학'이라기보다는 삶에 의해 침탈invaded당한 '침탈 문학'이라 부르는 게 좋을지도 모릅니다. 우리가 소설의 한 페이지를 쓰던 도중 어린아이 우는 소리에 무슨 일인지 보려고 밖으로 나가, 신발도 없이 헐벗고 배는 툭 튀어나온 아이를 보게 된다고 합시다. 그때 우리는 그것이 우리를 둘러싼 가난과 육체적 고통의 이미지라는 것을 깨닫게 됩니다. 만일 그걸 보고서도 베르사유나 고대 그리스의 모습을 머릿속에 떠올리며 소설을 계속 쓰거나 셰익스피어처럼 말장난에 골몰한다면 사리에 맞지 않는 몰지각한 행동이 될 겁니다. 우리에게 더 시급한 일이 있을 때, 더 힘들고 더 현실적인 장면과 함께 삶이 우리를 침탈하러 올 때, 즉시 펜을 들어 어려운 사람들의 상황에 대해 쓰면서 그것이 단편소설이나 장편소설의 한 부분이 되도록 하는 것이 지각 있는 행동 아니겠습니까?

참여문학은 우리에게 매우 중요한 일련의 작품들을 남겼습니다. 테이텔보임[147]의 『초석의 아들El hijo de salitre』, 니코메데스 구스만[148]의 『피와 희망La sangre y la esperanza』, 알프레도 바렐라[149]의 『검은 강El rio obscuro』, 아우구스토 세스페데스[150]의 『악마의 금속El metal del diablo』, 카를로스 루이스 파야스[151]의 『마미타 유나이Mamita Yunai』, 후안 룰포의 『페드로 파라모』, 아마야 아마도르[152]의 『녹색의 감옥Prision verde』, 오테로 실바[153]의 『죽은 집들Casas muertas』과 『1번지 사무실Oficina numero uno』, 로아 바스토스[154]의 『인간의 아들』 등이 그것입니다. 굉장히 참여문학적인 성격을 가진 원주민 문학으로는 헤수스 라라[155]의 야나쿠나Yanacuna, 시로 알레그리아[156]의 중요한 두 소설, 『굶주린 개들Los perros hambrientos』과 『이 넓은 세상은 남의 것』, 호르헤 이카사[157]의 『우아시풍고』, 호세 마리아 아르게다스[158]의 중요한 두 걸작 『깊은 강』과 『낭자한 피』 등이 있습니다. 중남미의 이런 소설들이 유럽에서 길을 개척하게 되지요. 이들은 특정 형식에 얽매이지 않고 유럽적인 것을 모방하지도 않으면서 우리 문제를 세계의 양심에 물었고 유럽인들이 우리 문학을 주목하게 했습니다. 우리 문학이 유럽에 입성한 것은 그 미학적 가치와 언어적 창조력 덕분이지만, 대중 독자들이 우리 작품에 관심을 가진 것은 그 소설들이 유럽인들에게 우리의 문제들, 특히 인간적인 것들, 사회 · 경제적 문제들에 대하여 주의를 환기시킨 책임감 있는 문학이었기 때문입니다. 중앙아메리카의 바나나 농장에서, 아르헨티나의 케브라초 숲에서, 볼리비아 광산에서 얼마나 많은 사람이 죽어가고 있는지, 유전의 노동자들은 얼마나 고통받고 있는지 이제야 비로소 유럽인들이 관심을 갖기 시작합니다. 이 모든 것, 이 인간적인 생생한 세계가 길을 개척하면서, 이제 우리는 이 참여문학, 즉 삶에 의해 침탈당한 문학, 그리고 책임감 있는 문학이 유럽인들로 하여금 우리 라틴아메리카 문학에 관심을 가지도록 하는 길을 열었다는 점을 말해야 합니다.

우리 라틴아메리카 작가들이 성찰하고 철학적 사고를 하고 자기 충족적이고 심리학적인 소설을 쓰는 법을 유럽인들에게 가르치겠다는 생각, 또 우리가 이미 괴테나 프루스트를 배출할 만큼 성숙한 사회가 되었다는 생각은 사실 몽상이며 자기기만일 뿐입니다. 우리는 창조적 문학의 시대에 살고 있습니다만, 그것은 투쟁의 문학인 동시에 미래의 작가들이 위대한 라틴아메리카 작가들의 뒤를 이어 자기만의 책임감 있는 작품을 쓰도록 책임감의 의미를 심어주는 문학이어야 합니다. 지금 중남미 국가들에서 새로운 사회, 크고 작은 산업 사회가 형성되고 있습니다. 큰 산업과 무역 활동을 통해 성장한 새로운 부르주아 계층이 과거의 상류층 자리를 대체하고 있지요. 이런 사회에서 작가들은 책임감 있는 참여문학 작가들이 될 겁니다. 그런데 사람들은 참여문학 작가들 중에서도 좌파에 속해 있는 작가들만 비난하는 경향이 있어요. 그러나 우파에도 참여문학 작가가 있고 심지어는 제국주의에 봉사하는 참여문학 작가도 있죠. 다만 그들은 민중과 조국과 세계와 라틴아메리카의 이상을 배신하는 참여문학 작가입니다.

그런데 막상 사회주의 국가들에서는 선생님 작품에 나타나는 신화적 특성이 사회 고발과 현실 이미지를 약화시킨다며 비판하더군요.

'참여'라는 용어를 써서 저를 '참여 작가'라 부르는 것은 제가 좌파 작가로서 좌파 이념에 부응한다는 의미입니다. 그런데 어떤 그룹의 사람들은 제가 문학의 참호에 웅크린 채 어떠한 책임감도 뿌리도 없는 문학의 단어들만 난사하길 바라면서, 제가 작품에서 신화와 전설과 신앙을 다루는 것이 참여 작가로서 의무를 게을리 하는 것이라고 비판합니다. 저는 이에 대해 특히 모스크바 대학에서 『옥수수 인간』으로 논문을 쓰고 있는 학생들과 충분히 토론을 해봤어요. 그들은 신화, 마법, 마술 등의 요소를 왜 그토록 많이 작품에 넣어 그 허황된 거짓말로 작품의 가치를 손상시키는지 의문을 제기했지요. 그래서 저는 그들에게 과테말라의 원주민들 사이에 여전히 살아 있는 주술사나 마법사, 유령, 전설 등을 언급하지 않고는 그들에 대한 글을 쓸 수 없다고 대답했습니다. 그리고 '사회적' 소설을 쓰기 위해 이런 요소를 무시하는 것은 우리 사회에 대해 제가 쓴 작품과 이미지를 훼손하는 일이라고 말했어요. 사람들은 제가 『대통령 각하』에서 독재에 대한 어떤 해결책도 제시하지 않는다고 말합니다. 그러나 저는 그 소설을 해피엔딩으로 끝내지 않았어요. 에스트라다 카브레라가 무너진다고 해서 라틴아메리카의 독재체제가 끝나는 것이 아니라 앞으로도 당분간 계속될 것이라고 생각했기 때문입니다. 그래서 저는 영광의 혁명을 통해 민주 정부를 세우는 인물을 창조하면서 작품을 끝낼 수 없었지요. 그건 거짓말이니까요. 독재가 계속될 것이라는 사실을 은폐하여 사람들을 기쁘게 할 수도 있었지만 그렇게 하면 현실을 왜곡하는 결과를 빚었을 겁니다.

다른 한편으로, 저는 작가가 작품을 통해 항거하고 증언할 수는 있지만, 작가에게 마치 사회학자나 역사가들이 하는 것처럼 해결책을 제시하라고 요구할 수는 없고 그래서도 안 된다고 믿습니다.

책으로 모든 이를 만족시키는 것은 너무 어렵습니다. 책은 수많은 사람에게 보내는 편지 같은 것입니다. 어떤 이는 답장을 하고 또 어떤 이는 하지 않지요. 제 작품의 기본은 신화적인 것이며, 그것은 소박하고 원시적이며 정신적으로 아이처럼 천진난만한 원주민의 믿음과 생활양식과 깊은 관계를 맺습니다. 그 길을 따라 앞으로 나아가면서 사회문제를 접하게 되고, 이는 사람들의 관심사가 되는 겁니다. 신화적 소설인 『옥수수 인간』에서 저는 옥수수 상인과 원주민들 사이의 끊임없는 투쟁이 어떻게 생기는지, 이 가난한 사람들을 평생 쫓아다니면서 부패한 행정당국과 불행한 운명에 종속시키는 삶의 다양한 형태들이 어떤 것인지 보여줍니다. 그러므로 제 독자들은 책을 통해 이미 참여를 하고 있고, 제가 책에서 다루고 있는 사회문제를 통해 저를 침탈하고 있는 삶을 접하게 되지요. 나아가 그들은 더 심오한 설명, 즉 따로 분리시켜서 말할 수 없는 삶 자체에 대한 설명을 들을 수 있을 겁니다. 또한 이미 말한 것처럼, 저는 신화와 우리 민족의 믿음에 대해 계속 얘기할 수밖에 없고, 과테말라뿐만 아니라 그 지구 반대편이나 유럽 혹은 아시아에서도 일어날 수 있는 일을 소설로 쓸 수밖에 없습니다.

선생님 문학에 영향을 준 책들은 무엇입니까?

원주민 작품들을 읽는 한편, 특히 『포폴 부』, 『사힐 연대기』, 『라비날 아치』[159], 『칠람 발란』[160] 등에 대해 연구하는 것이 제게 큰 영향을 줍니다.

요즘에도 지속적으로 이런 책들을 읽으면서 많은 영향을 받고 있어요. 지금은 마야 문명과 연관된 모든 종류의 책을 탐독하고 있는데, 그중 상당수가 제가 처음 읽어보는 책들이고, 예전에 몰랐던 것을 알려줘서 그 문화에 대한 이해도를 높이는 데 도움이 됩니다. 오늘날 특히 멕시코, 과테말라 그리고 미국에서는 원주민 연구 붐이 일고 있어요. 많은 미국인이 과테말라에 와서 원주민들의 생활과 전통, 신앙 및 기상 지식 등에 관해 매우 근본적인 연구를 수행하고 있습니다. 예를 들어, 펜실베이니아대학교에서는 마야의 도시 티칼에 관한 고고학적 연구를 수행하고 있는데, 이 유적은 과테말라의 핵심이자 가장 큰 주 페텐Petén에 위치한 거대한 의례 중심지 중 하나입니다. 조만간 우리는 정복 이전의 원주민 문학에 관한 새로운 정보를 얻을 수 있을 겁니다. 지극히 야만적이었던 정복자들과 그들을 동행한 사제들이 악마를 쫓아낸다는 구실로 우리 문화의 중요한 서적들을 모조리 불태워버린 것은 엄청난 재앙이었습니다. 그 후에 '현명한 수도사'들로 알려진 또 다른 사제들이 도착하여 원주민 이야기들이 가진 가치를 깨닫고는 각 마을의 최고 연장자들을 불러 구술하게 하였지요. 이들이 원주민 언어로 말하는 동안 수도사들은 그 이야기를 라틴어로 옮겨 적었고요. 그 결과 지금 우리는 그 시대의 방대한 필사본들을 가질 수 있게 되었습니다.

이 모든 것은 제게 큰 영향을 주고 있습니다. 저는 오전에 글쓰기를 시작하기 전에 이러한 원주민 텍스트 중 하나를 펼쳐서 한 문단이나 시를 읽는 것을 즐깁니다. 이를 통해 마음이 맑아지고 작업에 집중할 수 있거든요. 또한 저는 예전이나 지금이나 케베도와 세르반테스의 애독자이기도 합니다. 많은 사람이 지적했듯이, 제 작품에는 케베도적인 요소가 많아요. 빅토르 위고, 졸라, 프루스트 그리고 특히 소설의 거장인 플로베르 등 위대한 유럽 작가들 또한 제게 많은 영향을 주었습니다. 저는 모든 소설가에게 이들의 작품을 읽어보라고 권합니다. 위대한 페레스 갈도스[161]와 에사 드 케이로스[162]도 빼놓을 수 없습니다. 내전이 일어나기 전에 바르셀로나에서 출간된 파나이트 이스트라티[163]와 도스토옙스키, 톨스토이 및 다른 러시아 작가들의 작품들 또한 큰 영향을 주었어요. 그들은 우리 세계 그리고 우리 문학과 유사한 점이 많습니다. 그들 작품 속 러시아 제정시대의 농노가 우리의 농민과 닮아 가까이 느껴지죠. 영국 문학에서 제가 좋아하는 작가는 D.H. 로렌스인데, 작품 중에는 특히 『날개 달린 뱀』이 마음에 듭니다. 미국 소설가 중에서는 포크너가 단연 최고라고 봅니다. 그의 작품은 우리 소설가들 것과도 비슷합니다. 다만 원주민 문제 대신 흑인 문제를 다뤘다는 점이 다를 뿐이죠. 미국의 위대한 작가들이 우리 문학의 형성에 크게 기여했다는 점에는 의심의 여지가 없습니다. 라틴아메리카의 신세대 작가들은 프랑스 문학보다는 미국 문학에서 더 많은 영향을 받았다고 할 수 있습니다. 제임스 조이스의 영향도 물론 많이 받았습니다.

현대 유럽 소설들에 대해서는 어떻게 생각하십니까?

유럽에는 모든 것이 이성적이고 데카르트적이에요. 다른 유럽인들과 마찬가지로 프랑스인들은 모든 것을 엄격한 논리에 종속시키고 분석하죠. 거기에는 문학을 문학답게 만들어주는 상상력과 꿈의 공간이 없고, 자연스러움도, 믿음도, 신화도 없어요. 문학은 독자들을 초대하는 꿈입니다. 유럽에서는 많은 신화가 사라졌고, 지금은 다른 신화들이 창조되고 있습니다. 예를 들어, 매주 도로 위에서 수백 명의 희생자를 낳는 속도의 신화 같은 것 말입니다. 물론 고대의 신화, 대지의 신화는 사라지고 있지만 완전히 없어진 것은 아닙니다. 그곳 신문들을 보면 가뭄에 콩 나듯 주술사나 마법사에 대해 쓴 글을 읽을 수 있거든요. 문학은 신화를 제거해 버렸지만 신화는 많은 이의 마음속에 살아 있습니다. 프랑스에는 누보로망 그룹 외에도 앙드레 말로, 루이 아라공, 알랭 보스케,

로베르 사바티에, 피에르 가스카르 등 아주 중요한 소설가들이 건재해 있어요. 스페인에서는 오랜 동안 침묵해왔던 소설의 위대한 경향이 다시 살아나고 있지요. 이탈리아에는 모라비아, 바스코 프라톨리니, 엘리오 비토리니가 있고, 독일에는 귄터 그라스Gunter Grass가 있습니다. 그러나 저는 이 모든 작가에 맞서 중남미 소설 역시 활력과 힘과 독창성을 가지고 있으며 많은 유럽 소설, 심지어 미국 소설보다도 의심할 여지 없이 더 많은 관심과 독자층을 가지고 있다고 봅니다. 물론 조르지 아마두[164]와 전성기 때에 세상을 떠난 기마랑스 로사[165]로 대표되는 위대한 브라질 소설도 잊어서는 안 됩니다.

그 말씀을 하시니, 선생님이 보르헤스를 지칭하면서, "그는 위대한 작가들 가운데 한 명이지만, 위대한 유럽 작가들 가운데 한 명이다"라고 말씀하신 것이 기억납니다.

아메리카 원주민 혈통으로서 제가 보르헤스의 작품을 읽었을 때 그가 유럽의 작가라는 인상을 받았어요. 그는 위대한 유럽 문화와 유럽적인 관심과 개성과 자아에 대해 끊임없이 분석한 작가입니다. 그의 글에는 유럽에 대한 지극한 고심의 흔적이 배어 있는데, 그 속에서 저는 아메리카적인 뿌리나 아메리카에 대한 관심, 심지어는 그 단점들조차 찾아볼 수 없어요. 그렇다고 해서 위대한 작가로서 그의 위상이 떨어진다는 말은 아닙니다. 다만 그가 라틴아메리카 문학을 대표하는 작가인지 의문을 제기하는 겁니다.

중남미의 대표적인 문학을 언급할 때 민속 문학도 포함되는 것인가요?

아니요, 그 반대입니다. 제가 지칭하는 작품은 사르미엔토의 『파쿤도』, 호세 마르몰[166]의 『아말리아』, 로물로 가예고스의 『도냐 바르바라』, 호세 에우스타시오 리베라의 『소용돌이』, 호르헤 이카사의 『우아시풍고』

입니다. 그것들은 민속 문학이 아니지만 우리 것들입니다. 제게 민속 문학 혹은 지역주의 문학이란 잘못된 문학이에요. 우리에게는 러시아나 스페인이 가지고 있는 위대한 민속 문학이 없어요. 우리에게 부분적으로 원주민 전통이 있긴 하지만 민속적인 요소는 없습니다. 그런데 문제는 그런 전통이 관광객들을 위해 근래에 민속으로 변질되고 있다는 것입니다.

선생님은 원주민들을 그들의 문화 안에 머물게 해서 그 전통을 보존해야 한다고 보세요, 아니면 우리 문명에 동화되도록 해야 한다고 보시나요?

그 문제에 관해서는 제 생각이 완전히 바뀐 것 같아요. 1923년에 발표한 논문 『원주민의 사회적 문제』에서 저는 원주민에게 서구 문화에 동화되는 기회를 줄 필요성과 시급성에 대해 피력했죠. 여러 해가 지난 지금, 저는 그것이 실수였고, 우리가 해야 할 일은 원주민들, 특히 적어도 과테말라의 마야족과 키체의 마야족만큼은 자기 문화를 발전시키도록 해야 한다고 깨닫습니다. 제가 깨달은 점은 원주민들이 문화적으로나, 사고와 감정의 깊이에서나, 살아가는 방식의 규율에서나 아마도 우리보다 더 똑똑하다는 것과, 천년 이상 조상들로부터 계승된 이러한 원주민 문화야말로 오늘날 우리가 발전시켜야 한다는 것입니다. 그들이 항아리나 옷을 만드는 걸 보면 알 수 있듯이, 원주민은 예술가입니다. 그들은 하나의 디자인을 모방하는 일이 거의 없고 베틀에서 새로운 색감과 모양을 계속 만들어냅니다. 끊임없는 창조자인 거죠.

경제적 지혜도 원주민이 우리보다 풍부합니다. 예를 들어, 인디오와 혼혈인이 태양이 작열하는 기후의 해안가로 일하러 나가면 유일하게 인디오들만 돌아옵니다. 혼혈인들은 대개 그 해안에서 죽음을 맞죠. 인디오는 일은 열심히 하지만 향수나 나일론 양말이나 술을 사는 일은 없어요. 그는 산으로 돌아가서 푼돈을 가지고 조그만 땅이나 가축을 사지요. 그의 집 바닥은 그냥 땅바닥이지만 언제나 깨끗이 정돈되어 있어요. 그들은 매우 규칙적인 삶을 삽니다. 대개 아침 5시에 기상하고 거의 매일 목욕을 하고, 규칙적인 성생활을 합니다. 결혼해서 아이들을 갖고, 불륜은 거의 존재하지 않습니다. 그들의 최고 단점이라면 과음하는 것이어서, 수호성인 축일에는 만취해 길에 눕기도 해요. 그런데 담배는 모두 모여 있을 경우에만 피웁니다. 그 외에 그들은 어떤 결점도 없어요. 그런데 우리는 왜 원주민들이 살고 있는 그 세계를 발전시키려고 노력하지 않을까요? 그들의 장점, 우리가 애써 보지 않으려 했던 것들을 그들의 신앙과 문화의 테두리 안에서 아무런 희생 없이 발전시킬 수 있을 텐데 말이에요. 일단 그들의 문화 수준이 높아진다면 그들 스스로 문화적 융합을 하려고 할 것이고 이는 우리 문화 전체에 좋은 일이 될 겁니다. 현재 당면한 위험은 모든 원주민 삶과 문화의 순수성이 관광 사업에 의해 위협을 받고 있다는 점입니다. 원주민이 요즘 짜내는 옷에 태양과 달과 상징적인 형상들 외에도 비행기나 자동차처럼 기술 문명의 생산품이 그려져 있어요. 이는 원주민들이 자신들이 접촉하고 있는 모든 삶의 형태에 얼마나 융통성 있게 적응하는지를 잘 보여줍니다. 그들은 관광 사업을 통해 수공예를 발전시켰고 이제 돈을 벌 줄도 압니다. 그들은 변변치 못한 인간이 아니에요. 외적인 자극에 민감합니다. 과테말라에서 원주민들은 전기 산업 노동자로 선호되는데 손재주가 좋기 때문입니다.

자발적이고 비자발적인 망명, 그리고 여러 직업을 거친 경험이 선생님이 일하는 방식에 어떻게 영향을 미쳤는지요?

모든 예술가에게는 글을 쓰고 얘기를 꾸미고 창작하기에 가장 의식이 명료해지는 시간이 있어요. 제게는 그 시간이 아침 5시에서 8시 사이입니다. 소설을 쓰는 중이라면, 저는 일어나서 차 한 잔을 마신 후 타자기 앞에 앉습니다. 뭘 쓸지에 대해 아무 생각도 없이 말이죠. 그러나 쓰고 있던 책의 앞 장이나 단락을 기억해내면서 마치 뇌가 녹음테이프 돌리는 것처럼 자동적으로 글을 써 내려갑니다. 두세 시간이 지나면 머리에 일종의 쥐가 나는 것 같아요. 그러면 글쓰기를 중단하고 편지를 쓰거나 다른 활동을 하느라 분주해집니다. 이런 생활 습관을 가지게 된 것은 저의 첫 직업이 과테말라 대학의 교수였기 때문입니다. 저는 강의를 위해 오전 9시까지 학교에 도착해야 했어요. 그 후에는 언론인이 되었는데, 석간신문을 위해 매일 오전마다 일했죠. 1947년에는 부에노스아이레스에서 일하는 외교관이 되는 바람에, 아침 일찍 일어나야만 글을 좀 쓰고 나서 정확히 10시까지 대사관에 출근할 수 있었어요. 저는 오후부터 밤까지는 완전히 무능해집니다. 그래서 밤에는 절대 글을 쓰려고 하지 않아요. 만약 글을 쓰게 되면 다음날 일어나서 수없이 수정해야 했어요. 피곤해서 그런지 똑같은 단어를 여러 단락에 반복적으로 써놓았거든요. 그렇기 때문에 책 저술을 끝내는 시기를 정해놓기가 매우 어렵습니다. 제가 볼 때 창작 작업은 시간이나 날짜는 물론이고, 달수와 햇수조차 가늠할 수 없는 것 같아요.

저는 보통 큰 제목별로 가장 중요한 요지를 담은 초고를 만듭니다. 그것이 완성된 것이 아니라도 저는 그걸 한 달이나 두 달 혹은 세 달까지도 보관해요. 그리고 처음의 시도가 냉각기를 가졌다는 느낌이 들면 다시 한 번 읽어보죠. 무언가 수정할 게 있다면 좋아 보이는 부분을 떼어내서 두 번째 초고를 만들고, 그걸 다시 두세 달 놓아둡니다. 그 후에 다시 읽어보고 수정하면서 영화에서 말하는 '몽타주' 작업을 하지요. 저는 이 두 번째 판본을 타이피스트에게 건네줘서 완결판으로 만듭니다. 저는 제 글쓰기가 시각적이라기보다는 청각적이라고 보기 때문에 한 단락이나 한 페이지 혹은 대화의 한 대목을 써놓으면 그것이 유창하게 들리는지 판단하기 위해 큰 소리로 읽어봅니다. 그렇지 않으면 그렇게 될 때까지 수정하죠. 『대통령 각하』를 썼을 때는 워낙 많이 수정하고 읽어봐서 작품을 웬만큼 외었던 것이 기억납니다. 또 젊을 때니까 그럴 시간도 있었지요. 최근에는 녹음기를 사용해 들어보려고 했지만 곧 포기했어요. 흥미로운 일이기는 하지만, 자칫하면 소설이 순전히 웅변 문학이 되면서, 문장이 말장난처럼 되고 무게감이 떨어진다는 사실을 깨달았거든요.

시가 중요한 장르이긴 하지만 단편소설이나 시를 쓰는 일보다 장편소설을 쓰는 일이 더 어려워요. 소설가는 자기가 쓰는 소설의 노예가 될 필요가 있기 때문입니다. 이는 일종의 정신적인 관료제입니다. 소설가는 아무 할 말이 없어도 적어도 하루에 두 시간은 책상 앞에 앉아 있어야 해요. 누군가 끼어들어 작업이 중단되면 창조적 리듬을 회복하는 게 힘든 데다가 소설의 분위기도 다소 잃어버릴 수 있으니까요. 소설가는 자기 자신에게 엄격해야 합니다. 마음보다 더 게으른 것은 없기 때문이죠. 친구의 전화, 텔레비전 프로그램, 쇼핑 등 모든 것이 글쓰기를 중단시키는 구실이 됩니다. 따라서 외부의 어떤 자극에도 휩쓸리지 않도록 노력해야 합니다.

소설이 형성되는 과정은 어떻습니까?

보통 저는 제 주변의 현실, 특히 과테말라 현실과 관계되는 주제를 찾으려고 노력합니다. 일단 주제가 결정되면 여러 생각을 하고 중얼거리기도 하고 관련되는 것들을 찾아본 후에 하루 날을 잡아 때로는 타자기로, 때로는 손 글씨로 얼개를 짜보기 시작해요. 처음 30쪽이 제일 어렵고 그 후 70쪽까지는 좀 쉽죠. 그런데 70쪽부터 80쪽까지는 왜 다시 어려워지는지 모르겠어요. 그럴 때는 맥이 빠지고 무기력해지지만 앞에 써놓았던 것을 부분적으로 읽어보면 작업을 계속할 힘을 얻게 됩니다. 그래도 글 쓰는 도중에 앞에 썼던 것을 전부 읽어보는 일은 거의 없어요. 어떤 작가들은 자기 소설을 마치 체스 게임에서 말을 옮기는 일처럼 미리 계획을 하는데, 저는 그 반대예요. 하나, 둘 혹은 세 명의 인물로 시작하지만 다른 인물들이 계속해서 등장하고 사라집니다. 한 이탈리아 비평가가 지적한 것처럼, 창조하면서 파괴하고, 긍정적 요소들을 주는 대신에 부정적인 요소들을 계속 주는 겁니다. 이 비평가에 따르면, "아스투리아스는 독자가 이미 등장인물을 파악하는 동시에 그를 파괴시키려 한다고 짐작"합니다. 소설의 결말은 제가 생각지 않았던 방법으로 예기치 않게 찾아옵니다. 시 작품이나 소설과 같은 산문 작품에서 가장 흥미로운 신비들 가운데 하나는 시와 소설이 특정한 행이나 단락에서 끝나야 하는 이유라고 봅니다. 계속 이어질 수도 있지만 그러지 않고 마침표를 찍습니다. 왜 그럴까요? 그건 알 수 없어요. 사람들은 문학 창작을 가장 경이로운 현상 가운데 하나로 여기고 두뇌의 무궁한 잠재력에 놀라기도 하지만, 저는 작품의 많은 부분에 우연과 유희와 운이 개입한다고 믿습니다. 제목을 정하지 못해 고심하며 돌아다니다가 거리의 간판에서 힌트를 얻은 적도 있죠.

제목은 언제 어떻게 결정됩니까?

제목은 가장 어려운 문제 중 하나입니다. 대체로 제 작품들은 미리 제목을 가지고 시작합니다. 예를 들어, 『물라타』나 인디오들이 심판 날을 기다리며 눈뜬 채 묻혔다는 원주민 전설을 그린 『매장된 자들의 눈동자』, 『바나나 농장 주인』이 그런 책들이죠. 『대통령 각하』는 처음엔 '정치 거지들'이라고 했다가 나중에는, 오랜 시절 단테의 열렬한 독자로서, '말레볼제Malevolge'라고 했어요. 이는 단테 지옥의 마지막 옥으로 불과 화염이 가득 찬 무시무시한 깔때기입니다. 그 후에 아메리카를 공부하던 시기에는 '토힐Tohil'이라 정했지요. 토힐은 부족으로부터 불을 훔친 후 그것을 돌려주는 대가로 인신공양을 강요했던 신입니다. 마야에는 이런 인신공양이 없었는데, 아스테카 사람들이 가지고 왔죠. 결국 소설의 최종 제목은 그 줄거리를 들려줬던 멕시코의 한 출판인에게서 나왔죠. 그가 이야기를 다 듣고는 "그럼 그건 대통령 각하의 이야기군요"라고 말하기에 저는 그게 소설의 진짜 이름이라 느끼고 즉시 받아들였습니다.

제네바의 스키라 출판사는 선생님을 비롯해 옥타비오 파스와 다른 여러 작가들을 '창작의 기술'에 대한 책들로 구성되는 문집을 만들기 위해 초대했습니다. 여기서 선생님 책의 제목은 무엇이 될지, 그리고 그 주제를 어떻게 엮을지 미리 말씀해주실 수 있을까요?

그 책에서 저는 어떻게 작가가 되기로 결심했는지, 어떻게 글을 써왔는지, 창작 아이디어는 어디서 얻는지 독자들에게 말해줘야 합니다. 저는 『네 개의 태양 가운데 세 개Tres de cuatro soles』라고 제목을 붙인 그 책을 쓰기 위해 과테말라를 연상시키는 마요르카에 갔어요. 이 제목은 세계가 이미 네 개의 단계를 거쳐왔다는 마야인의 믿음에서 기인한 것입니다. 우리가 말하는 각각의 위대한 단계 혹은 우주적 시대는 하나의 태양에 해당합니다. 첫 번째 태양은 지구가 그 모양을 갖추어가던 신석기 시대에 해당하는 것으로 그 시대는 고도의 빙하기였어요. 그러나 첫 번째 태양의 모든 힘으로도 그 땅에서 빙하를 완전히 벗겨내지 못했고, 태양마저 사나운 짐승들이 삼켜버렸죠. 태양이 삼켜진 후, 첫 번째 시대는 끝이 나고 요한 묵시록과 같은 거대한 지각변동이 일어납니다. 그 이후 바람의 태양이 등장하지요. 그것은 처음엔 잠잠했는데, 바람이 그것을 몰고 다니기 시작하면서 우주 공간 안에서 움직입니다. 마야인들은 움직이는 것이 지구가 아니라 태양이라고 생각했죠. 신화적 믿음 안에서 그들은 태양을 가장 위대한 신이자 최고의 존재로 간주했습니다. 따라서 그들은 태양이 정오에 하늘의 한가운데, 그들의 표현대로, 옥수수 알의 눈에 이른 후에는 서쪽으로 기울기 시작해서 죽으러 간다는 것을 믿을 수가 없었어요. 신학적으로 생각하는 그들의 사고방식으로는 태양신이 매일 죽는다는 것을 받아들이는 게 불가능했던 것이죠. 그래서 그들은 서쪽 지평선이 거대한 오목 거울이고 태양이 밤의 저택으로 돌아가면 그것이 서쪽의 거울에 비치는데, 사라져서 죽음을 맞는 것은 태양이 아니라 그 이미지일 뿐이라고 상상했습니다.

세 번째 태양의 시기에 사람과 최초의 식물이 등장했고, 태양은 지구가 식물의 왕국으로 바뀌도록 도와줍니다. 그 후에 네 번째 태양이 나왔고 우리는 이렇게 지구에서 네 개의 시대를 살아온 것입니다. 지금 우리는 다섯 번째 태양인 움직이는 태양의 시대에 살고 있는데, 마야의 믿음에 따르면 과거와 같은 거대한 지각변동이 있을 시기입니다. 다섯 번째 태양은 이 우주의 엄청난 멸망과 함께 끝날 것입니다. 유럽의 어떤 작가들, 특히 환상문학의 작가들은 마야인들이 이해한 다섯 번째 태양의 결말이 핵전쟁일 것이라 추정합니다. 우리가 잘 알고 있듯이, 핵 분쟁이 일어나 초강대국들이 보유한 모든 무기가 사용된다면 지구상의 모든 생명은 완전히 사라질 것이고, 그 지각변동은 다섯 번째 태양의 종말과 정확히 일치할 것입니다.

그 태양들이 선생님의 작품과 어떤 관계를 가지고 있습니까?

제 창작 활동은 1917년 12월 25일, 과테말라시티를 파괴한 지진이 동기가 되어 시작됐어요. 밤 10시경에 진동이 시작되었고, 새벽이 되자 수도 전체가 파괴되었죠. 우리는 모두 도시를 빠져나가 이재민 캠프로 가서 얇은 담요와 널빤지로 만든 천막에서 살았습니다. 가장 큰 난민촌 가운데 하나에 살던 저는 제 주변에 보이는 것들에 대한 일종의 일기를 노트에 쓰기 시작했고, 이것들이 나중에 단편작품들이 되었지요. 스페인의 위대한 시인 라파엘 알베르티는 작가에게 일어날 수 있는 최악의 일은 숙모가 없는 것이라고 제게 말한 적이 있어요. 그 말은 맞는 말입니다. 저도 초기 작품들을 저녁 무렵에 숙모님께 들려주곤 했거든요. 당시 제 이야기를 부모님께 들려드렸다면, 재산 손실로 크게 상심하셨던 터라 그분들은 신경도 쓰지 못했을 겁니다. 이런 이유 때문에 저는 제 창작 활동이 대지와 자연과 나의 마음과 나 자신 때문에 겪어야 했던 트라우마에서 비롯된 것이라고 생각합니다. 또한 그래야만 제가 글을 쓰는 것뿐만 아니라 진흙으로 인형들을 만들기 시작한 이유도 설명할 수 있어요. 진흙 인형을 만들 때면, 글로 쓰이는 언어뿐만 아니라 제 손가락을 거쳐 꼴을 갖춰가는 원시 언어를 발견하게 됩니다. 제가 만든 형상들, 특히 진흙 인형들은 다음 태양의 시대에서는 그저 피조물 처지에 머물지 않을 거예요. 제가 그들을 물에 비치는 장소에 놓았는데, 이를 통해 그들은 창조를 위한 제2의 주체, 즉 제2의 문학적 주체인 이미지를 가지게 되었습니다. 다시 말해, 물질적이고 조형적인 가치 외에 이미지의 요소가 있는데, 이는 어떻게 보면, 다른 형태들과 비교해볼 때, 꿈에 상응하는 것이고, 이 모든 것이 형태를 갖추어 가면서 저의 언어가 되는 겁니다.

선생님은 분석에도 관심이 있으신가요?

제게 가장 중요한 것은 상상력입니다. 그것은 '집안의 광녀The mad woman in the house'와 같은 심상心象이자 홍취입니다. 반면 제 작품에는 분석적인 측면은 거의 없습니다. 제가 갖고 있는 것은 분석적이거나 과학적인 정신이 아니라 문학적이고 창조적인 정신입니다.

한 소설이 만들어지는 모든 과정에서 가장 만족감을 주는 단계는 언제인가요?

열락의 정원에서 목욕을 하거나 신비스러운 불로장생의 약을 마시는 것과 같이 만족스럽고 최상의 기분을 느끼는 순간은 바로 글을 쓰고 있는 그 순간이에요. 무엇인가를 창조해내고 단어들을 조합하는 일은 약간은 천진난만하고 원초적인 성질을 갖고 있거든요. 반면에 괴로운 순간도 찾아올 수 있는데, 집필 중인 책의 200여 쪽 분량을 누군가가 읽고 나서 그 작품의 성공에 대해 회의감을 품을 때가 그렇습니다. 이렇게 깊이 절망하는 순간들도 많지만, 작품의 어느 부분이 독자들에게 행복감을 준다면 모든 것을 보상받지요.

소설이란 장르가 사라지는 추세라는데, 어떻게 생각하십니까?

소설은 사라질 운명에 처해진 장르라고 말하죠. 영화나 텔레비전 때문에 사람들이 갈수록 책을 안 읽는 경향도 있고, 소설이 마치 퍼즐이나 과학적 실험처럼 어려워진 데에도 원인이 있습니다. 하지만 저는 소설이 여전히 사람들의 구미를 당기는 장르가 될 것이라고 믿어요. 사람들은 책을 읽을 때 거기에 빠져들어서 시간과 현실을 초월하여 다른 세계에 들어가 살게 되니까요. 반면에 영화, 특히 대중성을 지향하는 영화는 직접적으로 다가오는 그 이미지 때문에 소설보다는 좀 더 동시대적인 표현 형식이 될 수 있으리라 생각합니다.

오늘날 온갖 형태의 에로틱 문학이 난무하고 있습니다. 이런 문학에도 관심이 있으신가요?

에로틱 문학이 최근 들어 증가하는 추세는 단절된 별개의 사건이 아니라 거의 대부분 국가, 특히 서구 세계에 밀어닥치는 에로티즘, 성적 관심, 관능성이라는 큰 물결의 일부라고 봅니다. 잡지, 책, 영화를 기준으로 볼 때, 엄격한 행동 규범과 매우 폐쇄적인 전통이 있는 스칸디나비아 국가나 영국, 미국 등의 나라에서 이렇게 에로틱한 장르가, 심지어는 포르노와 같은 장르가 발전하고 있는 건 흥미로운 현상입니다. 이런 종류의 문학이나 이미지에 대해 저는 호감을 갖지 않습니다. 이에 대한 많은 연구에도 저는 거기에 중요한 가치를 부여하지 않기 때문에, 제가 왜 이러한 무관심을 갖게 됐는지 곰곰이 생각해보기도 했어요. 최근에 저는 올더스 헉슬리가 몇 년 전에 멕시코와 과테말라 신전 도시들의 유적을 방문한 후 남긴 책을 봤습니다. 거기서 그는 마야인들이 예술 작품에 도색적이고 변태적이며 성적이거나 관능적인 행위는 아무것도 묘사하지 않았다고 설명합니다. 이 말이 흥미로운 이유는 마야의 예술과 도시, 기념물 그리고 상형문자가 동양과 매우 밀접한 관계를 가지고 있다는 사람들의 믿음이 얼마나 잘못된 것인지 보여주기 때문입니다. 관련성이 있다면, 마야의 예술에도 동양의 관능적인 장면들이 묘사되는 게 정상일 겁니다. 그러나 마야의 기념비적 예술에는 여인의 육체가 나타나지 않습니다. 남자가 등장하는데, 그 남자 역시 장신구와 보석, 깃털로 된 코르셋 등으로 뒤덮여 있습니다. 다시 말해, 그것은 본능이나 상상력을 일깨우는 형상이 아닙니다. 그 책을 읽으면서, 저는 관능적 장면이나 표현에 냉담한 나의 태도가 나의 마야 조상들에게서 물려받은 것인지도 모른다는 생각이 들었습니다. 제가 칸 영화제 심사위원을 했을 때, 공식 상영작들 외에 독일과 덴마크에서 제작된 에로틱 영화 몇 편이 상영되었어요. 저는 그걸 볼 시간이 없었습니다. 그런데 나중에 들으니, 그걸 보았던 여러 나라 젊은이들이 처음에는 흥미로워했지만 곧 지루해했다고 말하더군요. 제 생각에 그러한 예술 형식은 어느 정도까지는 구세대의 완고한 관습에 대한 젊은이들의 반항적이고 적대적인 느낌을 표현하는 것입니다. 그게 아니라면, 그런 영화에서 자극을 찾는 피곤에 지친 사람들의 필요에 부응하는 것이라 봅니다.

선생님은 『봄의 전야Clarivigilia primaveral』(1965)를 비롯해 몇 권의 시집과 『솔루나Soluna』(1955)나 『청문회La audiencia de los confines』(1957)와 같은 희

곡 작품들도 써왔습니다. 이런 장르에 아직도 관심이 많으신가요?

시는 한 인간의 모든 삶에 동반되는 등불과 같습니다. 유년기에는 젊은 혈기처럼 열렬히 타오르죠. 제 경우에 시는 소설을 비롯한 산문의 표면 아래로 흐른다는 의미에서 지하에 있는 것이었어요. 시는, 특히 제 시는 제 소설 속 우주의 인물들을 둘러싸고 있는 녹색 세계의 호흡이에요. 그렇다고 해서 전통적으로 정의되는 의미의 시를 쓰지 않은 건 아닙니다.

연극은 일련의 문제와 한계점을 제시한다고 봅니다. 연출가, 안무가, 연기자들도 찾아야 하지요. 또 돈이 너무 많이 들기 때문에 많은 사람이 나오는 작품을 할 수도 없어요. 저는 단지 한두 장면밖에 등장하지 않는 인물이라도 제가 가진 모든 배우들을 활용하면서 더 많은 일과 행동의 자유를 누립니다.

『청문회』는 반응이 어땠습니까?

이 작품은 원주민의 보호자로 평가되는 바르톨로메 데 라스 카사스[167] 신부의 삶에 기초한 것입니다. 그는 카를로스 1세의 '인디오 신법Leyes de Indias'이 공포된 이후 중미 치아파스의 주교로 복귀하여, 노예를 소유한 스페인 사람은 그 누구도 죄를 용서받을 수 없다고 명령합니다. 이 작품은 1961년 과테말라에서 젊은 학생들이 만든 그룹에 의해 공연되었고, 1500년대에 라스 카사스 신부가 일으켰던 미움과 증오의 바람을 다시 일으켰습니다. 이는 오늘날에도 당시와 같은 문제점이 아직 존재한다는 사실을 말해주는 듯합니다. 그래서 옛날에 울려 퍼졌던 신부의 말은 오늘날에도 그때와 마찬가지로 맹렬한 공격을 받을 겁니다.

유럽에서도 선생님 일부 작품을 연극으로 만들었습니다.

네, 최근에 여기 파리에서 『과테말라의 주말』에 마지막으로 수록된 단편인 「토로툼보」의 프랑스어 번안 작업이 완료되었고, 이탈리아 베로나의 학생들도 이 작품을 공연하고 있습니다.

선생님은 여러 중요한 작품들을 번역하기도 하셨어요.

1923년에서 1924년까지 소르본에 있을 때 멕시코 학자 J.M. 곤살레스 데 멘도사González de Mendoza와 함께 레이노 교수의 지도하에 프랑스어를 스페인어로 번역한 마야의 성경 『포폴 부』가 제가 한 가장 중요한 번역이라 생각합니다. 레이노 교수는 40년의 작업을 거쳐 『포폴 부』를 키체어에서 프랑스어로 번역했죠. 그러고 나서 우리는 칵치켈 부족의 『사힐 연대기』도 번역했습니다. 망명 생활을 하던 시기에는 제 아내이자 동료인 블랑카와 함께 번역 작업을 했습니다. 우리는 누보로망 작품들 가운데 가장 훌륭한 소설 중의 하나인 클로드 시몽의 『초원L'Herve』을 번역했어요. 그 책은 번역하기 매우 어려운 작품으로, 마침표도 없고 한 문장이 4-5페이지에 걸쳐 있기도 하며 여러 사건이 동시다발적으로 묘사되어 있지요. 만족할 만한 번역을 위해 우리는 거의 1년 내내 작업해야 했습니다. 우리는 로사다 출판사에서 나온 장 폴 사르트르의 희곡 몇 편과 장 아누이Jean Anouilh의 희곡도 하나 번역했습니다. 사실 번역은 들어간 노력에 비해 상당히 보람 없고, 상응하는 보수도 받지 못하는 일입니다.

블랑카의 협조가 커다란 도움이 되었겠군요.

무엇보다도 그녀는 엄격한 비평가입니다. 무언가 그녀를 만족시키지 못할 때 우리는 그것에 대해 상의하는데, 그런 논의와 대화 덕분에 저의 초기 구상이 더 개선됩니다. 그녀는 제가 특정한 대목을 공부하는 데 도움을 주고 자료 찾는 것을 돕기도 합니다. 그녀는 또 저의 문학 서신들, 전기, 도서목록, 1950년 이후의 신문 리뷰 등을 포괄해 거의 완벽한 아카이브를 만들었지요.

외국어로 번역된 선생님 작품 중에서 어느 나라 말이 가장 잘 번역됐다고 생각하시나요?

프랑스어 번역이 매우 잘됐다고 생각합니다. 번역에는 두 가지 방법이 있습니다. 하나는 번역가에게 어떠한 자유도 허용하지 않고 본문에 충실하여 글자 그대로의 정확한 일치를 고집하는 것이고, 다른 하나는 위대한 시인이자 번역가인 프란시스 드 미오망드르처럼 하는 겁니다. 프랑스어에 완벽한 그는 문장과 페이지 그리고 책 자체를 재구성하는 과정을 통해 경이로운 번역을 해냈지요. 그는 저의 첫 번역가로서, 『과테말라의 전설』, 『옥수수 인간』, 『바나나 농장 주인』 등의 정통 프랑스어판을 냈습니다. 불행히도 세상을 떠나는 바람에, 본인이 원하던 바나나 농장 3부작의 번역을 완성할 수 없었죠. 프랑스어 번역가로 조르주 필레망도 훌륭했어요. 지금은 클로드 쿠퐁Claude Couffon이 제 작품을 훌륭하게 번역하고 있지요. 저는 운 좋게도 훌륭한 이탈리아어 번역가들도 만났어요. 제가 영어나 러시아어를 모르므로 그 번역물을 평가할 수는 없군요. 그러나 러시아어 번역은 꽤 잘되었다고 들었어요. 『과테말라의 주말』과 『대통령 각하』는 영국에서 번역되었는데, 미국 영어가 영국 영어에 비해 더 풍요롭고 대중적이어서 미국에서 다시 번역됐어요. 제 작품에 있는 대중적인 표현에는 미국 영어가 영국 영어보다 더 적합하거든요. 미국의 라바사[168] 교수가 번역이 굉장히 까다로운 『물라타』를 훌륭하게 번역했다는 얘기도 들었습니다.

외교관 업무가 문학 활동에 부정적인 영향을 주었다고 생각하십니까?

아니요, 반대로 도움을 많이 주었죠. 그렇지 않았다면 그다지 수완이 좋지 않은 제가 그토록 많은 여행을 할 수 없었을 겁니다. 1948년에 과테말라 대통령인 후안 호세 아레발로[169]가 저를 부에노스아이레스 대사관 공사로 임명하면서, 그곳에 가면 작가로 활동할 수 있고 제 문학이 제대로 평가도 받을 거라고 말하더군요. 그 기간 동안 저는 『옥수수 인간』, 『바나나 농장 주인』을 비롯해 여러 편의 시도 써서 출판했습니다. 『과테말라의 주말』은 나중에 출판했지만 그때 쓴 것이지요. 파리로 임지가 바뀐 후에는 많은 작가와 번역가 친구들과 사귈 수 있었습니다. 엘살바도르 대사로 있던 1954년에 과테말라 쿠데타가 일어났어요. 그래서 엘살바도르에서 부에노스아이레스로 직접 망명했고, 델타 델 파라나Delta del Paraná의 샹그릴라Shangri-la라 불리던 농장에서 제 작품들을 대부분 썼지요. 그 농장에서 저는 3-4개월간 은둔하면서 글을 썼어요.

1970년 7월까지 재임했던 파리의 대사직 때문에 라틴아메리카의 많은 작가는 선생님이 독재 정권을 대변한다고 비난해왔습니다.

맞아요. 그들은 제가 프랑스 주재 대사직을 수락했다고 많은 비난을 했죠. 그러나 저는 왜 그것을 받아들였는지 항상 제 입장을 명확히 밝혀왔습니다. 제가 이탈리아에 있을 때 과테말라 선거전이 시작되었는데, 유일한 문민 후보인 멘데스 몬테네그로Méndez Montenegro에 맞서 네 명의 군인 후보가 있었어요. 사실상 군사 정권이었던 당시 정권은 군인이 대권을 잡을 수 있도록 하기 위해 개헌을 추진했으나 국민들이 이를 거부하고 몬테네그로를 선출했지요. 저는 이런 상황에 대해 이탈리아 신문에 글을 썼는데, 이 때문인지 저 자신이 새로운 문민정부, 그것도 혁명 정신에 어느 정도 부응하는 그 정부에 얼마간 관여되어 있다는 느낌이 들었어요. 제게 파리의 대사직 제안이 왔을 때는, 제가 조국에 빚을 지고 있으니 조국의 명예를 위해 국민으로서 봉사하는 것이 의무라고 생각했습니다. 게다가 제가 1920-30년대 프랑스에서 살면서 언론이나 행정부에 친구들이 많았고, 문화부 장관인 앙드레 말로는 그때부터 친구로 지내던 사이였지요. 저는 대사직을 받아들였습니다.

제가 대사로 있으면서 수행했던 중요한 일들 중 하나가 마야 문화에서 과테말라가 차지하는 비중을 밝히는 일이었습니다. 마야 문화에 관한 이야기를 할 때나 마야에 관한 전시회가 열리면 사람들은 언제나 멕시코만 이야기하는데, 엄밀히 말해 마야는 과테말라의 것입니다. 그들은 과테말라에서 태어나 과테말라에서 세력을 확장했고 이후에 유카탄과 멕시코로 갔어요. 그래서 저는 과테말라 마야의 유물 전시회를 기획했고, 앙드레 말로 장관의 아낌없는 도움을 받았습니다. 특히 그가 과테말라의 호수들을 조사하기 위한 잠수 팀을 보내준 덕분에 도자기류와 다른 유물도 발견했죠. 그래서 1968년 그랑 팔래Grand Palais의 2,000평방미터 전시장에서 420점의 고고학적 유물을 보여주는 전시회를 개최할 수 있었던 것입니다. 파리에서도 대단히 큰 행사였던 이 전시회는, 어떤 의미에서 보면, 고대의 고고학적-예술적 보물을 과테말라에 되돌려주는 의식이었고, 그 나라를 널리 알리는 행사였어요. 19개의 기술적 장학금을 얻어내는 등 다른 문화 활동들과 함께 이와 같은 일은 제가 대사로 있었기에 성사된 것입니다. 조국을 위한 봉사가 끝난 후에 저는 은퇴하는 것이 좋다고 생각했습니다. 욕을 먹은 걸로 치면, 아마도 하코보 아르벤스 정권에서 에콰도르 주재 대사를 할 때 제일 많이 먹었던 것으로 기억합니다. 당시 우파 인사들은 저를 가리켜 '공산 정권의 대사'라고 불렀어요. 프랑스 주재 대사를 할 때 자기 의무를 다하지 않는 정부를 대표하고 있다고 저를 비난한 사람들은 극좌파 인사들이었습니다. 그러나 두 경우 모두 저는 과테말라 사람으로서 임무를 충실히 수행했고, 저의 유일한 기준이 되었던 것은 제가 과테말라 사람이라는 사실뿐이었습니다.

앞으로 계획은 어떻게 됩니까?

글쓰기에 전념할 겁니다. 제 나이는 이제 시간을 낭비하는 사치는 허락되지 않아요. 이제 다행히도 그런 시간이 허락된 만큼 두세 편의 소설과 장시, 희곡을 더 남기고 싶군요. 올해 말에는 마요르카로 돌아가서 『고통의 금요일Viernes de Dolores』과 『이중 배신자Dos veces bastardo』 등 두 권으로 구성되는 새 소설을 쓸 생각이에요. 사회적 주제를 다루는 소설로 바나나 농장 3부작을 보완하는 의미도 있어요. 부분적으로 저는 '20년대 세대'를 대표하기도 합니다. 저는 과테말라의 현실을 인식하여 민중대학을 세웠을 뿐만 아니라 책과 팸플릿을 쓰고 유포하면서 사회적이고 사회학적인 주제에 대해 사람들을 계몽시키려고 했던 그 빛나던 세대가, 30-40대가 되어 서로 뿔뿔이 흩어져 편안하게 가정에 안주한 상황을 그리려고 합니다. 이 사람들은 변호사, 의사, 엔지니어 등 직업에 충실하면서 대학에서 다짐했던 의무는 모두 잊어버리고 말았지요. 이 소설에서 저는 대학들이 모두 민중에 의해 유지되는 라틴아메리카에서 어떻게 이런 부류의 직업인들, 혹은 전문직 종사자들이 민중에 봉사하기는커녕 자신들을 공부하게 해주었던 사람들을 착취하는 계층이 되었는지 얘기할 겁니다.

대학생 시절에 우리는 모두 혁명가이자 마르크스주의자이자 무정부주의자로서 모든 것을 엎어버리려 했고 사회를 변혁시키려 했어요. 그러나 막상 그 역할을 수행할 시기가 되자, 과거를 몽땅 잊어버리고 그것을 한낮 젊은 시절의 광기로 치부하고 위선적으로 외면한 채 예로부터 내려오는 상투적인 삶을 이어나갑니다. 그러니까 제가 여기서 주장하고 싶은 것은 이런 학생들이 나중에 직장인이 되었을 때 적어도 그들이 가졌던 이상의 70% 정도는 간직해야 한다는 말입니다. 학생일 때 외쳤던 것처럼 교황을 교수형에 처하라는 게 아닙니다. 다만 자신이 품었던 이상대로, 사법부 권력이든 병원이든 자신이 지금 일하고 있는 곳을 발전시키거나 개혁시켜 보자는 말입니다. 우리 사회의 실패는 어떻게 보면, 대학에서 교육을 받은 엘리트들이 배신한 결과입니다. 그들은 자신의 이익을 지키기 위해 심지어는 미국의 거대 기업들과 결탁해 미국의 중남미 지배를 도왔습니다.

미국의 중남미 정책과 미국 대기업들은 언제나 선생님의 가차 없는 비난의 대상이 되고 있어요. 거기에 대해 설명을 더 해주시겠습니까?

매우 흥미로운 질문 같아요. 이 책도 영어로 출판될 것이기 때문에 많은 미국인에게 우리의 입장과 생각, 적어도 제 생각을 알리는 기회가 될 테니까요. 일찍이 1811년에 해방자 시몬 볼리바르는 창조주가 라틴아메리카 나라들의 발전과 진보 그리고 자유를 막기 위해 미국을 현재 위치에 갖다놓았다고 말한 적이 있어요. 당시만 해도 이 발언이 경우에 맞지 않는다고 봤는데, 그 이후 지금까지 우리는 그의 말이 사실임을 확인하고 있습니다. 우리는 미국과 라틴아메리카의 관계를 단일한 무대에서 일어나는 일이나 단일한 에피소드로 설명되는 것처럼 얘기할 수 없어요. 많은 사람은 눈앞의 일을 판단하는 경향이 있어서, 지금 일어나고 있는 일들, 특히 젊은이들 사이에 일어나는 일들, 쿠바와의 관계 등을 주목합니다. 그러나 저는 과거로 돌아가 전체적인 상황을 봐야 한다고 봅니다.

어떻게 미국이 발전하고 세력을 확장했는지, 중남미 국가들이 유럽 강대국의 먹잇감으로 분쟁 대상이 되고 점령될 위험에 처했을 때 왜 '먼로 독트린'이라는 것이 나왔는지 살펴봐야 합니다. '독트린'이라 부르는 것은 애초에 아무런 상호 협상이 없었기 때문이에요. 미국 먼로 대통령이 발표한 그 독트린은 아메리카 대륙이 아메리카 사람들의 것이며 어떠한 유럽 국가도 우리 땅에 발을 디딜 수 없다는 선언이었습니다. 물론 먼로의 생각은 아메리카가 아메리카 사람인 우리 모두에게 속한다는 것이었지만, 많은 경우에 아메리카가 미국에 속한다는 의미로 해석되고 있습니다. 실제로 이후 19세기 역사에서 우리는 끊임없이 미국 군대에 간섭을 받았습니다. 미국 군대는 '소년 영웅들'[170]의 죽음을 야기한 멕시코 개입, 플랫 수정안[171]을 통한 쿠바 개입을 비롯해, 니카라과, 과테말라, 베네수엘라, 산토도밍고, 아이티, 코스타리카, 온두라스에도 무력 개입을 했지요.

정치적 상황이 전개되면서 범-아메리카 체제가 모습을 갖춰가고, 몬테비데오, 부에노스아이레스, 워싱턴에서 범-아메리카 회의가 개최되어, 우리 생명과 경제와 독립을 수호하고 보장하기 위한 아메리카의 권리와 아메리카 국가 간 권리라 부르는 것들이 등장합니다. 워싱턴에서 개최됐던 제1회 범-아메리카 회의에 호세 마르티가 취재진의 일원으로 참가한 것은 흥미로운 사실입니다. 그는 부에노스아이레스의 〈라 나시온Nación〉에 실린 글에서 이렇게 말합니다. "회의에서 현안 문제와 사상을 논의하기보다 대표단들을 끊임없이 산업지대와 공장 그리고 월스트리트와 관계되는 곳으로만 돌려 괴롭다." 그 후 우리는 범-아메리카주의가 아메리카 국가들 사이의 경제적 교류 수단을 의미하는 것이라고 받아들여야 했습니다. 그런데 루스벨트 대통령이 집권해 '선린 정책'을 시행하면서 라틴아메리카 문제에 대한 정책도 종전과 달라집니다. 이제 미국은 돈이나 방망이가 아니라 협상 테이블에서 해결책을 찾기 시작하지요. 위대한 상호 이해의 시대였습니다. 라틴아메리카 국가들은 민주 정부를 가졌고 중요한 유대관계가 정립되었으며, '범-아메리카'라는 말 대신 인터-아메리카Inter-America라 부르게 된 회의에서 각국 대표단이 내정 불간섭 조항에 찬성표를 던졌습니다. 이 불간섭 정책은 카라카스에서 열린 제10회 인터-아메리카 회의까지는 지속되었습니다. 그런데 제10회 회의에서 미국의 덜레스 국무장관은 과테말라가 공산주의의 교두보가 되었으며, 남쪽의 파나마 운하나 미국 남부의 석유 유정에 포격을 가할 준비가 되어 있다고 말합니다. 덜레스는 과테말라에 군사 개입을 하자고 주장합니다. 이로써 그간 중요하게 지켜져왔던 개념이자 좋은 길을 닦아왔던 불간섭주의가 막을 내립니다. 결국 미국은 자신의 범죄를 은폐한 채 퇴역 대령인 카스티요 아르마스[172]와 용병을 동원해 과테말라를 침공합니다. 당시 미국 대사였던 페우리포이Peurifoy는 재미있게도 시카고의 갱스터처럼 언제나 리볼버 권총을 차고 다녔어요. 그들의 무자비한 개입 결과, 과테말라 대통령 하코보 아르벤스는 쫓겨나고 그 자리에 미국의 꼭두각시가 앉았습니다. 미국은 불간섭 정책을 버리고 계속해서 산토도밍고에도 매우 난폭하고 끔찍한 방식으로 군사 개입을 합니다.

유럽인들이 헝가리나 체코슬로바키아에 대한 러시아의 무력 개입에는 엄청나게 떠들면서 미국이 산토도밍고에 잔인하고 피비린내 나는 개입을 한 것에 대해서는 깊은 침묵을 지키고 있는 것이 놀랍기만 합니다. 제가 이런 말을 하는 이유는 미국이 우리 중남미 국가들에 대해 일관된 정책을 유지한 적이 없다는 점과 우리 중남미 사람들은 반드시 미국 국무성에 맞서 싸워야 한다는 점을 명확히 하기 위해서입니다. 우리의 열망은 미국과 서로 간섭하지 않는 유대 관계를 다시 설정하는 것이고, 미국이 정치적, 군사적 혹은 경제적으로 우리의 크고 작은 나라들에 개입하거나 간섭하는 일을 되풀이하지 않는 것입니다. 또한 그들이 우리를 존중함에 따라 우리 역시 미국 생활양식을 존중할 수 있게 되는 것입니다.

변함없는 반제국주의자들로서 우리를 핍박하고 직접적으로 착취하는 것이 미국 국민들이 아니라 거대 기업들임을 우리는 분명히 알고 있습니다. 중미의 과일 회사, 베네수엘라의 석유 회사, 칠레와 페루의 구리 회사, 볼리비아의 주석 회사 등 국제적인 대기업 트러스트들이 의심의 여지 없이 우리 눈앞에 있는 미국의 가장 끔찍하고 재앙적인 이미지들입니다. 중미의 과일 회사가 각국의 법을 존중하면서 사업을 하기만 한다면 결코 반대할 생각이 없어요. 그러나 과테말라에서 그 회사는 우리의 법률을 무시하고 자기 스스로 법을 만듭니다. 티키사테Tiquísate나 다른 바나나 농장에 가보면 그 땅에는 과테말라 국기도 게양되지 않고 스페인어가 쓰이지도 않으며, 우리의 케찰quetzal이 아니라 달러를 씁니다. 그 땅에는 성조기가 펄럭이고 영어가 쓰입니다. 미국 시민들은 이런 사실을 알아야 해요. 만일 이런 일이 미국 땅에서 일어난다면 그들도 우리와 똑같이 분개할 테니까요. 우리의 미움과 분노는 거짓도 아니고 근거 없는 것도 아닙니다. 일상에서 끊임없이 일어나는 사건들과 그릇된 정치 · 사회 · 문화적 관계에서 비롯된 것입니다. 이런 것들이 미국을 친구가 아닌 적으로 돌리게 만드는 것입니다.

상호 이해를 증진할 가능성이 있을까요?

미국의 대학들에서 일어나고 있는 일들은 매우 중요합니다. 대학생들이 중남미 여러 나라를 여행하고 라틴아메리카 작가나 학생들과 교류하기 시작했거든요. 저는 이런 현상이 커다란 가능성을 열어줄 것이라 봅니다. 또한 미국이 현재 극소수에게 집중된 라틴아메리카의 부를 분배하기 위한 시스템을 만드는 게 가능하다는 점을 깨달았다고 믿습니다. 이런 의미에서, 라틴아메리카의 개혁을 위한 비전을 가지고, 진보 동맹Alianza para el Progreso을 구상하면서 부의 재분배와 토지 개혁의 가능성을 제안한 존 F. 케네디 대통령에게 경의를 표하고 싶어요. 그와 우리는 이 대륙의 지배 계층만 보지 못하고 있는 사실, 즉 부의 재분배가 필요하며, 그렇지 않으면 가까운 미래에 배고픔이 커지면서 우리를 덮칠 것이고 그때 가서 부자들은 무정부주의에게 그 잘못을 전가할 거라는 사실을 잘 알고 있습니다. 무정부주의는 없습니다. 착취당하고 희망이 없다고 느끼는 민중의 배고픔만 있습니다. 그들은 자기들 땅을 합리적으로 나누고 가진 것 없는 이들에게 일자리를 제공하면서 유혈 혁명을 피할 수도 있었던 부자들에 맞서 언젠가 거리로 쏟아져 나올 것입니다.

폭력을 지지한다는 말씀인가요?

상황에 따라 판단해야 합니다. 저는 1968년의 소위 '파리 학생혁명'에 참여했는데, 투쟁 초기에 학생들이 대학 정신 회복을 외치며 주장했던 요구 사항이 일관되며 타당하다는 점을 깨달았습니다. 요구 사항 가운데 하나는 공권력, 특히 대학 당국에 학생들이 파리 대학 및 다른 대학들의 집행부 일원으로 참여토록 해달라는 것이었어요. 이미 중남미에서는 오래전에 실현된 사항이었죠. 1917년 아르헨티나 코르도바의 선언에 따르면, 학생들에 의해 선출된 학생 대표가 대학 집행부의 일원이 된다는 점이 주요 항목으로 규정되어 있어요. 적어도 이론상으로는, 라틴아메리카 거의 모든 나라에서 학생들은 이렇게 대학의 집행부에 참여합니다. 그러나 유럽에서는 아직 그렇지 않은 것 같아요. 소수만 이런 생각을 하고 있고, 또 소수만이 이를 받아들이죠.

학생들 최초의 요구가 대학 행정에 참여하는 것이었다면, 두 번째 요구는 교실 증설이었습니다. 500명을 수용하는 강의실에 1,000명이나 1,500명이 몰렸거든요. 이런 상황에서 학생들의 요구는 절대적으로 합당한 것이었지요. 다른 주장도 있었어요. 그중 하나는 군대식 교육을 거부하는 것이었죠. 이런 교육을 받은 후에 그들은 노동자들을 착취하는 대기업에 취업했거든요. 그들은 사회구조의 변화, 특히 노동력 착취의 변혁을 요구했지요. 대학 내의 쟁점에 정치적 관점이 더해진 것입니다. 우리 시대에는 학내 문제, 여성 문제, 신앙 문제에서 정치적인 것을 분리하기가 참 힘듭니다. 이렇게 학생들은 그 관심 범주를 확대했고 폭력이 시작됩니다.

폭력은 라틴아메리카에서 훨씬 심각한 양상을 띱니다. 프랑스 5월 혁명 중에는 딱 한 명의 사망자만 있었지만, 아시다시피 라틴아메리카 거리에는 학생들의 피가 난무하죠. 그곳에서 폭력은 아주 극렬한 성격을 가지고, 결국 경찰이나 군대와의 충돌은 안타깝기 그지없는 많은 젊은이의 죽음으로 끝납니다.

저는 폭력이 다른 모든 무기와 마찬가지로 때를 가려서 사용되어야 하는 무기라고 생각합니다. 폭력은 그 정도에 따라 판단되어야 합니다. 라틴아메리카에서 우리는 학생들이나 젊은이들과 늘 다음과 같은 논쟁을 해왔습니다. 우리는 민중을 교육시키고 그들의 권리와 의무에 대해 알게 하는 것이 필요하다고 말합니다. 반면 학생들은 이것이 10년이나 20년 이상 더 기다리는 것을 의미한다고 생각하지요. 그래서 그들은 즉시 투쟁을 시작하고 무력을 사용하자고 합니다. 그러나 그렇게 되면 노동자와 농민으로 구성된 민중은 참여하려 하지 않아요. 현재 진행 중인 사회적 이념이 아직 주입되어 있지 않기 때문입니다. 그래서 저는 합법적 수단들, 민주적인 무기들, 선전선동 수단 그리고 현재 존재하는 언론방송 수단 등 모든 방법이 고갈될 때 비로소 최후의 수단으로 폭력이 사용되어야 한다고 믿습니다. 합법적인 수단들이야말로 우리 사회의 변혁을 위해 폭력에 기대지 않고 싸울 수 있는 것들입니다. 이것이 우리가 지금 칠레에서 일어나기를 바라는 것이고, 실제로 일어날 것이라고 크게 기대하는 겁니다. 폭력에 의지하지 않고 헌법과 법률의 테두리 안에서 중요한 사회 개혁을 실현하자는 것이죠. 저는 칠레가 라틴아메리카에서 그런 개혁을 위해 가장 준비가 잘된 국가라고 봅니다. 그 나라는 정치 교육이 매우 잘되어 있고 사상의 자유가 언제나 보장돼왔으니까요.

다가올 몇 십 년을 볼 때 선생님이 기대하는 것은 무엇입니까?

저는 라틴아메리카에 새로운 예술가, 소설가, 시인 등이 많이 나오기를 희망합니다. 저는 우리 문학이 중요한 전기를 맞았다고 봅니다. 아주 좋은 작가들이 있고, 그들을 계승할 후배들도 있지요. 이를 바탕으로 라틴아메리카 문학이 문단의 보편적 인식을 통해 세계적으로 완전히 자리를 잡으면 좋겠고, 최고의 위치에 있는 시인과 작가들이 계속 배출되어 다른 나라의 작가들을 부러워할 일도 없어지기를 희망합니다. 라틴아메리카 작가들에게 충고를 하나 한다면 열심히 노력해야 한다는 겁니다. 누군가 말한 것처럼 "천재는 노력"으로 만들어지기 때문입니다. 저는 우리 문학이 가지고 있는 젊음을 믿습니다. 특히 우리 작가들이 우리의 살아 있는 환경과 민족적 특성과 대의에 관심을 기울인다면 더욱 그러합니다. 제가 늘 말하듯이 젊은 작가들은 자기 나라의 게릴라들과 국내의 투쟁과 우리를 헐벗게 만든 착취에 대해 써야 합니다. 그렇게 된다면 우리에게는 닫혀 있던 새로운 장이 열릴 겁니다. 만약 제 나이의 작가가 게릴라에 대해 쓰려고 한다면 아마 모든 걸 왜곡하고 말겠죠. 그리고 저는 수많은 젊은이가 녹음기를 들고 전국을 누비면서 민중이 말하는 것을 듣고, 유럽인들에게 이렇게 얘기해줘야 한다고 생각합니다. "친구들이여, 한번 앉아보세요. 이제 우리가 이야기할 차례 같군요. 당신들이 우리에게 이야기해줬던 모든 것을 이제 우리가 여한 없이 이야기해볼게요. 다만 다른 언어와 다른 방식으로 말이죠."

한 인터뷰에서 가브리엘 가르시아 마르케스가 다음과 같이 말한 것은 어떻게 보시는지요? "참여 소설은 독자들로 하여금 세계와 삶에 대해 편파적인 시각을 가지게 합니다. … 저는 라틴아메리카 작가들이 자신이 당했던 탄압과 불의의 드라마를 밤낮으로 이야기할 필요가 없다고 봅니다. 독자들은 자신의 일상에서 그것을 이미 충분히 알고 있으며, 정작 그들이 소설에서 기대하는 것은 새로운 무언가를 계시해주는 것이니까요."

가르시아 마르케스의 발언은 우리 소설이 우리 문제를 다루는 것을 회피하게 만드는 허위적인 상투어로 보입니다. 그의 말이 저를 분노케 하는 건 후배 작가들에게 우리의 비극을 은폐하라고 부추기고 있기 때문입니다. 만약 우리가 우리 자신의 드라마와 고통을 그리는 바람에 라틴아메리카가 그걸 듣는 데에 진력이 난 것이 사실이라면, 한번 그가 말한 것을 계속해서 듣게 만들어봅시다. 우리가 그걸 들으면 치유된다고 하니까요. 하지만 그의 말대로 우리의 비극을 감추고, 우리 것도 아니고 우리와 관계도 없는 주제를 택해 글을 써서는 그런 치유는 일어나지 않습니다. 우리에게는 생소한, 유럽 작품에서 가져온 줄거리를 잘 꾸며내서 아름다운 문학을 만들어내려고 한다면 아무도 치유하지 못합니다. 예를 들어, 가르시아 마르케스는 『백년의 고독』을 쓸 때 발자크의 『절대의 탐색La recherche de l'absolu』에서 줄거리와 등장인물을 옮겨왔어요.

우리는 사람들을 웃기고 즐겁게 하기 위해서가 아니라 라틴아메리카가 마땅히 누려야 할 권리를 되찾기 위해 문학을 창조합니다. 우리가 고통을 겪는 한, 과테말라 원주민이 고통을 겪는 한, 흑인 국가에서 흑인들이 고통을 받는 한, 여성들이 고통을 당하는 한, 어린이들이 학교에 가지 못할뿐더러 배고픔의 고통을 느끼는 한, 독재가 존속하고 그 독재를 지원하는 기업들을 보는 한, 저는 글을 쓸 것이고 젊은 작가들에게도 열렬하고 강건하며 불타는 소설을 쉬지 않고 쓰라고 격려할 것입니다. 그리고 우리 고유의 소설을 쓰는 길로부터 그들을 엇나가게 하려는 나쁜 충고는 듣지 말라고 말하고 싶어요. 우리 소설이란 우리 국민이 지금 살고 있는 생생하고 비참한 시대의 소설을 말합니다.

현재 라틴아메리카 소설이 인정을 받는 데에 선생님은 어떤 기여를 했다고 생각하시는지요?

지난 몇 달간, 특히 스페인에서, 저는 라틴아메리카 소설이 신소설의 '붐'이라 불리면서 마치 기적처럼 솟아났다고 간주되는 것을 느낄 수 있었습니다. 모든 스페인 사람이 우리 소설을 좋아하고 있는데, 새로운 소설가들의 등장과 함께 그 현상이 시작된 것으로 믿고 있는 것이죠. 하지만 그렇지 않습니다. 라틴아메리카 소설은 유럽에서 성공을 거두기까지 오랜 여정을 거쳤습니다. 이 긴 여정을 시작한 사람은 파리에 와서 살다가 죽은 페루 형제 작가 벤투라 가르시아 칼데론과 프란시스코 가르시아 칼데론을 비롯해, 루벤 다리오, 아마도 네르보[173], 엔리케 고메스 카리요[174]입니다. 파리에 살았던 이 작가들은 19세기와 20세기 초에 활동했습니다. 당시 우리 문학이 매우 미미한 관심을 끌었다는 것은 사실이에요. 또한 그들의 글조차 외교관으로 일하면서 자기 친구들을 즐겁게 해주기 위해 썼다는 것도 사실이죠. 하지만 노벨문학상을 수상한 가브리엘라 미스트랄, 페루의 여류 작가인 클로린다 마토 데 투르네르[175], 그리고 다른 멕시코 작가들이 나온 뒤로는 우리 문학을 주목하기 시작합니다. 물론 그것도 외교관 사회나 사교계의 범위를 훨씬 넘어서지는 못합니다. 그런데 라틴아메리카 문학의 위대한 번역가인 미오망드르, 필레망, 그리고 다른 많은 사람이 우리 작품들을 번역하면서 확실히 우리 문학에 대해 많은 관심이 이는 시기가 왔습니다. 물론 대학 중심의 학문적 접근이긴 했지만 말입니다.

제2차 세계 대전이 끝난 후 출판업자들은 새로운 책과 원고를 찾기 시작했고, 『소용돌이』, 『돈 세군도 솜브라』, 『검은 강』, 『천민들Los de abajo』, 『도냐 바르바라』, 『우아시풍고』 등이 출판됩니다. 다른 한편으로는, 프랑스와 이탈리아 대학에 개설되었던 스페인 문학 강좌에 마치 부록처럼 중남미 문학이 추가되지요. 1963년 이후에는 프랑스 대학에서 공부하던 학생들이 라틴아메리카 작품에 대한 논문을 쓰기 시작합니다. 저 역시 당시에 나폴리에서 칼리아리, 그리고 로마에서 제노바에 이르기까지 프랑스와 이탈리아 대학들을 순방하면서 중남미 문학에 대한 다섯 개의 특강을 했는데, 강의 주제는 다음과 같은 것들이었습니다. '중남미의 기원에 대한 일반적 시각', '언어의 사용', '우리는 어떻게 풍경을 문학에 다루고 있는가', '사회 갈등과 저항소설이 맺는 관계의 관점에서 본 소설 속 갈등', '사회학적 연구를 위한 문학 텍스트 활용.' 여기다가 중요한 작품들은 계속 번역되었고, 1967년에는 제게 노벨문학상이 수여됩니다. 이는 우리 문학의 보편성을 확인하는 확실한 계기가 되지요. 오늘날 독일의 본 대학에는 라파엘 구티에레스 히라르도트[176]의 공로로, 유럽 대부분의 대학처럼 중남미 문학 강의가 스페인 문학에서 분리돼 있습니다. 이 모든 것은 중남미 문학의 '붐'이 기적이 아니라 지난 20년간 많은 사람이 노력한 당연한 결과임을 말해줍니다.

선생님은 미국 여러 대학으로부터 받고 있는 초청을 수락하실 건가요?

건강상의 이유로 거절해왔습니다만, 아마도 저의 다른 책들이 출판되고 나면 미국에 가서 유럽 대학들에서 했던 일을 할 것 같아요. 대학생들과 접촉하고 대화를 나누는 것은 매우 중요합니다. 그들은 우리 대륙의 문제에 관심을 가지고 있고 그 문제를 푸는 데 도움을 줄 수 있으니까요. 우리가 원하는 것은 그 문제를 해결하는 것이고, 이에 도움을 줄 수 있고 도움을 주기를 원하는 사람들과 대화하는 것입니다.

선생님의 인생을 보면 중요한 순간들과 단계가 계속 이어져 있어요. 그중 가장 기억나는 것은 무엇인지요?

제 일생을 돌아보면 매우 중요한 몇몇 순간이 있어요. 먼저, 7월 14일 처음으로 파리에 도착했을 때, 거리에서 사람들이 춤을 추던 것이 기억나고, 미친 세계 같은 당시의 파리가 제게 얼마나 인상적이었던지 생생히 기억합니다. 자식들의 탄생도 제게 깊은 감동이었죠. 부드러움과 슬픔과 다른 많은 게 섞인 그 감정을 말로 옮기기 힘드네요. 일생을 통틀어 가장 강력했던 인상은 1917년 과테말라시티를 파괴한 지진입니다. 이 지진은 제 감수성의 전환을 초래했고, 특정한 사고방식, 믿음, 습관에 갇혀 있던 18세 소년을 밖으로 끌어내 세상과 전쟁이라도 할 수 있는 존재로 바꿔놓았습니다.

제게는 삶이 수지가 맞지 않는 사건으로 보여요. 좋은 패는 꼭 게임 끝에 나오는 것처럼 말입니다. 영광과 혜택이 오더라도 50세가 되기 전에 와야 더 잘 써먹을 텐데 50세가 지나고 주어지는 모든 선물은 마치 소멸될 사람의 부장품 같아요. 제게 중요했던 또 다른 순간은 부에노스아이레스의 시인 올리베리오 히론도와 노라 랑헤 데 히론도의 집에서 제 아내인 블랑카 모라 이 아라우호를 처음 만난 일이죠. 제 아내는 그때 부에노스아이레스 대학 인문학부에서 『대통령 각하』에 대한 논문을 준비하고 있었는데, 그 작품의 작가가 자기 앞에 나타나자 믿을 수 없다고 말했습니다. 그날 저녁, 그 섬광과도 같은 만남으로 새로운 삶이 태어났지요. 저는 한 소네트에서 이렇게 썼어요. "그 노래를 부르는 목소리의 주인공은 그 눈먼 남자의 얼굴을 씻겨주기 위해 태어났고, 그는 마침내 눈을 뜨고 삶을 신뢰하게 되었다." 저야말로 그녀를 통해 다시 삶을 신뢰하기 시작했어요. 다시 말해, 저는 다시 태어났고 다른 사람이 되었습니다.

1967년 노벨문학상 수상은 선생님에게 무엇을 의미하나요? 또 그 상을 더 일찍 받았더라면 어떤 영향을 미쳤을까요?

그 상을 더 일찍 받았더라면… 달리고 있는 경주마에 채찍을 휘두르는 것 같았을 겁니다. 사실 몇 년에 걸쳐 제 이름이 거론되긴 했지만, 저는 상을 받으리라고 생각하지 못했어요. 저는 그 상이 로물로 가예고스에게 돌아갈 것이라고 생각했고, 실제로 그는 충분히 상을 받을 자격이 있었습니다. 아메리카와 유럽에서 스웨덴 아카데미에 그를 청원하는 운동이 있었을 때 저도 서명을 했지요. 저는 특정 자본주의 세력이 스톡홀름 위원회에 큰 영향력을 가지고 있을 것이라고 믿었고, 그들이 바나나 농장 3부작과 같은 작품을 쓰는 작가에게 상을 줄 리 없다고 믿었습니다. 그런데 역설적으로 바나나 농장 노동자들에게 관심을 보인 덕에 그 상이 제게 주어졌어요. 처음부터 저는 세계 문학에서 중요한 위치를 차지하는 라틴아메리카의 대변인으로서 그 상을 받게 되었다는 인상을 받았습니다. 가브리엘라 미스트랄이 그 상을 받은 지 벌써 35년이 지났을 때였죠. 제 작품에 대해 말하고 나서 그 상이 수여될 때 기쁨과 함께 슬픔의 감정도 느꼈습니다. 부모님과 제가 사랑하던 사람들이 살아 있다면 얼마나 좋았을까, 친구들이 그 자리에 함께 있었다면 얼마나 좋았을까 하는 생각이 들었던 겁니다. 고아가 가장 행복한 순간에 느끼는 감정과 같았을 겁니다.

1966년에 받으신 레닌 평화상과 1970년에 받으신 레지옹 도뇌르Legion d'Honneur 훈장 역시 선생님에게는 큰 의미를 가질 것 같아요.

레닌 상 수상자로 발표됐을 때 저는 제노바에 있었어요. 그래서 위원회 사무총장에게 일단 감사 전보를 보냈습니다. 동시에 저는 러시아 작가들에 대한 박해가 재고되어야 하며 그들에게 변호의 기회가 주어져야 한다고 요청했습니다. 탄압을 당해본 작가로서 그 작가들을 석방하라고 요구하는 것은 당연한 사명이라고 생각했습니다. 레지옹 도뇌르 훈장은 제가 프랑스 주재 대사 임기가 끝날 즈음, 다른 대사들에게 준 것처럼 제게도 줄 것이라는 걸 알았죠. 그러나 그것이 국가 원수에게 주는 최고 등급인 그랑도피시에Grand Officier인지는 상상하지 못했습니다. 드골이 런던 임시정부에서 대 독일 투쟁을 하고 있을 때 저는 과테말라 일간지의 편집장을 하면서 자유 프랑스를 지지하고 이를 위한 선전 활동을 한 적이 있어요. 슈만Schuman 장관은 연설에서 제게 그런 등급의 훈장을 주는 것이 당시 제가 기여한 활동 때문이라고 밝혔습니다. 그는 당시에 제가 자유 프랑스를 위해 썼던 모든 글을 모아놓은 두툼한 파일을 손에 들고 있더군요. 이는 제게 지극히 기쁜 일이었습니다. 저는 많은 이유로 프랑스를 좋아하고 있고 어떤 의미에서 프랑스는 저의 정신적인 고향이기 때문입니다.

브라질 작가 기마랑스 로사는 독일의 비평가 귄터 로렌츠Günter Lorenz와의 인터뷰에서 이렇게 말했어요. "저는 아스투리아스를 좋아합니다. 저와 같은 점이 거의 없기 때문이죠. 그는 불화산 같은 예외적인 존재이고 자신의 법을 따르는 사람이에요. 그는 위험을 기꺼이 감수하면서 살고 있고, 이념적으로 치우쳐 있지만… 최고 성직자만 가질 수 있는 일종의 타락하지 않는 초연함을 지니고 있습니다. 그는 매번 십계명을 반포합니다. 아스투리아스는 최후의 심판의 목소리입니다."

그 말은 매우 기마랑스답습니다. 그는 말을 할 때마다 그렇게 재치 있고 기가 막히게 얘기합니다. 우리가 만날 때에도 그는 매번 제게 그런 식으로 인사를 했는데, 이는 마치 무도회에서 예의상 상대방에게 바치는 찬사의 말 같았어요. 기마랑스 로사는 후안 룰포와 함께 저를 가장 감동시켰고 저와 가장 가깝게 지낸 작가입니다. 비평가들에 의하면, 기마랑스와 저는 한 가지 공통점이 있는데, 그건 각각 포르투갈어와 스페인어를 통해 언어를 창조했다는 것입니다. 그는 내륙 지방 언어를 가지고 『위대한 오지 사람』을, 저는 우리 언어를 가지고 『옥수수 인간』을 창조했어요. 저는 그의 작품이 많이 연구돼야 한다고 생각하고, 시간이 지날수록 그가 가장 존경받고 사랑받는 작가 가운데 한 명이 될 거라고 믿습니다. 그는 언어의 발명가일 뿐만 아니라 오지의 모든 세계를 브라질의 소설 문학에 끌어들인 훌륭한 한 인간입니다. 그는 스스로 이렇게 말합니다. "저는 참여문학을 하는 작가가 아닙니다. 저 자신이 참여하고 있기 때문입니다. 저는 오지에 참여하고, 농민들에게 참여하고, 수레를 끌고 소를 모는 사람에게 참여합니다. 제가 유일하게 하는 일은 민중이 저의 귀와 감수성에 새겨놓은 것을 해석하는 일입니다." 기마랑스 로사의 죽음은 브라질 문학과 중남미 문학 전체에 커다란 손실이었어요.

선생님은 이 책의 제목으로 '참수된 머리들Cabezas cortadas'을 제안하셨는데요, 이유가 있나요?

당신이 우리 머리를 모두 잘라버렸기 때문입니다. 마치 세례자 요한이 그렇게 된 것처럼 그걸 접시에 담아 가져가버렸어요.

132 호세 마르티(José Martí, 1853-1895)는 모데르니스모 경향을 가진 쿠바의 시인, 사상가, 정치가, 독립운동가로서 쿠바의 국부國父로 존경을 받는 인물이다. 제2차 쿠바 독립전쟁 중에 전사했다. 대표적인 시집으로 『이스마엘리요Ismaelillo』, 『자유시Versos libres』, 『소박한 시Versos sencillos』 등이 있고, 에세이로 『우리의 아메리카Nuestra América』 등이 있다.

133 메넨데스 이 펠라요(Marcelino Menéndez y Pelayo, 1856-1912)는 스페인의 저명한 역사학자이자 문학비평가다. 5번에 걸쳐 노벨문학상 후보로 올랐다.

134 안드레스 베요(Andrés Bello, 1781-1865)는 베네수엘라 출신의 시인, 인문학자, 정치가, 외교관 등을 지낸 중남미 최고 지성 중의 한 명이다. 독립 후의 라틴아메리카 대륙이 공용어로 스페인어를 사용하는 데에 결정적인 공헌을 했다. 이와 관련된 저서로 『아메리카인들이 사용하기 위한 카스티야어 문법Gramática de la lengua castellana destinada al uso de los americanos』(1847)이 있다.

135 에스트라다 카브레라(Manuel Estrada Cabrera, 1857-1924)는 변호사 출신으로 1898년부터 1920년까지 과테말라 대통령을 지냈다. 엽기적이고 잔인한 독재 정치를 펼친 것으로 유명하다.

136 호르헤 우비코(Jorge Ubico, 1878-1946)는 1931-1944년까지 과테말라 대통령을 지낸 독재자다.

137 '천사의 얼굴'이라는 뜻을 갖는다.

138 미네르바 축제는 에스트라다 카브레라의 독재 기간에 해마다 개최되던 국가적인 축제이다. 독재자를 찬양한다는 비판을 받았다.

139 로베르 데스노스(Robert Desnos, 1900-1944)는 초현실주의 운동에 중요한 역할을 한 프랑스 시인이다. 그러나 공산주의에 경도된 앙드레 브르통과 불화 끝에 초현실주의를 떠난다. 제2차 세계 대전 중에 레지스탕스 활동을 하다가 체포되어 나치 강제수용소에서 죽었다.

140 『사힐 연대기Anales de los Xahil』는 『솔롤라 비망록El Memorial de Sololá』이라고도 불리는데, 마야의 일파인 칵치켈Cakchiquel 부족의 연대기이다. 스페인 출신의 프란시스코 에르난데스 아라나와 프란시스코 디아스가 정복 이전, 정복, 그리고 1581년 이전의 식민 초기 주요 역사를 기록했다.

141 레옹-폴 파르그(Léon-Paul Fargue, 1876-1947)는 다다이즘, 큐비즘, 초현실주의를 섭렵한 프랑스 시인이다.

142 팔렝케Palenque는 서기 600년부터 750년경까지 번성한 마야 문명 유적지로 멕시코의 치아파스 주에 있다.

143 티칼Tikal, 코판Copan, 욱스말Uxmal, 켄 산토Quen Santo, 키리과Quirigua는 모두 고전기 마야 문명의 도시들이다. 이중에서 코판은 온두라스에, 욱스말은 멕시코 유카탄 반도에 있고, 나머지 유적은 모두 과테말라에 위치한다.

144 페페 바트레스 몬투파르(José Batres Montúfar, 1809-1844)는 19세기 과테말라에서 가장 훌륭한 시인이자 탁월한 유머의 재능을 가진 작가로 간주된다.

145 베르날 디아스 델 카스티요(Bernal Díaz del Castillo, 1496-1584)는 코르테스 군대의 일원으로 아스테카 제국의 정복을 목격한 후, 과테말라의 대농장 지주이자 통치자로 말년을 보내면서 연대기 문학에 속하는 『누에바 에스파냐 정복의 진짜 역사Historia verdadera de la conquista de la Nueva España』를 썼다.

146 고요 익Goyo Yic은 『옥수수 인간』에 나오는 장님이다.

147 테이텔보임(Volodia Teitelboim, 1916-2008)은 칠레의 공산주의 정치가이자 작가이다.

148 니코메데스 구스만(Nicomedes Guzmán, 1914-1964)은 칠레의 사회주의 리얼리즘 작가이다.

149 알프레도 바렐라(Alfredo Varela, 1914-1984)는 아르헨티나의 공산주의 작가이다.

150 아우구스토 세스페데스(Augusto Céspedes, 1904-1997)는 혁명적 민족주의를 신봉한 볼리비아 정치가이자 작가이다.

151 카를로스 루이스 파야스(Carlos Luis Fallas, 1909-1966)는 코스타리카의 공산주의 작가이자 노동운동 활동가였다.

152 아마야 아마도르(Ramón Amaya Amador, 1916-1966)는 급진 좌익사상을 가진 온두라스 작가다.

153 오테로 실바(Miguel Otero Silva, 1908-1985)는 공산주의 사상을 가진 베네수엘라의 정치가이자 작가이다.

154 로아 바스토스(Augusto Roa Bastos, 1917-2005)는 세르반테스 상을 수상한 파라과이 소설가이다. 대표작으로는 독재자 소설에 속하는 『나 최고Yo el Supremo』와 『인간의 아들hijo de hombre』이 있다.

155 헤수스 라라(Jesus Lara Lara, 1898-1980)는 공산주의 사상을 가진 볼리비아 작가이자 원주민 연구가이다.

156 시로 알레그리아(Ciro Alegría, 1909-1967)는 페루의 작가이자 정치가이다. 사회문제에 비판의식을 가지고, 안데스 문화권의 원주민주의indigenismo를 보여주는 '원주민 소설narrativa

indigenista'을 썼다. 대표작으로 『이 넓은 세상은 남의 것El mundo es ancho y ajeno』이 있다.

157 호르헤 이카사(Jorge Icaza Coronel, 1906-1978)는 에콰도르 소설가이자 극작가로 '원주민 소설'인 『우아시풍고Huasipungo』는 그에게 국제적 명성을 안겨 준 대표작이다.

158 아르게다스(José María Arguedas, 1911-1969)는 페루 소설가로 알시데스 아르게다스(볼리비아), 시로 알레그리아(페루), 호르헤 이카사(에콰도르)와 함께 안데스의 '원주민 소설'을 대표한다. 대표작으로는 『깊은 강Los ríos profundos』과 『낭자한 피Todas las sangres』가 있다. 그는 첫 작품인 『야와르 잔치Yawar Fiesta』에서도 스페인어와 원주민의 케추아어가 섞인 새로운 언어를 창조했다.

159 『라비날 아치Rabinal-Achi』는 정복 이전에 쓰인 마야의 연극이다. 키체어로 쓰였으며 이웃 부족인 키체와 라비날의 분쟁 이야기를 다루고 있다. 지금도 해마다 라비날에서 공연된다.

160 『칠람 발란Chilam-Balan』은 유카탄의 마야 부족이 마야어로 각 부족의 역사와 문화에 대해 써놓은 책이다. 정복 후에 다시 쓰이면서 스페인의 영향이 보인다.

161 페레스 갈도스(Benito Pérez Galdós, 1843-1920)는 스페인의 소설가이자 극작가로 19세기 스페인 리얼리즘 문학을 대표하며, 세르반테스 이후 최고의 소설가라는 평가를 받기도 한다. 『포르투나타와 하신타Fortunata y Jacinta』, 『도냐 페르펙타Doña Perfecta』, 『자비심Misericordia』 등의 대표작이 있다.

162 에사 드 케이로스(José Maria de Eça de Queiroz, 1845-1900)는 포르투갈 문학 최고의 리얼리즘 작가로 간주되는 소설가이다. 에밀 졸라는 그를 플로베르보다 훨씬 더 높이 평가한다.

163 파나이트 이스트라티(Panait Istrati, 1884-1935)는 루마니아의 소설가로 노동계층을 대변했으며 발칸의 막심 고리키라 불렸다.

164 조르지 아마두(Jorge Amado, 1912-2001)는 브라질의 소설가이며 대표작으로 『가브리엘라Gabriela』, 『도냐 플로르와 두 남편Doña Flor y sus dos maridos』 등이 있다.

165 기마랑스 로사(João Guimarães Rosa, 1908-1967)는 브라질 작가로 오지의 체험을 바탕으로 단편소설들을 썼으며, 특히 유일한 장편소설인 『위대한 오지 사람Grande sertão』을 통해 브라질 소설의 혁명을 이루었다. 이 작품은 철학적인 주제와 브라질 오지의 구어와 신조어 등을 결합한 문체가 돋보이며 이로 인해 제임스 조이스의 『율리시스』에 비견된다.

166 호세 마르몰(José Mármol, 1817-1871)은 낭만주의 성향을 가진 아르헨티나 작가이자 정치가로서 많은 시를 썼으며 대표작으로는 아르헨티나 최초의 소설로 간주되는 『아말리아Amalia』가 있다.

167 바르톨로메 데 라스 카사스(Bartolomé de las Casas, 1484-1566)는 도미니크 수도회 사제이자 멕시코 치아파스의 주교로 초기 스페인 군대의 정복 과정을 목격했으며 이를 바탕으로 『인디아스 통사Historia general de las Indias』와 『인디아스 파괴에 대한 간략한 보고서Brevísima relación de la destrucción de las Indias』 등을 써서 잔악한 식민정책을 고발했다. 1550년에는 스페인 바야돌리드에서 원주민의 인권을 부정하는 세풀베다Ginés de Sepúlveda에 맞서 유명한 논쟁을 벌인다.

168 그레고리 라바사(Gregory Rabassa, 1922-2016)는 레사마 리마, 코르타사르, 가르시아 마르케스, 바르가스 요사 등 많은 스페인어 작품을 영어로 옮긴 번역가이다. 컬럼비아대학교에서 강의했다.

169 후안 호세 아레발로(Juan José Arévalo, 1904-1990)는 철학과 교수 출신으로 1945년 과테말라 역사상 처음으로 민주적으로 대통령에 당선된다.

170 '소년 영웅들Los niños héroes'은 1847년 미국이 멕시코를 침공했을 때 차풀테펙 전투에서 끝까지 항전했다는 어린 생도들을 지칭한다.

171 플랫 수정안La Enmienda Platt은 1901년 미국 군대가 3년간의 군정을 끝내고 철수하면서 향후에도 쿠바를 실질적으로 지배하기 위해 강요한 7개의 조항으로 쿠바 헌법에 명시됐다. 플랫 수정안은 1934년까지 유효했다.

172 카스티요 아르마스(Carlos Castillo Armas, 1914-1957)는 과테말라 군인으로 미국이 사주한 쿠데타를 통해 하코보 아르벤스 민주 정부를 무너뜨리고 정권을 잡았다. 1957년 경호원에게 암살된다.

173 아마도 네르보(Amado Nervo, 1870-1919)는 모데르니스모 성향의 멕시코 시인이자 외교관이다.

174 고메스 카리요(Enrique Gómez Carrillo, 1873-1927)는 과테말라의 작가로 많은 여행기와 소설을 썼다.

175 마토 데 투르네르(Clorinda Matto de Turner, 1852-1909)는 페루의 여류 소설가로 대표작으로는 『둥지 없는 새Aves sin nido』가 있다.

176 구티에레스 히라르도트(Rafael Gutiérrez Girardot, 1928-2005)는 콜롬비아의 작가이자 비평가이다. 독일 본 대학의 교수로 40년 이상 강의했다.

1914-1998

Octavio Paz

옥타비오 파스

옥타비오 파스가 1990년 노벨문학상 수상자로 결정되자 세계 문단은 거의 예외 없이 환영의 박수를 보냈다. 보편적인 언어를 창조한 위대한 시인이자 비평가에게 보내는 박수였다. 그는 또한 20세기가 낳은 위대한 지성이라는 소리를 들을 자격이 있는 작가였다. 이전에 중남미 작가들에게 수여된 상이 서구의 주류 문학에서 볼 수 없는 이국적 아메리카니즘에 대한 일종의 '배려'였다면, 파스가 받은 영예는 중심과 주변의 경계가 사라진 보편문학에 주어진 '경의'였다. 냉전의 종식과 맞물린 당대의 시대정신이 발현된 결과라고 할 수도 있을 것이다.

파스는 1914년 멕시코시티에서 태어난다. 그해는 20세기 최초의 혁명이라 불리는 멕시코 혁명의 혼란기였고 제1차 세계 대전이 발발한 해이다. 그는 혁명의 와중에 집안이 몰락하는 바람에 경제적으로 궁핍했다. 그러나 그는 지식인이었던 아버지와 할아버지의 지적 유산을 계승한다. 특히 많은 문학작품을 탐독한 할아버지의 쇠락한 서재는 그의 문학적 요람이었다. 그는 17세가 되던 1933년에 첫 시집 『야생의 달Luna silvestre』을 출판한다. 파스는 멕시코 국립대학에서 법학을 공부하다가 유카탄 지방에 내려가 노동자와 농민 자녀들을 위한 교육을 하기도 했다. 시집 『돌과 꽃 사이에서Entre la piedra y la flor』(1941)는 당시 체험한 시골 원주민의 삶과 대도시의 삶을 대조한 작품이다. 1936년 스페인 내전이 발발하자 파스는 공화파의 대의에 찬동하여 다음해 스페인에서 개최된 세계 지식인대회에 아내 엘레나 가로스Elena Garros와 함께 참가한다. 부부는 딸을 하나 두었고 1957년 이혼했다. 파스는 다른 한편으로는 『타예르』(1939), 『엘 이호 프로디고』(1943)와 같은 문학지를 만들어 활발한 동인 활동을 했다.

멕시코 문단의 이념적 대립 속에서 거의 평생 동안 좌 · 우 대립과 시와 혁명 사이에서 갈등했던 파스는 파시즘에 맞서 싸우는 공화파를 지지했지만, 소련의 좌파 독재도 거부했다. 스탈린 체제를 보면서 공산주의 실체를 깨달은 파스는 '혁명의 언어'가 아니라 '언어의 혁명'을 선택했고 사회주의 리얼리즘을 거부한다. 그는 단순한 수단으로 전락한 언어에게 "말이 곧 사물이 되는" 본성을 되찾아줌으로써 세계와의 원초적 단일성을 회복할 수 있다고 믿었다. 이를 통해 근대 이후 진보라는 미신으로 인해 상실해버린 본래의 가치를 회복할 수 있고 사회를 변화시킬 수 있다고 보았으며, 이는 근대적 이성의 폭력 때문에 타자와의 유대감을 잃어버린 인간에게 원초적 가치를 되찾아 주는 일이라 여겼다.

파스는 1945년 외교관의 길에 입문하여 프랑스로 향한다. 파리에서 초현실주의자들과 접촉한 파스는 진정한 혁명이란 피비린내 나는 이념 혁명이 아니라 원형의 시간을 복구해서 인간을 총체적으로 해방시키는 시적 혁명이라고 확신했다. 여기서 시와 사랑과 혁명은 동의어가 되는데, 『태양의 돌Piedra de sol』(1957)에 실린 시들은 이를 잘 보여준다. 이밖에 파리 시절에 쓴 중요한 작품으로, 시인과 언어의 관계를 보여준 시집 『언어하의 자유Libertad bajo palabra』(1949), 멕시코인들을 고독과 정체성의 수레바퀴에서 해탈시키려 한 『고독의 미로El Laberinto de la soledad』(1950), 언어와 시인, 현실과 언어, 시인과 역사의 관계를 탐구한 산문시 『독수리인가 태양인가?¿Águila o sol?』(1951) 등이 있다. 멕시코에 귀국해서 쓴 비평서인 『느릅나무의 배Las peras del olmo』(1957)는 초현실주의적 제목 자체를 통해 시의 본성을 말해준다.

파스에게 초현실주의 못지않게 사상적 영향을 준 것은 호세 후안 타블라다에게 배운 동양 문화다. 그는 파리의 외교관 생활을 마치고 귀국하는 길에 인도와 일본을 방문해 1년 가까이 머물렀으며, 1962년에는 인도 주재 대사로 임명되어 6년간 재임했다. 그는 힌두교, 불교, 선불교, 주역 등에 깊은 지식을 가졌고, 팔괘八卦의 형상화를 통한 시각시를 쓰기도 했다. 또한 일본의 하이쿠 작가 마쓰오 바쇼가 쓴 책을 번역했으며, 직접 하이쿠를 모방한 시를 쓰기도 했다. 파스는 이후에도 『교류Corriente alterna』(1967), 『결합과 해체Conjunciones y disyunciones』(1969), 『인도의 빛Vislumbres de la India』(1995) 등의 저술을 통해 동양사상이 미친 영향을 보여준다.

옥타비오 파스는 인도 주재 대사로 있을 동안, 프랑스 출신의 여인 마리-조를 만나 평생의 반려로 삼는다. 그러나 대사 시절이 늘 행복했던 것은 아니다. 1968년 올림픽 개최지인 모국 멕시코에서 반정부 데모를 하던 대학생들을 학살한 틀라텔롤코 사건이 일어나자 이에 항의하면서 대사직을 사임한다. 이후에는 공직을 맡지 않고 창작에 전념했으며 전 세계를 돌아다니며 강연을 했고, 많은 영예와 상을 받았다. 특히 하버드대학교의 찰스 엘리엇 노턴 강좌를 맡아 강의했는데, 낭만주의에서 아방가르드에 이르는 현대시의 전통과 근대성에 대해 강의한 내용을 엮어 『진흙의 아이들Los hijos del limo』(1972)을 냈다. 이 책은 "시란 무엇인가?"라는 물음에 답을 주는 시론서 『활과 리라El arco y la lira』(1956)와 함께 시와 인간과 역사에 대한 통찰력을 주는 필독서로 꼽힌다.

1996년 12월 옥타비오 파스와 부인 마리-조가 살던 멕시코시티의 자택에 화재가 발생했다. 사람은 다치지 않았지만 서재가 불타면서 많은 책이 사라졌다. 작가가 소중히 여기던 초판본들, 할아버지 서재로부터 물려받은 희귀본, 세계 각국에서 받은 선물 등이었다. 영혼이 흔들리는 충격을 받은 시인은 말을 잊은 채 침묵에 들어갔고 이후 암이 그를 덮쳤다. 그는 『내면의 나무Árbol adentro』(1987)의 한 시에서 "내 집은 내 말이었고 내 무덤은 공기였다"라고 썼다. 1998년 4월 19일, 집을 잃은 옥타비오 파스는 공기로 돌아간다.

영국, 케임브리지 처칠 컬리지
1970. 09. 30 - 1970. 10. 04

비평가 로날드 크리스트Ronald Christ는 "라틴아메리카 문학 세계에서 네루다의 시는 해와 같은 존재로 마치 루피노 타마요[177]의 〈수박〉과도 같이 스페인어권 특유의 강렬한 천둥소리를 들려준다. 반면 옥타비오 파스의 시는 달과 같아, 르네 마그리트 그림의 달처럼 프랑스적인 은은한 광채를 보여준다"라고 말한다. 그는 계속해서 "네루다가 이 세계와 사물들 그리고 시를 포함한 자연의 과정에 직접 관심을 보였다면, 파스는 시와 창작 과정과 사물을 의미하는 단어들에 많은 관심을 보였다"고 덧붙인다. 파스는 많은 사람에 의해 자기 세대의 멕시코 작가들을 대변하는 시인으로 간주된다. 또한 비평가로서 그가 여러 장르에서 쓴 글들은 서로 밀접한 연관성을 갖는다. 비평가인 사울 유르키에비치Saúl Yurkievich가 말한 것처럼 그는 "현재의 예술계와 지성계에 큰 울림을 주면서 시와 비평에서 이중으로 뚜렷한 족적을 남기고 있다. 초기 그의 작품의 기본 골격이 되었던 낭만주의 미학은 이후에도 전 작품에 신념과 믿음 혹은 향수로 남아 있다. 낭만주의 미학은 나중에 초현실주의에 의해 강화되고, 실존주의에 의해 상대화되고, 인류학과 언어학에 의해 보완되었으며, 파도처럼 지속적으로 몰려오는 과학과 철학의 공격을 받기도 했다. 이들은 시인의 비전뿐만 아니라 시를 쓰는 데에도 영향을 주었다. 파스의 생각은 수혈된 이미지와 사상을 통해 이 모든 메아리가 울려 퍼지는 그의 글에 잘 새겨져 있다."

1914년에 태어난 파스는 라틴아메리카 작가들의 전통에 따라 아스투리아스나 네루다와 마찬가지로 외교관 생활을 하였다. 6년 동안 인도 주재 멕시코 대사로 근무했던 파스는 1968년 올림픽 개막 직전, 멕시코 정부가 멕시코시티의 틀라텔롤코에서 일어난 학생 시위를 무력으로 진압하여 수백 명의 사망자가 발생하자 이에 항의해 대사직을 사임하였다. 작가가 이념적이고 정치적인 예속으로부터 독립해야 한다는 신념에 따른 것이었다.

파스는 외교관을 그만두고 미국과 영국의 여러 대학에서 중요한 자리를 맡았다. 1971년 귀국해 끊임없이 작품 활동을 하면서 새로운 정당을 만드는 일에도 적극 참여하였다. 영국에서의 첫 인터뷰 때 그는 케임브리지 대학에서 중남미문학 특별강좌 초빙교수로 있었다. 그의 아내인 마리-조는 네팔에서 태어나 프랑스에서 교육을 받은 매우 아름답고 활기찬 여성으로 그의 작품 일부를 번역하기도 했다. 당시 파스 부부는 초빙교수들에게 제공되는 처칠 컬리지Churchill College의 집에 살고 있었다. 인터뷰 기간 동안 나는 파스의 초청인 자격으로 그의 집에서 걸어서 5분 거리에 있는 현대적이고 실용적인 학교 본관 날개 부분에 숙소를 잡았다. 이 건물은 18세기 건물과 전통이 보존되어 있는 대학도시의 고색창연함과 대조를 이루었다.

막 새 학기가 시작된 아담한 영국 도시의 온화한 분위기는 매일 오랜 시간이 걸렸던 인터뷰에 안성맞춤이었다. 파스가 가장 좋아하는 일 중 하나는 대화였다. 그는 언어 자체에 깊은 흥미를 가지고 있었고, 무엇보다도 '언어적 완벽함'을 추구했다. 내 질문에 대답하기 전에 그는 항상 간단히 메모를 하곤 했다. 또 자신의 답변이 내용과 형식 면에서 원래 의도에 정확히 부합하지 않을 때에는 녹음된 분량을 지워달라고 부탁하기도 했다. 심지어 출판 전에 그의 허락을 받기 위해 타자기로 친 인터뷰 내용을 보냈을 때에도 그는 또다시 꼼꼼하게 수정을 했다. 그는

"살아 있는 작가들은 자신 안에 있는 여러 명의 '나'를 간직하고, 나와 또 다른 나 사이의 대화를 하는 사람들이다"라는 자신의 말을 확인시켜주었다.

케임브리지를 떠나 멕시코로 돌아가는 길에 파스는 자신의 책 세 권이 동시에 출판되는 파리에 들러 프랑스 언론과 인터뷰를 하고 환대를 받았다. 작품을 통해서나 삶의 방식을 통해서나, 멕시코에 깊은 뿌리를 박고 있으면서도 보편적인 진리를 모색하는 이 코스모폴리턴 시인을 기리면서 〈르몽드〉지는 1971년 1월 15일자 두 쪽을 다음과 같은 제목으로 할애했다. "옥타비오 파스 혹은 보편성의 유혹."

파스가 멕시코에 돌아가서 시작한 새로운 정치 활동은 두 번째 인터뷰를 유발했다. 그가 (보르헤스가 1968년에 했던) 하버드대학교의 찰스 엘리엇 노턴 강좌를 맡아 미국을 몇 번 방문해서 체류할 때 뉴욕에서 그를 만나 인터뷰할 수 있었다. 두 번째 만남의 분위기는 첫 번째와는 사뭇 달랐다.

마리-조와 옥타비오가 묵고 있던 호텔의 특징 없는 방에서 재회의 인사를 나눈 후 우리는 우아하지만 소란스러운 대도시의 한 카페에서 대화를 이어갔다. 우리는 아담하고 아늑한 영국 저택과 케임브리지를 걸었던 긴 산책길을 회상했다. 그곳은 파스의 말대로 "미학적으로 경이로운" 곳이었다.

〈대화〉

선생님은 『교류』라는 책에서 학생 시위와 여성운동이 최근 가장 중요한 두 사건이며 그중에서도 여성운동이 더 중요하고 지속적인 성격을 지니고 있다고 말씀하셨지요?

당신 말씀에 대답하기 전에 먼저 확실히 해둘 것은 제가 그 책에서 여성해방운동을 지칭한 것은 아니었다는 점입니다. 그 책에 실린 글들을 쓴 것이 1958년에서 1964년 사이니까 여성해방운동이 아직 생겨나기 전이었어요. 저는 최근 (물론 어떤 것은 거의 백 년 전으로 거슬러 올라가는 것도 있지만) 확대되기 시작해 현대 사회의 모습을 결정적으로 바꾸어 놓은 공적인 삶에서의 여성 참여를 언급한 것이었습니다. 신석기 시대 말기에 크게 위축되었던 여성이 19세기 말부터 다시 등장한 것은 상상할 수 없을 정도의 결과를 초래할 커다란 사건입니다. 이에 비하면 20세기 학생 운동과 또 다른 소요나 갈등은 단순히 일시적인 현상으로 빛이 바랠 정도예요.

우리는 지금 혁명의 시대에 살고 있습니다만.

19세기를 통틀어, 그리고 20세기에 들어와 지금까지 우리는 혁명이라는 개념에 대해 강박관념을 가져왔습니다. 그것은 '혁명의 신화'이자 '변혁의 신화'로서 한 체제가 다른 체제로 폭력적이고 갑작스럽게 대체되는 것을 의미합니다. 그런데 20세기 후반부의 엄청난 역사적 사건들을 보면 반드시 이 말이 맞아 들어간다고는 할 수 없어요. 혁명 사상은 세계 변혁의 임무를 프롤레타리아에게 맡겼는데 우리가 알다시피 노동계층은 20세기 역사적 변화에서 주인공 역할을 수행하지 못했으니까요. 폭동과 소요, 변혁이 일어났던 후진국들에서 주인공은 노동자들이 아니었습니다. 러시아와 중국까지 포함되는 후진국들의 변혁이 국제 노동자들의 혁명이 될 것이라 믿었던 마르크스의 생각과는 많은 거리가 있었지요. 다른 한편으로, 프롤레타리아 계급에게 선택된 장소였던 자본주의 선진국에서도 커다란 혁명적 변혁은 일어나지 않았습니다. 그 대신 여러 차례 소소한 반란을 겪었지요. 즉 19세기 중엽 이래 예술가들의 모반과 지식인들의 비판, 공적 주체로서의 여성 등장, 현재의 학생 운동이 있었고, 최근까지 사회적 · 종교적 · 언어적 소수집단의 투쟁이 재연되기도 했습니다. 이러한 변화는 혁명 사상가들에 의해 미처 예견되지 못했던 것들인데, 이것이야말로 우리가 경험하고 있는 이 시대의 본질을 이루고 있다고 생각합니다.

미국에서의 여성해방운동에 대해서는 어떻게 생각하세요?

거기에 대해 의견을 피력하기는 어렵습니다. 남성이나 여성의 에로틱한 모반이 있을 수는 있습니다. 그리고 별개로 여성들의 정치적 모반이 있습니다. 그런데 이 두 가지를 혼동하면 안 되지요. 예를 들어, 저는 페미니즘 지도자들이 남녀 성행위의 본질을 정치적인 것이라고 믿는다는 글을 읽은 적이 있는데, 이는 대단히 잘못된 생각입니다. 모든 사회행동, 모든 인간행위는 정치에 물들게 되어 있고 모든 것은 역사에 의해 영향을 받게 되어 있습니다. 그러나 성행위는 아닙니다. 그것은 지배관계에 의해 결정되는 것이 아니라 생물학적 관계에 의해 결정됩니다. 역사가 아니라 자연입니다. 그것은 몸입니다.

그러나 여성들은 항상 억압받아 왔습니다.

맞아요. 여성 억압은 신석기 시대가 끝날 때부터 시작되었다고 생각됩니다. 무서운 일이었죠. 여성들은 농사, 도기 제작, 요리, 직물 등 문명의 가장 기본이 되는 기술들을 맡고 있었어요. 그들이 맡은 건 모두 평화스런 기술이었습니다. 일부 인류학자들의 주장을 빌리자면, 여성의 노예화는 도시 문명과 함께 시작됩니다. 금속의 발견과 이에 따른 전쟁 기술의 진보, 글쓰기 발명과 이에 따른 종교적 관료제와 국가의 교육 독점, 최초의 도시 등장과 남성 노동력의 필요성 등이 그 배경을 이룹니다. 그러니까 여성의 예속화는 인류가 성년의 시기에 도달했을 때 시작된 셈이지요. 국가, 역사 등이라 불리는 것들과 함께 시작된 것입니다. 그러나 이러한 여성 예속과 일부 페미니즘 운동가들이 주장하는 것

사이에는 커다란 차이가 있습니다. 여성들을 프롤레타리아나 흑인들과 비교하는 것은 불합리하다는 말입니다. 여성은 계급도 아니고 인종도 아니기 때문이죠. 그러한 동일화는 허위에 지나지 않습니다. 여성들은 자신들의 상황과 동떨어진 역사적 · 정치적인 범주를 이용하면 안 됩니다. 새로운 형태의 소외를 낳을 뿐입니다. 실질적인 해방을 위해 여성들은 자신의 정확한 현실에서 출발해야 합니다.

일부 페미니스트들은 반남성적인 태도를 받아들이고 있어요.

저는 평등을 적극 지지합니다. 그러나 이것이 동일화나 동질성을 뜻하는 것은 아닙니다. 고맙게도 인간은 모두 다릅니다. 또한 고맙게도 남성은 여성과 다릅니다. 진정 자유로운 사회에서 중요한 일은 그러한 차이점을 계발시켜주는 것입니다. 다르기 때문에 우리는 하나가 될 수 있습니다. 우리는 이 사회를 상호보완적인 대립물들의 연합이라고 인식해야 하는데 그중 가장 대표적인 대립물이 바로 남자와 여자이지요. 저는 더 나아가 남자와 여자의 상호작용으로부터 꿈에도 생각하지 못했던 새로운 문화와 창조성이 발현될 것이라고 믿습니다. 여성과 남성의 대립은 상호보완적인 질서를 이루고 있습니다. 이 질서는 모든 남자와 여자 내에서 다시 태어납니다. 모든 남자는 부분적으로 여성이고 모든 여성 역시 부분적으로는 남성이기 때문입니다.

현대 사회에 대립은 있지만 당신이 말씀하시는 상호보완적 대립은 없는 것 같군요.

한 사회가 남성을 단일한 모델로 제시할 때 폭력과 왜곡이 나타나게 됩니다. 이것이 프로테스탄트 자본주의 사회인 미국에서 일어나고 있는 일이지요. 이들 모델은 우선적으로 남성이었고 여성은 이 모델의 기준에 자신들을 맞추어야만 했습니다. 이렇게 여성들은 남성화되어가면서 왜곡되고 말았어요. 그러나 남성들 역시 자신들의 사지를 잘라야만 했습니다. 남자는 남자일 뿐만 아니라 여자이기도 합니다. 미국에서는 노동과 저축과 지배가 가장 중요한 것이라고 생각하면서, 스포츠를 경쟁이자 전쟁이라고 인식하면서, 쾌락을 노동의 일종이며 오르가슴의 횟수는 권투시합에서의 라운드 횟수이자 은행구좌의 예금이라 생각하면서, 남성은 남성다움의 원형에 맞추어 스스로의 사지를 절단하고 있는 것입니다. 따라서 서구 문명은 여성화되어야 합니다.

본보기로 삼을 만한 대안이 있을까요?

있고말고요. 우선 인도 문명을 예로 들어보지요. 그리스도와 부처를 먼저 비교해봅시다. 그리스도는 오로지 직선에 의해서만 만들어졌으며 단 하나의 여성적인 곡선도 존재하지 않습니다. 따라서 그리스도교가 십자군과 종교재판소와 자본주의의 종교였다는 사실은 조금도 이상한 일이 아닙니다. 칼을 든 종교인 이슬람교 역시 절대적으로 남성적이지요. 반면에 부처와 시바의 상에서 우리는 남성성과 결합된 여성성을 확실히 발견할 수 있습니다. 인도의 여신들은 둥글고 넓은 엉덩이와 큰 가슴을 가진 여성성의 극치이지만 동시에 호랑이와 사자에 올라타 괴물들과 맞서 싸우는 용맹한 전사이기도 합니다. 인도에서 남성성과 여성성은 상호 침투합니다. 남성들은 보다 여성화되어야 하고 여성들은 보다 남성화되어야 합니다. 미국 페미니즘 드라마는 자신의 원형을 남성에게 맞추어놓고 있습니다. 미국 여자들은, 심지어 페미니스트들까지도, 자신들을 남성적 시각으로 보고 있어요. 그러나 진정한 혁명은 남성적인 동시에 여성적인 모델을 사회에 부과하는 여성들, 그리고 그 모델에서 자신을 발견하는 남성들에 의해 이루어질 것입니다.

지금 말씀하시는 남성화나 여성화는 동성애와는 아무런 관련이 없는 것

이죠?

동성애는 일탈입니다. 일탈을 추구해서는 안 되겠지요. 또 그것을 이상화해서도 안 됩니다. 그러나 아마도 우리는 남색男色이나 레즈비언 그리고 다른 특이한 성문화를 일탈이나 타락으로 낙인찍지 말아야 할 것입니다. 이러한 딱지들은 우리 사회의 억압적인 성격을 나타내는 또 하나의 증거이니까요.

우리 사회가 그런가요, 아니면 다른 모든 사회도 그렇다는 건가요?

모든 사회가 그렇죠. 물론 각각의 사회에서 다른 양태로 나타나기는 하지만요. 어쨌든 찰스 푸리에는 그러한 육체적 취미와 상상력을 더 인간적이고 현실적인 이름인 마니아mania라고 불렀어요. 그렇습니다. 그것은 에로틱한 조화로움의 극단적 표현이고, 우주라는 직물의 일부를 이루는 색깔이죠. 다시 말하자면, 서로 끌어당기고 밀어내는 우주의 방대한 체계인 에로티시즘의 한 부분을 이루고 있다는 말입니다. 그러나 분명 그 체계의 중심은 아닙니다. 모든 것에 운동성을 주는 섹슈얼리티의 축은 남성성과 여성성 사이의 보편적이고 상호보완적인 대립입니다. 인도 문화에 대한 제 관심도 여기서 비롯됩니다. 인도 예술과 종교에는 동성애적인 남신과 여신이 없습니다. 반면 남성이 중심 모델이 되는 그리스 신화에는 동성애의 형태를 띠는 관계가 빈번히 일어나죠. 중세 시대에는 반대 현상, 즉 동정녀 숭배가 있었지요. 그것은 그리스도교를 여성화하려는 교회의 대담한 시도였습니다. 이로 인해 중세 사회는 우리가 알다시피 훌륭한 예술을 창조해내는 등 놀라운 활력을 띠었습니다. 프로방스의 서정시는 여성의 원형을 만들어냈고 여성을 건강한 우주의 원천으로 변화시켰습니다. 여성은 하늘과 땅, 이데아의 순수 세계와 인간들 사이의 중재자가 되었습니다. 그런데 누군가 말했듯이, 교회가 여성에 대한 그러한 시각을 자기 것으로 만들어버리고 동정녀 숭배를 정착시킨 것입니다. 오늘날 우리는 중세의 동정녀 숭배와 유사한 모델을 필요로 하고 있습니다. 우리는 근원, 즉 프로방스 시의 정신으로 돌아가야 합니다.

선생님 말씀은 페미니즘 운동이 좀 더 건설적으로 될 수 있다는 것을 뜻합니까?

여성의 반란은 서구에서 진행되고 있는 변화의 한 측면입니다. 현대 문명은 비관적입니다. 폭력과 거짓말의 왕국이 되어버렸지요. 그 와중에 소수인종이나 청소년 문제와 같이 개혁의 가능성을 포함하는 운동이 일고 있습니다. 여성들은 소수가 아니라 전 인류의 반을 차지합니다. 다시 말씀드리지만, 페미니즘 운동의 본질은 여성들이 남성과 똑같은 권리를 가져야 한다는 것이 아니라 (비록 그것이 필요하고 급박하며 불가피한 것이 될 수는 있지만) 자기 자신, 특히 자신의 몸에 대해 잘 인식해야 한다는 점입니다. 여성이 자신만의 육체적 특성을 인식할 때 비로소 남성적 에로스와 여성적 에로스의 원형을 창조할 수 있을 것입니다. 여성은 자신의 몸에서 출발하여 스스로 남성에 대한 이미지와 자기 자신에 대한 이미지를 만들어야 합니다. 즉 남성에 의해 부과된 자신의 왜곡된 이미지로부터 스스로를 해방시킬 때 여성은 남성 또한 해방시킬 것입니다.

그게 어떻게 가능하지요?

여성들은 산업혁명 초기에 가정을 벗어나 공장과 사무실에서 일하면서 임금노동자의 대열에 합류했어요. 그러나 그것은 해방이 아니었습니다. 그런 시각에서만 본다면 여성해방은 전반적인 임금노동자 해방의 한 부분이 될 것입니다. 저는 여성들만 할 수 있는 또 '다른 해방'을 말하고 있는 겁니다. 그것은 서구 에로티시즘을 바꾸는 것이고 우리의 호전적인 문명을 여성화하는 것이며, 자본주의와 공산주의를 모두 포함하는 근대 산업사회가 이 세계 전체에 부과해놓은 것과는 다른 에로스의 원형들을 가지는 것입니다. 그것은 육체와 영혼을 단지 생산도구로 전락시켜버린 노동의 신화에 종지부를 찍는 일입니다.

『결합과 해체』에서 선생님은 "모든 사회의 성격과 미래는 상당 부분 '몸cuerpo'과 '비非-몸no-cuerpo'이라는 기호들 간의 관계에 따라 결정될 것"이라 하셨는데, 이 생각을 확장할 수 있는지요?

저는 '몸'과 '비-몸'이라는 두 기호가 모든 문명에서 발견된다고 생각합니다. 물론 '몸'이라는 기호는 자연 혹은 물질로, '비-몸'은 영혼, 정신, 열반, 아트만 등으로 부를 수도 있겠지요. '영혼'이라는 단어가 의미하는 실체와 '아트만'이란 단어가 의미하는 실체는 다른 언어로 번역될 수 없습니다. 그러나 두 용어 사이의 상호보완적인 대립 관계를 번역하는 것은 가능합니다. 어떤 문명에서 이 관계는 모순적이고 해체적인 반면, 다른 문명에서는 결합적입니다. 만일 그 결합이 과도하다면 그 사회는 중병에 걸릴 것이고 과도한 해체 역시 위험합니다. 이상적인 것은 조화로움 속의 불균형이지요. 만일 몸이 약간 더 우세하다면 정신은 몸의 요구를 들어줄 수 있고, 정신이 조금 더 우세하다면 몸은 정신의 요구를 들어줄 수 있습니다. 예를 들어, 기원전 2세기에서 기원후 3세기 사이의 서구 로마네스크 예술과 인도의 불교 예술을 봅시다. 불교 사원에서는 부처를 육체에서 이탈된 존재로 보여주고 있는데 그것은 명백히 몸의 부정입니다. 그런데 그 사원들은 매우 관능적인 일상생활들을 조각해놓은 난간들로 둘러싸여 있습니다. 에로티시즘과 성스러움, 영혼과 육체 사이의 이러한 끊임없는 대화가 일정 기간 불교에 생명을 주었던 것이고, 동시에 중세 그리스도교에도 활력을 주었습니다. 저는 우리가 현재 거대한 한 시대의 종지부를 찍고 있는 시기에 있다고 생각합니다. 19세기는 몸을 부정하는 시대였고 우리는 지금 몸의 위대한 반란에 직면해 있습니다. 그러나 그것은 애매모호한 반란입니다.

왜 애매모호하다고 생각하시죠?

지적인 형식을 취하고 있기 때문입니다. 사실 지적인 것은 '비-몸'의 기호에 부합하는 것이거든요. 더 설명을 드리죠. 육체의 반란이 일어났던 여러 위대한 순간들 중 하나가 바로 사드 백작의 작품입니다. 19세기에 사드의 작품을 연구했던 극히 일부는 그가 성적인 일탈과 혼란의 위대한 발견자라고 말했습니다. 물론 사실이지만 저는 사드의 독창성이 성적 병리 현상들의 발견에 있다고는 생각하지 않습니다. 고대인들은 사드가 묘사한 성적 행위들을 알고 있었는데, 그것들 중 대다수가 원시종교에서의 에로틱한 의식이었습니다. 사드의 새로움은 그러한 성적 행위들이 더 이상 혐오스럽거나 의례적인 것이 아닌 철학적 견해가 되었다는 점에 있습니다. 그의 작품들 가운데 하나인 『규방閨房의 철학 La Philosophie dans le Boudoir』이라는 제목이 그 점을 시사하고 있죠. 에로티시즘은 철학이 됐고 그 철학은 비판이 되어버렸습니다. 결국 에로티시즘은 보편적인 부정으로 기능하게 되었습니다. 이는 전혀 새로운 것의 출현이었죠.

부정은 정신이 기능하는 것으로서, 근대사상뿐만 아니라 그리스도교 교리나 단테 혹은 밀턴에게서도 전형적으로 볼 수 있습니다. 헤겔의 기본 개념은 부정이며 이 우주에 부정을 도입하는 것은 인간입니다. 에로티시즘이 철학적이고 비판적이 될 때 그것은 더 이상 몸을 다루지 않습니다. 이것이 현재 미국의 페미니즘 운동에서 벌어지고 있는 일입니다. 물론 전투적이고 낙관적인 여성들과 사드와는 많은 거리가 있습니다. 이들은 사드가 낙관주의화된 경우라 할 수 있지요. 간단히 말해 몸의 반란이 비육체적이고 비판적이며 지적인 원리하에 전개되고 있다는 점에서 애매모호한 것입니다. 그 반란은 사회 비판을 위해 몸을 사용하며, 한편으로는 육체적 현실, 비록 순간적인 진리이지만 쾌락의 진리에 대한 우리의 동경을 비난합니다. 동시에 억압과 억제의 기호이자 종교재판소의 기호이며 전형적인 사드의 기호인 '비-몸'으로서의 영혼은 자신을 '몸'으로 가장한 뒤 그것을 부정합니다. 그렇지만 몸은 사상도 비판도 아닙니다. 그것은 쾌락, 잔치, 상상력입니다.

선생님은 또한 "아마도 아스테카를 제외하고는 어떤 문명도 성적 잔인함에서 서구의 그것과 비견할 수 있는 예술을 제공하지 못했다"라고 말씀하셨는데요.

웬만하면 아스테카 문명에 대해서는 말하지 않기로 하지요. 동포들에게 분노를 살 수도 있으니까요. 다른 예를 들도록 하겠습니다. 중세 그리스도교 예술이나 티베트 예술은 종교적이기 때문에 잔인합니다. 그런데 근대 에로틱 예술의 잔인함은 종교적이지 않고 철학적입니다. 사드로부터 『O 이야기Historie d'O』[178]에 이르는 소설의 전통을 보면 알 수 있지요. 훌륭한 작품들도 있기는 하지만, 모든 작품에서 몸은 더 이상 몸이기를 그치고 세계 파괴의 기호가 됩니다. 사드는 단지 몸의 감각을 위해 세계를 파괴하려고 했던 것이 아닙니다. 그는 감각 자체도 파괴하려 했지요. 사드의 위대한 창조물이 바로 무시무시한 인물인 쥘리엣입니다. 놀라운 점은 사드가 악마의 왕자로서 남자 대신에 매혹적인 여성을 창조했다는 것입니다. 쥘리엣은 자신의 무시무시한 쾌락을 위해 정열을 쏟아 붓습니다. 그녀의 친구들 가운데 하나로 레즈비언인 클레어윌은 쥘리엣에게 이렇게 말하지요. "진정한 방종은 냉정한 법이야. 너는 너무 격렬해." 방종 철학이 감각을 통해 찾는 것은 바로 무감각입니다. 완벽한 방종의 상태는 부정의 상태입니다. 사드는 화산을 매우 좋아했음에도 화산이 아니라 차갑게 식은 용암 같은 사람을 모델로 삼았습니다. 저는 사드의 세계를 생각할 때마다 식어버린 화산이 떠오릅니다. 또 방종을 생각할 때마다 용암이 떠오릅니다. 즉, 파괴의 광경이지요.

당신의 견해에 따르면 에로티시즘은 섹스와 어떻게 다릅니까?

섹스는 에로티시즘보다 훨씬 더 광범위한 영역을 포괄하고 있다고 할 수 있습니다. 섹스는 동물이나 심지어 식물 세계에도 있는 것이지만 에로티시즘은 단지 인간들만이 가질 수 있는 것으로 사회적인 것입니다. 에로티시즘에서는 섹스의 동물적 형태가 변형됩니다. 연인들이 서로를 '내 비둘기', '내 조그만 거북이', '내 호랑이' 등 동물 이름으로 부르는 습관에서도 그 일례를 찾아볼 수 있습니다. 언어적으로나 육체적으로나 에로티시즘은 동물적 섹스에 대한 은유입니다. 인간은 언어나 육체로 사자, 호랑이, 비둘기가 사랑을 나누는 법을 모방해요. 우리는 동물의 성적 행동을 모방하지만 그들은 인간을 모방하지 않습니다. 이 모방이 에로티시즘이죠. 에로티시즘에는 섹스에 없는 자유와 상상력이라는 요소가 있어요. 에로티시즘은 섹스의 재현이며 은유입니다. 그것은 프로방스 궁정의 사랑에서처럼 섹스가 신성화된 것이고 사드에서처럼 섹스가 속화된 것입니다. 에로티시즘은 언어와 분리할 수 없기에, 문화이자 역사입니다. 우리는 언어를 가지고 동물적 섹스를 인간적인 행위로 변형시키는데, 그 행위를 통해 한편으로는 거울에서처럼 자연에 반영된 자기 자신을 보고, 다른 한편으로는 자연을 부정합니다. 에로티시즘은 섹스의 긍정인 동시에 부정입니다. 이는 인간이 자연에 부가한 발명품 같은 것입니다.

에로티시즘은 사랑입니까?

그것과 관련해 세 층위가 있는데, 첫째는 생물학적이고 동물적인 섹스의 층위이고, 둘째는 사회적인 에로틱 층위이며, 마지막으로는 사랑이라는 개인적인 층위입니다. 에로티시즘은 모든 사회와 문명에 해당되는 것이지만, 사랑은 서구의 발명으로 보입니다. 그것은 프로방스 지방에서 시적 창조물로 탄생했으며, 교회는 처음부터 그것을 막았지요. 애초부터 사랑은 사회 규범 위반이고, 가정이나 계층 그리고 인종이나 부부의 결합을 깨는 것이었으니까요. 그래서 서구에서 사랑은 지하세계의 은밀한 숭배가 되어왔습니다. 이 주제에 대해 스위스 작가인 르주몽Denis de Rougemont이 주목할 만한 책을 한 권 썼어요. 그에 따르면 서양인들은 사랑에 대해 이상한 양면성을 보이는데, 한편으로는 사랑을 찬양하면서 다른 한편으로는 반사회적인 열정으로 매도한다는 것입니다. 제가 볼 때 사랑과 에로티시즘의 차이점은 이렇게 표현할 수 있을 것 같습니다. 에로티시즘은 사회적이고 다양하지만, 사랑은 사람들 사이의 문제라는 것입니다. 사랑은 유일무이한 육체와 영혼, 즉 한 사람을 선택하는 것을 뜻합니다. 따라서 한 사람을 사랑한다는 생각 속에는 영혼에 대한 플라토닉하고 그리스도교적인 요소가 있는가 하면 동시에 그것에 대한 위반이 숨어 있습니다. 유일무이한 영혼은 역시 유일무이한 육체와 분리할 수 없기 때문이죠.

근대 세계에서 사랑은 어떤 상황에 있다고 생각하세요?

근대에 들어와 사랑이 퇴색한 것은 개성에 대한 인식이 퇴색하고 영혼에 대한 관심이 쇠퇴했기 때문입니다. 현대의 성적 문란은 서구의 중심 신화를 부정하고 있는데, 이는 매우 우려스럽습니다. 금세기 마지막 영성적인 운동은 초현실주의였는데, 그것은 문란하지 않은, 유일무이한 사랑을 항상 노래했어요. 초현실주의는 동시에 가장 완전한 에로티시즘의 자유와 유일무이한 사랑을 주장했습니다. 저는 서양에서 사랑에 기반을 두지 않는다면 새로운 문명이 건설되기 힘들다고 생각합니다.

에로티시즘의 자유는 사랑의 선택과 연계되어 있고, 에로티시즘과 사랑은 모두 성적 문란을 반대합니다.

『감각적 여인The Sensuous Woman』[179]과 『섹스에 대해 당신이 알고 싶은 모든 것Everything You Always Wanted to Know about Sex』[180]이 몇 달 동안 미국에서 베스트셀러가 되었다는 사실은 무엇을 뜻합니까?
그것은 청교도주의의 반란입니다. 한 권의 책이 우리에게 더 좋은 섹스를 가르쳐줄 수 있다고 생각하는 것도 미국적인 순진함의 발로죠. 또 교육에 대해 맹목적인 믿음을 가지고 있는 미국의 이상주의와 낙관주의의 좋은 예라고도 할 수 있어요. 옛날부터 에로티시즘에 대해서는 많은 논문과 지침서가 있었지만, 사랑은 기술이 전부가 아닙니다. 사랑은 예술이고 창작입니다. 체위는 한정되어 있지만 사랑을 할 때마다 우리는 그것을 조금씩 다른 방법으로 해봅니다. 에로틱한 행위에는 상상력, 몸, 스킨십, 정열, 이 모든 것이 참여합니다.

당신은 성교육에 찬성하시나요?
오늘날 성교육은 엄격히 말해 성 위생학을 뜻합니다. 그런데 중요한 것은 우리가 에로티시즘 교육과 에로티시즘 문화를 가져야 한다는 것이에요. 현대 양 진영인 공산주의와 자본주의는 에로티시즘을 폄하합니다. 전자는 선전선동을 통해, 후자는 광고를 통해서 그렇게 하지요. 자본주의는 에로티시즘을 상업 제품으로 변질시켜버렸고, 현재의 페미니즘 운동을 포함한 혁명 운동들은 감각과 상상력의 영역에 속한 에로틱한 쾌락을 사회 비판의 대상으로 둔갑시켜버렸습니다.

여성문제에 대한 얘기를 끝내기 전에 질문을 하나 더 한다면, 북미와 중남미 여성들은 어떤 차이점을 가지고 있습니까?

문화적이고 역사적인 차이가 있습니다. 북미 여성들은 프로테스탄트 자본주의와 민주주의의 산물이고 중남미 여성들은 반종교개혁, 봉건주의, 식민주의적 요소가 남아 있는 가톨릭 사회의 산물이지요. 중남미 여성들은 여전히 전통적인 가톨릭 가정이 대다수를 이루는 현실에서, 계급적이고 권위주의적인 사회에 살고 있습니다. 여성은 전통적 가치를 간직하고 있습니다. 즉 가정의 수호자이고, 그녀의 원형은 어머니죠. 그런데 여기에 이슬람의 또 다른 전통이 부가됩니다. 아메리코 카스트로[181]가 잘 지적했듯이 스페인은 유럽 국가이면서 동시에 아랍 국가입니다. 어머니로서의 여성과 남자의 소유물, 즉 쾌락의 대상으로서의 여성이라는 두 개념이 라틴아메리카 여성들의 수동성과 굴종적인 지위를 규정해버렸습니다. 이런 관점에서 북미 여성들은 훨씬 더 자유롭지요. 그들은 자기 삶의 주인인 개인으로서 대단한 자율성을 가지고 있습니다.

그렇다면 중남미 여성들이 북미 여성들의 예를 따르는 것은 바람직한 일이 되겠군요?

그 점에 대해서는 확실히 말 못 하겠습니다. 여성과 사회의 관계에 대해 말하는 대신, 자기 자신과의 관계에 대해 말하게 되면 모든 게 달라지기 때문입니다. 미국은 모든 것이 남자를 원형으로 하여 조직된 사회입니다. 이 원형은 특정 남성적 가치만 강조하고 다른 것은 부정하죠. 프로테스탄트 자본주의 사회는 가장 극단적인 방식으로 몸과 섹슈얼리티를 부정한 사회입니다. 그 대신 노동과 저축과 경쟁의 가치를 열정적으로 높이 평가했어요. 미국 여성은 노동 윤리와 경쟁에 의해 설립된 사회에서 살고 있고, 쾌락이 아니라 건강과 위생의 관점에서만 몸을 인식하는 사회에서 살고 있습니다. 이로 인해 미국 여성이 자기 몸과 갖고 있는 관계는, 미국 남성이 자기 몸과 갖고 있는 관계와 마찬가지로 많이 손상되었어요. 프로테스탄트와 자본주의 윤리에 의해 불구가 된 거죠. 그렇기 때문에 프로테스탄트 사회에서 몸의 대반격이 일어나는 겁니다.

이 점에 대해 선생님이 『결합과 해체』에서 말씀하신 바가 있는데요.

정신분석학은 자본주의의 저축 정신이 대변을 억제하는 것과 밀접한 관련이 있음을 보여줍니다. 질료로서의 황금을 추상적 기호, 즉 돈과 주식으로 승화한다는 것이죠. 또한 레비스트로스가 말했듯이, 대변 억제와 조루 사이의 역전된 균형의 관계도 볼 수 있습니다. 탄트라 불교와 프로테스탄트 자본주의에서도 이러한 모순적 균형을 감지할 수 있어요. 탄트라 불교에서 사정을 억제하라고 하면서 정액을 '깨달음'의 차원으로 승화시키는 것은 탄트라 의식에서 실제적이든 상징적이든 대변을 먹을 수 있을 정도의 제의적 '향락'으로 대하는 행위와 상응하는 겁니다. 한편 자본주의 사회에서 대변을 억제하고 추상적인 돈을 승화하는 것은 조루와 상응합니다. 의미심장한 또 다른 차이점도 있습니다. 프로테스탄트 신앙이 남성의 종교인데 비해 탄트라 불교에서는 여성이 중심적인 역할을 해요. 자본주의는 남성 중심 사회죠.

라틴아메리카는 가톨릭 문명을 가지고 있습니다만.

그 점 때문에 몸은 우리 사이에서 다른 위치를 차지하죠. 즉 몸은 쾌락과 관련됩니다. 마초주의와 그 폭력이 존재하는 것은 사실입니다. 그러나 일반적으로 중남미 여성은 자신의 몸에 대해 덜 걱정하는 경향이 있어요. 한편, 가톨릭 신앙의 중심은 추상적 도덕이 아니라 제사입니다. 그것은 몸의 종교이고 육체의 종교이며, 신성을 육화한 종교입니다. 비록 몇 세기 전부터는 근대 사회에 적응하기 위해 점점 더 개신교를 따라가고 있지만 말입니다. 다른 한편으로, 라틴아메리카 여성들은 자신의 몸이 쾌락의 대상 아니면 단순히 출산의 대상으로 간주되고 있음을 알고, 자기 몸에 대해 생생하게 인식하고 있어요. 비록 그들이 지금 미국에서 출판되고 있는 책들을 읽은 적은 없지만, 자기 몸이 자기 자신은 물론 남을 위해 쾌락의 대상이 된다는 사실을 잘 알고 있고, 거기서 비롯되는 에로틱한 지혜를 본능적으로 체득하고 있습니다. 라틴아메리카에서 관능성이 사회적 윤리에 의해 억제되거나 마초이즘에 의해 굴종당하는 반면, 미국에서는 더 심해지고 차가워집니다. 모두가 상이한 횡포고, 상이한 거세인 것이죠.

여성이 나라를 통치할 수 있다고 믿으십니까?

그건 의미 없는 질문이군요. 두 명의 캐서린[182], 두 명의 이사벨[183], 인도의 인디라 간디, 스리랑카의 반다라나이케[184], 이스라엘의 골다 메이어, 특히 아마조나스Amazona의 여왕이었던 펜테실레이아[185]를 생각해 보면 말입니다.

펜테실레이아는 어떻게 나라를 다스렸죠?

우리는 잘 모릅니다. 다만 우루과이 시인인 에레라 이 레이식이 자신의 소네트 「아마조나스」에서 "은과 보석의 갑옷으로 무장하고 왕관을 쓴" 그녀를 노래했어요.

오늘날 세대 차이는 과거보다 훨씬 더 크게 느껴집니다. 왜 그렇다고 생각하세요?

과거의 젊은이들은 기성세대를 자리에서 몰아내고 그 자리를 차지하려고 했습니다. 그건 가치관의 전복이라기보다는 세대 간의 투쟁이었어요. 그런데 지금은 뭔가 다릅니다. 젊은이들이 기성세대의 가치관을 더 이상 믿지 않게 됐어요. 물론 이전에도 지배 가치에 대한 비판은 있었지만, 그 비판은 항상 의견이 다른 소수로부터 나왔죠. 그런 의미에서 우리 시대에 일어날 일을 명쾌하게 내다봤던 유일한 철학자는 니체입니다. 그는 가치관의 전복을 말했거든요. 실제로 우리는 지금 가치관의 붕괴에 직면해 있습니다. 젊은이들의 반항은 서구 가치관의 전복이라는 큰 현상의 일부로 봐야 합니다. 기성세대의 세계를 부인하는 그들의 행동은 타당합니다. 하지만 그들은 그것을 대체할 새로운 가치를 만들어낼 능력이 없어요. 그것이 비극이죠. 그들은 니체가 언급한 삶, 즉 완전하고 완벽한 니힐리즘의 삶을 살아갈 능력도 없어요. 이 점에서는 니체가 마르크스만큼 혹은 그 이상으로 착각했습니다. 그는 신과 비견되는 완벽한 니힐리스트인 슈퍼맨, 즉 초인의 도래를 예견했으나 실제로 찾아온 사람은 만화영화의 슈퍼맨입니다.

그렇지만 선생님이 『고독의 미로』에서 미국인을 언급하며 말씀하셨듯이, 이 젊은이들의 상당수가 죽음에 대해 갖고 있는 태도 역시 달라졌다고 생각합니다.

그건 모르겠어요. 그러나 죽음에 대한 우리의 시각과 그것이 조금 변화됐다고 생각되는 점에 대해 말씀드리죠. 우리 시대에 일어나는 몸의 반란은 특권적 가치로서 '현재'의 등장을 의미합니다. 즉 몸의 시간은 현재의 시간이에요. 이를 통해 항상 죽음의 이미지를 감추고 있는 진보 지향의 문명에 저항합니다. 최고의 가치로서 저축, 노동, 부의 축적을 신성시하고 파라다이스의 도래를 영원이 아니라 미래에서 찾는 문명이 죽음을 부정하는 것은 자연스러운 일이죠. 그리스도인에게 죽음은 의미가 있어요. 즉 그것은 영원으로 도약하는 일이고 그 통로니까요. 힌두교도들에게도 죽음은 의미가 있습니다. 그것은 해방이거든요. 그러나 미래를 신봉하고 진보라는 종교를 가진 문명에서 죽음은 아무 의미가 없는 현실이에요. 죽음은 미래를 부정하고 진보를 부정하니까요.

우리가 관념적으로 부르는 인류는 진보할 수 있어요. 그러나 '나'라는 개인은 진보를 이루지 못하고 그냥 죽을 뿐입니다. 게다가 나는 결코 미래에 도달하지 못할 겁니다. 그렇기 때문에, 몸의 반란은 미래에 대한 반란이죠. 이는 현재를 가장 중요한 가치로 선포하며, 죽음의 재등장을 내포합니다. 만일 몸의 시간이 현재라면 그것은 삶인 동시에 죽음입니다. 몸의 반란은 새로운 에로티즘을 창조하면서 우리에게 죽음의 새로운 이미지를 줄 겁니다. 이는 인간이 성취하는 위대한 정복 가운데 하나가 될 겁니다. 즉 인간이 마침내 죽음을 볼 수 있는 것이죠. 오래된 종교에서 말하는 것처럼 영원한 삶으로 위장한 것도 아니고, 근대 이후의 세계처럼 아예 우리의 시야에서 벗어나는 것도 아닌 맨몸 그대로의 죽음을 말입니다. 그것을 보고 대면하는 것이죠. 그러나 이를 위해서는 먼저 봐야 합니다. 그것을 삶을 구성하는 일부로서 봐야 합니다.

어려운 문제라고 생각지 않으시나요?

생각만큼 그렇게 어렵지는 않아요. 몸의 시간인 에로티즘에서 죽음은 공격처럼 혹은 자기 공격처럼 등장합니다. 그런데 사랑에서는 다른 식으로 나타나죠. 사랑하는 한 여인을 사랑할 때 나는 내가 죽을 운명의 존재를 사랑한다는 것을 압니다. 그리고 나 자신 역시 죽을 운명이라는 걸 알아요. 사랑은 항상 죽음의 직관과 연결되어 있고, 내가 사랑하는 사람과 나 자신의 사멸성과 연결되어 있습니다.

사랑을 믿지 않는 문명도 있나요?

제가 볼 때는 대부분의 문명이 사랑을 믿지 않아요. 사랑을 부각한 유일한 문명은 서구 문명입니다. 그러나 서구 문명은 그것을 이단이자 위반으로 봤죠. 서양이 항상 강조해온 것은 가족의 신성함이지 사랑의 신성함이 아닙니다. 사랑은 언제나 저주받은 열정이었어요. 그래서 20세기 들어 그것은 혁명적인 힘이 되어왔던 겁니다. 에로티즘은 이제 그렇지 못합니다. 그것은 오락산업과 영화에 의해 징발당하고 몰수됐어요. 이제 에로티즘이란 말을 꺼낼 수도 없어요. 선전과 유행에 의해 때가 묻은 단어가 됐거든요. 과거의 사회들은 신앙을 위해 에로티즘 의식을 거행했지만 자본주의 산업사회는 그것을 상업과 광고의 목적으로 징발해버렸죠. 그래서 에로티즘이 갈수록 혁명적인 힘을 상실하고 있다고 말하는 겁니다. 반면 사랑은 개인 내면의 열정으로서 아직 혁명적인 힘이 될 수 있고, 아니면 적어도 저항하는 힘은 될 수 있습니다. 사랑은 근대의 난잡한 성에 대한 위반입니다.

종교적 믿음의 변화도 역시 의미심장하다고 믿지 않으시나요? 그리고 음악 페스티벌과 같은 새로운 신화의 등장 같은 것도 마찬가지고요.

분명한 사실은 19세기 이래 종교적 믿음이 점차 사라지고 있다는 점입니다. 이는 서구 사람들의 영혼에 사막화 현상을 야기했습니다. 수천 년 동안 종교는 무엇보다 놀라운 사실, 즉 우리가 인간이라는 사실에서 비롯되는 물음에 대한 전통적인 응답이었지요. 그러니까 우리가 죽을 수밖에 없는 존재임을 인식하고 묻는 질문, 예컨대 이런 물음인 거죠. "죽음 후에는 뭐가 있지?", "우리가 태어난 것은 어떤 의미를 가지지?" 이런 질문을 비롯해 여러 비슷한 질문에 응답하는 것 외에 종교는 사람들 사이의 유대감을 신성시했고, 살아 있는 사람들이 죽은 이들, 자연, 신과 교감을 나누도록 했죠. 종교는 이렇게 두 가지 기능을 수행합니다. 하나는 인간이라는 현실에 대한 대답이고, 다른 하나는 이 세상과 저 세상에 참여하는 방식입니다.

그 두 기능을 수행하는 것이 종교 외에는 없습니까?

하나는 있고, 다른 하나는 없습니다. 첫 번째 기능과 관련해볼 때 비슷한 답을 제공하는 것이 철학입니다. 철학적 해답은 종교적 해답보다 훨씬 덜 광적이지만요. 몽테뉴는 철학이 죽는 법을 배우는 것이라고 말했어요. 어떤 경우에, 그리고 어떤 사람들에게는 철학이 종교의 공백을 메우기도 합니다. 실제로 고대 말기에 스토아학파를 비롯한 여러 철학 유파들은 세속 종교들이 몰락하자 지혜를 대변하고 나섰지요. 현대에도 이런 고대 스토아철학과 같은 지혜가 필요합니다.

종교의 또 다른 기능도 있나요?

또 다른 게 있다면, 인간과 우주의 교감의 문을 우리에게 열어주는 겁니다. 에로티즘과 사랑, 특히 벵자멩 페레가 말한 '숭고한 사랑' 역시 우리에게 그런 교감의 가능성을 줄 수 있습니다. 사랑에 빠진 사람들은 자기들이 우주와 결합하기 위해 사회와 유리되었으며, 이에 따라 자기들보다 더 넓은 세계의 일부분이 되었음을 곧 느끼게 됩니다. 예술과 시 역시 타인이나 우리 자신과 교감할 가능성을 제공합니다. 마지막으로 행동도 있습니다. 이건 흔히 모험과 동일시되기도 합니다. 혁명적 형제애의 꿈은 20세기의 인간을 매혹시켰어요. 현대의 삭막한 사회와 다른 뭔가를 건설하기 위한 투쟁에 함께 나선 동지애이자 형제애 말입니다. 하지만 종교는 뭔가 다릅니다. 그것은 우리를 위안하는 대답을 주는 철학과도 다르고, 사랑과 시와 혁명 투쟁이 우리에게 안겨주는 흥분과도 다릅니다. 종교는 영구적인 사회조직입니다. 즉 그것은 의식이고 제사이고 축제입니다. 의식을 통해 사람은 모든 시대와 통교하고, 시간은 마술적인 현재 상태에서 용해됩니다. 그 현재는 성스러운 달력에 기입되어 있는 대로 반복해 일어납니다. 그런데 현대 세계에는 의식이 없어진 거죠.

현대의 의식과 신화에 대해 많은 얘기가 오가고 있습니다.

맞아요. 모두 정치, 스포츠, 유행, 광고, 텔레비전 등의 의식과 신화이지요. 그것들은 모두 서구 세계가 가졌던 유일한 종교, 즉 그리스도교의 진정한 신화와 의식이 남겨놓은 공백을 차지하려고 합니다. 예를 들어, 광고를 미화하고 유행을 추종하는 것은 종교적 신성화를 풍자하는 것이고, 정치적 우상화나 인민재판은 신성한 것을 타락시키는 행위입니다. 이렇게 유사한 것들은 모두 대용품일 뿐이고 그것이 널리 퍼지고 있는 현상은 '종교적 본능'이라 부를 수밖에 없는 것들이 여전히 존속하고 있음을 말해줍니다. 그렇기 때문에 사람들은 음악 페스티벌이나 집단 주신제酒神祭와 같은 새로운 의식을 계속 만들려고 하는 것입니다. 그리스도교는 종교에서 주신제의 성격을 없애버렸는데, 그리스도교가 타락하면서 고대 종교가 가지고 있던 두 의미인 집단적인 술의 축제(바카날리아)와 성의 축제(혼음제)가 다시 살아난 것입니다.

요즘 젊은이들의 모든 집단행동에서 종교에 대한 갈망과 의식에 대한 향수가 엿보입니다. 그러나 그들의 행동은 진짜 종교적인 것이 아니고 전前 종교적인 것이에요. 의식의 본질적인 요소인 반복성이 빠져 있거든요. 반복되는 성스러운 날짜의 부재죠. 계시와 교리도 빠져 있고, 예언자와 순교자들도 없습니다. 젊은이들의 행동은 이러한 부재를 보여줍니다. 또한 현대 사회의 중심에 생긴 이런 공백을 철학, 정치학, 과학, 예술이 채울 수는 없음도 보여줍니다. 젊은이들의 집단행동 역시 우리가 기다리고 있는 해답이 결코 될 수 없어요. 그건 단지 절망의 폭발일 뿐입니다.

그 해답을 구할 방법은 있을까요?

그 대답으로 노발리스가 한 말을 들려주고 싶군요. "우리가 꿈꾸는 것을 꿈꿀 때, 깨어날 시간이 다가온 것이다." 우리에게 부족한 것이 무엇인지 알면 그것을 찾아낼 방법도 발견할 수 있을 겁니다. 25년 전에 앙드레 브르통은 현대인은 종교적이지 않은 새로운 신성神性을 찾아야 하며, 거기에서 자유, 사랑, 시가 만나게 될 것이라고 말했습니다. 흥미로운 일이죠. 1968년 파리 학생운동 기간에 이런 생각이 부활했는데, 학생운동에 근원적으로 영향을 끼친 것이 정치 이론뿐만 아니라 시인들로부터 왔다는 점이 명백해졌으니까요. 제가 볼 때는, 젊은이들의 집단행동은 유사 종교적이거나 전 종교적 측면뿐만 아니라 정치적 저항의 측면에서 볼 때도 그 뿌리를 낭만주의의 유산에 두고 있습니다.

낭만주의가 현재화되었다고 생각하시는군요?

'현재화'라는 말의 의미와 낭만주의의 의미에 따라 달라지겠지요. 낭만주의 예술은 우리 유산의 일부인데 제가 그걸 지칭하는 것은 아닙니다. 제가 말하는 것은 19세기 내내 지하의 수맥을 따라 계승되다가 20세기 말에 들어와 폭발한 그 흐름입니다. 그 흐름은 위대한 낭만주의자들과 함께 탄생합니다. 윌리엄 블레이크와 같은 예언자 시인, 워즈워스와 같은 자연의 시인, 횔덜린이나 노발리스 같은 시인들 말입니다. 그 흐름은 19세기 후반에 보들레르, 로트레아몽, 말라르메, 랭보와 함께 재등장하고, 이들은 초현실주의에 영향을 줍니다. 이런 의미에서 낭만주의는 예술사조라기보다는 정신적 족보와 같은 겁니다. 그런 관점에서 볼 때, 낭만주의가 현재성을 가지고 있다는 것입니다. 낭만주의 형식이 부활하고 있다는 터무니없는 말을 하는 게 아니고요.

저는 우리 시대가 과학기술의 시대라고 생각하고 있었는데요.

그게 서로 모순되는 말이 아닙니다. 낭만주의는 예술과 우리 시대의 집단행동에만 존재하는 게 아니라 학문 자체에도 있습니다. 좋은 예가 언어학입니다. 잘 아시다시피, 언어학은 소쉬르와 구조주의 덕분에 언어 자체가 학문의 대상이 될 때 성립하는 학문입니다. 그런데 우리 시대의 위대한 언어학자 가운데 하나인 촘스키는 언어학에 '주체'를 도입했고,

그런 의미에서 낭만주의로 회귀합니다. 그는 한편으로는 데카르트로 회귀했고, 다른 한편으로는 훔볼트와 낭만주의 사상으로 회귀했어요. 언어학에 주체 개념을 도입하면서 촘스키는 현대 언어학의 개념과 현대 시인들, 즉 낭만주의와 상징주의를 비롯해 초현실주의에 이르는 시인들의 사상에 다리를 놓았습니다. 촘스키가 언어학자이면서 아나키즘에 경도된 정치사상가라는 점도 우연은 아닙니다. 19세기와 20세기 전반부를 풍미했던 아나키즘은 혁명의 낭만주의적 물줄기를 대변하거든요. 그러니까 촘스키는 정치학에서와 마찬가지로 언어학에도 주체 개념을 다시 도입한 겁니다. 여기서 '주체sujeto'는 '나yo'와 같은 것이 아닙니다. 나에 대한 낭만주의의 숭배는 자기만족의 우상화예요. 주체를 다시 도입한다는 것은 학문의 객관성을 위반하지 않으면서 주체성을 다시 들여오는 것이고, 정치적으로는 자유를 강조하는 것입니다.

언어학과 관련해서, 선생님은 최근 〈타임즈 리터러리 서플리먼트Times Literary Supplement〉에 게재한 글에서 산문의 존재에 대해 회의적이라고 말씀하셨는데요, 무슨 의미인지요?

시의 특징은 시의 문구가 다양한 의미를 담고 있다는 점에 있어요. 반면 이성에 의해 지배되는 산문은 각각의 단어와 문장이 단일한 의미를 갖는 것을 추구하죠. 그런데 사실 그건 너무 이상적이고 도달할 수 없는 목표예요. 그래서 산문은 실상 존재하지 않는다는 겁니다.

하지만 파스테르나크는 한 인터뷰에서 서정시를 통해서는 더 이상 우리의 경험을 깊이 있게 표현하는 것이 불가능하다면서 이렇게 말했어요. "산문은 훨씬 더 좋은 표현을 할 수 있는 값어치를 가지고 있습니다."

아마도 파스테르나크는 소설을 염두에 두고 말했을 겁니다. 그런데 소설은 산문이 아니에요. 소설은 매우 흥미롭고 모순적인 장르입니다. 확실한 건, 소설이 운문으로 쓰이는 게 아니라는 점이죠. 그러나 소설의 언어는 과학자나 철학자의 문장에 쓰이는 산문이 아니라 리듬, 언어유희, 메타포, 교감 체계, 애매성 등 시어의 특징들이 모두 다시 나타나는 언어예요. 그래서 소설의 언어는 진정한 산문과 시 사이에서 흔들립니다. 소설의 등장인물에게도 똑같은 현상이 일어나요. 고대 서사시의 영웅들은 완전하고 모범적인 인물들입니다. 그러나 소설의 등장인물은 반사회적이거나 비사회적이죠. 그들은 전형적인 인물이 아니고 모두가 개별적인 사례들입니다. 그래서 그들을 반-주인공들이라 할 수 있어요. 그들은 비판적 서사시의 주인공들이죠. 여러 번 언급했지만, 소설은 부르주아 사회의 서사시예요. 다시 말해, 신성의 계시가 아니라 비판적 이성이 지배 원리로 작동하는 사회의 서사시란 말입니다. 부르주아가 권력을 잡으면 이성의 이름으로 잡아요. 거기서 소설은 자기가 묘사하는 세계를 성찰하고 판단합니다. 그래서 그것을 비판적 서사시이자 반영웅적이라 말하는 것이죠. 소설은 애매합니다. 왜냐하면 그 언어가 시와 산문 사이에서 흔들리기 때문이고, 다른 한편으로는 그 주인공들과 그들이 사는 세계가 서사시에 속하기도 하고 비판서에 속하기도 하기 때문입니다. 그런데 발자크와 디킨스의 예에서 볼 수 있듯이, 소설은 이 사회와 세계의 비판일 뿐만 아니라 자기 자신에 대한 비판, 즉 언어에 대한 비판일 때가 있어요. 그 순간에 소설은 시와 일치하게 됩니다.

소설과 시가 똑같다고요?

근대시와 소설은 같은 원천에서 태어났고 우리 시대에 들어와 다시 합쳐지려고 합니다. 그렇게 결합하는 지점이 바로 상징주의예요. 상징주의자들은 낭만주의 시인들의 통찰력 있고 예언적인 전통을 계승하지만 동시에 비판과 부정을 창작 방법으로 활용하죠. 말라르메는 언어를 탐구하는데, 언어를 가지고 언어를 부정하고, 시 안에서 시를 부정합니다.

시는 언어의 창조인데, 말라르메는 창조에 부정과 침묵과 회의를 끌어들입니다. 그 후 20세기의 더 위대한 일부 소설가들이 이러한 시인들의 수법을 배워서 소설 안에서 언어를 비판하게 되는 것이죠. 소설의 이러한 창조적 파괴는 현대소설을 시로 변모시킵니다. 이를 특별히 잘 구현한 작가가 우리 시대에 가장 중요한 소설가 중 하나인 제임스 조이스입니다. 조이스의 작품에서 시와 소설의 구별은 사실상 불가능해요. 그의 작품에서 중심 요소는 언어이고, 등장인물들은 말 그대로 언어의 유희가 됩니다.

오늘날 사람들이 시에 대해 더 많은 관심이 있다고 보십니까?

미국과 영국은 그렇습니다. 프랑스, 이탈리아, 스페인, 라틴아메리카는 그렇지 않아요. 왜 그런지는 저도 모르겠어요. 아마도 우리 로마 라틴민족 전통이 아닐까요? 우리 사이에서는 웅변술이 종종 시와 혼동되거든요. 게다가 장르가 사라지는 새로운 현상이 나타나고 있습니다. 다시 말하면 장르가 혼합되는 거죠. 점점 시의 구조와 비슷하게 되고 있는 소설은 아날로지까지 있는 언어의 체험으로 바뀌고 있습니다. 반면 시는 몇몇 시인의 경우에서 볼 수 있듯이 서사시의 숨결을 회복하면서 소설과 비슷해집니다. 이렇게 장르 간 가로지르기 현상이 끊임없이 일어나는 가운데, 라디오, 텔레비전, 시 낭송회 등에서 볼 수 있듯 구어체가 등장하고 있지요. 아니 정확히 말하면 재등장이죠. 이는 특히 색슨 국가들에서 두드러집니다. 라틴 국가들에서는 아마도 웅변술과 연설에 대한 본능적인 불신 때문에 시를 공개적으로 낭송하는 관습이 존재하지 않습니다. 카스티야어가 리듬이 아주 풍부한 언어라는 점을 생각하면 유감스러운 점이죠. 끝에서 세 번째, 두 번째 그리고 마지막 음절에 오는 그 다양한 악센트를 생각해보세요. 더욱이 우리 시에는 노래로 부르고 춤을 추던 구어체 시의 놀라운 전통이 있습니다.

선생님은 라디오와 텔레비전에 나오는 구어체 시의 재등장을 언급하시는데요, 소통 수단의 증가에도 불구하고 소통은 갈수록 단절되고 있는 것 같습니다.

그렇습니다. 소통의 완벽한 도구를 발명한 문명이 소통의 부족을 겪고 있습니다. 로만 야콥슨은 우리에게 유일하게 사회화된 자산이 언어라고 말한 적이 있어요. 실제로 우리는 언어의 생산자이면서 소비자입니다. 언어적 자산은 그 누구의 소유물도 아닙니다. 그런데 우리 모두 말할 권리를 가지고 있지만, 극소수의 사람들만이 언론 방송 미디어를 이용할 수 있습니다. 우리에게 말할 기회를 주지 않을뿐더러 더 나아가 똑같은 구호, 똑같은 거짓말, 똑같은 바보짓을 들으라고 강요하고 있지요. 자본주의 기업이나 정부는 말하고 듣고 대답하는 언어 기능을 뺏어가서 독점했습니다. 그것은 비즈니스 거래나 정치적 지배 방식이 되었고 대화 상대편은 고객이나 같은 정당 지지자가 되었어요. 제게 사회주의는 우리 모두 각자가 말하고 듣고 반론할 자유로운 가능성을 통해 시작하는 것이고 또 그렇게 되어야 합니다. 특히 마지막 항목인 자기 반론의 권리는 기술 사회에서 갈수록 더 어려워지고 있지요. 반면 원시사회는 이러한 말의 사회주의가 실현되던 사회였습니다. 결국 새로운 소통 수단은 인간에게 지금까지 해방 수단이 되지 못하고 그 반대가 되었어요. 즉 인간을 지배하는 수단이 된 겁니다. 언어는 사회적이지만 소통 수단은 사회적이 아닙니다. 이는 큰 모순입니다. 마셜 맥루한은 그런 현상을 연구하지 않았지만, 저는 그것이야말로 기본이고 현재 일어나고 있는 일의 본질이라고 봅니다.

코르타사르는 『마지막 라운드』에서 스페인 문학의 소설에는 미국 문학의 헨리 밀러가 보여준 것과 같은 에로틱 언어가 없다고 말했는데, 선생님은 이에 동의하시나요?

네, 코르타사르의 말이 맞아요. 특히 근대 문학에 관한 한 더욱 그렇습니다. 그러나 중세 때에는 우리의 전통도 프랑스나 영국 못지않게 풍부했습니다. 예를 들어, 광란의 사랑이라 부를 수 있는 정열적이고 관능적인 사랑의 책인 아르시프레스테 데 이타[186]의 『아름다운 사랑 이야기』에 필적할 만한 작품은 다른 어느 나라 문학에서도 찾아보기 힘들지요. 르네상스 시대에도 역시 뛰어난 두 권의 작품이 탄생합니다. 하나는 『셀레스티나』[187]고 다른 하나는 훨씬 덜 알려진 『로사나 안달루사의 초상』이에요. 이 작품은 로마에 있던 한 스페인 궁정 여인의 이야기인데, 프란시스코 델리카도[188]라는 성직자가 썼습니다. 에로틱한 표현이 넘치는 훌륭한 작품으로서, 어떻게 보면 코르타사르가 기대했던 바를 충족시키는 책입니다. 그러나 그 이후로 에로틱 문학의 전통이 빈약해지죠. 스페인에는 몸을 규제하는 무시무시한 검열이 있었고 이는 중남미도 마찬가지였어요. 에로틱 문학의 전통이 되살아난 것은 19세기 말 모데르니스모 시인들 덕분입니다. 그 좋은 예가 멕시코 시인인 살바도르 디아스 미론[189]이에요. 그의 시에는 언어의 완벽성이 생생하고 난폭한 관능적 요소와 훌륭하게 결합되어 있죠. 모데르니스모 에로티즘의 다른 예가 안달루시아 시인인 살바도르 루에다[190]인데, 그는 『교미』라는 제목의 소설을 썼어요. 이밖에도 또 있습니다. 현대 시인들 가운데에도 여러 사람이 있는데, 코르타사르가 지적한 사랑의 문구 외에도, 아주 노골적으로 에로틱한 요소가 담긴 시를 쓴 시인이 바로 파블로 네루다입니다.

선생님 시도 그렇지 않나요?

글쎄요. 그건 당신 말이고요…. 또 다른 시인 얘길 할까요. 루이스 세르누다[191]는 문학적인 것뿐만 아니라 윤리적으로도 교훈을 줍니다. 그는 1925년에서 1930년 사이에 첫 작품을 냈는데 거기서 스스로 동성애자임을 고백합니다. 당시 스페인 분위기에서 그걸 고백하는 시를 출판하는 것은 보통 용기가 없으면 불가능합니다. 그는 커다란 위험을 감수했는데, 저는 그렇게 위험을 감수하지 않으면 예술도 없고 에로티즘도 없다고 봅니다. 에로티즘은 언제나 금지나 죽음과 이웃을 이루는데, 이는 예술에도 똑같이 일어나는 현상이죠. 어쨌든 코르타사르에게 관심이 있었던 것은 저와 마찬가지로 에로티즘 문학, 즉 외설적인 내용을 얘기하는 문학이 아니라 언어를 에로틱하게 만드는 일이었습니다. 그런 의미에서 에로티즘과 꿈이 결합된 그의 소설 『62, 모형 키트』가 얼마나 잘못 읽히고 있는지 모릅니다. 우리 문학에서 부족한 점이 바로 에로틱한 생각이고 에로티즘에 대한 성찰입니다. 우리는 아직 바타유나 모리스 블랑쇼 혹은 클로싸우스키[192]를 갖지 못했어요.

왜 그렇죠?

오래전부터 스페인과 중남미에서는 사고를 하지 않았으니까요.

선생님은 어떠세요?

저한테 도발을 하시니 좀 민망하더라도 말씀을 드려야겠네요. 저는 이 주제에 대해 많은 성찰을 해온 드문 사람 가운데 하나입니다.

선생님은 사드에 대한 시도 쓰셨어요.

사드에 대해서는… 거의 사반세기가 되는군요. 그 후에 저는 두툼한 연구도 출판했어요. 아마 우리 언어권에서는 처음일 겁니다. 제 기억이 맞다면, 사드를 처음 우리말로 번역한 사람은 칠레 시인 브라울리오 아레나스Braulio Arenas예요. 그러나 그가 이런 주제에 대해 연구를 했다거나 글을 썼는지는 잘 모르겠어요. 아르헨티나 비평가 레볼Revol과 콜롬비아 시인 가이탄 두란Gaitán Durán의 연구가 언제였는지도 잘 기억나지 않는군요. 저는 제 글을 우리 현대 문학사에서 빼놓을 수 없는 인물인 호세 비앙코José Bianco가 편집장을 하던 잡지 『수르Sur』에 실었습니다. 그 글은 시인이자 비평가인 하이메 가르시아 테레스Jaime García Terrés가 편집하던 멕시코 대학 잡지 『레비스타Revista de la Universidad de México』에도 실렸지요. 그 후에도 같은 주제로 여러 편의 글을 써서 실었습니다. 1969년에는 『결합과 해체』가 나왔어요. 이 책은 생식 기관과 안면 기관, 즉 감춰진 얼굴과 드러난 얼굴 사이에 벌어지는 논쟁적인 대화입니다. 이 얇은 책에서 말하는 힌두교와 불교의 탄트리즘과 도교의 성적 마력은 아마 우리 언어권에서 처음으로 다뤄진 주제였을 겁니다.

『교류』에서 선생님은 포도주와 마약의 비교를 많이 하시더군요.

저는 그 주제에 대해 15년 전부터 글을 써왔는데 지금은 사방에서 그런 글을 쓰고 있어요. 제 생각은 포도주와 마약이 소통에 대한 상이한 행위를 대변한다는 것이었죠. 우리 전통에서 포도주와 관련된 모델은 두 가지인데, 하나는 플라톤의 향연이고 다른 하나는 최후의 만찬입니다. 포도주는 한편으로는 가장 고양된 형태의 대화, 즉 철학적 대화와 연결되고, 다른 한편으로는 그리스도의 피를 비유하는 동시에 초월적인 것과의 소통을 상징하는 것으로서 영성체를 의미하지요. 동양의 경우는 완전히 다릅니다. 부처는 보리수 아래에서 혹은 높은 산 위에서 절대 고독 속에 세계를 성찰하고 내면화하면서 그것을 무화無化하기에 이르죠. 이는 언어와 대화의 부정이고 고독과 침묵의 고양입니다. 동양에서 마약은 항상 성찰과 정신 집중을 위한 보조물로 쓰였어요. 그런데 이제는 술에 취하는 것이 소통의 실패이고, 그것을 과장하고 풍자하는 것이 돼버렸죠. 그래서 술에 취하면 서로 안아주다가 결국에는 싸움으로 끝나는 거예요. 그러므로 젊은이가 과장된 소통의 도구인 술을 포기하고 마약을 선택한다는 것은 대화를 포기한다는 말이고, 깊은 의미에서는, 우리 문명의 중심 원형 가운데 하나를 거부한다는 뜻입니다. 소통을 포기하거나 말이 없는 소통을 추구하는 것이죠. 서양 전통에서 취하는 것은 정상이지만 마약 섭취는 이단입니다. 이는 우리가 지금 급변하는 시대에 살고 있다는 표징입니다. 마약의 습관에서 우리는 다시 한 번 서양 전통에 대한 비판과 임박한 변혁의 징조를 볼 수 있습니다. 마약과 에로티즘과 축제를 가지고는 아무것도 이룰 수가 없어요. 이단아들이 현대 사회에 대해 '아니요'라고 말할 때마다 저는 그들을 이해하고 때로는 그들의 부정과 동감합니다. 그러나 그들이 뭔가를 긍정하는 한, 저는 그들에게 이단이 됩니다.

선생님은 그 책에서 앙리 미쇼와 그의 흥분제 사용 체험을 언급하기도 하셨어요.

네, 저는 미쇼의 시와 그림에 대해 글을 썼죠. 그리고 환각제나 흥분제를 흡입한 그의 경험도 주목했어요. 미쇼는 동양의 체험을 한 현대 시인인데, 그의 체험은 무엇보다도 미학적인 영향으로 나타납니다. 시각시視覺詩, 즉 회화시라 할 수 있는 미쇼의 시 작품과 중국, 도교, 불교의 일부 작품들 사이에는 부인할 수 없는 유사성이 발견되어요. 그러나 무엇보다 중요하게 생각되는 것은 미쇼가 자신의 생각을 직접 체험한 작가라는 것입니다. 그는 위험하고 설명하기 힘든 심리 영역에 들어가는 모험을 수행합니다. 이는 몇 년 전부터 말해왔던 진정한 '영적 체험'이었어요. 그렇기 때문에 미쇼는 자신이 쓴 거의 모든 것에 대해 응답할 자격이 있습니다. 한 작가의 용기와 가치는 말하는 것과 행동하는 것이 얼마나 일치하느냐에 달려 있으니까요.

중남미 문학에 '붐'이 일고 있다는 문학 비평가들의 말에 동의하십니까?

'붐'이란 용어는 다소 적절치 않은 말이라고 봅니다. 원유나 곡물 생산의 붐은 있을 수 있지요. 하지만 시는 물론 소설에 붐이 인다는 말은 좀 어폐가 있어요. 문학의 성공과 선전 혹은 판매량을 문학 자체와 혼동하면 안 됩니다. 물론 라틴아메리카에 신진 소설가들이 대거 등장했고 그들이 뛰어나다는 점을 부정하는 건 아닙니다. 그걸 부정한다면 비상식적이고 인색한 짓이 되겠지요. 다만 비평보다 선전이 더 중시되고, 출판업자들의 상업광고가 부각되어 자칫 중남미 현대문학이 마치 소설만 있는 것처럼 축소되고 왜곡될까 봐 우려하는 겁니다. 이렇게 되면 중남미 문학에서 중요한 부분을 차지하는 시가 잘려나가니까요. 예를 들어 미국 문학에서 에스라 파운드, 로웰[193], 주콥스키[194], 크릴리[195]가 빠지고 프랑스 문학에서 샤르[196], 퐁주[197], 본푸아[198]가 빠진다고 상상해보세요. 이들 중에 누구도 베스트셀러 작가는 없습니다. 그렇지만 그게 중요한 건 아니죠.

멕시코 문학이라는 실체가 있다고 봐도 될까요?

아르헨티나 문학이나 칠레 문학 혹은 쿠바 문학이 없듯이, 멕시코 문학의 존재도 믿지 않습니다. 저는 히스패닉아메리카 문학이 있다고 봐요. 문체와 미학적 경향은 국경을 초월하는 초국가적인 겁니다. 멕시코 문학은 히스패닉아메리카 문학에서 분출된 것 가운데 하나예요. 그 멕시코 문학이 배출한 위대한 작가들이 몇 있는데, 라몬 로페스 벨라르데[199], 알폰소 레예스, 소르 후아나 이네스 데 라 크루스[200]입니다.

다시 언급해서 죄송하지만, 선생님은 진짜 멕시코 문학만이 가지는 특징이 없다고 보시는 건가요? 후안 룰포는 굉장히 멕시코적인 작가가 아니었나요?

룰포는 새로운 중남미 문학의 창시자 가운데 한 사람입니다. 룰포의 작품을 프랑스어로 번역한 페르시아 문학 전문가가 제게 말하길, 『페드로 파라모』가 위대한 현대 페르시아 소설로 앙드레 브르통에게 높은 평가를 받았던 『눈먼 올빼미La Chouette Aveugle』를 연상시킨다고 하더군요. 그럼 영향을 받은 것일까요? 아닙니다. 우연의 일치로 서로 합류하는 것이죠. 현대 문학은 언어와 전통이 상이할 수는 있지만 모두 하나입니다. 스페인 문체, 페루 문체 혹은 칠레 문체가 없듯이 멕시코 문체도 없습니다. 문체와 양식은 역사적인 것이지 민족적인 것이 아니고, 모든 울타리와 국경을 뛰어넘습니다. 상징주의는 비록 프랑스에서 탄생하지만 프랑스 것만이 아니에요. 낭만주의, 리얼리즘, 환상문학 역시 독일, 영국, 프랑스 혹은 러시아 것일까요? 가장 멕시코적인 시인 로페스 벨라르데는 아르헨티나의 레오폴도 루고네스와 아주 비슷한데, 루고네스는 또한 프랑스 시인인 라포르그와 유사합니다. 지방색 없는 투명한 언어로 극시 『잔인한 이피게니아Ifigenia Cruel』를 쓴 멕시코 작가 레예스와, 『폭군 반데라스』에서 언어적으로 아메리카니즘의 정수를 보여준 스페인 갈리시아 작가 라몬 델 바예 인클란[201] 중 과연 누가 더 중남미적일까요?

작가는 언제나 다중의 목소리를 가지고 있어요. 그리고 모든 언어는 단수가 아니라 복수입니다. 예를 들어, 카를로스 푸엔테스에겐 여러 목소리가 공존하는데, 그 목소리 하나하나, 그 사투리 하나하나가 모두 다 작가의 것이죠. 그 복수의 목소리 가운데 무엇이 멕시코적이고 무엇이 다른 것이라고 어떻게 말할 수 있겠습니까? 멕시코적인 것은 그 모든 목소리가 부딪히는 동시에 합류하는 장소입니다. 따라서 멕시코만의 문체는 없어요. 만약 있다면 16세기에 탄생해서 지금까지 내려오는 위대한 전통이 있는 거죠. 히스패닉아메리카에서는 찾아볼 수 없는 전통 말입니다. 민족주의에서 나온 발언이 아니라 문학사의 균형을 맞추기 위해 말하는 겁니다. 휘트먼이나 루벤 다리오 얘기는 많이 하면서도 소르 후아나 얘기는 거의 안 하거든요.

하지만 소르 후아나는 17세기에 글을 썼는데요!

그리고 아직도 면면히 살아 있어요. 그녀의 기억이 아니라 작품이 살아 있다는 것이죠. 그녀는 위대한 시인이고 아마도 남북미를 통틀어 아메리카 역사상 가장 중요한 여성일 겁니다. 그리고 여성해방운동을 위해서도 좋은 주제가 될 겁니다. 비록 급진적인 여성 지식인들에게는 그녀의 세련됨과 우아함이 충격적으로 받아들여질 수도 있지만요. 그녀는 매혹적인 인물입니다. 그녀는 아름다웠지만 불행했고 지식을 사랑했어요. 교회의 위계질서는 그녀를 박해했습니다. 왜냐하면 수녀의 몸으로 종교 문학이 아니라 세속 문학에 뛰어난 자질을 보여주었거든요. 그녀는 스페인어권 전통에서 보기 드문 진정한 지성인이었습니다. 스페인 사람들에게는 신학이 전부였어요. 신학이 사라진 지금, 중남미 사람들에게는 이념이 전부가 돼버렸어요. 정치라는 것이요. 정치가 신학을 대체했지요. 다시 말해, 히스패닉아메리카의 정치는 신학적인 정치입니다. 그런데 소르 후아나는 신학과는 정반대입니다. 그녀의 글 중에 예수회 비에이라Vieyra 신부를 반박하는 글이 있기는 하지만요.

소르 후아나의 경우가 저를 애달프게 하는 이유는 그녀가 시인인 동시에 지식인이었다는 데 있습니다. 바로크 시인인 동시에 생각하는 존재라는 두 성향은 그녀의 뛰어난 작품인 『첫 꿈』에서 합쳐집니다. 이 작품은 공고라의 『폴리페무스의 우화』와 더불어 17세기 문학을 대표하는 위대한 작품입니다. 소르 후아나의 시는 지식을 중심 주제로 하지요. 정신과 인간 이성은 지식을 추구하지만 그것은 꿈일 뿐이죠. 정신은 절대와 만나면서 산산조각 나버리고 상대성의 세계로 전락합니다. 이는 당대 문학에서는 아직 등장하지 않는 것으로 근대적 관점의 도래를 예고하는 것이었습니다. 『첫 꿈』이라는 건축이 보여주듯이, 당대 여성이 바로크적이면서 동시에 이성적인 작품을 설계했다는 것은 놀라운 일입니다. 만일 그녀가 반-여성주의자였다면 그것이 남성적인 기질에서 나온 것이라고 하겠어요. 하지만 그녀는 매우 지적이고 매우 여성적인 기질을 가진 시인입니다.

선생님은 현재의 사건을 설명하기 위해 서기 1세기로 거슬러 올라가기도 하시는데요, 이제는 반세기만 거슬러 올라가서 옥타비오 파스의 어린 시절, 인생, 작품 세계 등에 대해 말씀해주시면 감사하겠습니다.

저는 멕시코의 전형적인 가정 출신이에요. 아버지 쪽은 할리스코Jalisco주에 뿌리를 둔 오래된 메스티소 가문입니다. 할아버지는 원주민 색깔이 두드러지는 분이었어요. 외할아버지와 외할머니는 안달루시아 출신이고 멕시코에 와서 어머니를 낳았지요. 그러니까 우리 가문은 한편으로는 유럽, 다른 한편으로는 원주민 혈통을 갖고 있는 겁니다. 할아버지는 언론인이었고 잘 알려진 작가였어요. 그는 프랑스 개입[202]에 맞서 싸웠고, 포르피리오 디아스[203]의 지지자였지만 말년에는 그 늙은 독재자에 반대했습니다. 아버지는 멕시코 혁명에 참여했고 미국에서 에밀리아노 사파타[204]의 대변인이었습니다. 그리고 농지개혁을 시작한 사람 중 하나였죠. 저는 멕시코시티에서 태어났고 어릴 때는 시티 근처의 믹스코악이라는 마을에서 살았어요. 우리는 정원이 있는 큰 집에서 살았죠. 우리 집안은 멕시코 혁명과 내전으로 인해 가세가 기울었습니다. 옛 가구들과 책과 물건들로 가득 찼던 우리 집도 조금씩 허물어졌어요. 방의 천장이 무너지면 우리는 그 방에 있던 가구들을 다른 방으로 옮기곤 했지요. 저는 오랜 동안 아주 넓은 방에서 살았던 기억이 납니다. 그런데 한쪽 벽이 없는 방이었어요. 울긋불긋한 색깔의 칸막이로 가렸지만 바람과 비가 마구 샜고, 담쟁이덩굴이 방으로 기어들어왔지요. 저수지 가운데 침대가 놓여 있는 초현실주의 전시회를 미리 보는 것 같았죠.

가족이 가톨릭 신앙을 가지고 있었죠?

부르주아와 중산층을 빼놓고 당시 모든 멕시코 가정이 그렇듯, 우리 집 남자들도 독실한 신자들은 아니었어요. 오히려 자유로운 생각을 가진 프리메이슨주의자들이고 자유주의자들이었죠. 반면 여자들은 열렬한 신자들이었어요. 어릴 때 저는 엄마와 이모의 강력한 권유로 마리스타 수도원에서 운영하는 프랑스 학교에서 공부했고, 다른 소년들과 마찬가지로 신앙에 위기를 갖게 됐죠. 그때 저는 믿는 사람은 아니었지만 이 세상에서 가장 착한 사람들 중 하나였던 우리 할아버지가 과연 구원을 받을지 여부가 너무 궁금했습니다. 지옥행이라는 단죄를 받는 것은 너무도 끔찍해 보였어요. 아무리 좋은 사람이라도 신앙이 없다는 이유로 벌을 받는 것은 말도 안 된다고 생각했지요. 이는 저로 하여금 세속 철학자들과 영웅들이 학교에서 배우기로는 존경할 만한 분들이지만 결국 지옥에 가고 만다는 생각을 하게 했습니다. 이 모든 게 저를 겁에 질리게 만드는 동시에 제 열정을 북돋웠어요.

그런 갈등으로 인해 신앙을 상실하신 건가요?

아니요. 알렉산더 대왕을 비롯해 지옥행의 단죄를 받은 그 어떤 유명 인사도 거기에 대한 책임이 없습니다. 제가 신앙을 잃은 것은 지루함 때문이에요. 그것이야말로, 당신도 아시다시피, 악마가 가진 가장 강력한 무기죠. 학교에서는 미사 참례가 의무였고, 미사는 아담하고 예쁜 소성당에서 거행됐습니다. 학교 건물은 18세기 말에서 19세기 초에 지어진 것으로, 원래 대농장 건물이었어요. 미사는 길었고 강론은 지루했고 제 신앙은 식어가기 시작했죠. 저는 싫증이 났는데, 이 자체가 불경죄였어요. 내가 지루해하고 있다는 사실을 스스로 인식하고 있었으니까요. 게다가 여자애들 생각도 났어요. 교회는 점점 음탕하고 에로틱한 환상을 제공하는 곳으로 바뀌어버렸죠. 이런 환상은 갈수록 저를 의심에 빠지게 했고, 이 의심은 신앙에 적대적인 제 열정에 자양분을 제공하게 됩니다. 하루는 성당 문을 나서는데, 그리스도의 몸을 받아 모셨다는 것이 아무런 효력이 없다는 생각을 다시 한 번 하게 됐어요. 이전과는 달리, 영성체 후에도 하느님의 손길로부터 너무 멀어져버린 거죠. 저는 마치 성체를 내뱉는다는 마음으로 땅에 침을 뱉고는 발로 문질렀어요. 그리고 두세 마디 저주를 한 다음 하느님에게 도전했습니다. 아무에게도 말하지는 않았지만, 저는 그날 이후 아주 호전적인 무신론을 신봉했어요.

유럽에는 언제 처음 가보셨나요?

1937년에 반파시스트 세계지식인대회에 참가하기 위해 스페인에 간 것이 처음이었어요. 그 대회가 끝난 다음, 같이 갔던 동료들은 파리를 들러 멕시코로 귀국했지만 저는 1년 정도 스페인에 머문 다음에 귀국했지요.

스페인 내전에 참가하셨습니까?

전선에 있기는 했지만 전투에 참가한 건 아닙니다. 남부 전선에서 멕시코 친구와 한동안 같이 있었는데 그는 나중에 전사했어요. 그의 이름은 후안 B. 고메스였습니다. 그는 국제여단 대령이었어요. 저는 그전에 마드리드에 있다가 이후에는 발렌시아에 가서 여러 가지 일을 했습니다.

그 경험이 선생님에게 많은 영향을 주었나요?

스페인은 제게 형제애fraternidad의 의미를 가르쳐주었어요. 제가 잊지 못하는 몇 가지 일들이 있어요. 한번은 일요일에 시인인 두 명의 친구, 마누엘 알톨라기레[205]와 아르투로 세라노 플라하[206]와 함께 발렌시아 근교에 나갔는데, 버스 막차를 놓치는 바람에 걸어서 돌아와야 했어요. 이미 밤은 저물고 우리는 도로를 따라 걸었는데, 갑자기 대공포 사격으로 하늘이 훤해지더군요. 공화파 군대의 포격 때문에 발렌시아 상공으로 들어가지 못하자 적군 비행기들이 도시 변두리에 폭탄을 투하하기 시작한 건데, 공교롭게도 우리가 있던 곳이었어요. 우리가 도착한 마을은 폭탄 때문에 밝게 빛나고 있었죠. 우리는 스스로 용기를 내고 다른 사람에게도 용기를 주기 위해 '인터내셔널가'를 부르며 마을을 통과한 후에 한 농가로 피신했습니다. 농부들이 우리를 보러 왔는데, 제가 멕시코 사람이란 걸 알고 감동하더군요. 멕시코가 자기들 공화국을 돕는다는 걸 안 것이죠. 그들 중 일부는 아나키스트였어요. 폭격이 한창인데도, 사람들이 먹을 것을 찾기 위해 집에 가더니 우리에게 빵과 멜론, 치즈, 포도주를 가져다줬어요. 폭탄이 떨어지는 가운데 농부들과 음식을 나눠 먹던 기억을 결코 잊을 수 없습니다.

당시에 처음으로 접한 초현실주의 사상은 선생님에게 어떤 영향을 주었습니까?

저는 파리로 가서 지식인대회에서 만났던 여러 친구와 재회했습니다. 그중 알레호 카르펜티에르[207]가 저를 로베르 데스노스의 집으로 데려갔는데, 그게 초현실주의자들과의 첫 만남이었어요. 그런데 데스노스는 그때 이미 초현실주의 그룹의 멤버가 아니었죠. 저는 당시 초현실주의가 뭔지는 잘 몰랐지만 호감은 갖고 있었어요. 제가 스페인에서 가졌던 경험은 혁명에 대한 열정을 고취시켰지만 동시에 혁명 이론을 불신하게 만들었습니다. 이런 것들이 저로 하여금 초현실주의의 정치적 행위에 가까워지게 했지요. 그래서 저는 그들과 접촉하자마자 공통점이 많다는 것을 깨달았어요. 제가 독일 낭만주의 시인들이나 윌리엄 블레이크를 읽어서 초현실주의를 받아들일 준비가 되어 있기도 했지만, 초현실주의의 정치적 태도가 저와 아주 비슷했던 게 중요하게 작용했죠. 그러나 그런 일은 더 나중에 일어납니다.

멕시코로 언제 귀국하셨나요?

1938년입니다. 저는 스페인 공화파 난민들을 위해 일했습니다. 그때가 제 정치적 활동이 가장 활발했던 시기입니다. 멕시코 노동조합이 기관지로 발행했던 일간 신문 〈엘 포퓰라르El Popular〉의 편집 작업을 하기도 했어요. 그리고 국제 정세에 대한 글을 매일 썼습니다. 저는 언론에서 일할 때 문학적 주제로 글을 쓴 적이 한 번도 없어요. 저는 멕시코에 가기 전부터 공산당 관료주의, 특히 사회주의 리얼리즘을 추종하는 사람들과는 심각한 견해차를 갖고 있었습니다. 뮌헨 협정[208]이 체결되자 많은 편집위원이 히틀러에게 양보한 부르주아 민주주의 국가들을 비판했을 뿐만 아니라 그것이 제3인터내셔널의 결과라고 비난하면서 신문사를 떠납니다. 저는 그래도 신문사에 남았는데, 나중에 독-소 불가침 협정이 체결되는 것을 보고는 결국 저도 떠났지요. 이후에 저는 잠시 혁명 야당을 도운 것 외에는 정치 활동을 거의 접습니다. 그때 저는 트로츠키주의자들을 좀 알았는데, 그들 중 하나가 멕시코의 제4인터내셔널 잡지 〈클라베Clave〉의 편집인이었던 호세 페레르José Ferrer입니다.

당시에 문학도 포기하셨습니까?

결코 그렇지 않습니다. 그때 저는 다른 멕시코 작가들과 함께 문학지 두 개를 창간했어요. 하나는 『타예르』[209]이고 다른 하나는 『엘 이호 프로디고』[210]입니다. 제가 권유해서 페레르가 랭보의 『지옥에서 보낸 한 철』을 번역해 『타예르』에 실었고, 로트레아몽의 『시』를 번역해서 『엘 이호 프로디고』에 실었죠. 이 두 작품이 스페인어로 번역된 건 이때가 처음입니다. 『타예르』에는 T.S. 엘리엇의 첫 번째 스페인어판 시선집도 나왔어요. 당시는 스페인 내전 때였고 멕시코에 많은 혁명 지식인과 예술가가 피난을 와 있었습니다. 저는 오래지 않아 제3인터내셔널의 창립자 가운데 하나로 스탈린에게 쫓기는 신세였던 빅터 세르지[211]를 알게 됐어요. 제가 앙리 미쇼의 작품을 처음 읽은 것도 세르지의 권유 덕분이었습니다. 몇 년 후 저는 미쇼를 만났고 이 대단한 시인과 깊은 우정을 맺었습니다. 미쇼의 발견은 제게 엄청나게 중요한 사건이었고, 그의 작품은 현기증이 날 정도로 언어적이고 정신적인 우주였어요. 당시에 만나 평생 친구가 된 또 다른 사람들 가운데 하나가 역시 멕시코에 도피해 있던 벵자멩 페레입니다. 페레를 통해서 멕시코에 살고 있던 팔렌[212]과 레오노라 캐링턴[213] 등의 또 다른 초현실주의자들을 알게 됐지요. 캐링턴은 아주 매력적인 여자이자 마법에 걸린 마법사 같았어요.

부뉴엘도 그때 아셨어요?

아니요, 루이스 부뉴엘은 몇 년 후에 파리에서 처음 알았어요. 저는 멕시코 정부의 많은 사람의 반대에도 부뉴엘의 〈잊힌 사람들Los olvidados〉을 칸 영화제에 추천했습니다. 그들은 이 영화가 멕시코를 헐뜯는 영화라고 봤지요. 그런데 이 영화가 최우수 감독상을 탔어요. 그래서 그들은 더욱 분노했지만 입을 다물 수밖에 없었지요.

〈잊힌 사람들〉은 부뉴엘이 세계 영화계에 복귀를 알리는 작품이었죠.

그보다는 위대한 예술로의 복귀이자 부뉴엘 특유의 열정적이고 비판적인 비전으로의 복귀라고 할 수 있겠죠. 동시에 영화 황금시대로의 복귀이고, 〈안달루시아의 개〉로의 복귀이기도 합니다. 이 영화는 진정한 나는 누구인지를 보여주면서, 글자 그대로 우리의 눈을 뜨게 해준 영화예요. 모든 리얼리즘은 몽상적이죠. 그러나 우리는 제2차 세계 대전 중 멕시코에 있었습니다. 당시에 저는 공산주의자들과 관계를 단절했고, 소위 '사회주의 리얼리즘'을 둘러싼 많은 논쟁에 휘말려 들어갔어요. 그리고 존경하던 시인, 파블로 네루다와도 아주 심각하게 어려운 관계가 됩니다. 그때를 생각해보면, 그 많은 뛰어난 정신의 소유자가 어떻게 도덕적 나병이라 할 수 있는 스탈린주의에 감염되었는지 지금도 이해가 되지 않습니다. 우리가 너무도 잘못 알고 있는 본능, 그 종교적 본능이 탈선한 것이라고 봅니다.

전쟁 중에 멕시코에 계셨다고 했나요?

처음에는 멕시코에 있다가 나중에 미국으로 갔어요. 1944년에 구겐하임 장학금을 받게 됐거든요. 미국 체류는 스페인 못지않게 제게 큰 경험이었습니다. 무서울 정도로 놀라운 미국 문명의 현실도 봤고, 엘리엇, 파운드, 윌리엄 카를로스 윌리엄스, 월리스 스티븐스, 커밍스 등 많은 위대한 시인도 발견하고 읽었지요. 몇 년이 흐른 후에 저는 윌리엄 카를로스 윌리엄스를 직접 만났는데, 그가 제 시집 『폐허 속의 노래Himno entre ruinas』를 번역해줬어요. 또 커밍스도 만나서 더 자주 보게 됐는데 제가 그의 시들을 번역하기도 했죠. 어쨌든 다시 아까 얘기하던 시절로 돌아가볼까요. 저는 세계 대전이 끝난 후에 파리로 가서 페레를 만납니다. 그는 저를 브르통에게 데려갔고 거기서 초현실주의자들과의 우정과 협력이 시작됩니다. 저는 앙드레 브르통과 페레를 무척 좋아했어요. 페레는 제 작품 『태양의 돌』을 굉장히 훌륭하게 번역하기도 했는데, 알고 계신지 모르겠네요.

프랑스와 미국 가운데 어느 나라의 시와 더 가깝다고 느끼시는지요?

이 질문에 대한 대답으로는, 제가 스스로를 근대시의 전통 안에 놓고 보기를 선호한다는 말씀을 드리는 게 좋을 것 같아요. 제가 쓴 많은 글은 근대시의 역사에 끼어들기 위한 시도였습니다. 저는 다른 모든 시인 역시 그걸 원하고 있고, 특히나 라틴아메리카 시인의 경우에는 그 바람이 더욱 강렬하다고 봅니다. 중남미인은 서구의 변방에서, 역사의 바깥에서 살아왔습니다. 동시에 얼마 전까지만 해도 경멸의 대상이던 전통의 일부를 형성해왔고 지금도 그렇습니다. 루벤 다리오와 세사르 바예호는 파리에 다녀왔지만 아무도 그 사실을 알지 못했어요. 그렇기 때문에 라틴아메리카 시인들은 저마다 라틴아메리카의 고유성과 아울러 보편적인 전통의 한 부분을 구성하는 자신의 존재를 과할 정도로 한결같이 강조해왔던 것입니다. 라틴아메리카 시의 역사에서 중요한 두 운동이었던 모데르니스모와 아방가르드는 코스모폴리터니즘인 동시에 아메리카니즘이었습니다. 그래서 모든 라틴아메리카 작품은 서구 전통의 연장이자 위반이었습니다. 저는 여러 책에서, 특히 『활과 리라』에서 이 주제를 중점적으로 다뤘습니다.

그렇다면 선생님 작품은 연장인가요, 위반인가요?

저는 둘 다라면 좋겠어요. 길이 교차하는 점이죠. 저는 서구 근대시의 주류로서 독일과 영국의 낭만주의 시인들에 의해 시작된 전통의 산물이라고 스스로 느끼고 있습니다. 낭만주의는 제게 근대시의 시작입니다. 그런데 낭만주의는 근대의 표현이면서 동시에 그것의 부정이기 때문에 근대시는 시작부터 모순이었죠. 근대는 이성과 부르주아와 과학의 승리를 대변합니다. 왕정과 종교의 종말이고 서구 세속 역사의 시작이지요. 또한 근대에 시간을 직선적으로 보는 관점이 시작됩니다. 즉 진보의 미래는 그리스도교의 영원성을 쫓아냅니다. 근대성의 혁명에 대한 낭만주의자들의 태도는 애매한데, 그 모호함이 바로 초현실주의와 러시아 미래주의에 이르는 근대시의 변함없는 특징이 될 겁니다. 비판 정신은 문자 그대로 서구의 위대한 종교적 신화를 쓸어버렸고, 그 빈 공간에 낭만주의자들이 새롭게 세우려고 한 것이 시의 신화이고 시의 진실이죠. 블레이크는 인류의 진정한 종교가 상상력이라고 말합니다. 낭만주의자들은 시인을 견자見者로 인식했는데, 이 견자가 육체의 눈이 아니라 상상력의 눈을 통해 봤던 것이 우주의 아날로지, 즉 대우주와 인간이 서로 나누는 교감 체계였습니다. 이런 생각은 정신적인 핏줄처럼 쿨리지와 노발리스, 워즈워스, 횔덜린과 같이 상이한 시인들에게 공통적으로 흐르고 있습니다.

일종의 종교적 행위군요.

그러나 그 어떤 종교나 교리에도 속박되지 않아요. 그것은 본질적으로 비판적인 혁명 행위와 시적 비전을 결합하려는 시도죠. 그래서 시적 사고, 아날로지의 사고가 혁명적 사고와 결합하는 경이로운 순간이 오는 겁니다. 샤를 푸리에는 이 순간을 '유토피아적 사회주의'라고 부릅니다. 푸리에는 낭만주의의 교감 체계를 사회와 에로티즘에 똑같이 적용했지요. 보들레르와 네르발로부터 랭보와 말라르메에 이르는 프랑스 시는 낭만주의 유산을 받아들여 이를 깊이 변형시킵니다. 이 모든 경향이, 러시아 미래주의자들과 아폴리네르와 위대한 포르투갈 시인 페르난도 페소아의 예에서 볼 수 있듯, 20세기 초반의 사반세기 동안 엄청난 폭발음을 일으키며 다시 등장하죠. 그리고 초현실주의 운동에서 격렬한 절정에 도달합니다. 초현실주의는 미학이나 시학이나 정치학에 모두 들어 있을 뿐만 아니라, 사활을 건 행동이었어요. 현대 세계를 부정하는 동시에 부르주아 민주사회의 가치를 다른 가치로 대체하려는 시도였습니다. 다른 가치들이란 에로티즘, 시, 상상력, 자유, 정신적인 모험, 비전을 말합니다. 이 모든 것은 매우 현대적이며, 모두에 위대한 낭만주의 선구자들의 목소리가 메아리치고 있습니다. 그래서 제가 시에서 써왔던 것들이 이런 흐름의 일부를 이룬다고, 혹은 이루고 싶어 한다고 보이는 겁니다.

그렇다면 스스로 초현실주의자라고 느끼십니까?

앞서 말한 의미에서 보면 저는 초현실주의자라 할 수 있죠. 그러나 다른 관점에서 보면 저는 초현실주의 미학과는 거리가 멉니다. 예를 들어, 자동기술법 같은 것은 아니죠. 저는 언젠가 그걸 실험해본 적이 있는데, 금방 포기했어요. 저는 인간의 어두운 면과 밝은 면이 반반씩 있어 서로 돕거나 부딪친 결과가 시라고 봅니다. 자동기술법을 가지고 시를 쓰라고 했으면, 저는 결코 『백지Blanco』나 『왜바람Viento entero』, 더 나아가 『태양의 돌』도 쓰지 못했을 겁니다. 물론 이들 시집에도 몽환적이고 무의식적인 요소가 있긴 하지만요. 그렇게 보면 시에 대한 제 생각은, 특히 장시의 경우에는 미국 시인들의 생각과 가까운 점이 많아요. 물론 스페인어권의 일부 선배와 동료 시인들과도 비슷합니다. 저는 호르헤 기옌에게 많이 배웠고, 어떤 의미에서는 루이스 세르누다에게도 배웠어요. 중남미 시인들 가운데에도, 우이도브로, 비야우루티아[214], 하이쿠를 실험한 타블라다[215], 그리고 동시시poesía simultánea에서도 배운 점이 있습니다. 이 시점에서 초현실주의 시의 형식으로 돌아가라면 말도 안 될 겁니다. 그렇다고 해서 그것을 부정하거나, 심지어 거부한다면 그것은 어리석고 염치없는 일이 될 겁니다. 초현실주의는 인간 상상력이 발현한 위대한 순간이었어요. 아마도 다른 이름과 다른 형식으로 다시 돌아올 겁니다.

어떤 배경에서 외교관 직업을 맡게 되셨나요?

두 친구의 도움과 우연이 개입했어요. 두 친구란 프란시스코 카스티요 나헤라Castillo Nájera와 호세 고로스티사José Gorostiza입니다. 카스티요 나헤라는 정확히 말하면 아버지의 친구분인데 아버지와 마찬가지로 멕시코 혁명에 참여했죠. 그가 외교부 장관으로 임명된 후 제게 외교관의 길을 걸으라고 권하셨어요. 1945년 당시 저는 뉴욕에서 궁핍과 가난 속에 살고 있었기에 그 제안을 군말 없이 받아들였죠. 놀라운 재능을 가진 시인 호세 고로스티사는 당시 외교국 국장으로 있으면서 저를 파리로 보내기로 결정했어요. 재밌는 얘기 하나 해줄까요? 우는 것보다는 웃는 게 좋으니까요. 저는 파리로 간다는 명령을 받아들이면서 유럽 프롤레타리아 혁명의 현장에 간다는 은밀한 희망을 품게 됐죠. 세기의 잔치라고 본 거죠. 1944년과 1945년 빅터 세르지와 다른 많은 사람이 똑같은 생각을 했어요. 마르크스주의 아니면 환상의 변증법이죠.

멕시코에는 외교관 시인의 전통이 있죠.

멕시코와 중남미의 다른 많은 나라에는 그런 전통이 있어요. 루벤 다리오는 대사관 공사였고, 네루다는 총영사를 지냈죠. 멕시코에서는 얼마 전까지만 해도 작가와 예술가들이 정부와 협력해서 일했어요. 이는 역사적으로 설명이 가능합니다. 멕시코 혁명의 광풍이 지나간 다음, 관료와 기술자들이 부족했던 혁명 정부는 지식인들을 불렀고 이들이 정부의 요직을 차지하게 된 거예요. 일부는 전문직으로, 일부는 정치적, 경제적 자문역으로, 또 다른 사람들은 외교관으로 일하게 됐죠. 이는 제가 『고독의 미로』와 그 「추신追伸」[216]에서 분석한 바 있는 현상입니다. 혁명 후에 포퓰리즘 인민 정부는 예술가들도 불렀어요. 그래서 리베라[217]나 시케이로스[218]와 같은 공산주의 화가들의 벽화가 수 킬로미터에 이르는 벽에 그려진 거죠. 이제는 따르지 말아야 할 정부와 지식인의 협력의 본보기입니다.

왜 그렇죠?

작가의 역할은 좋은 정부를 위해 기여하는 것이 아니라 정부에 비판을 하는 것이기 때문이죠. 카뮈가 말했듯이, 작가들은 이 세계의 증인입니다. 공무원이 아니라요.

외교관으로 일하실 때의 기억을 말씀해주시죠.

제 외교관 경력은 화려하지 않았고 승진도 늦었어요. 왜냐하면 그런 게 중요한 게 아니라 제가 진짜 원하는 것은 눈에 안 띄게 일하면서 글을 쓸 수 있는 조건이었으니까요. 특히 시를 쓰는 것이야말로 그때나 지금이나 제가 가장 원하는 것이에요. 저는 항상 시류에 거슬러서 글을 썼고 저 자신에 거슬러 글을 썼습니다. 『고독의 미로』는 쓸 때 굉장히 고생한 책이죠. 그 책을 쓰는 동안 배가 너무 무거웠어요. 임신한 것처럼요. 당시 저는 파리 주재 대사관의 영사였는데 책을 쓸 시간이 주말밖에 없었어요. 그래서 금요일 저녁이 되면 집에 틀어박혀서 일요일까지 일을 했습니다.

경제적으로도 어려움을 겪으셨나요?

많이 어려웠어요. 외교부에 들어가기 전까지 굉장히 어려운 시절을 보냈어요. 직업이 없었고 임시직으로 여기저기 옮겨 다녔죠. 한번은 구권 지폐를 세는 일을 했던 때도 있어요. 멕시코 중앙은행은 새 돈을 만들어내기도 하지만 그 돈을 폐기하기도 합니다. 거기서 우리에게 폐기되는 지폐 묶음을 주고 그걸 세는 대로 돈을 줬어요. 작업이 끝난 묶음들은 자루에 넣어 보관했죠. 은행 옥상에 커다란 화로가 있었는데, 매달 한 번씩 거기서 수백만 페소에 해당되는 지폐를 소각 처리했습니다. 꼭 지옥의 불길 같았어요. 돈은 추상화된 물건이고 상징입니다. 그런데 그 상징이 소각해버려야 하는 더러운 종이가 되는 거죠. 우리는 지폐를 셀 때 세균에 감염되지 않게 빨간 고무장갑을 끼었어요. 저는 돈을 세는 데에 서툴렀어요. 항상 지폐 뭉치가 넘치거나 모자라거나 했습니다. 처음에는 그게 무척 고민이 되더군요. 하지만 나중에는 이 세상이 지폐 다섯 장이나 여섯 장 더 남거나 모자란다고 해서 더 가난해지지도 더 부자가 되지도 않는다고 생각하게 됐어요. 나중에는 돈을 아예 세지 않기로 결심하고 그 시간 내내 머릿속으로 시를 구상했습니다. 그걸 까먹지 않기 위해 운율과 각운을 사용했어요. 이런 방식으로 아주 구슬픈 일련의 소네트를 지었습니다.

미국에서는 어땠습니까?

샌프란시스코에서는 암울하게 지냈죠. 허름한 호텔에서 지냈는데 곧 돈이 떨어졌어요. 인품 좋은 호텔 지배인 멘델슨 씨에게 사정을 얘기했더니 제게 엄청나게 좋은 조건을 제의하더군요. 지하실에 있어도 좋다는 것이었어요. 그곳은 할머니들이 매일 오후에 모이는 클럽이었는데, 옷장으로 쓰는 작은 방이 있었지요. 거기가 몇 달 동안 제 방이 된 겁니다. 유일한 불편 사항은 할머니들이 모두 헤어져야 내 방에 들어갈 수 있다는 것이었죠. 그래도 당시 샌프란시스코 생활은 너무 좋았고 육체적으로나 지적으로 충만한 시절이었어요. 신선한 공기도 맘껏 마셨지요. 그곳에서 시의 길이 열렸어요. 만일 시에도 길이 있다면 말이죠.

동양을 처음 접한 것은 언제입니까?

1951년 뉴델리에 가서 몇 달 지내다가 도쿄로 간 것이 처음입니다.

대사로서 가신 건가요?

아니죠, 아니에요. 결코 아닙니다.

하지만 인도에서 결국 대사를 하셨잖아요.

네, 1968년까지 6년 동안 했습니다. 잘 아시다시피, 10월 2일 멕시코에서 틀라텔롤코 학살[219]이 일어나자 항의하는 의미에서 대사직을 사임했어요.

인도의 종교에 관심이 있으셨습니까?

아니요, 제가 관심이 있던 것은 인도의 전통 사상, 특히 불교의 조류, 나가르주나[220], 육조단경六祖壇經이었습니다.

당시 인도에서 지낸 것이 선생님에게 어떤 영향을 주었나요?

제일 먼저 개인사에 큰 영향을 주었죠. 그곳에서 아내를 만났으니까요. 출생 이후에 제게는 가장 중요한 일이었어요.

거기서 결혼하셨습니까?

네, 큰 나무 아래서 했어요. 잎이 무성한 님nim이란 나무였죠. 그 나무에 다람쥐들이 뛰놀았는데, 더 높은 가지에는 독수리들이 날개를 접고 있었고, 까마귀들도 무척 많았습니다. 우리 집 근처에는 이슬람 묘지가 있었는데, 아침만 되면 도시 반대편에서 펠리컨 무리가 무덤을 향해 날아왔습니다. 날이 지면 똑같은 무리가 우리 집 위를 날아서 돌아가는 게 보였어요. 어느 날 아침에는 정원에서 아침을 먹고 있는데 갑자기 우리를 향해 뭔가 검은 물체가 일직선으로 내리꽂히는 느낌이 들더니 식탁을 치고 사라져버렸어요. 음식을 보고 달려든 매였어요. 땅거미가 질 무렵이면 정원의 하늘은 떼를 지어 원을 그리며 날아다니는 새들로 가득했는데, 자세히 보니 새가 아니라 박쥐더군요. 그렇지만 제게 반감을 주는 동물은 아니었습니다. 겨울철 오후의 정원은 은은한 빛으로 빛나면서 마치 시간을 초월한 공간 같았죠. 그 빛은 사방에 반사되는 차별 없는 빛이었어요. 마리-조가 이렇게 말한 게 기억납니다. "이 정원의 형이상학적 교훈을 잊기가 힘들 것 같아." 지금 같으면 저는 이렇게 고쳐서 말할 겁니다. 형이상학이 들어갈 이유가 없으니까요. "이 정원의 교훈을 잊기가 힘들 것 같아."

어떤 교훈을 말씀하시나요?

글쎄요, 식물과 동물과 나눴던 우정과 형제애라고 할까요. 우리는 모두 같은 것의 부분이니까요. 서양인들에게 자연은 정복하거나 이용해야 하는 현실입니다. 이런 믿음이 우리 과학기술의 기반이자 근본이었죠. 인도인들에게는 아직도 자연은 은혜로울 수도 있고 무서울 수도 있는 어머니입니다. 게다가 동물 세계와 인간 세계 사이에는 명확한 경계도 없어요. 이런 태도가 우리로서는 이해하기 힘든 극단으로 치달을 수 있습니다. 잘 알려진 대로, 인도에서 가장 심각한 두 가지 문제는 인구 과잉과 소의 과잉입니다. 그와 관련해 저는 매우 심각한 어조를 띤 델리의 한 신문 사설을 읽은 적이 있는데, 공장을 만들어서 피임을 위한 두 가지 형태의 자궁막子宮膜을 대량 생산하자고 제안하더군요. 하나는 여성을 위해, 다른 하나는 암소를 위해 쓰자고요. 당시만 해도 피임을 위한 루프나 알약이 나오지 않을 때였어요.

선생님은 인도에 대해 큰 애정을 갖고 있다고 느껴집니다.

인도는 마리-조와 저에게 우리와 다른 문명의 존재를 가르쳐줬습니다. 우리는 그것을 존중할 뿐만 아니라 사랑하는 법을 배웠어요. 무엇보다 침묵하는 법을 배웠습니다. 그곳에 있을 때 가장 화가 났던 것은 서양의 언론인이든 기술자든 전문가들이든 봄베이 항구에 도착하자마자 인도인들에게 가르치려고 드는 사람들이었습니다. 저는 그리스도교나 자본주의나 마르크스레닌주의나 상관없이 그들의 선의를 믿습니다. 그러나 그들이 얼마나 무지하고 오만한지도 너무나 잘 알고 있습니다. 그들은 18-19세기의 제국주의자들보다도 더한 인종주의자들입니다.

동양에 대한 선생님의 애정은 그곳으로 여행하기 전부터 있었나요, 아니면 다녀오신 후에 생긴 것인가요?

이전부터입니다. 중국과 일본의 시를 발견한 것은 1952년 일본을 처음 방문했을 때고요. 동양에 애정을 가진 이가 저뿐만은 아닙니다. 클로델과 세갈렌[221], 혹은 하이쿠를 지었던 폴랑[222]과 엘리아르를 생각해 보세요. 영어권에는 웨일리[223]와 파운드도 있고 최근에도 도널드 킨[224]을 비롯해 몇 명이 있습니다. 킨이 겐코吉田兼好[225]의 『무료함에 대한 단상Essays on Ideness』을 번역한 것을 읽어보셨어요? 너무 좋은 작품이에요. 시인 번역가들도 빈센트 맥휴Vincent McHugh와 C.H.궉Kwoc을 비롯해 새롭게 배출되고 있습니다. 제가 금방 읽어본 이백의 시를 보세요. 당신이 직접 읽어보시죠. 제 영어는 제가 직접 만들어 알아들을 수 없는 말이거든요.

아롱진 구름 사이로
아침에
백제성을 떠나
강릉까지
천리 길을
하루에 달려왔네.
양쪽 강기슭
잔나비 울음소리는
그칠 줄 모르고
가벼운 배는
벌써 첩첩산중을 지났네.[226]

이 시는 굉장히 시각적이지만 물 흐르듯 미끄러지다가 결국 흩어집니다. 우리 문학에서 동양 문학, 특히 하이쿠 장르는 멕시코의 호세 후안 타블라다 작품에 나타나죠. 스페인어권 문학에서 아방가르드의 두 선구자는 호세 후안 타블라다와 칠레의 비센테 우이도브로예요. 비록 타블라다가 최고 시인이 아니었고 그의 시들도 일급은 아니었지만 그중 어떤 작품들은 영원히 기억될 겁니다. 시는 응축된 언어인데, 타블라다는 이 점을 누구보다도 잘 알고 있었어요.

창작은 아주 개인적인 일입니다. 예를 들어, 선생님에게는 고독이 불가피한 것인가요?

시인은 소리, 도시, 나무 등 뭔가 접촉하는 가운데 글을 써야 합니다. 문학은 무엇보다도 언어의 위반이에요. 언어의 반란은 현실에 대한 작가의 태도에서도 나타납니다. 작가는 언제나 무언가와 접촉하는 가운데 글을 쓰고 많은 경우에는 그것에 맞서서 씁니다. '맞서서'라는 말이 미움을 의미하는 건 아니에요. 사랑도 될 수 있습니다. 모든 경우에 시는 언어의 파괴거나 언어 안으로 들어가기 위한 언어 껍질의 파괴입니다. 글을 쓰는 기술은 전투와도 비슷하고 사랑과도 비슷합니다.

글을 쓰는 작업이 힘드세요?

항상 그런 건 아니고, 가끔은 힘듭니다. 그리고 어떨 때는 굉장히 즐겁고요.

시간을 정해놓고 작업하십니까?

아니요. 제 시간표는 불규칙합니다. 오전에 일하기도 하고 오후에 하기도 해요. 그래도 매일 조금씩은 일하고 책도 읽습니다. 독서는 제가 제일 좋아하는 것들 중 하나예요. 읽고 대화하는 것에 비하면 쓰는 걸 안 좋아하죠.

제가 드리는 질문에 대답하기 전에 항상 간단히 메모를 하시는군요. 왜 그러시죠?

입에서 나오는 말에 신뢰가 부족하기 때문이죠. 저는 녹음기가 아니라 책의 세대입니다. 쓰고 말하는 것은 다른 행위고, 어찌 보면 반대되는 행위죠. 이게 참 흥미로워요. 지금 프랑스 작가들은 '에크리튀르écriture' 라는 용어를 많이 구사합니다. 반면 미국이나 영국에서는 '스피치'라는 말이 지배적입니다. 이들은 문학에 대한 상이한 두 생각입니다. 프랑스에서 주가 되는 것은 '글쓰기', 그러므로 '읽기', 즉 눈과 침묵이에요. 그러나 영어권 국가에서 시는 입에서 나온 소리이고 듣기입니다.

선생님은 글쓰기와 말하기 중에서 무얼 선호하세요?

시는 원래 말의 언어죠. 지금까지 그랬고 앞으로도 그럴 겁니다. 시는 근본적으로 리듬이에요. 시를 오로지 글쓰기로만 생각하는 것은 잘못입니다. 그러나 또 다른 전통을 잊어서는 안 돼요. 바로 시각시視覺詩입니다. 저는 쓰인 시와 시각시를 구분해요. 다시 말하자면, 저는 쓰인 시가 있다고 믿지 않습니다. 눈을 통해 시를 읽을 때, 그걸 잘 읽으면 마음속으로 읽게 돼요. 결국 그렇게 보면 시는 구어체 시와 시각시가 있는 거죠.

우리 시에는 두 전통이 모두 있습니까?

히스패닉 시, 그러니까 중남미와 카스티야의 시와 더불어 포르투갈, 갈리시아, 카탈루냐 시는 세계에서 가장 풍요로운 시 가운데 하나입니다. 근본적으로 그것은 구어체 시예요. 놀라운 우리의 중세 시와 로만세로Romancero[227]를 생각해보세요. 하지만 우리는 바로크 시대에 시각시의 전통도 가지고 있어요. 칼리그램의 진정한 선구자라고 할 수 있죠. 그런데 시각시의 위대한 전통은 사실 서양이 아니라 동양입니다. 즉 아랍, 페르시아, 산스크리트, 그리고 특히 중국의 시예요. 상형문자인 중국어는 시각적인 동시에 음향적이고 의미론적입니다. 상형문자의 형태와 소리와 의미 사이에는 3중의 상호작용이 가동되죠. 서구의 시에서는 소리와 의미 사이에서 상호작용이 일어납니다. 그럼에도 고대 그리스부터 말라르메와 아폴리네르에 이르는 시각시 전통이 있기는 합니다. 중남미에서는 우이도브로가 아폴리네르의 실험을 앞질렀고, 타블라다는 1921년에 상형시를 썼어요. 하지만 구체시의 이론을 더욱 과격하고 지적인 방식으로 정립한 이들은 브라질 시인들입니다. 데시우 피나타리Décio Pignatari를 비롯해 아롤두Haroldo와 아우구스투 지 캄푸스Augusto de Campos 형제는 훌륭한 시인일 뿐만 아니라 날카롭고 명쾌한 아방가르드 시론의 이론가였죠.

저는 선생님이 중남미 최초로 구체시 혹은 회화시를 쓴 시인이라고 믿고 있는데요.

잘 모르겠어요. 누가 먼저였는지가 중요하지도 않고요. 저는 브라질 시인들을 따라 구체시 실험을 한 게 맞아요. 공간시Topoemas라고 아시나요? 공간Topos과 시poemas의 결합이죠. 저는 단어들에 있는 가시적이고 의미적인 질서와 청각적 질서 사이의 관계를 발견하려고 시도했어요. 예를 들어, 다음의 공간시는 인도의 철학자 나가르주나에게 바치는 시인데, 여기서 부정은 '나'라는 환상을 소멸합니다. NIEGO("나는 부정한다")란 단어는 두 부분으로 쪼개지죠. NI EGO("에고는 없다.")

시각적으로 원형을 이루는 시도 있지 않습니까?

그건 살짝 트릭을 쓴 것이었어요. 과정 자체는 새로운 게 아니었습니다. 광고에서는 이미 잘 알려진 것이었지만 시에서는 처음 쓰인 겁니다. 마분지로 만든 두 개의 원을 포개놓은 물건이 있습니다. 위에 있는 원이 회전하면서 뚫린 부분으로 아래쪽 원에 쓰인 짧은 시의 문구가 보이는 방식이죠. 제가 의도했던 것은 두 가지입니다. 하나는 시각적 리듬을 통해 텍스트에 운동성을 주는 것이고, 다른 하나는 독서를 더 느리게 만드는 겁니다. 속독법이 유행이어서 그걸 가르치는 학원도 생겼다고 들었어요. 말도 안 되는 고약한 짓이죠. 저는 천천히 읽는 법을 배워야 한다고 믿습니다. 특히 시를 읽을 때는 더욱 그렇죠.

또 다른 형식적 실험을 하신 것이 있나요?

형식과 내용은 구분되는 게 아니에요. 다시 말해, 각각의 형식은 거기에 맞는 의미를 산출합니다. 공간시의 모양은 『시각 원반Discos visuales』에 나오는 시의 느린 움직임과 함께 제게 또 다른 생각이 들게 했어요. 즉 저의 시집 『백지』를 가지고 영화를 만드는 것이었지요. 그건 방대한 구성을 이루는데, 서로 다른 방식으로 결합할 수 있고 서로 다른 형식과 의미를 산출할 수 있는 다양한 부분으로 나눠집니다. 『백지』는 사랑의 시면서 동시에 언어에 대한 시예요. 여성의 몸이 언어처럼 보이는 동시에 느껴지고, 언어는 세계처럼 보이고, 세계는 증발해버리는 텍스트처럼 읽히죠. 이래서 몸을 만지는 것과 풍경 속에 걸어 들어가는 것, 책장을 읽으며 넘기는 것 사이에 아날로지가 생기는 겁니다. 3막으로 이뤄진 가운데 여자의 몸, 물리적 세계, 문자라는 물체가 나타나는 현상이 생기고, 우리가 그것과 융해되는 순간 사라져버리죠. 이래서 이 시의 제목이 '백지'입니다. 이 단어의 3중 의미는 흰색, 모든 색깔의 종합, 그리고 그것의 소멸입니다. 즉 백지白紙는 도달해야 할 목표이기도 하고, 비어 있다는 공空의 의미이기도 한 것이죠. 어쨌든 영화에 등장하는 건 글씨와 소리밖에 없을 겁니다. 그것은 음소音素와 기호의 '열정'입니다. 저는 이미 3년 전부터 대본을 준비해놓았는데, 인도에서는 기술적인 수단도 없었고 영화를 만들 돈도 없었어요. 그 뒤로는 제가 이곳저곳 돌아다녔고요. 아마 멕시코에 돌아가면 가능하지 않을까요.

시를 쓰실 때, 연상 작용은 자유롭게 일어나나요, 아니면 공을 들여서 만드

는 건가요?

보통 저는 제가 하려는 작업에 확실한 아이디어를 갖고 있지 않아요. 많은 경우 아무 생각 없이 텅 빈 상태를 느끼다가, 문득 첫 문장이 떠오르죠. 발레리는 그 첫 문구가 선물이라고 말합니다. 그 말이 맞아요. 우리는 불러주는 대로 첫 줄을 써내려가니까요. 그럼 그 선물은 어디서 오는 것일까요? 저도 모릅니다. 과거에는 여러 신들, 뮤즈, 하느님 등 우리 외부의 힘에서 그 존재를 찾았어요. 19세기에 들어와서는 그것이 시인의 천재성이라고 생각했죠. 하지만 '천재'라는 말이 뭐죠? 그 뒤로 등장한 또 다른 단어가 무의식입니다. 시에서는 첫 줄이 시 전체를 지배해요. 시는 그 첫 줄의 전개일 뿐이죠. 즉 때로는 거기에 맞서서 쓰이기도 하고, 어떨 때는 거기에 영합해 쓰이기도 합니다. 또 어떨 때는 시가 모두 완성된 후에 첫 줄이 사라져버리기도 하죠. 결국 제가 첫 줄을 쓰지만, 내가 아닌 타인이 쓰는 것이기도 합니다.

시를 쓸 때 인위적인 공을 들이기도 하십니까?

첫 줄을 쓴 사람과 그 뒤를 이어 쓰는 사람 사이에 끊임없는 대화가 이루어집니다. 시인이 다중 분열되면서 여러 명의 시인이 존재하게 되는 거죠. 물론 이는 작가들에게만 일어나는 일은 아닙니다. 우리 모두가 내부적으로 다중성을 가지고 있으니까요. 그리고 우리 모두는 하나의 단일성을 지향하면서 그 다중성을 제거하려는 경향을 가집니다. 문학의 경우, 이렇게 여러 목소리 가운데 하나가 다른 것들을 제압할 때 우리는 그 작가가 자기 문체를 찾았다고 말할 수 있습니다. 동시에 그가 화석화, 즉 작가로서 죽음을 맞이했다고 말할 수도 있어요. 작가는 언제나 대화를 유지해야 하는데, 그 대상은 대중, 자기 문체, 명성, 영원성 등 바깥의 타자들뿐만 아니라 자기 자신이 되어야 합니다. 위대한 작가들은 그렇게 해요. '위대한'이란 말에 거부감이 드는군요. '살아 있는'

작가들은 비록 다섯줄밖에 쓴 것이 없다고 해도 다양성을 간직하고 있는 사람들이고, 다른 여러 명의 '나'와 나 사이에 대화를 유지하는 사람들이죠. 제거하는 것은 거세되는 겁니다. 제거된 나, 육체적인 나, 점잖지 않은 나, 냉소적인 나 등은 모두 작가의 목소리를 빌려 말해야 합니다. 그 억압된 목소리들이 나타날 때 종이는 생명을 얻습니다.
언어가 곧 세계의 다양한 시각이라는 점이 인식될 때 문학은 비로소 언어가 된다고 믿어왔습니다. 문학은 언어, 즉 억압된 목소리들이라는 거죠. 제가 언어의 완성보다 더 사랑하는 것은 없어요. 단 조건이 있는데, 그 언어가 문득문득 열려야 하고, 그것이 열릴 때 우리가 그 심연의, 문자 그대로 '심연의' 균열 속에 나타나는 다른 현실을 볼 수 있고 들을 수 있어야 합니다. 그 현실은 우리가 몰랐던 현실이고, 그 목소리는 우리가 꿈속에서만 들었던 소리입니다. 그리고 우리가 듣지 않으려고 했던 목소리, 즉 죽음의 목소리고 육감적인 목소리기도 합니다. 위대한 시, 위대한 문학은 고정성, 통일성, 파벌성 등이 아니라, 갈라진 틈새와 구멍을 보여줍니다. 스스로와 싸우고 있는 인간을 보여주죠. 저는 인간에 대한 이런 시각이야말로 진정한 근대적 시각이라고 봅니다. 그 인간은 천국이나 상상의 하늘에 오르는 사람이 아니라 자신이 결국은 별것 아니라는 깨달음을 얻는 사람입니다.

에세이를 쓸 때도 그런 다양성이 생깁니까?

나와 협력하는 타자는 언제나 존재하죠. 그리고 대체로 나와 엇박자를 내면서 협력합니다. 다만 위험한 점은 우리를 부정하는 그 목소리가 너무 강해서 우리 목소리를 침묵시키는 것입니다. 하지만 위험을 감수할 가치는 있어요. 우리가 타자의 목소리를 침묵시키는 것보다는 그 목소리가 우리 목소리를 침묵시키는 것이 더 나으니까요. 우리 목소리가 타자의 목소리에게 침묵을 강요한다면, 우리 문학은 도덕적이고 교육적이고 따분한 문학이 됩니다. 포고문이 되고 교과서가 됩니다. 제가 라틴아메리카에서 오랜 세월 쓰였던 참여문학이나 실천 문학 등의 경향에 반대했던 건 작가가 이성과 정의 혹은 역사가 자기편이라고 독점하는 태도가 부도덕해 보였기 때문입니다. 작가가 바깥세상에 대해서뿐만 아니라 자기 안의 또 다른 나에 대해서도 맞서면서 자기만이 이성을 가진 것처럼 행동하는 건 실로 끔찍한 일입니다.

이미 써놓은 것을 많이 고치시는 편인가요?

네, 왜냐하면 내 안의 타자가 끊임없이 얘기를 하거든요. 그 타자는 견딜 수 없을 정도로 심술궂어서 제가 말하는 것마다 거부합니다. 계속되는 말더듬, 계속되는 우유부단함, 계속되는 수정 작업은 여기서 비롯됩니다.

그렇게 되면 글의 자연스러움이 사라지지 않을까요?

글쎄요, 자연스러움이란 대화를 통해 생겨납니다. 타자가 없다면 자연스러움도 없죠. 그래서 독백은 자연스러움의 적입니다.

타자기로 글을 쓰시나요?

아니요. 그 점이 유감입니다. 타자기는 손 글씨보다 훨씬 고칠 수 있는 가능성이 많지요. 예를 들어, 커밍스는 시를 직접 타자기로 칩니다. 손으로 쓰면 글이 너무 주관적이 되고, 너무 개인적이고 감정적인 것들에 전염되기 쉬워요.

쓰신 글에 대해 논평하는 걸 좋아하시는지요?

전에는 그랬는데, 지금은 그러지 않습니다. 전에는 제가 써 놓은 글이 굉장히 중요해 보였거든요.

이 주제에 대해서는 그냥 넘어가죠. 최근에는 글을 많이 쓰셨습니까?

금년에는 몇 편의 시와 아티클, 그리고 『글 쓰는 유인원』[228]이라는 조그만 책을 썼어요. 최근 스키라Skira 출판사에서 '창작의 오솔길Los senderos de la creación'이라 불리는 문고를 시작했죠. 시와 그림의 창작에 대한 글을 모아놓은 문고인데, 『글 쓰는 원숭이』는 이 문고에서 나올 겁니다. 처음에는 프랑스어로 나오고, 나중에는 아마도 스페인어나 영어로 나올 거예요. 제가 시 창작에 대해 많이 써봤기 때문에, 이 주제를 다시 다루는 게 오히려 더 어렵네요. 그래서 '창작의 오솔길'이라는 문구를 그대로 받아들이자는 생각이 들었어요. 그러니까 없던 길을 개척하고 만들어야죠. 그 길이 어떤 길이냐 하면 글쓰기의 길입니다. 그리고 그 길은 텍스트 자체이고, 작가가 글을 써나가면서 만드는 길이고, 우리가 읽으면서 해체하는 길입니다. 다시 말해, 쓰면서 만들고 읽으면서 해체하는 길이죠. 이것이 창작의 이율배반성인데, 사랑과 명상의 이율배반성이기도 합니다. 어떻게 보면 『백지』의 다른 버전이기도 합니다. 끊임없이 풀어지는 텍스트이고, 흩어지는 길이죠.

이러한 부정negación은 불교와도 상통하죠?

그럼요. 현대 철학과도 통합니다. 특히 마침 여기 케임브리지에서 가르쳤던 철학자, 비트겐슈타인과 많은 관계를 가집니다. 그리고 제가 생각하고 살면서 체험한 저의 개인적인 경험과도 관련됩니다. 특히 사랑과 언어에 대한 제 생각과 관계됩니다. 그것은 부정입니다. 그러나 스스로를 부정하면서 결국엔 무언가를 긍정하게 되는 부정입니다. 그래서 그것은 창조입니다. 저는 항상 창조가 비판이라고 믿어왔어요. 언어가 자기 자신에게 되돌아올 때가 있는데, 바로 자신을 부정하면서 긍정하는 것입니다.

『글 쓰는 유인원』이란 제목은 무엇을 의미하는지요?

원숭이 신 하누만Hanuman을 지칭해요. 그는 『라마야나Ramayana』에 등장하는 인물 가운데 하나로 매우 대중적인 신이죠. 『라마야나』는 라마의 모험과 시타Sita와의 사랑을 그린 서사시입니다. 라마의 메신저가 하누만입니다. 그래서 그는 시인이고 언어의 대가인 문법학자예요. 일설에는, 하누만이 라마야나와 똑같은 주제를 가진 희곡 작품을 썼다고도 합니다. 그리고 이걸 바위와 돌들에 새겨놓았다고 하죠. 이렇게 자연은 그 자체로서 글이 되고, 작가는 풍경이라는 텍스트를 해독하는 최초의 독자가 됩니다.

창작가는 번역가라는 말씀과 불교에 대한 선생님의 일가견은 근대시와 어떻게 연결이 될까요?

혹시 연가連歌, renga가 뭔지 아시나요?

아니요.

그건 일본의 시 형식입니다. 그럼 단가短歌, tanka는 뭔지 아십니까?

모릅니다.

단가는 5행으로 이뤄진 시인데, 각각 3줄과 2줄의 두 연으로 쉽게 구분되는 이원적인 구조를 가집니다. 일본 시의 역사가 시작된 이래 단가는 항상 두 부분으로 나눠졌어요. 그래서 시인 한 명이 첫 부분을 쓰고 다른 시인이 나머지 부분을 쓸 수 있었죠. 이후에 여러 시인들이 함께 창작하는 연작 시리즈의 단가가 쓰이기 시작합니다. 이러한 새로운 형식의 시를 연가라고 불렀죠. 그것은 마치 계속 이어지는 길처럼 흘러가는 강물이나 멜로디 같은 형식을 가집니다. 집단 창작된 시인데, 일본에서 가장 훌륭한 시 가운데 일부가 연가라는 점이 흥미롭습니다. 이 시에서 주목되는 것은 유일한 저자라는 생각이 부정되고 있다는 점입니다. 그래서 저는 연가에서 모순적으로 보이는 두 요소를 발견합니다. 하나는 집단 글쓰기라는 점, 그리고 그럼에도 불구하고 구성면에서 뚜렷한 통일성이 보인다는 점이죠.

그것은 저자의 죽음인가요?

그보다는 저자라는 '우리' 생각의 부정이죠. 단일 저자라는 신화 말입니다. 왜냐하면 모든 저자를 포괄하는 '저자'라는 언어는 유일한 저자라고 지칭되는 사람의 정신과 손을 통해야 하는 것이기 때문입니다. 그렇다고 해서 제가 저자의 존재를 완전히 부정하는 건 아니에요. 누군가는 텍스트를 써야 하니까요. 제가 말하고 싶은 것은, 근본적인 문학적 현실이란 작품이지 그 '누군가'가 아니라는 말입니다. 1968년 인도에서 멕시코로 귀국하는 길에 파리에 들렀는데, 어느 날 아침 문득 서구 세계에서 동양식 실험을 해보고 싶다는 생각이 들었어요. 그래서 이 생각을 친구인 프랑스 시인 자크 루보드[229]에게 말하면서 네 개의 언어로 연가를 지어보자고 제안했죠.

왜 네 개의 언어인가요?

각 언어는 서로 다른 시적 전통을 가지고 있어요. 그런데 이렇게 각 국가의 시적 특성이 있기는 하지만, 모든 서구 세계에 공통되는 시적 전통이 존재하는 것도 사실이에요. 우리는 무엇보다도 우리 시대의 서구 전통 공동체를 보여주려 했죠. 다른 문제는 시 형식을 무엇으로 할 것인지에 대한 것이었어요. 우리는 서양에서 일본의 단가에 해당되는 것이 소네트라는 생각이 들었습니다. 그것은 유럽 모든 민족이 공유하고 있는 전통적인 형식이지요. 물론 우리 연가의 소네트에 각운이 잘 안 맞는 것은 사실입니다. 서로 다른 언어가 각운을 맞추는 건 쉬운 일이 아니에요. 정해진 운율이 없는 것도 문제였습니다. 연가의 형식이 정해지자 우리는 존경할 만한 다른 두 시인, 이탈리아의 에도아르도 상기네티[230]와 영국의 찰스 톰린슨[231]을 모셨어요. 이들은 어떻게 보면 지금 유럽 시단의 두 축을 대변하는 분들이죠.

재정적인 문제는 어떻게 해결하셨어요?

우리 친구인 클로드 로이가 출판경영인 클로드 갈리마르Claude Gallimard에게 얘기했더니 우리 아이디어에 관심을 보이면서 상기네티와 톰린슨의 여행이 가능하도록 도와줬어요. 1969년 4월의 어느 날 우리 네 명이 파리에 모였습니다. 우리는 생시몽 호텔에 머물렀는데, 마리-조가 그 호텔 지하에서 조그만 방을 하나 발견했어요. 화려한 지하 예배당 같은 장소였죠. 우리는 거기서 시를 쓰면서 닷새를 보냈습니다. 시집의 이름은 『연가』로 했고, 앙드레 브르통에게 헌정됐습니다.

왜 앙드레 브르통이죠?

저자라는 생각에 의문을 제기한 것이 초현실주의였거든요. 브르통은 시 창작에서 무의식의 개입을 강조하면서, 시인이 언어를 이용하는 것이 아니라 그 반대라고 말합니다. 게다가 우리의 경험은 번역에 대한 특정 생각과 일치합니다. 보들레르는 시인이 우주의 신호인 자연을 해독하는 번역가라고 말합니다. 시인은 우주라는 책을 읽는 독자인 셈이죠. '우주라는 책'도 사실은 낭만주의자들이 르네상스에서 이어받은 오래된 은유입니다. 시인은 이렇게 보편적인 시적 전통을 해독해서 자기 식으로 번역합니다. 그런 의미에서 우리의 연가 작품은 에즈라 파운드와 엘리엇에게 바치는 것이기도 해요. 그 시인들이 다른 언어로 된 작품을 자기들 시에 끼어놓은 근대 최초의 시인들이거든요. 우리는 하나의 시에 네 개의 언어로 된 작품을 혼합하면서, 우리의 단일한 시적 전통뿐만 아니라 시라고 하는 영원한 번역의 가능성을 확인했습니다.

그렇게 지은 연가는 여러 도로가 교차하는 길목이겠군요.

두 개의 길이 교차하는 지점이죠. 하나는 시인의 입을 통해 시인의 것이 아닌 '다른 목소리'를 말한다고 했던 초현실주의고, 다른 하나는 파운드와 엘리엇에 의해 근대에 시작된 경향으로서 '표제 문학'이라 불리는 것입니다. 또한 문학 창작이 우연과 계산이 복합적으로 작용하는 작동 원리와 분명한 유사성을 가진다는 생각을 따르기도 합니다. 문학 텍스트는 기호의 조합인 것이죠. 그렇게 보자면, 우리는 기호 대신에 그 기호를 생산해내는 시인들을 조합한 셈이네요.

앞으로 그 실험을 또 해보실 건가요?

제가 좋아하는 미국의 시인 로버트 던컨[232]에게 연가에 대해 말한 적이 있어요. 그는 아메리카의 연가, 그러니까 우리 대륙의 연가를 써보자고 얘기하더군요. 즉 브라질 시인, 히스패닉아메리카 시인, 미국 시인, 아이티나 캐나다의 프랑스어 시인이 함께 하자는 것이죠.

선생님이 어린 시절에 처음 읽은 책은 무엇입니까?

할아버지는 굉장한 서재를 가지고 계셨고 저는 어릴 때부터 아무런 제약 없이 그곳을 드나들었어요. 처음으로 읽은 외설 문학도 고전 작품들이었죠. 그때 읽은 『황금 당나귀Metamorphoses』 때문에 엄청나게 심란했던 것이 지금도 기억나네요. 프랑스 문학 작품들도 많았고, 19세기 말의 스페인어권 시인과 소설가들의 작품도 많았어요. 특히 중남미 모데르니스모 작가들의 작품이 서재에서 독보적인 위치를 차지하고 있었죠. 제 유년기와 청소년기 시절은 아방가르드 시와 회화가 폭발하는 위대한 시대였습니다. 저는 또한 공고라[233]를 비롯한 바로크 시인들도 발견했어요. 이후에 공고라를 많이 읽었고 지금도 읽고 있지요. 케베도도 마찬가지입니다. 학교에서는 이상하게 우리 고전 작가들을 미워하게 만들었어요. 하지만 저는 나중에 중세의 전통시로 돌아갑니다. 제가 즐겨 읽었던 또 다른 작가는 아르시프레스테 데 이타인데, 이는 더 후의 일입니다.

현대 시인들의 것도 많이 읽으셨나요?

당시는 제게 중남미와 스페인의 시인들을 발견하는 시기였어요. 히메네스와 로르카, 호르헤 기옌과 라파엘 알베르티, 네루다와 보르헤스, 페이세르[234]와 비야우루티아 사이에서 흔들리며 열정적으로 쉬지 않고 읽었죠. 그리고 문학지 『콘템포라네오스Contemporáneos』 덕분에 온몸이 떨리는 경험을 하기도 했어요. 『황무지』와 생 존 페르스의 『아나바스Anabase』가 처음 스페인어로 번역된 것을 읽은 겁니다. 얼마 후에는 또 다른 떨리는 경험을 했어요. 앙드레 브르통의 『광란의 사랑L'amour fou』을 읽었거든요. 그리고 비야우루티아 덕분에 블레이크도 읽었어요. 횔덜린과 독일 낭만주의자들을 처음 읽은 것도 이 시기였습니다.

주로 시만 읽으셨습니까?

아니요. 당시 우리는 오르테가 이 가세트의 『레비스타 데 옥시덴테』에 실린 글들을 많이 읽었어요. 그래서 우리 세대가 독일 근대철학, 후설 현상학, 그 후계자들과 제자들의 철학에 대해서도 접하게 됐죠. 하이데거의 『무無란 무엇인가Qué es la nada?』를 스페인어로 읽은 것도 커다란 체험이었어요. 수비리[235]에 의해 번역되어, 호세 베르가민[236]이 주관하던 잡지 『크루스 이 라야』에 실렸거든요.

멕시코에 계실 때 고립돼 있다는 느낌을 받으셨나요?

아시다시피, 개방적인 아르헨티나와 달리 멕시코는 외부에 대해 닫혀 있는 외톨이 민족입니다. 그러나 제2차 세계 대전 이전까지만 해도 중남미는 코스모폴리턴이었고 멕시코도 마찬가지였어요. 우리는 밖에서 무슨 일이 일어나고 있는지 잘 알고 있었는데, 이는 훌륭한 잡지가 많았던 덕분이라 할 수 있습니다. 마드리드에서 출판되는 『레비스타 데 옥시덴테』와 『크루스 이 라야』, 부에노스아이레스의 『수르』, 멕시코의 『콘템포라네오스』 등이 그것이죠. 그런데 지금은 그와 비슷한 것도 없어요. 당시에 우리는 정치에도 관심이 많아서 혁명 서적들, 특히 마르크스주의 성향에 속한 것들을 많이 읽었습니다. 이상하게 보일지 모르지만, 저는 니체도 똑같은 열정을 가지고 읽었어요. 몇 달 동안 『즐거운 학문The Gay Science』의 격언들을 그야말로 들이마셨지요. 정신적 도취 상태에 빠졌죠. 그런데 당시 우리 가운데 영국이나 미국의 현대철학을 아는 사람은 없었어요. 에세이 문고를 통해 버트런드 러셀의 『결혼과 도덕』 정도를 알 뿐이었죠. 특히 저는 소설을 엄청나게 읽었습니다. 지금은 인류학과 역사 관련 책이나 여행기를 더 좋아합니다.

"녹음기 없이" 진행된 우리 대화에서 선생님은 잘 보는 책 중의 하나가 사전이라고 하셨어요.

저는 사전을 매일 읽어요. 사전은 자문관이자 형님 역할을 하지요. 마술을 부려서 항상 '서프라이즈'를 터뜨립니다. 하나의 단어를 찾으면 꼭 다른 단어가 발견되거든요. 사전 안에 세상 모든 이름이 들어가 있는 걸 보면 거기엔 세상의 진리가 존재하고 있음이 틀림없어요. 그런데 사실은 그렇지가 않습니다. 사전은 우리에게 단어의 목록을 제시해주는데, 작가들뿐만 아니라 모든 사람의 임무는 그것들을 서로 연결해서 그 빈약한 연결 가운데 하나가 세상의 진리를 드러나게끔 하는 겁니다. 그런데 그 진리란 그것이 읽히는 순간 해체되는 상대적 진리인 것이죠.

제가 아주 좋아하는 책이 코로미나스Corominas의 『스페인어 어원사전 Diccionario Etimológico de la Lengua Española』입니다. 카탈루냐 사람의 책인데, 카스티야 사람에게 큰 교훈을 줘요. 위대한 카탈루냐가 자부심 강한 카스티야에게 주는 교훈인 것이죠. 그래서 저는 카스티야와 스페인의 다른 지방들 사이에 존재하는 오랜 논쟁에서 중앙집권주의자들이 아니라 바스크, 갈리시아, 카탈루냐 등 지방의 편에 섭니다. 자기가 만든 사전의 서문에서 코로미나스는 서양의 어떤 언어도 카스티야 언어만큼 유령 단어가 많지 않다고 말합니다. 자신의 몸을 잃어버리고 떠돌아다니면서 이미 뭘 의미하는지도 모르는 단어들이 있다는 생각을 하면 머리끝이 쭈뼛해집니다.

선생님은 외국의 시를 많이 번역하셨는데요.

네르발의 『키메라』 가운데 네 편, 아폴리네르와 커밍스의 시, 앤드루 마벌[237]과 존 던, 스웨덴 현대 시인들과 톰린슨 등을 번역했어요. 지금은 『번역과 재미』라는 제목을 붙일 책을 쓰고 있습니다. 제가 쓴 시들과 제가 좋아하는 시들 가운데는 제가 번역한 페르난도 페소아의 시들도 있어요. 번역은 제게 특별한 창조의 형식입니다. 사실 원작과 번역 사이의 구분도 없다고 생각합니다. 우리가 쓰는 모든 시는 다른 시의 번역일 뿐이니까요.

그렇지만 많은 사람이 시를 번역하는 게 불가능하다고 말합니다.

각각의 번역은 번역된 시의 메타포입니다. 그런 의미에서 "시는 번역할 수 없다"라는 말은 "모든 시는 번역할 수 있다"라는 말과 정확히 같은 의미입니다. 유일하게 번역이 가능한 것은 시적 변형, 즉 메타포예요. 하지만 제가 보건대, 우리가 처음 시를 쓸 때 그 자체가 세계를 번역하는 것이고 세계를 변형하는 것입니다. 그래서 우리가 하는 모든 것이 번역이고, 모든 번역은 어떤 의미에서 창작이죠. 그러니까 우리는 겸손해야 하고 창작이란 말을 함부로 하면 안 됩니다. 제가 우이도브로의 잘 알려진 말을 듣고 놀란 이유도 거기에 있어요. 그는 "시인은 작은 신"이라고 했죠. 아닙니다. 시인은 창조자가 아니고 신도 아닙니다. 그는 우주의 번역가입니다. 설혹 그가 신이라 해도, 신은 "작은" 존재가 아니에요.

동양 문학에서는 어디에 가장 관심이 많으세요?

중국과 일본의 시와 사상에 대한 저의 관심은 이미 말씀드린 대로입니다. 사실 케임브리지에 머무는 처음 몇 달 동안 저는 마쓰오 바쇼의 『오쿠노호소미치奧の細道』[238] 번역의 수정 작업에 매달렸어요. 저는 약 15년 전에 친구인 E. 하야시야와 함께 이 작은 책을 번역했습니다. 일본의 고전인 이 책이 서양어로 번역된 것은 처음이었죠. 거기엔 해설하는 주석도 없었는데 처음에 발행한 1,000부가 다 팔리는 데 10년 걸렸어요. 그런데 지금 스페인 시인인 카를로스 바랄Carlos Barral이 바르셀로나에서 새로운 판본을 제안했습니다. 그래서 새로운 서문도 썼어요. 이번에는 좀 더 운이 좋기를 바랄 뿐입니다.

번역을 통해서도 문학을 알 수가 있을까요?

그건 번역의 수준에 달렸습니다. 그리고 "안다"는 것은 무엇일까요? 모든 문학은 그것이 반영하고자 하는 비언어적 현실의 은유거나 환유입니다. 원본 텍스트란 없어요. 모두 다른 텍스트의 번역이고 은유일 뿐이죠. 언어는 그 자체가 번역입니다. 각 단어나 문장은 다른 단어나 문장이 말하고 싶은 것이나 의미하는 것을 설명하거나 번역한 겁니다. 말하는 것은 같은 언어 내에서 끊임없이 번역하는 행위입니다. 이와 함께, 저는 중국과 일본 문학의 번역 수준이 훌륭하다는 점을 말하고 싶네요. 특히 영어로 번역한 파운드, 웨일리, 도널드 킨 등의 번역물을 언급하고 싶어요. 반면 인도 문학은 산스크리트어나 팔리어는 물론이고 현대 인도어로 된 것 모두가 아직 서양에 소개되지 않았어요. 제가 말하는 건 철학이나 종교 서적이 아니라 문학 작품들을 지칭하는 겁니다. 스페인어권에서도 아무도 산스크리트어 시를 번역한 적이 없다는 게 안타까워요. 에즈라 파운드가 번역한 중국 시를 보면 언어의 경제성이 가장 중요하다는 것을 알 수 있어요. 그러나 산스크리트어 시를 번역하려면 스페인어권의 에즈라 파운드가 아니라 현대판 공고라나 소르 후아나 이네스 데 라 크루스가 필요할 겁니다. 저는 개인적으로 일류 시인은 아니지만 다르마키르티Dharmakirti의 산스크리트어 시를 번역하고 싶어요. 그는 시인이 아니라 합리적인 불교 철학자로 더 유명합니다.

선생님은 스스로 불교적이라고 느끼십니까?

전혀 그렇지 않아요. 그러나 불교의 철학적 관점은 굉장히 근대적입니다. 불교는 무엇보다 비판적 형식의 사상이고, 근대 사상은 비판적입니다. 존재에 대해 불교보다 더 총체적이고 급진적인 비판을 한 예는 없어요. 불교는 세계가 의미가 없을 뿐만 아니라 실체 자체가 없다고 말합니다. 세계와 존재에 대한 비판은 이제 비판의 비판이 되고, 부정의 부정이 됩니다. 그 순간 부정이 창조적으로 작용해 세계와 존재가 다시 나타납니다. 비판의 비판은 '존재/비-존재', '실재/비-실재'라는 단어들이 상대적이며, 또 다른 애매한 용어인 '진리인 것/진리 아닌 것'이 이분법의 대립을 뛰어넘는다는 사실을 보여줍니다. 동시에 이런 판단 유보 상태는 말로 표현하기 불가능합니다. 불교의 변증법이 우리에게 야기하는 상황은 비트겐슈타인의 그것과 비슷합니다. 비트겐슈타인은 자신의 철학적 성찰이 독자들이 딛고 올라가는 사다리와 같다고 말하죠. 그는 독자가 일단 사다리 꼭대기에 오르면 사다리를 걷어차고 스스로 계속 올라가야 한다고 말합니다.

그럼 불교에 대한 선생님의 관심은 주로 철학에 대한 것이군요?

철학이 제 관심을 끄는 건 모든 철학이 이율배반 혹은 동어반복으로 귀결된다는 점 때문입니다. 불교 역시 이율배반이기 때문에 제게 흥미를 줍니다. 니체에게도 같은 일이 일어나죠. 다만 그의 경우, 죽음을 포함해 아무것도 배제하지 않는 생명 에너지의 위대한 긍정이 불교에서 부정이 하는 것과 같은 역할을 합니다. 제가 가진 또 다른 열정의 대상은 하이데거입니다. 하이데거 역시 무에 대한 생각을 통해 불교와 접촉합니다. 하이데거를 스페인어권 세계에 소개한 사람이 스페인 철학자 호세 가오스[239]입니다. 멕시코 사람들은 그에게 많은 빚을 지고 있습니다. 그리고 약 8년 전 인도에서, 불교 서적을 읽고 있던 바로 그 순간에 저는 비트겐슈타인을 읽기 시작했습니다.

왜 철학에 대해 관심이 많으세요?

아마도 고대 스토아 철학자들이 그랬던 것처럼 지혜를 얻고 싶은 거겠죠. 시와 사상은 따로 노는 것이 아닙니다. 어떤 시인들을 읽다보면 저는 비트겐슈타인을 읽을 때와 같은 것을 발견해요. 그건 말로 집약할 수 있는 것이 아니고, 그것을 표현하려면 이율배반이나 시적 은유가 필요합니다.

항상 그렇게 진지한 것들만 읽으시나요?

여행기와 역사책도 읽습니다.

탐정소설은 안 읽으세요?

저는 범죄자들의 계략이나 탐정들의 영리함보다는, 이집트 사람들의 관습에 대해 알고 알렉산더 대왕에게 무슨 일이 일어난 것인지를 알아보는 게 더 재미있어요. 그래서 여행기, 탐험 이야기, 고대 작품들을 읽는 걸 좋아합니다. 알렉시스 레제[240]는 자신에게 가장 큰 영향을 주었던 책들 가운데, 인도를 정복하고 무굴 제국을 건국한 바부르Babur의 회고록이 있다고 제게 말하더군요. 그건 저도 무척 좋아하는 책이에요. 제게 열정을 주는 또 다른 주제는 사라진 문명입니다. 제가 멕시코 사람인 것도 나름의 이유가 있겠죠. 그래서 역사에서 고고학으로, 그리고 다시 인류학으로 관심 분야가 옮겨가더군요.

레비스트로스에게도 관심이 크시다고 하던데, 사실인가요?

맞아요. 저는 그에 대해 책을 한 권 쓰기도 했어요. 레비스트로스는 저를 언어학, 특히 로만 야콥슨에게로 인도했습니다. 그리고 이 사람은 다시 제게 시를 공부하게 했죠. 언어학은 시에 접근하는 다른 방법이거든요. 『활과 리라』에서 저는 "시poesía란 무엇인가?"라는 질문은 즉시 "시편poem이란 무엇인가?"라는 질문으로 변모한다고 말했어요. 언어학은 우리에게 한 편의 시가 무엇인지에 대해 말해줄 수는 없지만, 그 시가 어떻게 시가 되고 어떻게 만들어지는지에 대해서는 훌륭하게 말해줄 수 있습니다. 이렇게 당신은 독서가 어떻게 삶과 연결되는지 잘 볼 수 있을 겁니다. 그래서 저는 읽는 것, 쓰는 것, 그리고 사는 것을 구분할 수 없어요. 삶은 직물이고 텍스트와 거의 같은 겁니다. 다시 말해, 텍스트는 단어뿐만 아니라 경험과 비전으로 짜인 직물입니다.

선생님은 『활과 리라』에서 "근대 시인은 사회에 자기 자리가 없다. 실제로 그는 '아무'도 아니기 때문이다. … 시는 부르주아를 위해서도, 이 시대의 대중을 위해서도 존재하지 않는다"라고 말씀하셨어요. 이 말씀은 중남미 시인들을 지칭하신 건가요, 혹은 모든 시인을 염두에 두신 건가요?

그건 근대 세계를 지칭한 것이지 비단 라틴아메리카를 의미한 것이 아니에요. 하지만 우리 시대에 시가 주변부적이라고 한 말은 하고 싶은 말의 일부에 지나지 않아요. 모든 것이 주변부화되었고, 소외는 보편적 현상이 되었어요. 그런데 만일 소외가 보편적이고 모두가 소외의 감정을 느낀다면, 소외의 목소리로서 시는 중심이 돼버립니다. 이 점에 대해서 이렇게 설명을 드리죠.
근대 세계는 숫자를 중시해서 한 작품의 중요성을 독자의 수를 보고 판단하는 습성이 있어요. 바보 같은 짓이죠. 마르크스는 진정한 혁명적 작가였던 시대에 독자가 거의 없었어요. 지금은 모든 사람이 신은 죽었다고 앵무새처럼 외치지만, 니체가 처음 그 말을 했을 때 그 말뜻을 알아들은 사람은 거의 없었지요. 보통 소수파 작가야말로 진짜 중요한 사람들이죠. 발명하는 사람들은 대개 외톨이고, 그것을 퍼트려서 베스트셀러 작가가 되는 사람들은 그 모방자들입니다. 시가 우리 시대 중심의 목소리라고 제가 말하는 이유는 그 자체로 소외된 목소리기 때문이지 시인들이 인기가 있다는 뜻은 아닙니다. 중심이 된다는 것은 모든 사람이 그것을 듣는다는 것을 의미하는 게 아니라, 그것이 이 세계의 심장이자 중심에 있다는 걸 말하는 거예요. 이런 의미에서 근대의 일부 시인들은 근대인의 중심인 텅 빈 광장의 목소리가 되어왔습니다. 그 텅 빈 광장에서 시는 텅 빈 목소리로 말하지요. 가장 훌륭한 근대시는 주변부에 머물러 소외되어 있다는 섬뜩한 느낌을 주는 시입니다. 이는 모든 근대인에게 해당되는 보편적인 상황입니다.

선생님의 또 다른 관심 분야가 조형예술이더군요.

그렇습니다. 이 또한 제가 멕시코 사람이라는 것과 무관하지 않죠. 스모그로 가득 차 있는 지금과 달리 원래의 멕시코 계곡은 엄청나게 투명했고, 모든 사물은 곧 조각이자 그림이었어요. 빛이 곧 형태가 되는 곳이었죠. 이 때문에 멕시코 사람들은 화가나 조각가의 소질을 가지고 있을 겁니다. 그럼에도 멕시코 벽화는 제게 칭찬보다는 비판을 불러일으킵니다.

그 그림은 당대 사회사상의 표현이었죠.

아시다시피 멕시코 혁명은 멕시코 사람들에게 자신의 나라를 알게 해주었어요. 19세기 내내 멕시코를 지배한 과두계급은 멕시코의 현실, 메스티소 민족이라는 우리의 특성, 우리의 풍속, 우리의 가난 등을 부정하고, 존재하지도 않는 유럽 국가를 만들려고 했습니다. 멕시코에는 원주민 세계와 스페인 세계가 공존하고 있고, 스페인 세계는 다시 아랍 세계와 유대인 세계가 섞여 있기 때문에 상황이 매우 복잡합니다. 멕시코 혁명은 이렇게 숨어 있던 멕시코의 폭발이었고, 이 폭발은 예술가들의 눈을 뜨게 해줬지요. 디에고 리베라 같은 화가를 한번 생각해보세요. 그는 젊은 시절에 한동안 유럽에서 지내면서 근대 회화 운동, 특히 입체파 운동에 참여했죠.

리베라에게 그런 단계가 있었다는 것은 거의 알려지지 않았는데요.

여기 영국의 테이트 갤러리Tate Gallery에서 입체파 화가들이 특별 전시된 방에 가보면 디에고 리베라의 뛰어난 그림이 하나 있어요. 멕시코에는 그 시기의 리베라 그림이 보관된 것이 거의 없죠. 그 시기가 리베라의 황금기 가운데 하나였다는 점을 생각하면 매우 애석합니다. 어쨌든, 디에고 리베라와 오로스코 그리고 다른 화가들은 멕시코의 신교육을 창시한 호세 바스콘셀로스[241]의 초청을 받아 공공 벽화를 그리게 됐습니다. 초창기 벽화는 형태와 색채의 강력한 폭발이었고, 멕시코 예술과 민중의 발견에 당시의 조형적 실험을 결합했어요. 그러나 다소 안이한 표현주의와 피상적 수사법이 드러나기도 했죠. 그리고 그것은 20세기 최대의 두 가지 미학적 사기라고 할 수 있는 관료적 관제 민족주의와 사회주의 리얼리즘에 봉사하는 웅변조의 회화이자 몸짓의 회화였습니다. 이러한 공시적 예술에 저항하는 일단의 화가들도 있었는데, 그중 하나가 루피노 타마요입니다.

선생님과 타마요가 비슷하다는 말들이 많았습니다.

우리는 짧은 기간이지만 비슷한 경로를 걸으면서 교차한 적이 있어요. 흥미롭게도 루피노 타마요가 아주 개인적인 언어로 근대 회화와 멕시코 정복 이전의 예술 사이에 조형적 관계가 있다는 것을 제기했던 그 시기에 저 역시 비슷한 관심을 가지고 있었지요. 이 시기에 해당하는 시집이 『폐허 속의 노래』이고, 이때 쓰인 다른 시들은 나중에 『폭력의 계절La estación violenta』에 수록되었지요. 『독수리 혹은 태양?』도 심리학적으로 제 바탕을 이루는 정복 이전의 세계가 모습을 드러낸 얇은 책입니다. 그 세계의 발견은 제가 초현실주의 시와 앙리 미쇼를 만났던 시기와 일치합니다. 이 책은 바쇼의 책과 마찬가지로 단 한 사람의 비평가도 논평을 써주지 않는 운명을 맞았지만, 중남미 일부 시인뿐만 아니라 소설가들 사이에 적지 않은 영향을 끼쳤다고 봅니다.

마르셀 뒤샹의 작품에 대해 한 말씀 해주시죠. 거기에 대해 중요한 글을 하나 쓰셨잖아요?

글쎄, 더 할 말이 있을지 모르겠네요. 다시 말씀드리자면, 그 작품이 제 관심을 끌었던 것은 부정의 창조적 작용 때문이었어요. 뒤샹에게 회화는 회화에 대한 비판적 성찰이 됩니다. 그는 회화의 철학을 도모하지 않고 철학적 회화를 하지도 않아요. 회화는 자기 자신을 성찰하고 스스로를 파괴하며 재창조됩니다. 뒤샹은 말라르메와 같은 계보에 있는 거죠. 즉 창조의 방식이 비판의 방식입니다. 뒤샹이 '메타 아이러니'라 부르는 비판적 요소는 그의 모든 작품, 특히 〈큰 유리Le Grand Verre〉와 그가 말년에 작업한 조각 〈에탕 도네Étant donnés〉에서 에로틱한 요소와 결합합니다.

〈에탕 도네〉는 뒤샹이 세상을 떠날 때까지도 알려지지 않았던 작품이죠.

우리는 모두 뒤샹이 그림 그리는 작업을 그만뒀다고 믿었어요. 그런데 그는 말년의 10년 동안 이 작품을 만들었죠. 여기서 옷을 벗은 한 여성이 다리를 벌린 채 풀밭에 누워 있고 전기 등불을 들고 있습니다. 그녀 뒤에는 소리 없이 흐르는 작은 폭포가 있고 모든 것이 거의 추상적인 빛에 의해 빛나고 있지요. 이 작품에는 〈큰 유리〉의 요소가 다 있어요. 물, 전기, 섹슈얼리티, '엿보기voyeurism' 말입니다. 왜냐하면 이 여자는 이 조각이 있는 방의 입구를 막고 있는 나무로 된 문의 구멍을 통해서만 볼 수 있거든요. 뒤샹은 이렇게 해서 우리를 작품에 참여하게 하죠. 다시 말해, 작품은 곧 '보는 행위'가 됩니다. 〈큰 유리〉에서도 관람객은 그림에 참여하게 되고 이렇게 새로워진 작품에서 뒤샹은 같은 아이디어가 변형된 모습을 우리에게 제공합니다. 이런 방식으로 보는 행위가 작품을 "만드는" 것이죠. 또 다른 공통점도 있는데, 그것은 "~을 통해서"라는 겁니다. 〈큰 유리〉에서는 작품을 통해서 외부의 세계가 보이고, 조각에서는 닫힌 문에 난 구멍을 통해서, 혹은 외부 세계의 구멍을 통해서 작품이 보이지요. 세 번째 공통점은 두 작품 모두 여자가 작은 폭포나 전기 등불 등의 동력으로 나타난다는 점이에요.

새로 나타난 뒤샹의 이 작품이 그에 대한 선생님의 견해를 바꾸게 하는 것 같지는 않습니까?

아니요. 제가 볼 때는 오히려 과거의 모든 것을 더 확인시켜주는 것 같아요. 이는 그의 삶과 작품의 논리적 귀결입니다. 그 자신의 말대로, '메타 아이러니'적인 결론이죠. 이 모든 것이 매우 혼란스럽게 전개됩니다. 저는 뒤샹이 예술 작품은 끝이 아니라 과정이라는 말을 하고 싶었다고 생각합니다. 진정 흥미 있는 것은 작품이 아니라 우리를 보게 만드는 그 무엇이라는 거죠. 비록 그것이 텅 빈 것이라 해도 말입니다. 사람들은 물건을 갖고 싶어 해요. 그림, 조각, 집, 자동차 등을 말이죠. 하지만 예술 작품은 물건이 아니에요. 그건 은행이나 집이나 박물관에 보관할 수 있는 것이 아닙니다. 예술 작품은 독자나 관객이 감수성을 가지고 잘 다루어 스스로 무언가를 발견하도록 도와줄 뿐입니다. 작품은 사라지고 남는 것은 그 '무언가'이지요.

어떤 화가들은 과거를 부정하는데요.

아방가르드는 항상 과거를 부정하고 열광적으로 미래에 모든 것을 겁니다. 그러나 우리는 지금 미래 부정을 목격하고 있어요. '해프닝'은 단 한 번만 일어나는 것이고, 개념 예술은 생각일 뿐이지 사물이 아닙니다. 덧없는 실체로 만들어진 예술이죠. 이 모든 것은 똑같은 생각의 변형일 뿐입니다. 그렇다면 지금 우리는 새로운 예술 형식을 보고 있는 것이 아니라 예술의 비판, 즉 뒤샹과 피카비아와 다다이스트에 의해 이미 행해졌던 그 비판을 보고 있는 겁니다. 결론적으로 이런 양상은 새로운 예술이라기보다는 근대 감수성이 변했음을 보여주는 신호입니다. 근본적으로 우리 모두는 예술적인 예술이나 미술관의 예술을 원하는 게 아니라 예술의 두 가지 형식, 즉 축제로서의 예술과 종교적, 학문적, 혹은 관능적 성찰로서의 예술로 돌아가길 원합니다. 축제는 집단 예술이라 할 수 있고 그 정점은 함께 모든 것을 나누는 가운데 한 몸이 되는 데 있습니다. 이에 비하면 성찰은 고독한 예술입니다. 두 가지 예술 형식 모두 과거나 미래를 제거하지 않고 그것을 현재와 일치하게 만듭니다. 두 예술은 모두 '반복'되지요. 즉 '해프닝'이나 현대의 다른 예술과는 양상이 반대이죠. 반복은 의례이고 날짜의 귀환입니다.

선생님은 케이지에 대한 시도 쓰셨어요.

저는 존 케이지에 매혹되었어요. 그의 음악과 글에요. 그의 글은 의미의 발산을 파괴하고 또 다른 의미가 나타나도록 하기 위해 스스로 소멸하는 텍스트의 한 예를 보여줍니다.

선생님은 젊은 시절에 썼던 시를 다시 읽어보는 걸 좋아하세요?

저는 초기의 작품을 다시 읽을 때마다 무안해집니다. 무안할 뿐만 아니라 구역질이 날 때도 있죠. 하지만 가끔은 스스로 이렇게 말하기도 합니다. "그래, 그렇게 나쁘지는 않았어."

어떤 작품들이 "그렇게 나쁘지는 않았다"고 보시나요?

최근 작품들이죠. 당연하지 않나요? 예를 들어, 『결합과 해체』는 '몸과 비-몸' 사이의 관계에 대한 에세이입니다. 시에서는 『동쪽 산기슭』이 좋습니다. 제 작품들 중에서 제일 낫다고 봅니다. 그리고 이번 여름에 쓴 책 『글 쓰는 유인원』도 좋아요. 이전에 산문과 시를 통해 썼던 모든 것이 이 얇은 책에서 합류하고 있거든요. 모든 것이 합류하고, 그러고선 사라집니다. 물론 다른 책에도 성찰과 시가 합류하는 것이 있어요. 바로 『독수리 혹은 태양?』입니다. 그것은 멕시코의 신화적 근저의 탐색인 동시에 자기 탐색이었습니다. 또한 이미지들의 세계를 창조해서, 현대와 고대의 감성을, 땅에 묻힌 멕시코의 이미지와 현대의 이미지를 혼합하려는 시도였어요. 어떤 미국인 친구가 제게 이 책과 윌리엄 카를로스 윌리엄의 책 사이에 뚜렷한 유사성이 있다고 알려주더군요. 그 책 제목은 몇 년 전에 출판된 『지옥의 코라: 즉흥시Kora in Hell: Improvisation』인데, 물론 제가 읽어본 적은 없었어요. 유사한 점은 텍스트에 있는 게 아니라 그 의도에 있지요. 실제로 두 작품 모두 산문시로 되어 있어요. 다시 말해 프랑스 시의 경향에 어느 정도 영향을 받았다는 말이죠. 그럼에도 『지옥의 코라: 즉흥시』는 본질적으로 미국적인 작품이고 미국인만 쓸 수 있는 책입니다. 마찬가지로, 『독수리 혹은 태양?』 역시 멕시코에서만 쓰일 수 있는 책이었다고 생각해요. 또 다른 공통점을 들어볼까요? 윌리엄 카를로스 윌리엄은 아주 아름다운 작품인 『미국의 기질In the American Grain』을 쓰기도 했습니다. 이 작품은 미국적인 주제에 대한 에세이를 모아놓은 책입니다. 그런데 저의 『고독의 미로』 역시 같은 목적을 가진 책이죠. 저는 고백하는 마음으로 혹은 기분 전환하는 마음으로 『고독의 미로』를 먼저 썼어요. 그 직후에 『독수리 혹은 태양?』을 썼습니다.

『고독의 미로』는 미국에서 처음 나왔는데, 멕시코의 뿌리를 찾는 책이죠?

반드시 그렇지는 않아요. 미국인들은 자기 뿌리에 대해 관심이 많습니다. 왜냐하면 이전에 그 땅에 있던 원주민 세계가 완전히 파괴됐거든요. 미국은 원주민 문화의 파괴로 인한 공백 위에 건설된 나라입니다. 원주민 세계에 대한 미국인들의 태도는 자연에 대한 태도의 일부입니다. 자기들과 어울리는 현실이라고 보는 게 아니라 정복해야 할 대상으로 보죠. 원주민 세계의 파괴는 자연 파괴를 예견한 것이었어요. 미국 문명은 하나의 부족이나 인종을 정복한 것과 같은 방식으로 자연을 정복하고 길들이고 이용하려고 했습니다. 어떻게 보면 그들은 자연 세계를 적으로 대한 것이죠.

그런 태도는 어디서 비롯된 것입니까?

그건 프로테스탄트 세계의 인식에서 나옵니다. 즉 몸을 단죄하는 버릇이 자연에게도 적용되는 것이죠. 만일 몸이 자연적이라면, 자연 역시 몸과 같은 겁니다. 그리고 양자는 모두 원죄를 야기하는 타락한 세계인 것이죠. 세계는 노동을 통해 구원될 수 있고, 몸은 속죄를 통해 구원받을 수 있어요. 자연은 사고의 주체도, 에로틱한 상징도 아니며, 위대한 어머니도, 위대한 무덤도 아닙니다. 그것은 인간이 변화시켜야 하는 세계이고, 노동을 통해 구원해야 할 세계입니다. 이렇게 해서 미국인들은 두 가지 근거에서 자신의 땅에 낯선 감정을 가지게 된 겁니다. 하나는 이주민이라는 것이고, 다른 하나는 개신교도라는 것이에요. 자연 세계와 이중의 단절이 발생했죠. 미국인들은 성사聖事가 아니라 노동을 통해 땅을 자기 것으로 만들었습니다. 바로 여기서 시골 풍경에 대한 미국인들의 불편한 감정, 뿌리의 탐색, 과거를 발명해내려는 욕구가 나오는 겁니다.

그런 건 보편적인 현상이 아닌가요?

아니요. 미국은 아주 특별한 의미에서 과거가 없습니다. 마르크스가 프롤레타리아는 뿌리 없는 계급이라고 말한 의미에서 과거가 없어요. 미국이라는 미래를 잊고 과거를 회복하기 위해 영국으로 돌아가는 T.S. 엘리엇의 고뇌가 여기에 있습니다. 에즈라 파운드가 세계사라는 묘지에서 중국과 고대 그리스의 원형들을 발굴해내는 이유도 여기 있습니다. 왜냐하면 미국의 유일한 전통은 미래거든요. 미국은 미래에 의해, 미래를 위해, 미래를 향해 세워진 나라입니다. 반면 우리 멕시코 사람에겐 정반대 현상이 일어납니다. 우리들은 뿌리에 치여 살고 있어요. 우리는 너무 많은 뿌리를 갖고 있고 너무 많은 과거를 갖고 있습니다. 멕시코 역사는 정복 이전의 피라미드 같아요. 하나의 피라미드 위에 새로운 부족이 다른 피라미드를 건설하고, 시간이 흘러 또 다른 부족이 또 다른 피라미드를 건설한 거죠. 멕시코는 이렇게 많은 시대가 중첩되어 있고 이 모든 것이 살아 있습니다. 이 나라는 아직 자신의 과거를 '진정한 과거'로 만들지 못했습니다. 『고독의 미로』는 과거의 귀신을 쫓아내고, 그 많은 뿌리 속에서 올바른 눈을 뜨게 하려는 푸닥거리입니다.

그러니까 미국인들에게 "미국인이란 건 무엇인가?"가 중요하듯이, 선생님에게는 "멕시코인이란 건 무엇인가?"를 아는 게 중요한 것이죠?

모든 대륙은 그런 강박을 가지고 있죠. 하지만 저는 역사에 본질은 없다고 봅니다. 과정일 뿐이죠. 멕시코인이라는 것은 끊임없는 움직임 속에 역사적 현상이 형성되고 해체되면서 일어나는 배열에 지나지 않아요. 멕시코적인 것은 일종의 가면입니다. 그것도 움직이는 가면 말입니다.

그러면 멕시코의 복합성은 무엇이죠?

멕시코의 복합성은 그토록 많은 과거, 즉 제가 앞에서 언급했듯이, 난립한 뿌리들 때문에 생긴 겁니다. 올메카, 마야, 테오티와칸, 사포테카, 믹스테카, 아스테카 등 고대 멕시코 문명이 얼마나 복잡한지 한번 보세요. 복잡한 스페인 세계는 또 어떻습니까? 이베로족, 페니키아인, 로마인, 서고트족, 아랍인, 유대인 등이 겹쳤잖아요. 또 다른 이율배반성은 이겁니다. 즉 우리를 정복한 스페인은 그리스도교 국가인데, 이 땅에 남겨놓은 것들을 보면 아주 이슬람적이라는 거죠. 저는 이런 현상을 인도에서도 봅니다.

왜 인도입니까?

무슬림의 인도 정복은 종교적 색채가 강하고, 종교와는 분리할 수 없는 것이었어요. 즉, 정복은 개종과 동의어였죠. 그게 아메리카 대륙에서도 일어납니다. 그러나 다른 유럽 국가들의 제국주의적 팽창은 본질적으로 세속적인 목적을 가집니다. 종교적 색채를 모두 빼버린 근대적 의미의 제국주의였어요. 영국 지배가 끝난 후, 인도에 존재하는 그리스도인들은 몇 백만 명에 지나지 않습니다. 그리고 인도의 그리스도인들은 영국인들에게 신앙의 형제가 아니라 그저 토착민으로 간주될 뿐이었죠. 이는 무슬림이나 스페인 사람들과는 정반대되는 태도였습니다. 스페인의 아메리카 정복은 이슬람교도의 인도 정복과 마찬가지로 종교적 사업이었어요. 물론 탐욕과 약탈이라는 공통점도 있지만요. 그러나 다른 유럽인들을 경악케 한 것은 황금을 찾는 스페인의 탐욕이 아니라 그 종교적 광신이었습니다. 이것이 바로 스페인 '흑역사leyenda negra'의 기원입니다.

지금 말씀하신 것은 멕시코와 페루에만 적용되나요, 아니면 중남미 전체에 적용됩니까?

지역에 따라 조금씩 차이는 있지만, 라틴아메리카 전체에 해당됩니다. 멕시코와 페루에서 스페인 사람들은 매우 정교한 문명과 조우했어요. 그러나 앤틸리스 제도 같은 곳에서는 원주민들이 스페인 사람들에 의해 멸종되고 말았죠. 정확히 말하자면, 스페인 사람들이 가져온 여러 질병과 끔찍한 착취 때문이었어요. 하지만 다른 지역을 보면, 원주민 문화의 파괴는 스페인을 계승한 사람들이 저지른 일입니다. 아르헨티나와 우루과이는 미국이 저지른 것과 똑같은 역사적 범죄를 저지릅니다. 이런 사태에 대해 많은 아르헨티나 사람이 보여준 무감각은 믿을 수 없을 정도입니다. 그들은 이런 일로 영향을 받지 않았고, 이것이 아르헨티나 운명에 영향을 줄 것이라고도 생각하지 않았거든요.

그런 점이 아르헨티나의 순수함에 영향을 주었다고 생각하십니까?

아르헨티나 사람들은 독창성을 가지고 있고 멕시코 사람들과 마찬가지로 순수성을 가지고 있어요. 그러나 아르헨티나에서 인디오 원주민들을 몰살한 것은 결코 축복도 아니었고 어떤 정당성도 부여될 수 없습니다. 이제 아르헨티나인들은 사르미엔토나 알베르디[242]가 보는 것과는 다른 방식으로 인간을 바라볼 때가 됐어요. 아르헨티나에서 일어난 원주민들의 멸절은 터무니없게도 미국의 정책을 모방한 것이었습니다. 그들은 "통치하는 것은 주민들을 심는 것이다"라는 표어하에 원주민들을 멸종시켰습니다. 그 결과 아르헨티나는 뭔가 대단히 중요한 것을 상실하고 말았는데, 그것은 세상을 다른 방식으로 바라볼 수 있는 감수성이었어요. 즉 다른 시각을 가지고 이 세계와 자기 자신을 성찰할 수 있는 가능성을 잃어버리고 만 것이죠. 그들의 파괴는 아직 완전히 끝나지 않았을지도 모릅니다. 프랑스 인류학자인 알프레드 마트로Alfred Matraur는 일부 아르헨티나 지식인들의 태도에 대해 제게 이렇게 말하더군요. "옥타비오, 아르헨티나가 유럽 이주민들로만 구성된 국가라는 거짓말은 믿지 말아요. 거기서도 혼혈 현상은 광범위하게 일어났으니까요. 문제는 아르헨티나 사람들이 그런 사실을 알지 못하거나, 더 나쁜 건, 알면서도 모르는 체하는 거예요. 특히 아르헨티나 북부 지역은 모조리 메스티소의 나라죠." 아르헨티나의 또 다른 비극은 페론주의[243]였어요. 그건 최악의 형태로 끝난, 실패한 혁명입니다. 페론은 그냥 광대이고 에비타 페론은 3류 배우일 뿐이었죠. 슬픈 일이었습니다. 페론주의 뒤에 진짜 중요하게 도사리고 있는 것은 사회 불안과 소요거든요.

『고독의 미로』의 「추신」에서 선생님은 인도 주재 대사를 사임한 동기를 밝혔는데요, 그 일에 대해 좀 더 말씀해주실 수 있을까요?

「추신」에 쓴 글 말고 덧붙일 것은 거의 없어요. 1968년에 일어난 일들은 여러 작가와 지식인들이 이미 오래전부터 비판해왔던 문제입니다. 멕시코 혁명 정신을 계승하는 정권하에서 멕시코는 중남미에서 찾아볼 수 없는 위대한 진보를 이룩해왔죠. 그러나 최근 15년 동안 사회적 불균형과 불평등이 심해지기도 했습니다. 여기에 첫 번째 큰 모순이 있는데, 멕시코는 실상 두 개의 국가라는 거예요. 하나는 선진국 멕시코이고 다른 하나는 지극히 궁핍한 후진국 멕시코이지요. 선진국 멕시코의 뚜렷한 경제 성장이 불행히도 사회적 성장으로 이행되지 않아 엄청난 빈부격차가 발생했고, 정치적 성장은 더욱 저조한 실정입니다. 1968년 사태는 이러한 모순이 선진국 멕시코에서 더욱 심화되었음을 보여주는 현상이었고, 거기서 폭력이 발생한 겁니다. 그 위기의 의미와 모순점들이 가진 뜻을 이해하려면, 최근 30년 동안 이룩한 진보가 새로운 사회 질서를 만들어 새로운 노동계급, 비중 있는 중산층, 새로운 '지식층'이 형성되었음에도 고루한 정치 구조는 하나도 변하지 않았다는 것을 알아야 합니다. 정치 구조의 혁신이 없다면 사회 개혁이나 선진국 멕시코 내의 불균형을 바로잡는 일이 불가능할뿐더러, 현대적 멕시코와 전통적이고 가난한 멕시코라는 심각하고도 결정적인 '두 개의 멕시코' 문제를 해결하는 것도 불가능할 겁니다.

그렇게 고루한 정치 구조는 어떻게 이뤄져 있습니까?

멕시코 혁명이 일어난 것이 1910년이에요. 이후 10년 이상이나 멕시코 사람들끼리 싸웠습니다. 무자비하고도 끔찍한 내전으로 많은 피를 흘리게 했고 많은 멕시코 사람이 죽었습니다. 또 아시다시피 많은 사람이 미국으로 피신했지만 거기서 부당한 대접을 받는 희생자가 됐지요. 혁명에서 승리한 사람들, 혁명의 군벌들이 마주친 첫 번째 문제는 혁명의 통일성을 유지하는 것이었고, 여기서 혁명민족당PNR이 탄생합니다. PNR은 멕시코가 무정부주의에서 독재로 이행하거나 그 반대로 가는 중남미의 고질적인 병폐에 빠지는 것을 경계했습니다. 무정부주의로 돌아가는 것을 제지하면서 PNR은 개인 독재를 억제합니다. PNR은 일당 독재였어요. 그것은 스페인과 아랍 세계의 군벌이라는 유산을 제거한 제도적 독재였습니다. 그 군벌은 시몬 볼리바르도 될 수 있고, 피델 카스트로도 될 수 있어요. 동시에 산타 아나[244], 프란시아 박사[245], 우비코, 그리고 그 모든 호랑이와 악어 같은 인간처럼 옷에 금실을 두르고 독립 이후부터 우리 땅을 어슬렁거리던 사악한 인간을 말합니다. 군벌 제도는 그 우두머리가 좋든 나쁘든 상관없어요. 예외적인 정권이지요. 군벌은 특이한 존재예요. 라틴아메리카를 위해 제가 원하는 것은 "평범한 지도자와 뛰어난 민중"입니다.

그럼 선생님은 어떤 사람을 가리켜 평범한 지도자라고 부르시나요?

타인의 존재를 받아들이는 동시에, 스스로를 선善, 역사, 혹은 생명력의 화신이라고 믿지 않는 사람입니다. 제가 좋아하고 존경하기도 하는 한 친구가 사탕수수 천만 톤 수확의 실패를 인정하며 자신의 실수였다고 고백하는 피델 카스트로의 연설을 듣고 흥분해서 제게 이렇게 말하더군요. "뛰어난 연설이었어. 뛰어난 사람만이 그런 말을 토로할 수 있지." 그러나 저는 보통의 평범한 쿠바인이 그 뛰어난 사람에게 그의 실수를 지적할 수 있었어야 그를 비범하다 할 수 있지 않을까 생각합니다. 거기 못지않은 멕시코 얘기로 돌아가볼까요? 멕시코 여당은 세 단계를 거칩니다. 먼저 혁명민족당이라 불렸는데, 여기서 강조점은 '민족'에 있었어요. 내전 후에 탄생한 이 정당의 당장의 목표는 나라의 평화와 통일 확보였죠. 스스로 우아하게 권력을 내려놓고 평범한 사람으로 돌아간 뛰어난 인간, 라사로 카르데나스[246]는 당의 이름을 멕시코 혁명당PRM으로 바꿉니다. 여기서 중요한 것은 '혁명'이었어요. PRM을 통해 카르데나스는 토지개혁이나 석유 국유화와 같이 결정적인 변혁을 단행하면서 현대 멕시코의 기초를 놓습니다. 카르데나스는 외교 정책 역시 뛰어났지요. 스페인 내전에서 공화파를 지지했고 트로츠키에게 망명지를 제공했으며 나치와 제국주의에 맞섰습니다. 그럼에도 카르데나스는 정치 구조의 개혁을 시도하지 않았어요. 이러는 바람에 이 정당이 중남미 특유의 군벌주의를 청산한 것은 맞지만, 스스로 6년 임기 대통령의 수족이 돼버린 겁니다.

멕시코에는 이제 종신 군벌은 없습니다. 그러나 6년마다 새로 당선된 대통령이 거룩한 형상으로 거의 신의 경지에 올라갑니다. 다만 연임은 되지 않아요. 그는 스페인 · 아랍 전통의 군벌이 아니라, 아스테카 제국의 정교일치 지도자와 식민시대 부왕의 권위를 현대 정치적으로 결합시킨 인물입니다. 군벌은 서사시적이고, 대통령은 의례적입니다. 결국, 노동자, 농민, 중산층 조직에 스며든 당과 그 분파들의 정치 구조는 정치 생활을 통제하고 조작하는 방대한 전문 관료체제로 변화합니다. 동시에 낙후한 우리 산업과 경제 문제에 대처해야 했기에 발전이 최우선 과제가 됩니다. 경제발전을 촉진해야 하는 필요성으로 인해 민간 부문의 이해가 우선시되고 사회 · 정치 개혁은 제동이 걸리지요.

여기서 당이 세 번째 단계를 맞으며, 제도혁명당PRI, Partido Revolucionario Institucional이라는 서글픈 이름을 갖게 되는 겁니다. PRI가 나름대로 나라에 안정을 가져다주지 않았다면 경제 발전은 없었을 겁니다. 그러나 PRI는 동시에 혁명의 사회 프로그램에 실패했고 정치를 왜곡시킵니다. 다른 한편으로, 경제 발전은 사회적 유동성을 촉진하고, 이미 말했듯이 새로운 노동계급, 일부 지방의 부유한 농민 집단, 그리고 무엇보다도 멕시코 역사상 최초의 중산층을 창출해냅니다. 이렇게 되면서, 후진적인 정치는 근대 사회, 혹은 근대화가 진행 중인 사회와 더욱 양립하기 어렵게 되는데, 이는 멕시코와 러시아에 동일하게 발생하는 현상이죠. 근대 사회와 민주주의는 서로 보완적인 개념이기 때문입니다.

그렇지만 1968년에 일어난 일은 지구 반대편에서 일어났던 일이 반사된 게 아닐까요? 젊은이들의 반란은 세계적 추세니까요.

그렇습니다. 그것은 동시에 근대 세계의 전반적인 위기이자 가치관의 전면적인 변화를 표현하는 것이죠. 그러나 그 반란은 나라마다 다른 특징을 가지고 있어요. 멕시코에서 그것은 방금 제가 말한 모든 것의 표현이었고 지금도 그렇습니다. 같은 해 5월 혁명을 일으킨 프랑스 학생들과 달리, 멕시코 젊은이들은 사회의 급진적이고 혁명적인 변화를 주장하지 않았어요. 또 히피들의 문란하고 유사종교적인 색채도 나타나지 않았죠. 학생 지도부의 소수 학생들이 극좌파에 속해 있기는 했지만, 이들은 대체로 개혁과 민주주의를 외쳤습니다. 학생들의 요구가 이렇게 상대적으로 온건했던 건 의도적인 전략이었을까요? 저는 그렇게 보지 않아요. 사실 멕시코 민족의 기질이나 이 나라의 역사적 조건은 혁명과는 거리가 멉니다. 대부분 원하는 것은 혁명이 아니라 개혁이에요. 지난 40년간 이룩한 경제 발전과 멕시코의 사회 현실을 조화시키길 원하는 것이죠. 하지만 사회적 불평등과 불균형에 맞선 투쟁은 정치 개혁과 민주주의 사회의 정착을 요구합니다. 일당 독재를 소멸시키고, 대중 조직들이 겉으로만 표방하는 허구적 민주주의를 없애버리기를 원합니다. 노동자들과 농민들 연합회는 자율성을 회복하는 게 필요합니다. 다시 말해, 멕시코 민중은 정치계와 노조의 관료주의에게 빼앗긴 의사결정과 참여 민주주의의 힘을 회복해야 합니다. 정치계와 노조는 자본가들과 양키 제국주의의 공범으로 전락했기 때문입니다.

그러면 선생님의 프로그램은 정치적인 것이군요?

첫째, 그것은 프로그램이 아닙니다. 둘째, 저는 정치 개혁이 먼저 이뤄져야 사회 개혁이 가능하다고 믿습니다. 또한 그래야만 심각한 멕시코의 진짜 문제들에 대한 토론이 가능할 겁니다. 후진적인 멕시코의 인구 문제, 미국과의 관계 같은 문제들 말입니다. 마지막으로, 제가 볼 때 결정적으로 중요한 것은, 멕시코인들 사이에 자유로운 분위기가 자리 잡아야만 우리끼리 발전의 주제에 대해 다양한 질문을 할 수 있을 거라는 사실입니다. 지금까지 멕시코의 발전 모델은 두 가지만 있었어요. 미국 모델과 소련 모델입니다. 그런데 모두 맞지 않죠.

> 우리나라뿐만 아니라 세계 다른 곳에서 일어나고 있는 일들에 대해 제대로 검토할 때, 비로소 우리는 수단과 방법을 가리지 않고 신속히 달성하려는 발전의 문제점을 다른 시각으로 바라볼 수 있을 겁니다. 공산주의 러시아에서부터 나세르[247] 치하의 이집트에 이르기까지 발전이라는 명분하에 저질러진 범죄와 어리석은 짓은 잠시 차치해두고, 미국과 서부 유럽에서 일어난 일들만 한번 봅시다. 생태학적 균형의 파괴, 허파의 오염 못지않게 심각한 정신의 오염, 대도시 인구 집중과 메탄가스, 청소년들의 정신적 피폐, 노인 학대, 감수성 쇠퇴, 상상력의 부패, 에로스의 천박화, 쓰레기 대란, 증오의 폭발 등을 말입니다. 이런 현상 앞에서 우리가 어떻게 한 걸음 물러나서 발전의 다른 모델을 찾지 않을 수가 있겠습니까? 이는 대단히 시급한 과제이고 과학과 상상력, 감수성과 정직함을 동시에 요구하는 일입니다. 이는 유례가 없는 과제입니다. 동구에서 왔던 서구에서 왔던 간에 우리가 알고 있던 발전의 모든 모델은 우리를 재앙으로 이끌고 왔기 때문이죠.

지금 읽어드린 이 인용문은 『고독의 미로』의 「추신」에 있는 한 문단인데, 특히 제3세계의 모든 이에게 들려주고 싶은 말이었어요. 그러나 멕시코에서는 우리에게 이런 종류의 주제를 논하는 것을 금지하고 있죠. 게다가 우리는 이를 위한 최소한의 조건, 즉 정권의 민주주의 개혁조차 아직 이루지 못했습니다.

학생들이 이런 문제점을 제기했습니까?

아니요. 그러나 학생 소요는 멕시코의 민주주의 개혁을 위한 근본 문제를 제기합니다. 그런데 정부는 학생 소요를 자기 정책을 바로잡고 시정하는 기회로, 즉 멕시코 혁명의 전통으로 돌아가는 계기로 삼기는커녕 무력과 폭력으로 대응했어요. 아시다시피, 학생 운동은 시기적으로 1968년 멕시코에서 개최된 올림픽 준비 기간과 겹쳤습니다. 올림픽이 멕시코에서 열린다는 것은 이 나라가 괄목할 만한 성장을 이룩했다는 사실을 말해주는 것이죠. 1920년이나 1945년쯤에는 멕시코가 올림픽 개최지가 된다는 것을 꿈에도 생각지 못했을 겁니다. 학생 소요와 올림픽 개최가 상호 보완적인 것이었다고 말할 수 있어요. 불협화음을 일으킨 것은 정부의 태도였습니다. 학생들은 정권에 위협을 가하지 않았고, 정부 역시 심각한 혁명적 상황에 직면한 건 아니었어요. 그럼에도 1968년 멕시코 정부의 탄압은 당시 그 어느 나라 정부의 그 어떤 행위보다도 잔인했습니다. 아시다시피, 1968년 10월 2일 틀라텔롤코 광장에서 약 300명이 죽임을 당했어요. 그 사태를 보고 저는 대사직을 사임했습니다.

멕시코 상황에 치유책이 있다고 보시나요?

정권의 반응은 동맥경화에 걸려 변화를 위한 능력이 없다는 것을 우리에게 보여줍니다. 그럼에도 저는 완전한 비관론자는 아니에요. 우리 멕시코는 지금 이런 딜레마에 처해 있습니다. 즉 정치적 비유동성으로 인해 조만간 폭력적인 폭발 사태가 생기거나, 아니면 정권이 스스로 온 나라가 원하는 민주주의 개혁을 시작하거나 할 겁니다. 그런데 그런 폭력 사태가 터지는 바람에, 저는 정권과의 인연을 끊고 밖에서 비판을 해야겠다고 결심한 것입니다.

『고독의 미로』의 「추신」은 멕시코에서 반응이 어땠나요?

1년 동안 5쇄를 찍어서 약 3만 부 정도 팔렸습니다. 젊은 사람들이 주로 읽었지만 노동 계층에서도 좀 읽었다고 하더군요. 책에 대한 비판은 개탄스러운 수준이었습니다. 정권을 비호하는, 아니 정확히 말해, 정권의 고용원들인 신문기자들은 저를 모욕했어요. 어떤 사람들은 저보고 공산주의자들의 하수인이라 했고, 또 다른 사람들은 제가 CIA의 하수인이라고 욕했죠. 이 책은 멕시코에서 폭력 혁명의 필요성과 가능성을 주장하던 사람들로부터도 환영받지 못했습니다.

그들이 비판하는 요지는 무엇이었죠?

비판의 내용이요? 세 건도 안 되는 몇몇 예외만 제외하면, 비판 전체가 빈정대고 공격하고 비난하고 억측하는 것이었죠. 아마도 저의 의견이 적과 동지를 가리지 않고 분노를 일으켰을 겁니다. 제가 PRI를 20세기의 다른 정치적 관료제와는 다른 관료적 카스트 제도로 묘사했거든요. 동유럽의 공산당과 비슷하다고 했지요.

그 점에 대해 좀 더 말씀해주시죠.

멕시코의 경우에만 해당되는 주제가 아니기 때문에 좀 더 나중에 다루고 싶군요. 일단 지금은, 제 책이 PRI를 비판하는 좌파뿐만 아니라 그 당을 지지하는 우파 사람들도 불편하게 했다는 사실을 말하고 싶어요. 이런 현상은 저의 또 다른 의견에 대해서도 마찬가지였죠. 저는 멕시코 정치 상황을 분석하면서, '다른' 멕시코의 유산처럼 보이는 사고방식과 느낌의 방식이 존재한다는 걸 알아차렸어요. 생각하는 방식보다는 느끼는 방식에서 그런 걸 더 잘 감지할 수 있죠. 여기서 '다른' 멕시코란 사회·경제적으로 후진적인 '이면의' 멕시코를 말하는 게 아니라 '다른' 현실을 말하는 겁니다. 그것은 근대화된 멕시코에 가려진 채 지하에 잠복해 있지만, 때만 되면 땅위로 솟구쳐 나와 모습을 드러내는 현실입니다. 우리 권력과 지도자의 이미지는 정복 이전의 고대 역사와 식민지 멕시코 시대에 그 뿌리를 두고 있어요. 제가 '이미지'라 부르는 건 그것이 개념이 아니라 진짜 이미지이기 때문입니다. 아스테카 제국의 전형적인 정교일치 지배 방식이 식민 시대를 지나 스페인의 절대군주제 개념과 결합한 채 20세기에 이르렀습니다. 저의 이런 생각이 사이비 마르크스주의자들에게는 반동으로 보였고, 실제 반동주의자들에게는 반멕시코적으로 보인 것이죠.

그건 사회심리학적 사고 같아요.

그러나 칼 융의 이론과는 아무런 관계도 없습니다. 실제로 「추신」에서 말한 것처럼, 제 생각은 사회적 차원의 마르크스 이데올로기와 개인적 차원의 프로이트 무의식 이론에서 빌린 것입니다. 그 이데올로기란 마르크스 자신이 말한 것처럼 '세계의 부조리한 의식'이며, 결국 아무것도 의식하지 못하는 이데올로기입니다. 저는 또한 뒤메질Dumézil의 영향을 특히 많이 받았어요. 그는 모든 사회에 역사의 침식과 그 변화에 대해 완고하게 저항하는 특정 열등감, 편견, 정신 구조의 존재가 있음을 보여주었습니다. 저는 책의 마지막 부분에서 비판적 성찰만이 멕시코 사람들의 이러한 끔찍한 유령을 쫓아낼 수 있다고 썼어요. 이렇게 쓰면서 저는 "하늘에 대한 비판이 땅에 대한 비판에 앞선다"라고 말한 마르크스를 상기했습니다. 마르크스에게 하늘에 대한 비판이란 종교적 신화에 대한 비판이었죠. 그리고 우리에게 이데올로기 비판은 사이비에 대한 비판입니다. 결국 저는 비판에 대해 말한 것이었고, 따라서 자유에 대해 말한 것이었어요. 그런데도 사람들은 저를 숙명론자라고 비난하더군요! 더욱 서글픈 것은 그 논쟁이 학문적 · 도덕적 수준이 너무 낮았다는 겁니다. 다른 중남미 국가들과 마찬가지로 멕시코는 도덕적 ·

지적으로 퇴행의 길을 걷고 있어요. 학문적인 논쟁은 즉시 사적인 말싸움으로 변질되곤 합니다. 저는 전통적인 우파 진영에서 막말을 하면 어깨를 한번 으쓱이고 맙니다. 기대했던 바니까요. 그러나 좌파 쪽에서 그런 말을 하면 경각심을 갖지 않을 수 없어요. 비판적 사고가 얼마나 걷잡을 수 없을 정도로 퇴보했는지 보여주는 현상이니까요.

지성계의 그러한 비판적 사고의 위기는 중남미 국가들만의 문제일까요?

라틴아메리카 전체와 스페인, 포르투갈까지 해당되는 현상입니다. 보통 비판하는 훈련은 지성과 연결됩니다. 그런데 제가 볼 때 문제는 도덕적이고 역사적인 겁니다. 오랜 시간 논란이 되어왔던 주제 가운데 하나가, 위대한 시인과 소설가를 배출한 스페인에 왜 위대한 철학자가 없는지 하는 것이었습니다. 스페인은 위대한 철학자들을 낳지는 못했지만 위대한 신학자들을 탄생시켰어요. 따라서 그 지적인 능력을 의심할 수는 없습니다. 스페인 사람들이 갖지 못했고 지금도 갖고 있지 않은 것은 근대 철학이 요구하는 정신의 자유입니다. 스페인에는 참다운 18세기 계몽주의가 없었고, 유럽의 지적 · 정치적 삶을 바꾼 커다란 비판적 개혁이 없었어요. 이후에는 스페인과 중남미 국가 모두 민주주의 시민혁명을 거치지 못했습니다. 중남미 독립전쟁은 부르주아 시민혁명과는 반대로, 소수 토착세력과 토지 독점에 기반을 둔 정권들만 강화시켜주었죠.

민주주의 전통의 부재, 그리고 참다운 18세기와 19세기의 부재는 우리의 비판정신이 부족한 이유를 설명해주는 동시에, 우리의 개인주의와 이기주의를 드러내줍니다. 에미르 로드리게스 모네갈과 같이 매우 뛰어난 사람을 포함해, 라틴아메리카의 많은 비평가는 아마도 제가 스페인어권 세계의 비평가들 존재를 부정했다고 믿고 있을 겁니다. 그러나 제가 감히 어떻게 레예스, 엔리케스 우레냐[248], 보르헤스 등의 존재를 부정할 수 있겠어요? 절대 그렇지 않습니다. 제가 지칭하는 것은 17세기 말엽에 태어나서 유럽의 지적 혈통이 되어온 그 '비판적 사고의 전통'입니다. 그 전통이 스페인과 과거 식민지 국가들에 거의 존재하지 않는다는 것이죠.

사상의 토론을 가능케 하는 관용의 분위기도 우리에게는 부족합니다.

그래요. 우리는 침묵 아니면 절규 사이에서 살고 있습니다. 라틴아메리카 문학 역시 크건 작건 문단 권력에 오염되어 있어요. 중남미 작가들은 크게 세 부류로 나눌 수 있습니다. 하나는 갱단과 같은 무리를 거느리는 우두머리들입니다. 두 번째는 로빈슨 크루소와 같은 은둔형 작가예요. 그리고 마지막으로 문단 파벌을 이루는 구성원들이죠. 중남미에 비판이 없는 것은 중남미에 민주주의가 없는 것과 똑같은 이유입니다. 비판적 사고와 민주주의는 상호 보완적 실체예요. 실질적으로 민주주의적 분위기가 조성되어야만 철학과 정치에서와 마찬가지로 문학과 예술 분야에서도 비판이 존재할 수 있습니다. 우리의 비판 정신 부재는 지적 무능함이 아니라 도덕적 결함 때문이며, 이 도덕적 결함은 역사적 오점의 결과입니다.

우나무노가 말했던 '스페인 특유의 질투la envidia hispánica'도 작용하지 않았을까요?

질투나 시샘이란 것도 비판의 과잉이 아니라 그것이 부족해서 나오는 결과죠. 증오는 우리 사회의 지적 질식 상태의 결과고요. 이는 인종적인 것이 아니라 역사적인 오점의 산물입니다. 요약해 보자면, 우리는 비평가들은 있으나 비판이 없어요. 모순적인 말이지만 알고 보면 모순이 아닙니다. 생각과 가설이 자유롭게 대결을 펼친다는 의미에서 볼 때, 그런 움직임들이 칸트에게 순수이성 비판을, 니체에게 가치관의 비판을, 그리고 버트런드 러셀에게 언어의 비판을 가능케 했던 것입니다. 그런 의미에서 우리에게는 비판이 없었던 것이죠. 그런데 우리도 비평가와 에세이스트들은 있었어요. 예를 들어, 제가 특별히 관심을 갖는 분야인 사상과 감성의 경계선에서 라몬 시라우[249]는 철저한 성찰과 시가 교차하는 아주 중요한 글들을 썼습니다. 베네수엘라 작가인 기예르모 수크레[250] 역시 훌륭한 비평가 가운데 한 명이면서 동시에 진정한 시인이지요. 그밖에도 많습니다. 그렇지만 그런 제비들이 왔다고 해서 봄이 온 게 아닙니다.

선생님은 「추신」이 "아직 쓰지 않은 한 책의 서문"이라고 말씀하셨는데요, 어떤 책이죠?

라틴아메리카에 대한 책입니다. 인도, 중국, 일본의 발전과 우리의 발전을 비교하고 싶어요. 아시아의 세 나라에서 '근대화'란 '서구화'와 동의어였습니다. 오랜 역사를 가진 이 세 나라는 과학기술이 발달한 근대세계에 접근하기 위해 종래와는 완전히 다른 문명으로 도약해야만 했죠. 전통의 일부를 없애고 남의 것을 일부 가져다가 접목하는, 말 그대로 큰 수술이 어떤 결과를 가져올지 우리는 아직 모릅니다. 게다가 그들이 추구하는 모델도 모두 달라요. 일본은 서구 자본주의를 발전의 모델로 삼았고, 중국은 마르크스주의를 자체적으로 각색하였습니다. 인도는 조금 달라요. 중국이나 일본과 달리 인도는 서양의 식민지였는데, 하나의 민족이 아니라 여러 민족의 집합체입니다. 인도는 나라가 아니라 문명이라 할 수 있고 아직 근대성을 향해 도약하지도 못했어요. 간디는 마오쩌둥에 반대할 뿐만 아니라 메이지 유신에도 반대합니다.

중남미의 경우는 이 세 나라들과는 매우 다릅니다. 일단 우리는 그리스도인들이고, 유럽의 언어인 스페인어와 포르투갈어를 구사하고, 프랑스와 영국의 사상에 힘입어 우리 독립을 성취했어요. 이는 우리가 동양과는 역사적으로 모든 면에서 다르다는 점을 말해줍니다. 그런데 분명한 점은, 사회적 · 경제적인 면에서 우리는 제3세계의 일원이라는 겁니다. 우리는 낙후된 종속 경제를 가지고 있고, 사회적 · 정치적으로 많은 문제점을 가지고 있어요. 그럼에도 역사적인 관점에서 보자면 우리는 서구 문명의 일원입니다. 우리는 반세기 전까지 미국과 러시아가 살았던 그 서반구에 살고 있어요. 그렇게 보자면 라틴아메리카를 제3세계의 부분으로 보는 시각은 단순화된 것일 수 있습니다. 우리가 서구 문명이라고 하면 러시아를 포함시키지 않습니까? 비잔틴의 기원을 가지고 있는데도 말이죠. 근대 러시아는 서구의 특이한 변종 가운데 하나입니다.

또 다른 변종은 어디입니까?

미국과 중남미예요. 그러니까 특이한 영국과 그에 못지않게 특이한 스페인의 후예들입니다. 저는 문명이라 불리는 실체를 깊이 믿습니다. 그리고 그 안에서 현실에 대한 특정 사고 구조와 태도가 존속하고 있음을 굳게 믿어요. 그래서 저는 중남미와 미국의 대조적인 모습이 발전과 저발전, 제국주의와 식민주의, 민주 자본주의와 봉건 과두주의와 같은 경제적이고 정치적인 차이에만 귀결되는 것이 아니라고 확신합니다. 설사 그런 차이점이 사라진다고 해도 더 깊은 다른 차이가 존속할 겁니다. 즉 시간, 노동, 몸, 여가, 죽음, 음식, 차안此岸과 피안彼岸에 대한 상반된 시각은 변치 않을 거라는 말이죠.

그 말씀을 들으니 어제 선생님과 함께 봤던 도큐먼트 영화가 생각납니다. 프랑스 베탕쿠르Betancourt 장관의 중국 방문에 맞춰서 프랑스 영화인이 제작한 것이었어요.

그 영화에서 제일 인상 깊었던 것은 어디에나 있는 마오쩌둥의 존재였어요. 그의 얼굴, 책, 사상이 사방에 있었죠. 재미있는 생각도 봤어요. 누군가 헤엄쳐 강을 건너는 것이 의사가 피부이식 수술을 하는 것이나 노동자가 공장의 생산성을 높이는 것과 같은 가치를 갖는다는 것이었죠. 다만 서글픈 것은 이 모든 것이 혁명의 이름으로 행해지고 있고, 이런 일이 중국과 같은 나라에서 일어난다는 점이에요. 하지만 중국 문명이 민주주의나 비판정신을 접촉해본 적이 없는 것도 사실입니다. 뛰어난 중국학 학자인 르벤슨Joseph Levenson 교수는 중국인들에게는 서양에서 쓰는 근대적 의미의 '혁명'이란 개념을 지칭할 단어가 없었다고 합니다. 그래서 그들이 전통 고전을 뒤져서 비슷한 표현을 찾은 것이 왕조의 교체를 의미하는 '천명天命의 변화'였죠. 또 다른 중국학 학자인 에티엔 발라즈Étienne Balazs는 중국인들에게 '자유'를 뜻하는 말도 없었다고 지적합니다. 그래서 이 철학적이고 정치적인 범주의 개념을 돌려서 표현하기 위해 구사한 중국어는 '이완'이나 '위반'이라는 뜻을 가지고 있었다고 합니다. 자유가 결핍이나 과잉으로 해석된 것이죠.

현대의 중국은 고대 중국의 연장이라고 봐야 합니까?

마오쩌둥 정권은 단절이었습니다. 그러나 다른 것을 연상시키는 단절이었어요. 즉 중국 제국을 탄생시킨 단절이었죠. 어떻게 보면 마오쩌둥의 이미지는 제국을 이룩한 진나라의 창시자인 진시황과 비슷합니다. 중국은 분명 근대화되고 있어요. 그러나 자기 방식으로 하고 있습니다. 예를 들어, 그 영화를 보면 예술이 '인민의 교화'라는 대목이 나옵니다. 교화한다는 말을 들으면 공자의 냄새가 나지 않나요? 저는 예술이 사람을 자유롭게 만드는 거부拒否의 도구, 즉 인간 해방의 도구라고 믿어왔습니다. 그런데 예술적으로 훌륭한 전통을 계승한 그 나라에서 최악의 부르주아 예술이나 러시아 스탈린 시대의 평범한 예술을 연상케 하는 초보적인 예술이 생산되는 걸 보는 것은 슬프기 짝이 없습니다. 우리가 그 영화에서 봤던 것은 중국 예술이 아니라 프티부르주아 예술이에요. 오페라 작품들, 그 노래들, 그리고 배우들의 그 연기는 부르주아의 영웅적인 몸짓에 속합니다. 저를 심란하게 만드는 또 다른 장면도 있었어요. 중국에는 과거에 예술이나 종교나 역사의 인물 이미지를 만드는 장인들이 있었던 것 같은데, 그들이 지금은 스탈린, 레닌, 마오쩌둥, 마르크스, 엥겔스 등 새로운 성인들의 이미지만 만들어내고 있지요. 만일 마르크스, 엥겔스, 레닌이 환생한다면 자기들 모습이 마오쩌둥이나 스탈린과 함께 있는 것을 보고 분명 수치심을 느낄 겁니다. 이 두 사람은 마르크스주의의 기원이 되었던 것과 너무도 다른 것을 대변하고 있거든요. 마르크스주의의 기원은 인간을 종교와 권위와 국가로부터 해방시키려 했던 비판적 사고와 혁명 행위인데, 그들에게서는 정반대의 모습을 발견할 수 있으니까요. 정치와 신성이 섞여버린 것이죠. 즉 그들은 신격화되고 신성화된 지도자들입니다.

선생님은 우리가 지금 한 시대의 종말을 목격하고 있다고 보시나요?

당신이 이번에 여러 주제에 대해 제 생각을 물어보신 것은 제 책에, 특히 『교류』와 『결합과 해체』에 반복적으로 나오는 내용입니다. 젊은이들의 반란, 제3세계 국가들의 소요, 여성들의 반란, 새로운 에로티즘의 정립 가능성, 랭보가 말한 사랑의 재발명 등 이 모든 주제는 하나의 중심 주제와 연결됩니다. 그것은 바로 직선적 시간의 종말이에요. 그렇습니다. 저는 우리가 한 시대의 막바지에 와 있다고 믿습니다. 이는 제가 많은 사람과 공유하는 생각이기도 합니다. 또한 40-50년 전부터 현대 사상이 위치한 공통 지점 가운데 하나예요. 제 입장을 결론적으로 정리해 보죠. 제 생각의 출발점은 모든 문명이나 문화가 시간에 대한 관념을 가지고 있고 시간관을 표현하고 있다는 것입니다. 일반적으로, 원시인으로부터 고대 그리스인, 중국인과 아스테카인들에 이르기까지 사람들은 주기적으로 도는 원형의 시간관을 믿었어요. 이렇게 주기적 시간관을 가진 사회는 거의 언제나 모델이 되는 원형의 시간으로 과거를 내세웁니다. 과거는 모든 가치를 보관해놓은 곳이 되죠. 그런데 다른 문명들은 그것의 완성과 본질적인 가치들은 시간 밖에 있다고 생각했어요. 시간은 환상일 뿐이고, 시간적 모순이 소멸되는 시간 밖의 시간이 있는 것이죠. 인도 문명 역시 시간을 환상으로 보고 역사를 무시합니다. 환상이 사라지고 진정한 현실이 나타나는 시간 바깥의 지점이 있는데 그것이 브라만이고 니르바나(해탈)입니다. 그리스도교는 두 가지 다른 시간을 상정합니다. 하나는 시작과 끝이 있는 역사 내의 시간이고, 다른 하나는 영원한 천국과 지옥이 있는 시간 밖의 시간입니다.

그리스도교는 단절을 의미했습니다만.

엄청난 단절이었죠. 옛 시간과의 단절이자 여러 시간의 종말을 뜻했습니다. 그리스도교의 영원성은 시간의 종말을 상정합니다. 다른 한편으로, 그리스도교의 역사적 시간 역시 고대의 시간과는 전혀 다릅니다. 즉 그것은 원형이 아니라 직선의 시간이기에, 시작과 끝이 있어요. 시작은 아담의 타락입니다. 아담은 낙원에서 추방당하고, 영원으로부터 추방당한 사람이죠. 시간의 끝은 최후의 심판입니다. 그 시작과 끝 사이에 구원이 있고 그리스도의 강생이 있습니다. 이렇게 보면, 그리스도교는 역사적, 연속적, 직선적, 그리고 유한한 시간을 상정하는 동시에, 영원 그리고 저 세상과 같은 시간 없는 시간의 존재를 우리에게 제시합니다. 최후의 심판 후에 역사가 종말에 이르면 시간이 끝나고 미래는 정지하면서 모든 것은 끝이 없는 영원한 현재가 됩니다. 영원한 행복이거나 영원한 형벌이 기다리는 거죠. 미래도 종말을 맞습니다.

이는 당신이나 저나 명확하게 이해하기 힘든 구석이 있어요. 우리는 우리 존재에서 종교적 차원을 많이 상실했거든요. 우리에게 가장 중요한 가치는 시간에 있습니다. 근대 이후의 환상은 인도 문명의 믿음처럼 시간에 있는 것이 아니라 시간을 초월한 시간이 있다는 것을 믿는 겁니다. 그리스도인, 힌두교도, 혹은 불교도에게 진정한 것은, 그것이 브라만이든 니르바나든 혹은 천국이든 간에 시간 너머에 있습니다. 그러나 우리에게는 시간 너머에 있는 모든 것은 환상일 뿐이고, 유일하게 진정한 것은 시간 안에 있지요. 전통 사회와 근대 세계의 가장 중요한 변화는 이렇게 다른 세상을 부정하는 것이었죠.

그것은 종교적 영역의 상실이군요.

꼭 그것만도 아닙니다. 세속 철학자가 저 세상의 존재를 부인할 때, 그는 황금세기나 그와 유사한 다른 원형의 모델이 있는 과거의 가치를 추종합니다. 아니면 쾌락주의자들처럼 현재를 좇는 것이죠. 반면 근대 사회는 과거도 아니고 현재도 아닌 미래를 찬양합니다. 근대 사회는 그리스도교의 직선적이고 연속적이며 불가역적인 시간을 계승합니다. 그러나 그것을 조금 변형시키죠. 그 결과, 직선적 시간은 유한한 것이 아니라 무한한 것으로 확장되고, 시간의 주인공은 구원받거나 버림을 받기 위해 이 세상에 오는 개개인의 영혼이 아니라 인류 전체가 됩니다. 다시 말해, 구원이란 관념이 역사 발전이란 개념으로 대체되는 겁니다. 마지막으로, 모든 가치를 담보하고 있는 근대 시간의 원형은 미래가 됩니다. 중세의 그리스도인에게 역사는 시험이었지만, 이제 우리에게 역사는 가장 중요한 가치로서 시간이고, 그 시간은 진보입니다.

그렇다면 현재 위기에 빠진 것은 정확히 무엇인가요?

우리가 가진 시간이라는 관념입니다. 무한 진보로서의 시간이란 생각은 두 가지 차원 혹은 변형을 가집니다. 하나는 진화evolución이고 다른 하나는 혁명revolución이에요. 역사적 진화라는 생각은 찰스 다윈의 진화론을 사회에 그대로 적용한 것으로서, 말하자면 역사의 생물학적 설명이 되겠습니다. 그러나 18세기 말엽 이래 또 다른 절묘한 생각이 등장합니다. 진보progreso라는 개념인데, 이것을 이룩하려면 단계적이고 점진적인 변화의 형식뿐만 아니라 총체적이며 급진적인 변화의 형식을 취해야 합니다. 예전에는 혁명이란 단어가 천체의 회전을 의미하면서 고대의 순환적 시간 개념을 보여주는 것이었어요. 그러나 18세기 이후 혁명이란 말은 한 체제가 다른 체제로 대체되는 갑작스러운 변화를 의미하게 되죠. 원래 혁명의 주도자는 다소 추상적 실체인 민중이었습니다. 그러나 유토피아적 사회주의 이후, 특히 마르크스 이후에 그것을 주도하는 사람은 프롤레타리아입니다. 진보로서의 시간은 상이한 계급마다 다르게 수용되었는데, 인간 해방을 완수할 최후의 계급으로 선택된 것은 노동자 계급이었습니다. 이미 보셨듯이, 진보로서의 직선적 시간관이 두 가지 형태로 변형된 진화론과 혁명론은 서로 자기 손에 역사의 열쇠를 거머쥐려고 합니다. 그리고 서로 자기가 미래의 주인이라고 말하면서 미래를 식민화하려고 합니다.

그래서 나중에 어떻게 됐나요?

반대의 일이 일어났어요. 현재는 이들의 예언을 실현시키지 않았을 뿐만 아니라 그들을 거부하기에 이릅니다. 마르크스주의에 대해 말해 보자면, 가장 주목할 부분은 세계적 혁명의 주도자가 되었어야 할 프롤레타리아 계급이 '혁명'을 하지도 않았고 '세계적'으로 처신하지도 않았다는 점이죠. 이는 마르크스주의 중심 교리의 파산이었고, 한 단계에서 다른 단계로 혁명적 · 변증법적 도약이 구현되는 직선적 시간관의 파산이기도 했습니다. 하지만, 비록 선진국들에서의 프롤레타리아 혁명은 실패했지만 그 밖의 나라들에서는 소요 사태가 있었어요. '혁명'이 아니라 '소요'라는 용어를 의도적으로 쓴다는 걸 아실 겁니다. 한편, 중국으로부터 쿠바에 이르기까지 역사적 변혁의 주도자들 역시 노동 계급은 아니었지요.

러시아는 어땠습니까?

러시아 역시 진정한 프롤레타리아 혁명은 존재하지 않았어요. 볼셰비키라 불리는 일단의 전문 혁명가들이 1917년에 군인, 노동자, 농민 사이의 커다란 민중 소요를 장악하고, 주도하고, 이끌었죠. 그 결과 초기 자본주의 형태를 띠던 차르 전제정권이 무너지고 왜곡된 의미의 사회주의라고 부를 수밖에 없는 관료주의 정권이 들어섭니다. 말의 왜곡은 동시에 정치적 · 도덕적 부패를 의미합니다. 원래 사회주의는 생산수단의 공동 소유를 의미하고 이는 또한 노동자들의 진정한 민주주의를 요구합니다. 그러나 소련에서는 정부가 생산수단뿐만 아니라 노동자들의 소유주가 되었고, 이 정부는 정치 관료들, 즉 공산당의 소유물이 되어버립니다.

서구에서는 어땠나요?

혁명적 관점에서 본 역사 발전의 예언이 잘못된 것으로 판명이 됐다면, 부르주아의 진화론적 관점에서 본 예언 역시 만만치 않게 오류가 많습니다. 자유주의자들은 사회적 진보는 끝이 없을 것이고, 기술 발전과 대의 민주주의 그리고 시장 경제와 계몽적 자본주의 덕분에 풍요가 넘치고, 노동자와 자본가 사이의 주된 분규를 비롯한 사회적 갈등이 거의 사라진 사회를 건설하게 될 것이라고 약속했어요. 그러나 두말할 나위 없이, 현재 대의 민주주의는 갈수록 비민주적으로 변질되고 있고, 대의성代議性도 갈수록 축소되고 있어요. 즉 정당들이 거대한 관료집단으로 변질되어버린 겁니다. 정치적 관료주의와 함께 노동조합의 관료주의도 나타났고, 경제적 독점과 함께 정보의 독점 현상도 나타났습니다.

무기의 독점 역시 볼 수 있죠?

물론입니다. 이를 가리켜 군산軍産 복합체라고 하죠. 이것이 바로 20세기 질병이라 할 수 있는 관료주의가 미국에서 채택한 방식이에요. 간단히 말하자면, 자본주의 사회도 공산주의 사회와 마찬가지로 획일화되는 경향이 있습니다. 1950년경에 많은 사회학자는 우리가 이데올로기의 종언을 목격하고 있다고 말하는 한편, 사회적 모순점이 마르크스의 예언과는 달리 더 첨예화되지 않고 완화되다가 곧 사라질 것이라고 주장했어요. 1970년이 된 지금, 정확히 고전적 마르크스주의의 구도대로 일어나지는 않았지만, 노사의 대결과 사회적 모순점이 더욱 악화되어 유례없는 폭력 사태까지 촉발하고 있는 현상을 볼 수 있습니다. 인종 문제, 청년들의 반란, 그 밖의 수많은 갈등을 보면 알 수 있죠. 자유주의 사상의 예견은 완전히 빗나간 겁니다. 직선적 · 진보적 역사관을 가진 부르주아의 진화론은 우리에게 풍요롭고 자유로우며 사회적 갈등이 없는 사회를 약속했어요. 그러나 사실은 그 풍요는 허상이자 거짓말이었고, 우리 사회는 그것이 생산하고 소비하는 물건들의 진정한 주인이 아니라 노예였던 것입니다. 자유란 차이와 개성이 공존하는 다양성을 의미합니다. 하지만 자본주의 사회는 점점 더 획일화되고 더 동일화되고 있어요. 마지막으로, 눈에 보이든 보이지 않든, 많은 압력이 쌓여서 폭력적인 폭발을 야기합니다. 즉 사회적 갈등이 끔찍한 해악을 끼치고 있는 것이죠. 결론적으로 말씀드리면, 우리는 조상들보다 더 행복하지도, 더 자유롭지도, 그리고 더 현명하지도 않습니다.

서양은 실패한 것인가요?

신자본주의의 실패는 사회주의의 실패만큼이나 명백합니다. 비록 그들이 생각하는 의미에서는 아니지만, '이데올로기의 종언'을 주장하는 사상가들이 옳아요. 그러니까 직선적 시간관의 두 변형, 즉 최근 한 세기 동안 서양 역사를 지배해왔던 두 개의 이데올로기는 쓸모없음이 드러났다는 것이죠. 그것들은 이제 수명을 다했습니다. 이와 함께 끝없는 진보라는 시간관도 종말을 맞았어요. 우리는 이데올로기의 종언이 아니라 미래라는 시간관의 종말을 보고 있는 겁니다.

마르크스주의도 완전히 실패했다고 보시는지요?

네, 그 이론이 역사를 과학적으로 분석했다고 주장하는 한 그렇습니다. 그러나 그것이 비판적 사고로 작용해왔고, 지금도 어느 정도 그렇다는 측면에서 볼 때는 실패했다고 볼 수 없어요. 그리고 제가 마르크스주의를 역사의 과학으로 보는 것을 인정하지 않는 것과 제가 사회주의를 보는 태도는 별개의 문제입니다. 사회주의 사상을 포기하는 것은 우리의 도덕적 · 정치적 전통을 포기하는 것이죠. 마르크스주의의 주장 가운데 제가 볼 때 계속 유효한 것이 있거든요. 그것은 자본주의 사회가 구조적으로 병든 사회라는 겁니다. 그러나 제가 볼 때는, 자본주의와 사회주의 사회 모두가 똑같이 질병에 감염됐어요. 현재 마르크스주의의 위기는 직선적 연속성과 무한 진보라는 시간관의 위기입니다. 그리고 그 위기는 자본주의 사회의 원동력이 되는 생각의 위기이기도 합니다. 지금의 위기는 결국 근대성의 위기이자 18세기 말에 태어난 근대 세계의 위기입니다.

우리 문명의 가치관이 위기를 맞은 것이죠?

근대 사회의 가치관이 위기에 있다고 말하는 것으로는 충분치 않아요. 그 가치관을 모아놓은 저장소, 즉 가치관이 위치한 장소 자체가 위기를 맞아 비틀거리는 것이죠. 그 장소가 어디입니까? 바로 미래예요. 미래는 근대의 낙원입니다. 노동, 산업, 기술, 풍요의 파라다이스가 미래에 있어요. 그러니까 우린 미래의 종말을 보고 있는 겁니다. 그건 미래의 종말이고 시간의 종말이죠. 그리고 무엇의 시작일까요? 그건 저도 모릅니다. 확실한 것은 우리가 현재의 강림을 보고 있다는 겁니다. 현재는 미래의 가치들과는 다른 가치들을 가지고 다닙니다. 현재의 도래는 두 가지 형태를 띱니다. 하나는 선진국들에서 일어나고 있는 소요들이고, 다른 하나는 지금 얘기되는 바와 같이, 주변부 국가들, 즉 후진국들에서 일어나고 있는 반란이죠. 그런데 이 두 현상은 모두, 제가 말했듯이, 근대 사상이 미래에 대해 예견했던 것들이 틀렸음을 증명합니다. 이러한 혼란과 동요는 모두 진보로서의 직선적 시간을 비판합니다.

선생님의 표현대로 "선진국들에서 일어나고 있는 소요들"은 어떤 의미에서 진보를 거부하는 것입니까?

제가 말하는 선진국 내에서의 소요란 비단 젊은이들, 여성들 혹은 소수 인종이나 소수 종교뿐만 아니라 예술가들의 소요, 그리고 전 세계적으로 만연한 모든 형태의 시위를 일컫는 말이에요. 우리는 이를 가리켜 감수성의 반란이라 부를 수 있죠. 왜냐하면 그것은 이성적인 것이 아니라 정서적이고 열정적인 것이니까요. 그 모든 반란은 이성적인 가치인 미래와 그 미래가 가진 가치들을 부정합니다. 그 모든 가치는 또한 감성적이고 몸을 중시하는 현재를 재평가합니다. 우리에게 미래는 유토피아와 동의어입니다. 그것은 열정이 꾸는 꿈이 아니라 이성이 꾸는 꿈이죠. 그런데 몸의 시간, 쾌락의 시간, 고통의 시간은 현재입니다. 그러나 현재는 동시에 죽음의 시간이고, 미래의 철학이 우리에게 사기를 치는 현실이기도 해요. 현재의 재림은 몸의 재림이고, 삶과 죽음이라는 존재의 두 가지 측면을 포괄하는 현실인 것입니다. 몸의 재등장은 (새로운 섹슈얼리티가 아니라) 새로운 에로티즘의 가능성을 열어줄 수 있을 겁니다. 그것은 새로운 '온정'이에요.

그러한 소요들은 왜 혁명이라고 부르지 않습니까?

그것들은 혁명이라는 개념 자체에 대한 비판이니까요. 물론 그 주동자들은 그런 의미를 깨닫지는 못하겠지만요. 혁명이라는 개념은 진보와 미래라는 개념과 분리할 수 없어요. 그런데 모든 소요는 현재의 가치를 긍정하고 몸과 감수성의 가치를 긍정하면서 암묵적으로 미래와 진보를 불신하죠.

그렇다면 후진국들에서는 왜 혁명이 아니고 반란이라는 말을 씁니까?

혁명이라는 말은 철학적 계보의 용어인데, 천체의 회전을 의미해요. 그런데 18세기 이후로는 그 말이 폭력적 체제 교체를 의미하게 됐지요. 더 나아가, 더 이상 순환적인 시간을 표현하지 않고, 가속화된 직선적 시간의 진행과 도약을 의미합니다. 반란revuelta이라는 용어의 어원을 살펴보면, 한편으로는 출발점으로 되돌아간다는 의미가 있지만 다른 한편으로는 어떤 권위나 부당한 상황에 맞서 폭발한다는 의미도 있어요. 후진국들에서 일어나고 있는 운동들은 혁명의 탈을 쓰고는 있지만 모두 반란입니다. 모든 혁명적인 사상에서 혁명은 발전의 결과, 즉 새로운 생산 수단을 갖게 된 산업 사회에 적용되는 변혁의 결과물일 뿐입니다. 그러니까 산업화에 도달하기 위한 수단이 아니라, 반대로 그 결과물이죠. 그런데 중국이나 쿠바에서와 마찬가지로 러시아에서도 혁명은 발전을 가속화하기 위한 방법이었어요. 따라서 우리가 정확한 용어를 쓴다면 이런 혁명들은 진짜 혁명이 아니었던 것이죠. 그렇다고 해서 그것들이 과거로의 회귀도 아니었어요. 그것은 폭발이자 반란이었습니다. 불충분한 발전에 대한 영웅적 처방이었지, 우리 시대 구조적 악에 대한 처방은 아니었던 겁니다. 그것은 영웅적이지만 역효과를 발생시키는 처방입니다.

역효과를 낸다는 것은 어떤 의미입니까?

레닌에서 나세르, 마오쩌둥에서 피델 카스트로에 이르기까지 후진국의 혁명이 대면했던 문제는 본질적으로 멕시코 혁명이 마주쳤던 문제와 다르지 않아요. 혁명의 사회적 · 정치적 프로그램을 가동하려면 국가를 산업화시키고 발전시켜야 하죠. 발전은 사적이든 공적이든 자본의 축적을 요구합니다. 이를 위해서는 일시적이고 부분적이나마 혁명의 사회적 프로그램을 보류해야 합니다. 이뿐만이 아니에요. 기술 관료와 행정 관료도 필요하고, 사회적 평화를 정착시키기 위해 정치와 경찰 관료도 필요합니다. 소란이 발생하면 발전 과정이 마비될 테니까요. 행정과 기술 관료제는 효율성을 보장하지만, 동시에 사회적 불평등, 계층화, 특권 통치를 낳습니다. 또 정치 관료는 비판과 이견과 반대를 억압합니다. 결국 혁명을 억압하는 결과를 낳지요.

관료 현상은 아주 오래된 것이죠.

지금과 같은 형태는 아니었어요. 레온 트로츠키가 말년에 집중했던 문제가 바로 이 주제입니다. 그가 암살되기 직전에 트로츠키파 내에서 소련 정부의 성격을 규정하는 문제로 격론이 벌어집니다. 당시 트로츠키주의자 가운데 그 누구도 소련 정부를 사회주의 정부로 인정하지 않았어요. 트로츠키는 이렇게 진단했지요. "소련 정부는 타락한 노동자 정부이며 그 질병의 이름은 관료제이다." 트로츠키는 러시아의 경제적 · 정치적 후진성이 스탈린주의 관료들의 도둑질 때문이라고 생각한 겁니다. 마르크스주의에 충실한 그는 관료가 계급이 아니라 혈통이라고 보았지요. 즉, 노동자 국가의 구조적 질병이 아니라 특정한 역사적 상황의 산물이라는 것이죠. 그래서 이러한 역사적 상황이 사라진다면, 다시 말해 소련이 발전하고 (혹은) 유럽 사회주의 혁명이 발발한다면 소련 관료제는 사라질 것이라는 말이었어요.

그렇지만 그 예언은 맞지 않았군요.

그 문제는 다시 생각해봐야 한다고 봅니다. 무엇보다 소련이 과연 잠시라도 노동자 국가였던 적이 있었느냐 하는 문제는 논란의 여지가 많습니다. 타락한 형태든 아니든 말입니다. 또한 유럽에는 사회주의 혁명이 없었고 조만간 있을 것 같지도 않아요. 마지막으로, 20세기 정치 관료가 계급이 아니라면 뭐라고 할 수 있을까요? 이 질문에 대답하는 것은 어렵습니다. 그럼에도 어떤 실마리는 있습니다. 만일 러시아 관료제가 계급의 이름으로 통치를 한다면, 그건 무슨 계급입니까? 분명히 프롤레타리아도 아니고 부르주아도 아닐 겁니다. 굳이 계급이라면 20세기의 새로운 관료라는 계급이겠죠. 혹은 새로운 계급이 싹트고 있는지도 몰라요.

그러나 관료제는 항상 있어 왔습니다.

20세기의 관료제는 다릅니다. 정부 관료나 성직 관료들은 있었지만 정치 관료들은 전에 없던 것이에요. 그들은 새로운 종류입니다. 즉 이들은 대중 조작의 전문가들인 공무원으로서, 마치 절에 들어가듯이 어린 나이에 입당을 합니다. 하지만 당신 말도 일리가 있을지 몰라요. 우리와 같은 역사적 위기가 관료제의 정착 덕분에 해결된 사례가 생각나거든요. 근대의 역사가들, 특히 마르크스주의자들은 노예제, 봉건제, 자본주의 등의 단계를 나눠서 역사를 설명하곤 합니다. 그런데 고대 중국에서 주나라가 실시한 봉건제의 위기는 유럽처럼 자본주의가 등장하면서 해결된 것이 아니라 황제와 관리들의 연합으로 해결됩니다. 2천 년 동안 중국은 정신과 영혼을 다루는 데에 전문가들이었던 지식인 관료제에 의해 지배됐어요. 이 사례는 미리 정해진 해결책이란 없다는 사실을 보여줍니다. 역사는 끊임없는 임기응변으로 이어져요. 우리는 매일 역사를 발명하고 있죠.

서부 유럽에서는 어떻습니까?

서양의 민주주의 전통과 그 커다란 발전은 지금까지 관료제 독재, 즉 일당 독재의 출현을 막았습니다. 하지만 독일과 이탈리아의 사례도 있다는 것을 명심해야 합니다. 다른 한편으로, 서구의 정당 시스템은 엄밀한 의미에서 더 이상 민주주의 모델이 아닙니다. 정보 매체의 독점 현상이 민주주의 모델이 아닌 것과 같아요. 영국은 지난 세기와 마찬가지로 여전히 상대적으로 자유와 관용의 오아시스 국가입니다. 그러나 유럽 대륙에서는 강력하고 냉정한 정부를 선호하는 경향이 더욱 뚜렷해지고 있지요. 미국에서는 폭력이 쇼킹한 수준에 도달했습니다. 개인 폭력, 집단 폭력 그리고 경찰 폭력에 이르기까지 말이죠. 흑인과 멕시코 출신 치카노를 억압하는 것과 별도로, 직간접적으로 라틴아메리카에서 베트남에 이르기까지 세계 전체를 억압하고 있어요.

미국은 우리에게 '자유세계'를 약속했는데요.

정확히 말하자면, 존 케이지의 말대로, "미국에 의해 자유롭게 결정"되는 거죠. 사실은 동구권이든 서구권이든 현대 세계의 두 체제 모두에서 권위주의적인 경향이 증가하고 있는데, 이는 항상 비인격적이고 관료적인 형태를 띱니다. 미국의 '군산 복합체'와 동유럽의 유일 정당들이 그렇지요. 그래서 저는 때때로 극단의 자유주의 사상이 신선하게 느껴집니다. 그래서 무정부주의 전통을 계승하면서 국가와 권위의 문제를 재검토해볼 필요가 있어요. 아마 무정부주의자들의 논조가 순진하거나 단순해 보이며, 그들의 폭력은 자해적일 수 있습니다. 그러나 그들의 도덕적 영감은 여전히 유효하고 고결합니다. 무정부주의가 탄생한 이래 모든 국가는 이를 억압했는데, 20세기에 들어 그 억압은 잔인한 양상을 띠고 있어요. 그래서 이젠 자본주의적 제국주의나 공산주의의 관료제를 비판하는 것으로는 충분치 않습니다. 이제 국가를 분석하고, 현대 세계에서의 그 기능을 비판해야 합니다. 왜냐하면 이번 세기에 국가는 강제 수용소, 인종주의, 원자탄 그리고 베트남을 의미하기도 하니까요.

이 모든 것을 선생님이 말씀하신 진보에 대한 비판이라고 규정해도 될까요?

진보, 관료제, 독점, 국가를 포함해 획일화를 향한 불길한 과정을 서두르고 있는 모든 형태의 힘과 경향에 대한 비판이죠. 그래서 거의 체계적이지 않을뿐더러 이미 때가 늦은 것인지도 몰라요. 진보의 해악은 이미 회복할 수 없고, 돌이킬 수 없으며, 철회할 수도 없는 단계가 아닌가 싶어 두렵습니다. '후진국'이라는 말부터 한번 생각해보세요. 그건 유엔의 '전문가들'이라는 사람들이 뒤처진 국가들을 지칭하기 위해 완곡하게 쓰는 용어로, 직선적이고 진보적인 시간관을 드러냅니다. 미래를 지향하는 여정의 역사로서, 모든 이에게 동일하게 적용되는 하나의 유일한 미래만 있는 것이죠. 후진국들은 그 유일한 미래의 제단에 자신의 전통과 예술, 도덕과 요리법, 자연관과 죽음에 관념 등을 바쳤습니다. 죽은 선조들과 스스로를 부인하면서 뉴욕과 모스크바로 상징되는 미래의 음울한 이미지를 위해 영원불멸의 생각도 바꿔버렸지요. 가장 이상하고 또 가장 나쁜 일은 후진국 정부들이 이런 파괴적인 작업을 눈 하나 깜짝하지 않고 받아들였다는 사실입니다. 그들은 가난에서 벗어나지도 못한 상태에서, 자신의 현재, 과거, 미래까지 떨이로 통째 넘겨버렸습니다. 그 죽음의 '근대화'를 유일하게 반대하는 지혜를 가졌던 사람들은 '미개인'들이었는데, 모두 멸종되고 말았지요. 발전으로 가는 길은 상실을 향해 가는 길입니다. 이는 세계를 획일화하는 길이고 전반적인 죽음의 길이죠.

선생님은 우리가 차이점을 유지해야 한다고 믿으시는데요, 그건 반평등주의 아닌가요?

차이점을 보존하는 것과 계급을 보존하는 것은 다른 얘깁니다. 전체주의는 다릅니다. 그것은 단일성과 동일성을 향한 욕구이고, 모든 이에게 단 하나의 보편적인 모델을 부과하려는 시도예요. 그것이 지도자의 돌 같은 이미지든 교리문답서의 규칙이든 상관없이 말이죠. 세상이 돌아가게 하는 운동은 차이점들이 서로 끌고 당기는 놀이로 이뤄집니다. 삶은 다양성이고 죽음은 획일성이에요. 차이점과 특수성을 억압하고, 서구와는 다른 문명과 문화들을 없애버리면서, 진보는 삶을 약화시키고 죽음을 키워주지요. 기술과 진보의 숭배 안에 내재해 있는, 모든 이를 위한 단 하나의 문명이라는 이상은 우리를 빈곤하게 하고 불구로 만듭니다. 세계관이 하나씩 사라지고 문화가 하나씩 사라질 때마다 삶의 가능성은 축소됩니다. 역사의 범주 안에서 진보는 물질계 내의 엔트로피와 유사해요. 즉 차이점들을 없애버리면서 역사를 냉각시키고, 인류는 점점 더 멸종을 향해 발걸음을 재촉하지요.

옥타비오 파스 선생님, 마지막 질문입니다. 미래의 계획은 무엇입니까?

미래를 없애는 일이죠.

뉴욕 | 추가 대화 POSDATA
1972. 01. 10

선생님은 영국 케임브리지에서 1년간 머물다가 1971년 초에 멕시코로 귀국하셨어요. 몇 달 후에는 멕시코 지식인 그룹과 함께 새로운 정치 조직을 결성하셨어요. 제가 미국 신문에서 읽은 바에 따르면, 현재의 체제를 바꾸는 것이 목표라고 하더군요. 정치에 다시 참여하게 된 동기는 무엇인지요?
그보다 먼저, 제가 귀국한 후에 받은 인상들에 대해 말씀드릴게요.

어떤 것이었습니까?
마리-조와 저는 영국을 떠나 사우샘프턴에서 배를 타고 출발해 아름다운 섬인 마데이라 제도, 지옥과도 같았던 마이애미, 파나마 운하를 거쳐 마침내 아카풀코에 도착했어요. 파나마 운하는 열대 풍경과 전형적인 '세기말' 기술이 결합된 마법 같은 장소여서, 마치 쥘 베른 소설의 삽화를 지나치는 느낌이었죠. 아카풀코는 마이애미를 연상시키는 빌딩으로 둘러싸인 넓은 만입니다. 그러나 더 지저분하고 더 가난한 마이애미를 보는 것 같았어요. 반쯤 벌거벗은 아이들이 카누를 타고 우리 배에 접근해서는 관광객들이 던져주는 동전을 줍기 위해 바다로 뛰어들더군요. 밤이 되면 아카풀코에서 제일 높은 바위 언덕에 세워진 거대한 십자가에 조명이 들어왔습니다. 그런데 알고 봤더니 그곳이 한 백만장자의 무덤이더군요. 이후에 우리들은 버스를 타고 잘 닦여진 고속도로를 따라 아주 아름다운 황갈색 풍경을 지나 멕시코시티에 도착했습니다. 멕시코시티는 여전히 아메리카에서 가장 아름다운 도시 가운데 하나지만 기형화되고 불구가 된 도시예요. 그리고 뉴욕보다 더 스모그가 많은 도시죠. 대기오염이 심한 것으로 세계 다섯 번째에 꼽히지만, 도서관 숫자나 공중 보건, 대학, 삶의 질 등에서는 그 반대입니다.

우리는 많은 진보를 이룩했다고 하지만 사실은 나쁜 의미의 진보였어요. 진보의 부정적인 면이 긍정적인 면을 압도하죠. 우리는 선진국과 같은 문제점을 가지고 있지만 그들과 달리 그것들을 해결할 수 있는 자원이 없어요. 게다가 후진국형 문제점도 많습니다. 제가 볼 때, 멕시코시티는 중남미 자본주의의 거울이에요. 그러니까 미적인 독창성이 전혀 없는 자본주의 도시라는 겁니다. 이 도시의 또 다른 특징은 정부 관공서 건물들의 장대한 위용입니다. 아르헨티나 건축가인 에밀리오 암바스Emilio Ambasz는 그 건물들이 멕시코 마초이즘을 상징한다고 말하더군요. 그러나 제가 볼 때 그보다는 정부의 과도한 권력을 말해주는 것 같아요. 멕시코시티는 일렬을 이룬 거대한 관공서 빌딩들과 민간 기업들의 무분별한 투기 열풍으로 보기 흉한 도시가 되고 말았습니다. 이는 이 나라가 겪고 있는 사회적 · 정치적 질병을 건축학적으로 반영하는 것이죠. 그 질병이란 혁명이 탄생시킨 전통 정당인 PRI의 관료주의적 지배와 멕시코 자본가 및 거대 미국 기업들의 경제적 독점에 의한 지배를 말합니다.

해결책이 있을까요?

아마도 유일한 해결책이라면 정치적, 경제적, 도시공학적 지방분권화일 겁니다. 멕시코시티는 더 이상 유일한 권력의 중심이 되면 안 됩니다. 정치권력, 경제 권력, 학문적 권력을 분산해야 합니다. 멕시코시티가 멕시코의 많은 '시티' 가운데 하나가 돼야지, 멕시코 '시티'가 되면 안 됩니다. 멕시코의 지방분권화는 멕시코 정부의 과도한 중앙집권화,

PRI로 대변되는 정치권력의 중앙집권화, 그리고 국내 대기업들의 독점경제에 맞서는 정치적 투쟁을 의미합니다. 이들은 모두 미국 자본주의와 연결되어 있죠. 지방분권화는 또한 정치적 민주주의와 중요한 사회개혁을 내포합니다. 보시다시피, 제가 그토록 사랑하는 멕시코시티의 흉한 모습은 제게 정치적 성격을 고찰하게 했어요. 이러한 제 생각들은 많은 멕시코 사람, 특히 1968년에 대통령이었던 디아스 오르다스 Díaz Ordaz 정권에 의해 투옥되었던 사람들과 대개 일치합니다. 모든 사람은 물론 아닙니다. 어떤 젊은이들은 아직도 그릇된 형태의 과격한 입장에 머물러 있는데, 제가 볼 때 그들은 비현실적입니다. 또 어떤 사람들은 아직 폭력을 꿈꾸고 있는데, 폭력은 절망에 빠진 사람들이 시대착오적으로 쏘아대는 총질일 뿐입니다.

선생님은 이미 정당을 결성하셨나요?

아직 아닙니다. 지금 조직하고 있습니다.

함께 참여하는 인사들이 누구입니까?

먼저 에베르토 파디야Heberto Padilla가 있어요. 그는 수학 교수인데 1968 학생운동에 동조했다는 이유로 투옥된 적이 있습니다. 그는 제가 아는 한 가장 지적이고 따뜻한 마음을 가졌습니다. 다른 분으로는 카베사 데 바카Cabeza de Vaca가 있습니다. 학생운동 지도자인데, 농민들을 아주 잘 알고 농업 문제에 대해서 헌신하고 있죠. 지식인들 가운데는 카를로스 푸엔테스가 있습니다. 이밖에도 학생, 노동자, 농민 집단이 있어요. 그 중 하나는 철도 노동자들의 리더로 오랜 기간 감옥살이를 한 바예호인데, 노동계급을 지도해온 모범적인 인물이자 뛰어난 지도자입니다. 그리고 전기 노동자들과 같이 우리에게 합류할 가능성이 있는 다른 산발적인 세력이 많이 있습니다. 전반적으로 우리는 노동자, 농민, 중산층,

지식인, 학생 등이 참여하는 민중 연합을 만들고 싶습니다.

선거 정당으로 만드실 건가요?

아니요. 당분간 선거에 나서는 정당은 되지 않을 것이고, 선거 정치를 하고 싶지도 않습니다. 우리는 노동조합, 도시 생활, 기초적인 사회 개혁의 수준에서 적극적으로 활동하고 싶어요. 우리는 이념을 최대한 탈피하고 현실주의를 추구할 거예요. 멕시코 대부분의 정당은 어떤 프로그램을 가진 소규모 그룹에 의해 구성됐는데, 그들은 자기들의 목표를 탑다운 방식으로 부과합니다. 하지만 우리는 그 반대로 하려고 합니다.

그 이유는 무엇입니까?

이데올로기의 위기를 겪고 있다고 보기 때문입니다. 우리는 제왕적이고 관료적인 형태의 '사회주의'가 부르주아의 의회 민주주의와 마찬가지로 실패했다고 봅니다. 그래서 국가 현실에 적합한 새로운 형태의 민주주의적 관계를 모색하고자 합니다. 우리는 현실주의자가 되려 합니다. 정치가 사람들에게 봉사해야지 사람이 정치에 봉사하는 것은 아니라는 생각에서 출발하는 겁니다. 소련에서는 사람들이 당의 정책을 위해 복무합니다. 하지만 우리는 정책이 사람에게 봉사해야 한다고 믿지요. 이는 우리가 발전의 두 모델, 즉 주로 미국이 중심이 된 서구의 신자본주의와 소련의 관료적 '사회주의'를 왜 모두 비판하고 있는지를 설명합니다. 이것이 저와 제 친구들이 생각하는 방식입니다.

그럼 지금은 주로 무엇을 하고 계십니까?

요즘 우리는 분석을 하는 데 많은 시간을 할애합니다. 우리가 알고 싶은 것은 첫째, 국민이 정당의 존재를 원하는지, 둘째, 원한다면 그 정당이 어떤 형태로 존재하길 원하는지 하는 문제입니다. 멕시코 현실에서 이러한 점들에 대한 국민들의 생각을 알아본 후에 우리의 정치적 프로그램을 가동하고 발전시킬 것입니다. 제 생각에 이 프로그램은 적어도 초기에는 노동조합, 농민 조직, 중산층 조직 등 가장 기초 조직 수준에서 작동할 겁니다. 이 조직들은 지금 PRI의 정치 관료들에 의해 조종되고 있어요. 그래서 우리 프로그램과 활동은 노동자와 농민 조직의 내부적 민주주의와 자유를 확립하는 것을 첫 번째 중요한 목표로 삼고 있지요. 또한 저는 정치적 중앙집권주의든 경제적 독점이든 간에 멕시코의 중앙집권주의를 최대한 탈피하는 것이 근본적으로 중요하다고 믿습니다.

선생님 정당은 누구를 적으로 간주하십니까?

우파 집단의 공식 정당, 즉 PRI입니다. PRI는 우리를 흡수하기를 원했지만 성공하지 못했어요. 또한 공산당과 같이 전통적인 좌파 정당도 적으로 봅니다.

그럼 지지층은 누구입니까?

아직 PRI에 소속해 있는 많은 사람, 즉 노동자, 농민 그리고 관료들이 있고요, 공산당과 좌파 그룹 사람들도 많습니다.

경제 문제는 어떻게 풀어나가실 겁니까?

우리는 당장 돈이 없어요. 그래서 매우 가난한 멕시코 국민들이 역시 매우 가난한 정당을 먹여 살려야 하지 않을까 생각합니다. 그래도 이렇게 하면 이점이 있어요. 우리는 방대한 행정 조직을 갖지 않겠지요. 조직도 최소화, 이념도 최소화하지만 기동성만큼은 극대화할 것입니다.

정부 조직은 어떻게 하시죠?

「추신」에서 밝혔지만, 정부는 정권 내의 문제점들 때문에 민주주의를 지향하는 '개방'의 움직임을 시작했어요. 불완전하나마 바람직한 것이죠. 우리는 조직을 위해 그 사례를 활용할 계획입니다.

멕시코 상황을 현재의 칠레와 비교할 수 있을까요?

칠레 상황은 아주 다릅니다. 그들은 멕시코가 갖지 못한 민주주의 전통을 가지고 있어요. 반면 멕시코는 칠레보다 훨씬 발전된 사회 전통을 가지고 있지요.

멕시코 대통령이 될 수 있는 가능성을 생각해보셨나요?

아니요. 저는 권위를 아주 싫어합니다.

선생님의 정치 활동은 일부 비판을 불러일으켰어요. 예를 들어, 가르시아 마르케스는 선생님이 체제 내의 사람이 됐다고 비난했다고 합니다.

가르시아 마르케스는 그럴 힘도 없고 가능성도 없으면서 "지금 당장 혁명을!"이라고 떠드는 소수 사이비 과격파들의 대변인이 됐어요. 가르시아 마르케스는 좌파의 기회주의자이고, 정치사상뿐만 아니라 어떤 생각도 없는 사람입니다.

그래도 유명한 작가인데요.

네, 유명하죠. 그러나 그는 파운드의 표현에 의하면, '희석기稀釋器, diluter'라고 할 수 있어요. 남이 해놓은 것들을 퍼트리고 인기를 얻는 사람이죠. 가르시아 마르케스가 작년에 멕시코에 온 적이 있어요. 뉴욕 컬럼비아대학교에서 명예박사 학위를 받고 나서 방문한 것이었죠. 그는 여기서 혁명에 대해 큰소리 한번 치고, (부르주아) 텔레비전에 출연해 몇 푼 챙기고 나서 바로 비행기를 타고 떠났어요. 바르셀로나의 식당이나 바에 가서 라틴아메리카의 게릴라 대장 노릇을 다시 떠맡기 위해서였죠.

선생님은 멕시코에 돌아오신 후에 『플루랄Plural』의 편집을 맡으셨어요. 그건 어떤 종류의 잡지입니까?

그 이름에 이미 잡지의 성격이 잘 드러나 있다고 봅니다. 저는 중남미 사회에서 우리가 이견과 비판과 위반을 받아들여야 한다고 생각해요. 그래서 획일적 사회가 아니라 다원적Plural 사회가 필요하죠. 『플루랄』은 정치적이고 문학적인 관점에서 비평, 정치, 문학, 학문의 다원화된 질서를 위해 투쟁합니다. 우리는 한편으로는 멕시코로부터 라틴아메리카를 분리해서 바라보고 싶고, 다른 한편으로는 잡지의 모든 페이지가 뭔가 매우 시급한 것을 전달하는 역할을 하길 원합니다. 시급한 것이란 라틴아메리카, 라틴아메리카 문학, 그 역사, 그 경제 등에 대한 비판적 성찰, 간단히 말해 우리 대륙의 현실에 대한 성찰이라 할 수 있습니다. 더 나아가, 저는 잡지가 세계의 다른 지역, 특히 유럽과 미국과의 교량이 되길 원합니다. 그래서 초창기에는 레비스트로스, 미쇼, 촘스키, 해롤드 로젠버그, 갤브레이스, 야콥슨 등의 글을 실었어요. 우리는 잡지가 거의 알려지지 않은 세계의 문을 여는 역할을 하기를 기대했죠. 그래서 창간호에 화가이자 지식인인 카수야 사카이Kasuya Sakai가 14세기 일본의 시인이자 불교 승려였던 요시다 겐코의 시 선집을 실었던 겁니다. 제2호에는 루이스 캐롤의 『스나크 사냥Hunting of the Snark』을 번역해 실었고, 제3호에는 발레리의 『노트Cahiers』 선집을 실었죠.

『플루랄』이 창당하는 정당의 기관지가 되는 건가요?

아니요. 『플루랄』은 새로운 정당이 정치적 차원에서 표방하는 것을 문화적 차원에서 구현하려 합니다. 처음에 〈엑셀시오르Excélsior〉 신문에서 제게 이 잡지를 맡아달라고 제안했을 때, 제가 그것을 정치적 선전 도구로 이용하지 않겠다는 점을 분명히 했습니다. 그렇다고 해서 잡지가 정치적 견해를 밝히지 않겠다는 건 아니었어요. 그래서 매 호마다 정치적인 글과 논평들을 싣고 있습니다.

잡지에 대한 반응은 어떻습니까?

이 월간 잡지에 대한 반응은 대단합니다. 현재 매달 2만 5,000부를 발간하고 있고 구독자만 7,000명인데, 멕시코에서는 유일한 사례예요. 우리는 앞으로 스페인어권 지식인들이 더 많이 글을 써주기를 바라고 있습니다. 또 브라질 작가들과도 협력하고 싶고요.

하버드대학교에서 강의를 하실 텐데 어떤 주제를 잡으셨나요?

우리가 케임브리지 인터뷰에서 말했던 근대시의 전통과 관련된 것을 강의하려고 합니다. 첫 강의의 제목은 이렇습니다. "근대인이 된다는 것은 무엇을 의미하는가?" 또 문학에서 근대적이 된다는 것이 다른 분야의 활동에서 근대적이 된다는 말과 같은 것인지도 말하려 합니다. 낭만주의 시대에 태어난 저에게 근대 문학은 '근대 시대'에 대한 비판입니다. 저는 강의에서 근대와 근대 문학의 관계에 대한 역사를 다룰 겁니다. 근친상간이자 질풍노도와 같았던 그 관계는 결국 완벽한 결별로 끝납니다.

영국의 케임브리지와 미국 매사추세츠의 케임브리지에 모두 계셨는데, 라틴아메리카에 대한 지식과 관심을 확대하기에는 어디가 더 좋으셨는지요?

하버드가 훨씬 좋아요. 학생들도 현대 라틴아메리카 문학에 대해 더 열성적이었고 그 대륙의 주제에 대해서도 훨씬 더 관심이 많았습니다. 작년 10월에는 멕시코 정치 문제에 대한 라운드 테이블에 저를 초대했는데, 저 말고도 허시만Hirschman 교수, 사파타에 대해 뛰어난 전기를 쓴 작가인 존 워맥John Womack, 멕시코 전문가인 터너Turner 교수가 있었어요. 청중석에는 100명 정도가 있었는데, 이는 믿을 수 없는 일이었죠. 하버드의 로망스어과는 정말 대단합니다. 저는 여기서 제가 존경하던 인물인 로만 야콥슨을 만나고 사귈 수도 있었어요. 그밖에도 촘스키와 미국의 중요한 시인들 중 하나인 엘리자베스 비숍Elizabeth Bishop도 만났지요. 두 개의 아메리카 대륙은 소르 후아나, 가브리엘라 미스트랄, 에밀리 디킨슨, 엘리자베스 비숍 등과 같은 여류 시인들을 낳았어요.

매사추세츠 케임브리지 생활은 아주 활기차고 고무적입니다. 영국 케임브리지의 학생들은 라틴아메리카 문학에 대해 뭔가 추상적인 관념을 가지고 있어요. 교수들이 설파하는 가치들도 신대륙 발견 이전의 시대에 국한되었지요. 그들이 구사하는 스페인어도 구식이어서, 심지어는 스페인에서도 더 이상 쓰지 않는 말들이 있었죠. 하지만 저는 영국 케임브리지에서 행복했습니다. 영국의 사회생활은 진짜 문명화된 삶이었어요. 영국은 유럽의 다른 나라들처럼 미국의 야만적인 측면에 굴복하지 않았던 것입니다.

177 루피노 타마요(Rufino Tamayo, 1899-1991)는 멕시코를 대표하는 현대 화가이다. 정복 이전의 원주민 그림과 멕시코 민중예술에 영향을 받아 민족주의적인 화풍을 보여주기도 하지만 고갱, 세잔느, 피카소, 브라크, 미로 등의 구성주의와 초현실주의 화풍의 영향을 받기도 했다. 예술의 정치화를 거부하면서 디에고 리베라가 주도하던 벽화운동에 반대했다. 대표작으로 <밤의 신비>, <푸른 두 형상>, <수박> 등과 <음악>(1933), <민족의 탄생과 멕시코의 오늘>(1953) 등의 벽화가 있다.

178 1954년 프랑스 작가 앤 데클로(Anne Desclos, 1907-1998)가 레아주Pauline Réage라는 필명으로 발표한 에로틱 소설로 사드의 작품과 마찬가지로 인간의 사랑, 지배, 복종 등에 대해 다루었다.

179 미국 작가인 조앤 개러티Joan Garrity가 1969년에 출판한 여성을 위한 성 지침서이다.

180 미국 의사인 데이비드 루번David Reuben이 1969년에 출판한 최초의 성 지침서로 이후의 성교육과 성 자유화에 큰 영향을 주었다. 1972년 우디 알렌Woody Allen이 같은 제목으로 영화화했다.

181 아메리코 카스트로(Américo Castro, 1885-1972)는 스페인의 저명한 역사가이자 비평가이다.

182 영국 헨리 8세의 첫 번째 아내였던 아라곤의 캐서린 왕비Catalina de Aragón와 다섯 번째 왕비였던 하워드 캐서린Catherine Howard을 말한다.

183 스페인의 이사벨 여왕(1451-1504)과 영국의 엘리자베스 1세 여왕(1533-1603)을 가리킨다.

184 시리마보 반다라나이케(1916-2000)는 1960-1965, 1970-1977 그리고 1994-2000년에 스리랑카 총리를 지낸 여성 정치인이다. 그녀는 세계 최초의 여성 총리였다.

185 펜테실레이아는 그리스 신화에 나오는 아마존의 여왕이자 아레스의 딸이다. 트로이 전쟁에 참전해서 아킬레우스의 손에 전사했다.

186 아르시프레스테 데 이타Arcipreste de Hita의 본명은 후안 루이스(Juan Ruiz, 1283-1351)로 가톨릭 사제이다. 그가 쓴 『아름다운 사랑 이야기Libro de buen amor』는 스페인 중세문학을 빛내는 작품이다.

187 『셀레스티나La Celestina』는 페르난도 데 로하스(Fernando de Rojas, 1470-1541)가 쓴 대화체 산문의 소설 혹은 희비극喜悲劇으로 간주되는 사랑 이야기다. 스페인 문학사에서 가장 위대한 작품 가운데 하나로 꼽히고 있으며, 중세의 폐막과 르네상스 시대의 개막을 알린다.

188 프란시스코 델리카도(Francisco Delicado, 1480-1535)는 이탈리아에 거주하던 스페인 사제로 『로사나 안달루사의 초상Retrato de lozana andaluza』을 썼다. 이 작품은 안달루시아 처녀

의 사랑 이야기이자 피카레스크 소설의 선구자 역할을 한다고 할 수 있다.

189 디아스 미론(Salvador Díaz Mirón, 1853-1928)은 모데르니스모 시파의 선구자로 꼽히는 멕시코 시인이다.

190 살바도르 루에다(Salvador Rueda, 1857-1933)는 모데르니스모 시파의 선구자로 꼽히는 스페인 시인이다.

191 루이스 세르누다(Luis Cernuda, 1902-1963)는 스페인 '27세대'의 대표적인 시인 중 한 명이다.

192 피에르 클로싸우스키(Pierre Klossowski, 1905-2001)는 프랑스의 작가, 예술가, 그리고 번역가였다.

193 로웰(James Russell Lowell, 1819-1891)은 미국의 낭만주의 시인이자 비평가이다.

194 주콥스키(Louis Zukofsky, 1904-1978)는 '오브젝티비즘'이라는 경향을 개척한 미국 시인으로, 음악에서 시의 본성을 찾았다.

195 크릴리(Robert White Creeley, 1926-2005)는 모더니즘과 포스트모더니즘 경향의 미국 시인이다.

196 르네 샤르(René Char, 1907-1988)는 초현실주의 운동에 참여했던 프랑스 시인이다.

197 퐁주(Francis Ponge, 1899-1988)는 프랑스 시인으로 일상의 사물을 소재로 '사물주의'를 개척했다.

198 이브 본푸아(Yves Jean Bonnefoy, 1923-2016)는 프랑스 최고의 시인으로 꼽히는 작가이자 예술비평가이자 번역가이다.

199 라몬 로페스 벨라르데(Ramón López Velarde, 1888-1921)는 멕시코의 국민 시인으로 불릴 정도로 인기를 얻었던 작가다. 유럽 영향을 받은 모데르니스모에 반발해 멕시코적인 주제와 정서를 강조했다.

200 소르 후아나 이네스 데 라 크루스(Sor Juana Inés de la Cruz, 1648-1695)는 바로크 시대의 멕시코 작가로서 '열 번째 뮤즈'라 불릴 정도로 빼어난 시인이었다. 사생아 출신의 식민지 지식인이자 예로니모 수도회 수녀로서 신앙과 지식 사이에서 평생 고뇌했고 끝내 교회의 압력으로 절필했다. 대표작으로 성찬신비극 『성스러운 나르시스El divino Narciso』, 시 『첫 꿈』, 신학적 저술인 『아테나 여신에 필적하는 편지Carta Atenagórica』 등을 남겼다.

201 바예-인클란(Ramón del Valle-Inclán, 1866-1936)은 '98세대'에 속하는 작가로서 중남미 여

러 나라를 방문한 경험이 있다. 모데르니스모 경향의 4부작 소설 봄·여름·가을·겨울 『소나타』, 중남미 '독재자 소설'의 선구자로 간주되는 『폭군 반데라스Tirano Banderas』, 에스페르펜토esperpento라는 그로테스크 리얼리즘 장르를 통해 스페인 사회의 어두운 측면을 드러낸 희곡 『보헤미아의 빛Luces de Bohemia』 등을 썼다.

202 베니토 후아레스(Benito Juárez, 1806-1872) 멕시코 대통령이 외채상환을 거부하자 프랑스 군대가 개입해 1862-1867년 나폴레옹 3세가 임명한 오스트리아 대공 막시밀리아노(Maximiliano, 1832-1867)가 멕시코 제국을 통치한다. 그러나 멕시코 군대의 공격, 프러시아의 압박, 그리고 남북전쟁이 끝난 후 '먼로주의'를 강조한 미국의 압력으로 나폴레옹 3세에게 배신당한 막시밀리아노는 멕시코 군에 항복한 뒤 총살당한다.

203 포르피리오 디아스(José de la Cruz Porfirio Díaz, 1830-1915)는 프랑스 개입에 맞서 싸운 멕시코 장군 출신으로 멕시코 혁명이 일어나 축출될 때까지 31년간 대통령을 지낸 독재자다.

204 사파타(Emiliano Zapata, 1879-1919)는 치아파스 지방을 기반으로 농민들을 대변해서 싸운 멕시코 혁명의 전설적인 지도자다. 정치부 기자 출신이었던 옥타비오 파스의 아버지는 사파타의 대변인 역할을 하고 전기도 쓰면서 활발한 활동을 펼쳤으나 1934년 기차 사고로 비극적인 죽음을 맞았다.

205 마누엘 알톨라기레(Manuel Altolaguirre, 1905-1959)는 '27세대'에 속하는 스페인 시인이자 영화인이다.

206 아르투로 세라노 플라하(Arturo Serrano Plaja, 1909-1979)는 '36세대'에 속하는 스페인 시인이다.

207 카르펜티에르(Alejo Carpentier, 1904-1980)는 바로크 문체를 구사하는 라틴아메리카 붐 소설의 선구자이자 쿠바 현대문학을 대표하는 소설가이다. 쿠바 음악에 정통한 학자이기도 하다. 정치적으로 피델 카스트로 혁명에 충실히 복무하면서 프랑스 주재 쿠바 대사를 지냈다. 대표작으로 『지상의 왕국El reino de este mundo』과 『빛의 세기El siglo de las luces』 등이 있다.

208 뮌헨 협정은 1938년 9월 30일 영국, 프랑스, 독일, 이탈리아가 체결한 협약이다. 체코슬로바키아의 주데텐란트를 히틀러의 요구대로 독일에 할양함으로써 전쟁을 막으려 했으나 결국 무위로 돌아간다.

209 '타예르taller'는 '작업실'이라는 뜻이다.

210 '엘 이호 프로디고El hijo pródigo'는 '탕자蕩子'라는 뜻이다.

211 빅터 세르지(Victor Serge, 1890-1947)는 러시아 혁명가이자 작가로 스탈린 독재를 비판했다.

212 볼프강 팔렌(Wolfgang Robert Paalen, 1905-1959)은 독일-오스트리아 계통의 멕시코 화가이자 조각가이자 예술철학자이다.

213 레오노라 캐링턴(Leonora Carrington, 1917-2011)은 초현실주의 화풍을 가진 영국 태생의 멕시코 화가로, 1970년대에는 멕시코의 여성해방운동을 주도했다.

214 비야우루티아(Xavier Villaurrutia, 1903-1950)는 여러 장르를 개척한 멕시코 작가다.

215 타블라다(José Juan Tablada, 1871-1945)는 멕시코 시인으로서 일본 하이쿠를 도입하고 칼리그램을 실험하는 등 아방가르드 성향을 가지고 멕시코 근대시를 개막했다.

216 이 「추신Posdata」은 영어판으로는 「또 다른 멕시코: 파리미드 비판The other Mexico: Critique of the Pyramid」이란 이름으로 출판됐다.

217 디에고 리베라(Diego Rivera, 1886-1957)는 멕시코 벽화운동을 주도한 세계적인 화가이자 초현실주의 화가인 프리다 칼로(Frida Kahlo, 1907-1954)의 남편이다.

218 시케이로스(David Alfaro Siqueiros, 1896-1974)는 스탈린 공산주의와 사회주의 리얼리즘을 신봉한 화가이다. 디에고 리베라, 오로스코José Clemente Orozco와 함께 멕시코 벽화운동을 대표한다.

219 1968년 10월 2일, 멕시코시티의 틀라텔롤코Tlatelolco 광장에서 민주화와 올림픽 개최 반대 시위를 하던 대학생과 시민들을 대상으로 정부군이 발포하여 300명으로 추산되는 사망자가 발생한 사건이다. 열흘 후에 멕시코 하계 올림픽이 개막한다.

220 나가르주나는 용수(龍樹, 150?-250?)라는 한자 이름으로 알려진 인도의 승려이다. 대승불교의 아버지이자 제2의 석가모니라고 불린다.

221 빅토르 세갈렌(Victor Segalen, 1878-1919)은 프랑스 작가이자 의사이자 다재다능한 탐험가로 중국을 여행했다.

222 장 폴랑(Jean Paulhan, 1884-1968)은 프랑스 작가이자 비평가이다.

223 웨일리(Arthur Waley, 1889-1966)는 영국의 동양학자로서 중국과 일본의 시를 번역했다.

224 도널드 킨(Donald Keene, 1922-2019)은 미국 태생의 일본 작가이자 학자로 일본 문학을 번역했다.

225 요시다 겐코(Yoshida Kenko, 1284-1350)는 일본 불교 승려이자 와카和歌 작가로서 '무료함에 대한 단상'이라 번역된 『쓰레즈레구사徒然草』 작가이다. 이 작품은 3대 일본 고전 수필 가운

데 하나로 꼽힌다.

226 "Dawn Leaving Po-ti High up in Colored cloud / back down before dark to faraway Chiang-ling / From both cliffs endlessy gibbons howling / my light boat passing through a thousand gorges." 이 시는 「백제성을 떠나며早發白帝城」라는 당나라 시인 이백李白의 작품이며 원문은 다음과 같다. "朝辭白帝彩雲間, 兩岸猿聲啼不往, 千里江陵一日還, 輕舟已過萬重山"

227 로만세Romance는 스페인 중세 이래 운율에 맞춰 주로 방랑시인juglar들에 의해 구전으로 내려오던 서정시다. 그러나 그 내용은 주로 역사적 사건이나 영웅들의 위업을 노래한 서사시epopeya에서 파생됐다. 전성기를 맞는 15세기에는 여러 로만세를 채록한 모음집이 나오는데, 이를 로만세로Romancero라고 한다.

228 『글 쓰는 유인원El simio gramático』는 후에 『글 쓰는 원숭이El mono gramático』라는 이름으로 출간된다.

229 자크 루보드(Jacques Roubaud, 1932-)는 프랑스 시인이자 수학자다.

230 상기네티(Edoardo Sanguineti, 1930-2010)는 20세기 후반 이탈리아 문학의 대표적 작가이다.

231 톰린슨(Alfred Charles Tomlinson, 1927-2015)는 영국의 시인이자 학자이자 번역가이다.

232 로버트 던컨(Bob Duncan, 1919-1988)은 미국의 시인으로 샌프란시스코 르네상스의 중심인물이었다.

233 공고라(Luis de Góngora, 1561-1627)는 케베도와 함께 스페인 바로크 시의 양대 산맥을 이루는 시인이다. 신조어, 도치법, 말장난 등이 가득한 과식주의 시를 썼으며 대표작으로는 『고독Soledades』, 『폴리페무스의 우화Fábula de Polifemo』 등이 있다.

234 페이세르(Carlos Pellicer Cámara, 1897-1977)는 멕시코 작가이자 정치가다.

235 수비리(Xavier Zubiri, 1898-1983)는 스페인 철학자이며 오르테가 이 가세트와 하이데거의 제자이다.

236 베르가민(José Bergamín, 1895-1983)은 급진 사상을 가진 스페인 작가로 『크루스 이 라야Cruz y Raya』를 이끌었다. '27세대' 시인들이 많이 참여했던 이 잡지는 스페인 내전이 발발하면서 폐간된다.

237 마벌(Andrew Marvell, 1621-1678)은 영국의 정치가이자 형이상학파 시인이었다.

238 『오쿠노호소미치奥の細道』는 마쓰오 바쇼(1644-1694)의 여행기며, 작가의 심정을 담은 하이쿠가 많이 실려 있다. 1957년 파스는 이 책을 번역해 『오쿠로 가는 오솔길Sendas de Oku』이라는 이름으로 출판했다.

239 호세 가오스(José Gaos, 1900-1969)는 스페인 출신의 철학자로 스페인 내전 때 망명해 멕시코 국적을 취득한다.

240 알렉시스 레제Aléxis Léger는 프랑스 노벨상 시인 생 존 페르스(Saint-John Perse, 1887-1975)의 본명이다.

241 호세 바스콘셀로스(José Vasconcelos, 1882-1959)는 혁명 후의 멕시코에 '문화 군벌'로 불릴 정도로 큰 영향을 끼친 사상가이자 정치가다. 공공 교육을 강조하면서 멕시코 국립대 총장과 교육부 장관을 지냈고, 멕시코의 혼혈성을 고양하는 '우주 인종raza cósmica' 이론을 주창했다.

242 알베르디(Juan Bautista Alberdi, 1810-1884)는 아르헨티나의 '1937세대'에 속하는 변호사, 지식인, 정치가로서 사르미엔토와 마찬가지로 로사스 정권에 맞서 문명의 도입을 주장했다. 그는 "통치하는 것은 주민들을 심는 것이다(gobernar es poblar)"라고 말하면서, 국가 근대화의 일환으로 도로, 항만, 교량, 철도, 전신 등의 하부구조 건설과 함께 유럽 이민의 대거 수용을 주장했다.

243 페론주의peronismo란 1946-1955년, 1973-1974년에 아르헨티나 대통령을 지낸 후안 도밍고 페론(Juan Domingo Perón, 1895-1974)이 두 번째 부인 에비타 페론(Evita Perón, 1919-1952)과 함께 주도한 이념 및 정책을 말한다. 사회정의를 주창하는 '정의주의'를 표방하지만, 민족주의와 국가주의가 결합된 노동자 기반의 인기영합주의(포퓰리즘), 파시즘 혹은 프랑스의 드골주의로 간주되기도 한다.

244 산타 아나(Santa Anna, 1794-1876)는 19세기 멕시코 정치를 좌지우지한 군벌이자 정치가로 대통령(1853-1855)을 역임했다.

245 본명이 호세 가스파르 로드리게스 데 프란시아(José Gaspar Rodríguez de Francia, 1766-1840)인 프란시아 박사는 파라과이의 독재자(1814-1840)로 외세배격과 쇄국정책을 추구했다.

246 라사로 카르데나스(Lázaro Cárdenas, 1895-1970)는 민족주의 성향을 가진 멕시코 정치가로 대통령(1934-1940)을 역임했다. 석유산업을 국유화했고 농지개혁을 단행했다.

247 나세르(Jamāl, Abd an-Nāsir, 1918-1970)는 이집트의 군인이자 정치가로 2대 대통령을 지냈다. 반제국주의와 범아랍주의를 주창했으며 이집트 근대화를 이끌었다.

248 엔리케스 우레냐(Pedro Henríquez Ureña, 1884-1946)는 도미니카 공화국 출신의 뛰어난 사상가이자 비평가이다.

249 라몬 시라우(Ramón Xirau, 1924-2017)는 멕시코의 시인이자 철학자이다. 문학과 철학을 넘나드는 빼어난 글을 많이 남겼다.

250 수크레(Guillermo Sucre, 1933-)는 베네수엘라 출신의 시인이자 비평가이자 번역가다. 보르헤스에 대한 훌륭한 비평서를 썼고 앙드레 브르통, 생 존 페르스, 윌리엄 카를로스 윌리엄스 등의 작품을 번역했다.

1914-1984

Julio Cortázar

훌리오 코르타사르

아스투리아스, 보르헤스, 카르펜티에르가 붐 소설의 ABC 선구자로 꼽힌다면, 과연 정통 붐 소설가로 인정되는 작가는 누구일까? 흔히 정통 붐 소설의 4인방으로 꼽히는 작가는 카를로스 푸엔테스, 바르가스 요사, 가르시아 마르케스 그리고 훌리오 코르타사르이다. 때로는 카르펜티에르가 선구자 그룹에서 빠져 전성기 그룹으로 이동하기도 한다. 그러나 코르타사르가 빠지는 법은 없다. 붐 소설은 라틴아메리카에서 작가가 인세만으로 먹고살 수 있는 시대의 개막을 의미하기도 한다. 이와 관련해 코르타사르의 위치는 더욱 중요하다. 비평가 앙헬 라마Ángel Rama의 말대로, 1964년을 흔히 붐의 시작으로 간주하는 건 코르타사르의 작품이 기록적인 판매를 보인 해이기 때문이다. 이뿐만 아니라 코르타사르는 아르헨티나 동포인 보르헤스와 함께 20세기 라틴아메리카의 환상문학을 이끈 2대 거장으로 간주된다.

코르타사르는 제1차 세계 대전이 발발하던 해에 브뤼셀에서 태어났다. 바르셀로나를 거쳐 1918년 아르헨티나로 귀국한 그의 가족은 부에노스아이레스 근처에 자리를 잡았다. 가족 분위기는 침울했다. 아버지는 가출했고 코르타사르는 늘 아파서 침대 신세를 졌다. 병약한 소년에게 가장 큰 위안은 독서였다. 특히 어머니가 골라준 쥘 베른의 작품들은 그에게 평생 큰 영향을 줬다. 그는 부에노스아이레스 대학에서 철학과 외국어를 공부했고, 졸업 후에는 시골 중학교의 교단에 섰다. 이미 9

세 때 소설을 썼던 조숙한 문학청년은 1938년 첫 소네트 시집을 출판한다. 1944년에는 멘도사의 쿠요Cuyo 국립대학에서 프랑스 문학을 강의한다. 1949년 코르타사르는 극작품인 『왕들Los reyes』을 출판했는데, 미노타우루스 신화를 패러디한 이 작품에서 그는 줄거리를 뒤집어 괴물인 미노타우루스를 옹호한다. 그에게 이 괴물은 단지 다르다는 이유만으로 배척되는 자유로운 정신과 억압된 본능의 상징이다. 야수성의 주제는 1951년의 단편집 『야수문학집Bestiario』에도 등장한다. 그리고 이 작품은 환상문학의 출현을 보여준다. 이 단편집에 수록된 「점거된 집」에서 볼 수 있듯이, 코르타사르는 일상의 질서가 초현실적이고 환상적인 존재나 법칙의 개입에 의해 전복되는 현실을 창조했다.

『야수문학집』이 아르헨티나에서 출판되던 달, 코르타사르는 프랑스 정부 장학금을 받고 파리로 유학을 떠났다. 이는 당대 페론 정권을 거부한다는 표시이기도 했다. 그리고 다음해 프랑스에 정착하기로 결심하고 유네스코에 번역가로 취업했다. 1953년에는 같은 아르헨티나 출신 번역가인 아우로라 베르나르데스Aurora Bernárdez와 결혼했다. 그녀는 코르타사르와 14년을 같이 살았으며 이혼 후에도 가까운 친구로 지냈다. 문학 번역을 통해 더욱 풍부한 소양을 쌓은 코르타사르는 이후 전업 작가로 전향한다. 그는 세상을 떠날 때까지 파리의 집과 프로방스 지방 사이뇽Saignon의 별장을 오가며 글을 썼다. 코르타사르 문학의 대표적 장르는 단편소설이지만, 그는 그밖에도 시, 에세이, 소설 그리고 장르 구분이 불가능한 수많은 글을 남겼다. 그의 문학을 한마디로 표현하자면 '반反문학'이라 할 수 있을 것이다. 언어, 장르, 형식 등 문학적 인습에 끊임없이 반기를 들었기 때문이다.

코르타사르의 초기작에 속하는 대표작들은 단편집인 『유희의 끝Final del juego』(1956)과 『비밀 무기들Las armas secretas』(1958), 장편소설인 『경품Los premios』(1960), 장르를 규정할 수 없는 아주 짧은 분량의 단상집(短想集)

『기인과 속물 이야기Historias de cronopios y de famas』(1962) 등이다. 이어 등장하는 것이 그의 대표작인 『팔방놀이Rayuela』다. 이 작품에는 『비밀 무기들』에 실려 있는 중편소설 「추적자El perseguidor」의 형이상학적 문제의식, 『경품』에서 보이는 소설 장르 실험, 『기인과 속물 이야기』에서 극단화된 비논리와 유머가 종합되어 있다. 또한 문학, 미술, 음악, 영화, 철학 등에 대한 그의 방대한 지식이 소설을 이끌어나가는 에너지로 구현된다. 흔히 돌차기 놀이로 불리는 '팔방놀이'는 일상 의식에서 깨달음으로 나아가는 여정을 의미한다. 이는 문학과 인간 존재 일반에 대한 성찰로, 이를 통해 예술과 삶의 진정한 의미를 찾아보고자 하는 것이다.

언어와 구조에 대한 코르타사르의 실험은 이후 작품에도 계속된다. 『하루 만의 80개국 일주La vuelta al dia en ochenta mundos』(1967)와 『마지막 라운드Ultimo round』(1969)는 픽션, 에세이, 시, 삽화, 사진 등이 섞여 장르 구분이 불가능한 작품들이다. 1968년의 소설 『62, 모형 키트Modelo para armar』는 실험소설의 특징에 대한 얘기가 나오는 『팔방놀이』 62장의 이론을 형상화한, 일종의 부록소설이라 할 수 있다.

코르타사르는 첫 부인과 헤어진 후 리투아니아의 번역가인 카르벨리스Ugné Karvelis와 8년을 동거했고, 1981년에는 캐나다 출신의 사진작가 캐롤 던롭Carol Dunlop과 결혼하지만 불과 1년 만에 던롭은 세상을 떠났다. 우루과이 여류작가인 크리스티나 페리 로시Cristina Peri Rossi는 그녀가 지병도 있었지만 코르타사르의 에이즈로 인해 죽었다고 주장한다. 수혈을 통해 에이즈에 걸렸던 코르타사르가 부인을 감염시켰다는 것이다.

한편 코르타사르는 말년에 좌파 사상에 경도된다. 스스로 사회주의자임을 밝힌 그는 쿠바 혁명과 니카라과의 산디니스타 좌파 정권을 공개 지지한다. 또한 월남전을 비롯해 제3세계에 개입하는 미제국주의 횡포를 비난한다. 문학혁명에서 혁명문학으로 기우는 이 단계의 소설이 『마누엘의 책Libro de Manuel』(1973)이다. 이 작품은 작가가 중남미의 고문실

태 보고서를 접한 후에 집필한 고발 소설이다. 사회주의자인 프랑스 미테랑 대통령은 말년의 코르타사르에게 프랑스 시민권을 부여했다. 코르타사르는 1984년 파리에서 눈을 감았다. 공식적인 사망 원인은 백혈병이다. 임종의 순간까지 그의 곁에 있던 사람은 첫 번째 부인 아우로라 베르나르데스였다.

프랑스, 파리
1968. 01

훌리오 코르타사르는 1963년 파리에서 보낸 한 편지에 자신에 대해 이렇게 썼다.

> "나는 1914년 브뤼셀에서 태어났다. 별자리가 처녀자리여서 섬세하고 지적인 욕구가 강하며, 수호별은 수성이고, 좋아하는 색은 회색이다(실제로는 초록색을 좋아하지만)."[251] 그는 계속해서 이렇게 말한다. "나의 출생은 여행과 외교의 합작품이었다. 아버지가 벨기에로 가는 아르헨티나 무역 사절단의 일원이 되었는데 당시 신혼이었던 아버지가 어머니를 데리고 간 것이다. 나는 제1차 세계 대전 초기에 독일군이 점령하고 있던 브뤼셀에서 태어났다. 우리 가족이 아르헨티나로 돌아올 수 있었던 것은 내가 거의 4살이 됐을 때였다. 그동안 프랑스어를 했던 나는 그 뒤로도 프랑스식 'r' 발음을 고치지 못했다. 나는 부에노스아이레스 교외의 밴필드Banfield라는 마을에서 살았다. 우리 집에는 고양이들, 개들, 거북이들, 잉꼬들이 가득한 넓은 정원이 있었는데, 낙원이 따로 없었다. 하지만 어린 시절 그 낙원에서 나는 행복했던 기억이 없었기에 부정적인 의미에서 아담이었다. 지나친 속박, 과도한 감수성, 자주 찾아오는 우울, 천식, 팔의 골절, 첫사랑의 실패 때문

> 이었다. 나의 단편소설 「독Los venenos」은 이 시절에 대한 자전적 작품이다. 나는 부에노스아이레스에서 중고등학교를 다닌 후 1932년에는 초등학교 선생이 되었고, 1935년에는 고등학교 선생이 되었다. 고등학교에서 7년 동안 가르친 후 1944년부터 1945년까지는 멘도사Mendoza에서 대학 강의를 했다. 그러다 내가 활동했던 반反페론주의 운동이 실패로 돌아가면서 사표를 내고 부에노스아이레스로 돌아왔다. 그 시절에 나는 이미 10년 이상 글을 쓰고 있었지만 출판한 적은 거의 없었다. 기껏해야 얇은 소네트 시집 한 권과 단편소설 한 편 정도였다. 1946년부터 1951년까지 부에노스아이레스에서의 삶은 고독하고 독립되었다. 나는 스스로를 구제할 길 없는 독신이고, 친구도 거의 없고, 음악에 미친 독서광이고, 영화를 사랑하고 심미적이지 않은 모든 것은 거들떠보지도 않는 프티부르주아라고 확신했다. 그때 나는 국가 공인 번역가였다. 당시의 나처럼 이기적으로 고독하고 독립된 삶을 사는 사람에게는 너무도 좋은 직업이었다."

번역가로서 코르타사르는 다양한 방면으로 작업을 했다. 그는 에드거 앨런 포, 앙드레 지드, 알프레드 스턴, 호튼 경, 장 지오노, 체스터턴 등의 문학 및 철학 작품뿐만 아니라, 유네스코의 다양한 부서에서 작성한 공식 문서들을 번역했다. 게다가 그는 구술 작가이자 소설가이자 수필가이자 시인으로서, 그의 "상상력은 국가 및 대륙의 경계를 초월한다." 또한 코르타사르는 『경품』, 『팔방놀이』, 『62, 모형 키트』를 쓰면서 소설 장르의 경계도 초월해버렸다. 그는 『하루 만의 80개국 일주』에 실린 자기 비판적 에세이에서 이렇게 말한다. "내가 쓴 많은 것은 기행奇行이란 말로 설명할 수 있다. 삶과 글쓰기 사이의 명확한 차이를 인정하지 않기 때문이다. 사람들은 내 소설 작품들을 비난한다. 내 소설은 발코니 난간에서의 아슬아슬한 놀이, 나프타 용기 옆의 성냥, 테이블 위의 장전된 권총처럼 소설 자체에 대한 지적 탐색이고, 행동에 대한 끊임없는 논평이자 많은 경우에는 논평에 대한 행동이기 때문이다."

그런 탐색을 비난하지 않는 사람들은 그를 위대한 작가로 간주한다. 미국 소설가 C.D.B. 브라이언Bryan은 1969년 6월 15일자 〈뉴욕타임스〉에 실린 서평에 이렇게 썼다. "『팔방놀이』는 내가 읽은 소설들 가운데 가장 위대해 자꾸만 다시 읽게 된다. 생존 작가의 소설들 가운데 그것처럼 내게 영향을 주고 흥미를 일으키고 날 매혹시킨 작품은 없다. 인생을 설명하고 그 의미를 찾고 신비를 파헤치려는 인간의 충동을 그토록 만족스럽고 완전하고 아름답게 모색한 소설은 없었다." 몇 년 후 브라이언은 『리뷰72 Review 72』의 코르타사르 특집호에서 『62, 모형 키트』에 대해 이렇게 언급한다. "이제 독자들에게 어떻게 얘기해야 할지 모르겠다. 다 읽고 책장을 덮었을 때 나는 그 책을 이해했다. 그런데 지금 몇몇 대목을 다시 읽으려고 돌아가 보니 그 대목이 아예 존재하지 않거나 내가 생각했던 것과는 다른 방식으로 존재한다는 것을 깨달았다. 범죄 후의 일이라 생각했던 것이 모두 이전에 일어났고, 그 일이 일어났는지 아닌지도 불확실해진 것이다. 이러한 독서 경험이 불안해 보일지는 몰라도, 이것이야말로 훌리오 코르타사르가 정확히 의도했던 만족스럽고 빛나는 독서법이었다."

『기인과 속물 이야기』 영문판이 미국에서 출판되었을 때, 톰 비숍Tom Bishop이 말한 대로 코르타사르는 위대한 작가일 뿐만 아니라 "현재 멸종 위기의 소수 계층인 지적 유머리스트 가운데 한 명"이다. "유머는 삶에서 가장 진지한 것 가운데 하나"라고 믿는 코르타사르는 "이해시키기보다는 느끼게 하기 위해" 시적 산문으로 쓰인 단편소설들에서 인간을 세 종류로 구분한다. 첫째, 기인cronopio은 예술적이고 괴팍하고 무질서하고 무기력하며 주변을 신경 쓰지 않는 존재이다. 둘째, 속물fama은 박애주의 사회에서의 모든 우두머리에 해당하는데 천성적으로 염세주의자들이다. 셋째, 희망esperanza은 좋은 게 좋은 사람들로, 이들은 말없는 동상처럼 절대 문제를 일으키지 않는다. 코르타사르는 자신이 기인이라고 부르게 될 인간형을 1952년 파리에서 열렸던 루이 암스트롱Louis Armstrong의 연주회에서 발견한다. 그는 당시 『부에노스아이레스 리테라리아Buenos Aires literaria』에 글을 썼고, 이는 15년 후에 『하루 만의 80개국 일주』에 다시 실린다.

> 피카소로 인해 종말을 맞이하는 게 아니라 그로 인해 개막했을지도 모르는 세계는 오로지 기인들의 세계가 될 것이다. 모든 길모퉁이마다 기인들이 춤을 추고, 루이 암스트롱이 가로등 위에 올라가 몇 시간이고 트럼펫을 불면, 꿀과 딸기로 만든 별사탕들이 하늘에서 떨어져 어린이들과 강아지들 차지가 될 것이다. 기인이 샹젤리제 극장에 들어가 객석에 파묻힌 채 생각하는 것이 바로 이런 것들이다. (…) 그런데 실수로 혹은 의무감으로 혹은 허영기로 연주회에 나타나는 속물들은 서로를 바라보며 우아하고 친절한 표정을 짓지만, 아무것도 이해하지 못한다.

기인이 예술적이고 괴팍하고 주변을 신경 쓰지 않는 존재라면, 훌리오 코르타사르야말로 그런 사람이다. 이 인터뷰 역시 그의 까다로운 조건에 맞춰 이뤄졌다. 나는 1968년 파리에서 스페인어판 『라이프』에 싣기 위한 인터뷰를 전화로 요청하면서 코르타사르를 알게 됐다. 그는 자신의 요구대로 내가 보낸 질문지를 받아본 후 인터뷰에 동의했으나, 대면 인터뷰가 아니라 자기가 쓴 답변 원고를 글자 하나 고치지 않고 그대로 실어야 한다고 했다. 1968년 9월 6일의 편지에 그는 이렇게 썼다.

많은 질문이 흥미롭군요. 내게 흥미를 주는 문제들에 대해 말하고 싶게 합니다. 그러나 중요한 전제 조건이 하나 있습니다. 이에 대한 해결책이 없으면 나는 인터뷰를 진행할 수 없어요. 나는 『라이프』나 『타임』이 작은 부분(그렇게 작지도 않지만)으로서 속해 있는 그 체제에 대해 어떤 기대도 가지고 있지 않습니다. 나는 그 체제와 그 제국주의 선전 기관에 맞서는 공인된 적군의 입장에서 지금 행동하고 있습니다. 당신도 그 사실을 잘 알고 있을 것입니다. 당신의 말처럼 『라이프』가 대화를 시작하고 싶다면 언제든 좋습니다. 그러나 그에 앞서 나는 공식적인, 다시 말하면 법적인 보장을 하나 받아야겠습니다. 그것은 편집상의 문제를 이유로, 혹은 마감 직전의 여러 이유를 구실로 내 글을 수정하거나 삭제하는 일이 없어야 한다는 점입니다. 나는 인터뷰 답지를 전달하면서 사본을 한 부 갖고 갈 겁니다. 『라이프』지의 담당 책임자는 나의 원본과 사본이 점 하나까지 똑같다는 점을 확인해줘야 합니다. 이렇게 확인된 사본은 내가 가지고 있을 것이고, 만일 『라이프』가 원고의 내용을 변경하면 즉시 나는 내가 들고 있는 증거물을 가지고 다른 모든 나라의 어떤 출판물을 이용해서라도 그에 항의하는 조치를 취할 것입니다.

내 말이 불쾌하리라는 것을 나도 압니다. 하지만 오늘날의 세계는 온통 불쾌한 것투성이입니다. 체 게바라를 죽이는 방법은 많이 있습니다. 비록 나를 그와 비교할 수는 없겠지만, 나도 양키 제국주의에 대항해 오래전부터 나름대로의 게릴라전을 하고 있습니다.

내가 그의 요구 사항을 전보로 보냈을 때 뉴욕에 있는 『라이프』 집행부의 첫 반응은 당연히 좋지 않았다. 그래도 어쨌든 우리는 화창한 가을날 아침, 파리의 되 마고 카페에서 만났다. 셔츠 위에 회색 카디건을 입은 코르타사르는 토마토 주스를 마시고 갈루아 담배를 피우면서 나를 기다리고 있었다. 키가 매우 크고 마르고, 초록색 큰 눈과 짙은 눈썹 그리고 다소 긴 밤색 머리칼을 가진 53세의 작가는 겉으로 보기엔 실제 나이보다 훨씬 젊어 보였다. 정중하지만 다소 딱딱하고 격식을 차린 대화(그는 대화 내내 3인칭 존댓말을 썼다)에서 그는 짧은 뉴욕 여행에 대해 말하고 나서, 쿠바와 중국, 그리고 최근에 어머니를 방문한 일을 얘기했다. 또 집필을 위해 마련해 놓은 프랑스 남부 사이뇽의 집에 대해서도 언급했다. 나는 마침내 본론으로 들어가 그가 결국 인터뷰를 수락하도록 했다. 편집자가 출판 전에 최종 원고를 그에게 보내 허락을 맡는 조건이었다. 당시 타임 라이프 빌딩 33층은 지금은 사라진 스페인어판 『라이프』 사무실이 차지하고 있었는데, 거기에는 기인들이 속물들보다 훨씬 많았기 때문에 코르타사르의 원고가 제 날짜에 도착하자마자 있는 그대로 출판되었다.

그의 글이 가진 논쟁적 성격 때문에 편집부는 잡지를 출판한 후 평소보다 많은 편지를 받았다. 라틴아메리카에서는 편지를 쓰는 습관이 별로 없기에 이는 다소 뜻밖이었다. 어떤 독자는 편집부의 민주적 자세를 칭찬했고, 또 다른 독자는 편집부의 민주주의를 의심하는 작가를 칭찬했다. 억측에 근거해서 코르타사르가 『라이프』의 돈을 받았다고 비난하는 내용도 많았다.

코르타사르는 처음부터 쿠바 혁명을 지지해왔으나, 1971년 쿠바 시인 에베르토 파디야[252]가 반혁명분자라는 이유로 투옥되고 자아비판을 강요당하자 세계의 다른 지식인들과 함께 피델 카스트로에게 이에 항의하는 편지를 보내면서 진보 진영에서 '파문'을 당한다. 나는 바로 그에게 편지를 보내 인터뷰 답변 내용을 업데이트하고 싶은지 물었다. 그러자 그는 전반적으로 자신의 생각에는 변화가 없다며 이를 거절했다.

〈코르타사르의 답변〉

지금부터 제가 말하려는 것은 『라이프』에 싣기 위해 리타 기버트가 서면으로 제게 보낸 인터뷰 질문지를 기반으로 합니다. 그러나 답변을 하기 전에 이 인터뷰와 관련된 몇 가지 맥락을 확실하게 해두려 합니다. 도덕적으로나 실천적으로 볼 때, 작가는 이념적으로나 학문적으로 자기가 속해 있는 진영에서 발행하는 출판물에 자신의 생각을 표현해야 한다고 봅니다. 그런데 이번 경우는 그렇지 않다는 점을 저나 『라이프』나 충분히 인식하는 가운데, 상호 합의를 봤습니다. 처음 접촉한 이래, 저는 인터뷰를 승낙하는 것이 『라이프』에 '협조'하는 것을 의미하지 않을 뿐만 아니라 오히려 정반대의 경우, 즉 적진에 뛰어드는 행위임을 명확히 해뒀습니다. 『라이프』는 저의 이런 시각을 받아들였고 제 원고를 글자 하나 고치지 않고 그대로 싣겠다는 것을 보장했습니다. 따라서 이 글에 대한 책임은 전적으로 제게 있습니다. 즉 자기들 입맛에 맞게 글을 고쳐 달라는 잡지사의 요청이 없었음을 이 자리에서 밝히고자 합니다.

사실 처음에 제가 보여준 불신과 여러 요구 조건은 『라이프』의 경영진뿐만 아니라 그것을 읽는 독자들도 놀라게 했습니다. 이 점에 대해 말하면서 답변을 시작하는 것이 좋을 것 같습니다. 이것은 저를 규정하는 이념적이고 정치적인 성격에 대한 질문에 대해 실질적으로 대답하는 방식이 되기 때문입니다. 저는 스페인어를 포함한 어떤 언어로 나오든간에 『라이프』와 같은 종류의 미국 출판물들을 불신할 뿐만 아니라, 그들이 아무리 민주적이고 진보적인 것처럼 가장한다 해도 미국 제국주의에 봉사해왔고 봉사하고 있고 또 봉사할 것이라는 점을 확신하고 있습니다. 한편 미국 제국주의는 모든 수단을 동원해서 자본주의를 위해 복무하고 있습니다. 저는 『라이프』와 같은 잡지가 객관성을 엄밀히 유지하기 위해 구조적으로 노력하고 있으며 매우 다양한 견해에 대해 문호를 개방하고 있다는 것을 의심하지 않습니다. 또한 잡지사의 많은 경영진과 편집자들이 이념적으로 적대적인 사람들과 '대화'라고 할 수 있는 것을 추구해왔으며, 이를 통해 상호 이해를 촉진하고 더 나아가 화해를 모색했다는 점도 의심하지 않습니다.

그런데 저는 그러한 환상(많은 경우 그것은 환상으로 가장한 위선이었지만)의 이면에 완전히 다른 현실이 존재하는 쓰라린 체험을 너무도 많이 겪었습니다. 2년 전에 '대화'라고 간주되던 영역에서 드러난 미국 중앙정보국CIA의 활동은 환상을 무참히 깨뜨렸지요. 그리고 『라이프』의 자유주의 기조는 새로운 희망의 불씨를 되살리는 데에 도움이 되지 않았습니다. 미국 자본주의는 라틴아메리카의 문화적 식민화(이는 경제적 · 정치적 식민화를 위한 전형적인 첨병입니다)가 과거에 썼던 것보다 더 섬세하고 지능적인 수단이 필요한 일이란 것을 알고 있습니다. 이제 국내외를 막론하고, 지적인 영역에서 자본주의에 맞서 싸우고 그것을 무력화시키고 있다고 믿는 기관들과 개인들을 활용하는 법을 알아냈지요. 문화의 보급이 평화와 진보를 향해 가는 가장 좋은 길이라고 믿는 순진한 많은 사람의 선의와 그들이 무의식적으로 엮여버린 공모관계를 이렇게 이용하는 것에는 뭔가 악마적인 구석이 있습니다. 이런 의미에서 저는 『라이프』의 선의가 미국 국무성의 공격적인 태도만큼이나 악마적일 수 있으며, 이는 많은 편집자와 대부분의 독자가 잡지의 민주적이고 문화적인 가치를 의심의 여지 없이 믿는다는 점에서 더욱 그렇다고 봅니다. 예전에 나온 『라이프』지를 아무 호나 집어 들어 페이지를 넘기다보면 가면 뒤에 숨어 있는 그 본색을 금방 알아차릴 수 있습니다. 예를 들어,

1968년 3월 11일자의 『라이프』를 한번 봅시다. 표지 사진에 나오는 북베트남 군인들은 객관적 정보를 전하겠다는 잡지사의 훌륭한 의지를 보여줍니다. 내부 기사를 보면, 보르헤스가 자신의 삶과 작품에 대해 길게 미사여구를 늘어놓습니다. 뒤표지에 마침내 진짜 얼굴이 나타납니다. 코카콜라 광고입니다. 같은 해 6월 17일자도 재미있는 변형을 보여줍니다. 즉 표지에는 북베트남 지도자 호치민이 나오고 뒤표지에는 체스터필드 담배 선전이 나옵니다. 상징적으로, 정신분석학적으로, 자본주의적으로, 『라이프』는 키워드를 던지는 겁니다. 즉 표지는 가면일 뿐이고 뒤표지야말로 라틴아메리카를 겨냥하고 있는 진짜 얼굴이지요. 어떤 독자들은 화들짝 놀라 이런 비판의 글이 그 비판을 당하는 당사자인 잡지에 실릴 수 있느냐고 물을 것입니다. 그러나 이는 악마의 변증법을 몰라서 하는 소리입니다. 한편으로는 큰 대가를 지불하지만 다른 한편으로는 훨씬 더 큰 이익을 챙기는 방식이니까요. 크리스토퍼 말로[253]와 괴테도 같은 말을 한 적이 있습니다. 만일 『라이프』가 자신이 표방하고 있는 동기에 충실하다면 의무적으로 제 글을 실어야 할 것이고, 저도 그 의무감을 이용해야 할 책임이 있다고 믿습니다. 『라이프』는 그 기준이 자유와 민주라는 점을 강조하면서 제게 이번 인터뷰를 제안했습니다. 그러나 제 생각으로는, 양키 제국주의가 자신의 궁극적 목적을 위해 다른 많은 것과 마찬가지로 『라이프』를 이용하고 있습니다. 그 궁극적 목적이란 문화적 식민화를 통해 라틴아메리카의 경제적 식민화를 용이하게 하는 것입니다. 우리는 CIA가 자신에 대해 심하게 험담하는 여러 잡지에 돈을 대줬다는 사실을 알고 있습니다. 이는 가톨릭교회가 내부적으로는 교황 회칙이나 공의회에 반기를 드는 '진보적' 분파를 항상 가지고 있는 것과 비슷합니다. 왕이 어릿광대를 거느리던 전통은 사라지지 않았습니다. 어느 시대를 막론하고 왕들에게는 그런 존재가 유용하고 필요하기 때문입니다. 비록 오늘날에는 그 왕들이 석유 냄새를 풍기고 텍사스 억양을 가진 사람들이지만 말이죠.

마찬가지로 화들짝 놀란 또 다른 독자들은 진실을 깨달은 후에 어깨를 으쓱할 것입니다. 그 진실이란 훌리오 코르타사르가 공산주의자이며, 따라서 곳곳에 숨어 있는 적들을 발견한다는 것입니다. 이제 본격적으로 인터뷰에 들어갈 때가 되었으니 다음과 같이 확실히 밝혀두는 것이 좋겠습니다. 제 사상은 사회주의입니다. 그런데 그것은 모스크바를 거쳐서 온 것이 아니라 마르크스와 함께 태어난 것이며, 라틴아메리카 혁명의 현실에 투사되기 위한 것입니다. 그 현실이란 우리의 특이성과 필요성에 따라 생성된 고유의 성격, 이념, 실천의 상황을 말합니다.

이는 오늘날 쿠바 혁명, 다양한 라틴아메리카 국가들에서 일어나는 게릴라 전쟁, 그리고 피델 카스트로와 체 게바라 같은 인물들을 통해 역사적으로 구현되고 있습니다. 그런 혁명의 개념을 가진 저는, 쿠바의 제 친구들이 잘 알고 있듯, 라틴아메리카 사회주의에 대해 매우 비판적인 시각을 가지고 있습니다. 저는 장기간에 걸쳐 혁명적인 구조를 구축한다는 가설로 인해 인간으로서의 충만함을 추구하는 것을 미뤄야 한다는 견해에 결단코 반대합니다. 저의 휴머니즘은 사회주의 휴머니즘입니다. 그것은 제게 가장 숭고하고 보편적 단계의 휴머니즘입니다. 저는 자본주의가 목적을 달성하기 위해 고착시키고자 하는 소외를 인정할 수 없으며, 혁명을 표방하는 체제의 관료 기구에 대한 맹목적인 복종으로 인해 생기는 소외는 더더욱 인정할 수 없습니다. 저는 로제 가로디[254]와 에두아르트 골드스튀커[255]가 말한 것처럼, 마르크스주의의 최고 목적은 본성적인 자유와 존엄에 도달하는 도구를 인류에게 제공하는 것이라고 믿습니다. 이는 역사의 낙관적인 시각을 내포하며, 잘 알다시피, 자본주의를 정당화하고 옹호하는 이기적 비관주의와 대조됩니다. 자본주의는 가지지 못한 수백 수천만의 지옥 혹은 연옥을 대가로 소수가 누리는 슬픈 파라다이스입니다.

어쨌든 저의 사회주의 사상은 '톨레랑스'라는 사고에 물든 미적지근한 휴머니즘으로 빠지지 않습니다. 사람이 체제보다 더 중요하긴 하지만, 사회주의 체제는 언젠가 인간에게 그 진정한 운명을 지향하게 할 유일한 체제라고 봅니다. 에드거 앨런 포에 대한 말라르메의 유명한 시구를 변형해 말하자면(이 글을 읽을 순수문학파가 경악할 모습을 상상하니 즐겁군요) 저는 인간을 인간 본연의 모습으로 변화시키는 것은 시인이나 교회가 약속한 헛된 영원성이 아니라 사회주의라고 믿습니다. 그래서 저는 자본주의 체제나 소위 신자본주의에 기반을 둔 모든 해결책을 거부합니다. 동시에 저는 경직되고 교조적인 공산주의의 해결책도 거부합니다. 저는 진정한 사회주의가 이 두 경향에 의해 위협을 받고 있다고 봅니다. 그것들은 해결책을 제시하지 못할뿐더러 각기 다른 방식과 목적을 가지고 진정한 자유와 생명에 접근하는 길을 지연시키고 있기 때문입니다.

제가 처음부터 쿠바 혁명과의 연대감을 표시해왔던 것도 그 지도자들과 그 나라의 대다수 국민이, 더 좋은 이름이 생각나지 않아 제가 그냥 휴머니즘이라고 부르는 것에 기반을 둔 마르크스주의를 제대로 정립하려고 했기 때문입니다. 저는 본성적으로 경제적 · 사회적 정의에 기반을 둔 인간의 가치를 긍정하고 옹호하는 시도에 민감한 지식인과 예술인 들이 그토록 열광하면서 지지하는 혁명을 일찍이 본 적이 없습니다. 경제와 정치에 거의 문외한인 지식인이 보기에는, 피델이나 체 게바라 같은 지도자들과 대다수 쿠바 작가(외국의 지식인들은 말할 것도 없고)의 마음이 맞는다는 사실 자체가 혁명이 올바른 길로 나아가고 있다는 확실한 표시입니다. 그래서 저는 쿠바 혹은 사회주의 혁명이 일어난 다른 곳에서, 혁명적 비판정신이 충만한 사람들과 또 다른 '강경파들'(불가피한 현상일지 모르지만 변증법의 유일하고도 진정한 의미를 상기한다면 극복할 수는 있는) 사이에 일어날 수 있는 분열이 걱정됐고, 지금도 여전히 걱정하고 있습니다. 강경파들은 일상의 작업을 수행하는 지식인들에게 자유로운 가치를 창출하는 것이 아니라 부과되는 지침에 따라 충성할 것을 요구합니다. 제가 이 점을 강조하는 건 이것이 『라이프』의 여러 질문에 대답하는 제일 좋은 방법이기 때문입니다. 또한 혁명가는, 지식인이건 전사이건, 이론가이건 실천가이건, 혹은 양쪽 다이건 간에, 두 개의 전선, 즉 외부와 내부에서 다 싸워야 하기 때문입니다. 외부의 강력한 적은 자본주의고, 내부의 적은 혁명이 자체 내에서 퇴행하고 경직화되는 경향, 즉 피델 카스트로가 수없이 비판했던 관료화 현상입니다. 제 기억으로는, 마르크스도 언급했던 이 장애물은 지도자들을 민중으로부터 서서히 분리시키고, 나아가 그들을 멀리서 수족관을 바라보는 구경꾼으로 만들어버리거나, 혹은 아예 수족관 자체로 만들어버립니다.

이왕 쿠바를 언급했으니, 말이 나온 김에 『라이프』의 구체적인 질문에 대답을 하겠습니다. 제가 쿠바의 혁명 투쟁을 지지하는 이유는 그것이 라틴아메리카를 식민주의와 저개발에서 근본적으로 구할 수 있는 최초의 위대하고 진정한 시도라고 생각하기 때문입니다. 예를 들어 저를 보고 아르헨티나에서 정치적 투쟁을 하지 않는다고 책망한다면, 우선 제가 정치적 투사가 아니라는 점을 말씀드리고 싶고, 개인적이고 지적인 저의 활동은 국가와 애국심을 넘어 훨씬 더 쓸모가 있는 라틴아메리카의 대의를 위한 것이란 점을 강조하고 싶습니다. 저는 아르헨티나 국내에서 옹가니아[256]와 그 비슷한 사람들의 정권을 비판하는 것보다는 유럽에 살면서 쿠바 혁명을 위해 일하는 것이 더 바람직하다는 것을 너무도 잘 알고 있습니다. 또한 아르헨티나의 미래를 위해 제가 가장 잘 기여하는 방법은 쿠바 혁명의 불길이 라틴아메리카 대륙 전체로 퍼지도록 최선을 다하는 것이라는 점을 잘 알고 있습니다.

이미 여러 번 얘기했지만 다시 한 번 반복해야겠군요. 애국심(민족주의도 마찬가지입니다)은 국민 개개인을 별자리에 따른 혈통과 탄생의 운명론으로 떠밀기 때문에 제게 두려움을 줍니다. 저는 그런 애국자들에게 이렇게 물어봅니다. 체 게바라는 왜 아르헨티나에 머물지 않았나요? 레지스 드브레[257]는 왜 프랑스에 남지 않았습니까? 자기 나라를 떠나서 그들은 대체 무슨 일을 한 겁니까? 마리오 바르가스 요사가 유럽에 살고 있다는 이유로 비난받고, 제가 부에노스아이레스에서 강의하는 대신 아바나의 문화 행사에 참석한다고 분노하는 공공연한 혐오감을 알고 있습니다. 그런데 아르헨티나의 정치적이고 지적인 투쟁이 과두체제와 독재자들에 맞서는 구체적인 혁명으로 발전했다면 저는 아무런 변명도 할 수 없을 것입니다. 그러나 오늘날 보듯이, 저는 프랑스에서 그 구체적인 혁명을 확산하기 위해 제 방식대로 최소한도의 노력을 하고 있습니다. 프랑스에서 쿠바 혁명을 위해 활동하고 있듯이 말입니다. 그리고 제가 쿠바에 가는 것은 지금 아르헨티나에서 그 비슷한 것도 찾아볼 수 없는 구체적인 프로젝트 때문입니다. 저는 혁명 덕분에 문맹에서 벗어난 지역 주민들에게 전달할 책을 선정하는 위원회의 일원입니다. 이 지역의 젊은 세대는 교육과 문화에도 열성적입니다. 저는 또한 잡지 『카사 데 라스 아메리카스』[258]의 심사에 협조하는 위원회에서 일하는 한편, 경제적 · 문화적 식민주의에 맞서고 있는 제3세계 지식인들의 의무를 논하는 학회에 참석하기도 합니다. 제가 알기로, 우리나라의 작가들이 참가하는 학술대회에서 이런 주제는 잘 다뤄지지 않습니다. 잘 아시겠지만, 이 모두가 하나의 중요한 목표를 가지고 있습니다. 즉 물질적이고 정신적인 모든 차원을 망라해 제국주의에 맞서 투쟁하는 것입니다. 이 투쟁은 쿠바로부터, 그리고 쿠바에 의해 전 대륙으로 확산되고 있습니다. 이 투쟁은 볼리비아의 정글과 콜롬비아와 베네수엘라에서 순교자를 발생시키는 행동뿐만 아니라 사상적 차원에서도 전개되어, 모든 나라의 지식인과 예술가들이 대화를 나누는 한편 도덕적이고 정신적인 하부구조가 건설되어 언젠가는 라틴아메리카의 독재와 그것의 온상이자 서글픈 영양분이 되는 저개발을 종식시킬 것입니다.

이론적인 용어보다는 감정적인 용어가 더 어울릴 수 있을 것 같은 여러 문제를 한정된 지면에서 이야기하는 건 어려운 일입니다. 제가 이론가가 아니기 때문이기도 하거니와 우연한 기회를 빼놓고는 그런 주제들에 대해 글을 써본 적이 없기 때문입니다. 저는 제 소설 작품들과 제 개인적인 행동이 인간에 대한 저의 생각과 인간의 진보를 촉진하기 위한 저의 실천을 잘 드러내주기를 바라왔습니다. 로베르토 페르난데스 레타마르[259]에게 보내는 바람에 적지 않은 논쟁거리가 됐던 공개편지에서 저는 무슨 일이 있더라도 작가라는 점을 포기하지 않을 것이며, 그것을 통해 제 방식대로의 혁명을 수행하고 있다는 점을 확실하게 밝혔습니다. 물론 이는 숭고한 것만 추구하겠다는 일종의 도피주의는 절대 아닙니다. 『라이프』지가 제게 체코슬로바키아에 소련이 무력 개입한 사건이 도미니카 공화국과 베트남에 미국이 개입한 것과 구체적으로 어떤 차이점이 있냐고 물었을 때, 저는 『라이프』 기자들 중에 누구라도 프라하 시내에서 네이팜탄에 맞아 화상을 입은 어린이들을 본 적이 있느냐고 되물었습니다. 그리고 제게 반미 감정이 어디서 비롯된 것이냐고 물었을 때 모든 제국주의 체제를 증오한다고 대답했고, 제3세계 원조, 진보동맹alianza para el progreso, 경제개발 10개년 계획, 그리고 이를 표방하는 그린베레 부대(미국의 특수부대)는 훨씬 더 가증스럽게 여긴다고 말했습니다. 왜냐하면 이들은 매 순간 하는 말마다 거짓말이고, 국내의 흑인들을 일상적으로 부정하면서도 민주주의를 가장하고 있으며, 가진 것 없고 순진한 대중에게 부모와 같은 관대한 이미지를 심어놓기 위해 문화예술정책에 수백만 달러의 예산을 쓰고 있기 때문입니다.

이곳 파리에서 미국 '문명'의 신기루가 이식되는 걸 볼 기회가 많습니다. 이는 모스크바에서도 일어나고 있는 현상이며, 체코슬로바키아에서는 훨씬 더 많이 일어나는 일입니다. 그렇게 발전한 나라들에서도 그럴진대, 하물며 대부분 문맹이고 경제는 종속돼 있으며 문화는 아직 미숙한 라틴아메리카 국가들은 어떻겠습니까? 아무리 관대한 선물이라 할지라도(물론 어떤 선물들은 실제로 관대함의 결과입니다) 어떻게 우리가 그것을 최악의 적으로부터 받을 수 있겠습니까?

만일 미국의 라틴아메리카 원조가 생각보다 이기적인 것이 아니라고 제게 말한다면 저는 수치를 들어서 그 말에 반박하고 싶습니다. 1968년 초 뉴델리에서 개최된 UNCTAD(유엔무역개발회의) 회의의 공식 보고서(적국의 대표단이 발표한 성명서가 아닙니다)에는 이렇게 적혀 있습니다. "1959년, 미국은 라틴아메리카에서 개인 투자 명목으로 7억 7,500만 불의 이익을 거두었는데, 이 가운데 2억불을 재투자하고 5억 7,500만 불은 보관했다." 바로 이런 것이 문화협력의 일환으로, 혹은 코미디 같은 다른 이유로 미국을 방문하고 있는 라틴아메리카의 수많은 지식인들이 애써 외면하고 있는 진실입니다. 반면 그 진실을 직시하는 것이 라틴아메리카 작가로서 제 행위를 규정합니다.

하지만 미국인들에게 꼭 들려주고 싶은 말이 있습니다. 나와 내 동료 작가들의 작품이 미국에서 번역되고 있으며 미국에 우리의 독자들과 친구들이 있다는 사실이 제게 자부심을 준다는 사실입니다. 저는 에이브러햄 링컨과 에드거 앨런 포와 월트 휘트먼의 나라가 가지고 있는 진정한 가치들과의 접촉을 결코 거부하지 않을 것입니다. 그리고 언젠가 혁명이 일어났을 때 힘이 될 미국의 모든 것을 사랑합니다. 피와 살을 가진 로봇이 인간으로 대체되고, 로버트 맥나마라[260]가 아니라 밥 딜런[261]의 목소리가 국내외적으로 미국의 목소리를 상징하게 되는 그날, 바로 미국에 혁명이 도래할 것입니다.

이 주제들에 대해서는 아직도 할 말이 많지만 이제 문학에 대해 말해야 할 것 같군요. 제가 언제 문학을 시작했는지부터 소위 '망명 문학'에 이르기까지 많은 질문이 있었으니까요. 사실은 루이스 하르스가 『우리 작가들』[262]의 한 꼭지에서 저를 다루면서 비슷한 질문을 많이 했습니다. 그 책은 쉽게 구해볼 수 있습니다. 따라서 여기서는 그 책과는 다른 주제나 보충 역할을 하는 주제에 대해 말하는 것이 좋을 것 같습니다. 우선 저를 놀라게 한 것은 문학 경력에 대해 말해달라는 질문입니다. 왜냐하면 제게 그런 경력은 존재하지 않거든요. 그러니까 그것은 경력으로 존재하는 게 아닙니다. 예를 들어, 후안 마누엘 팡히오[263]와 같은 불멸의 인물이 증명하듯이, 훨씬 다양한 경력에 열광하는 아르헨티나 같은 나라의 국민으로서 문학을 경력으로 다루는 것은 매우 생소합니다. 작가가 전문 직업으로 인식되는 경우가 많아서 정기적으로 작품을 출판하고 가끔씩 문학상을 받는 것도 중요하다고 간주되는 유럽에서 아마추어와 같은 저의 태도는 출판사 사람들이나 친구들을 당황하게 만들곤 합니다. 사실 대문자로서의 문학은 제게 아무런 가치가 없습니다. 제게 유일하게 흥미 있는 것은 저 자신을 찾고 만나는 일이며, 그 과정에서 쓰인 언어가 점차 책이라 불리는 것으로 생산되어 나올 뿐입니다. 제 경우에, '경력'이란 말에는 자기 책의 운명에 대해 걱정하는 마음이 내포되어 있습니다. 그런데 저는 『야수문학집』이 출판된 바로 같은 달에 한 치의 미련도 없이 아르헨티나를 떠났습니다. 두 번째 작품인 『비밀 무기들』이 「추적자」라는 단편소설로 독자들의 마음을 흔들어놓은 것은 그로부터 7년이나 지나서였습니다. 그 후에 일어난 일은 마치 경찰의 수사 보고서에 나온 것 같습니다. 한 남자가 집에 돌아왔는데 온 집 안이 뒤집어져 있습니다. 테이블 전등은 욕조에 처박혀 있고 그의 모든 셔츠는 마당의 제라늄 꽃들 사이에 흩어져 있습니다. 저는 제 독자들이 종이와 잉크로 만들어진 제 집에서 무엇을 찾고 있었는지 모릅니다. 그러나 어쨌든 그들은 1958년부터 1960년 사이에 제 책을 찾아 서점에 들이닥쳤고 계속 재판을 찍어야 했던 제 작품들은 그들의 서재를 채워주었습니다. 파리에 살면서 이런 일은 좀 비현실적이면서도 재미있었습니다. 게다가 감동적이기도 했습니다. 젊은이들로부터 수많은 편지가 오기 시작했거든요. 대화를 원하는 편지, 문제점을 지적하는 편지, 우울한 편지, 사랑을 고백하는 편지, 논문을 써서 함께 보내는 편지 등이었습니다. 언젠가는 한 프랑스 비평가에게 『팔방놀이』가 5쇄까지 나왔다고 말했는데 그다음 주에 보니 그 책이 이미 8쇄를 찍었다는 사실을 알게 됐습니다. 이런 식으로 살다보니 여기서 저는 약간 바보 취급을 당하기도 합니다. 물론 저는 이렇게 무심한 제 태도를 변명할 생각은 없습니다. 너무 외톨이처럼 놀고 자만심이 가득 차고 좀 까다로운 것도 사실이니까요. 제 생각에, 저는 우리 제3세계의 전형적인 산물입니다. 거기서 사람들은 거의 언제나 삐딱한 시선과 비꼬는 미소로 작가라는 직업을 대합니다. 글쓰기가 '잉여'의 활동이고, 마마보이들의 사치거나 혹은 단순히 광기의 사랑스러운 방식이라는 점을 보면, 저는 우리 시대의 영향을 많이 받았다고 생각합니다. 어쨌든 간에, 저는 세월이 흐르고 지리적으로 떨어져 있다 보니 자연스럽게 고독에 익숙해진 것 같습니다. 다만 처음에 말한 작가의 사명으로 인해 그것이 가끔씩 깨지기는 하지만요.

요즘 아르헨티나에서는 문학이 매우 중요한 경력이 됐다고 합니다. 그리고 그 경주에서 마지막 직선 코스에 들어서면 『마라-사드』[264]에도 볼 수 없는 채찍이 기다리고 있다고 합니다. 물론 경쟁이 더 좋은 결과를 가져오면 좋은 일입니다. 그러나 농담이 아니라, 소명의식이 있는 작가에게 글쓰기란 스스로 우러나오는 행위입니다. 저처럼 시간이 한가할 때 글을 쓰는, 근본적으로 일종의 부르주아적인 사치 행위와는 다릅니다.

언젠가 한번 다른 글에서 제게 영향을 준 작가들을 언급할 기회가 있었는데, 쥘 베른[265]을 비롯해 알프레드 자리[266]에 이르는 그들의 명단은 다음과 같습니다. 마세도니오 페르난데스, 보르헤스, 호메로스, 로베르토 아를트[267], 가르실라소 데 라 베가[268], 데이먼 러니언[269], 장 콕토(나를 현대문학에 입문하게 해준 작가입니다), 버지니아 울프, 존 키츠[이 사람은 성스러운 세속인이자 신기神氣, numinoso가 있는 시인입니다. 이를 '빛나는luminoso'이라고 잘못 쓰지 않기를 바랍니다], 로트레아몽, S.S. 반 다인[270], 페드로 살리나스[271], 랭보, 리카르도 몰리나리[272], 에드거 앨런 포, 루시오 만시야[273], 말라르메, 레몽 루셀[274], 『기쁨』와 『돌의 사막』을 쓴 우고 바스트[275], 그리고 『피크위크 클럽의 기록』을 남긴 찰스 디킨스입니다. 앞의 작가 목록은 짐작하시겠지만, 일부만 언급된 것이어서, 유네스코에서 말하는 샘플 추출이라고 할 수 있을 겁니다. 보시면 알겠지만 스페인 소설가는 언급하지 않았습니다. 『셀레스티나』나 『도로테아』[276]를 제외하면 그 나라 소설들은 불면증에 시달릴 때나 쓸모가 있는 작품들이기 때문입니다. 이탈리아 소설도 읽을 만한 것은 없습니다. 다만 단눈치오[277] 작품들은 언제나 제 기억 속에 떠돌고 있습니다. 사람들은 제게 후안 카를로스 오네티, 펠리스베르토 에르난데스[278], 레오폴도 마레찰[279]의 영향은 없었는지 많이 물어봅니다. 앞의 두 사람 작품은 제가 성인이 된 후에 읽었는데, 영향을 받았다기보다는 동감했습니다. 하지만 그들이 좋아하는 카페나 탱고가 무엇인지 물어볼 정도로 친해져야겠다는 생각이 딱히 들지는 않았습니다. 마레찰에 대해 말하자면, 일부 비평가들이 제 『팔방놀이』에 끼친 그의 영향을 언급하곤 하는데, 그분이나 저나 그로 인해 마음 상할 일은 특별히 없습니다. 저는 그냥 제 작품을 계속 써왔을 뿐입니다. 이는 모든 문학사에서 많은 작가가 거치는 특징적 과정입니다. 그러니까 시에서 시작해서 기술적으로 더 치밀하고 어려운 장르인 소설로 이동하는 겁니다(이 말에 이를 갈고 머리털을 뽑으려고 달려들 사람들이 눈에 선하군요). 이런 과정을 거쳐 제게 가장 개성적인 문체가 나온 것입니다. 귀를 기울여 들을 만한 의견에 따르면, 그

특색은 가장 극단화된 형태의 인류학적 갈증이라 할 수 있는 사랑을 찾아가기 위해 유머를 이용하는 것입니다.

'인류학적 갈증'이라는 말을 하다 보니, 제 작품에서 형이상학적 성찰의 역할에 대해 물어본 질문으로 자연스럽게 연결되는군요. 거기에 대해 제가 할 수 있는 말은 그러한 성찰 자체가 바로 제 작품이라는 것입니다. 만일 저의 단편작품들이 글자 그대로 사실주의일 정도로 우리 현실이 환상적이라면, 물리적인 것은 분명 제게 형이상학적으로 비칠 것입니다. 그리고 보는 것과 보이는 것, 또는 주체와 객체 사이에는 우리가 분위기에 따라 시, 광기, 혹은 신비주의라는 말로 옮길 수 있는 특권적인 접근 수단이 있습니다. 사실 저는 이런 용어들에 갈수록 의심을 가지게 됩니다. 오히려 갈수록 저는 형이상학이 여인의 가슴을 애무하고 어린이들과 놀이를 하고, 이상을 위해 투쟁하는 것과 가깝다고 생각하게 됩니다. 이 세 가지 예는 모두 제게 높은 수준의 집중력을 의미합니다. 가슴을 애무하고 가슴을 애무하는 것은 그 사이에 현기증 날 정도로 먼 거리가 있거나 아예 방향이 반대일 수도 있기 때문입니다.

이미 『팔방놀이』에서 명시했듯이, 제게 형이상학은 앨리스가 거울 속에 들어가는 것과 마찬가지로, 필요할 경우 다른 차원에 들어갈 능력이 있는 모든 손이 닿을 만한 곳에 있는 것 같습니다. 어떤 특별한 계기가 있어서 그 손이 아주 가깝고도 비밀스러운 곳에서 기다리고 있던 가슴을 마침내 애무하는 데에 성공한다면, 우리는 형이상학에 대해 계속 얘기할 수 있지 않을까요?

우리는 동화 속 포도가 아직 덜 익었다고 말한 것과 같은 이유로, 단순히 우리의 빈약함에서 형이상학을 발명한 것은 아닐까요? 플라톤에게 포도는 덜 익지 않았습니다. 그 동화는 거의 아무도 이론을 넘어 이해하지 못했던 향수의 형이상학이었습니다. 포도는 랭보에게도 덜 익지 않았습니다. 그리고 동화는 이미 대지에 뿌리를 내린 언어의 뜨거운 형이상학이었습니다. 그것은 물론 체 게바라에게도 덜 익지 않았습니다. 그에게 동화는 향수나 언어에 머물러 있는 한 결코 거북이를 따라 잡을 수 없다고 아킬레스가 깨달은 그 순간의 형이상학입니다. 그 순간 아킬레스는 자신이 뛰어가는 한 거북이를 따라잡을 수 있으며, 이 지상에 살고 있는 인간이 현실의 주인이 되어 인간을 소외시키는 역사에 의해 만들어진 유령을 없애버리는 것이 진정한 형이상학임을 보여주는 한, 거북이를 따라잡을 수 있다는 사실을 깨닫게 됩니다. 제가 보기에 마르크스는 정신적 차원에서 보상을 받는 형이상학과 결별하고, 실천의 차원에서 그것을 폐기하는 길을 보여주었습니다. 개인적으로 저 역시 그런 형이상학은 더 이상 필요하지 않습니다. 저는 사르트르의 말대로 실존이 본질에 선행한다고 믿습니다. 아킬레스가 실존이라면 거북이는 본질입니다. 즉 진정한 실존은 목표에 도달하기 위해 달리는 것입니다. 그리고 그 목표는 플라톤적 관념의 세계나 교회의 다양하고 화려한 천국에 있는 것이 아니라 바로 여기에 있습니다.

천국에 대해 말하자면, 저도 모르게 바네사 레드그레이브[280]가 생각나고, 미켈란젤로 안토니오니[281]가 내 작품 「악마의 침」을 어떻게 각색해서 〈폭발〉이란 영화를 만들었는지 물어본 당신의 질문이 생각나는군요. 이 얘기는 그 자체로는 크게 중요하지 않지만, 일부 부당한 비난을 받았던 안토니오니 감독을 변호할 수 있는 좋은 기회라 생각합니다. 비록 시간의 흐름과 함께, 저는 소련에서 실행되던 교화 작업의 음울한 분위기까지도 변호하긴 하지만 말입니다. 우리를 조금이라도 알고 있다면, 안토니오니나 저나 굉장히 따분하기 그지없는 사람이라는 사실을 깨닫게 될 것입니다. 바로 이 때문에 우리는 서로의 우정에도 불구하고 상대방의 시간을 빼앗지 않기 위해 최소한도로 만나고 있습니다. 이런 배려심은 우리 주변의 사람들에게서는 좀처럼 찾아보기 힘들지요. 안토니오니가 제게 먼저 편지를 써서 보냈는데, 처음에는 장난기 많은 친구의 농담인 줄 알았습니다. 그러다 그 편지가 프랑스어처럼 보이길 원하는 언어로 쓰였다는 사실을 알아차렸습니다. 그건 절대적으로 진정성이 있다는 뜻이었죠. 저는 그가 우연히 이탈리아어로 번역된 제 단편집을 사서 봤고, 그가 몇 년 전부터 생각해오던 주제에 대한 아이디어를 「악마의 침」에서 얻었다는 것을 알았습니다. 그러고 나서 로마에서 만나자는 초청장이 왔습니다. 거기서 우리는 흉금을 터놓고 얘기했습니다. 안토니오니는 그 단편소설의 중심 아이디어에 흥미를 가졌지만 그 작품이 가진 환상적인 부분에는 관심이 없었고, 심지어 결말을 잘 이해하지도 못했습니다. 그는 자기 색깔의 영화를 만들고 싶어 했고, 자신에게 자연스러운 세계에 다시 한 번 들어가길 원했습니다. 저는 이 작품이 위대한 영화감독의 걸작이 될 것이라고 예감했습니다. 그러나 대본의 각색에서 제가 할 수 있는 일은 거의 없었습니다. 그는 물론 촬영 과정에서 조언을 구하며 제게 최선을 다했습니다. 그래서 제가 그에게 그 이야기를 그의 것으로 만들라고 제안했죠. 저는 그 작품이 그의 손에 들어가면 셰익스피어의 『템페스트』에서 아리엘이 익사한 한 남자에 대해 이렇게 말한 일이 벌어질 것이라는 사실을 알았습니다.

육신은 썩지 않고
바다의 조화 속에
귀하고 신비한 보물이 되었네.[282]

실제로 제 예감대로 됐습니다. 분명히 말해두고 싶은 것은 제가 안토니오니에게 제 이야기의 속박에서 벗어나 자기만의 환상을 찾을 수 있도록 전적인 자유를 주었다는 점입니다. 그리고 그는 그것을 찾는 과정에서 제가 만들어놓은 환상의 일부와 조우합니다. 이는 제 이야기가 겉으로 보기보다 더 중독성이 있기 때문입니다. 이런 사실을 처음으로 인식하고 말한 사람은 바르가스 요사인데, 저는 그의 말이 맞다고 믿습니다. 저는 그 영화를 유럽에서 개봉한 지 한참 후에 봤습니다. 비 오는 어느 날 오후 암스테르담의 한 극장에 다른 입장객들과 마찬가지로 표를 사서 들어갔죠. 어느 순간, 나뭇잎이 살랑거리는 소리가 나더니 카메라가 하늘을 향하고 잎사귀들이 몸을 떠는 장면이 나왔을 때 저는 안토니오니가 제게 윙크하는 것을 느꼈고 시공을 초월한 만남을 가졌습니다. 이런 것이 '기인'의 행복입니다. 다른 것들은 하나도 중요하지 않아요.

당신은 『팔방놀이』가 젊은 라틴아메리카 작가들의 소설에 어떤 영향을 주었는지 알고 싶다고 했습니다. 다양한 현대 문학을 읽으려고 노력하는 사람, 게다가 유럽에 살면서 트럼펫을 부는 사람이 라틴아메리카에서 전개되는 소설의 발전을 지속적으로 관찰하기란 쉽지 않은 게 사실입니다. 그렇지만 젊은 작가들의 작품을 많이 읽어보면, 『팔방놀이』가 많은 사람에게 하나의 문학적 체험을 넘어 실존적이라 부를 정도의 쇼크를 주었다는 걸 충분히 짐작할 수 있습니다. 그러니까 그 소설은 기법이나 언어적 차원을 넘어 문학 외적으로도 많은 영향을 주어, 작가인 제 자신이 의도했던 대로 반反소설이라 불리게 된 것입니다. 많은 비평가가 빗나간 해석을 하게 된 것은 우선 그 작품이 통상적인 장르의 범주에 끼워 맞추기가 힘든 데다가, 문학에 엄격히 적용시키려 하면 오히려 작품이 말하려고 하던 것을 놓치게 된다는 사실을 간과했기 때문입니다. 프랑스 작가인 페트러스 보렐Petrus Borel은 "내가 공화주의자인 것은 내가 식인종이 될 수 없기 때문이다"라고 말합니다. 이를 내 방식대로 말하자면, 내가 『팔방놀이』를 쓴 것은 내가 그것을 춤출 줄도, 침을 뱉을 줄도, 소리칠 줄도 몰랐고, 혹은 어떤 대중매체를 통해 그것을 정신적이거나 물리적인 형태로 상영케 할 줄도 몰랐기 때문입니다. 실제로 많은 독자, 특히 젊은 독자들은 엄격히 말해 그 작품이 책이 아니고,

설사 그렇다 치더라도 마치 페트러스 보렐이 공화주의자인 것과 같은 의미에서 하나의 책이며, 그 '영향력'은 문학과 피상적으로 연관된 영역에서만 유효하다는 것을 느꼈습니다.

내친 김에 말하자면, 우리가 언제까지 도서관에 목을 매고 있어야 합니까? 저는 이미 한물간 상아탑의 복도와 옥상 등 모든 곳을 차지하고 있는 백년서생들이 문학을 하면서 조금이라도 문학 외적인 행위에 겁을 잔뜩 집어먹고 있는 것을 보면 유감스럽기 그지없습니다. 그들은 문학이 당시 고릴라 수준이었던 인간에게 불을 훔쳐준 프로메테우스의 자유로운 운동이 아니라 사회에 적응하는 순응주의의 몸짓으로 탄생했다고 믿는 사람들입니다. 이는 저로 하여금 어쩔 수 없이 다시 한 번 작가의 '참여' 문제를 제기하게 합니다. 지금 상아탑에서 자리를 차지하고 있는 사람들은 우리의 현실 문제나 현대사의 인물들을 소설화한다는 말만 들어도 시체처럼 창백해지기 때문입니다. 그들은 문학을 근본적으로 깨끗하고 우아하며 영원성을 병적으로 추구하면서 절대적이고 항구한 가치가 되려고 하는 것으로 여깁니다. "『오디세이』에 따르면…, 『마담 보바리』를 보면…" 등등의 얘기를 하면서 말입니다. 많은 작가, 화가, 음악가가 책과 예술이 오래 지속되도록 만들어져야 한다는 항구성을 더 이상 중시하지 않습니다. 그들은 가능한 한 잘하려고 노력하면서 지금도 계속해서 글을 쓰고 작곡을 하고 있지만, 영구불변한 대상에 대한 미신적 믿음은 이제 포기했습니다. 그것은 점점 빨라지는 역사의 속도에 의해 소멸되고 있는 부르주아의 유산이기 때문입니다.

그런데 상아탑에 안주하고 있는 사람들은 현대사에 대한 주제는 너무 자주 써먹었거나 금방 시대에 뒤진 것이 되고 만다면서, 이와 관련해 네루다의 『대서사시』에 나오는 시 몇 개를 빠짐없이 그 사례로 들곤 합니다. 그런데 그들이 깨닫지 못하는 것은 네루다가 역사적으로 틀렸을지는 몰라도 시대를 초월한 시인이라는 점입니다. 오늘날 그의 스탈린

찬양을 수용하기 힘들지만, 그 시를 쓸 때의 진정성까지 부인할 수는 없습니다. 『불 중의 불』이 출판된 후, 저는 거기 수록된 대부분의 단편소설들을 좋아한다면서도 「재회Reunión」라는 제목의 단편은 마음에 들지 않는다는 편지를 적지 않게 받았습니다. 이 작품에 나오는 인물들은 굳이 말하지 않아도 체 게바라와 피델 카스트로를 형상화한 것입니다. 상아탑 사람들이 보기에 그들은 문학 주제로는 어울리지 않았겠지요.

제 경우에, 문학적이지 않다는 것은 그냥 책 자체거나 책이라는 관념에만 해당합니다. 우리는 지금 핵무기 시대를 살고, 현기증 나는 경계선에서 파국을 향해 치닫고 있습니다. 이럴 때 책은 일종의 무기가 됩니다. 미학적이거나 정치적인 무기이고 둘 다일 수도 있습니다. 독자들은 자신이 할 수 있는 한 거기서 원하는 것을 얻어내면 됩니다. 이 무기는 미래의 희생자들 대부분이 지금 즐겁게 협조하고 있는 세계적 자멸로부터 아직은 우리를 구원할 수 있습니다. 저는 멕시코 작가든 아르헨티나 작가든 자기 소설이 충분히 유명하지 않아서 위궤양이 생겼고, 출판사나 비평가들이 자기 작품을 기억해주기 위해 꼼꼼한 자기 홍보 전략을 짠다는 소리를 들으면 웃음밖에 나오지 않습니다. 매일 아침에 일어나 신문 1면을 접하다 보면, 시간이 갈수록 현실성이 떨어지는 '불멸성'에 목을 매고 안달하는 모습이 너무 기괴하다고 느껴지지 않습니까? 취향과 표현 형식은 오래지 않아 급격한 변화를 겪게 된다는 점을 역사가 보여주고 있는데 말이죠.

제게 소설의 미래에 대해 질문한다면 저는 거기에 관심이 없다고 대답하겠습니다. 제게 유일하게 중요한 것은 인간의 미래입니다. 소설이나 텔레비전을 보고, 아직은 짐작조차 못 하는 연재만화를 보고, 깊고 의미심장한 향수를 뿌리는 인간의 미래 말입니다. 그러나 조만간 많은 다리가 달린 화성인들이 나타나 우리에게 표현의 형식을 가르쳐주는데, 『돈키호테』도 거기에 비하면 감기 걸린 익룡翼龍처럼 보일 거라는 식의 미래는 물론 아닙니다. 그리고 제가 위궤양에 걸리는 경우라면, 캘커타 변두리를 걸을 때, 아돌프 폰 타덴[283]이나 카스텔루 브랑쿠[284]의 연설문을 볼 때, 그리고 사르트르와 마찬가지로 베트남에서 살해된 어린이가 그의 소설 『구토』보다 더 중요하다는 사실을 발견할 때입니다.

다른 사람들 책은 물론이고 제 책의 미래에 대해서도 저는 전혀 관심이 없습니다. 책을 열심히 쌓아두는 행위는 손톱이나 머리카락을 잘라 보관하는 사이코들을 연상케 합니다. 문학의 영역에서는 그것이 사유재산이라는 생각도 더 이상 하지 말아야 합니다. 문학은 프랑스 시인 로트레아몽Isidore-Lucien Ducasse이 본능적으로 시에 대해 느낀 바와 같이 공공재가 되어야 합니다. 금과 상아로 만든 탑에 군림하는 그 어떤 잘난 작가라도 문학을 결정하고 문학을 지배할 수는 없습니다. 진정한 작가란 글을 쓰는 동안 힘껏 활시위를 당긴 후 벽걸이에 활을 걸어놓고 친구들과 한잔하러 가는 사람입니다. 공기를 가로지르며 날아간 화살은 과녁에 명중할 수도 아닐 수도 있습니다. 그런데 불멸의 작품과 국제적 명성을 꿈꾸는 멍청한 사람들은 화살의 경로를 바꾸려고 시도하거나, 그것을 끝까지 쫓아가서 과녁에 우겨 넣으려고 합니다.

당신은 하나의 라틴아메리카 문학이 존재하는지 혹은 그것이 여러 국가의 지역 문학을 합한 것에 불과한지에 대해서도 제게 물었습니다. 우리 사이에 일종의 문학적 연합이 있는 것은 명백한 사실입니다. 그것은 각 지역에 따라 조금씩 다른 경제적, 문화적, 언어적 색채로 구성됩니다. 그러나 독자들의 관점을 예외로 한다면, 각 지역이 다른 지역들에서 벌어지는 일에 크게 관심을 갖지 않는 것도 사실입니다. 그래서 칠레의 작가가 아르헨티나, 페루, 혹은 파라과이 문학보다는 다른 대륙의 문학에 더 큰 빚을 지고 있으리란 것도 확실합니다. 물론 반대의 경우도 마찬가지입니다. 심지어 요즘처럼 라틴아메리카의 훌륭한 소설가들이 우리의 문학 연합 전체에 큰 영향력을 행사하고 있어도 저는 그것이 중요한 다른 세계 문학의 영향력을 상회하지는 못한다고 믿고 있습니다. 그럼에도 비록 지역별로 천차만별이긴 하지만, 역사와 인종과 언어의 유사성이 기나긴 우리 대륙의 척추를 떠받치고 있고, 문학적 차원에서의 단일성도 보장하고 있습니다. 정작 제가 확신하지 못하는 점은 우리 문학이 오늘날 수많은 비평가, 작가, 그리고 독자의 말처럼 과연 그렇게 훌륭하고 중요하냐는 것입니다. 며칠 전 저는 프라하에서 『리스티 Listy』 잡지 편집자들과의 대담에서 이런 말을 했습니다. 만약에 국제 학회나 모임에 참석하기 위해 우리 대륙의 훌륭한 소설가 몇 명이 타고 가던 비행기가 추락하는 사고가 일어난다면 사람들은 라틴아메리카 문학이 생각보다 훨씬 더 불안하고 빈약하다는 사실을 문득 깨닫게 될 거라고요. 물론 이 짓궂은 농담은 가르시아 마르케스와 카를로스 푸엔테스에게 한 말입니다. 그들이 체코 작가들을 방문하는 여행에 저와 동행했거든요. 제 말을 듣자 고소공포증을 갖고 있는 그들의 눈이 더욱 새파래졌죠. 그러나 이 농담 속에는 진담도 숨어 있습니다. 소위 '붐'이라 불리는 우리 문학의 경향은 이탈리아, 프랑스, 영국의 르네상스, 스페인과 19세기 중반의 서유럽 황금세기와 같이 세계문학의 위대한 시기와 비교해볼 때 상대가 되지 않는 게 사실입니다.

우리에게는 근본적인 것들, 즉 문화적이고 정신적인 하부구조가 결여되어 있습니다. 이것은 물론 경제적, 사회적 조건들에 좌우되기도 하죠. 최근 들어 약 15년 동안 우리가 문학의 영역에서 일종의 자기 극복을 성취했다는 점은 만족스럽습니다. 예를 들어, 작가들은 이제 외국의 미학을 지역 풍속에 무비판적으로 적용하기보다 라틴아메리카식으로 글을 쓰기 시작했고, 독자들은 비로소 자기 고향 작가들의 작품을 읽게 되었으며, 그 직전까지만 해도 없었던 '도전과 응전'의 변증법 덕분에 그들을 지지하게 됐습니다. 사이비 애국자들이나 외국 비평가들 역시 우리에게 이제 유행이 바뀌었고, 양키 작가들은 이제 질릴 정도로 번역되고 소개됐으며, 이탈리아의 네오리얼리즘은 한물갔고 프랑스 문학은 전환기의 실험 단계에 있는 상황에서, 라틴아메리카 문학의 시대가 왔으며 천재적이어서 '가련한 천사'인 스웨덴의 구스타보 국왕 역시 우리 생각밖에는 안 한다는 등의 말을 늘어놓으면서 우리를 추켜세우고 입에 발린 소리를 하곤 합니다. 그럼에도 지도를 한번 들여다보거나 좋은 신문을 한 번만 읽어보면, 그리고 경제와 주권과 역사적 운명의 차원에서 우리의 불안정한 상황을 냉정히 돌아본다면 우리 대륙이 차지하고 있는 비중이 사이비 애국자들이나 외국 비평가들이 상상하는 것보다 훨씬 별 볼일 없다는 사실을 깨닫게 될 겁니다.

쿠바에서는 라틴아메리카적인 가치에 대한 필요성이 때로는 지나친 환상을 낳고 있습니다. 약 2년 전, 저는 라틴아메리카 현대소설의 전반적 동향과 관련해 쿠바의 현대소설을 어떻게 평가하느냐는 질문을 받은 적이 있습니다. 그 질문에 대한 제 대답이 아직 유효하다고 생각하니 여기 그대로 옮겨보도록 하겠습니다.

> '전반적인 동향'이란 말에는 어폐가 있다. 맥락을 모르는 독자가 그것을 마치 총체적이고 일관된 노력을 지칭하는 것으로 알아들을 수 있기 때문이다. 그러나 실제로 라틴아메리카의 여러 상황을 반영하고 있는 지적 분야의 특성은 불행히도 아직 생성 중이다. 즉 지식인들은 아직 고독하고 고립되어 있으며, 유능한 독자들에 비해 너무 적다. 그러나 일반적인 경향에 대해 그냥 말해보라고 한다면 오히려 진실에 더 접근할 수 있다. 최근 20년 사이, 특히 최근 10년 동안 라틴아메리카의 많은 단편 작가나 소설가가 공통적으로 지리와 문화의 장벽을 초월한 지식인으로서 민족적인 동시에 라틴아메리카적인, 그리고 보편적인 자신의 운명을 힘차게 받아들이려 노력

> 하고 있기 때문이다. 쿠바 현대소설 역시 그와 동일한 노선에 있으며, 다른 형제 국가들의 문학도 크게 다르지 않다고 본다. 다만 주제와 언어적인 특성에서 국가별로 차이가 날 뿐이다. 덧붙이자면, 나는 뭔가 부당한 소심함이 그 뒤에 도사리고 있는 것처럼, 질문 자체에 일종의 열망이 숨어 있는 것을 느낀다. 물론 소심함의 정반대 의미를 감추고 있는 것은 아니겠지만. 어떤 경우가 됐든, 나는 거기에 대해 개탄할 것이다. 하나의 문학이 완전한 의미에 도달하기 위한 수준에 대다수 민중이 아직 도달하지 못한 상황에서 쿠바나 페루나 아르헨티나 문학에 대해 말해 보라는 것은 정말 한 움큼밖에 되지 않는 작가들의 이름을 열거하는 작업을 요구하는 것에 지나지 않기 때문이다. 민중과 문학 사이의 그 엄청난 거리 사이에 다리를 놓은 것은 쿠바 혁명 정부 외에는 없다. 우리 모두가 열망하는 미래의 차원에서 아직 라틴아메리카는 문학의 문턱을 넘는 과정에 있고, 특히 문학이 민중의 정신적 진보와 문화로 변모되고 있는 중이다. 그렇다면 이 질문이 의도하는 바와 같이 사실상 거의 있지도 않은 뭔가에 대해 문제를 제기하고 상대적인 위치와 차별성을 찾는 이유는 무엇인가? 우리는 아직 더 써야 하고, 더 잘 써야 한다. 그러고 나서 비로소 문학적 동향에 대해 말할 시간이 올 것이다. 지금은 말을 아끼고 글을 써야 한다.

약한 사람은 언제나 자기가 약하지 않다는 말을 듣고 싶어 합니다. 그래서 제 대답이 적지 않은 사람들을 실망시켰을지도 모르겠습니다만, 이는 당신의 또 다른 질문으로 저를 이끕니다. 왜 라틴아메리카 작가들이 자기 땅이 아니라 외국에서 먼저 인정을 받았느냐는 질문 말입니다. 저는 이 질문이 20-25년 전에는 일리가 있었으나 지금은 맞지 않다고 생각합니다. 가령 가장 뛰어난 소설가들 몇 명만 예를 들어봐도, 보르헤스, 후안 룰포, 카르펜티에르, 바르가스 요사, 카를로스 푸엔테스, 아스투리아스, 레사마 리마[285], 가르시아 마르케스조차 굳이 외국인들에게 이해를 받을 필요가 없었고, 외국 독자들에게 그 가치를 인정받을 필요가 없었습니다. 파블로 네루다나 옥타비오 파스와 같은 시인들은 더더욱 말할 필요가 없고요. 제가 지금 17년째 프랑스에 살면서 작업을 하고 있어서 은연중에 그런 영향이 있을 수 있습니다. 그러나 제 책들은 언제나 스페인어로만 쓰였고, 라틴아메리카 독자들을 대상으로 했습니다. 다시 한 번 말하지만, 문제는 정신적이고 지적인 저개발입니다. 앞으로도 상당 기간 동안, 영국이나 독일의 위대한 비평가가 밀어준다는 둥, NRF에서 출판되었다는 둥의 신화가 지속될 것이고 아르헨티나 소설이 이탈리아에서 베스트셀러가 됐다는 것이 뉴스거리가 될 겁니다. 그러나 바다 건너 이쪽에서 조금만 살아보면 그런 것들이 얼마나 하찮으며, 굳이 모리스 나도나 수전 손택Susan Sontag이 백합을 들고 창문에 나와 알려주지 않아도 라틴아메리카의 훌륭한 비평가들이나 독자들이 훌륭한 자기 작가들을 잘 가려낼 수 있다는 사실을 알게 될 것입니다. 잘 알려진 우리 비평가나 작가들 가운데 한 사람이 새로운 소설가나 시인을 칭찬한다고 해서 그의 책이 즉시 라틴아메리카 전역에 퍼지는 일은 이제 있을 수 없습니다. 예를 들어, 요즘 호세 레사마 리마와 네스토르 산체스[286]가 그 가치에 합당한 인기를 얻는 데에 제가 관여할 기회가 있었습니다. 어떻게 보면 우리는 문학의 마당에서 주권을 획득했고, 창조적 예술가, 비평가 그리고 독자로서 우리의 책임감도 커졌습니다. 우리를 유럽과 연결시켜주고 있던 거짓 탯줄도 끊어졌습니다. (그러나 서로를 연결시켜주고 있는 정신적 동맥은 결코 끊어지지 않을 것입니다. 어리석은 출혈만 초래할 것이기 때문입니다.) 이제 우리는 우리 자신의 삶을 살아야 합니다. 그러나 아이는 아직 어려 기저귀를 차야 하고 게다가 수시로 넘어집니다. 그 아이를 성인으로 취급하는 것은 우리의 정신적 모국에 계속 매여 있는 것만큼이나 해로운 일이 될 것입니다.

이와 같은 맥락에서, 당신이 비평가나 작가들이 상투적으로 하는 말보다 더 확실한 대답을 제게 요구하는 질문이 있습니다. 그것은 푸엔테스, 바르가스 요사, 사르두이[287], 가르시아 마르케스 등 유럽으로 망명한 라틴아메리카의 속칭 '잃어버린 세대'에 대한 것입니다. 최근 몇 년 동안 이 작가들의 명성은 의식적이든 무의식적이든 불가피하게 고향에 남아 있는 사람들 사이에 일종의 원성을 자아냈습니다. [악을 생각하는 자에게 수치를!(Honi soit qui mal y pense!)] 이러한 원성은, 한편으로는 망명 작가들의 '망명' 이유를 찾는 무익한 노력으로 이어졌고, 다른 한편으로는 한 시인의 말처럼 자신의 삶이 시작된 곳을 떠나지 않고 일해온 사람들이 남아 있기로 한 결심을 재확인하는 의미를 지녔지요.

문득 아수세나 마이사니Azucena Maizani가 불렀던 탱고 가사가 생각나네요. 대충 "네 동네를 떠나지 마렴. 착한 아가씨가 되어서, 네게 맞는 총각을 만나 결혼해야지"라는 내용이에요. 한편으로는 제트기와 매스미디어의 시대가 오는 바람에 오비디우스, 단테 혹은 가르실라소가 망명 중에 겪었던 뿌리 뽑힘의 비극적 가치가 퇴색되고 있고, 다른 한편으로는 다른 누군가가 글이나 대화 중에 '망명객'의 딱지를 붙일 때마다 망명객들 스스로가 더 놀라는 시절에 이런 종류의 질문을 한다는 게 어리석어 보입니다.

호세 마리아 아르게다스는 최근 페루의 잡지 『아마루Amaru』에 실은 글에서 망명이란 '딱지'의 모든 종류를 보여줍니다. '기인'에게는 늘 기피 대상인 지성보다는 분노의 감정에 훨씬 친숙한 아르게다스를 비롯한 그 어떤 작가들도 지역 콤플렉스에서 완전히 자유롭지는 않을 겁니다. 물론 유럽 문학에 기생적으로 합류하기 위해 라틴아메리카라는 배경을 포기하는 망명객도 역시 제대로 대접받지 못할 겁니다. 아르게다스는 내가 공개편지를 통해 페르난데스 레타마르에게 했던 말, 즉 때로는 전체를 보기 위해 멀리 떨어져 있어야 하며, 흔히 초국가적인 시각은 국가적 문제의 본질을 더 날카롭게 포착하게 한다는 말을 싫어합니다. 그러나 돈 호세 마리아! 미안합니다. 당신과 마찬가지로 페루 사람인 바르가스 요사도 유럽에서 두 권의 소설을 썼지만 페루의 현실을 당신보다 더 못 그렸다고는 생각하지 않습니다. 항상 그렇듯, 매우 구체적인 해결책을 필요로 하는 문제를 일반화시킬 때 오류가 생깁니다. 중요한 것은 그 '망명객'의 작품이 고향 땅이나 사람들과 긴밀한 접촉을 유지하고, 고양되고, 완성되기에 독자들에게 그가 망명객으로 보이지 않는다는 점입니다. '시골 촌놈'이라고 자처하는 작가들이 랭보, 에드거 앨런 포, 케베도는 아주 잘 이해하면서도 『율리시스』는 모른다는 당신 말씀은 대체 무얼 말하고 싶은 겁니까? 런던이나 파리에만 살면 지혜의 열쇠를 얻을 수 있다는 말씀인가요? 그렇다면 그건 열등감에 지나지 않습니다! 저는 부에노스아이레스의 자기 동네를 한 번도 벗어나 본 적이 없는 사람을 아는데, 그는 유럽이나 미국의 그 어떤 비평가보다도 앙드레 브르통, 만 레이[288], 마르셀 뒤샹에 대해 많이 압니다. 여기서 "안다"라는 것은 책이나 정보들을 잔뜩 가지고 있는 게 아니라, 예를 들어, 당신이 『율리시스』와 관련해 언급한 깊은 '이해'를 말하는 것입니다. 그것은 문학 형식 내에서 알맞은 표현을 발견하든 아니든, 시공을 초월해 작품에 참여하는 것을 말합니다.

위로하는 의미에서 당신은 이렇게 덧붙였습니다. "우리는 모두 촌놈이다. 나라의 촌놈이고, 국가를 초월한 촌놈이다." 맞습니다. 그러나 등장인물인 페넬로페보다도 『율리시스』를 더 잘 아는 레사마 리마 같은 촌놈과 안데스 전통 플루트인 케나quena의 5음이 세상 음악 전부인 줄 아는 민속학 전문가인 촌놈과는 사소한 차이가 있습니다. 왜 개인적인 취향을 국가적인, 그리고 문학적인 문제와 결부시킵니까? 당신은 망명하는 것을 좋아하지 않을 것입니다. 좋습니다. 그러나 저는 이 세계 어느 곳에 당신이 있다 하더라도 당신은 호세 마리아 아르게다스처럼 글을 쓸 것이라고 확신입니다. 그렇다면 그냥 자기가 좋아서 고국을 떠난 사람들을 왜 의심하고 불신합니까? '망명자'들은 순교자나 도망자가 아니고 반역자도 아닙니다. 그리고 우리 독자들이 제발 이 빌어먹을 용어는 이제 제발 그만 쓰도록 해주세요.

라틴아메리카 문학에서 토착성의 인식에 대한 분석과 살아 있는 작가들에 대한 당신의 질문은 이제 이 대담을 끝내자는 말로 들립니다. 왜냐하면 이 잡지의 많은 구독자가 이걸 보면 금방 졸릴 테니까요. 얼마 전에 쿠바에서는 제게 한 작가의 토착적 의미를 얼마나 중시하는지, 그리고 어느 정도까지 문화적 맥락과 인종적 전통이 필요한 것인지 질문했습니다. 저는 토착적 의미라는 것이 애매한 만큼, 질문 역시 애매하다고 답변했습니다. 실제로 '문화적 맥락'이란 대체 무엇을 의미합니까? 만일 그것이 전적으로 지방의 문화를 의미한다면 그런 것은 라틴아메리카에 널렸습니다. '인종적 전통'이란 또 무슨 말입니까? 저는 현실이 마치 기타와 같은 악기처럼 생각하는 경향이 있는 사람들에 의해 만들어졌을 이런 표현에 익숙합니다. 한번은 보르헤스가 강경파 원주민주의자에게 자기 책을 인쇄하지 말고, 잉카의 결승結繩 문자인 키푸스quipus로 내는 것은 어떻겠냐고 물어봤습니다. 그런데 사실은 이런 문제가 모두 비현실적입니다. 민속학자들이 자신의 뿌리와 관련 있다고 생각하는 근본 주제를 다루지 않음에도 토착적이지 않은 위대한 작가가 있습니까?

문화라는 나무는 수많은 수액을 빨아먹고 삽니다. 진짜 중요한 것은 나뭇잎이 무성해지고 맛 좋은 과일이 열리는 것입니다. 토착적이란 것의 본질은 작가의 고향 사람들이 자기 것으로 인정하고 선택하고 받아들이는 작품을 쓰는 것입니다. 설사 그 안에 고향이나 전통 얘기가 나오지 않는다 할지라도 말입니다. 토착성이란 지방이나 국가의 정체성을 이미 앞질러 가고 있거나 그 밑에 숨어 있는 것입니다. 그것은 우리 문학이 미리 조정해 놓아야 하는 전제 조건이나 잣대가 아닙니다. 항상 제 의견을 물어보는 가르시아 마르케스의 『백년의 고독』과 같은 책을 대하면 더욱 그런 생각을 하게 됩니다. 이 작품은 우리 아메리카의 가장 훌륭한 소설들 가운데 하나라고 생각하는데, 그 이유 중의 하나는 토착성이 제약을 가하는 것이 아니라 출구를 열어주는 기능을 한다는 것을 가르시아 마르케스가 그 누구보다도 잘 이해했기 때문입니다. 작품의 무대인 마콘도는 믿을 수 없을 만큼 콜롬비아적이며 동시에 라틴 아메리카적인 곳입니다. 그 마을은 또 다른 많은 것이 있는 곳이고, 다른 많은 것으로부터 파생됐으며, 다양한 형태에서 탄생했고, 특히 시공간을 초월한 다양한 문학이 현란하게 섞여 있는 곳이기 때문입니다.

'영향'이란 말은 하지 않겠습니다. 제가 아주 싫어하는 이 말은 천재의 진정한 비밀은 보지 못하면서 외부 요인들에만 목을 매는 사람들이 쓰는 현학적 용어이기 때문입니다. 저는 깊이 참여한 본질적 차원에서의 형제애를 말하고 싶습니다. 『천일야화』, 윌리엄 포크너, 콘래드, 로버트 스티븐슨, 루이스 부뉴엘, 카를로스 푸엔테스, '세관원' 루소, 기사소설, 이 밖의 많은 것이 가르시아 마르케스에게 고도의 독창성을 주었습니다. 독창성은 자신을 둘러싸고 있는 모든 요소를 포기하지 않으면서도 국가의 현실을 재창조할 수 있는 능력입니다. 그렇다면 그는 토착적이라고 할 수 있을까요? 물론입니다. 다른 부분의 현실을 배제하지 않은 채 자신의 현실을 선택했고, 그 다른 현실을 자신의 창조적 재능에 적용시켰으며, 우리 가슴 한가운데에 이제 불멸의 신화가 된 마콘도라는 작은 마을에 대지의 모든 힘을 집중시켰으니까요.

결론을 위해, 이 대담의 시작으로 돌아가 봐야 할 것 같군요. 한편으로는 사물의 순환적 본성을 충분히 인식하고 있기 때문이고, 다른 한편으로는 제가 처음에 말했던 이념적 혹은 정치적 고려가 후반부에 나오는 문학적 고려의 논리적이고 필연적인 기반이 되기 때문입니다. 만일 우리가 논의를 국가적 차원에서, 라틴아메리카적 차원에서 시작하지 않으면, 그리고 모든 차원에서 심오한 혁명을 수행하지 않고, 우리 땅의 사람들을 더욱 진정한 운명의 궤도에 올려놓지 못한다면, 우리 문학이 토착적이냐 여부를 따지는 것은 제게 아무런 소용이 없는 일입니다. 우리는 우리의 땅과 민중이 우리의 것일 때 비로소 진정한 우리의 목소리를 가지게 될 것입니다. 우리의 나라에 식민주의자와 독재가 남아 있다면 정신적, 언어적, 미학적 측면에서 라틴아메리카의 문학을 위한 싸움은 우리 존엄성을 해치고 우리를 소외시키는 제국주의의 종말을 위해 수많은 나라에서 벌어지고 있는 그 전쟁과 똑같은 것이 될 것입니다.

251 (원주) Graciela de Sola, Julio Cartázar y el hombre nuevo, Editorial Sudamericana, 1968.

252 에베르토 파디야(Heberto Padilla, 1932-2000)는 쿠바의 시인이다. 1971년, 쿠바 정부는 그의 작품이 반혁명적이고, 반혁명작가인 기예르모 카브레라 인판테를 옹호했다는 이유로 그를 체포하고 자아비판을 강요하는데, 이는 카스트로 혁명을 지지했던 지식인·작가들을 포함해 세계적 비난을 초래했다. '파디야 사건Caso Padilla'은 많은 사람에게 쿠바 혁명의 매혹이 환멸로 바뀌는 계기가 된다. 파디야는 훗날 미국으로 망명한다.

253 크리스토퍼 말로(Christopher Marlowe, 1564-1593)는 셰익스피어와 같은 해에 태어나 극작가로 활동하다가 의문의 사고로 죽은 천재 작가이다. 셰익스피어 일부 작품의 저자로도 추정되며, 중세와 근대의 과도기에 고뇌하는 근대적 인간을 그려 영국 근대극의 선구자로 평가된다.

254 로제 가로디(Roger Garaudy, 1913-2012)는 프랑스의 공산주의 철학자이다. 1968년 소련의 프라하 침공에 항의했다는 이유로 공산당에서 축출되었다. 훗날 이슬람으로 개종했으며, 이스라엘에 항의하는 의미로 나치의 유대인 학살을 부인하여 논란이 됐다.

255 에두아르트 골드스튀커(Eduard Goldstücker, 1913-2000)는 체코의 카프카 전문 교수이자 외교관이다. 공산당원이지만 프라하의 봄이 실패로 돌아가자 영국에 망명했으며, 공산주의 정권이 무너진 뒤에 귀국한다.

256 옹가니아(Juan Carlos Onganía, 1914-1995)는 아르헨티나의 장군으로서 쿠데타를 통해 집권해서 1966년부터 1970년까지 대통령을 지냈다.

257 레지스 드브레(Jules Régis Debray, 1940)는 프랑스의 언론인, 철학자, 학자이며 미테랑 대통령의 비서로 일하기도 했다. 볼리비아에서 체 게바라와 함께 싸우다가 체포되어 3년을 복역했다. 체 게바라의 은신처를 밀고했다는 의심을 받기도 한다.

258 『카사 데 라스 아메리카스Casa de las Américas』는 쿠바 혁명이 성공한 직후에 설립된 문화기구인 카사 데 라스 아메리카스에서 출판하는 잡지이다. 라틴아메리카를 비롯한 전 세계 국가들과 문화교류를 증진하는 것을 목적으로 한다. 초대 원장은 피델의 혁명동지이자 열혈 여전사인 하이데 산타마리아(Haydée Santamaría, 1922-1980)가 맡았다.

259 로베르토 페르난데스 레타마르(Roberto Fernández Retamar, 1930-)는 쿠바의 작가이자 '혁명문학'을 주창하는 대표적인 비평가이다. 현재 '카사 데 라스 아메리카스' 원장이다.

260 로버트 S. 맥나마라(Robert S. McNamara, 1916-2009)는 미국 기업인이자 정치가로 국방부 장관, 세계은행 총재 등을 지냈다. 그가 케네디 및 존슨 행정부에서 국방장관을 할 동안 미국은 베트남 전쟁의 수렁에 깊이 빠져들었다.

261 밥 딜런(Bob Dylan, 1941-)은 인권운동과 반전운동에 앞장선 미국의 작곡가, 가수, 화가, 작

가이다. 대중음악가로서 '이 세대의 목소리'로 불린 밥 딜런은 2016년 노벨문학상을 받았다.

262 아스투리아스가 노벨문학상을 받고 가르시아 마르케스의 『백년의 고독』이 출판된 1967년 라틴아메리카 문단에는 또 하나의 상징적인 출판물이 있었다. 그것은 칠레 출신 비평가인 루이스 하르스(Luis Harss, 1936-)가 펴낸 『우리 작가들Los nuestros』이다. 10명의 라틴아메리카 주요 작가들과의 대담을 실은 이 책은 세계문학과 경쟁할 수 있다는 라틴아메리카 문학의 자신감을 표출한 최초의 비평집이라 할 수 있다. 의미심장하게도 이 책의 영어판 제목 자체가 『메인 스트림으로Into the Mainstream』이다.

263 팡히오(Juan Manuel Fangio, 1911-1995)는 F1 자동차 경주에서 5번 세계 챔피언을 차지한 아르헨티나 카레이싱 선수이다.

264 『마라-사드Marat-Sade』는 독일 극작가이자 영화감독인 페터 바이스Peter Weiss가 출판하고 공연한 희곡이다.

265 코르타사르는 어린 시절 어머니가 읽어준 베른의 작품을 접한 후 평생에 걸쳐 시공간을 넘나드는 그의 문학을 탐독했다. 또한 베른의 작품 제목을 패러디해서 『하루 만의 80개국 일주』를 쓰기도 했다.

266 알프레드 자리(Alfred Jarry, 1873-1907)는 프랑스의 상징주의 작가로 특히 부르주아 계층을 신랄하게 풍자하는 작품을 썼다.

267 로베르토 아를트(Roberto Arlt, 1900-1942)는 아르헨티나의 작가로 『미친 장난감El juguete rabioso』, 『7명의 광인들Los siete locos』 등의 소설을 썼다.

268 가르실라소 데 라 베가(Garcilaso de la Vega, 1503-1536)는 스페인 르네상스 시대의 서정시를 대표하는 시인이다.

269 데이먼 러니언(Alfred Damon Runyon, 1880-1946)은 금주법 시행 당시 브로드웨이 현실을 잘 묘사한 미국 작가로, 브로드웨이 뮤지컬 <아가씨와 건달들Guys and Dolls>은 그의 작품을 원작으로 한 것이다.

270 S.S. 반 다인Van Dine은 미국 탐정소설 작가 헌팅턴 라이트(Willard Huntington Wright, 1888-1939)의 필명이다.

271 페드로 살리나스(Pedro Salinas, 1891-1951)는 스페인 시인으로 '27세대'의 중심인물이었다. 스페인 내전이 일어나자 미국으로 망명해 존스홉킨스 대학 교수로 재직했다.

272 리카르도 몰리나리(Ricardo Molinari, 1898-1996)는 아르헨티나 시인으로 보르헤스 등과 아방가르드 잡지 『마르틴 피에로Martín Fierro』를 만들었다.

273 루시오 만시야(Lucio Mansilla, 1831-1913)는 아르헨티나의 장군이자 언론인과 작가로 이름을 날렸다.

274 레몽 루셀(Raymond Roussel, 1877-1933)은 프랑스 작가이자 음악가로서, 20세기 초현실주의와 누보로망 작가들에게 깊은 영향을 주었다.

275 우고 바스트(Hugo Wast, 1983-1962)는 아르헨티나 작가로 본명이 마르티네스 수비리아 Gustavo Martínez Zuviría다.

276 『도로테아La Dorotea』는 스페인 국민극작가 로페 데 베가(Lope de Vega, 1562-1635)의 대화체 산문이다. 스페인 비평가 마누엘 블레쿠아José Manuel Blecua는 이 작품을 위대한 스페인 산문 작품들 가운데 하나로 꼽는다.

277 가브리엘레 단눈치오(Gabriele d'Annunzio, 1863-1938)는 이탈리아의 작가이자 비평가로, 세기말의 퇴폐적 분위기를 반영하는 소설을 썼다. 대표작으로 『쾌락Il piacere』, 『죄 없는 자L'innocente』 등이 있다. 정치에도 활발히 참여했으며 이탈리아 파시즘 사상의 선구자로 간주되기도 한다.

278 펠리스베르토 에르난데스(Felisberto Hernandez, 1902-1964)는 마법 세계를 주로 탐구한 우루과이 소설가이다. '마술적 리얼리즘'의 선구자로 간주되곤 한다.

279 레오폴도 마레찰(Leopoldo Marechal, 1900-1970)은 중요한 아르헨티나 소설가로 그의 대표작인 『아담 부에노스아이레스』는 코르타사르에게 지대한 영향을 준 것으로 알려져 있다.

280 바네사 레드그레이브(Vanessa Redgrave, 1937-)는 영국의 배우이자 사회운동가이다.

281 미켈란젤로 안토니오니(Michelangelo Antonioni, 1912-2007)는 현대 영화 최후의 거장이라 불리는 이탈리아 영화감독으로, 사상 최초로 세계 3대 영화제인 칸, 베니스, 베를린 영화제에서 대상을 석권했다. 대표작으로는 소외 3부작이라 불리는 <정사L'aventure>, <밤La Notte>, <일식L'eclisse>과 <폭발Blow-up> 등이 있다. <폭발>은 안토니오니 감독이 코르타사르의 단편소설 「악마의 침Las babas del diablo」을 영화화한 것인데 한국에서는 <욕망>이란 제목으로 개봉됐다.

282 『템페스트The Tempest』 제1막의 2장에서 공기의 요정인 아리엘Ariel이 익사자를 애도하며 부르는 노래의 일부이다.

283 아돌프 폰 타덴(Adolf von Thadden, 1921-1996)은 독일의 극우 정치인이다.

284 카스텔루 브랑쿠(Castelo Branco, 1897-1967)는 브라질 대통령(1964-1967)을 지낸 독재자이다.

285 레사마 리마(José Lezama Lima, 1910-1976)는 젊은 쿠바 작가들의 스승 역할을 하던 영향력 있는 작가 중 한 명이다. 바로크 문체를 구사했으며 대표작으로 소설 『파라다이스Paradiso』와 시집 『나르시스의 죽음Muerte de Narciso』가 있다.

286 네스토르 산체스(Néstor Sánchez, 1935-2003)는 잘 알려지지 않았던 아르헨티나 작가이자 번역가다. 코르타사르는 그의 문학을 늘 높이 평가했다.

287 세베로 사르두이(Severo Sarduy, 1937-1993)는 바로크 문체를 구사하는 쿠바 출신 작가로 죽을 때까지 파리에서 망명 생활을 했다. 대표작으로 『가수들은 어디서 오는가De dónde son los cantantes』, 『코브라Cobra』, 『마이트레야Maitreya』 등이 있다.

288 만 레이(Man Ray, 1890-1976)는 미국 출신의 화가, 사진작가, 조각가로 마르셀 뒤샹, 피카비아 등과 함께 뉴욕의 다다이즘을 시작했으며 훗날 파리에서 초현실주의 운동에 합류한다.

1927-2014

Gabriel García Márquez

가브리엘 가르시아 마르케스

가르시아 마르케스는 자타가 공인하는 라틴아메리카 최고의 이야기꾼이자 붐 소설의 아이콘이다. 호세 도노소[289]의 말대로, 그의 대표작 『백년의 고독Cien años de soledad』(1967)은 중남미 최초로 동시에 문학성과 상업성에서 성공을 거둔 소설로, 마술적 리얼리즘의 상징이 되었다. 좌파 성향을 가진 가르시아 마르케스는 쿠바의 지도자 피델 카스트로와의 친분으로도 유명하다. 그러나 흥미롭게도 그의 소설에서 소위 사회주의 리얼리즘 색채는 찾아보기 힘들다. 또한 지극한 반미주의자면서도 미국 문화를 사랑하는 일종의 '강남 좌파'의 면모를 가지고 있다.

가르시아 마르케스는 콜롬비아 북부 막달레나주의 아라카타카Aracataca에서 태어났다. 아버지는 전신수電信手였으나 아들의 출생 후 약사가 된다. 그는 어린 시절 부모와 떨어져 외할아버지 내외와 살았는데, 퇴역 대령이었던 외할아버지는 전쟁터의 무용담과 사랑을, 외할머니는 대대로 내려오는 전설과 미신을 들려주었다. 할아버지와 할머니의 이런 옛날이야기가 훗날 노벨상 작가를 만든 상상력의 원천이 되었다. 따라서 가르시아 마르케스의 이야기는 개인적인 창작이 아니라 라틴아메리카의 집단 창작이라 해도 과언이 아니다. 그가 성장하면서 읽은 서구 문학 역시 그에게 큰 영향을 주었다. 카프카는 작가가 되기로 결심하게 했고, 윌리엄 포크너는 미국 남부의 신화를 예시해주었으며, 제임스 조이스는 글쓰기의 전범이 되었다.

친구들로부터 '가보(이름의 줄임말 Gabo지만 실제로 집안의 가보가 되었다)'라 불렸던 가르시아 마르케스는 보고타국립대학교 법대에 입학하지만 전공보다는 언론에 더 관심이 많았다. 1954년 그는 〈엘 에스펙타도르El Espectador〉 특파원이 되어 유럽으로 향한다. 그러나 신문사가 문을 닫으면서 그는 하루아침에 실업자가 되었고, 방값도 없을 정도로 곤궁해진다. 이때 고국으로부터의 송금을 애타게 기다리면서 쓴 작품이 『아무도 대령에게 편지하지 않다El coronel no tiene quien le escriba』이다. 가르시아 마르케스는 1958년 메르세데스 바르차Mercedes Barcha와 결혼해 두 아들을 둔다. 그는 1961년 이후 멕시코시티에 주로 거주했다.

가보가 23세에 출판한 첫 소설 『낙엽La hojarasca』에는 이미 마술적 리얼리즘의 요소가 다분하다. 그러나 진정한 그의 영광은 1967년 『백년의 고독』과 함께 도래한다. 가보는 1965년 가족 여행을 가다 불현듯 영감을 받아 차를 돌린다. 그리고 방에 틀어박혀 집필을 시작해 18개월 만에 작품을 끝낸다. 포크너가 남부의 신화가 된 요크나파토파를 창조했다면, 가르시아 마르케스는 『백년의 고독』에서 마콘도Macondo를 창조한다. 이 작품은 부엔디아 가문의 흥망사이며 마콘도로 상징되는 라틴아메리카의 고독과 소외를 보여준다. 그러나 이 소설은 중남미에만 국한되지 않는 보편성을 지닌다. 그것은 진실 규명이 자기 파멸을 재촉하는 역설적인 인간의 운명을 다루는 동시에, 창세기에서 시작해 묵시록으로 끝나는 인류의 총체적 보편사를 대변한다.

『백년의 고독』은 마술적 리얼리즘이 완벽하게 형상화된 소설이기도 하다. 수전 손택은 눈에 보이는 것을 그대로 믿지 않을 때 비로소 세상의 올바른 이해가 시작된다고 말한다. 마술적 리얼리즘은 환상, 신화, 꿈, 신비, 형이상학 등의 차원을 통해 우리에게 진정한 현실을 보여준다. 이를 통해 나와 너, 나와 자연, 나와 창조주 사이에 끊어졌던 고리를 다시 이어준다. 이것이 붐 소설이 추구했던 소설의 총체성이다. 『백년의 고독』에도 노아의 홍수와 같은 대홍수, 미녀 레메디오스의 승천, 하늘에서 떨어지는 노란 꽃잎들, 망각의 전염병 등 많은 환상적 요소가 등장한다. 그런데 이 요소들은 작품의 핍진성을 떨어뜨리는 것이 아니라 오히려 고양시키는데, 바로 여기 작품의 총체성이 드러난다.

라틴아메리카에서 고독은, 옥타비오 파스의 작품을 통해서도 봤듯이, 그곳 사람들에게 숙명처럼 부과된 멍에다. 『족장의 가을El otoño del patriarca』(1975), 『예고된 죽음의 연대기Crónica de una muerte anunciada』(1981), 『콜레라 시대의 사랑El amor en los tiempos del cólera』(1986), 『미로속의 장군El general en su laberinto』(1989) 등 가르시아 마르케스의 다른 작품들에도, 정도의 차이는 있지만 모두 고독한 주인공이 등장한다. 그러나 가보는 고독이 중남미인들의 운명이라고 보지 않았다. 그는 인간적 유대와 사랑이 고독을 치유할 수 있다고 믿었다. 그는 1982년 노벨문학상 수상 연설에서도 중남미인들이 더 이상 고독에 빠지지 않도록 도와 달라고 온 세계에 연대를 호소했다.

가르시아 마르케스는 2014년 4월 17일 제2의 조국이었던 멕시코시티에서 세상을 떠난다. 영결식이 끝난 후에는 종이로 접은 1만 개의 노란 나비가 날아와 그를 배웅했다.

미국, 뉴욕
1971. 06. 03

나는 가브리엘 가르시아 마르케스를 쫓아 파리에서 바르셀로나까지 여행하고, 카탈루냐의 한 호텔에서 2주간 기다리고, 여러 통의 장거리 전화를 하고, 뉴욕에서 스페인으로 전보를 보내야 했다. 사실 이 모든 일은 우리가 처음 만났던 바르셀로나의 리츠 호텔에서 두 번째로 만났을 때 그가 미리 부탁해서 준비해 놓았던 질문지를 전달하면서 시작됐다. 기자에 대한 반감을 가지고 있는 것으로 잘 알려진 가르시아 마르케스는 코르타사르와 마찬가지로 녹음으로 진행되는 인터뷰를 거절했다. 차를 함께 마시면서 질문지의 내용을 훑어본 그는 며칠 내로 답변을 주겠다고 내게 약속했다. 또한 자신이 자신에게 호기심을 야기할 질문지의 답변을 완성하는 동안 바르셀로나에 머물며 기다려 달라고도 부탁했다. 그러나 그 시간 이후 나는 그와 대화를 나누기는커녕 그를 볼 수도 없었다. 내가 떠나기 며칠 전 그의 아내인 메르세데스에게 답변서를 우편으로 뉴욕에 보내주겠다는 말을 전해 들었다. 그러나 그 약속도 결국 지켜지지 않았다.

6개월 후, 가르시아 마르케스가 컬럼비아 대학에서 명예 박사학위를 받기 위해 뉴욕에 왔기에 전화 메모를 남겨놓았다. 그는 즉시 전화를 주었다. 다음날 아침 7시, 우리는 그가 묵고 있던 플라자 호텔에서 만나 그의 입장을 허락하지 않는 식당 지배인을 설득한 다음, 그곳에서 함께 아침 식사를 했다. 가르시아 마르케스를 거부한 것은 마피아 냄새가 나는 그의 콧수염 때문이 아니라 단지 그가 넥타이를 매지 않았기 때문이었다. 식사를 마치고 페르시아 룸의 고적한 분위기에서 그토록 오랜 시간 기다려왔던 인터뷰를, 그것도 녹음기를 가지고, 3시간에 걸쳐 할 수 있었었다.

친구들 사이에서 '가보'라 불리는 가르시아 마르케스는 1928년 마콘도라는 바나나 농장 근처의 작은 마을인 아라카타카에서 태어났다. 마콘도는 콜롬비아 중부에 있는 더 작고 잊힌 마을이었는데 가르시아 마르케스는 어린 시절 그 마을을 샅샅이 훑고 다니곤 했다.

세월이 흘러, 그는 자신의 몇몇 이야기가 전개되는 무대인 신화적 장소를 마콘도라 부르게 되었는데, 이 마콘도 시리즈는 그가 18살 때 '집'이라는 이름으로 쓰기 시작한 장편소설 『백년의 고독』으로 막을 내렸다. 그러나 그는 "당시에는 작가로서의 호흡도, 생기 있는 경험도, 소설을 쓰기 위한 문학 기법도 가지고 있지 못해 결국 그 소설을 포기하고 말았다"고 말한다. 이 작품은 오랜 문학적 궁핍과 좌절을 겪은 후 1967년이 되어 비로소 그의 다섯 번째 작품인 『백년의 고독』이라는 이름으로 부에노스아이레스에서 출판되었다.

이 작품은 마리오 바르가스 요사의 말대로, "라틴아메리카의 문학적 지각을 흔들었다. 비평계는 이 작품의 빼어난 문학성을 알아보았고, 대중들은 이를 입증하듯 앞 다투어 이 책을 구입하면서 매진 사태를 일으켜서 한때는 일주일 간격으로 재판을 찍어내야 했다. 작가는 하루아침에 위대한 축구 선수나 뛰어난 볼레로 가수만큼 유명인사가 되었다." 1969년 프랑스 아카데미는 이 작품을 그해의 최우수 외국 도서로 선정하였다. 다른 여러 나라에서도 번역본은 뜨거운 반응을 얻었다. 이에 대해 가르시아 마르케스는 스페인 잡지 『트리운포Triunfo』와의 인터뷰에서 대담자인 곤살레스 베르메호에게 이렇게 말한다. "유감스럽게도 이 작품에 대한 제일 훌륭한 평론은 미국에서 나온 것임을 인정해야겠군요. 그러니까 그들은 전문적이고 의식도 있고 교육도 매우 잘 받은 독자들입니다. 그들 중에서는 진보적인 사람들도 있고 물론 두말할 필요도 없이 반동적인 사람들도 있어요. 그러나 그들 역시 독자로서는 뛰어난 사람들입니다."

가르시아 마르케스는 스스로를 지식인이라기보다는, "투우처럼 모래 경기장에 달려 들어가 공격하는 작가"로 간주한다. 그에게 문학은 매우 단순한 게임이다. 이와 관련해 에미르 로드리게스 모네갈은 "훌리오 코르타사르의 『팔방놀이』, 레사마 리마의 『파라다이스』, 카를로스 푸엔테스의 『허물벗기』, 기예르모 카브레라 인판테의 『세 마리 슬픈 호랑이』 등과 같이 문학적 실험의 극한까지 실행하여 독자들을 난해하게 만드는 복잡한 소설들이 지배하는 문학 풍토에서도 가르시아 마르케스는 "외적인 기법을 완전히 무시한 채, 자신만의 원칙, 수단, 목적에 의거해, 기승전결을 가진 고전 작품들처럼 직선적이고 연대기적인 이야기를 놀라운 속도와 단순함으로 써 내려가고 있다"고 말했다. 가르시아 마르케스 자신이 루이스 하르스에게 말한 대로, 이 소설은 "나의 모든 작품 가운데 신비적 측면이 가장 덜한데, 이는 작가가 단 한순간도 길을 잃지 않고 모호한 느낌도 들지 않도록 독자를 인도하려고 노력하기 때문이다."

가르시아 마르케스 역시 친구들의 인도에 의해 빛을 본 작가이다. 그의 친구들은 1954년 가르시아 마르케스가 콜롬비아의 일간지 〈엘 에스펙타도르El Espectador〉의 특파원이 되어 이탈리아로 떠난 후, 그의 책상에 있던 『낙엽』의 원고를 발견하고는 1955년 책으로 출판해 주었다. 독재자 로하스 피니야Rojas Pinilla에 의해 신문이 폐간되는 바람에 유일한 수입원이 끊긴 가르시아 마르케스는 1957년 파리 라틴 구역Barrio Latino의 여관에서 빚으로 살아가면서 『아무도 대령에게 편지하지 않다』를 완성한다. 그러나 그는 이 작품이 문학성이 없다고 간주하여 원고 뭉치를 넥타이로 묶어 여행용 가방 깊숙이 처박아두었다. 작가는 메르세데스, 그러니까 『백년의 고독』에서 가브리엘과 약혼하는 "졸린 눈을 가진" 메르세데스와 결혼하기 위해 콜롬비아로 돌아왔고, 곧 베네수엘라로 가서 약 2년 동안 신문기자로 일하게 된다. 이 기간 동안 그는 『마마 그란데의 장례식』을 쓴다. 그후 가르시아 마르케스는 쿠바 혁명 정부의 통신사인 프렌사 라티나Prensa Latina의 특파원이 되어 카라카스를 떠나 뉴욕으로 간다. 몇 달 후 그 직장도 그만둔 그는 미국 남부를 전전하다가 1961년 멕시코에 도착해 몇 년간 정착한다. 1961-1962년 사이에 최근작 두 편을 출판했는데, 이를 주선해준 것도 그의 친구들이었다. 바르가스 요사에 의하면 "그 친구들은 『엿 같은 마을Este pueblo de mierda』이라는 제목으로 멕시코에서 써놓은 소설 원고를 순화된 제목인 『불길한 시간La mala hora』으로 바꾸어 보고타의 한 문학 콩쿠르에 응모하라고 작가를 종용한다. 친구들의 고집이 없었더라면 가르시아 마르케스는 오늘날까지 무명작가로 남아 있었을지도 모른다."

오늘날 가르시아 마르케스는 『백년의 고독』으로 인해 벌어들이는 인세만으로도 '프로 작가'로 살 수 있게 되었다. 이 작품은 마콘도와 부엔디아 가문의 서사시이며, "갓 창조되어 많은 사물의 이름이 결여되어 있는 바람에 그것들을 언급하기 위해서는 손가락으로 가리켜야만 했던" 세계에서 시작된다. 이 세계에서는 양탄자가 날아다니고 죽은 사람들이 부활하며 정확히 40년 11개월 이틀 동안 쉬지 않고 비가 내린다. 부엔디아 1세는 죽기 전 몇 년을 자기 소유 과수원의 밤나무에 묶인 채 라틴어를 웅얼거리며 보내는데 마침내 그가 죽자 하늘에서는 작고 노란 꽃들이 떨어진다. 그의 부인 우르술라는 여러 세대에 걸쳐 살아남고, 아우렐리아노는 문학이 "대중을 조롱하기 위해 고안된 장난감 중 최고의 것"이라는 사실을 발견한다. 또한 알폰소에 따르면, "사람들이 일등석에 앉아 여행하고 문학은 화물칸에 걸터앉아 여행하게 되는 그날, 세상은 똥물을 뒤집어쓰며 종말을 맞을 것이다." 이 연대기는 부엔디아 가문이 오래된 예언을 피하기 위해 백년 이상 애를 쓰다가 근친상간으로 태어난 돼지 꼬리 달린 아이가 개미 떼에 잡아먹히면서 끝난다. 이 서사시는 작가가 언젠가 이렇게 말했던 바를 구현해냈다. "작가에게는 무엇이든 믿게 만드는 능력만 있다면 모든 것이 용인된다."

추기PS: 우리가 인터뷰를 진행한 이후 뉴욕의 한 호텔에 칩거하며 지내던 가르시아 마르케스는 뉴욕을 떠나기 전에 내게 전화를 하여 작별 인사와 함께 자신의 따뜻한 마음을 표현하는 입맞춤을 보내왔다. 뉴욕에서의 휴가가 어땠는지 물어보자 그는 이렇게 대답했다. "아주 좋았어요. 메르세데스와 나는 뉴욕에서 쇼핑을 하면서 멋진 사흘을 보냈지요." "박물관들은 구경하셨어요? 교외로도 나가 보시고요?" "물론 가지 않았지요. 그러니까 인터뷰 내용에 내가 예술이나 자연 같은 건 좋아하지 않는다고 얼마든지 덧붙여도 됩니다."

〈대화〉

기자들에 대한 선생님의 반감은 잘 알려져 있습니다. 이번에도 많이 설득하고 몇 달이나 기다려야 했어요.

아니요. 기자들에 대한 반감은 전혀 없습니다. 저도 한때 기자였기에 그 일이 얼마나 힘든지도 잘 알고 있어요. 하지만 요즘 상황에서 모든 인터뷰에 응한다면 전 아무 일도 못 할 겁니다. 이제는 더 말할 것도 없고요. 그리고 기자에 호감을 가지면 인터뷰가 결국 픽션의 일종이 되어 끝난다는 사실을 깨닫게 되었습니다. 기자가 뭔가 새로운 것을 가지고 갈 수 있도록 똑같은 질문에도 다른 답변을 찾아보게 되는데, 이렇게 되면 인터뷰는 저널리즘에서 벗어나 소설이 되어버리고 맙니다. 그건 문학적 창작물, 즉 순수한 픽션이지요.

저는 현실의 일부로서의 픽션을 거부하지 않습니다.

그렇다면 아주 멋진 인터뷰가 될 것 같군요.

1955년 선생님이 콜롬비아 신문 〈엘 에스펙타도르〉에 쓴 기사이기도 하고 1970년에는 바르셀로나의 한 출판사에서 『표류자 이야기Relato de un náufrago』라는 제목으로 출판한 작품에서 뗏목을 타고 열흘 동안 표류했던 한 선원의 여정을 그렸습니다. 그 이야기에도 픽션의 요소가 있나요?

그 기사에는 단 한 부분도 꾸며진 구석이 없습니다. 그 자체로 매우 놀라운 이야기이죠. 만일 제가 그 이야기를 만들어냈다면 저는 자랑스럽게 그렇다고 말했을 것입니다. 작품 서문에 썼듯이 콜롬비아 해군 소속인 그 청년을 직접 인터뷰했고 그가 제게 자신의 이야기를 자세히 들려주었지요. 그는 문화적 수준이 지극히 평범했어요. 그래서 제게 자연스럽게 말해준 많은 부분이 얼마나 중요한지 알지 못했고 제가 그토록 관심을 가지는 것에 오히려 놀라더군요. 저는 일종의 정신분석학적 작업을 통해 그가 당시의 상황, 예를 들어 뗏목 위를 날아다니던 갈매기 한 마리 같은 것들을 기억할 수 있도록 도왔습니다. 그런 방식으로 우리는 그의 모든 모험을 성공적으로 재구성할 수 있었지요. 정말 대단한 작업이었습니다. 원래 그 이야기는 〈엘 에스펙타도르〉 별지에 5-6회 분량으로 정해져 있었는데, 3회분 정도가 나갔을 때 독자들의 반응이 몹시 뜨거웠고 신문 판매 부수도 엄청나게 늘어나자 편집장이 "무슨 수를 쓰더라도, 최소한 20회 연재할 분량을 만들어내게"라고 말하더군요. 그래서 제가 한 일은 모든 상황을 아주 세세하게 덧칠하는 것이었지요.

선생님은 좋은 작가이자 좋은 기자였군요.

저는 오랫동안 그 일로 먹고살았습니다. 그렇지 않습니까? 그리고 지금은 작가로 살고 있고요. 이 두 가지 일은 저를 먹여 살렸죠.

기자 생활이 그리우세요?

사실 기자라는 직업에 저는 깊은 향수를 느낍니다. 이제는 그토록 좋아하던 현장 기자가 될 수 없다는 게 문제죠. 어디든 뉴스가 있는 곳이라면 뛰어가는 일 말입니다. 그곳이 전쟁터든, 싸움판이든 혹은 미인 대회든 필요하다면 낙하산을 타고 뛰어내리는 일 말입니다. 제가 지금 하고 있는 작가로서의 작업 역시 기자 시절과 똑같은 출처에 바탕을 둡니다. 차이점이 있다면 기사는 현장의 따끈따끈한 소식을 전하고, 문학 작품은 이론적인 퇴고를 거친다는 점이죠. 그러나 기자 시절에 쓴 글들은 지금 전업 작가로서 쓰는 글보다 더 감탄을 불러일으킵니다. 저널리즘은 달랐어요. 제가 신문사에 도착하면 편집국장은 "그 기사를 한 시간 내로 써서 주게"라고 말하곤 했어요. 지금 같으면 한 달을 주어도 그런 글 한 페이지도 쓰지 못할 거예요.

그건 왜죠? 언어를 더 의식해서인가요?

저는 작가가 되기 위해서는 어느 정도 무책임함이 필요하다고 생각합니다. 제가 20대였을 때는 기사들을 써대면서 제가 과연 어떤 폭탄을 들고 있는지 거의 인식하지 못했습니다. 그러나 지금은, 특히 『백년의 고독』을 발표한 이후로는 많이 신경 쓰게 되었는데, 이는 그 책이 야기한 큰 반향, 즉 독자들이 폭발적으로 증가했기 때문입니다. 이제는 더 이상 아내나 친구들에게 보여주기 위한 것처럼 글을 쓰지 않으며 많은 사람이 제 글을 기다리고 있다는 것을 알고 있습니다. 제가 써나가는 모든 문자가 저를 짓누릅니다. 그게 얼마나 힘든 일인지 상상도 못 할 겁니다. 그럴 때면 업무를 아주 빠르고 쉽게 해치우던 기자 시절이 그리워 죽을 지경이지요. 그런 식의 작업은 정말 멋진 일이에요.

『백년의 고독』의 성공이 선생님 삶에 어떤 영향을 미쳤습니까? "나는 가르시아 마르케스라는 것에 질려버렸다"라고 선생님이 바르셀로나에서 한 말이 기억나는군요.

그 책은 제 인생 전체를 완전히 바꾸어버렸습니다. 어디서인지 기억나지 않지만 전에도 그런 질문을 받은 적이 있는데, 그때 저는 이렇게 말했어요. "4백 명의 사람들이 더 생겼습니다." 말하자면 그 책을 내기 전에 제게는 친구들이 있었지만, 지금은 기자, 교수, 일반 독자 등 저와 만나서 이야기하고 싶어 하는 수많은 사람이 있지요. 이건 정말 이상한 일인데요, 대부분의 독자는 질문에는 별로 관심이 없고 그 책에 대해서만 이야기하고 싶어 합니다. 사실 이런 경험은 저를 우쭐하게 만들긴 하지만, 이런 일이 매일 수없이 닥친다고 생각해보세요. 그건 한 사람의 삶에 실로 큰 문젯거리가 됩니다. 저는 모든 사람을 기쁘게 해주고 싶지만 그건 정말 불가능한 일이기 때문에 가끔은 못 되게 행동할 때도 있어요. 아시겠습니까? 예를 들어, 실제로는 호텔만 바꾸면서 그 도시를 떠난다고 사람들에게 거짓말하는 일 같은 겁니다. 그건 제가 정말로 싫어했던 유명 인사들의 행동이거든요. 저는 그런 짓을 하고 싶지 않습니다. 더욱이 사람들을 피하고 속이는 건 양심의 문제입니다. 그럼에도 제 생활을 하긴 해야 하기에 거짓말을 하고야 마는 순간이 옵니다. 그러니까 당신이 말한 것보다 더 생생한 말로 표현할 수도 있겠군요. 이렇게 말이죠. "나는 내가 가르시아 마르케스라는 것이 지긋지긋해졌다."

맞습니다. 하지만 그런 태도가 결국 선생님을 상아탑 안에 고립시키는 결과로 나타나지 않을까 두렵지 않으세요? 선생님의 의지와는 상관없이 말입니다.

저는 언제나 그러한 위험을 인지하고 있으며 매일 내 자신에게 그 점을 상기시킵니다. 몇 달 전에 콜롬비아 바다로 나가 소앤틸리스 제도의 섬 하나를 탐험했던 것도 그 때문입니다. 제가 항상 사람들을 피해왔고, 어디에 살든 항상 4-5명의 친구들로 교제 범위가 한정되었다는 사실을 깨달았어요. 예를 들어, 바르셀로나에서는 언제나 다섯 쌍 정도와 어울려 다녔는데, 그들과는 모든 것을 공유했죠. 제 사생활과 성격의 관점에서 보자면 그건 멋진 일이었어요. 제가 좋아하는 일이었으니까요. 하지만 이런 삶이 내 소설에 영향을 미치고 있다는 사실을 알게 되는 순간이 옵니다. 직업 작가로서 이미 바르셀로나에서 절정을 맞았지만 문득 직업 작가가 된다는 것이 무시무시하게 해롭다는 점을 깨닫는 것이죠. 저는 완벽하게 직업 작가의 삶을 영위하고 있었습니다.

직업 작가의 삶이란 어떤 것인지 묘사해주실 수 있겠습니까?

글쎄요, 대체로 하루가 어떻게 흘러가는지 말해볼게요. 저는 항상 매우 일찍 일어납니다. 아침 6시 정도에 일어나죠. 침대에서 신문을 읽고, 라디오 음악을 들으며 커피를 마십니다. 9시쯤 아이들이 학교에 가면 자리를 잡고 글을 쓰기 시작합니다. 무슨 일이 있더라도 2시 반까지는 글을 씁니다. 그때가 아이들이 집에 돌아와서 집안이 시끄러워질 때거든요. 저는 오전 중에는 전화를 받지 않고, 아내가 그 일을 대신해줍니다. 우리는 2시 반에서 3시 사이에 점심 식사를 해요. 그리고 전날 잠자리에 늦게 들었다면 오후 4시까지 낮잠을 자고 일어나 6시까지 책을 읽고 음악을 듣습니다. 저는 언제나 음악을 들어요. 글을 쓸 때만 제외하고요. 글을 쓸 때 음악을 들으면 글보다 음악에 더 신경을 쓰게 되거든요. 그다음에는 밖으로 나가서 사람들과 커피를 마시지요. 저녁에는 언제나 친구들이 집으로 찾아옵니다.

글쎄요, 이 정도면 직업 작가에게 이상적인 상황이고, 전적으로 하고 싶은 것만 하고 있는 최고의 삶이라 보입니다. 그러나 일단 그 상황에 젖어들면 곧 무미건조한 삶이 됩니다. 저 역시 아주 완벽하게 그런 삶에 빠져버렸어요. 이건 제가 정말 바랐던 기자 시절의 삶과는 정반대의 삶이죠. 그러다 보니 제가 쓰고 있는 소설에도 영향을 미치더군요. 제가 다른 일에 흥미를 갖지 않게 되자 소설이 저의 무미건조한 경험에만 의존해 쓰이는 거예요. 사실 제 소설은 옛날이야기지만 생생한 경험을 필요로 하는 것인데 말입니다. 그래서 저는 제가 자랐고 오랜 친구들이 살고 있는 바랑키야로 갔습니다. 카리브해의 모든 섬을 돌아다니면서 메모는 물론 아무것도 하지 않았지요. 한군데에서 이틀 정도 보내고 다른 곳으로 갔어요. 그리고 제 자신에게 물었죠. "내가 여기 왜 왔지?" 저도 제 자신이 무얼 하는지 정확히 알지는 못했지만, 한동안 녹슬어 멈춰 있던 기계에 기름칠을 하려는 것이란 것만은 확실했지요. 그렇습니다. 작가는 물질적인 문제가 해결되면 부르주아가 되어 상아탑 속에 안주하려는 경향이 자연스럽게 생깁니다. 그러나 저는 그런 상황에서 벗어나려는 충동과 본능이 있었어요. 제 안에서 일종의 줄다리기가 벌어지는 것이죠. 잠깐이나마 머물면서도 혼자 있지 못하고 해야 할 일이 많은 바랑키야에서 소수의 친구들하고만 어울리려고 하는 성향 때문에 정작 관심을 가지고 있던 넓은 세상을 잃고 있다는 점을 깨닫게 되었습니다. 그러나 저를 그렇게 만든 것은 제 자신이 아니라 환경이라고 변명해야 했어요. 그래서 조금도 과장 없이 그냥 당신도 아는 말을 다시 한 번 해야겠군요. "나는 내가 가르시아 마르케스라는 것이 지긋지긋해졌어요."

문제점을 정확히 인식한 덕분에 위기를 극복하는 것이 쉬웠군요.

저는 이 위기가 제가 생각했던 것보다, 출판사에서 생각했던 것보다, 그리고 비평가들이 생각했던 것보다 더 오래 지속되었던 것처럼 느껴집니다. 저는 항상 제 작품을 읽고 있는 사람들을 만나게 되고, 4년 전 독자들이 보인 것과 똑같은 반응을 보이는 사람들도 만납니다. 마치 독자들이 개미들처럼 구멍에서 계속 기어 나오는 것 같아요. 정말 굉장하죠.

변함없이 선생님을 칭송하지요?

그래요. 저를 굉장히 치켜세웁니다. 하지만 정말로 어려운 것은 이런 현상을 실제로 다루는 방법 같아요. 저는 제 책을 읽고 큰 의미를 찾은 사람들의 경험만 접하는 게 아닙니다. 실제로 엄청난 얘기가 많아요. 그뿐만 아니라 저는 큰 유명세를 치르고 있습니다. 제 작품들은 제게 작가라기보다는 가수나 배우에게 더 어울리는 인기를 가져다주었습니다. 심지어 그 모든 것이 환상적일 정도였고, 다음과 같이 희한한 일들도 곧잘 일어났어요. 제가 신문사 야간 근무를 시작한 이래 바랑키야의 택시 기사들과 아주 친하게 지냈어요. 거리의 택시 정류장에 주차시켜놓는 기사들과 커피를 마시러 가곤 했거든요. 그때 알던 기사들 중에 아직도 많은 이가 운전을 하고 있는데, 그들은 제가 택시를 타면 돈을 받으려고 하질 않아요. 하루는 분명히 저를 모르는 기사의 택시를 탔는데, 집에 도착해서 돈을 내려고 했더니 제게 아주 은밀하게 말하더군요. "가르시아 마르케스가 여기 사는 거 아세요?" 그래서 제가 물었어요. "어떻게 알아요?" 그가 이렇게 대답하더군요. "왜냐하면 제가 그를 여러 번 태워줬거든요." 이제 세상이 거꾸로 돌아가고 있다는 걸 아시겠죠? 이제 강아지가 자기 꼬리를 물고 있어요. 이렇게 신화는 계속 저를 따라다닙니다.

이야기 자체가 소설감이네요.

소설에 대한 소설이 되겠지요.

비평가들은 선생님 작품에 대해 방대한 분량의 평론을 썼습니다. 그중에서

어떤 비평에 가장 동감하세요?

저는 제 대답이 그들을 폄하하는 것처럼 보이는 걸 원하지는 않지만, 사실 저는 비평가들에 대해 판단하지 않습니다. 제 말이 믿기 힘들 거라는 점도 압니다. 왜 그런지는 모르겠으나, 저는 제 생각과 그들이 말하는 내용을 비교하지 않아요. 그러다 보니 제가 그들에게 동감하는지 아닌지 모르는 거죠.

선생님은 비평가들 의견에 관심이 없으신가요?

처음에는 관심이 많았죠. 그러나 지금은 훨씬 덜합니다. 그들이 새로운 것은 거의 말하지 않는다는 걸 알게 되었거든요. 특히 언젠가부터 그들의 글을 아예 읽지 않게 된 건 제 다음 작품이 어떻게 되어야 한다는 둥 하는 그들의 얘기가 제 작업에 제약이 됐기 때문입니다. 비평가들이 제 작품을 판단하기 시작하면 저는 제게 어울리지 않는 것을 계속 찾아내려고 애쓰곤 했어요. 그 결과 제 작품에는 더 이상 직관력이 없어져버렸죠.

『라이프』지의 멜빈 매덕스Melvin Maddocks는 『백년의 고독』에 대해 이렇게 말합니다. "마콘도가 라틴아메리카의 초현실주의적 이야기의 일종으로 간주되는 것이 그의 의도인가? 아니면 가르시아 마르케스는 이 작품을 현대인과 그 병든 사회에 대한 메타포로 썼는가?"

둘 다 아닙니다. 저는 오로지 돼지 꼬리를 단 아들이 태어나는 것을 막기 위해 백 년 동안 할 수 있는 모든 방법을 써보지만 꼬리를 갖지 않기 위해 취했던 그 모든 수단으로 인해 오히려 그 꼬리를 갖게 되는 한 가족의 역사를 이야기하고 싶었을 뿐입니다. 종합적으로 말해 이것이 작품의 줄거리이고, 앞서 말한 상징적 요소는 전혀 없습니다. 비평가가 아닌 어떤 사람은 이 소설이 관심을 불러일으키는 이유는 침실, 욕실,

부엌 등 집안 구석구석 아마도 라틴아메리카 가족의 사생활을 처음으로 실감나게 묘사한 작품이어서라고 말하더군요. 물론 제 자신에게 "모든 것에 관심을 가지는 그런 책을 써봐야지"라고 말한 적은 없지만, 작품이 쓰인 이상, 거기에 대해 사람들이 얘기하면 저는 그것도 일리 있다고 생각합니다. 아무튼 멜빈 매덕스의 말은 흥미로운 논평입니다. 그러나 인간의 운명 운운하는 말은 전부 헛소리예요.

제 생각에는 고독이 선생님 작품에서 지배적인 테마인 것 같은데요.

고독은 제가 써왔던 유일한 주제입니다. 첫 작품부터 지금 작업 중인 책에 이르기까지 말입니다. 지금 쓰는 작품에서는 고독이란 주제가 절정에 달합니다. 저는 절대 권력이란 절대 고독이라고 생각합니다. 그것이 제가 처음부터 다뤄왔던 과정입니다. 아우렐리아노 부엔디아 대령의 이야기는 그가 싸웠던 전쟁과 권력을 향한 야심과 더불어 고독을 향한 과정이었습니다. 그의 모든 가족 구성원은, 작품 안에서 누차 얘기했듯이, 아마도 필요 이상으로 얘기했듯이, 고독할 뿐만 아니라 유대감도 결여되어 있습니다. 심지어 같은 침대에서 잠을 자는 사람들끼리도 말입니다. 제 생각에 가장 정확히 작품을 본 비평가들은 대지의 재앙이기도 한 마콘도의 모든 재앙이 연대감의 부족, 즉 모든 사람이 오직 자신만을 위해 행동할 때 생기는 고독으로 인해 야기됐다는 결론을 내린 사람들입니다. 이렇게 되면 고독은 정치적인 개념이 됩니다. 이렇게 고독에다 응당 마땅한 정치적 함의를 주는 것이 저로서는 매우 흥미로운 일입니다.

작품을 쓸 때 선생님은 의도적으로 메시지를 전달하려고 하십니까?

결코 그렇지 않습니다. 저는 특정 이념적 관점을 가지고 있는데, 거기서 벗어나본 적이 없고, 그걸 원하지도 시도하지도 않아요. 체스터턴은 호박이나 전차 선로에 대한 이야기만 가지고 가톨릭 신앙을 설명할 수 있다고 했어요. 제 생각에는 누가 『백년의 고독』이나 뱃사람들의 이야기를 쓰거나 혹은 축구 경기를 묘사하더라도, 이념적 내용이 담길 겁니다. 이것이 바로 사람들이 쓰고 있는 이념적 색안경이에요. 이는 물론 가톨릭 신앙이 아니라 다른 무엇이라도 설명하는 데에 도움이 됩니다. 하지만 저는 제 작품에서 이것 혹은 저것을 말해야겠다고 미리 생각해 본 적은 없습니다. 제게는 단지 모범적이든 잘못된 것이든 인물들의 행동이 중요할 뿐입니다.

선생님은 정신분석학적 관점에서 등장인물들을 보는 데에 관심이 있으신가요?

아니요. 그런 관점은 제가 가지지 못했던 학문적 훈련이 필요합니다. 오히려 그 반대 경우는 있습니다. 저는 오로지 문학적 측면만을 염두에 두고 등장인물들을 만들고 그들의 이야기를 발전시켜 나가는데요, 한 인물이 탄생하면 어떤 전문가들은 그가 정신분석학의 대상이 된다고 제게 말합니다. 그리고 저는 일찍이 꿈도 꿔본 적 없는 일련의 학문적 이론들과 마주치게 되죠. 당신도 아시다시피 정신분석학자들의 도시인 부에노스아이레스에서 그들 일부가 『백년의 고독』을 분석하는 모임을 가졌어요. 그들은 이 작품이 오이디푸스 콤플렉스를 훌륭하게 승화시킨 작품이라고 결론을 내렸는데, 그밖에도 제게 얼마나 많은 말을 했는지 모릅니다. 정신분석학적 관점에서 봤을 때 등장인물들이 완벽하게 일관된 모습을 보이면서 임상실험의 대상이 된다고 하더군요.

그러면 그들이 근친상간에 대해서도 언급을 했겠군요.

제게 관심이 있는 것은 고모가 조카와 잠자리를 가졌다는 것이지 그 사건의 정신분석학적 기원이 아닙니다.

라틴아메리카 사회에서 마초이즘이 전형적인 특성인데, 선생님 작품들을 보면 특이하게도 여성 주인공들이 강하고 안정적이며, 선생님 말씀대로, 남성적입니다.

의도한 건 아니었어요. 저도 비평가들이 지적해서 알게 된 것이고 그 때문에 저도 큰 문제점에 봉착했지요. 그런 소재를 다루면서 글을 쓰기가 더 어려워졌거든요. 그러나 의심의 여지가 없는 사실은, 라틴아메리카와 같은 사회에서 가정을 굳게 지킨 여성의 힘이 있었기에 지금의 아메리카를 있게 해준 온갖 터무니없고 이상한 모험에 남자들이 뛰어들 수 있었다는 사실입니다. 이런 생각은 우리 할머니가 지난 세기에 있었던 시민전쟁에 대해 제게 자주 들려주시던 실화에서 비롯된 겁니다. 그게 아우렐리아노 부엔디아 대령의 이야기에 대충 해당되지요. 할머니 이야기에 따르면, 남자들이 전쟁터로 떠나면서 자기 아내에게 이렇게 말했답니다. "아이들 데리고 잘할 수 있지?" 그리고 그 아내는 1년 넘게 가족을 먹여 살렸죠. 문학적으로 이런 얘기를 다루면서 저는 만일 후방을 책임졌던 여성들이 없었다면 우리나라 역사에서 굉장히 참혹했던 지난 세기의 내전도 일어나지 않았을 거라고 생각했습니다.

그 말씀은 선생님이 페미니즘 운동의 반대자가 아니라는 뜻이겠죠?

저는 절대적으로 마초이즘을 반대합니다. 그것이야말로 남성다움이 부족함을 보여주는 비겁한 생각입니다.

비평가들 이야기로 돌아가보면, 아시다시피 일부 비평가들은 『백년의 고독』이 발자크의 『절대의 탐색』을 표절한 것이라고 은근히 비난합니다. 귄터 로렌츠가 1970년 본에서 열렸던 작가 모임에서 그런 얘기를 했어요. 루이스 코바 가르시아Luis Cova García는 「우연의 일치 혹은 표절?」이라는 제목의 글을 온두라스의 잡지 『아리엘Ariel』에 실었고, 파리의 발자크 전문

가인 마르셀 바르가스Marcelle Bargas 교수는 두 소설을 비교 연구한 후에, 발자크에 의해 그려진 한 시대와 사회의 악이 『백년의 고독』으로 그대로 옮겨갔다고 언급했습니다.

참 이상해요. 그런 말을 들은 어떤 사람이 제게 발자크의 책을 보내왔는데, 그 소설은 제가 읽어본 적도 없습니다. 발자크는 대단히 매력적인 작가이고 한때는 저도 그의 작품을 읽어볼 수 있는 한 모두 읽어봤지만 지금은 관심이 없어졌지요. 그럼에도 그 책을 한번 훑어봤습니다. 저는 어떤 책이 다른 어떤 책에서 유래했다는 말이 얼마나 가볍고 피상적인 말인지 금방 알게 됐어요. 설사 제가 그 책을 전에 읽었고 더 나아가 표절하기로 결심했다 치더라도, 제 작품에서 『절대의 탐색』과 비슷한 대목을 찾을 수 있는 분량은 겨우 다섯 페이지 정도이고, 비슷한 인물은 연금술사 단 한 명입니다. 그러니까 표절이냐 아니냐 하는 논쟁은, 잘 보시면, 다섯 쪽과 한 명의 인물 대 발자크의 작품과 아무 관련이 없는 300쪽과 200명 정도 되는 인물의 대립과 같습니다. 그렇다면 비평가들은 나머지 인물들은 어디에서 왔는지 알아내기 위해 200권 정도의 책은 더 찾아봤어야 합니다.

더욱이 저는 표절이라는 개념에 어떤 두려움도 없어요. 제가 만일 내일 당장 『로미오와 줄리엣』을 써야 한다면 그렇게 할 겁니다. 그 작품을 다시 쓸 수 있다면 멋진 경험이 될 테니까요. 저는 소포클레스의 『오이디푸스 왕』에 대해서도 많은 이야기를 했고, 그것이 제 인생에서 가장 중요한 책이라고 믿고 있습니다. 그 작품을 읽어본 이래 저는 더할 나위 없는 완벽함에 놀라움을 금치 못하고 있습니다. 한번은 콜롬비아의 바닷가에 머물 때 오이디푸스 왕의 연극과 매우 유사한 상황이 벌어지는 것을 본 적이 있었어요. 그때 저는 『오이디푸스 시장』이라는 제목으로 작품을 하나 써볼까 생각한 적도 있습니다. 이 경우에 사람들은 제게 표절을 문제 삼지 않을 겁니다. 처음부터 주인공을 오이디푸스라고 부르면서 시작했기 때문이죠. 저는 이런 표절의 개념은 이제 끝났다고 생각합니다. 『백년의 고독』에서 어디 가면 세르반테스와 라블레를 찾을 수 있는지 말해줄 수 있어요. 질적인 문제가 아니라, 단순히 제가 붙잡아서 소설 속 어딘가에 집어넣은 것들이죠. 그러나 저는 또한 작품의 한 줄 한 줄을 언급하면서 그 대목이 제 삶의 어떤 에피소드 혹은 어떤 기억에서 비롯된 것인지 설명할 수 있습니다. 여기에 대해서는 비평가들도 입을 다물 수밖에 없을 겁니다. 이에 대해서는 어머니와 얘기하는 게 더 재미있을 거예요. 그녀는 많은 이야기의 기원을 기억하고 있으면서도 그것을 문학적으로 각색해본 적이 없기 때문에 저보다 훨씬 더 충실한 이야기꾼이 될 수 있거든요.

글쓰기는 언제부터 시작하셨습니까?

제 기억이 있을 때부터였어요. 가장 오래된 기억은 '만화'를 그리던 것인데 지금 생각해보면 그때는 글씨를 쓸 수 없었기 때문이었죠. 저는 언제나 이야기를 풀어갈 수단을 찾으려고 노력해왔는데 문학이 가장 쉬웠어요. 제 소명은 작가보다는 이야기꾼이 되는 데에 있는 것 같아요.

선생님이 문어체보다 구어체를 선호하는 이유도 그 때문인가요?

물론입니다. 정말 멋진 일은 이야기를 들려주고 그 이야기가 그 자리에서 사라지는 것이죠. 이상적인 것은 사람들에게 제가 지금 쓰고 있는 소설 줄거리를 들려주는 것이겠지요. 그러면 글을 쓰면서 찾게 되는 동일한 효과를 발생시킨다고 확신하거든요. 큰 노력을 들이지 않고서도 말입니다. 집에 있을 때 저는 제게 있었던 일이든 아니든 간에, 제가 실제로 꿈에서 겪었던 얘기를 해줍니다. 저는 아이들에게 꾸며낸 이야기가 아니라 정말 겪었던 이야기들만 해줘요. 아이들이 그런 이야기를 정말 좋아하거든요. 바르가스 요사는 문학적 소명에 대해 다룬 책인 『가르시아 마르케스, 신을 죽인 역사』[290]에서 제 작품을 예로 들면서, 제가 자잘한 이야기들의 온상이라고 말해요. 제가 들려준 재미있는 이야기 때문에 저를 좋아하게 만드는 것이야말로 저의 진정한 소명입니다.

선생님이 『족장의 가을』을 끝내고 나서 소설 대신 이야기를 쓰겠다고 말씀하신 기사를 읽은 적이 있어요.

저는 갑자기 떠오르는 이야기들을 적어두고 또 거기에 메모를 첨가하는 노트를 가지고 있어요. 60권 정도 되는데 아마 100권까지는 갈 것 같아요. 내부적으로 다듬는 과정은 정말 흥미로워요. 한 줄의 문장이나 어떤 에피소드에서 떠오른 이야기는 순식간에 완성되거나 아니면 그냥 묻힙니다. 시작이라고 정해진 부분은 없고 그냥 등장인물이 들어오거나 빠질 뿐이에요. 제가 하나의 이야기에 도달하는 과정이 얼마나 불가사의한지 보여주는 일화를 하나 말씀드리죠. 어느 날 밤 바르셀로나의 우리 집에 방문객이 있었는데 갑자기 정전이 되어버렸습니다. 우리 집만 그런 것이어서 전기기술자를 불렀어요. 그가 고장 난 곳을 고치고 있는 동안 저는 그가 잘 볼 수 있도록 촛불을 비춰주면서 물었죠. "전등에 도대체 무슨 일이 생긴 거요?" 그가 이렇게 말하더군요. "빛은 물과 같아요. 수도꼭지를 틀면 물이 나오고 그게 지나가면 수도계량기에 기록되죠." 그 순간, 제게 이야기 하나가 퍼뜩 떠올랐습니다.

> 바다에서 멀리 떨어진 한 도시 -파리나 마드리드나 보고타나 어디든 상관없어요.- 10살과 7살짜리 아이가 있는 한 젊은 부부가 5층에서 살고 있습니다. 어느 날 그 아이들은 부모에게 노가 달린 보트를 사달라고 해요. "우리가 어떻게 보트를 사줄 수 있겠니?" 아버지가 말합니다. "보트를 가지고 이 도시에서 무얼 할 수 있다는 거야? 여름에 해변에 가면 빌려

서 타자." 하지만 아이들이 집요하게 보트를 갖고 싶다고 졸라대자 아버지는 결국 "만일 너희가 1등을 하면 사줄게"라고 약속합니다. 꼬마들은 정말 1등을 하고, 아버지는 보트를 사옵니다. 아파트 5층으로 보트를 가지고 온 아버지는 아이들에게 묻습니다. "그걸로 뭐 할 거니?" 아이들은 "아무것도 안 할 거예요."라고 대답합니다. "그냥 갖고 싶었을 뿐이에요. 우리 방 안에 넣어둘 거예요" 어느 날 밤 부모님들이 영화를 보러 나갔을 때 아이들이 전구를 깨뜨리고 말았어요. 그런데 거기서 마치 물처럼 빛이 흘러나오더니 바닥에서 1미터까지 차오릅니다. 아이들은 보트를 타고 침실에서 부엌으로 신나게 노를 저으며 다니죠. 아이들은 부모님이 돌아올 시간이 되자 플러그를 뽑아 빛이 빠져나가도록 한 후에 전구를 바꿔 끼워둡니다. 집에는 마치 아무 일도 없었던 것 같습니다. 이건 정말 멋진 놀이였어요. 이제 아이들은 빛이 더 많이 차오르게 하고 색안경과 물갈퀴까지 착용하고는 침대와 테이블 밑을 헤엄치면서 수중 낚시도 합니다. 어느 날 밤, 길을 가던 사람들이 창문으로 흘러나온 빛이 거리에 넘치는 것을 보고 소방서에 신고합니다. 집으로 들어간 소방관들은, 놀이에 푹 빠져 빛이 천장까지 차도록 내버려둔 바람에 빛에 익사해버린 아이들을 발견합니다.

좀 전에 말했던 것처럼, 순간적으로 떠오른 이야기가 어떻게 이런 이야기로 완성되었을까요? 이야기를 많이 해주다보면 그때마다 새로운 시각으로 보게 됩니다. 그러면 부분적으로 고치거나 세부적인 것을 첨가하기도 하죠. 하지만 원래의 아이디어는 그대로 남아 있어요. 이런 과정에는 어떤 것도 인위적이거나 예측 가능한 게 없습니다. 제 자신도 언제 어떤 일이 생길지 몰라요. 제게 '예스' 아니면 '노'라고 말하는 상상력의 처분을 기다릴 뿐이죠.

그 이야기는 아직 출판하신 게 아니죠?

"7번 이야기. 빛에 빠져 죽은 아이들"이라는 제목만 적어 놓은 게 전부입니다. 이 이야기를 나머지 다른 이야기들과 함께 머리에 넣고 다녀요. 그리고 가끔씩 수정합니다. 이를테면, 택시를 타고 가다보면 57번 얘기가 떠오르는 식이죠. 저는 이야기를 재검토하다가 그 이야기가 처음 떠올랐을 때 보았던 장미가 실은 장미가 아니라 제비꽃들이었다는 사실을 깨닫습니다. 그래서 그 부분을 다시 고치고 머리에 저장해두죠. 그 과정에서 잊어버리는 것은 문학적 가치가 없어 보이기 때문입니다.

왜 그런 이야기들이 처음 떠올랐을 때 쓰지 않으세요?

만일 제가 소설을 쓰고 있다면 거기에 다른 이야기들을 섞을 수는 없어요. 비록 10년 이상 걸린다 하더라도 쓰고 있는 책에 집중해야 하거든요.

그런 이야기들이 무의식적으로라도 지금 쓰고 계신 소설에 섞이지 않을까요?

그런 이야기들은 지금 쓰고 있는 독재자에 대한 책과는 아무 관련이 없습니다. 완벽하게 분리된 작품이지요. 『마마 그란데의 장례식』, 『불길한 시간』, 『아무도 대령에게 편지하지 않다』를 쓸 때는 그런 일이 있었어요. 그때는 동시에 많은 작품을 썼거든요.

배우가 되려는 생각은 없으셨나요?

저는 카메라나 마이크 앞에만 서면 몹시 위축됩니다. 그래도 적어도 감독이나 시나리오 작가는 됐을 겁니다.

언젠가 선생님은 이렇게 말씀하셨어요. "나는 소심함 때문에 작가가 되었다. 진짜 되고 싶었던 것은 마술사였지만, 속임수를 쓸 때 너무 힘들었기 때문에 결국은 문학의 고독에서 피난처를 찾아야 했다. 글쓰기도 시원찮았던 내가 작가가 된다는 것은 참 터무니없는 일이었다."

저에 대해 정확하게 표현한 글을 읽은 겁니다. 제가 마술사가 되고 싶었다는 말은 지금까지 제가 한 말과 모두 일치해요. 마술사가 모자에서 토끼를 끄집어내는 것처럼 살롱에서 이야기꾼으로 성공을 거두는 것도 저를 매료시켰으니까요.

선생님은 글을 쓸 때 힘이 드시나요?

굉장히 힘든 일이고 점점 더 힘들어집니다. 제가 소심해서 작가가 되었다고 말하는 이유는, 원래 이야기꾼이 되어서 방을 가득 채운 사람들 앞에서 말을 해야 하는데 소심해서 그걸 못하거든요. 당신과 지금까지 했던 얘기도 만일 이 자리에 두 사람만 더 있었더라면 말하지 못했을 겁니다. 청중을 제 맘대로 통제할 수 없다는 느낌이 들어요. 그래서 어떤 이야기를 들려주고 싶을 때는 글로 쓰는 겁니다. 방 안에 혼자 앉아서 열심히 쓰는 거죠. 그건 고통스러운 작업이지만 가슴이 뛰는 일이기도 합니다. 글쓰기의 문제점을 극복하는 일은 아주 가슴이 벅차고 기쁜 일이어서 작업의 고통을 다 잊게 합니다. 마치 출산하는 것과 비슷하죠.

1954년 로마의 실험영화센터와 첫 인연을 맺은 이후, 선생님은 시나리오를 쓰고 감독도 하셨어요. 이제는 영화에 더 이상 관심이 없으신가요?

없습니다. 영화 작업을 하면서 작가가 하고 싶은 얘기는 정작 거의 남아나지 않는다는 걸 알게 됐거든요. 많은 이해관계와 타협으로 인해 마지막에 가보면 원래 이야기는 거의 남지 않더라고요. 그에 반해, 방 안에 처박혀 있으면 내가 원하는 걸 그대로 쓸 수 있어요. 그리고 편집자가 "이 사람 혹은 사건은 빼버리고 다른 걸 넣어요"라고 말하는 걸 들으면서 참을 필요도 없습니다.

영화의 시각적 임팩트가 문학의 그것보다 더 강렬하지 않을까요?

전에는 그렇게 생각했지만, 영화의 한계도 인식하게 되었어요. 바로 그 시각적 측면 때문에 문학보다 불리한 점이 있죠. 너무 즉각적이고 강렬하기 때문에 관객들이 더 나아가는 데 방해가 되는 겁니다. 문학에서는 독자들이 아주 멀리 갈 수 있으면서도 시각적, 청각적, 그리고 그 밖의 모든 종류의 임팩트가 살아 있거든요.

소설이 사라질 것이라고 생각하지는 않습니까?

만일 소설이 사라진다면 그건 소설을 쓰는 사람들이 사라지기 때문일 겁니다. 인류 역사에서 현재와 같이 소설이 많이 읽힌 시대는 없었다고 봐요. 남성 잡지든 여성 잡지든 모든 잡지와 신문에도 소설이 실립니다. 게다가 글을 읽지 못하는 사람들을 위해 소설의 신격화라 할 수 있는 연재만화도 있어요. 우리가 지금 논의해야 하는 것은 현재 읽히고 있는 소설의 수준입니다. 그런데 이것 역시 독자들과는 관계가 없고 그가 속한 시대의 문화적 수준이 문제가 됩니다. 『백년의 고독』의 열풍을 생각해보면, 저는 그 책의 인기가 어디서 오는 건지 알고 싶지도, 분석하고 싶지도 않고, 제게 그걸 분석해주는 것도 바라지 않아요. 저는 그 책의 독자들 중에 지적 훈련을 받지 않아 만화만 보다가, 다른 것들과 똑같은 흥미를 느끼고 이 책을 읽은 사람들을 알고 있어요. 그들이 이 작품을 지적으로 과소평가하기에 가능한 일이었죠. 출판인들이란 특정 수준의 대중을 염두에 두고 문학적으로 질이 매우 낮은 책을 내는 사람들인데, 흥미로운 점은 그런 낮은 수준의 사람들도 『백년의 고독』과 같은 책을 산다는 겁니다. 이것이 제가 소설의 전성기가 왔다고 말하는 이유입니다. 소설은 언제 어디서나 전 세계적으로 읽힙니다. 스토리텔링은 언제나 흥미를 끌 겁니다. 한 남자가 집으로 돌아오면, 밖에서 무슨 일이 있었는지 아내에게 얘기합니다. 아니면 밖에서 일어나지 않았던 일도 얘기합니다. 아내가 믿을 수 있는 방식으로 말입니다.

『우리 작가들』을 쓴 루이스 하르스와의 인터뷰에서 선생님은 "전 확고한 정치적 입장을 가지고 있어요. 하지만 제 문학관은 소화 상태에 따라 변합니다"라고 말씀하셨습니다. 오늘 오전 8시에 갖고 있는 선생님의 문학관은 무엇입니까?

저는 스스로 모순성이 없는 사람은 교조주의자고 모든 교조주의자는 반동주의자라고 말해 왔어요. 저는 매 순간 제 자신에게 모순된 인간이고, 특히 문학적인 주제에 대해서는 더 그렇습니다. 제 작업 방식이 그렇기 때문에 저는 끊임없이 모순되고, 그런 자신을 교정하고, 또 실수하지 않고서는 창작의 순간에 결코 도달하지 못할 것입니다. 그렇지 않고서는 언제나 똑같은 책만 쓰고 있을 겁니다. 다른 방법이 없거든요.

선생님은 소설 창작 방법론 같은 것을 가지고 계신가요?

언제나 똑같지는 않아요. 그걸 찾으려고 하지도 않죠. 사실 글 쓰는 행위는 제일 덜 문제가 되고 덜 중요합니다. 정작 어려운 것은 소설을 조립하고 그것을 보는 제 시각에 따라 풀어나가는 것이죠.

선생님은 그러한 과정을 통제하는 것이 분석인지, 경험인지, 혹은 상상력인지 구분하실 수 있습니까?

만일 제가 그런 걸 구분하려 했다면 아마 자연스러움을 많이 상실했을 겁니다. 무언가 쓰고 싶다는 것은 그것이 이야깃거리가 된다고 느끼기 때문입니다. 나아가, 제가 어떤 이야기를 쓰는 것은 제가 그것을 읽으면서 즐기기 때문입니다. 사실 저는 저 자신에게 이야기한다는 생각을 많이 합니다. 그것이 바로 제가 글을 쓰는 시스템입니다. 직관, 경험 혹은 분석과 같은 것이 중요한 역할을 한다는 느낌이 들더라도, 그 문제를 깊이 따지지는 않을 겁니다. 저의 개성이나 글쓰기 시스템이 제 작업이 기계적으로 돌아가는 걸 막고 있으니까요.

선생님 소설들의 출발점은 무엇입니까?

완전히 시각적인 이미지죠. 아마도 다른 작가들은 한 구절, 어떤 아이디어 혹은 개념에서 이야기를 시작할 것이라 짐작됩니다. 저는 이미지로 시작합니다. 『낙엽』의 출발점은 손자를 장례식에 데리고 가는 한 노인의 이미지에서, 『아무도 대령에게 편지하지 않다』는 뭔가를 기다리는 노인의 모습에서, 『백년의 고독』은 얼음이 무엇인지 보여주기 위해 한 노인이 자기 조카를 서커스에 데리고 가는 장면에서 시작되었습니다.

모든 작품이 노인에서 시작되네요.

제 어린 시절을 보호해준 이미지가 노인, 그러니까 저의 할아버지였어요. 부모님은 저를 할아버지 할머니 집에 맡겼죠. 할머니는 항상 옛날이야기를 들려주셨고, 할아버지는 저를 데리고 다니며 이것저것 보여주셨어요. 그렇게 제 세계가 건설된 겁니다. 그래서 지금도 이것저것 보여주시던 할아버지 이미지가 언제나 보입니다.

그런 첫 이미지를 어떻게 발전시키세요?

저는 그것이 스스로 익도록 내버려둡니다. 그것은 의식적 과정이 아닙니다. 제 모든 책은 수년 동안 생각해오던 것이죠. 『백년의 고독』은 15년이나 17년, 그리고 지금 쓰고 있는 작품 역시 아주 오래전부터 생각한 것입니다.

그것을 익힌 후에 글을 쓰는 데에는 얼마나 걸립니까?

막상 글을 쓰는 것은 빠릅니다. 『백년의 고독』을 쓰는 데는 2년이 채 걸리지 않았어요. 그게 적당한 시간이라고 봅니다. 전에는 항상 피곤한 상태에서 글을 썼어요. 제 일을 하고 남은 자투리 시간에 글을 썼죠. 이젠 경제적으로 부담을 느끼지 않고, 글 쓰는 것 말고는 할 일이 없다 보니, 충동을 느끼면서 쓰고 싶을 때만 작업을 하는 사치를 누리고 있습니다. 지금은 250년 동안 살았던 한 독재자의 이야기를 쓰고 있는데, 조금 다른 방식으로 작업하고 있어요. 그냥 두면 글이 어디로 흘러가는지 한번 보려고 합니다.

선생님은 많이 고치시는 편인가요?

그 점은 계속 달라집니다. 초기 작품들은 한번에 써내려갔어요. 그러다가 나중에는 원고에 수정을 많이 했지요. 사본을 만든 후에도 다시 고쳤어요. 그리고 지금은 버릇이 하나 생겼는데, 분명 안 좋은 버릇입니다. 한 줄 한 줄 보면서 수정하는 것이죠. 한 페이지가 끝났다는 건 곧 출판사에 넘겨도 된다는 의미입니다. 조그만 실수나 자국이 있어도 용납이 되지 않습니다.

선생님이 그렇게 조직적인 방식으로 일한다니 믿어지지 않는데요.

끔찍하죠. 그 원고들이 얼마나 깨끗한지 상상도 못 할 겁니다. 게다가 저는 전동 타자기를 가지고 있어요. 제가 유일하게 조직적인 순간이 작업을 할 때지만, 사실 이건 정서적 문제라고 할 수 있습니다. 방금 타이핑되어 나온 페이지를 보면 너무 예쁘고 깨끗해서 수정하느라 더럽힐 생각을 하면 속상하죠. 그런데 일주일도 지나지 않아 더 이상 그 페이지에 대해 큰 애착을 느끼지 않게 되고, 지금 쓰고 있는 부분만 중요해집니다. 그러면 이제 원고 수정에 들어갈 수 있습니다.

조판이 나오면 어떻게 하세요?

『백년의 고독』 조판이 나왔을 때, 수드아메리카나Sudamericana 출판사의 문학 담당 편집인 파코 포루아Paco Porrúa는 저보고 원하는 대로 수정하라고 했지만 딱 한 단어만 바꿨어요. 제가 볼 때 이상적인 것은 책을 쓰고, 그걸 인쇄하고, 그 후에 수정하는 겁니다. 일단 무언가를 인쇄소에 보내고 나중에 그걸 인쇄본으로 읽는다는 것은 앞으로 가든 뒤로 가든 중요한 발걸음을 옮겼다는 뜻입니다.

책이 출판된 다음에 읽으시나요?

출판된 책이 도착하면 저는 모든 일과 약속을 취소하고 즉시 자리에 앉아 처음부터 끝까지 다 읽습니다. 그 책은 제가 알던 것과는 다른 책이 되어 있는데, 작가와 책 사이에 이미 거리가 형성됐기 때문이죠. 즉 독자로서 처음 읽는 것입니다. 제 눈앞에 펼쳐지는 문자들은 제 타자기로 쓰인 것이 아니고, 제가 쓴 것들도 아니며, 더 이상 제게 속하지 않는 세상 밖으로 나가버린 다른 작품입니다. 그렇게 읽고 나서는 『백년의 고독』을 한 번도 다시 읽은 적은 없습니다.

제목은 언제, 어떻게 결정하십니까?

빠르건 늦건, 책은 자신의 제목을 스스로 찾아냅니다. 저는 그 문제를 그렇게 중요하게 보지 않습니다.

집필 중인 작품에 대해 친구들과 얘기를 나누시나요?

제가 친구들에게 뭔가 이야기한다는 것은 그것이 작품이 될지 확신이

서지 않았기 때문이고, 대개 소설화되지 않습니다. 저는 제 이야기를 듣는 사람들의 반응을 보면, 말로 하기 힘든 어떤 감응을 통해, 그 작품이 될지 안 될지 알 수 있습니다. 친구들이 진지하게 "대단해, 굉장하다고"라고 말하더라도, 그들의 눈을 보면 이건 아니라는 표가 나거든요. 소설을 쓰는 도중에 저는 상상 이상으로 친구들에게 불편한 존재가 됩니다. 친구들이 그걸 다 참아줘요. 그리고 나중에 책이 나오면 친구들이 그걸 읽어보고 놀랍니다. 제가 친구들에게 얘기해줬던 것들이 작품에 하나도 안 들어갔거든요. 다 버려진 소재들만 가지고 쓴 거죠. 『백년의 고독』도 그랬어요.

독자들을 염두에 두고 쓰시나요?

4-5명의 정해진 사람들이 있습니다. 글을 쓰는 동안 제가 임명하는 대중 관객이죠. 어떤 것이 그들을 즐겁게 혹은 그 반대로 만들까 생각하면서 여러 가지를 첨가하거나 뺍니다. 이렇게 한 권의 책이 완성됩니다.

작품을 준비하면서 모아두었던 자료들을 간직하시는 편인가요?

아무것도 보관하지 않습니다. 『백년의 고독』을 쓴 후에도, 출판사에서 초고를 받았다는 연락을 받자마자 메르세데스가 저를 도와서 작업 노트, 사진, 그림, 비망록 등이 가득 찬 상자를 통째 내다버렸어요. 자료들을 버린 이유는 전적으로 사적 범주인 작품 구성 방식이 알려져서는 안 되고, 다른 한편으로는 그 자료들이 혹시라도 팔리게 두어서는 안 되어서입니다. 그걸 팔아버리는 것은 제 정신을 파는 것이기에, 심지어 제 자식들이라 할지라도, 그런 짓을 하도록 내버려두지는 않을 겁니다.

선생님 작품 중에서 가장 마음에 드는 것은 무엇이죠?

『낙엽』입니다. 제가 처음으로 쓴 작품이죠. 그 후의 많은 작품이 『낙엽』

에서 비롯됐다고 믿고 있습니다. 『낙엽』은 가장 자연스러운 작품인 동시에 가장 어렵게 쓴 작품이고, 가장 기교를 부리지 않은 작품이죠. 당시에 저는 작가들이 잘 부리는 요령, 특히 지저분한 요령에 대해 거의 몰랐어요. 『낙엽』은 좀 서투르고 허점이 많아 보이지만 아주 자연스럽고 다른 작품에서는 찾아볼 수 없는 투박할 정도의 진정성을 가졌습니다. 저는 『낙엽』이 어떻게 제 내면으로부터 나와 종이로 옮겨졌는지 정확히 알고 있어요. 물론 다른 작품들도 내면에서 나온 것이지만, 이미 수련 기간을 지난 터라 그 작품들은 더 다듬고 요리하면서 양념이 가미되었죠.

선생님에게 영향을 주었다고 느끼시는 작가들은 누가 있습니까?

영향이란 비평가들에게만 문제가 되는 개념입니다. 정확하게 말하기도 어렵고 비평가들이 그것을 가지고 무슨 말을 하려는지도 잘 모르겠어요. 비평가들이 제 작품에서 직접적인 영향을 발견해서 분석했는지는 모르겠습니다. 그러나 저의 글쓰기에 대한 근원적인 영향을 말하라면 카프카의 『변신』입니다. 저는 그 책을 사던 순간과 그 책을 읽어가면서 글쓰기에 대해 얼마나 큰 열망을 가지게 되었는지 잘 기억합니다. 고등학교를 마친 1946년 당시에 저의 첫 이야기들이 나왔어요. 비평가들은 탐지기가 없어서 작가 자신의 말에만 의존합니다. 지금 제가 하는 말도 비평가들에게 전달되면 아마 그들은 당장 영향 관계를 찾아내려 할 겁니다. 그런데 어떤 종류의 영향을 말하는 걸까요? 카프카가 제게 글을 쓰고 싶다는 열망을 불어넣었다면, 더 두드러지게 결정적인 영향을 준 작품은 『오이디푸스 왕』일 겁니다. 그 작품은 심문관 자신이 살인자라는 사실을 발견하게 되는 완벽한 구조를 가지고 있거든요.

한편 모든 비평가가 포크너의 영향을 언급합니다. 저도 그 견해를 받아들이긴 하지만 그 사람들이 생각하는 방식, 즉 제가 포크너를 읽고, 그에게 동화되고, 강한 영향을 받아 의식적으로든 무의식적으로든 포크너처럼 쓰려고 노력하는 작가라고 보는 시각은 인정할 수 없습니다. 사실 지금 열거한 것이 제가 기본적으로 이해하는 '영향'이라는 개념입니다. 그러나 제가 포크너에게 신세지고 있는 빚은 완전히 다른 겁니다. 저는 유나이티드 푸르트 컴퍼니가 있던 바나나 농장 지방인 아라카타카에서 태어났어요. 이 과일 회사가 마을과 병원을 세우고 특정 지역을 깨끗이 밀어버린 지역이죠. 저는 거기서 자랐고 어린 시절의 많은 경험을 얻었어요. 오랜 세월이 흐른 후에 포크너의 작품을 읽었는데, 그의 모든 세상, 즉 그가 작품에서 다루고 있는 미국 남부의 세계와 나의 세계가 비슷한 사람들에 의해 건설된, 얼마나 비슷한 세계인지를 보게 되었습니다. 또한 미국 남부를 실제로 여행하면서 뜨겁고 먼지 가득한 길, 똑같은 농작물, 같은 종류의 나무와 대저택 등을 보고 두 세계 사이의 확실한 유사성을 확인했지요. 포크너가 어떤 면에서는 라틴아메리카의 작가라는 사실을 잊어서는 안 됩니다. 그의 세상은 멕시코만에 펼쳐져 있습니다. 제가 그에게 발견한 것은 처음 볼 때부터 그리 낯설게 느껴지지 않았던 경험의 유사성이에요. 글쎄요, 이런 종류의 영향이라면 분명히 존재합니다만, 비평가들이 지적한 것과는 매우 다를 겁니다.

어떤 사람들은 보르헤스와 카르펜티에르를 언급하기도 하고, 대지의 힘과 신화를 중시하는 로물로 가예고스, 에바리스토 카레라 캄포스 혹은 아스투리아스의 영향을 지적하기도 합니다.

제가 그들과 마찬가지로 대지의 힘을 중시하는지는 잘 모르겠군요. 어쨌든 같은 세계이고 같은 라틴아메리카니까요. 그렇지 않습니까? 그러나 보르헤스와 카르펜티에르는 아닙니다. 그들의 작품을 읽었을 때는 이미 상당히 많은 작품을 발표한 뒤였습니다. 말하자면, 제가 쓴 작품들은 보르헤스나 카르펜티에르가 없었어도 분명히 나왔겠지만 포크너가 없었다면 얘기가 달라집니다. 만일 제가 그를 읽지 않았다면 다른 방식으로 글을 썼겠죠. 제가 또한 말하고 싶은 것은 특정한 시점 이후로 제가 저의 고유 언어를 모색하는 길을 걸어왔고 정련된 작업을 통해 포크너의 영향력을 지우려고 애썼다는 사실입니다. 그래서 『낙엽』에 많이 보이던 그의 영향이 『백년의 고독』에 가면 더 이상 보이지 않습니다. 어쨌든 저는 이런 식으로 분석하는 걸 좋아하지 않습니다. 제 위치는 비평가가 아니라 창작자니까요. 이런 얘기는 제 일도 아니고, 소명도 아니고, 제 장점도 내세울 수 없어요.

최근에 어떤 책을 읽고 계십니까?

사실상 아무것도 읽지 않고 있어요. 더 이상 흥미가 없거든요. 제가 요즘 읽고 있는 것은 지금 쓰고 있는 책에 대한 직업적 관심으로 인해 다큐멘터리나 회고록, 설사 진짜가 아닐지라도 권력을 가졌던 사람들의 삶, 비서들이 쓴 폭로물 등입니다. 예전이나 지금이나 저의 문제점은 독서를 잘 안 한다는 점입니다. 어떤 책을 읽다가 싫증나면 바로 중단해버립니다. 어릴 때 『돈키호테』를 읽을 때도 지루해서 중간에 포기했죠. 그 후로 그 책을 다시 읽고 놓았다가 다시 읽었어요. 그 책이 필독서라서가 아니라 제가 좋아하는 책이기 때문입니다. 독서 방식이 그렇다보니 집필 방식도 비슷하게 됐어요. 저는 독자들이 과연 몇 페이지에서 지루함을 느끼고 제 책을 집어 던질까 생각하면서 항상 떨고 있습니다. 그래서 저는 독자를 지루하지 않게 만들려고 하고, 제가 다른 작가들을 대하듯 독자들이 저를 대하지 않도록 노력합니다. 제가 지금 읽고 있는 소설들은 제 친구들이 쓴 것인데, 제 친구들이 무엇을 하고 있는지 알고 싶은 호기심 때문이지 문학적 관심이 있어서 읽는 것은 아닙니다. 긴 세월 동안 저는 엄청난 양의 소설들을, 특히 많은 사건이 벌어지는 모험 이야기들을 읽었고, 소위 씹어 먹었지요. 하지만 저는 올바른 독서 방법을 가

지진 못했어요. 저는 책을 살 돈이 없었기 때문에 어쩌다가 손에 들어오는 책들, 대부분 문학 선생님이나 문학과 관련이 있던 친구들이 빌려주는 책들을 읽곤 했지요. 아마도 제가 소설보다 더 많이 읽는 것은 시일 겁니다. 비록 운율에 맞추어 쓴 적은 없지만 사실 저는 시부터 쓰기 시작했어요. 그래서 저는 항상 시적으로 해결하려고 노력합니다. 아마 곧 나올 소설은 한 독재자의 고독에 대한 매우 긴 시가 될 겁니다.

구체시에 대해서는 관심이 있으신가요?

저는 시 자체의 전망을 모두 잃어버렸어요. 시인들이 어디로 가고 있는지, 그들이 무엇을 하고 있는지, 혹은 그들이 뭘 원하는지조차 정확히 알지 못합니다. 시인들은 모든 종류의 실험을 하고 새로운 표현 방식을 찾는 것을 중요시한다는 생각이 드는데, 그 실험 과정에서 무언가를 평가하는 것은 매우 어려운 일입니다. 제게는 별로 흥미 있는 일도 아니고요. 표현 수단의 문제를 이미 해결해 놓았기에 또 다른 일에 끼어드는 걸 원치 않습니다.

선생님은 항상 음악을 듣는다고 언급하셨어요.

저는 음악을 다른 어떤 예술 양식보다, 심지어는 문학보다 더 즐깁니다. 하루하루를 보낼 때마다 저는 음악을 더 필요로 하고 있어서 음악이 마치 제게는 마약처럼 작용한다는 느낌을 가지기도 합니다. 여행할 때도 언제나 휴대용 라디오와 헤드폰을 가지고 다니면서, 콘서트를 통해 이 세계를 재단하기도 합니다. 예를 들어, 베토벤의 9번 교향곡을 들으면서 마드리드에서 푸에르토리코의 산후안에 이르기까지 돌아다니는 거죠. 마리오 바르가스 요사와 함께 기차로 독일을 여행하던 때였어요. 날씨도 무척 덥고 제 기분도 별도 안 좋은 날이었는데, 무의식적으로 음악을 듣기 시작했어요. 마리오가 나중에 이렇게 말하더군요. "믿을 수 없어요. 기분이 좋아지고 마음이 진정되셨네요." 제가 오디오 세트를 완벽하게 갖추고 있던 바르셀로나에서는 기분이 울적해지면 오후 2시부터 새벽 4시까지 꼼짝도 않고 음악만 듣곤 했어요. 음악에 대한 제 열정은 아무에게도 말하지 않은 은밀한 비행과도 같아요. 제 사생활에서 가장 깊숙한 부분을 차지하지요. 저는 물건에 집착하지 않는 편이어서, 집에 있는 가구나 다른 물건은 모두 아내와 아이들 것이라고 생각하는데, 유일하게 음악 감상 장비들에는 애착이 있지요. 타자기는 필요한 것이기는 하지만 언제든지 버릴 수 있어요. 저는 서재 같은 것도 없습니다. 책도 읽자마자 던져버리거나 여기저기 흘리고 다녀요.

선생님이 "확고한 정치적 입장을 가지고 있다"고 하신 말씀으로 돌아가보죠. 그 정치적 입장은 어떤 것인지요?

저는 이 세상이 사회주의가 되어야 한다고 생각합니다. 그리고 그렇게 될 겁니다. 다만 우리는 그것이 최대한 빨리 실현되도록 도와야 합니다. 하지만 저는 소련의 사회주의에는 크게 환멸을 느꼈습니다. 그들은 특수한 경험과 상황을 통해서 현재 방식의 사회주의에 도달했는데, 자신들의 관료주의, 권위주의, 역사적 비전의 부재 등을 지금 다른 국가들에게 강요하고 있습니다. 그런 건 사회주의가 아닐뿐더러 현 시점에서 커다란 문제가 되고 있지요.

쿠바의 시인 에베르토 파디야가 투옥되고 그가 자필 서명한 '자아비판'이 발표되었을 때, 쿠바 혁명을 지지해왔던 세계의 지성인들은 한 달 동안 카스트로에게 2통의 항의 서한을 보냈습니다. 선생님도 서명하셨던 첫 번째 편지 이후 카스트로는 노동절 연설에서 그 편지에 서명한 사람들이 "파리의 문학 살롱에서 잡담이나 하면서 쿠바 혁명에 대해 판단을 내리는 사이비 혁명 지식인"이라고 비난했지요. 그리고 "음모나 꾸미는 부르주아의 지지

는 필요없다"고 했어요. 국제 통신사들 논평에 따르면 이 사태는 지식인과 쿠바 정권 사이의 결별을 의미한다고 합니다. 선생님 입장은 어떻습니까?

이 사태가 벌어졌을 때, 국제 통신사들과 콜롬비아 신문사들은 제게 의견을 밝히라고 압박을 가해왔어요. 어떤 면에서 제가 이 모든 일에 관여되어 있었기 때문이죠. 저는 완벽한 정보를 입수하고 그 연설문 전문을 읽어보기 전까지는 그렇게 하고 싶지 않았습니다. 그렇게 중대한 문제에 언론사들의 짜깁기 기사만 보고 제 입장을 밝힐 수는 없었던 거죠. 게다가 저는 당시 미국 컬럼비아 대학에서 문학박사 학위를 받을 예정이었어요. 학위 수여가 미리 결정되었다는 걸 모르는 사람들이 보면 제가 미국에 가는 것이 카스트로와 결별했기 때문이라고 생각할 수 있었지요. 그래서 저는 언론에 다음과 같은 성명을 발표해서, 카스트로와 박사학위 그리고 12년 동안 비자가 거부되다가 미국에 오게 된 일에 대해 명확히 밝혔습니다.

> (1971년 5월 29일, 콜롬비아 언론에 밝힌 가르시아 마르케스의 성명서 개요)
>
> 컬럼비아 대학은 미국 정부가 아니라, 그 반대로, 비순응주의와 학문적 정직성의 거점이자 자기 나라의 퇴락한 시스템을 없애기 위해 돌을 던지는 사람들의 거점입니다. 제게 수여되는 이 영예는 한 작가에게 주어지는 것이지만, 그걸 수여하는 사람들은 제가 미국을 지배하는 체제에 대해 지극히 적대적임을 모르지는 않을 것이라고 생각합니다. 제가 이 상을 받기로 결정할 때 제 친구들, 특히 바랑키야의 택시 기사들과 의논했다는 것을 아시면 좋겠습니다. 그들은 상식적인 판단력에 관한 한 세계 챔피언입니다. 라틴아메리카 작가 그룹과 피델 카스트로 사이의 갈등은 언론사들이 거둔 일시적인 승리

입니다. 저는 지금 피델 카스트로의 연설문 속기록을 포함해 이 사건과 관련된 자료들을 가지고 있습니다. 그 속기록을 보면 일부 거친 단락들이 있는 것이 사실이지만, 국제 통신사들로 하여금 사악한 해석을 하게 할 정도의 대목은 전혀 없습니다. 이 연설문에는 분명 피델 카스트로가 문화와 관련해 제기한 매우 중요한 제안이 있음에도 외국 특파원들은 이 점에 대해 아무 언급도 하지 않았으며, 오히려 특정 부분만 집어내서 피델 카스트로가 실제로 하지 않은 말을 한 것처럼 보이도록 교묘하게 재조합해 놓았습니다. 저는 항의 서한을 보내는 것에 찬성하지 않았기 때문에 서명하지 않았습니다. 사실 저는 그러한 공개적인 메시지가 그 소기의 목적을 얻어내기 위해 유용하지 않다고 봅니다. 반대파를 적대적으로 비방하기에 유용할 뿐이죠. 그럼에도 저와 가장 친한 친구들도 일부 포함되어 있는, 서명한 사람들의 지적인 정직함과 혁명의 소명에 대해 저는 한순간도 의심을 품어본 적이 없습니다.

작가들이 정치에 참여하려고 할 때는 정치를 하려는 게 아니라 도덕적 교훈을 주려는 것입니다. 정치와 도덕은 언제나 양립 가능한 것이 아닙니다. 정치인들은 작가들이 자기들 일에 참견하는 것에 반감을 표합니다. 보통 우리가 자기들을 지지할 때는 받아들이고 반대하면 배척합니다. 그러나 그것은 전혀 재앙이 되지 않습니다. 오히려 그것은 매우 유용하고 긍정적인 변증법적 모순으로서, 인류 역사가 끝날 때까지 계속되어야 하는 겁니다. 비록 정치인들이 화병이 나서 죽고 작가들은 산 채로 껍질이 벗겨진다 하더라도 말입니다.

지금 현안이 되고 있는 유일한 쟁점은 시인 에베르토 파디야 문제입니다. 개인적으로 저는 파디야의 자아비판이 자연스럽고 진실한 것이라고 제 자신을 설득하는 데에 성공하지 못했습니다. 에베르토 파디야와 같이 여러 해에 걸쳐 쿠바의 경험을 공유하고 일상적인 혁명의 드라마를 살던 사람이 감옥에 들어가 하루아침에 깨닫게 된 인식을 왜 전에는 하지 못했는지 이해할 수 없습니다. 그의 자아비판 문장의 어조는 매우 과장되고, 매우 천박해서 부적절한 방법으로 쓰인 게 아닌가 합니다. 에베르토 파디야가 그의 태도로 인해 혁명에 해를 끼치게 될지는 모르겠습니다만, 그의 자아비판은 분명 혁명에 큰 상처를 주고 있습니다. 이는 쿠바에 적대적인 언론사가 프렌사 라티나에 의해 배포된 자아비판 텍스트를 사방에 뿌려대고 있다는 것만 봐도 잘 알 수 있습니다. 만일 쿠바에 스탈린주의가 싹트고 있다면, 우리는 곧 그것을 볼 수 있을 겁니다. 피델 카스트로에 의해 공포될 것이니까요. 1961년 쿠바에서 스탈린주의 방식을 주입하려는 시도가 있었지만 그걸 공개 비판하고 싹을 잘라버린 사람이 바로 피델 카스트로였습니다. 오늘날 그와 같은 일이 다시 일어난다 해도 결과는 마찬가지일 것입니다. 쿠바 혁명의 생명력과 건강성은 그 시기 이후로 조금도 감소되지 않았기 때문입니다.

물론 저는 쿠바 혁명과 결별하지 않을 것입니다. 더 나아가 제가 아는 한, 파디야 사건에 항의하는 작가들 중에 쿠바 혁명과 갈라선 사람은 아무도 없습니다. 피델에게 보내는 편지에 서명했던 바르가스 요사도 이후의 성명을 통해 이런 입장을 확실히 했지만 언론은 그 기사를 잘 보이지도 않는 구석에 처박아 넣었습니다. 쿠바 혁명은 라틴아메리카와 전 세계에 매우 중요한 역사적 사건입니다. 거기에 대한 우리의 연대감이 문화계에서 일어난 하나의 정책적 실수에 영향을 받을 수는 없습니다. 비록 그 실수가 에베르토 파디야의 의심스러운 자아비판과 같이 크고 심각한 문제라 할지라도 말입니다.

지식인들의 희망이 쿠바 혁명에 의해 성취되고 있습니까?

제가 정말 심각하게 보는 것은 지식인들이 개인적으로 피해를 받을 때는 항의도 하고 반응을 보이지만, 평범한 어부나 신부에게 같은 일이 일어나면 아무것도 할 생각을 하지 않는다는 점입니다. 우리가 정말 해야 할 일은 혁명을 총체적인 현상으로 보고, 어떻게 긍정적인 측면이 부정적인 측면을 무한히 압도해 나가는지 지켜보는 것입니다. 파디야 사건은 매우 위험한 현상이긴 하지만 극복하기 어려울 정도의 방해물이라고는 생각하지 않습니다. 만일 그렇지 않다면 통탄할 일이겠죠. 그러나 지금까지 혁명이 성취한 문맹 퇴치, 교육, 경제적 독립 등의 성과는 비가역적인 것이고, 파디야나 피델보다 훨씬 더 오랫동안 지속될 것입니다. 이것이 제 입장이고 이 견해가 바뀌는 일은 없을 겁니다. 저는 10년이 될 때마다 혁명을 쓰레기통에 버릴 준비가 돼 있지 않습니다.

선생님은 현재 칠레 인민전선의 사회주의에 동조하십니까?

제 열망은 모든 라틴아메리카 국가가 사회주의화되는 것이지만, 요즘 사람들은 헌법의 테두리 내에서 평화적인 사회주의에 대한 환상을 품고 있는 것 같아요. 이는 선거 운동을 위해서는 좋을지 몰라도 저는 그것이 완전히 유토피아적 환상이라고 믿습니다. 칠레는 지금 폭력적이고 극적인 상황으로 치닫고 있습니다. 현재 칠레 인민전선은 지적으로 훌륭한 작전을 수행하고 이성적으로 굳건하고 신속한 발걸음을 옮기면서 전진하고 있지만, 심각한 반대의 벽에 부딪히는 순간이 올 겁니다. 지금은 미국이 가만히 있지만 언제까지나 팔짱을 끼고 보고 있지만은 않을 거예요. 미국은 칠레가 사회주의 국가가 되는 것을 결코 받아들일 수 없을 테니까요. 그것을 허용하지도 않을 것이고, 어떤 환상도 품지 못하게 할 겁니다.

선생님은 결국 무력에서 유일한 해결책을 찾으시나요?

제가 해결책으로 생각하는 것은 그런 것이 아니에요. 그러나 앞서 말한 그 벽이 어느 순간에는 오직 폭력을 통해서만 무너질 것이라고는 봅니다. 불행히도 그런 순간은 필연적으로 올 것이라고 생각합니다. 지금 칠레에서 일어나고 있는 일은 개혁으로서는 아주 좋지만 혁명으로서는 부족하다고 믿으니까요.

선생님은 장 미셸 포시Jean-Michel Fossey와의 인터뷰에서 제국주의 문화의 침투를 언급하면서, 미국이 장학금을 주고 많은 선전이 이뤄지는 조직들을 만들면서 지식인들을 끌어들이려고 한다고 말씀하셨어요.

저는 부패를 일으키는 돈의 위력을 너무도 잘 알고 있어요. 만일 한 작가가, 특히 신인 시절에 장학금을 받거나 지원금을 받으면, 그 돈이 미국에서 오든, 소련에서 오든 심지어 화성에서 오더라도, 어떻게든 거기에 엮이게 됩니다. 감사의 마음에서, 혹은 심지어 자신이 타협하지 않았다는 것을 보여주기 위한 경우라도, 그런 도움은 그의 작업에 영향을 미치게 되죠. 이런 현상은 작가가 국가를 위해 노동하는 사회주의 국가에서 더 심각합니다. 그것이 바로 그의 독립성을 구속하는 최대 요소이지요. 만일 작가가 자신이 원하는 것이나 느끼는 것을 쓴다면, 분명 실패한 작가일지도 모르는 한 공무원이 그 작품의 출판 여부를 결정하는 위험을 겪게 될 겁니다. 그러므로 저는 작가가 인세로만 살아갈 수 없다면 차라리 다른 부업을 가져야 한다고 생각합니다. 제 경우에 그게 언론과 광고이긴 했지만, 아무도 작품을 쓰라고 돈을 준 사람은 없었어요.

선생님은 바르셀로나 주재 콜롬비아 영사직을 받지 않으셨죠.

저는 언제나 공직을 거부합니다. 그런데 특히 그 자리를 거절한 건 제가 어느 특정 정부를 대표하는 것을 원치 않았기 때문입니다. 어떤 인터뷰를 할 때, 라틴아메리카에서 작가 출신 외교관은 미겔 앙헬 아스투리아스 하나로 충분하다고 말한 적도 있을 겁니다.

왜 그렇게 말씀하셨어요?

그의 개인적 행동이 나쁜 선례를 남기기 때문입니다. 노벨문학상과 레닌 상을 받은 작가가 과테말라 정부처럼 반동적인 정부를 대표해 파리 대사로 갔어요. 그 정부가 미겔 앙헬 아스투리아스가 평생 대변해왔던 모든 것을 위해 투쟁하고 있는 게릴라들을 상대로 싸우고 있는데도 말입니다. 저는 그가 정부와 타협을 한 것이 노벨상을 받기 위해서였다고 믿습니다. 제국주의자들은 그가 반동적인 정부의 대사를 맡았을 때 더 이상 그를 비난하지 않았습니다. 진영 논리에 의한 판단이죠. 그런데 소련 역시 그를 비난하지 않았어요. 그가 레닌 상의 수상자거든요. 저는 최근 네루다의 대사 임명에 대해 어떻게 생각하느냐는 질문도 받았어요. 저는 작가가 대사가 되면 안 된다고 말하지는 않았습니다. 비록 저는 결코 대사가 되지 않겠지만요. 그러나 과테말라 정부를 대표하는 것과 칠레의 인민전선 정부를 대표하는 것을 같이 놓고 볼 수는 없습니다.

선생님은 어떻게 스페인과 같은 독재국가에서 살 수 있느냐는 질문을 자주 받으시겠어요.

제가 살고 있는 나라의 정권과 꼭 마음이 맞아야 한다면 제가 살 수 있는 곳은 세상 어디에도 없을 겁니다. 다행히도 나라는 정부보다 훨씬 범주가 큽니다. 스페인은 어떤 정권이 들어서든지 간에, 세계에서 가장 열정적인 나라들 가운데 하나예요. 그리고 저는 만일 작가가 천국과 지옥 가운데 살 곳을 선택해야 한다면 지옥을 택할 것이라고 봅니다. 거기 가면 훨씬 더 많은 문학적 소재가 있으니까요.

라틴아메리카에도 지옥과 독재자들은 존재합니다.

네, 이 문제를 명확하게 해두고 싶군요. 저는 43살인데, 제 인생에서 3년을 스페인에서 살았고, 로마에서 1년, 파리에서 2-3년, 멕시코에서 7년인가 8년, 그리고 나머지를 콜롬비아에서 살았어요. 저는 단지 다른 곳에서 살기 위해 이전에 살던 곳을 떠난 게 아닙니다. 그건 최악이라 할 수 있죠. 저는 사실 어디에서도 살고 있지 않아요. 이 점이 고통을 야기합니다. 그리고 최근에 돌아다니는 말처럼, 작가들에게 유럽의 삶이 더 멋진 것이라는 생각에 동의하지 않습니다. 실제로 그렇지도 않고요. 사람은 그것만 찾아서 사는 건 아니에요. 멋진 삶을 원한다면 어디서도 찾을 수 있지만, 삶은 대체로 매우 어려운 겁니다. 그런데 의심의 여지가 없는 사실 하나는 라틴아메리카 작가가 특정 시점에 유럽에서 라틴아메리카를 바라보는 시각을 가져보는 것이 매우 중요하다는 점입니다. 제가 볼 때 이상적인 것은 이리저리 돌아다니는 것이죠. 그런데 그건 돈이 너무 많이 들고, 저처럼 비행기 여행을 싫어하는 경우에 한계가 있다는 게 문제입니다. 실제로는 저도 비행기에 처박혀 사는 신세지만 말입니다. 사실 지금 저는 이 순간 어디에 살고 있든 상관없어요. 저는 바랑키야든, 로마든, 파리든 혹은 바르셀로나든 상관없이 흥미로운 사람들과 항상 만나고 있으니까요.

왜 뉴욕은 아니죠?

뉴욕은 제 비자 요청을 거부한 전력이 있어요. 저는 1960년 이 도시에서 프렌사 라티나의 특파원으로 일했는데, 사는 동안 뉴스를 수집하고 보내는 특파원의 일상 업무 외에는 아무 일도 한 게 없어요. 그런데 제가 멕시코로 출국할 때 주민 카드를 회수해 가더니 자기들 '블랙리스트'에 올리더군요. 이후 매 2-3년마다 제가 비자 요청을 했는데 계속 거부됐어요. 지금은 제게 복수 비자를 주고 있죠. 저는 이런 게 바로 관료주의의 문제라고 봅니다. 뉴욕이라는 도시는 그 자체로 20세기의 큰 현상이 되었고, 따라서 다만 일주일이라도 이 도시에 매년 와보지 못한다는 것은 누군가의 삶에 제약이 될 정도입니다. 하지만 그 도시에 살지 못한다고 스트레스를 받을 필요는 없다고 봅니다. 도시 전체가 너무나도 어지럽게 돌아가거든요. 미합중국은 대단한 나라입니다. 뉴욕과 같은 도시를 낳았으니까요. 이 나라의 나머지는 시스템이나 정부와 아무 관련 없이 무얼 해도 상관없을 정도죠. 저는 그들이 언젠가 위대한 사회주의 혁명을 일으킬 것이라고 믿습니다. 그리고 좋은 국가가 되겠죠.

컬럼비아 대학에서 수여한 학위에 대해서는 어떻게 생각하십니까?

믿을 수가 없어요. 제가 당황하고 혼란스러웠던 것은 그 학위가 갖고 있는 영예나 영광이 아니라 컬럼비아 같은 대학이 전 세계 12명 중 하나로 저를 선택했다는 점이었어요. 제가 이 세상에서 결코 딸 수 없을 거라고 생각했던 것이 바로 문학박사 학위였습니다. 제 인생행로는 항상 학문적인 것과 반대로 갔으니까요. 제가 법과대학을 졸업하지 않은 것은 박사가 되기 싫어서였죠. 그런데 문득 제가 학문 세계의 한가운데 있는 겁니다. 이는 제게 꽤나 이질적으로 보이는 것이었고 제가 걸었던 길에서도 벗어난 것이었어요. 마치 투우사에게 노벨상을 준 것과 같았죠. 그래서 처음에 저는 충동적으로 그것을 사양하려고 했어요. 그러나 곧 친구들에게 이에 대한 의견을 구했더니, 그 누구도 왜 제가 그것을 거부해야 하는지 이해하지 못하더군요. 제게 박사학위를 주는 과정에는 분명 정치적 고려가 있었을 수도 있지만, 그게 사실은 아닐 겁니다. 왜냐하면 우리 모두 알다시피 그리고 그들의 말을 들어서 알고 있듯이, 대학교에는 제국주의 시스템이 작동하지 않으니까요. 따라서 그 학위를 받는다고 해서 미국에 정치적으로 엮일 일은 없었고, 관련된 주제를 언급할 필요조차 없었습니다. 오히려 그 문제는 도덕적 차원의 것이었지요. 저는 세계에서 가장 엄숙한 나라 출신이지만, 항상 엄숙주의를 배척해 왔기에 제 자신에게 이렇게 물어봤죠. "이 학문의 전당에서 박사모와 가운을 걸치고 지금 내가 뭘 하는 거지?" 친구들의 고집으로 명예박사학위를 받았지만 지금은 매우 기쁩니다. 제가 그것을 받아서가 아니라 나의 조국과 라틴아메리카를 위한 것이기도 하기 때문입니다. 평소에는 관심도 없던 애국심이 이렇게 중요해지는 순간이 찾아오기도 하는군요.

최근 며칠 동안, 그리고 그 수여식 행사 도중에 저는 제게 일어난 기이한 일들에 대해 생각해보았습니다. 문득 죽음이 그런 것이리라는 생각이 들었어요. 나와는 상관없는 일인데, 가장 예기치 않은 순간에 일어나는 일인 것이죠. 지금 제게는 전집을 출판하자는 제안도 들어오고 있어요. 그러나 제가 살아있는 동안 그런 일은 없을 것이라고 단호히 거절했습니다. 그런 것은 항상 사후의 명예라고 생각해왔거든요. 행사 도중에 똑같은 감정을 느꼈습니다. 원래 이런 일은 죽은 후에 일어나는 거라는 느낌 말이죠. 제가 항상 원해왔고 고마웠던 것은 제 책을 읽고 거기에 대해 말해주는 사람들이 인정해주는 태도였어요. 열광적인 숭배가 아니라 따뜻한 애정을 가지고 말입니다. 컬럼비아 대학 행사에서 정말 저를 감동시킨 장면은 나중에 일어납니다. 행사가 끝난 후 캠퍼스에서 행렬을 이루어 걸어가는데, 사실상 캠퍼스를 점령한 중남미 사람들이 굉장히 조심스럽게 길로 나오더니 "라틴아메리카 만세!", "가자, 라틴아메리카!", "라틴아메리카 화이팅!"하며 외쳤어요. 얼마나 대단했는지 당신은 상상하지 못할 겁니다. 학위를 받았다는 사실이 처음으로 기쁘고 감동스러운 순간이었습니다.

289 호세 도노소(José Donoso, 1924-1996)는 붐 세대에 속하는 칠레의 소설가로 『사방이 지옥El lugar sin límites』, 『음탕한 밤새El obsceno pájaro de la noche』 등의 대표작이 있다. 또한 그의 비평서 『"붐"의 개인사Historia personal del "boom"』는 중남미 현대소설의 이해를 위한 필독서로, 붐 소설의 주인공들과 그들의 내면사에 대해 말한다.

290 1971년 출판된 『가르시아 마르케스, 신을 죽인 역사García Márquez, historia de un deicidio』는 같은 해 바르가스 요사가 마드리드 콤플루텐세Complutense대학교에서 받은 박사학위 논문의 제목을 바꾼 것이다.

1929-2005

Guillermo Cabrera Infante

기예르모 카브레라 인판테

쿠바는 스페인이 라틴아메리카 대륙을 식민 경영하던 시절, 대서양 무역의 관문으로 번성했던 나라다. 이 때문에 개방적인 혼종 문화가 꽃피었고 위대한 작가와 예술가 들을 배출한 중요한 문화 거점이 되었다. 특히 쿠바는 아메리카 대륙에서 바로크 문학의 전통이 가장 강한 나라로 카르펜티에르, 레사마 리마, 카브레라 인판테, 세베로 사르두이, 레이날도 아레나스[291] 등을 낳았다. 이들은 모두 현란한 언어의 유희를 보여주는데, 그중에서도 카브레라 인판테는 아바나 최고의 트로피카나 Tropicana 쇼를 보는 것처럼 독자들을 언어의 향연으로 끌고 들어가는 대표적인 네오바로크 작가이다.

카브레라 인판테는 쿠바 동부 올긴주의 히바라Gibara에서 태어났고, 1941년 가족과 함께 아바나로 이사했다. 일찍이 글을 쓰기 시작했고, 18세 때 아스투리아스의 『대통령 각하』를 패러디한 단편소설이 문학지 『보헤미아』에 채택되면서 작가로 데뷔했다. 1951년에는 구티에레스 알레아[292]와 함께 쿠바 최초의 영화클럽Cinemateca de Cuba을 만들어 6년간 이끌었고 영화 평론도 썼다. 1953년에는 수녀원 출신의 마르타 칼보 Marta Calvo와 결혼해 두 딸을 두지만, 결혼생활은 오래가지 못한다.

1959년 카스트로 혁명이 성공한 뒤, 카브레라 인판테는 혁명 기관지의 문학 부록을 만드는 직책을 맡는다. 이와 함께 첫 작품인 『전쟁에서와 같이 평화 시에도Así en la paz como en la guerra』(1960)가 나온다. 열 개의 단편소설을 실은 이 책은 쿠바 혁명이 성공한 이후 출판된 최초의 혁명 문학이다. 그러나 카브레라 인판테는 영화감독이었던 동생이 만든 단편영화 〈피엠PM〉이 '퇴폐적'이라고 단죄를 받으면서 일자리를 잃고, 그가 책임자로 있던 잡지도 폐간된다. 이는 피델 카스트로가 표현의 자유를 억압한 최초의 사건이었다. 1961년 그는 배우인 미리암 고메스와 두 번째 결혼을 한다. 같은 해 그는 벨기에 주재 문정관으로 임명된다. 1965년 어머니의 장례식을 위해 잠시 귀국한 그는 "좀비들이 사는" 전체주의 국가로 전락한 조국의 현실을 목격하고 결국 망명을 선택해 마드리드를 거쳐 런던에 정착한다. 쿠바 혁명의 매혹과 환멸을 뼈저리게 느꼈던 그는 피델 카스트로에 대한 적개심이 매우 강했던 작가로 인터뷰 내내 강한 독설을 날렸다.

1964년 문정관 시절에 카브레라 인판테는 자신의 대표작이 된 『세 마리 슬픈 호랑이Tres tristes tigres』로 스페인 저명 출판사의 비블리오테카 브레베Biblioteca Breve상을 수상했다. 작품의 제목을 스페인어로 그대로 읽으면 '트레스 트리스테스 티그레스'다. 즉 동음 반복의 첩운법과 발음을 어렵게 만드는 잰말놀이가 구사된다. 더 나아가 소설 전체가 구체적 메시지가 없는 말장난으로 도배되어 있다. 홍청망청한 밤거리를 배회하는 젊은이들의 모습과 생생한 쿠바어는 마치 '아바나의 『율리시스』'를 읽는 느낌을 준다. 이를 통해 독자들은 작품 전반에 깔려 있는 거대담론에 대한 조소와 절망적인 삶에 대한 체념, 그리고 이에 맞서 삶을 견디게 해주는 쿠바인들의 음악과 유머를 볼 수 있다. 혁명 정부와 결별하고 경향문학을 거부하는 카브레라 인판테에게 문학이란 모든 종류의 목적의식이 배제된 말장난에 지나지 않았다. 인터뷰에서도 문학이란 무엇인지를 묻자 그는 단지 "말, 말 그리고 말"일 뿐이라고 답했다. 작가는 선교사가 아니며, 문학의 기능 역시 의미를 산출하는 탐색이 아니라 언어유희의 공간을 창출하는 데에 있다. 그의 문학은 이렇게 언어의 유희, 유머 그리고 에로티즘의 특징적 요소들을 지닌다.

카브레라 인판테는 이밖에도 자전적 장편소설인 『죽은 소공자를 위한 아바나La Habana para un infante difunto』(1979)와 쿠바 역사를 패러디한 단편소설집 『열대의 여명Vista del amancer en el trópico』(1974)을 냈다. 또한 이종혼합적 에세이집 『오O』(1975)와 언어유희가 가득한 에세이집 『문체의 푸닥거리Exorcismos de esti(l)o』(1976), 그리고 쿠바의 역사와 정치적 상황에 대한 에세이 『메아 쿠바Mea Cuba』(1992)를 출판했다. 한편, 카브레라 인판테는 스페인 영화감독 페드로 알모도바르Pedro Almodóvar가 가장 좋아하는 영화비평가이기도 하다. 그는 『20세기의 소명Un oficio del siglo XX』(1963), 『밤마다 낙원Arcadia todas las noches』(1977), 『영화 혹은 정어리Cine o sardina』(1997) 등의 영화비평서를 썼고, 칸 영화제 등의 심사위원으로 활동했다. 또한 할리우드 각본을 쓴 최초의 중남미 작가로, 그가 각본을 쓴 컬럼비아 영화사의 〈배니싱 포인트Vanishing point〉(1971)는 로드무비road movie의 고전으로 꼽히곤 한다.

2005년 2월, 카브레라 인판테는 자택의 계단에서 넘어져 입원 치료를 받던 중 패혈증으로 갑작스럽게 세상을 떠났다. 삶이 그랬던 것처럼 그의 죽음도 극적이었다. 유작으로는 소설 『불안전한 님프La ninfa inconstante』(2008), 그리고 자전적 소설인 『신성한 육체Cuerpos divinos』(2010)와 『스파이가 그린 지도Mapa dibujado por un espía』(2013)가 있다.

영국, 런던
1970. 10. 05 - 1970. 10. 12

종이 한 페이지를 통째로 먹는 법
1) 증류된 물 한 컵과 그 페이지를 준비한다.
2) 한 손에는 물컵을, 다른 손에는 종이를 가지고 있어야 한다.
3) 그 다른 손으로 친한 친구들과 이별하라.
그리고 원한다면, 이 세계와도 이별하라.

기예르모 카브레라 인판테,
1970년 10월

기예르모 카브레라 인판테를 인터뷰하기 위해서는 다음과 같은 사항을 주의해야 한다. 1. 영국 국적의 샴 고양이인 디에고 오펜바흐가 어떤 기자보다도 카브레라 인판테에 대한 우선권을 가지고 있다. 2. 어떤 약속도 카브레라 인판테가 텔레비전이나 영화에서 좋아하는 영화를 보는 것을 방해하면 안 된다. 3. 영국 학교에 다니고 있는 두 딸이 집에 머무는 주말에는 어떤 인터뷰도 허용되지 않는다. 4. 카브레라 인판테가 악의적이라고 간주할 경우에는 카브레라 인판테 본인이나 가족에 대한 사진을 찍지 못한다.
이러한 주의사항을 숙지한다면 남은 일은 시간적 여유와 녹음테이프를 가지고, 망명지의 성채인 카브레라 인판테의 런던 자택에 들어가 사면

이 호랑이 가죽 같은 디자인을 한 벽지로 도배된 서재에 자리 잡는 것이다. 그리고 카브레라 인판테의 자욱한 시가 연기와 두 번째 부인 미리암 고메스의 요리를 먹으며 여러 나라 언어의 말장난으로 범벅된 그의 재미있고 신랄한 수다를 듣는 것이다.

중간 키, 안경을 쓴 검은 눈동자, 길고 검은 머리칼 그리고 콧수염과 턱수염을 한 카브레라 인판테는 옥타비오 파스의 말에 의하면 멕시코 사람을 닮았고, 파스의 부인인 마리-조에 의하면 네팔 사람을, 그리고 쿠바의 친구들에 의하면 중국 사람을 닮았다. 여러 색깔의 수건 천으로 된 헐렁한 웃옷과 청바지를 입고 아침마다 나를 집 안으로 맞아들이던 그는 내가 보기에는 동양철학의 한 계보를 이어받은 히피처럼 보였다.

대부분의 쿠바인들처럼 카브레라 인판테도 말이 많고 말도 매우 빠르다. 그러나 그의 말은 언어의 축제이다. 그는 재능, 아이러니, 유머 그리고 때때로 알지 못할 슬픔이 배어나는 가운데 기자, 영화 비평가, 시나리오 작가 그리고 소설가로서의 자신의 삶에 대해 회상했고, 『세 마리 슬픈 호랑이』에 대해 이야기해주었다. 파리, 브뤼셀, 스페인의 여러 문학상을 받은 이 소설은 "카스트로 혁명 이전의 아바나의 삶에 대한 놀랍고 적나라한 회상"이며 "아무리 나쁜 농담이라도 (그중에서 1만 8,481개는) 훌륭하다." 카브레라 인판테는 이외에도 문학 일반, 정치, 쿠바 혁명과 혁명가들 그리고 1965년 망명하기 전까지 자신이 참여했던 카스트로 혁명 정부에서의 체험도 들려주었다.

현재 그의 '유일한 테러 행위'는 "기존 언어에 대항"하는 '진정한 혁명'이며 이 작업은 단지 디에고 오펜바흐만 날렵하게 지켜보는 가운데 타자기를 통해 이루어지고 있다.

그의 책상 위에는 쿠바에서 가져온 30센티미터 높이의 머리 없는 검술사 구리 조각상이 놓여 있는데 이는 매우 상징적 의미를 가진다. "이 운동선수 상은 지난 세기말 작품인데 몽파르나스Montparnasse 이야기에서 매우 유명한 인물이었어요. 그는 멋쟁이 티가 나는 우아한 옷을 입고 규칙에 따라 경기에 나섰다가 경기가 시작하기도 전에 아마도 잔인무도한 상대방에 의해 목이 잘리고 말았죠. 저는 이 조각상을 『20세기의 소명』 표지 디자인에 사용했어요. 그것은 그 시절 제게, 특히 전체주의 국가에서 작가 주변에 존재하는 위험을 상징했거든요. 정정당당한 스포츠맨으로서 그 멋쟁이는 단지 경기의 규칙만을 따랐지만, 그로 인해 그는 전혀 예기치 않은 순간에 목이 잘려버린 거예요."

대부분 영화계에 종사하고 있는 친구를 둔 카브레라 인판테는 런던에서 매우 가족적이고 평화로운 삶을 영위하고 있다. 그는 자전거 타기나 산보, 그리고 동물원에 놀러 가는 것을 좋아한다. 게다가 그는 술과 '대마초'도 끊었다. "술만 마시면 제 자신이 싫어하는 폭력적인 반응이 나왔기 때문이죠. 대마초는 원래 제 기질과 잘 어울리는 육체적 나른함을 주었지만, 동시에 과대망상적인 의식을 불러일으켰어요. 내가 위대한 사상을 품고 있다는 그런 의식은 작가뿐만 아니라 그 누구에게나 잘못되고 위험한 의식인데 일단 약효가 떨어지고 일상의 의식을 회복하고 난 뒤에 보면 그것은 위대한 것도 아니고 사상이랄 것도 없었죠."

인터뷰를 하는 오전 시간 내내 카브레라 인판테는 자신의 생각과 회상의 실타래를 쿠바 시가와 커피에만 의지해 뽑아냈지만, 나중에 원고를 더하고 빼거나 보충하는 작업에서 명철한 분석가의 면모를 보여주었다. 게다가 그는 스페인어 원본뿐만 아니라 영어 번역본까지 꼼꼼히 교정해주었다. 그렇다고 그가 내용을 고친 건 아니다. 그저 자신이 『세 마리 슬픈 호랑이』를 쓰면서 했던 시도, 즉 "촛불이 꺼지면 그 불빛을 어떻게 볼 것인지 상상해보려고" 한 것이다.[293]

〈대화〉

선생님은 이제 라틴아메리카의 추방 작가 혹은 이주 작가 그룹에 속한다고 볼 수 있나요?

아닙니다. 비록 망명 중에 있지만 저는 어떤 그룹에도 속하지 않아요. 다른 중남미 작가들을 이주 작가라 부른다면 그 말은 맞습니다. 그들은 경작할 땅, 즉 ('문화'의 발명자, 혹은 적어도 문화라는 용어의 창시자인) 비베스 신부[294]가 언젠가 말한 것처럼 문화를 버리고 다른 땅으로 옮겨가 자신의 씨앗을 뿌렸으니까요. 그러나 이는 접목된 것이 아니라 이주한 것입니다. 남쪽 지방의 꽃이 자기를 인정해주는 문명화된 북쪽(유럽)의 문화적 온실에서 사는 것과 같지요. 자기 나라를 벗어나서 사는 중남미 작가들이 누구인가요? 가르시아 마르케스, 바르가스 요사, 옥타비오 파스, 카를로스 푸엔테스, 코르타사르 등 셀 수가 없습니다.

세베로 사르두이는요?

그는 프랑스 시민이 됐어요. 선량한 프랑스인으로 파리에서 살고 있죠. 다른 사람들 얘기를 해보면, 푸엔테스는 지금 멕시코에 있고, 가르시아 마르케스는 얼마 전에 바르셀로나 주재 콜롬비아 영사 제안을 받았는데 거절했어요. 바르가스 요사는 얼마 전까지 페루에 있으면서 대통령궁 초대를 받았어요. 거기서 장군인지 대령인지 아니면 대위 출신인지 모르는 대통령이 그에게 군사정권을 어떻게 생각하는지, 그리고 그것이 페루를 위해 좋은 것인지 나쁜 것인지 물어봤다고 하더군요. 코르타사르는 제 생각에 아마 아직도 아르헨티나 여권을 가지고 있어서 원하면 언제든 부에노스아이레스로 돌아갈 수 있을 겁니다. 이렇게 보면 사실상 제가 유일한 망명객입니다. 물론 다른 작가들도 정신적으로는 망명 상태에 있다고 할 수 있죠. 그렇지만 유일하게 자기 나라로 돌아갈 수 없는 저는 한 번도 아바나를 떠날 것이라고 꿈도 꾸지 않았던 유일한 사람입니다. 다시 말하면, 저는 우리 작가들 중 자기 조국으로 돌아갈 일이 생겼을 때 혹은, 불길한 만큼 자주 일어나고 있는, 하이재킹hijacking과 같이 뜻하지 않게 귀국하는 일이 생길 때조차도 심각한 어려움에 처할 수 있는 유일한 사람이라는 말입니다.

그들이 선생님을 체포할까요?

무슨 일이 생길지는 모르죠. 전체주의 국가에서는 모든 일이 일어나니까요. 아무튼 저는 모국에 돌아가는 것이 유쾌한 일이라고 생각하지는 않습니다. 그건 제가 꾸는 많은 악몽의 소재가 됩니다.

쿠바를 떠난 이유는 무엇입니까?

그 이야기는 깁니다. 아주 길어요. 너무너무 깁니다.

우리는 시간이 많습니다. 녹음 테이프도 충분하고요.

테이프는 당신 것이고 시간은 제 것이군요. 모든 일은 약 25분 분량의 16밀리 단편영화에서 시작됐어요. 이 영화가 논쟁의 핵심이 되었는데, 쿠바에서 이런 일은 전에도 없었고 지금까지도 없고 앞으로도 없을 겁니다. 모든 전체주의 국가가 그렇듯, 카스트로 체제의 쿠바에서 엄청난 권력 투쟁이 벌어졌어요. 그리고 나라가 전체주의에 빠질수록 이 냉전시대의 암투는 더욱 전면전으로 치달았죠.

다른 이유는 무엇입니까?

처음에는 광복independencia 전쟁이 있었어요. 다음에는 복종dependencia 전쟁이 있었고, 그다음에는 불복pendencia 전쟁이 있었습니다. 이 마지막 전쟁은 종파tendencias 전쟁이었죠. 우리가 알다시피, 자본주의 국가에서는 매일 돈 때문에 일상적인 싸움이 일어납니다. 사회주의 국가, 아니 내가 좋아하는 표현대로 전체주의 국가라고 하죠. 사실은 그게 진짜 이름이고 다른 이름들은 다 상표일 뿐이니까요. 아무튼 이런 나라에는 엄청난 권력 투쟁이 벌어집니다. 권력이 돈보다 훨씬 더 중요하고 전체 삶을 지배하기 때문이죠. 예를 들어, 세계적인 부자인 오나시스, 니아초스Niarchos, 록펠러, 아가 칸Aga Khan을 합친 것만큼 돈이 많은 부자가 있다고 가정해봅시다. 그런데 그런 부자가 가지고 있는 권력은 피델 카스트로가 가지고 있는 권력에 비해 새 발의 피도 안 될 겁니다. 카스트로는 섬 하나가 아니라 쿠바 제도諸島 전체를, 상선뿐만 아니라 군함을, 농장뿐만 아니라 국민들의 생사여탈권을 갖고 있고, 노예들을 부리는 감독이자 군대를 지휘하는 사령관입니다. 그 위세를 가지고 1962년 10월[295]에는 제3차 세계 대전을 일으킬 뻔하기도 했죠. 200년 전에 헤겔이 프리드리히 2세에 대해 "프러시아에는 자유인이 딱 한 명 있다"라고 한 말은 전체주의 폭군의 전형을 언급한 것이었습니다. 쿠바에는 자유인이 단 한 명 있습니다. 나라를 지배하기 위해 이 자유인은 수많은 노예를 만들었을 뿐만 아니라 분열과 분쟁, 분란과 종파 전쟁을 일으켰습니다. 모든 사람이 카스트로의 마르크스주의를 말하고 그가 레닌의 책을 읽은 것을 언급하고 국제 공산당과 은밀한 관계를 가지고 있다고 떠듭니다. 그런데 이는 현실을 외면한 말입니다. 피델 카스트로가 읽는 유일한 책, 바티스타 정권의 감옥에서 읽었고 게릴라 활동을 하던 산에서도 읽었던 책은 마키아벨리의 『군주론』입니다. 마키아벨리는 그의 위대한 스승이죠. 물론 그는 호세 마르티도 읽었고, 말라파르테[296]가 쓴 『쿠데타의 기술』과 『3월 15일Idus de marzo』[297], 그리고 마오쩌둥의 게릴라 교본도 읽었겠죠. 그러나 항상 그의 머리맡에 있던 책은 정부를 구성하는 형태로서의 음모론 백과사전인 마키아벨리 책이었습니다.

아까 언급하신 권력 투쟁에 대해 더 말씀해주시죠.

쿠바의 권력 투쟁은 다양한 양상을 띠지만 결국은 하나예요. 노동조합 내에서는 '7.26 운동'[298]의 조직원들과 공산당원들인 인민사회당PSP 당원들 사이에 권력 투쟁이 있었습니다. 군에서는 '7.26 운동' 동지들 사이에 분열이 생겨 한편으로는 체 게바라와 라울 카스트로파가, 다른 한편으로는 피델 카스트로파가 있었지만, 이들은 또 학생운동지휘부Directorio Estudiantil에 맞설 때는 힘을 합쳤습니다. 학생운동지휘부는 바티스타 대통령을 암살하기 위해 1957년 대통령궁 공격을 기획하고 실행한 팀입니다. 이 작전에서 지휘부의 지도자 대다수가 목숨을 잃었죠. 한편 군의 또 다른 게릴라 파벌로 '에스캄브라이 제2전선Segundo Frente del Escambray'이 있었습니다. 여기엔 스페인 내전과 제2차 세계 대전에서 싸웠던 '진짜' 군인들이 있었고, 그들 일부는 미국에서 태어났거나 미국 시민권을 가진 사람들이었어요. 문화 부문에서의 권력 투쟁은 사회주의가 창작의 자유와 양립할 수 있다고 믿었던 순진한 사람들과 스탈린주의자들 사이에서 벌어졌습니다. 스탈린주의자들은 문화적 반동주의자들과 결탁했고 PSP와 체 게바라의 공개적인 지지를 받았습니다.

체 게바라도 스탈린주의자인가요?

항상 그랬죠. 다만 다른 전통적 쿠바 공산주의자들과 달리 그에게는 피델 카스트로가 스탈린이지요. 그가 썼다는 정치적 유언장의 내용과는 달리, 체 게바라가 최초로 공개적인 행사를 한 것은 '누에스트로 티엠포Nuestro Tiempo'라는 모임에서 한 연설입니다. 이 모임은 1950년대에 카를로스 프랑키[299]와 제가 주축이 되어 만들었는데, 우리 두 사람이 PSP를 떠난 후에는 당에 의해 조종당하는 어용 조직이 되고 말았습니다. 체 게바라는 아르헨티나 사람으로 다른 쿠바 게릴라들에 비해 문화에 대한 관심이 많았어요. 다른 게릴라들은 문화가 만일 뭔가를 의미한다면 그건 교육부 내의 한 부서 이름일 것이라고 생각하는 정도였죠. 체 게바라가 혁명 초창기에 후원 형식으로 했던 또 다른 문화 활동 중 하나가 카바냐Cabaña 요새에서 개최한 사회주의 리얼리즘 예술 전시회입니다. 다행히도 쿠바 예술원 회원들 가운데 제일 형편없는 화가들이 행사를 기획하고 주최했어요. 재미있게도, 그들 중 상당수가 옛 바티스타 정권 장학생들이었죠.

"다행히도"라는 말은 무슨 뜻인지요?

왜냐하면 예술적으로나 정치적으로 굴복시키기에 그런 사람들이 굉장히 쉬웠거든요. 하지만 그들마저 없었다면 쿠바는 혁명에 열광해서 찾아오는 정치적 관광객들에게 보여줄 현대 예술조차 없었을 것입니다. 관광객들은 피델 카스트로에 의해 추상 예술이나 팝아트 작품이 검열당하는 것을 혁명의 승리로 간주합니다. 혁명이 성공하면 혁명 정부가, 혹은 그중에서도 스탈린주의에 가장 독하게 물든 세력이 제일 먼저 하는 일은 창작의 자유를 말살하는 것입니다. 전체주의는 그 어떤 독립성도 인정할 수 없거든요. 그것이 사회적이든, 성적이든, 예술적이든 말이죠.

정치적 관광객이란 어떤 사람들을 말하는 것입니까? 그리고 그들이 어떤 증언을 남겼죠?

그건 증언이 아니라 찬양이었습니다. 그런 관광객의 예를 들라면 끝이 없죠. 수전 손택이나 영국 소설가 그레이엄 그린Graham Greene부터 무명의 평론가들에 이르기까지요. 이 모든 사람은, 마치 H.G. 웰스에게 비판을 받은 웹 부부[300]처럼, 한 국가를 칭송하고 있어요. 이 때문에 그 나라는 더 이상 국가이기를 멈췄습니다. 쿠바에서 공산주의 휴머니즘을 얘기하는 것은 파리에서 프랑스 궁정 예절에 대해 얘기하는 것과 같아요. 얼마 전 저는 공산주의와 전혀 관계가 없는 나라의 공영방송(BBC

를 말하는 겁니다)이라는 데에서 영화를 통해 쿠바에서 구현되고 있는 예술의 자유를 기리는 프로그램을 봤습니다. 그 영화는 쿠바 정권의 선전기구인 쿠바영화기구 소속 기술자들이 만든 것이었어요. 이런 일이 영국에서만 일어나는 것은 아닙니다. 미국에서도 피델 카스트로에 대한 영화가 미국 전역의 방송국으로 팔려 방송되고 있는 실정입니다. 그 영화는 미국의 한 평범한 감독이 쿠바에서 8개월 동안 찍은 겁니다. 모든 경비는 피델 카스트로가 대줬어요. 지금 열풍을 일으키면서 신화가 되고 있는 그 영화감독은 쿠바를 처음 방문했는데, 이때 그에게 유일하게 숙소를 제공한 사람들이 쿠바의 반체제 지식인들이었습니다. 그런데 이들은 그 감독이 영화에서 좌파의 자유주의라고 언급한 교조주의로 인해 카스트로 정권에 의해 추방당합니다.

쿠바에 있을 때 그레이엄 그린과 수전 손택을 만나신 적이 있나요?

가톨릭계의 서머싯 몸Somerset Maugham이라 할 수 있는 그레이엄 그린을 누가 보려고 하겠습니까? 수전 손택은 좀 더 흥미로운 사람 같군요. 적어도 그녀의 평론이나 스웨덴에서 만든 영화는 비록 좌파의 딜레탕트적인 요소는 있으나 볼만한 것 같아요. 그녀는 1960년 쿠바에 가서 카스트로가 게릴라 활동을 했던 '시에라 마에스트라의 심장부'에서 열린 '7.26 운동' 행사에 참석했습니다. 그 행사에는 그밖에도 리로이 존스LeRoi Jones와 프랑수아즈 사강도 참석했는데, 이는 당시만 해도 쿠바에서 허용됐던 자유주의의 폭을 말해줍니다. 사강은 자기 친구들과 에어컨이 있는 기차에 모여 종일 카드놀이만 했어요. 리로이 존스는 지금의 블랙 팬더[301] 유니폼과는 아주 다른 옷을 입고 돌아다녔습니다. 영국식으로 재단한 비단옷을 입고 이탈리아 구두를 신은 그는 항상 골루아즈 담배만 피웠어요. 리로이 존스가 당시에 초대된 다른 미국 흑인들과 다른 점이 있다면 굉장히 낯을 가리고 쑥스러움을 잘 타는 것이었습니다.

뉴저지의 염세주의자 이미지와는 전혀 달랐죠. 그의 행동과 옷차림은 혁명가라기보다는 멋쟁이라는 인상을 주었고 전형적인 유럽인 같았어요.

문화 투쟁 이야기로 돌아가 볼까요?

그러죠. 그렇지만 이야기 도중에 옆길로 새는 것은 로렌스 스턴이 말한 대로 '대화의 햇살' 역할을 해요. 쿠바 혁명 초기에 투쟁하던 분파 중 하나가 『혁명의 월요일Lunes de Revolución』이었어요. 이 잡지는 7.26 운동의 기관지인 〈레볼루시온(혁명)〉의 문학 부록이었는데, 자유주의, 관용성, 이념적 · 문학적 실험성을 표방했습니다.

선생님이 잡지의 책임자였나요?

그래요. 그러나 제가 말하는 것에 조금만치의 자랑이나 허영심도 없어요. 『혁명의 월요일』이 얼마나 혁명과 문화와 표현의 자유를 조화시키려고 노력했는지는 이 잡지를 구해서 몇 쪽만 훑어봐도 금방 알 수 있을 겁니다. 이 『혁명의 월요일』과 반대편에 있던 분파가 일련의 조직들 혹은 어느 정도 공적인 성격을 지닌 협회들이었습니다. 솔직히 말하면 이들은 대체로 복종적이었어요. 전체주의 사회에서 불복종은 대역죄와 같으니까요. 이들은 또한 전지전능한 조직이었습니다. 예를 들어 영화협회는 당시 스탈린주의자들의 온상이었지요. 현재 상황이 달라졌다고 말하는 것은 아닙니다. 오늘날의 쿠바는 전체적으로 스탈린주의가 됐기 때문에 어차피 구분이 되지도 않습니다. 그렇지만 당시에는 옛 공산당에서 유래한 것들이 눈에 잘 띄었어요. 공산당은 이념이 완벽하게 규정되어 있고 아주 엄격한 사상을 가지고 있어서 혁명 문화의 모델이 되었습니다. 자발적으로 즈다노프주의자[302]가 된 사람들은 영화협회에 몰려들었어요. 당시에 영화는 지금처럼 국가가 독점했고 협회는 영화를 산업이자 예술이자 오락으로 감독하면서 전국에 널려 있는 모든 영화관과 배급망과 수천 개의 영화 필름을 소유했습니다. 협회는 또한 원판 필름부터 필름 통에 이르기까지 모든 종류의 영화제작을 감독했을 뿐만 아니라 1961년 이후에 쿠바에서 상영된 수입영화들도 모두 통제했지요.

저는 1959년 초 영화협회를 만든 창립자 가운데 한 명입니다. 하지만 공산주의가 스며들어 독립적인 창작이 불가능해지는 바람에 협회를 떠날 수밖에 없었어요. 제가 나오기 전 협회 회장이었던 알프레도 게바라Alfredo Guevara와 벌였던 논쟁이 생각나네요. 이 사람은 이름이 비슷한 체 게바라와는 아무 관계가 없고, 쿠바든 볼리비아든 그 어디서도 게릴라 활동을 한 적도 없어요. 한번은 루이스 부뉴엘이 〈프로비덴시아 거리의 조난자〉란 영화를 쿠바에서 찍으려고 했는데 부르주아적이라는 이유로 반대하더군요. 부뉴엘은 몇 년 후에 그 영화를 멕시코에서 찍어 〈터미네이터 천사El ángel exterminador〉라는 제목을 붙였습니다. 저는 그렇게 아름답도록 파괴적인 영화를 본 적이 없고, 초기 초현실주의자들이 품었던 심오한 의미의 반反부르주아적인 영화를 본 적도 없어요.

이런 식으로 『혁명의 월요일』은 영화협회와 정치적으로 반대편에 설 수밖에 없었습니다. 이때 지금은 뉴욕에 살고 있는 제 동생과 지금 푸에르토리코로 망명한 사진작가 오를란도 히메네스Orlando Jiménez가 짧은 독립영화 〈피엠PM〉을 만들었는데, 아이러니하게도 혁명 쿠바의 처음이자 마지막 자유 영화가 된 이 작품에 대해 문화계의 두 파가 격렬하게 부딪힐 수밖에 없었던 거죠. 쟁점은 사회주의 국가에서 창작의 자유에 깊은 영향을 주는 개념에 대한 것이었습니다. 당연히 우리의 적들이 이겼어요. 우리는 애초부터 이길 수 없는 싸움을 했지요. 체코슬로바키아를 비롯해 당시 사회주의 진영의 상황을 볼 때 자유와 사회주의는 양립할 수 없는 개념이거든요. 그런데 이 사건이 드라마틱한 결말을 겪지 않았다면 이 논쟁의 동기도 웃어넘겨 버리고 말았을 겁니다.

이 단편 영화는 1960년 말에 만들어졌는데, 그해 12월, 크리스마스에 적들이 침공한다는 소문이 돌아 군사동원령이 내려져 있었어요. 그렇지만 쿠바에서 늘 그렇듯이 그런 사태에 개의치 않고 축제를 즐기려는 사람들도 많았죠. 이들은 심지어 1962년 10월 핵전쟁 위기가 있을 때에도 춤추고 즐겼어요. 영화는 사람들이 바에 기대어 술을 마시고 밤거리의 여러 클럽에서 즐기고, 아바나 맞은편의 레글라Regla라는 마을에서 춤을 추기 위해 아바나만을 가로질러 오는 모습을 담았습니다. 〈피엠〉은 『혁명의 월요일』이 맡고 있던 매주 월요일 밤의 텔레비전 프로그램을 통해 방영되었습니다. 전 세계 독립 영화를 소개하는 시간이었지요. 그리고 아무 일도 일어나지 않았습니다. 문제는 이 영화를 만든 사람들이 복사본 하나를 영화검토위원회, 그러니까 옛날로 치면 검열 부서에 가져갔을 때 시작됩니다. 그 부서는 겉으로는 혁명군이라고 하지만 사실은 스탈린주의자들이었던 사람들이 장악하고 있었어요. 얼마 남지 않았던 민간 영화관들 가운데 한 곳에서 그 영화를 상영하려고 했기 때문에 허가를 받기 위해 검열 부서 사무실에 복사본을 놓고 와야 했지요. 영화협회는 이때를 이용해 허가를 안 해 준 것은 물론이고 영화 복사본을 압수해 버립니다. 이런 조치는 다른 나라에서도 일어나죠. 그러나 쿠바에서 이런 일이 일어난 것은 문화적 도발일 뿐만 아니라 영화의 제작비 일부를 후원했던 『혁명의 월요일』과 그것을 방영했던 텔레비전 프로그램을 불신하는 행위였습니다. 한마디로 〈피엠〉은 반혁명적 영화라고 찍힌 것이죠. 이 사실을 알고 나서 저는 『혁명의 월요일』 동료들을 모아 회의를 한 다음, 영화의 검열과 압수에 항의하는 성명서를 내기로 결정했습니다.

그것이 혁명에 대해 항의하는 최초의 성명서였나요?

오랜 기간 피델 카스트로가 절대 권력을 누리던 혁명의 시기에 혁명 정부의 조치에 반발해서 일어난 사실상 유일한 집단 시위였습니다. 그것이 왜 전무후무한 항의 시위가 되는지 설명해 드릴게요. 우리는 그때 성명서를 발표하면서 주요 지식인과 예술가 약 200명의 서명을 받았고, 그것을 오랜 공산주의자 시인인 니콜라스 기옌[303]이 맡고 있는 조직에 제출했습니다. 그는 오늘날 쿠바작가예술가동맹UNEAC[304]이라 불리는 조직을 통제하고 있었는데요, UNEAC은 친목단체이자 노동조합이자 검열과 자기검열을 수행하는 기구로 악명 높은 소비에트작가동맹을 모방한 것이었습니다.

그때는 피그만 침공 사건[305]으로 몹시 어수선한 시기였습니다. 피그만 침공이 4월에 일어났고 〈피엠〉이 텔레비전에 방영된 것은 4월 말이었어요. 복사본이 압수당한 것은 5월 초였고요. 또한 정권을 홍보하고 선전하기 위해 개최되는 여러 국제 행사에 앞서 아바나에 문화적 열기가 충만할 때였습니다. 이 행사들은 1963년 국제건축가대회, 1967년 3대륙 작가학회, 1968년 유럽 화가와 조각가들의 유명한 '5월 살롱' 등 훗날에 열릴 큰 행사들의 전주곡이었습니다. 그로부터 4주 후에 제1회 UNEAC 대회 날짜가 공지됐어요. 여기에 남북아메리카, 서유럽, 동구권, 아시아에서 많은 외국 대표가 초청되었습니다. 그야말로 문학계의 빅 이벤트였습니다. 그런 상황에서 정부 주관 부서가 조치하고 공화국 대통령이 재가한 사안에 반대하는 서명이 가득한 항의 성명서가 지식인들 사이에 돌아다녔던 거죠. 영화협회에서는 득달같이 달려가 도르티코스[306] 대통령의 사후 재가까지 받아냈거든요. 이런 논쟁과 분열 혹은 "당의 심장부에서의 이견"이 당장 임박한 UNEAC 대회에서 외부에 드러날지도 모른다는 점에 대해 공식적인 염려와 우려가 대두되었습니다. 왜냐하면 그런 공개적이고 국제적인 행사에서 당의 분열이 드러나는 것은 당에서 제일 큰 해당害黨 행위로 간주하는, "밖에 나가 우리 집 걸레를 빨래"하는 짓이었기 때문입니다. 피델 카스트로 주변에서 은밀한 움직임이 포착됐습니다. 한편으로는 〈레볼루시온〉의 주간인 카를로스 프랑키가 움직였고, 다른 한편으로는 PSP의 문화위원회가 조언을 해서, 마침내 6월 초에 열리기로 했던 대회가 8월 말로 연기됩니다. UNEAC 대회가 열리는 대신 국립도서관 강당에서는 피델 카스트로와 지식인들 사이에 일련의 만남이 주선됩니다. 그것은 잘 알려진 저명한 지식인들을 대상으로 한 매우 사적인 만남이었어요. 일단 전화로 초청 의사를 전한 후에 당시 아직 'G-2'라고 불리던 정보기관 요원이 재확인 과정을 거쳤습니다. 바티스타 군대에서 쓰인 명칭을 그대로 쓰고 미국 군대의 조직을 모방한 이 기관의 요원들은 만남이 있던 도서관 현관과 내부의 강당 출입구를 삼엄하게 지켰지요. 직전에 실패로 끝난 피그만 침공 사건으로 삼엄한 비상시국이었음을 감안할 때, 그 회의에서 고작 그 짧은 단편영화를 놓고 얘기한 것은 지금 보면 실소를 금치 못할 일입니다. 그러나 이 일은 소수에 의해 지배되는 공산주의 사회가 소수 그룹이나 하잘것없는 허약한 그룹도 밀착 감시하고 있다는 사실을 잘 보여줍니다. 즉 그 작은 목소리가 아무리 결백하고 무심하다 할지라도 그냥 지나치는 법은 없다는 겁니다. 특히 그것이 반대되는 의견이라면 더욱더 그렇죠.

그 강당에는 지식인들이 많이 있었나요?

강당이 가득 찼습니다. 일반 관객은 없었고 모두가 작가, 예술가, 지식인, 배우 등이었습니다. 그들이 앉은 맞은편 연단에는 회의를 주재하는 피델 카스트로 외에도 도르티코스 대통령, 지금 이념 담당 책임자인 교육부장관 아르만도 하트[307], 공산당의 문화계 지도자이자 국립문화위원회Consejo Nacional de Cultura 공동위원장인 에디스 가르시아 부차카Edith García Buchaca가 있었습니다. 가르시아 부차카는 훗날 소련의 문화부장관이었던 예카테리나 푸르체바[308]의 쿠바판 모델이 되지만 실패한 모델이 되고 맙니다.

왜 실패했다는 거죠?

얼마 안 가서 불행해졌어요. 1964년에 오랜 공산당 지도자이자 당시 쿠바 혁명군 부사령관이었던 남편 호아킨 오르도키Joaquín Ordoqui와 함께 제국주의 간첩 혐의로 체포되었거든요. 거의 재판도 없이 두 사람은 지금 가택연금 상태에 있습니다. 카바냐 요새에서 심문을 하던 도중 오르도키가 심장발작을 일으켰죠. 어쨌든, 단상에는 그밖에도 알프레도 게바라, 알레호 카르펜티에르, 카를로스 프랑키가 있었고, 카를로스 라파엘 로드리게스[309]처럼 문화와 관련된 혁명 지도자도 있었습니다. 저도 『혁명의 월요일』 주간 자격으로, 그리고 항의 성명서를 통해 노골적으로 정권을 도발한 사람으로 앉아 있었습니다. (미안하지만, 담뱃불 좀 붙이겠습니다.)

쿠바 시가인가요?

맞아요. 그런데 이름은 볼리바르Bolívar예요. 또 다른 시가도 오리지널 쿠바 것인데, 이름은 처칠이죠.

아직도 그렇게 부르나요?

수출품에만 이렇게 이름을 붙여요. 보시다시피 저와 쿠바의 유일한 접촉은 이렇게 연기를 통한 것입니다. 이런 점에서는 카스트로와 똑같은 특권을 누린다고 할 수 있어요. 그는 쿠바에서 원하는 만큼 담배를 피울 수 있는 유일한 사람이거든요.

왜 그렇죠?

모두가 배급제이기 때문입니다.

담배도 그런가요?

담배, 설탕, 쌀, 바나나, 파인애플, 아보카도 등 모두 그렇죠. 소 · 돼지고기나 닭고기는 물론이고요. 이것들이 수출품으로 나가기 때문이라는 게 공식적인 변명입니다. 사람들에게 돈이 너무 많아서 생산이 못 따라 간다고 둘러대기도 하고요. 확실한 점은, 다른 사회주의 국가들처럼 쿠바에서 유일하게 잘 돌아가는 곳이 통치 시스템인 경찰Police, 선전Propaganda, 그리고 편집증Paranoia이라는 것입니다. 이 세 가지 P가 모였던 도서관 회의로 다시 돌아가죠. 그 도서관 모임은 너무도 이상했습니다. 일종의 의식儀式이었는지 혹은 우연이었는지는 모르겠지만, 세 번 연속 금요일에 열렸어요. 모든 사람이 발언을 했고 하고 싶은 얘기를 했습니다. 그런데 항의 성명서를 유발했던 원인이나 영화를 선전한 이유에 대해 공개적으로 얘기를 나누는 것처럼 보이던 분위기가 갑자기 영화를 단죄하는 재판정 분위기로 바뀌어버렸어요. 영화가 반혁명까지는 아니지만 규율이 빠진 행위였다는 점을 비판하며, 그 결정적인 증거로 영화의 네오리얼리즘 성향과 구성 방식을 제시했습니다.

왜 그 영화가 혁명에 어긋난다고 생각했던 것이죠?

그렇게 엮인 이유는 정치가 아니라 병리학적으로 설명해야 합니다. 인민, 당, 개인, 혹은 위대한 유토피아를 건설하겠다는 분의 정적들을 솎아내는 수단으로 편집증이 사용되고 있으니까요. 모든 전체주의 국가가 그렇지만, 쿠바에서는 그 어떤 의견도 결백하지 않습니다. 영국이나 미국에서는 재판에서 아무리 증거가 명백하다 할지라도 피고의 유죄를 결정적으로 입증해야 합니다. 시르한 시르한[310]이나 찰스 맨슨의 경우를 보면 알 수 있죠. 그러나 전체주의 국가에서는 정반대의 일이 일어납니다. 즉 모든 시민이 어떤 시점에 어느 정도는 일정한 죄를 안고 살아간다는 말입니다. 사형집행인이나 사형수나 모든 사람이 이렇게 죄목에 걸려 있다가 처형장에서 마주치게 되지요.

마치 도스토옙스키[311] 이야기 같군요.

아니요, 그 사람이 아니고 카프카입니다. 생각해보세요. 이미 소련의 경우를 알고 있고, 체코슬로바키아는 물론이고 동유럽 국가들도 잘 알려져 있잖아요. 다만 모르고 있는 것은 이렇게 이분법적이고 중세적이고 슬라브적인 질병이 열대 카리브해 지역으로 전염되어, 예전에는 국민들이 자유롭다 못해 태평스러웠던 그 슬픈 섬에 상륙하고 말았다는 점입니다. 그 재판에서 〈피엠〉이라는 영화는 피고가 아니라 『혁명의 월요일』을 옭아매기 위한 최고의 증거물이었어요. 다시 말하면, 피고는 그 영화가 아니라 그것을 후원한 잡지이자 그 잡지가 가지고 있는 문화에 대한 자유로운 개념이었습니다. 또한 그 영화가 보여주는 아바나의 자유분방한 생활 역시 피고였습니다. 종교에서는 신을 두려워하지 않는 모든 것이 죄악입니다. 그런데 "신이 없는 이 종교"에서는 공포에 예속되지 않는 모든 이가 파문을 당하게 됩니다.

국립도서관 회의 결과는 어땠나요?

회의는 팽팽한 열기 속에서 진행됐습니다. 모든 사람이 자유롭게 발언했어요. 그중에도 더 자유롭고 덜 자유로운 사람들이 있기는 했지만요. 그 자리에서 자기가 무슨 말을 하는지 모르는 사람들도 있었고, 자기가 꼭 말해야 할 것을 아는 사람들도 있었어요. 『혁명의 월요일』에서 일하는 사람들은 혁명 정부의 문화계 안에서 가장 자유로운 분파에 속했습니다. 우리는 죄가 없다기보다는 순진했습니다. 그리고 순진하고 조심성 없는 사람들이 다 그렇듯 그 강당의 맞은편 구석에서 일어나고 있는 일은 꿈에도 짐작하지 못했죠. 그 맞은편 방에서 영화협회가 녹음기를 설치해 강당에서 있었던 모든 대화를 녹음했어요. 그리고 매일 회의가 끝나는 대로 녹음테이프를 비밀경찰 우두머리에게 전달했습니다. 이 사람은 몇 달 후에 내무부 장관이 되는 사람이에요. 비밀경찰 본부에서는 우리 발언을 듣고 각자에 대해 두툼한 신상 파일을 만들기 시작합니다. 물론 『혁명의 월요일』 사람들은 회의에서 영화 〈피엠〉의 압수 사태에 대해 생각하고 있는 바를 대체로 명확하게 말했습니다. 우리는 또한 이 사태가 혁명이 진행 중인 쿠바 문화계에서 개탄스러운 선례로 남을 것이라고 경고했습니다. 예언과도 같았던 이 말에 대해 심지어 우리와 적대적이었던 사람들까지도 동감을 표시했습니다.

그런데 우리는 그 도서관 회의 둘째 날에, 마치 오스카 와일드[312]가 겪었던 것처럼, 재앙이 찾아왔다는 사실을 깨닫게 됩니다. 호기 있게 말을 앞세우던 지식인들이 자기 자리에 앉아 침묵만 지키고 있었고, 같은 편이었던 친구들은 일어나서 우리를 적으로 돌렸으며, 기회주의자들이나 우리에게 앙심을 품고 있던 사람들은 돌아가는 사태를 은근히 즐기더군요. 한 사람 예를 들어볼까요. 스페인 내전 때 피난 온 공화파 망명객 한 사람은 그저 그런 작가여서 『혁명의 월요일』의 필진에서 탈락했는데, 이후 기회주의와 증오심으로 똘똘 뭉친 사람이 되었어요. 세속적이고 무능한 이 사람은 당시에 지적으로나 정치적으로나 은둔생활을 하고 있었는데 자신을 쫓아낸 『혁명의 월요일』을 맹렬히 단죄하는 발언을 한 후에 무덤에서 부활하게 되지요. 그의 증언이 워낙 결정적이었기 때문에 혁명 정부는 즉시 공로를 인정해 그를 거의 종신직인 바티칸 주재 대사로 임명했습니다.

마침내 피델 카스트로의 차례가 됐습니다. 다른 수많은 경우와 마찬가지로, 그는 판사와 검사 역할을 동시에 떠맡아 이 재판을 정리했죠. 항상 그렇듯이, 그의 말은 번복하기 불가능한 최후의 심판 같은 것이었어요. 그는 특유의 몸짓과 함께 의자에서 천천히 일어나 허리에 차고 있던 45구경 권총 혁대를 탁자 위에 풀어놓은 다음, 단상 가운데 마이크 앞으로 걸어 나왔습니다. 마치 여호와가 쿠바에 강림한 것처럼, 피델 카스트로의 연설은 거룩할 정도로 위협적이었어요. 그는 거기 모여 있는 지식인들에게 "문화인들의 분파가 몇 개나 있다고?"라고 경멸조로 물어보듯, 깔보는 시선을 보인 다음에 지금은 널리 알려진 그 재수 없는 말로 연설을 마무리했습니다. "혁명과 함께 하면 전부를 주지만, 혁명에 반대하면 아무것도 없습니다Con la revolución todo, contra la revolución nada." 이 말은 이후 카스트로 정권에서 학문적이고 예술적인 자유가 논의될 때면 어디에서나 강조되었습니다. 마치 말로 만든 기념비 같았죠. 실제로 이 말은 전체주의 논리를 표현한 것인데, 언뜻 보면 조지 오웰의 다음과 같은 말을 빌린 것 같아요. "네 다리는 좋고, 두 다리는 나쁘다."[313] 당시 맥락을 알고 나서 카스트로의 메시지를 이해하면 다음과 같은 얘기입니다. "나와 함께 있으면 좋을 것이고 내게 반대하면 좋지 않을 거다. 그리고 나는 누가 내 친구이고 적인지, 그리고 그들이 어디 있는지 생각하고 결정할 모든 권한을 갖고 있다." 이런 편집증이 쿠바의 정치 체제로 고착돼 버리고 말았습니다. 비밀리에 진행됐던 국립도서관 지식인 회의의 결말은 더욱 비밀스러웠어요. 카스트로 연설은 출판되지도 않았고 서론이나 설명도 없었죠. 그리고 은밀하게 『혁명의 월요일』의 폐간이 결정됐습니다. 공식적인 이유는 종이가 부족하다는 것이었습니다. 하지만 이 잡지를 대체하기 위해 다른 세 개의 잡지가 만들어졌고 이것들은 정부와 당의 엄격한 통제를 받았습니다. 덕분에 제1차 쿠바작가예술가회의라는 거창한 이름이 붙은 공식 대회는 별 잡음 없이 열렸습니다.

선생님이 쿠바를 떠난 것이 그때인가요?

아니요. 그건 훨씬 후의 일입니다. 자기 나라를 떠나는 일이 당을 떠나는 일처럼 쉬운 건 아니죠. 비록 자기 나라 전체가 당이 됐다고 해도요.

다른 한편으로, 잘 아시다시피 공산주의는 마피아처럼 포기하는 것을 허가하지 않고, 그냥 추방시키거나 사망증명서를 발급할 뿐이죠. 그런데 쿠바가 완전히, 총체적으로 그런 공산주의 국가가 된 거예요. 『혁명의 월요일』이 폐간된 후, 저는 실업자가 되고 말았습니다. 〈레볼루시온〉에서는 일을 하지 않아도 제게 월급을 부쳐주려고 했습니다. 다만 사무실에 나오지 않을수록 좋다는 암묵적인 합의가 있었죠. 『혁명의 월요일』 사람들은 갑자기 전염병에 감염된 존재가 되었어요. 아니면 예전부터 잠복해 있던 병이 드러난 것일 수도 있죠. 사람들은 작대기로도 우리를 건드리지 않으려 했어요. 그러니까 우리는 완벽한 재앙의 구렁텅이에 빠진 겁니다. 오로지 신정 정치에서나 이런 비유를 온전히 이해할 수 있을 것입니다. 그건 문자 그대로 타락이었으니까요. 우리는 지옥의 나락에 떨어진, 혹은 침묵의 연옥에 불시착한 천사들이었어요. 즉 우리는 투명인간이었습니다.

저는 집에 있으면서 월급 수령을 거부했습니다. 한가하게 돈을 받아갔다는 말이 나중에 어떻게 이용될지 잘 알고 있었거든요. 저는 집에 앉아서 새로운 일자리를 기다렸지요. 시간이 한 달, 두 달, 세 달, 여섯 달, 여덟 달 이렇게 계속 지나가는데 일자리는 생기지 않았습니다. 그러는 동안 먹고사는 것은 연극, 영화, 텔레비전 등에 배우로 나오는 아내 미리암 고메스가 벌어오는 돈으로 해결했어요. 가진 게 시간밖에 없던 저는 글을 쓰거나 사람들을 만났는데, 대개 『혁명의 월요일』 친구들이거나 잘 알려진 반체제 인사들이었어요. 주로 쫓기는 동성애자들, 트로츠키주의자들, 때늦은 비트족이나 때 이른 히피들처럼 환영받지 못하는 외국인 방문객들이었죠. 동시에 저희 집에서 당시 금지된 주제에 대해서도 얘기를 나눴고, 갈수록 불합리하고 비효율적이고 위험해지는 현실에 대해서도 비판했습니다. 저는 어딜 가든지 제가 사회주의가 만들어놓은 최초의 뚜쟁이라고 떠들고 다녔고, 그밖에도 정치적 조크를 많이 했는데, 사실 이건 역사적 유머라기보다는 인민으로서의 자살행위였죠. 이러다보니 제 주변에 대해 우려하는 분위기가 생기고 아직 권력을 누리고 있던 몇몇 친구들이 걱정하는 소리도 들렸어요. 급기야 공식적인 우려의 목소리도 생겨났습니다. 전체주의 국가의 특징은요, 국민들이 가지는 두려움이 정권의 기술이라기보다는 공포의 자발적 확산으로 생겨난다는 점입니다. 이렇게 해서 공포가 전 국민에게 퍼지고 서로가 서로를 두려워하게 되는 거죠. 그 어떤 의견도 자유로울 수 없고 언제든 단죄될 수 있어요. 다음에는 어떤 반체제 인사가 이단시될지, 혹은 역사적 재앙을 촉발할지 아무도 모릅니다. 왜냐하면 역사는 유물론자들의 섭리이니까요. 한편, 쿠바 내에서나 외국에서나 많은 사람이 내게 무슨 일이 있었던 것인지 궁금해했어요. 제가 한때는 알레호 카르펜티에르, 레사마 리마 등과 함께 고등문화위원회Consejo Superior de Cultura 위원이었고, 작가연맹에서 두 번째나 세 번째 부의장을 맡았고, 〈레볼루시온〉의 편집위원까지 했는데, 집에서 일자리도 없이 놀면서 정치적으로 매장되는 것을 보고 도대체 무슨 일인지 궁금했던 것이죠. 그런데 그 소리가 대통령 귀에까지 들어갔나 봐요. 그러자 그는 사적으로 중재하는 역할을 몇 번 하더니, 제가 쿠바 밖으로 나가야 한다고 결론을 내렸습니다. 적당한 시기 동안 일종의 공식적인 망명을 하라는 거죠. 그리고 나중에 귀국할 때는 어느 정도 교화가 돼 있어야 하는 겁니다. 그러나 잃어버린 명예는 더 이상 되찾을 수 없고, 저의 죄는 그 어떤 속죄행위를 통해서도 씻을 수 없는 것이었어요.

그래서 공식적으로 쿠바를 떠난 것이군요?

시베리아 수력발전소 감독으로 보내는 것보다 더 머나먼 곳에 일자리를 하나 줬어요. 저를 벨기에 대사관의 문화 담당 문정관으로 발령을 냈습니다. 당시 브뤼셀은 아바나에서 볼 때는 달의 반대편에 숨은 곳이었죠. 제가 맡은 문정관이란 자리는 쿠바의 외교관 서열에서 수위보다 조금 높은 수준의 직급이었는데, 대사관에는 수위도 없었어요. 외교관 생활을 하면서 파리와 밀라노에서 제 첫 번째 책을 출판했습니다. 이 책은 1960년 아바나에서 썼던 단편들의 모음집 『전쟁에서와 같이 평화시에도』를 번역한 것인데 유럽에서 제법 인기를 끌었어요. 저는 일상적인 사무실 근무, 리셉션, 그리고 같은 거리 이웃 대사관들과의 프로토콜 잡담과 끈끈하고 끔찍한 보드카나 끈적이는 슬리보비츠slivovitz 브랜디, 전체주의적인 토케이tokay 와인에 배겨날 수 없는 열대지방의 간을 가지고 슬라브족 외교관들과 연신 "동무, 원 샷!"을 외치며 나만 빼놓고 다른 모든 사람의 건강을 위하여 끊임없이 건배를 하는 생활에 쫓기면서도 최대한 자유 시간을 확보하려고 애썼어요. 그렇게 술에 찌든 나날 속에서도 플레미시 구역에 있는 집에 돌아오면 책상에 앉아 『세 마리 슬픈 호랑이』 집필을 계속했지요. 그리고 이 책은 1964년 바르셀로나의 세이스 바랄Seix-Barral 출판사가 주는 상을 받았습니다. 또한 당시에 몇 가지 기막힌 우연들이 겹치면서 저는 대사관의 상무관으로 진급했고, 결국 나중에는 대사관에 혼자 남게 됐어요.

기막힌 우연들이란 어떤 것들이었나요?

그중 하나의 예를 들어보면, 우리 대사가 휴가로 귀국했는데 체포되어 감옥에 갇히고 말았어요. 그 사람은 아직도 감옥에 있습니다. 그는 아무런 재판도 받지 않았고 자신의 죄가 무엇인지도 몰라요. 그런데 정부는 자백하기만 하면 벌을 가볍게 해주겠다고 말하고 있어요.

믿을 수 없는 일이군요!

더 믿을 수 없는 건 구스타보 아르코스[314] 대사가 1953년 7월 26일에 일어났던 몬카다 병영 습격사건에서 살아남은 영웅들 가운데 하나라는 사실입니다. 카스트로가 마침내 권력을 잡을 수 있었던 건 이 사건 덕분이었어요. 대사는 이날 중상을 입었는데 기적적으로 도망쳐서 여섯 달 동안 반신마비 상태로 있었답니다. 이후 체포되어 감옥에 갇혔지만 사면되어 카스트로 형제와 함께 멕시코로 건너갑니다. 그렇지만 카스트로가 유격전을 펼치기 위해 그란마Granma 호를 타고 은밀히 쿠바로 들어갈 때 동행하지 못하고 그 대신 동생이 가는데 그 동생이 그만 상륙 과정에서 죽습니다. 이렇게 믿을 수 없는 일들이 일상적으로 일어나면 그건 더 이상 믿을 수 없는 일이 아니게 됩니다. 그런데 우리가 무슨 얘기를 하고 있었죠?

문학상과 또 다른 책의 출판에 대해서요.

그 상을 받았다는 소식이 뉴스 통신사를 통해서 쿠바에 전해지자 사람들은 저와 친하건 안 친하건 저를 다시 기억하기 시작했어요. 그래서 제가 어머니 장례 때문에 귀국했을 때 사람들이 각기 자기 나름대로 제게 축하를 해주었죠. 그렇지만 저의 적들은 노골적으로 혹은 숨김없이 저를 쿠바에 붙잡아두려고 은밀히 움직이기 시작했습니다.

감옥에 보내려는 것이었나요?

그건 시간문제였죠. 이들은 일단 제가 벨기에 임지로 돌아가는 것을 막았어요. 우선 저를 복귀시켜야 한다는 외교부를 무력화하고 제게 호의적인 사람들을 꼼짝 못 하게 만들기 위해 정보부를 움직이면서 "유일한 정념은 공포다"라는 홉스의 말을 입증해줬습니다. 1961년과 마찬가지로 저는 다시 실업자가 됐어요. 제가 살던 집, 정확히 말하면 아버지의 아파트는 다시 반골들과 쫓기는 이들로 득실거렸고, 또다시 제 주변은 을씨년스러운 진공 상태가 되었지요. 그런데 이번에는 더 외로웠어요. 미리암 고메스가 벨기에에 남아 있었거든요. 그렇지만 저는 이런 고독과 주변에 대한 거리감 덕분에 내 조국이라 해서 그냥 인정하는 것이 아니라 똑바로 바라보는 드문 특권을 갖게 되었어요. 새로운 질서로 재편된 나라의 진면목을 보게 됐다고 할까요. 제가 보기에 그곳은 그냥 가난해져버린 정도가 아니라 침묵하면서 비참한 상태를 견디고 있는 비현실적인 좀비들이 사는 나라가 되어 있었어요. 수다스러웠던 사람들 역시 모두 과묵해질 수밖에 없었지요.

처음 벨기에로 떠나기 전에 저는 아마도 쿠바의 미래를 예견했었는지 호라티우스 시의 한 구절을 변형해 이렇게 말하곤 했어요. "폐허 앞에서도 나는 흔들리지 않으리라." 그런데 귀국하고 나서 저는 호라티우스의 초기 실존주의를 받아들이는 것보다 그의 시를 패러디하는 것이 더 쉽다는 사실을 깨달았습니다. 아바나의 폐허, 쿠바의 폐허, 쿠바인들의 폐허를 보고 저는 흔들리지 않은 것이 아니라 아예 엎어져버리고 말았지요. 이전에는 쿠바에서 글을 못 쓸지는 몰라도 최소한 사는 데는 지장이 없을 거라 생각했어요. 온 나라를 덮고 있는 풀처럼 살아가면 되니까요. 그런데 그때 깨달았죠. 전체주의 국가가 되어버린 쿠바에서는 사는 것도 불가능하구나. 왜냐하면 자유는 역사의 산소 같은 것이니까요. 우리가 자유를 누릴 때는 그것을 보지 못하고 자연스럽게 숨을 쉽니다. 그것이 영원할 것처럼 말이죠. 그런데 핍박을 당하면 비로소 그것이 얼마나 소중한 것이었는지 깨닫게 됩니다. 그러나 이미 너무 늦었어요. 쿠바는 질식 상태였습니다. 숨이 더 막히기 전에 이전의 일을 다시 겪고 싶지 않았기에 그 나라를 떠나기로 결심했어요. 저와 말이 좀 통하는 사람들에게 무슨 수를 써서라도 쿠바를 떠나겠다는 결심을 알리자 통행료로 쓸 돈도 생기고 비자도 받을 수 있더군요. 전체주의의 공포는 다른 종류의 두려움과 다르지 않습니다. 중세에 스페인 사람 하나가 이렇게 말했어요. "도망가는 적에겐, 돈 보따리 다리." 내빼는 사람은 돌다리가 아니라 돈 다리를 건너서라도 도망쳐야죠. 제게 당시 뜻

있는 충고를 해준 사람은 프란체스코 기치아르디니였어요. 피렌체 출신의 지혜로운 분이지만 마키아벨리와는 아무 관련이 없던 그가 이렇게 말하더군요. "독재하에 살아가려면 어떤 수도 소용없네. 유일한 방법이 있다면 흑사병이 창궐하던 시대에 써먹던 것, 즉 최대한 멀리 도망가는 거야."

선생님은 카스트로 혁명에 어떤 방식으로 참여하셨나요?

피델 카스트로는 법령을 통해 혁명의 역사를 반란insurrección과 혁명revolución으로 나눴습니다. 반란이란 1952년 바티스타가 쿠데타를 일으킨 후 1959년 신년 첫날 전야에 도망갈 때까지 일어난 일을 말합니다. 그 이후부터 지금까지는 모두 혁명입니다. 복잡한 역사의 물줄기를 이렇게 나누는 것에는 굉장히 영리한 정치적 계산이 있어요. 이런 방식으로, PSP에 속해 있던 조직원들에게는 정치적 요르단 강에서 세례 받을 수 있는 기회를 제공했고, 1959년 이전에 정치적 무풍지대에 머무르면서 관망하던 사람들에게는 혁명에 복무하라는 두 번째 기회를 베풀었지요. 반란의 시절에 제가 한 일은 많지 않았습니다. 혁명의 영웅이나 순교자들에 비하면 미미한 수준이었죠. 그러나 지금 카스트로 정권에서 장관을 지내는 자들에 비하면 엄청난 역할이었습니다.

좀 더 구체적으로 말씀해주시지요.

저는 반체제 지하 신문이었던 〈레볼루시온〉을 만들었고 다양한 혁명군 그룹과 접촉했습니다. 7.26 운동 조직을 위해 무기와 폭발물을 옮겼고, 저희 집은 혁명군과 테러리스트 은거지 역할을 하기도 했어요. 또한 한두 개의 비밀 조직을 만들려고 시도했어요. 하나는 젊은 지식인들 조직이고 다른 하나는 언론인들 조직입니다. 이밖에도 세세한 것들이 좀 더 있어요.

굉장히 위험한 활동으로 보이는군요.

제일 위험한 것은 아바나 시내에 종일 머물러 있는 것이었어요. 당시만 해도 혁명의 신화는 아직 시에라 마에스트라[315]까지 미치지 않았고, 그 곳의 농촌 게릴라들도 오늘날처럼 엄청난 후광을 받지는 않았습니다. 그때 정말 위험한 것은 도시에서 바티스타에 반대해 테러를 하거나 반체제 투쟁을 하는 것이었죠. 산악 게릴라들의 본거지는 혁명가들이 휴가를 맞아서 가는 정치적 휴양소 같은 곳이었습니다. 1957년 프랑크 파이스[316]가 산티아고 시내에서 경찰에게 죽임을 당했을 때, 그가 산악에 있는 카스트로에게 합류하라는 권고를 사양하고 도시에 남아 싸울 것을 자청했다는 이유로 그를 칭송하는 열기가 얼마나 끓어올랐었는지 기억이 납니다. 지금 들으면 다 꾸며낸 이야기 같다고 하겠죠. 그러나 체 게바라가 볼리비아에서 실패하고, 도시 게릴라들이 사방에서 승리를 거둔 것은 우리에게 또 다른 혁명 신화의 기원을 보여줍니다. 다시 말해, 도시야말로, 마치 늙은 코끼리들이 죽을 때 찾아가는 무덤과 마찬가지로, 게릴라들이 죽으러 가는 곳이었다는 거죠. 반면 산은 게릴라들이 죽을 때 찾아가는 곳이고 역사를 신봉하는 사람들의 낙원이었어요.

그렇다면 선생님도 바티스타 정권에 저항하는 혁명에 공감하고 있었군요?

그럼요. 이 돌고 도는 역사에서 1958년이 되돌아와 똑같은 일이 다시 일어난다면, 만일 혁명의 플라톤적 시기에 산다면 저는 똑같이 행동할 겁니다. 그렇다고 해서 오늘날의 쿠바 상황이 바티스타 시대보다 나빠졌다는 것을 제가 모른다는 의미는 아닙니다. 바티스타 시절에는 깡패들이 권력을 가지고 있었어요. 돈과 폭력에 미친 그들은 떠돌아다니며 흔들리는 권력을 쥐고 휘둘렀습니다. 이들은 역사적 법칙에서 비켜나 있는 존재들, 그러니까 역사적 무법자들이었죠. 그런데 지금 권력을 쥔 사람들은 치밀하게 조직되고 완전무결한 방법론을 갖춘 경찰입니다.

그들은 모든 것을 소련 비밀경찰 게페우GPU와 나치의 게슈타포에게서 배웠어요. 즉 완벽하게 통제하는 한편, 더 나은 내일을 위한 것이라는 역사의 의미를 내세워 모든 권력 남용을 정당화합니다. 하지만 "코룹티오 옵티미 페시마(corruptio optimi pessima)!" 즉, 최선의 것이 타락하면 최악의 것이 되고 맙니다.

자본주의와 공산주의의 본질적인 차이점은 무엇일까요?

생물 실험실의 비유를 들어 반복하자면, 서구 자본주의 산업사회의 생활이 쥐들의 경주라면, 사회주의 생활은 그 나라가 산업국가이든 저개발국가이든 개발도상국이든 간에 상관없이, 하나의 거대한 무리가 모든 장애물을 깔아뭉개고 엎치락뒤치락 하면서 바다에 뛰어드는 레밍쥐들의 집단 투신자살 같은 겁니다. 이들이 찾아가는 곳은 결코 존재하지 않는 수평선의 섬, 즉 광기에 사로잡힌 이들의 유토피아지요.

볼리비아의 게릴라 활동과 죽은 게릴라 대원들에 대해 말해볼까요? 체 게바라는 어떻게 생각하시나요? 그와 친분이 있었나요?

아니요. 그는 거의 보지 못했어요. 그렇지만 1959년 1월인가 2월, 그러니까 일찍이 혁명 초기부터 그의 일처리 방식에 대해서는 들었지요. 체 게바라에 대한 제 의견은 유행과는 동떨어져 있습니다.

그게 무슨 뜻이죠?

어느 정도 신화화되어 대중의 후광에 둘러싸인 어떤 역사적 인물도 알고 보면 그를 둘러싼 대중의 뜨거운 열기가 희미한 바람으로 바뀌고, 그 역사적인 봉우리에 더 높이 오르면 오를수록 그 주변은 더욱 숨쉬기 힘들고 이상하게 변해버린다는 말입니다. 프랑스 작가 앙드레 말로는 자신의 『반회고록Antimémoires』 서론에 세상에 진실로 위대한 인물이란 존재하지 않는다는 한 농부의 유명한 말을 인용했는데, 날이 갈수록 맞는 말이라는 생각이 들어요. 저는 미국의 케네디 가문을 성가정Sagrada Familia이라 불렀던 고어 비달[317]이 케네디 일가의 사생활을 들춰냄으로써 하루아침에 케네디 신화의 바람을 빼버린 방식을 보면서 경탄을 금치 못하고 있습니다. 케네디가 거의 미국의 성인 반열에 올랐던 시절에 그런 글을 쓴다는 것은 엄청난 용기를 필요로 하는 일이죠. 체 게바라에 대한 제 생각도 지금 유행하는 추세와는 다르고 적절하지 않기 때문에 그것을 공표한다면 제 친구들은 저보고 미쳤다고 할지도 모릅니다. 체 게바라라는 인물은 사실 의문이 많은 혁명가여서, 객관적인 판단이 이뤄진다면 50년 안에 그의 진면목이 드러날 겁니다. 자기 자신에 의해 만들어진 혁명 전사의 신화가 또 다른 반전을 보여주겠죠. 우리가 지금 아라비아의 로렌스[318]를 평가하는 것처럼 말이죠. 다시 말하면, 위대한 역사적 소명을 부여받은 한 인간이 한 권의 책을 통해 스스로 불멸의 신화가 된 다음, 거기에 자신을 맞춰서 그 역할을 수행하는 거예요. 자신이 쓴 시나리오를 연기하는 배우라 할 수 있겠죠. 농촌 게릴라의 이론가이자 실천가로서 체 게바라가 누리고 있는 엄청난 위치는, 그가 자신의 독보적 이론에 입각한 신화화된 경험을 작전에 응용했음에도 이론상 자신을 결코 이길 수 없다고 평가했던 독립 단위 부대에 패배당한 것을 보면 허망해지고 맙니다. 체 게바라가 볼리비아에서 쓴 『일기Diario』는, 언젠가는 그렇게 되겠지만, 공평무사하게 읽어보면 사실상 패배의 연대기입니다. 군사적 차원에서만 아니라 모든 면에서 참담한 패배를 당했어요. 그가 쓴 쿠바 게릴라 활동 연대기는 과학적이라고 표방하고 있지만, 사실상 픽션이라 할 수 있는데 거기 나온 주장이 모두 실패로 끝난 것입니다. 원래 픽션에 따르면 모든 것이 완벽하고 모든 것이 승리로 끝나게 되죠. 그의 『일기』는 픽션 상의 이론이 실행에 옮겨진 것을 보여주는데, 그것은 완벽한 실패자의 유언장입니다. 왜냐하면 결코 일어날 수 없었던 재앙의 증언이거든요. 그건 자신이 구원하려 했던 사람들에 의해 거부당한 구세주가 남긴 복음입니다. 재앙에 가까운 작전을 기획한 후 아마추어 군대에 의해, 혹은 스스로 이론가라고 자처하는 사람의 아마추어 과학을 잘 파악하고 있는 직업 군인에 의해 패배당한 전문 게릴라 요원이자 장군이었던 사람의 이야기입니다. 결국 혁명 활동보다는 혁명가로서의 이미지에 더 관심이 많았던 한 적극적인 혁명가의 프로그램인 셈이지요.
중국인 특유의 실용적 감각을 가지고 있던 린뱌오[319]는 체 게바라가 자신의 입으로 '공산 게릴라를 위한 청사진'을 얘기하자 이렇게 말합니다. "모두 게바라 동지를 위해서는 좋아 보이는군요. 그러나 혁명을 위해서는 아주 안 좋은 계획이에요." 린뱌오의 말은 동양의 지혜였죠.

그렇다면 쿠바에 있을 때 체 게바라의 활동은 어땠나요?

더 큰 재앙을 만들었어요. 볼리비아가 체 게바라 본인에게는 완전히 성공한 작전이지만 농촌 게릴라전을 통한 혁명의 관점에서 봤을 때는 재앙이었습니다. 반면 쿠바는 이념가이자 정치가였던 모험가 체 게바라에게 부분적인 성공이었지만, 쿠바 입장에서 볼 때 체 게바라는 완전한 실패였어요. 그가 쿠바의 돈을 관리하는 자리를 거쳐 쿠바 산업을 관장하는 위치에 있는 동안, 쿠바의 부는 마술에 걸린 것처럼 사라져버렸고, 쿠바 제1의 산업인 사탕수수 산업은 그가 있는 동안 걸어놓은 마법에서 벗어나 회복하기 위해 애쓰고 있지만, 여전히 어려움에 처해 있습니다. 그는 건드리는 황금마다 슬로건, 비효율, 피로 바꿔버리는 또 다른 미다스의 손이었어요.

역사에서 그는 어떻게 평가받을까요?

체 게바라는 현대사에서 '루저'의 성인 반열에 올랐죠. 쓸데없는 반항을 하다 실패하고 젊은 반항아의 신화가 된 제임스 딘, 죽음과 함께 사라져버린 미의 신화로 이제는 그 이미지밖에 남지 않은 진 할로우Jean Harlow, 모든 남자 배우 내면에는 밖으로 탈출하려는 여자 배우의 기운이 있듯, 터프가이지만 내면의 부드러움 때문에 가짜 터프가이가 되고만 험프리 보가트 등이 모두 같은 반열에 있는 배우들이에요. 체 게바라가 모순 중의 모순적 인물인 이유는 스스로 그토록 싫어하던 퇴폐적인 대중문화, 즉 서구적이고 경박하고 유행에 따르는 문화의 일부가 되어버렸다는 점이죠. 그것은 이미지 숭배로 환원된 개인숭배입니다. 한번 진지하게 자문해보죠. 만일 그가 별로 잘생기지 않아서, 예를 들어 쥐 같이 생긴 라울 카스트로처럼 호감 가지 않는 인상이었다면 그의 모습을 담은 포스터와 초상화와 셔츠가 날개 돋친 듯 팔렸을까요? 게릴라 게바라는 유미주의자인 오스카 와일드가 한 말을 입증하는 사례입니다. "착한 것보다 아름다운 것이 낫다."

그렇지만 체 게바라는 이상주의자 아니었나요?

그는 남들에게나 자기 자신에게나 잔인할 정도로 똑같이 대했습니다. 그는 부하들에게 부과한 엄한 규율이나 적들에게 보여준 비인간적인 냉담함을 자기 몸에도 그대로 적용했어요. 체 게바라는 역사 내에서 자신의 위치에 많은 관심을 쏟았지요. 그는 사실 자신도 모르게 이타주의의 영향을 받았는데, 이는 그런 관심을 감춰주는 역할을 했지요. 체 게바라는 그래서 권력에 대한 음흉한 탐욕만 가지고 있던 피델 카스트로와 다른 겁니다. 실제로 체 게바라는 권력에 대해 그렇게 집착하지 않았을 수 있습니다. 그는 한시적인 권력을 포기하는 대신 혁명의 판테온에서 사후의 영광을 누리려 한 것이죠. 시에라 마에스트라 게릴라 시절 이런 차이점을 보여주는 많은 사례가 있어요. 체 게바라는 조직원들과의 동지적 유대의식이 피델 카스트로보다 훨씬 깊었습니다. 그는 피델 카스트로가 당연한 것으로 생각하고 찾거나 받아들였던 특권을 거부했습니다. 예를 들어, 고기가 한 점밖에 없을 때, 그것은 부하들이 무엇을 먹는지 관심이 없었던 카스트로의 것으로 돌아갔죠. 카스트로는 그 산중에서 부하들이 보기에도 이상한 여러 특권들을 누렸는데, 이는 지금 수상으로서 누리고 있는 것들이 일반 쿠바 시민들에게 낯설어 보이는 것과 같아요.

체 게바라는 항상 부하들이 먹는 것과 똑같은 것을 먹었어요. 제가 보기엔 이런 금욕주의가 나중에 영웅 신화의 일부가 되지요. 예를 들어, 나폴레옹이 워털루 전투 전날 순찰하다가 잠들어버린 보초를 보고 그가 깰 때까지 대신해서 자리를 지켰다는 일화, 시저 황제가 사병들과 같은 옷을 입었다는 얘기, 알렉산더 대왕이 다른 군인들과 똑같이 마케도니아의 천민들 사이에서 기거했다는 얘기 등을 보면 알 수 있죠. 심지어 히틀러조차도 금실이나 훈장이 하나도 없는 군복을 입고 다니고, 마오쩌둥도 사병들과 같은 옷을 입었고, 칼리굴라라는 황제의 이름은 자신이 신고 다니던 샌들을 보고 로마 군인들이 붙여준 별명이었어요. 그밖에도 수많은 예가 있습니다.

그러면 젊은이들 사이에서 일고 있는 체 게바라 신화는 어떻게 설명할 수 있을까요?

그건 젊은이들의 신화가 아니라, 정확히 말해, '중산층 젊은이들'의 신화입니다. 체 게바라 신화는 서유럽과 미국의 부르주아 젊은이들이 만든 신화입니다. 특히 어느 정도 여유 있는 부모를 둔 학생들이 이를 통해 자기 부모들에게 저항할 필요성을 표현했고, 내친 김에 청소년기의 죄의식에 대한 부담에서 벗어나려고 했지요. 얼마 전 이탈리아 영화감독인 파올로 파솔리니Pier Paolo Pasolini는 로마에서 중산층 자식들이 노동자 계급 자식들에 맞서 싸우려고 하는 경향이 더 많다는 사실을 지적했어요. 나머지 절반 이상의 세계에서 체 게바라는 철저히 미지의 인물입니다. 특히 소련, 공산주의 중국, 동유럽 국가들에서요. 중국과 소련에서 체 게바라는 정부의 규제로 알려져 있지 않아요. 그렇지만 얀 팔라흐[320]처럼 애국적인 행위로 희생한 순교자를 갖고 있는 체코슬로바키아의 젊은이들에게 체 게바라는 그들이 혐오하고 최대한 맞서 싸우려 하는 스탈린주의나 전체주의와 동일시되고 있습니다. 서구의 젊은이들이 체 게바라를 받아들인 것은 자식들이 부모들로부터 재확인을 받는 형태의 하나였어요. 젊은이들이 부모에게 맞서 항거하는 형식 가운데 하나가 체 게바라와 그 이미지였다는 것이죠. 그러나 그 이면에서 젊은이들은 마약을 했는데, 그것은 체 게바라가 혐오했을 뿐만 아니라 탄압하던 것이었어요. 체 게바라는 산에서 마리화나를 재배하던 농민들을 총살하려고 했던 최초의 인물입니다.

게릴라들이 활동하던 시에라 마에스트라에서요?

그렇습니다. 그때 산에서는 많은 농민이 풀을 재배하고 다른 여러 불법 작물도 재배했어요. 당시 산에서 카스트로를 효과적으로 도와줬던 최초의 농민인 크레센시오 페레스Crecencio Pérez는 사실은 법망을 피해 산으로 도망 와서 밀수로 먹고살던 수배범이었죠. 카스트로는 이 사람을 반란군 지휘관으로 임명했을 뿐만 아니라, 마약 농사를 근절시키려고 했던 체 게바라의 과감한 결정을 게릴라들이 더 강해질 때까지 기다리자며 보류시켰습니다. 당시 저항의 표시로 부모 세대가 악몽으로 생각했던 마약, 진보적 패션, 긴 머리, 대의명분, 영웅 등을 자기 것으로 받아들였던 미국 젊은이들은 베트남 전쟁에 반대하고 평화운동을 펼침으로써 스스로의 모순을 드러냅니다. 왜냐하면 체 게바라는 베트남뿐만 아니라 세계 모든 곳의 분쟁이 끝나는 것을 원치 않았고 그의 가장 큰 소망은 "하나가 아니라 두 개, 세 개, 다섯 개의 베트남 전쟁을 만드는 것"이었는데, 젊은이들은 그런 사람의 모습과 이미지에 열광했고 그의 옷을 입고 그의 슬로건을 외쳤거든요. 그래서 저는 많은 앵글로색슨인이 그를 가리켜 체 게바라가 아니라 '칙Chic[321]' 게바라라고 부르는 것이 이상하지 않습니다.

'칙'은 유행에 어울린다는 말인가요?

칙은 패션 잡지 『보그Vogue』에서 처음 쓴 말인데, 현실과는 거리가 있더라도 유행에 뒤지지 않고 우리 생각이 구식 취급 받는 것이 싫어서 따라 한다는 의미예요. 얼마 전에 저는 로스앤젤레스에서 기분 좋은 미소를 짓고 있는 친구를 한 명 소개받았는데, 그의 말은 유창하긴 했지만 "Too much!", "Outa sight", "Heavy, man!"처럼 히피들의 가식적인 말투로 가득 차 있더군요. 마치 게리 쿠퍼가 "Yes"라는 의미로 썼던 "Yep!"과 비슷한 말들이죠. 그는 빛바랜 무명 작업복과 헝겊조각을 대고 끝이 닳아 떨어진 레비스트로스 청바지와 내 회색 머리칼보다 더 늙은 샌들을 신고 있었는데, 저와 헤어진 뒤에는 선셋 블러바드Sunset Boulevard를 가로질러 1970년 모델의 페라리에 올라타더군요. 그는 여러 번에 걸쳐 백만 장 이상의 음반을 판 제작자였어요. 캘리포니아식으로 가난을 서약한 이 사람의 경우가 바로 '칙'입니다. 만일 그가 런던에 있었다면 옷을 똑같이 입었을지는 몰라도 검은 선팅을 하고 기사가 운전하는 롤스로이스 뒷자리에 올랐을 겁니다.

햄스테드Hampstead의 아파트에 살면서 하노이 월맹 정권을 지지하고, 파리의 레 두 마고Deux Magots에 앉아 커피를 마시면서 팔레스타인 게릴라의 지지자라고 자처하거나, 혹은 〈뉴욕 리뷰 오브 북스The New York Review of Books〉에 우루과이 파시스트 정권에 대항해 싸우는 도시 게릴라들을 추켜세우는 글을 쓰거나 하는 행위 역시 체 게바라류의 '칙'이라고 할 수 있어요. 칙 게바라는 세계에서 제일 비싼 남성 향수나 "모든 것을 가진 사람을 위해" 슈퍼 스테레오 세트를 광고하는 패션이나 남성 코스튬 잡지에 세계 혁명을 부르짖고 소비사회를 비판하는 글을 싣는 것이라 할 수 있어요. 또 미국 화학회사인 다우 케미칼Dow Chemicals에서 돈을 대출지도 모르는 영화 제작사로부터 천문학적인 계약금을 받은 여배우가 똑같은 손으로 서슬 퍼런 혁명선언문에 서명을 하고 혁명가의 시를 낭송하는 것이기도 합니다. 그녀가 낭송하는 혁명시 가운데는 카스트로가 경배하는 "친구 시인, 조셉 마티", 다시 말해 1895년에 죽은 호세 마르티도 있습니다. 샌프란시스코, 런던 혹은 파리에서 야세르 아라파트[322]를 존경한다고 고백하는 어떤 유대인도 칙 게바라이고, 동베를린에서 탈출해 뮌헨에서 글을 쓰면서 카스트로에게 시를 써서 바친 어떤 독일 시인도 마찬가지입니다. 블랙 파워에 대해 영국의 귀족 백만장자가 후원하는 영화를 찍는 프랑스의 유명한 혁명영화 감독도 역시 칙 게바라인데, 그는 '혁명시'를 만드는 작업을 시작하기 전에 스위스에 있는 자신의 여러 계좌로 반드시 돈을 미리 입금하게 합니다. 칙 게바라의 선구적인 예가 1968년 『보그』에 실린 한 기사였는데, 여기에 우아하고 아름답게 옷을 차려입은 모델들이 연기가 자욱한 폐허에서 체 게바라의 사진을 들고 웅크리고 있는 사진이 나왔고 그 제목은 "게릴라 라인(부름에 응답한 게릴라들)"이었어요. 최근의 칙 게바라로는 미켈란제로 안토니오니가 찍은 끔찍한 영화 〈자브리스키 포인트〉[323]를 들 수 있습니다. 또한 연로한 칙 게바라로는 아무 대가 없이 스탈린주의자들에게 이용만 당했던 버트런드 러셀 경이 있죠. 이밖에도 "이 용어가 생기기 전avant la lettre"의 칙 게바라로 꼽을 수 있는 인물로는 랄프 잉거솔[324], 낸시 쿠나드[325], 공산주의자 밴더빌트[326], 캔터베리의 공산주의자 대사제[327], 펠트리넬리[328]가 있습니다. 여배우 제인 폰다도 물론 칙 게바라죠. 외설문학 출판의 황제로 쿠바에 사탕수수를 자르러 가는 바르니 로세[329]는 음란한 칙 게바라라고 할 수 있어요. 그가 웃으면서 즐겁게 사탕수수를 베는 동안 그 근처 사탕수수밭에서는 수천 명의 쿠바인들이 '성적 일탈'을 한 죄목으로 강제노동을 하고 있습니다. 체 게바라의 저술을 모두 공부하고 그에게 어울리는 묘비명과 함께 기념비가 될 만한 영화 〈체Che!〉를 기념비로 바친 배우 오마 샤리프 역시 칙 게바라입니다.

그렇다면 이러한 숭배 뒤에 심오한 정치사상은 없다는 말씀인가요?

심오하지도 납작하지도 않습니다. 거기에는 정치적 생각이 조금도 없어요. 하물며 사상이나 이념은 더더욱 없지요.

유럽과 미국, 라틴아메리카의 진정한 지식인들이 똑같이 생각하는 것도 유행을 따르는 것에 지나지 않은가요?

날이 갈수록 유행의 흐름뿐이라는 생각이 확고해집니다. 역사는 두세 개의 기본 사상이 왔다 갔다 하는 가운데, 여러 유행이 되풀이되거나 하나의 유행이 반복되지요. 예를 들어, 1930년대는 스탈린을 지지하는 유행이 불었어요. 그냥 제일 먼저 생각나는 뛰어난 작가들만 예로 들어도, 버나드 쇼나 앙드레 지드 같은 지식인들은 모스크바에 숙청의 피바람이 부는 가운데, 제일 탄압이 심하고 잔인하던 시절에 스탈린의 공포 독재를 무조건적으로 지지했습니다. 그리고 수많은 2-3류 작가가 심지어 스탈린이 레온 트로츠키를 집요하게 쫓을 때 이를 도왔지요. 이 가운데는 스탈린 선언에 서명한 미국 작가 너대니얼 웨스트Nathanael West처럼 전혀 예상치 못한 인물도 있습니다. 이런 기이한 현상은 서구 정치사상의 흐름에서 약 2세기 전부터 유래한 잘못된 유토피아적 포퓰리즘이 당시 최고조에 달했다는 것으로 설명이 됩니다. 프랑스 대혁명 이래 세계에는 "자기 밭이나 잘 가꾸자"[330]는 반동의 시대가 있었는가 하면, 실제로든 가상적으로든 혁명 운동과 이념에 극단적으로 치우친 시대가 있었어요. 유행이 아니라면 버트런드 러셀과 이브 몽탕이 사르트르나 제인 폰다와 팔짱을 끼고 마르크스를 지지하는 현상을 어떻게 설명할 수 있겠습니까? 나는 언젠가 로제 바딩[331]이 자신의 영화 〈라 롱드〉를 〈붉은 라 롱드〉라는 제목으로 슈니츨러[332]풍의 속편을 만들기를 기대합니다.

선생님은 그러한 지식인들의 지지에 비판정신이 없었다고 보시나요?

비판정신이 있고 자기 나라의 현실을 완전히 이해하고 올바른 판단을 하던 지식인들조차도, 쿠바의 과거와 현재에 대해서는 아무것도 모르면서 쿠바에 맹목적인 찬사를 보내고, 유행이란 마차에 오르기 위해 좌고우면하면 안 된다고 말해요. 필요한 것은 오로지 남들보다 뒤처지지 않기 위해 그것을 쫓아가고 그걸 위해 기도하는 일뿐이에요. 대부분의 네오스탈린주의자들의 정보는 쿠바의 진짜 현실이 아니라 쿠바 혁명의 전문적 선동가들로부터 받은 생각에 기반하지요. 카스트로 혁명이 쿠바에서 성공한 것은 이 섬이 고립된 저개발 지역이었기 때문이 아니라 라틴아메리카에서 가장 앞서가는 나라 가운데 하나였기 때문이었다는 점을 카스트로의 추종자들이나 로비스트들은 얼마나 인정할까요? 이 섬이 정작 고립되고 가난해진 것은 카스트로 정권이 들어서고 나서예요.

카스트로가 바티스타 독재에 대항해 싸우던 수많은 군소 조직을 물리치고 승리를 거둔 것은 1960년대 미디어의 총아였던 텔레비전을 탁월하게 이용할 수 있었기 때문이라는 점을 인정하거나 이해하는 사람은 거의 없을 겁니다. 그 기술은 당시 미디어를 다루는 대가였던 케네디나 드골보다 훨씬 더 완벽하고 세련된 것이었고, 괴벨스의 천재성 덕분에 가능했던 히틀러의 라디오 운용 및 대중소통 능력 정도에 비견될 정도입니다. 우리가 바티스타에 대항해 싸웠던 것이 그의 경제 정책이 잘못

됐다는 뜻은 아니었다는 걸 얼마나 많은 사람이 알고 인정할까요? 그것은 쿠바가 10년 이상 누리고 있던 정치적, 민주적, 의회주의적 신축성이 한 욕심 많은 장군에 의해 억압되고 있으니 이를 되돌려놓자는 투쟁이었습니다. 피델 카스트로도 이를 알고 엄숙히 선언한 겁니다. 다른 한편으로는, 1492년 쿠바가 발견된 이래 1958년이 역사상 최고의 경제적 번영을 누린 해였다는 점을 얼마나 많은 사람이 알고 있을까요? 부인들을 데리고 쿠바에 가는 하버드대학교의 젊은 경제학자들 중 피델 카스트로야말로 스스로 퇴치하겠다고 약속하고 있는 가난을 만들어낸 장본인이라는 점을 이해하는 사람은 얼마나 될까요? 조지 오웰은 이렇게 말합니다. "전체주의에 의해 타락하기 위해 전체주의 사회에서 살 필요는 없다."[333]

바티스타 정권에서 노동자와 농민들의 위치는 어땠나요?

바티스타 정권은 한 번이 아니고 여러 번 있었어요. 1934년부터 1944년까지 첫 번째 대통령으로 있던 바티스타는 임기 말년에 쿠바 노동자연맹CTC을 결성하고 초대 사무총장에 흑인 공산당 지도자였던 라사로 페냐Lázaro Peña를 임명하는데, 이 인물은 20년 후에 똑같은 위치에서 카스트로에 의해 이용당하게 됩니다. 1902년 실질적인 독립을 한 이래, 쿠바가 겪은 복잡한 정치 지형은 이렇게 우리를 헷갈리게 합니다. CTC의 마지막 사무총장은 에우세비오 무할Eusebio Mujal이었는데, 그는 프랑코 정권에 반대했던 스페인 출신 공산주의자였습니다. 쿠바 정치가 얼마나 헷갈리는지 몇 가지 예를 더 들자면, 당시 바티스타 내각에는 오늘날 쿠바 공산당의 중앙위원회보다 더 많은 흑인 장관이 있었고요, 산악 게릴라 작전을 위해 특별히 징집된 군인들을 포함해 바티스타 군대에는 95%의 군인들이 흑인이나 물라토였습니다. 블랙 팬더의 어떤 지도자나 조직원이 이런 사실을 깨닫고 논의하고, 심지어 인정할 수 있겠습니까? 다른 한편으로, 쿠바 농업 인력의 대부분은 사탕수수를 자르는 사람들이었는데, 이들은 농민이 아니었고 농촌에 살지도 않았어요. 심지어 많은 이가 사탕수수를 자르러 일시적으로 자메이카와 아이티에서 왔지요. 나머지는 자기 땅을 가진 대지주들과 중소 농민들이었고, 남의 땅에서 농사를 짓는 소작농들도 있었지요. 제조업자들에 대한 노동자들의 관계와 마찬가지로 중소 농민들 역시 대지주들과 똑같은 이해관계를 유지하고 있었고, 그들의 생활조건은 거의 절대적으로 자유 시장경제, 즉 미국과 세계시장에서 설탕 가격의 등락을 결정하는 변동 상황에 따라 좌지우지되었습니다. 만일 바티스타가 정치적으로 나라를 막다른 골목으로 몰아넣지만 않았다면 대부분의 노동자나 거의 모든 농민은 혁명의 가능성을 꿈에도 생각하지 않았을 겁니다. 왜냐하면 농민들은 자기 과수원이나 밭, 그리고 수확량과 자연의 거의 형이상학적 관계 이외에는 관심이 없었거든요.

게다가 바티스타는 1930년대 말에 새로운 헌법을 제정해 여성참정권을 주었어요. 비록 나중에 자기 자신이 전복하기는 했지만요. 또한 군대에 민주주의와 인종적 평등권을 부여했어요. 비록 이를 이용해 고분고분한 하사나 상사들을 하루아침에 대령이나 장군으로 진급시키면서 질서를 어지럽히긴 했지만요. 바티스타는 도르티코스 대통령이나 카스트로 형제, 그리고 카를로스 라파엘 로드리게스 등 대부분 중산층이나 상류층 출신인 현 정권의 지도층보다 더 가난한 계층 출신이었습니다. 우스꽝스런 역사의 아이러니가 무엇인가 하면, 바티스타가 스페인 출신의 부유한 지주였던 카스트로 아버지 농장에서 사탕수수를 자르기도 했다는 사실입니다. 제가 이런 사실을 아는 이유는 바티스타와 카스트로와 제가 모두 쿠바 동부 지방 북쪽 출신으로 반경 100킬로미터 안에 살았기 때문이에요. 다른 한편으로, 옛 공산주의자들이 모두 그랬듯이, 우리 부모님도 1950년대 중반까지도 바티스타에 대한 호감을 가지고 있었습니다. 저희 어머니는 1955년에 공개적으로 카스트로에 동조하는 친구들을 집에서 내쫓곤 했어요. 외국에서 보면 더 헷갈릴 수밖에 없는 복잡한 쿠바 정치의 본질은 1957년경에 쿠바에서 유행했던 흥미로운 다음 노래를 보아도 알 수 있죠.

> 쿠바 만세!
> 피델 만세!
> 권좌에 앉아 있는 검둥이 원숭이를 쳐부순다네!

그런데 이 노래를 누가 제임스 볼드윈[334]에게 불러줄 수 있을까요?

선생님은 미국의 식민주의를 비난하고 라틴아메리카의 유일한 대안으로 사회주의를 내세우는 사람들의 견해에 동의하시나요?

라틴아메리카를 위한 하나의 해답은 없습니다. 이 대륙은 하나의 나라가 아니라 저마다의 문제를 다 가지고 있는 국가들로 이뤄져 있기 때문에 적어도 20개의 해결책은 필요할 겁니다. 그 해결책들이 무엇인지도 저는 모릅니다. 제가 라틴아메리카 국가들을 잘 모르기 때문에 어떤 문제들이 있는지도 모르고, 제가 모르는 것에 대해 의견을 말하는 것도 좋아하지 않습니다. 제게 라틴아메리카의 국가들은 그렇게 다를 수가 없습니다. 서로 멀리 떨어져 있으면서 너무나도 다른 아르헨티나와 멕시코 같은 나라들이 있는가 하면, 이웃나라이면서도 굉장히 상이한 우루과이와 볼리비아 같은 나라들도 있습니다. 브라질과 아이티는 아예 쓰고 있는 언어 자체가 우리와 다릅니다. 그런데 라틴아메리카를 위한 범대륙적 해결책이 있을까요. 저는 불가능하다고 봅니다. 식민주의와 관련된 의견은 물론 저도 가지고 있어요. 그러나 해결책은 모르겠어요. 다른 나라는 고사하고 자기 나라에 도움을 줄 수 있는, 그리고 다른 책이 아니라 자기 자신의 책을 쓰기 위한 해결책을 제시할 수 있는 작가를 찾기란 쉽지 않을 겁니다. 라틴아메리카 사람들은 미국 식민주의의 해악에 대해 많은 말을 하고 절규하고 논쟁하고 주먹질도 하지만, 정작 자기가 만들고 키워왔던 지역의 문제들에 대해 정부들이 취해야 하는 진지한 책임에 대해서는 아무 말도 하지 않습니다.

라틴아메리카의 문제들은 모두 공통의 근원을 가지고 있으니, 그것은 바로 독립전쟁입니다. 여기에서 사이비 애국자들인 많은 군벌이 탄생했는데, 사실 이들은 남의 생명과 재산에 대한 권리뿐만 아니라 유형적인 것으로부터 무형적인 것에 이르기까지 엄청난 특권을 가진 봉건 귀족들이었다고 할 수 있습니다. 쿠바의 역사를 돌이켜보면서 저는 자주 이런 생각을 했습니다. 스페인에 대항해 싸웠던 독립투쟁이 건달 호족들의 애국심과 그 지방 사람들의 지역주의 말고 다른 의미를 가지고 있었던가? 저는 오늘날 쿠바가, 예를 들어, 완전 독립국이 아닌 캐나다[335]보다 더 독립적이고 민주화된 국가이며, 개인적이고 집단적인 행복을 추구하는 국민들의 욕구와 필요에 더 관심을 기울이고 있는 나라인지에 회의적입니다. 실질적으로는 캐나다가 쿠바보다 훨씬 더 진정한 독립국가라고 보거든요. 저는 다른 라틴아메리카 지역의 독립전쟁에 대해서는 말하지 못하겠습니다. 그러나 쿠바 독립전쟁에 대해서라면, 그것이 과연 잘 숙고된 행위였는지 혹은 충동적인 행동이었는지 생각해보게 되고, 정치적이라기보다는 문학적인 운동은 아니었는지, 현실적이라기보다는 낭만적인 해결은 아니었는지, 그리고 아마도 이타주의적인 선의에 의해 시작됐지만 본질적으로는 메시아 신앙적이고 더 위험한, 그래서 생명을 주는 것이 아니라 자기 파괴적이고 비현실적이며 비합리적인 것은 아니었는지 의심하게 됩니다.

호세 마르티는 말을 타고 스페인군의 총탄이 빗발치는 곳으로 자살 돌격을 감행하면서 수많은 모순점을 해결한 게 아니라 그것들을 당시 태동하고 있던 국가에 유산으로 남겼어요. 『헤다 가블러』[336]나 『햄릿』과 같은 드라마틱한 연극에나 어울릴 법한 그의 죽음은 개인적 차원에서 볼 때 후기 낭만주의 시인의 죽음과 다를 것이 없습니다. 병약한 당대의 콜롬비아 시인 호세 아순시온 실바[337]의 자살처럼 말입니다. 그러나 그의 죽음은 곧 그리스도교적인 메시아주의로 치장되어 막 태어나고 있던 신생국에 견딜 수 없는 부담이 되었습니다. 그의 묘비명은 "마르티는 너희 죄로 인해 죽었노라"라고 새겨지는 게 더 좋았을지도 몰라요. 그러나 실제로는 금세기 초의 유명한 노래가사에서 따왔습니다.

마르티, 그대는 죽지 말았어야 하네,
아, 죽지 말았어야 하네!
마르티가 죽지 않았더라면,
우리는 다른 역사를 노래했으리라,
조국은 구원되고
쿠바는 행복했으리!

재미있는 일화가 있는데요, 전쟁이 끝난 후 군벌 중 한 명으로부터 쿠바 군대의 종신 대령으로 임명된 마르티의 아들[338]은 샤워를 할 때면 이웃 사람들이 다 들을 정도의 큰 소리로 이렇게 노래했다는군요.

아빠는 죽지 말았어야 하네,
아, 죽지 말았어야 하네!
아빠가 죽지 않았더라면.

그 유산의 나머지 부분은 더 끔찍합니다. 죽은 자의 흉상이나 묘지 그리고 회칠한 무덤에 대한 경배만 있는 것이 아니라 북 치고 장구 치는 피델 카스트로에 의해 그 정치적 잔인함의 극적 효과가 더욱 기형화됐으니까요. 그는 최근의 7.26 운동 연설에서 한 볼리비아인 배신자로부터 받았다는 선물을 모든 사람이 볼 수 있도록 높이 쳐들었습니다. 포르말린 유리병 속에 담긴 음산하고 비현실적인 푸른색의 물체는 바로 체 게바라의 손이었습니다.

그렇다고 해서 미국이 저지른 잘못이 면제될 수 있을까요?

절대 그렇지 않습니다. 그러나 극도의 정치적 냉소주의에서 나온 말이지만 어김없는 진실인 드골 장군의 이런 명언이 있어요. "국가는 자신의 이해관계만 보고 움직인다." 인류 역사에서 다른 나라 혹은 그 이웃나라와의 관계에서 이타적으로 움직인 나라를 발견하는 것은 불가능합니다. 저는 영국이나 프랑스 혹은 최근 1968년의 프라하에서 제국주의 국가의 전형적 모습을 보여준 소련과 같은 나라보다 미국이 왜 더 이타적인 나라가 되어야 하는지 이유를 모르겠어요. 중국 역시 우리 시대의 제국인 소련과의 영토분쟁에서는 정당한 권리를 주장하면서도, 티베트Tibet처럼 작고 무해하고 종교적인 국가를 점령해 제국주의의 범죄를 저지르고 있습니다. 그 어떤 대국도, 심지어는 벨기에처럼 조그만 국가들조차도 식민주의자라는 딱지를 뗄 수는 없어요.

중국이 제국주의 힘을 가진 나라라고 믿으세요?

물론이죠. 그 나라는 미국의 경제적 제국주의보다 더 새로운 제국주의의 마지막 유형인 이념적 제국주의를 보여주고 있어요. 그래서 다른 나라의 질서를 전복하고 중국이 주도하는 새로운 질서를 지지하는 정치사상을 수출하고 있죠. 이러한 정치적 제국주의를 집요하게 실행하고 있는 또 다른 나라가 쿠바예요.

쿠바라고요?

그렇습니다. 고대 그리스 반도의 섬들이나 이탈리아 반도의 시칠리아, 영국, 일본에 이르기까지 대륙의 땅을 정복하려는 열망을 지닌 섬나라들의 오랜 지정학적 법칙에 따라, 쿠바는 1959년부터 지금 이 순간까지 라틴아메리카 대륙을 정치적으로 지배하려고 해요. 그래서 자기 정권의 정치 이념뿐만 아니라 무기와 돈, 훈련된 군인들까지 수출하고 있어요. 베네수엘라, 볼리비아, 아르헨티나가 과거 쿠바의 이념적 제국주의의 거점이었다면 지금은 칠레와 우루과이가 그렇게 되고 있어요. 최근 캐나다와 미국에서 있었던 이벤트들을 보면 쿠바가 정치적 영향력을 중남미뿐만 아니라 북미에도 행사하려고 했다는 것을 알 수 있어요.

라틴아메리카 작가들 사이에서 선생님 위치는 어떤가요? 생각하는 방식이 다른 대부분 작가들과 매우 다르다는 생각이 들어서요.

굉장히 다릅니다. 그래서 그만큼 고독하지요. 저는 그들 가운데 불행한 운명을 지닌, 즉 쿠바와 같이 혁명 국가에서 갈수록 관료적이고 비합리적이며 전체주의적인 국가로 변해버린 공산주의 국가에서 살았던 경험을 가진 유일한 사람일 겁니다. 이런 경험은 물론 제게 큰 의미가 있습니다. 만일 제가 쿠바인이 아니라면 저 역시 무지에 의해, 또는 시간이 감에 따라 다른 작가들에 묻어가겠지요. 그렇지만 저는 쿠바 사람일 뿐만 아니라 그 집행부의 일원으로서 혁명에 깊숙이 관여했던 사람입니다. 저는 혁명을 지지한다는 많은 작가가 쿠바에 대해, 심지어 마르크스나 정치사상으로서의 혁명에 대해 듣기도 전에 거기 직접 참여했습니다. 저는 혁명 지도자들을 모두 알고 있어요. 심지어 그들의 본명뿐만 아니라 별명과 사생활까지도 알고 있죠. 저는 공산주의자 가정에서 자라났기 때문이 아니라 25세가 되기 전까지 극도의 가난 속에서 살아봤기 때문에, 지난 30년 동안 쿠바의 정치사회적 현실이 어땠는지 잘 알고 있습니다. 이 모든 경험이 축적되었기 때문에 저는 라틴아메리카 작가들의 모든 정치적 환상에 대해 깊은 회의감을 갖고 있는 것이고, '비밀 인민위원closet commissars'이라고 자처하는 작가들을 혐오하는 것입니다.

'비밀 인민위원'이라는 게 무슨 뜻이죠?

인민위원이 뭘 의미하는지 아실 겁니다. 소련의 개념을 본뜬 사전에 따르면, 인민위원이란 공산주의 정권의 관리로 정치적 교화뿐만 아니라 정치적 분파주의와 공화국의 적들 그리고 불평불만주의자들을 색출하는 임무를 맡은 사람입니다. 한마디로 정치 경찰이라고 할 수 있죠. 아마 당신은 얼마 전 수면에 떠오른 언더그라운드underground 동성애자를 뜻하는 '비밀 여왕closet queen'이라는 표현을 뉴욕에서 들은 적이 있을 겁니다. 이 두 개념을 합성해 보면, 비밀 인민위원이 된다는 것은, 자본주의 사회질서를 받아들이고 몇 년 살았던 선량한 부르주아가 마르크스, 아니 이번에는, 피델 카스트로의 존재를 발견하고, 더 나아가 자신의 무관심이나 정치적 무지로 인해 보지 못했던 사회적 불의를 발견하고 혁명의 폭력적 형태를 극단적으로 옹호하는 지지자가 되기로 결심하는 것이라고도 할 수 있습니다.

비밀 인민위원보다 더 나쁜 인민위원은 없어요. 한편, 저는 그가 비밀 인민위원이든 여행 동료든 혹은 옛 동지이든 간에 작가들의 정치적 의견은 진지하게 받아들이면 안 된다고 믿습니다.

왜 그렇죠?

저는 작가들이 다른 사람들보다 정치 현실을 더 잘 파악한다고 보지 않아요. 그들이 가진 유일한 재주라면 말과 글을 더 잘 다루고 자기가 생각하는 바를 더 잘 표현한다는 것이죠. 그리고 책과 언론 등 생각이 유포되는 기관에 접근하기가, 그것이 막혀 있는 일반인들보다, 더 용이할 뿐입니다.

작가들이 더 좋은 비판적 분석을 할 수도 있지 않습니까?

아니요, 그 반대입니다. 아리스토텔레스나 플라톤부터 시작해 작가들이 정치에 대해 남긴 비판적 분석 능력을 한번 평가해보세요. 그들은 주저하지 않고 자기 시대 최악의 폭군들에게 봉사했어요. 심지어 1930년대에는 위대한 작가들조차 인류가 아는 한 가장 무자비한 폭군 중 하나였던 스탈린의 뻔뻔한 거짓말을 진실로 받아들였고 그를 장차 인류의 유일한 대안으로 치켜세웠습니다. 이런 점들을 보면, 당대 정치에 대해 작가들이 낸 의견이란 게 얼마나 이상에 치우친 것인지, 그들이 유토피아를 칭송하는 사이렌의 노래가 얼마나 들을 가치도 없는 건지 알 수 있죠. 물론 이 말은 좌파 성향의 작가들뿐만 아니라, 토머스 칼라일, 예이츠, 엘리엇, 파운드 등의 우파 작가들에게도 해당됩니다.

볼리비아의 최근 쿠데타에 대해 어떻게 생각하시나요? 좌파 성향으로 보이던데요. 적어도 토레스 장군은 페루 벨라스코 정권의 길을 따르겠다고 약속했거든요.[339]

아마도 산티아고 순례길이나 따르겠죠. 이 쿠데타는 남미 군인들이 카스트로에게 얼마나 많은 교훈을 배웠는지 보여줍니다. 페루는 그것을 매우 성공적으로 적용했고요.

그 교훈이란 것이 무엇입니까?

전체주의 늑대는 지금 검은색 양보다는 핑크색 양으로 위장하는 것이 더 낫다는 것이죠. 지금 일어나는 사태는 공산주의가 불한당 군인들의 최후의 피난처가 되고 있다는 사실을 보여줍니다. 30년 전의 피난처는 파시즘이었어요. 당시에는 장군들이 모두 아바나의 길이 아니라 트루히요의 길을 따랐었죠.

하지만 지금 군인들은 대중적 지지, 특히 라틴아메리카 좌파의 지지를 받고 있어요. 이제는 혁명을 군인들이 하는 것처럼 보이는데요.

역사적 유물론이 다시 한 번 반전을 보여주는 거죠. 마르크스는 노동자들이 혁명을 하리라고 예언했어요. 레닌은 노동자, 군인, 농민이 연대해서 그것을 할 것이라고 했죠. 그렇게 된 적은 없지만요. 갑자기 크론슈타트 학살[340]과 강제수용소가 생각나는군요. 마오쩌둥은 노동자와 군인이 아니라 농민혁명 편을 들어줬지요. 카스트로는 농민과 도시 게릴라가 혁명을 할 것이라고 말했습니다. 그러나 체 게바라는 농민 게릴라만 언급합니다. 이제 체 게바라를 죽인 사람들이 새로운 혁명 계급을 발견한 거죠. 바로 군인들입니다. 좌파의 조직적인 지지는 놀라운 일이 아닙니다. 제가 공산주의 가정에서 자랐다는 걸 잊지 마세요. 당시 쿠바의 모든 공산주의자가 그랬듯 우리 집도 바티스타 같은 군인 독재자를 지지했어요. 만일 바티스타가 1952년 대신 1970년에 쿠데타를 했다면, 1940년에 그를 대통령으로 뽑아줬던 좌파의 지지를 받았을 겁니다. 이런 의미에서 바티스타는 언젠가 선구자로 간주될 것입니다. 역사는 언젠가 그도 풀어줄 것입니다.

칠레 대선에서 사회주의가 승리한 것에 대해서는 어떻게 생각하시나요?

칠레의 사례는 흥미롭게도 라틴아메리카에 두세 개의 베트남이 생길 것이라 예견했던 이념가의 마지막 패배가 될 겁니다. '게릴라의 엘시드'[341]라고 할 수 있는 이 사람은 죽은 다음의 전투에서도 패배했죠. 칠레 공산주의자들은 사회주의에서 말하는 총알이 아니라 부르주아의 표를 가지고 권력을 잡았습니다. 그래서 저는 극히 개인적인 이유에서 아엔데가 승리한 것이 기쁩니다. 이제 칠레는 역사의 지평선에서 라틴아메리카의 이상향이었던 쿠바를 밀어낼 것입니다. 그리고 쿠바가 한때 사로잡았으나 강대국들의 장기판에서 소련의 졸卒 노릇을 하고 있는 카스트로 때문에 잃어버린 세계의 관심이 이제 칠레로 향할 것입니다. 정치적 관광객으로 쿠바를 찾았던 지식인들 역시 아바나 리브레Habana Libre 호텔이 아니라 산티아고의 힐튼 호텔에 묵을 것이고, 돈이 얼마가 들든 칠레를 여행하면서, 칠레 포도주와 함께 사회주의로 인해 더욱 장엄해진 안데스 산맥의 경치를 감상할 것이고, 그 황량한 모습을 보면서 칠레의 독립운동을 얘기할 겁니다. 그들은 또한 칠레판 포템킨 왕자[342]라 할 수 있는 사람이 보여줄 선전물에 넘어가 넋을 잃을 겁니다. 그러나 쿠바의 어떤 사회주의자 시인이 "모든 것은 슬픔이야"라고 말했듯이, 모든 사회주의 국가와 마찬가지로 그 장막 뒤에 숨겨진 칠레의 삶은 갈수록 어려워지고, 더 가난해지고, 더 슬픔에 찰 것입니다.

그럼 선생님은 아엔데가 칠레를 위해 좋지 않을 것이라는 말씀인가요?

제가 볼 때, 칠레는 아엔데를 위해 좋을 것입니다. 다시 말해, 권력은 아엔데를 위해 좋을 겁니다. 그는 자신의 정치적 시련기에 모든 정치인과 여인이 항상 열망하는 것, 즉 권력을 획득했으니까요. 모든 이의 공적公敵이 된 니체가 말했듯, 죽기 전에 조금이라도 권력을 맛보는 것은 신나는 일이죠. 권력은 힘 있는 자를 불멸의 존재로 만들 수 있는 묘약입니다. 적어도 그 사람 상상 속에선 말이죠.

내친 김에, 지금 말씀하신 권력과 여성에 대해 질문을 하자면요, 여성해방운동에 대해서는 어떻게 생각하시나요?

때때로 그들이 외치는 소리는 남성 몬스터 연대에 대항하는 나팔꽃 트럼펫이 쩌렁쩌렁 울리는 연주가 시작되는 소리 같아서, 그들 가운데 여자 옷만 두른 존 녹스[343]가 있는 것 같다는 생각이 들기도 해요.

그걸 면밀히 관찰하고 계신가요?

저는 매우 유심히 그것을 보고 있습니다. 제가 사실상 하렘에 살고 있다는 것을 잊으면 안 됩니다. 저는 아내와 두 딸에 둘러싸여 살고 있고요, 게다가 여성화된 존재에 의해 면밀하게 관찰당하고 있어요. 아시다시피, 부드러운 야옹이 소리를 내는 오펜바흐는 거세된 수컷 고양이거든요.

정말인가요?

네, 정말 진지하게 하는 소리예요. 저는 언젠가 우리 집에도 여성운동이 닥쳐서 우리 집 여자들이 그간 내가 그들을 먹여 살린 20여 년의 반 정도는 보상을 해주기로 결심하지 않을까 기대하고 있어요. 그 돈만 받으면 저는 앞으로 적어도 10년 정도는, "글쟁이는 한량"이라고 한 포크너의 말대로 이상적인 작가 생활을 할 수 있을 겁니다. 혹시 압니까? 세계적인 걸작masterpiece이 나올지도 모르죠. 이 경우에는 '주인-작master-piece'이 아니라 '안주인-작mistress-piece'이 되겠지만요.

저는 진지하게 묻는 건데요.

그럼요, 저도 이해합니다. 당신은 여자니까요. 그래서 그렇게 생각하는 거죠. 미국의 모든 소수자 운동을 보면, 때로는 그 소수가 정체성을 찾는 과정에서 정작 이성을 잃어버리는 경향이 있는 것 같아요. 극단적인 예가, 제 친구 하나가 뉴욕에서 보낸 게이 운동의 팸플릿입니다. 거길 보면 나체인 핑크 팬더 한 마리가 스페인어로 이렇게 외치고 있어요. "나는 게이야, 나는 그게 좋아!(Soy maricón y me gusta!)" 그리고 이를 "I'm queer and I like it!"이라고 영어로 번역해 놓았고, 그의 이름을 '게이 게바라Gay Guevara'라고 붙여놓았더라고요. 그리고 그 가련한 게이 투사는 자기 친구들과 지지자들과 작별한 후에 자발적으로 쿠바의 사탕수수 밭에서 일하기 위해 떠났어요. 바르니 로세와 달리, 분명히 그 친구는 얼마나 많은 게이가 자신의 성적 취향으로 인해 쿠바의 사탕수수 밭에서 강제로 중노동을 해야 하는지 모르고 있을 겁니다. 여성운동을 하는 여성들에 대해 말하자면, 저는 그들 중 한 명이 다음과 같이 새로운 『사회계약론Contrato Social』을 좀 쓰면 좋겠어요. 그리고 이번에는 그 서명을 '신엘로이즈'[344]가 아니라 '구엘로이즈la vieille Heloise'가 하면 좋겠고요. "모든 여성은 자유롭게 태어난다. 그러나 아직 도처에서 여자들은 굴레 속에 살아가고 있다."

그렇지만 사실상 선생님이 보시기에 과학자, 예술가, 작가 중에 여자들이 많나요?

저는 남성 과학자들도 잘 몰라요. 그렇지만 제가 예언하건대, 한 여성의 과학적 발견이 이번 세기 언젠가 저주를 가져올 겁니다. 제가 지칭하는 건 라듐입니다.[345] 한편, 소포니스바 안귀솔라[346]가 미술관에서 주목을 받는 건 그 특이한 이름 때문이지만, 이번 세기에는 수십 명의 남자 화가들보다 제가 더 좋아하는 여류 화가가 두세 명 있습니다. 메리 카사트[347], 조지아 오키프[348], 레오노르 피니[349] 등이죠. 거장인 레오노라 캐링턴도 물론 빼놓으면 안 되지요. 쿠바에서는 많은 남자 화가가 그 수줍음 때문에 여자처럼 보이는데, 남녀를 통틀어 쿠바 역사에서 제일 위대한 화가는 아멜리아 펠라에스[350]입니다. 그녀는 혁명 정권이 지워버리려고 했던 유일한 화가예요. 지도에서 지우는 게 아니라 벽에서 지우는 것이죠. 그녀가 아바나 힐튼 호텔 정면에 그린 대형 벽화가 1961년 관료들의 곡괭이로 파괴됐습니다. 예술임에도 그 작품은 살인자로 간주됐습니다. 벽화 일부가 떨어져나가면서 지나가던 여자가 맞아 죽었거든요. 당국에서는 작품을 복원하는 대신 전부 철거해버렸습니다. 아마 살인죄로 사형을 언도받은 최초의 그림일 겁니다.

다른 한편으로, 서구 최초이자 최고의 서정시인이 사포Sappho라는 점은 굳이 말할 필요도 없겠죠. 그리고 제인 오스틴은, 비록 랜덤하우스 사전에서 'Engish' 소설가라고 소개하고 있지만 빠진 L자를 보충해줄 가치가 있는 훌륭한 영국English 작가임에 틀림없습니다. 그밖에 에밀리 브론테는 19세기 소설의 빅토리아 여왕이라고 할 수 없을지는 몰라도 빅토리아 여왕보다는 좀 낫습니다. 또 언급할 만한 작가가 그리 많지는 않지만, 적어도 『아웃 오프 아프리카Out of Africa』[351]는 헨리 밀러, 아서 밀러, 워렌 밀러의 작품을 다 준다 해도 바꾸지 않을 겁니다. 제 주변으로 범위를 좁혀보자면, 쿠바 역사에서 가장 위대한 책은 리디아 카브레라가[352] 쓴 『산El Monte』입니다. 이 작품은 작가가 여자라서가 아니라 그녀가 1960년 망명하기 때문에 철저히 잊히고 맙니다.

그럼 여성해방운동 자체에 대해서는 어떻게 생각하세요?

저는 그냥 사진이나 뉴스로만 봤는데요, 그걸 보면 시위하는 여성들 가운데 상당수가 보들레르의 말이 옳다는 것을 입증해주는 것 같아요. 보들레르는 여자가 댄디dandy와는 거리가 멀다고 말했거든요.

우리가 지금까지 얘기했던 모든 운동에 대해 어떻게 생각하시나요?

중국 문화혁명은 그 주동자인 마오쩌둥에 의해 마비됐고요, 지금은 미국이 세계에서 유일한 혁명 사회, 혹은 급격한 진화를 겪는 사회 같아요.

미국에서 살고 싶은 생각도 있나요?

물론입니다. 얼마 전 미국에 가서 로스앤젤레스, 샌프란시스코, 솔트레이크시티 등 남서부를 돌아다녔는데 굉장히 매력 있었어요. 올더스 헉슬리 말이 맞았어요. 솔트레이크시티에 있는 모르몬 성전은 잊을 수 없을 정도로 추한 기념물이더군요.[353] 서부는 이 시대 서사시의 무대죠. 거기서 그 성전은 악마를 숭배하는 장소처럼 보였어요. 좀 잘 봐준다면, 구약의 분노하는 여호와에게 바쳐진 성전 같기도 하고요. 로스앤젤레스는 진짜 미래의 도시였습니다. 자동차에 길들여져서 내가 좋아하는 자연적인 운동인 걷기를 포기한다면 우리는 그 도시가 자동차의 물결에 의해 서로 연결된 도시의 섬들로 이뤄져 있다는 사실을 알게 됩니다. 저로서는 챈들러[354]의 나라를 새롭게 발견한 것과 오래된 영화 스튜디오들을 찾아본 것이 감동적이었습니다. 샌프란시스코는 조금 실망이었어요. 부에노스아이레스나 상파울루, 혹은 몬테비데오처럼 유럽을 좇아가려는 도시처럼 보였거든요. 남부든 북부든 미국인임을 부끄러워하는 미국 사람들에게 이 도시들은 문명의 전형처럼 보일지도 모르죠. 그렇지만 제게는 그냥 빈약한 모방작으로 보일 뿐입니다.

뉴욕은 어떤가요?

거기는 11년 전에 갔었어요. 뉴욕은 갈 때마다 더 좋아지는 느낌이 듭니다. 게다가 그 도시에는 진짜 민주주의가 정착됐어요. 제가 마지막으로 방문했을 때 보니 그곳은 변함없이 영원한 제국의 자부심 넘치는 메트로폴리스였습니다. 지금 뉴욕은 더 개방적이고 무한할 정도로 더 민주적인 도시가 되었죠.

그렇지만 폭력도 있지 않은가요?

모든 도시가 폭력적입니다. 그리고 인간은 폭력적인 동물이죠. 인간들이 밀집한 공간인 도시에 폭력도 더 밀집해 있습니다. 제가 뉴욕에서 본 유일한 부정적인 변화는 흑인과 백인의 관계였어요. 지금 맨해튼은 흑인 도시와 백인 도시로 갈라져 있습니다. 흑인들은 당연히 외칠 권리가 있어요. 그렇지만 전략적으로 실수를 했습니다. 흑인 국가는 생존할 가능성이 없습니다. 그것은 종양으로 간주되어, 흑인이 아니라 백인이 대다수인 미국의 커다란 몸뚱이에서 추방이나 동화에 의해 없어져버릴 것입니다. 동화라면 마틴 루터 킹 목사의 죽음을 부를 정도로 흑인들이 쟁취하려 했던 통합을 의미하겠죠. 반대로 추방이라면 아파르트헤이트apartheid가 될 겁니다. 그러나 남아프리카 공화국과는 다르게 흑인에 의해 선택된 인종분리가 되겠죠. 이럴 경우 '백 투 아프리카Back to Africa'[355] 운동 외에는 다른 방법이 없을 겁니다. 그러나 옷과 헤어스타일의 비유를 통해 아프리카로 돌아가자는 그 운동은 제가 볼 때는 다른 유행과 마찬가지로 피상적이기만 합니다. 5년 내로 그건, 마치 1940년대의 주트슈트zoot suit의 긴 재킷처럼, 옷차림새의 기억으로만 남을 겁니다. 미국의 어떤 흑인도 아프리카로 돌아가지 못할 것입니다. 심지어는 미국의 흑인들보다 더 검은 아이티 흑인들도 마찬가지입니다. 미국 흑인들은 그들 자신이나 인종차별주의자들이 믿지 않을지 몰라도 흑인이라기보다는 미국인입니다. 그들은 쿠바나 브라질 흑인들보다 흑인 같지가 않습니다. 판티와 아샨티[356]가 북 치는 법을 잊어버린 순간부터 그들은 아프리카의 탯줄을 끊어버린 겁니다. '블랙 파워'라는 말을 만들어낸 리처드 라이트[357]는 아프리카에서 권력을 잡고 있는 흑인들을 언급하면서 이런 말을 했습니다. "나는 흑인이었고, 그들도 흑인이었다. 그러나 내게 도움이 된 것은 아무것도 없다." 앤틸리스 제도의 흑인 작가 프란츠 파농[358]은 흑인의 두 가지 불행을 이렇게 말하죠. "자기 피부를 하얗게 만들고 싶은 흑인은 백인들을 증오하라고 설교하는 사람만큼이나 불행하다." 그런데 세 번째 유형의 불행이 추가돼야 할 것 같아요. 바로 거짓 귀향의 불행입니다.

블랙 파워는 언젠가 미국에서 실질적인 힘을 가지게 될까요?

저는 그 구성원들에 대해 연민을 갖게 될 것입니다. 그리 흔치 않은 정치 격언 중에 하나가 "권력은 부패한다"죠. 흑인 권력은 흑인들을 부패시킬 겁니다. 부패가 인종을 가리지 않는다는 사실을 깨달으려면 세계에서 가장 오래된 흑인 권력자인 뒤발리에를 보면 됩니다. 또한 비아프라[359]의 용감한 주민들이 흑인들에 의해 전멸한 전쟁은 일찍이 아프리카에서 볼 수 없었던 잔인한 학살이었어요.

라틴아메리카의 지식인들이 선생님이 인터뷰에서 하신 말씀을 들으면 어떤 반응을 보일까요?

저는 거기에 대해 걱정할 게 없습니다. 저는 호의적이든 적대적이든 제가 말한 것에 대한 반응에 관심을 가져본 적이 없어요. 순전히 영혼의 평화를 위해 저는 질문이 오면 항상 생각한 것 그대로를 말합니다. 저는 사람들에게 공개되는 말과 집에서 하는 말이 달라야 한다고 생각하지 않기 때문에 편안함을 느낍니다. 라틴족 지식인이든, 앵글로색슨 지식인이든 혹은 유럽 지식인이든 그들의 의견은 제게 문제가 되지 않아요. 제가 보기에, 그들은 대부분 칼만큼이나 펜의 힘을 과대평가하는 것 같아요. 펜이든 검이든 무기력한 페니스의 상징에 지나지 않는데 말이죠. 생각만 하고 행동하지 않는 모든 작가, 지식인 그리고 모든 남자는 행동에 대한 가련한 향수가 있습니다. 지식인들이 행동 앞에서 느끼는 충동은 성불구자가 섹스 앞에서 느끼는 것과 같은 것입니다. 말하자면 경건한 관음증이죠. 막상 그것을 실행할 능력이 없으니, 그것이 몸과 영혼을 충만케 해주는 행복으로 이끄는 뭔가 엄청난 가치를 가지고 있다고 생각하게 되는 겁니다. 하지만 저는 그렇게 보지 않아요. 저는 행동하는 수많은 사람을 가까이서 봐왔습니다. 그리고 저는 영웅을 봐왔기 때문에 영웅주의가 존재한다고 믿지만, 그것이 인간의 조건이라기보다는 상황의 산물이라는 점도 알고 있습니다. 행동하는 인간이라고 해서 생각하는 사람들로부터 과장된 찬사를 들을 가치가 있는 것은 결코 아닙니다. 알렉산더가 될 것이냐 아리스토텔레스가 될 것이냐 하는 잘 알려진 거짓 딜레마는 알렉산더가 난폭한 술주정뱅이 야만인이었고, 기분 내킬 때나 위대한 스승의 제자로서 얌전하게 처신하기도 했다는 사실을 아는 사람에게는 별 의미가 없을 겁니다. 이 선구적인 난봉꾼 군인에게 아리스토텔레스는 양성애자일 뿐만 아니라 과학자로서 전투가 없는 한가한 시간을 때워주는 기쁨조에 지나지 않았을 것입니다. 역사적 비유를 하면서 또 옆길로 새버린 이야기의 결론을 위해 덧붙이고 싶은 말은, 피델 카스트로가 산중에 있을 때 다른 대원들이나 도시에 있는 대원들과 통신을 위해 사용하던 암호명이 의미심장하게도 알렉산더였다는 사실입니다. 비밀 이름이라기보다는 해결의 열쇠가 되는 이름이죠.

쿠바 지식인들이 쿠바 혁명을 지지하는 라틴아메리카의 좌파 지식인들을 자기 나라의 혁명 활동에 적극 나서지 않는다는 이유로 비난한 것은 어떻게 생각하세요?

정치적 도그마로 가장하긴 했지만 문학적 질투에 지나지 않습니다. 작가들의 오랜 저주라고 할 수 있죠. 공격받은 작가들, 예를 들어, 카를로스 푸엔테스와 파블로 네루다, 니카노르 파라[360] 등이 '지상낙원' 쿠바의 악몽을 인내할 필요가 없다는 사실에 쿠바 작가들이 더욱 화가 난 것입니다. 자기들은 혁명적이든 아니든 간에 평생 견디고 살아야 하는데 말이죠. 카리브의 여호와인 카스트로는 이들을 추방하는 대신, 당의 영도를 받은 글을 쓰게 하면서 입에 풀칠을 하게 해줍니다.

카스트로에 대해 말씀을 해주시죠. 어떤 사람인지에 대해서요.

역사적으로 비슷한 사례를 들고 싶은 생각은 없지만, 트로츠키가 스탈린에 대해 가졌던 의견과 같습니다. 다만 한 가지 차이가 있죠. 트로츠키는 스탈린을 깡패라고 표현했어요. 한 정치가가 권력욕으로 인해 깡패로 변해버렸다고요. 피델 카스트로는 깡패일뿐더러, 심지어 더 나쁘게도 경찰로 변해버린 깡패입니다. 제가 깡패라고 하는 말은 그냥 비유가 아니라 그의 과거를 구체적으로 언급한 겁니다.

그를 잘 알고 계셨습니까?

그 밑에 있는 많은 장관보다도 더 잘 알지요. 제가 카스트로를 안 것은 1948년 전후해서 그가 빈약하게 혁명 흉내를 내지만 사실은 깡패 조직이었던 혁명궐기연맹UIR 활동을 할 때였습니다. 아바나에 프라도 거리와 비르투데스 거리가 만나는 모퉁이가 있는데, 거기엔 화가, 작가, 전문 수다꾼, 건달, 그리고 이 '예술가'들의 말을 귀동냥하려고 도로를 가로질러 오는 깡패들도 있었어요. 카스트로는 가끔 그곳에 나타나곤 했습니다. 항상 위험한 요주의 인물이라는 분위기를 풍기면서 말이죠.

그때와 지금이 다른가요?

일단 겉모습이 달라졌죠. 뮌헨 맥줏집에 고용된 화가였던 히틀러가 권력을 잡고 총통이 됐을 때 달라진 것처럼 말이에요. 그 당시에 카스트로는 빈약한 턱을 가리기 위해 턱수염을 기르지도 않았고 얼빠진 사람들을 사로잡으려고 미소를 짓지도 않았어요. 그는 심각했고 조심성도 많았고, 언제나 깃 달린 셔츠에 넥타이를 매고 더블 슈트를 입고 다녔지요. 허리에 차고 다니는 불멸의 45구경 권총을 숨기기 위해 항상 넉넉한 상의를 입었고요.

'혁명궐기연맹'이란 게 무엇입니까?

그건 'Unión Insurreccional Revolucionaria'의 준말입니다. 라몬 그라

우[361]가 1933년 대통령을 할 때 내무부 장관을 했던 기테라스[362]의 측근들이 만든 아바나의 한 파벌이에요. 기테라스의 진짜 이름은 토니 기테라스 홈스이고 미국에서 태어났는데, 존 휴스턴 감독의 영화 〈우리는 남이었다We were strangers〉가 이 사람의 삶을 기반으로 만든 것이죠. 그들은 모두 페루의 아프라APRA[363] 추종자였고, 반공산주의자에다 반바티스타주의자였어요. 당시는 라몬 그라우 대통령과 카를로스 프리오[364] 대통령의 합법적인 정권 시절이었고 바티스타는 데이토나 비치의 백사장에서 망명을 즐기고 있을 때여서, UIR의 모든 봉기 활동은 정부 부서와 쌍둥이 도시인 아바나 시청과 마리아나오 구청의 공무원 자리를 얻는 투쟁에 전념했지요.

UIR는 1945년 에밀리오 트로Emilio Tro가 창립했습니다. 이 사람은 베테랑 미군 출신으로 스페인 내전과 제2차 세계 대전에서 싸웠는데, 전쟁이 끝나자 쿠바로 돌아와 개인의 전쟁을 조직한 겁니다. 그는 16세이던 1934년에 이미 바티스타에 맞서 테러를 벌였는데, 누군가를 죽이거나 누군가 자기를 죽인다는 생각에 사로잡혀 있던 진짜 정신병자였지요. 훗날 절망에 사로잡혀 도시 게릴라나 농촌 게릴라가 된 사람들이 다 이런 사람들이었지요. 이 아바나 패거리는 트로와 마찬가지로 공적이든 사적이든 모든 적을 없애버리기 위해 조직되었습니다. 이들에 의해 응징당한 희생자들은 주로 마차도[365]나 바티스타 정권의 옛 경찰들, 조직의 신임을 잃은 옛 동료들이었는데, 이들에게 총알 세례를 퍼붓고는 복권처럼 생긴 종이에 이런 글을 남겼어요. "비록 느리지만 정의는 반드시 온다." 무고한 희생자들도 있었죠. 지나가는 행인이나 운 나쁜 목격자들 말이에요.

피델 카스트로는 이 갱 조직에 소속되어 있었어요. 그리고 피델 카스트로와 아무런 인척 관계가 없는 마놀로 카스트로Manolo Castro는 대학생 연맹 회장을 지냈고 당시에는 스포츠 총감독을 맡고 있었는데, 피델의 경쟁 조직인 사회주의혁명운동MSR의 일원이었죠. MSR에는 주로 전직 공산주의자들이나 국제여단Brigada Internacional 소속으로 스페인 내전에서 싸웠던 베테랑들이 많았어요. 어느 날 밤에 마놀로가 어떤 극장 앞에서 누군가와 얘기하고 있었는데 갑자기 또 다른 카스트로가 등장하면서 거리가 졸지에 총격전이 벌어지는 전장이 되고 말았습니다. 마놀로 카스트로는 시카고 갱들이 고안해낸 후, 외국 것을 베끼는 데에 능통한 일본인의 재주를 갖고 있는 UIR에 의해 모방되고 완성된, 흠잡을 데 없는 '암살 청사진'에 따라 피살됩니다. 그의 죽음은 헤밍웨이의 에세이 모음집 『바이 라인By Line』에 실려 있는 「발사The Shot」라는 글에 잘 묘사돼 있죠. "…그들이 그를 죽였을 때 그의 주머니에는 35센트만 있었고 은행에는 돈이 없었다. 그는 비무장이었다." 자동차 한 대가 오더니 적으로 추정되는 사람이 있던 자리에 총알 세례를 퍼부었어요. 자동차가 지나간 뒤에 그 적이 문밖으로 나와 달아나는 차를 보면서 총을 응사했겠죠. 시카고에서는 이 순간 두 번째 자동차가 나타나 전속력으로 다가오면서 등 뒤에서 적을 난사합니다. 그러나 아바나에서는 자동차 대신 두 사람이 나타나 마놀로의 등에 칼을 꽂습니다. 그중 한 명이 피델 카스트로였어요. 이런 점 때문에 깡패의 트로츠키식 이름은 스탈린보다 카스트로에게 더 잘 어울린다는 겁니다.

카스트로는 재판을 받았나요?

아니요. 고발되긴 했지만 기소되지는 않았습니다.

카스트로의 진짜 성격은 어떻습니까?

심리적으로요? 절대 권력을 좇다가 정신이 분열된 편집증 환자죠. 젊은 시절에 완벽한 폭군의 대명사였던 어떤 혁명군 간부가 제게 해준 얘기가 있어요. 약 30년이 지난 이야기인데, 하루는 산티아고 데 쿠바의 거리에서 피델 카스트로와 마주쳤는데 행동이 좀 이상하더라는 거예요. 두 개의 기둥 뒤에 몸을 숨기더니 마치 무슨 공격신호를 기다리듯 좌우를 살피더랍니다. 그래서 그가 "이봐 피델, 무슨 일 있어?"라고 물었더니 그가 이렇게 답했대요. "아니, 그냥 버스 기다리는 거야." 그래서 제 간부가 "그런데 왜 쫓기는 사람처럼 숨어 있어?" 그랬더니 피델이 이렇게 대답했답니다. "그냥. 사람 일은 모르잖아."

그처럼 강렬한 삶을 산 사람에게는 정상적인 행동이 아닐까요?

그때 카스트로는 15살도 채 안 됐을 때예요. 그를 쫓는 사람도 없었고, 아직 아바나에서 몰려다니며 조직원 노릇을 하지도 않을 때지요.

그로부터 약 4반세기 뒤로 가볼까요? 1959년 그는 수상이 되었고, 그의 인기는 쿠바 역사에서 유례가 없을 정도로 하늘을 찌릅니다. 군인이자 행동하는 인간으로서 그의 유명세는 아마 독립 영웅들의 전설적인 생애에나 비견될 정도였죠. 그는 〈레볼루시온〉지 사무실에 와서 신문이 인쇄되기 전에 사진을 검열하곤 했습니다. 당시 신문사 직원들 가운데 반 이상은 그를 위해 목숨이라도 바칠 수 있을 정도였죠. 하루는 아직 사진을 인화해 암실에서 말리고 있었어요. 암실은 달팽이 모양처럼 생긴 계단을 올라가면 복도 끝에 위치해 있었지요. 카스트로의 숭배자였던 신문사 부사장이 그에게 같이 가보자고 권해 그들은 어둡고 썰렁한 방에 올라가 사진을 한 장 한 장 검토했습니다. 사진을 다 본 후에 카스트로가 먼저 나선형 계단을 내려가기 시작했어요. 그런데 두 계단도 내려가지 않아 카스트로가 뒤돌아보더니 뭔가를 물어봤습니다. 두 걸음 더 내려가더니 다시 돌아보고 또 다른 질문을 했습니다. 부사장은 카스트로가 질문을 할 때마다 허리에 손을 가져가 권총집에 얹어놓는 것을 봅니다. 카스트로가 세 번째 질문을 할 때 부사장이 마침내 이렇게 말했습니다. "피델, 제가 먼저 내려갈게요. 제가 길을 잘 압니다."

이렇게 해서 질문도 끝났고 계단에서 멈춰서는 것도 끝났습니다. 이런 행동이 모두 편집증의 증상입니다. 그의 옆에는 항상 주치의가 있었는데, 그중 두 명이 벌써 죽었어요. 대위 계급장을 달고 있던 파하르도 박사는 경호원들이 실수로 공격하는 바람에 죽었고, 두 번째인 바예호 박사 역시 대위였는데, 50세가 되기 전에 심장마비로 죽었습니다. 히틀러가 앓던 심각한 두통 역시 편집증 증상인데 이것이 건강염려증으로 바뀌죠.

권력에 대한 정신분열증을 야기한 그의 편집증에 대해서는 시사점이 많은 일화가 있어요. 자기 친구라고 생각하던 벤 벨라[366]가 부메디엔 장군의 쿠데타로 실각하자, 카스트로는 제국주의의 하수인인 CIA가 기획한 쿠데타에 대해 통상적인 비난을 퍼부은 다음, 그의 특징적인 말투대로 이렇게 소리쳤습니다. "내가 부메디엔이란 그 친구가 위험한 건 진즉에 알았어. 제기랄. 하루는 라울과 내가 종일 낚시를 했는데, 새벽 4시부터 어두워질 때까지 그가 한 말이라고는 도착했을 때 '굿모닝', 떠날 때 '굿이브닝'밖에 없더라고. 종일 한 마디도 안 한 거지! 말이 없는 사람은 그래서 언제나 위험한 거야!" 과묵하다는 이유로 위험한 인물이라는 결론이 가당키나 한가요? 게다가 그는 스페인어도 잘 못하는 무슬림 방문객인 데다가 거의 반강제적으로 초대를 받아온 사람이었거든요. 그건 셰익스피어의 유명한 대사 중에 줄리어스 시저가 마르코스 안토니우스에게 "그런 친구는 위험해"라고 말하면서 카시오를 조심하라고 충고하는 것과 비슷해 보입니다. 이는 자기 시선을 어떻게 받아들이고 피하느냐를 보고 잠재적인 반역자들을 가려냈다고 하는 스탈린을 연상시키기도 합니다. 실제로 많은 사람이 이런 방식으로 모스크바의 재판정에 섰어요. 과학이라고 간주되는 공산주의가 마르크스뿐만 아니라 메스머[367]에게도 빚을 지고 있는 겁니다.

이런 일화들이 전에 활자화된 적이 있습니까?

그렇지 않을 겁니다. 피델 카스트로와 관련해서 활자화되지 않은 일화는 무수히 많습니다. 그것을 직접 목격했거나 전달한 사람들은 카스트로와 가깝게 있던 사람들인데 아직 쿠바 정부에 소속되어 있든, 혹은 외국에 나가 있든 후환을 두려워하니까요. 제 경우에는 서사문학에 개인적인 혐오가 있어서 그런지, 제 자신이 목격했거나 공동 주연이었던 이런 일화들에 대해 비슷한 얘기조차 지금까지 주변에 발설한 적이 없어요. 미래의 혁명가들에게는 신화가 될 정도로, 당신과 같은 나라 출신인 체 게바라와 피델 카스트로와 관련된 전형적인 일화가 있죠. 게릴라 산악전과 피그만 침공 전투의 베테랑이었으나 나중에 뗏목을 타고 쿠바에서 빠져나온 두케Duque 대장이 자기 친구에게 해준 얘기입니다. 체 게바라는 쿠바에 들어가기 전, 멕시코의 열악한 훈련장 외에서는 무기를 다뤄본 적이 없는데 산에서 생활하면서 일등사수가 됐어요. 이런 사실을 알고 있었나요? 하루는 시에라 마에스트라에서 정부군의 압박이 워낙 심해 대원들에게 동요가 일어나자 피델 카스트로가 걱정을 날릴 겸 체 게바라에게 사격 시합을 하자고 했답니다. 다른 사람들은 까마귀한테 돌을 던지고 놀고 또 다른 사람들은 잠을 자거나 과일을 따러 다녔다고 하죠. 그런데 두케가 잠을 자지 않고 특별히 하는 일도 없자 카스트로가 그를 심판으로 세웠나 봐요. 사격시합에서 카스트로는 모두 명중시켰으나 체 게바라는 평상시보다 훨씬 못 쏘았다고 합니다. 의기양양해진 카스트로는 산중 게릴라 기지에서만 할 수 있는 또 다른 오락거리를 찾아 자리를 떴답니다. 그래서 체 게바라와 단둘이 남은 후에 두케가 물어봤대요. "체, 오늘 사격을 왜 그렇게 못했어요? 원래는 훨씬 잘 맞추잖아요." 그랬더니 체 게바라가 힐끔 보더니 아르헨티나 사람 특유의 딴청 피우는 미소를 띠면서 이렇게 말하더랍니다. "그럼 자네는 나보고 피델을 꺾으라는 건가?" 이렇게 체 게바라의 고행의 길이 시작됩니다. 그 십자가의 길이 볼리비아에서 끝나는 거죠.

지금 기억나는 비슷한 일화들이 또 있나요?

마치 〈게릴라 버틀러가 본 것What the guerrilla butler saw![368]〉 같군요.

직접 그와 함께 했던 경험이 궁금해서 드리는 말씀입니다.

피델 카스트로와 함께 했던 경험은 당연히 거의 없어요. 중국 속담에 의하면 황제를 움직이는 것보다는 용을 움직이는 게 쉽다고 합니다. 게다가 이 미래의 망명객은 천성적으로 아첨과는 거리가 멀었어요. 우리가 마지막으로 마주친 것은 앞서 말했던 국립도서관에서의 지식인 회의였죠. 거기서 제 목소리는 소수 의견 가운데 하나에 지나지 않았어요. 그런데 '지식인들에게 고하는 말씀'을 했던 그 회의가 있기 전에, 제 기억으로는 초현실주의 시인인 바라가뇨[369]와 제가 새벽 4시에 잡지사 문을 닫고 베다도El Vedado의 페킨Pekin이라는 식당에서 늦은 저녁을 먹고 있는데 갑자기, 항상 그렇듯이 야행성인 카스트로가, 항상 그렇듯 불시에 경호원들에 둘러싸여 나타났어요. 그가 우리를 알아보고 우리 테이블에 와서 앉았지요. 바라가뇨와 저는 잡지사에서만 함께 한 것이 아니라 빈약한 트로츠키주의도 공유했습니다.

어떤 의미에서 "빈약한"이라고 말씀하시죠?

왜냐하면 바라가뇨는 지금 육체적으로 세상을 떠났고, 제가 갖고 있던 당시의 트로츠키주의도 정치적으로 지금 그런 상태거든요. 그는 파리에 살면서 앙드레 브르통을 알았고 초현실주의 잡지들에 글을 싣기도 했습니다. 한 마디로 말해, 그는 예술적으로나 정치적으로나 모든 초현실주의자와 통했어요. 제게 트로츠키는 당시에 일종의 '혁명의 횃불' 같은 것이었어요. 그런데 지금 그는 제게 그냥 '혁명의 잔불'이죠. 그의 영구혁명론은 정치적 라퓨타[370] 같은 것입니다. 멕시코 사람들이 말하듯이, 모든 혁명은 정부를 구성하면서 퇴화하고 그들이 맞서 투쟁했던 구질서보다 더 억압적인 새로운 질서가 되고 맙니다. 우리는 그 자리에서 카스트로를 보고 열광하던 한두 명의 여자들과 잡담을 나누고, 그중에 대담한 아가씨의 주소를 좀 얻어달라고 경호 대장에게 낮은 목소리로 부탁한 다음 밖으로 나왔습니다. 이미 아침이 밝은 거리를 걸으며 우리는 계속 얘기를 나눴어요. 바라가뇨와 저는 암묵적으로 카스트로에 대해 우려하는 마음을 공유했습니다.

1960년대 초 어떤 사람이 체코슬로바키아에 가는 길에 혁명 정부의 초대를 받아, 아니 강제적인 초대에 복종하여 비밀리에 쿠바에 들렀습니다. 자콥 모나드Jacob Mornard 혹은 라몬 메르카데르Ramón Mercader라는 이름을 가진 그는 바로 트로츠키를 암살했던 범인이었습니다. 사람들은 잘 모르지만 그는 쿠바인입니다. 산티아고 데 쿠바에서 태어났고 그 어머니는 카리다드 메르카데르Caridad Mercader라고 불렸고 아직 살아 있으면 지금도 그렇게 불리겠죠. 제 작품 『세 마리 슬픈 호랑이』에서 트로츠키의 죽음을 묘사한 패러디를 하면서 그를 언급한 것도 이런 사실에 기인합니다. 당시 공룡 같은 스탈린주의자들이 새로운 혁명가들로 간주되던 정치적으로 흥미진진한 시대를 맞아, 새로운 전체주의에서 희망을 찾고 싶어 했던 사람들의 꿈을 깨는 얘기를 하나 해줄까요? 1965년까지만 해도 파리 포시Foch 거리에 우아한 아르누보 양식의 아파트에 있던 쿠바 대사관을 찾아가면 안내인 역할을 하는 의외의 인물을 만날 수 있었습니다. 쿠바의 갈색 미인이 아니라, 몸이 가늘고 뭔가 시선을 피하는 푹 들어간 두 눈과 불안한 몸짓을 하던 65세 정도의 부인이었죠. 그녀가 다른 방문객에겐 어떤 가명을 썼는지는 모르겠지만, 진짜 이름은 카리다드 메르카데르였어요. 파리의 수많은 트로츠키주의자가 쿠바 대사관을 방문하는데, 만일 자신들을 영접하는 대사관 직원이 트로츠키 암살범의 어머니라는 사실을 알았다면 무슨 일이 일어났을까 생각해보세요. 도이처[371]나 고킨[372]의 작품을 읽은 독자들이라면 다 알겠지만, 카리다드 메르카데르는 스페인 내전 때 스탈린을 맹종하던 여자였고 미래의 암살범이 될 아들에게 굉장한 영향을 미쳤지요.

그녀가 어떻게 쿠바 대사관 직원이 될 수 있었을까요?

그녀는 당시 대사 부인의 두 번째인가 세 번째 사촌이었어요. 두 사람 모두 산티아고 출신입니다. 당시 대사인 해롤드 그라마체스Harold Gramatges는 평범한 작곡가였는데 쿠바 PSP에서 스탈린주의를 위한 문화적 도구로 쓰였죠. 혁명 후에 체 게바라와 라울 카스트로의 추천으로 대사로 올 수 있었는데, 카리다드 메르카데르가 프랑스의 쿠바 영토 내에 은신처를 찾을 수 있었던 것도 이와 무관치 않다고 생각합니다. 아무튼, 바라가뇨와 제가 카스트로와 식당에서 만나 대화를 나누던 그날 동틀 녘으로 다시 돌아갑시다. 그때 저희는 카스트로에게 혁명 정부가 멕시코의 레쿰베리 형무소에서 막 출소한 라몬 메르카데르의 쿠바 체류를 왜 허용하는 것인지 물어봤어요. 우리는 혁명 정부와 직접 연결되는 〈레볼루시온〉과 전보를 통해 멕시코 정부가 그를 풀어주려고 했고 카스트로가 그를 아바나에 와서 일주일 지내고 가도록 허가해줬다는 걸 알고 있었거든요. 그가 일단 철의 장막 뒤에 있는 전체주의의 미로에 숨어버리면 영영 못 찾을지도 모르니까요. 피델 카스트로는 우리 질문에 신비로움과 계시가 섞인 특유의 말투로 대답하더군요. "글쎄, 그건 말이오, 사실 우리가 빚을 많이, 정말 많이 지고 있는 나라에서 부탁했기 때문이오. 그쪽 사람들과 정부는 우리에게 큰 도움을 주었거든." 바라가뇨와 나는 카스트로가 말하는 나라가 체코슬로바키아의 노보트니[373] 정권이란 것을 알아차렸어요. 당시 노보트니 정권은 극비리에 많은 무기를 장기간 낮은 이자를 받고 쿠바에 보내줬지요. 카스트로는 쿠바의 독재자로서 마치 빅토리아 여왕 폐하처럼 복수의 주어를 쓰면서 이렇게 덧붙였습니다. "게다가 우리는 트로츠키를 죽이라고 한 적도 없거든." (이런 정치적 변명과 역사적 면피 행각은 예수회원들에게 교육받은 변호사 출신인 카스트로가 전형적으로 써먹는 수법이에요.) 이런 설명을 한 후에 그가 얘기를 이상한 쪽으로 끌고 갔어요. 트로츠키와 그 암살범 얘기에서 트로츠키주의와 유치한 좌파 운동으로 화제가 옮겨간 것입니다. 그건 초창기에 여러 호에 걸쳐 모든 종류의 혁명문학을 실었던 『혁명의 월요일』을 겨냥한 말이었어요. 이 잡지는 당시 파격적으로 시대를 앞서가는 바람에, 우리 잡지에 영향을 주었던 7.26 운동 내의 우파들, PSP의 기관지였던 〈오이Hoy〉, 그리고 지금은 사라져버린 가톨릭적이고 보수적인 신문들 등을 포함해 우파와 좌파 모두의 분노를 샀지요. 이때 실린 트로츠키의 글들, 공산당 선언, 생쥐스트[374]의 연설, 브르통, 조지 오웰, 앙드레 말로, 쾨슬러 등의 에세이 등은 그야말로 아바나를 뒤집어 놓았죠. 한동안 주류 신문에서 이런 글들을 취급한 적이 없었거든요. 이런 맥락에서 카스트로가 이렇게 말하더군요. "당신들의 그 설익은 좌파는 몽땅 마음에 안 들고 시기적으로 적절하지도 않소. 내가 두려워서 하는 얘기가 절대 아니오." 그리고 거리의 이름이 새겨진 명판을 가리키면서 이렇게 덧붙였어요. "만일 당신들이 원하면 지금 당장이라도 이 거리 이름을 칼 마르크스로 바꾸라고 할 수도 있소. 하지만 모든 건 때가 있는 법이란 말이오."

그렇지만 카스트로가 국가 비밀에 속하는 사항을, 그것도 정부의 일원이 아닌 사람들에게, 굳이 말할 필요가 있었는지 이상하네요.

물론입니다. 그러나 그 대화는 사적인 것이었어요. 만일 우리가 그런 질문을 공개적으로, 예를 들어, TV 카메라 앞에서 했다면 아마도 우리를 가혹하게 훈계하는 대답만 돌아왔겠죠. 언제든 대화할 준비가 돼 있는 지도자라는 그의 이미지는 완전히 조작된 것이에요. 그는 사소한 반론도 참지 못하는 정치인 가운데 한 사람입니다. 심한 반론이나 논리적 형태의 반론에 대해서는 말할 필요도 없고요. 카스트로는 자기 조직 내에서 소수파의 존재조차 용납하지 않습니다. 쿠바공산당PCC조차 허구인 실정에서 다양한 정당들에 대해서는 입도 뻥끗할 수 없는 거죠. 시간이 갈수록 쿠바에는 소련의 최고인민회의 같은 허구적인 의회 형태조차 존재하지 않을 것이라는 점이 명백해지고 있습니다. 쿠바에는 심지어 공공생활을 규정하는 헌법조차 없어요.[375] 쿠바의 삶은 지독할 정도로 불법에 의해 지배되고 있고, 공적이든 사적이든 모든 행위는 잠재적 범죄로 취급됩니다.

처음에 혁명을 지지했던 사람들은 카스트로의 인격을 어떻게 받아들였습니까?

저 자신부터 세상이 바뀌었다고 생각했어요. 그리고 천방지축이던 깡패 두목의 모습 역시 역사의 한 페이지로 남게 됐다고 믿었죠. 그런데 카스트로가 미국, 캐나다, 중남미 여러 나라를 순방할 때 수행원의 일원이 되어 따라다닌 후에 저는 일이 반대로 돌아가고 있다는 것을 깨달았습니다. 이를 친구들에게 말했더니 모두 제가 과장하고 있다고 생각하더군요. 당시 제가 우려하던 것은 카스트로가 쿠바의 나세르가 되지 않을까 하는 점이었어요. 결국 시간이 지나면서 카스트로와 나세르는 종신 독재자의 화신에 지나지 않는다는 사실이 드러났죠. 카스트로는 자기 추종자들이나 측근들에게 히틀러가 했던 것과 똑같은 영향력을 행사했어요. 당시 나치 건축가 가운데 한 명이었던 알베르트 슈페어[376]는 최근에 나온 자서전에서 히틀러에게는 자석과 같이 끌어당기는 힘이 있었다고 말합니다. 또 반대하는 모든 비판에 그가 얼마나 민감하게 반응했는지도 언급해요. 카스트로의 추종자들도 히틀러나 스탈린 추종자들과 마찬가지로 권력의 부산물로 발생하는 그의 인간적인 약점에도 반응했고, 자신들이 누리는 호불호 정도에 따라 호감이나 반감을 나타냈습니다.

현재 선생님의 정치적, 이념적, 철학적 입장은 어떻습니까?

첫째, 저는 반유토피아주의자입니다. 그것이 아르카디아, 파라다이스, 혹은 어떻게 불리든 간에 이미 먼 과거의 일이 되었고 미래의 것은 아니라고 믿습니다. 둘째, 모든 이데올로기는 반동적입니다. 권력은 사람뿐만 아니라 사상도 부패시키죠. 공산주의는 가난한 이들의 파시즘에 지나지 않습니다. 셋째, 철학적으로 저는 절대적인 회의주의자입니다. 반박할 수 없는 사상이란 절대 존재하지 않습니다. 모든 회의주의자가 그렇듯 저도 스토아주의에 끌리고 있어요. 적나라한 현실이 제게 부과한 고독을 진정시키는 데에는 그래도 미신적인 규약이 도움을 줍니다.

좀 험담이 될지 모르겠는데요, 카스트로의 사생활에 대해서도 아시나요?

그 얘기는 하지 않겠습니다. 그 질문이 가십거리로 보이는 것은 그것이 가십거리가 맞기 때문이죠. 사실 역사라는 것은 두세 개의 큰 가십거리의 연속에 지나지 않습니다. 단지 그것이 이론이란 것에 의해 서로 엮이지만 그 역시 얼마 못 가 불신을 받게 됩니다. 역사적 이론은 바뀌지만 안주거리 가십은 남는 거죠. 역사적 가십거리야말로 타키투스, 플루타르코스, 기본, 토인비, 슐레진저 사이에 존재하는 유일한 관계입니다.

선생님은 발언 수위 때문에 보복당할까 봐 두려워하신 적은 없으십니까?

정신적이든 육체적이든, 외부에 있는 모든 형태의 공격보다 더 두려운 것은 내부에 있는 양심의 공격입니다. 그렇지만 우리 가족 모두가 외부 세력에 공포를 갖고 있다는 점은 인정해야겠군요. 특히 아내인 미리암 고메스는 제게 자나 깨나 항상 조심하라고 일깨워줍니다. 뉴욕에 있는 제 동생도 제가 1968년 처음으로 쿠바 정권을 공개 비판하자 극도로 조심하라는 충고와 함께 이런 편지를 보냈어요. "형이 트로츠키가 아니라고 해도 피델 카스트로가 스탈린이 아니라는 법은 없다는 걸 잊지 마."

그럼 문학적인 질문으로 넘어가기 전에 정치적인 질문을 더 드려도 괜찮을까요?

생각 같아서는 모든 질문이 문학적인 것이면 좋겠지만, 어쩌겠습니까. 이 시대가 모두 정치화되어버렸으니, 정치를 피해서 갈 수는 없죠.

현재 소련의 지도부에 대해서는 어떻게 생각하십니까?

마침 오늘 아침 신문에서 소련 지도부인 포드고르니, 브레즈네프, 코시긴이 퐁피두 프랑스 대통령의 소련 방문을 환영하는 사진 기사를 봤어요. 저는 세 사람이 플라넬 양복을 입은 백발노인들이라 생각했습니다.

중국에 대해서는 어떻게 생각하세요?

사실 쿠바에 있을 때 많은 친구가 저를 '중국인'이라고 불렀어요. 옥타비오 파스가 저에게 볼수록 멕시코 사람 같다고 하자 그 부인은 제가 네팔에서 왔다고 우기더군요. 그런데 솔직히 중국 대륙은 그 넓은 땅덩이만큼이나 제게는 알 수 없는 지역입니다. 중국은 신비로 포장되고 미지의 것으로 싸인 채 미로의 중앙에 놓여 있는 수수께끼 속 암호 같습니다. 저는 1960년에 중국의 초대를 받았지만 사소한 이유로 사양했는데, 그때 가지 못한 것을 절대 후회하지 않을 겁니다. 그때 갔더라면 저의 무지함은 더 커졌을지도 모릅니다.

마오쩌둥은 어떻게 보십니까?

책이 그 안에 있는 사상보다 훨씬 더 오래가는 것은 물론이고 사람보다도 더 오래간다는 것을 알았던 중국 황제들 가운데 한 명입니다.

사상도 죽는다고 믿으시나요?

책을 포함해 모든 것은 사멸합니다. 책도 역시 죽을 거예요. 그런데 책에 담겨 있는 사상은 그보다 더 빨리 죽습니다. 예를 들어, 헬레니즘 사상은 오래전에 죽었어요. 그럼에도 『오디세이』나 『일리아드』처럼 헬레니즘 사상보다 몇 세기나 앞서는 책들은 오늘날 아직도 살아 있고 앞으로도 상당 기간 동안 그럴 겁니다. 사포의 작품 역시 부분적으로나마 살아 있고 죽는 것을 거부하고 있습니다. 이런 책들은 불멸합니다. 그런데 마오쩌둥의 소책자는 얼마나 오래 살아 있을까요. 분명한 것은 비스마르크의 문화투쟁[377]을 중국식으로 모방한 문화혁명은 결코 살아남을 수 없다는 사실입니다. 국가를 교회에 종속시키는 것은 국왕을 유스테 수도원에 가짜로 매장시키는 것과 같아요.[378] 카를 5세는 자기가 죽을 때 이상을 살아남게 하기 위해 살아 있는 죽음을 택합니다. 카를 5세의 제국을 실제로 파괴한 것은 책의 부재였어요. 마오쩌둥은 비슷한 사태를 예견합니다. 신도들이 믿을 신도 없고 천국도 없는 나라의 이 유물론자가 실제로 죽을 때는 영생의 증거로서 책을 남길 겁니다. 그것은 혁명가의 영혼을 전달해주는 책, 즉 『빨간 모자를 쓴 늑대The little red riding book』입니다.

라틴아메리카 교회의 새로운 자세에 대해 어떻게 생각하십니까?

그건 옛날과 달라진 것이 없습니다. 순서만 뒤바뀌었죠. 교회는 권력을 좇아서 언제든 카노사에 달려갈 수 있습니다.

좀 더 자세히 말씀해 주시죠.

익사하는 사람의 각기 다른 손 모양을 어떻게 말할 수 있을까요? 교회는 역사의 적대적인 분위기에서 살아남으려고 안간힘을 쓰는 쇠락한 권력입니다. 따라서 가라앉지 않기 위해 무엇이라도 시도해보는 건 이상한 일이 아닙니다. 우주선을 축복해주고 유고슬라비아의 티토 정권과 외교 관계를 수립하는 것도 그런 노력의 일환이죠. 지난 세기에 근대 기술과 같은 세속 학문이 교회와 양립하기 힘들다는 점을 보여줬다면, 이번 세기에는 교회 없는 종교가 가능하다는 사실을 보여주고 있습니다. 즉 공산주의, 신新불교 운동, 히피 등은 교회의 사제들 못지않게 종교적이거든요. 그럼에도 용서를 구하려는 그리스도교의 극한의 노력이 겸허하고 진지해질수록, 교회에 소속되지 않은 사람들 눈에는 그 고민이 더 가증스럽게 보입니다. 영국 성공회 교회가 남아프리카 공화국의 반체제 인사들에게 돈을 줄 수는 있지만, 죽는 순간In articulo mortis 그런 친절을 베푼다고 해서, 아프리카의 모든 선한 그리스도인의 임무가 선교를 하고 국가 이익을 챙기는 것이었다고 변명했던 세실 로즈[379]의 유명한 말에 내포된 범죄를 없애버리지는 못할 겁니다. 가톨릭교회에 대해서도 말해보자면 이번 세기만 놓고 보더라도, 아무리 진보적인 교황이 선출된다 하더라도 히틀러와의 밀약, 유대인 학살에 대한 비오 12세[380]의 무관심, 바티칸과 무솔리니의 협력을 잊을 수는 없습니다. 사실 교황과 진보라는 말은 대립되는 용어이기도 합니다. 스페인의 가톨릭교회 역시 바스크 지방에서 평화를 중재한다고 해서 제2공화국을 무너뜨리고 집권한 파시즘과 공모했던 것을 지워버릴 수 있을까요?

중남미에서 이런 모순이 가장 명백한 나라가 바로 쿠바입니다. 그곳에서는 교황청 대사가 카스트로 정권에 온갖 종류의 아첨을 하면서 옛날 바티스타 정권과 교회의 유착 관계를 지워버리려 하고, 심지어는 오늘날 피델 카스트로를 칭송하면서 그가 1961년 요한 23세 교황에 의해 파문되었다는 사실도 잊게 하려고 합니다. 어떻게 같은 사제복을 입고 정권에 아부를 하는 동시에, 1959년에서 1965년 사이 교황청 대사의 주교관 바로 앞에 있는 카바냐 요새의 처형장에서 "그리스도 왕 만세!"를 외치며 총살된 그 불운한 신자들을 잊을 수 있다는 말입니까? 옛 가톨릭 문학 그룹이었던 오리헤네스Orígenes의 한 지식인이 1965년에 다음과 같이 고백했습니다. "우리는 피델 카스트로에게 매우 감사해야 한다. 그 덕분에 적어도 옛날 정권에서는 이룩하지 못했던 것, 즉 경쟁의 철폐를 성취할 수 있었으니까." 이 가톨릭 지식인은 여호와의 증인, 제7일안식일 예수재림교회, 그 밖의 개신교 교파 등 '백색 예복batiblancos'이라는 공식 별명을 붙여놓은 신앙인들에게 무자비한 탄압을 자행하던 당시 카스트로 정권의 박멸 정책을 암시했습니다. 이 냉소적인 종교인은 이렇게 덧붙입니다. "아무튼, 우리는 피델이 우리에 의해 교육을 받았다는 사실을 잊으면 안 된다." 이는 아마도 예수회를 지칭하는 말일 겁니다.

그럼 중남미의 가톨릭교회는 오늘날 어떻습니까?

모두 쿠바화되었어요.

그렇다면 중남미에 대한 쿠바의 영향력이 설사 완벽하지는 않더라도 대단하다는 점은 인정해야겠군요?

중남미만이 아니고 북미와 유럽에 미친 영향도 대단합니다. 헤밍웨이가 잘 표현한 것처럼 그토록 가늘면서 배은망덕한 그 섬은 너무나도 자주 판도라의 상자가 돼 왔습니다. 즉 500년이 안 되는 시기에 세 개의 역병을 이 세상에 선물했어요. 처음에는 콜럼버스의 신대륙 발견과 함께 그 섬이 개방된 이후 성병의 암이라 할 수 있는 매독을 전파했습니다. 지리적 위치로 인해 스페인 역사의 일부가 되고 나서는 담배라는 식물의 암을 전 세계에 퍼트렸습니다. 그리고 주체적인 역사를 되찾았다는 1959년 이후에는 종교화된 마르크스주의로 무장한 수많은 군사를 앞세워 카스트로주의라는 지정학적 암으로 세계를 오염시키고 있습니다.

그 점에 대해 쿠바와 그 혁명에 대한 예찬론자이고 역사적 암의학癌醫學 전문가인 수전 손택은 어떻게 생각할까요?

그녀가 어떻게 생각하는지는 관심이 없습니다. '캠프camp의 여사제에서 공산주의 선전가'로 그렇게 쉽게 변신할 수 있는 사람의 의견에 대해 뭐라고 말할 수 있겠습니까? 그녀와 그녀처럼 생각하는 다른 사람들의 의견을 읽어보면서 저는 작가들이 글쓰기를 원하는 것이 아니라 펜으로 권력을 잡으려 한다는 것을 확신하게 되었습니다. 그들에게 문학은 권력의 대용품이에요. 대부분의 작가가 만일 정치권력을 잡게 된다면 아마 단 한 줄의 글도 쓰지 않을 겁니다. 사르트르가 좋은 예입니다. 그는 헛된 노력을 많이 했지만 결코 샤를 드골 장군이 될 수 없었어요. 그 '위대한 샤를'의 비망록을 보면 권력과 펜의 역설에 또 다른 반전을 주긴 합니다.

쿠바에 있는 가족이 걱정되지는 않으신가요?

아니요. 왜냐하면 가까운 가족, 예를 들어, 제 아버지는 오랜 공산주의자입니다. 그는 누가 봐도 물의를 일으킬 만한 사람이 아닌 데다가 자신이 창립 공신 중 한 명이었던 공산당의 결정을 맹신하는 사람이에요. 제 어머니는 몇 년 전에 돌아가셨고 나머지 가족은 저와 거의 접촉이 없습니다. 이렇게 멀리 떨어져 있는 것만큼이나 고독하긴 하지만 이것도 제게는 사치라는 점을 압니다. 다른 쿠바 작가들은 저처럼 자유롭게 말할 수 없거든요. 그래서 그들이 그렇게 말이 많지 않은 겁니다.

쿠바로 꼭 돌아가고 싶다는 욕구를 느낄 때도 있습니까?

열대에 대한 신체적 욕구는 있지만 쿠바 땅에 대한 욕구는 없어요. 누군가 땅을 원한다면 서 있을 땅만 있으면 돼요. 제게 신체적 안락함을 주는 것은 무더운 기후입니다. 이것은 애국심이나 향수보다 강력한 관능주의죠. 예를 들어, 캘리포니아에 있을 때는 집에 있는 것처럼 편안하더군요. 저는 태양과 더위를 좋아하고, 추위, 비, 어둠, 안개, 눈 같은 것을 싫어합니다. 말하고 보니 모두 영국 기후네요.

그럼 왜 파리나 스페인 혹은 미국으로 가지 않고 런던에 살기로 하셨지요?

제가 선택한 것이 아니라 런던이 저를 선택한 겁니다. 저는 살면서 선택해본 것이 별로 없어요. 제가 쿠바에서 나온 것도 저의 선택이 아니라 환멸의 산물이었죠. 이 환멸은 물론 다른 선택의 대안이 없다는 것과 관계가 깊고, 모든 전체주의에 공통된 특징이기도 합니다. 저는 마드리드에서 아홉 달을 살았는데, 그때처럼 소외의 감정을 느꼈던 적은 없었어요. 공유하고 있는 언어마저 심연처럼 저와 스페인 사회를 가로막고 있었지요. 미국에는 제가 정치 난민이라고 신고하지 않는 한 입국할 수 없었습니다. 파리에는 일주일 이상 있지 못하겠더군요. 여가를 위한 주말 도시처럼 파리는 모든 것이 피상적이었습니다. 빛의 도시라고 하지만 제게는 등대도 되지 못했어요. 저는 프랑스적인 것을 견디지 못합니다. 프랑스어 특유의 비음도 한 번도 좋았던 적이 없어요. 반면 저는 영어에 언제나 흥미가 많았습니다. 어릴 때 영화 스크린에서 흘러나오는 영어를 처음 접한 후 그 언어에 매혹되었죠. 그런 경험과 저의 영화 대본 작업이 저를 런던으로 이끈 겁니다. 그러나 그 선택은 쌍방적인 것이었죠. 저는 여기서 사는 것이 좋고 영국인들 성격도 제게 맞습니다. 런던에서 영국인들과 함께 살면서 저는 그들의 좋은 점과 나쁜 점 모두 알게 됐습니다. 나쁜 점 중 하나로는 지역주의를 들 수 있어요. 그러나 사실 그것은 섬나라 특징입니다. 그게 섬이 가진 매력이 될 수도 있지요. 쿠바 역시 지역주의 사회입니다. 그 지역주의가 역시 섬나라의 특징인 제국주의를 삼켜버렸죠.

다른 결점은 위선입니다. 그러나 위선은 동시에 도시적 세련미이기도 합니다. 중남미에서 가장 위선적인 멕시코 사람들 역시 가장 정중하면서 도시적이죠. 저는 스페인 사람들, 특히 카스티야 사람들의 사나운 말투나, 한때 속담에 나올 정도로 예절이 사라져버린 프랑스 사람들의 노골적인 무례함보다는 차라리 도시의 위선이 낫다고 봅니다. 영국은 근대 사법제도를 만든 나라입니다. 인신보호법habeas corpus, 수색영장, 가정 불가침법 등과 같은 법적 제도는 여기서는 당연하다고 느끼지만 그게 없는 곳에서는 값어치를 따질 수 없을 만큼 소중하지요. 영국에서 누군가의 가정은 그의 성과도 같으며 이는 중세나 근대의 영주에게만 부여된 특권이 아닙니다. 다른 한편, 균형은 우리같이 미신적인 무신론자들이 숭배하는 우연이라는 전지전능한 신에 대항해 싸우는 하나의 방식입니다. 저는 정확히 33세에 쿠바를 떠났는데, 대서양 북반구 대륙의 남쪽 끝에 가까운 섬에서 태어나 생애의 절반을 살았고, 대서양 북반구의 북쪽 끝에 가까운 또 다른 섬나라에서 살고 있다는 균형미를 생각하며 즐거워해요. 그렇게 나란히 일치하는 것은 거울이 제공하는 존재의 확실성을 선사하지요. 우리는 반사되는 우리 이미지를 보면서 존재하거든요. 이런 것을 가리켜 균형이라고 부르는 겁니다.

영국인들을 좋아하시겠네요?

네. 영국 여인들을 더 좋아하죠. 전체적으로 보면 영국인들은 중국인이나 유대인과 마찬가지로 존경받을 만한 민족 가운데 하나입니다. 저는 인종의 우월성을 믿진 않지만, 만일 그런 것이 있다면 영국인도 그중 하나일 겁니다. 인도의 무심함에 영향을 받은 측면도 조금 있어요. 역사적으로 수많은 사례가 보여주듯이, 정복당한 민족은 언젠가 자신을 정복한 민족을 정복합니다. 그래서 그런지 인도인들과 마찬가지로 영국인들도 유머 감각이 없는 것은 참 유감입니다.

유머 감각이 없기 때문에 영국을 떠날 수도 있을까요?
아니요. 그러나 실질적인 농담을 하자면, 세금 때문에 떠날 수는 있을 겁니다.

미국에 가서 사실 수도 있습니까?
그렇지만 거기서도 세금이 무척 괴롭힌다고 합니다.

미국에서 뭔가 새로운 것을 발견하셨나요?
마치 콜럼버스에게 물어보는 것 같군요.

그럼, 다시 질문할까요? 미국에서 뭔가 새로운 것을 보셨나요?
아마 뉴욕에서는 본 것 같아요. 저는 10년 만에 그 대도시를 방문했는데, 훨씬 더 민주적인 도시라는 것을 알게 되었습니다. 제국의 도시라는 위용은 없어졌지만 인간미는 생긴 것 같아요. 예전에는 시저가 다스리던 로마가 수직으로 서 있는 것 같았는데, 지금은 모든 것이 땅에 붙어 있더라고요. 저는 그렇게 쇠락해가는 것이 좋습니다. 모든 영화로움은 다 어리석습니다.

그건 아마도 선생님이 더 이상 식민지 출신이 아니었기 때문이 아닐까요?
그럴 수도 있습니다. 가장 최근에 갔을 때 저는 피델 카스트로 수행단의 일원이었습니다. 당신 말대로 이민자로 간 것은 아니었죠. 당신의 말을 빗대자면, 월계관을 쓴 군대의 귀환이었다고 할까요?

캘리포니아에서는 무엇을 보셨나요?

할리우드가 사라지고, 지금 그 자리에는 로스앤젤레스가 있더군요.

실망이 크셨겠네요?

무슬림이 메카에 성지순례를 가서 카바 신전의 검은 돌 대신 돌멩이 하나를 보는 것과 같은 거죠. 그렇지만 할리우드의 올림포스 산에는 아직 몇몇 신들이 남아 있기는 합니다.

예를 들어 어떤 배우들이죠?

매이 웨스트[381] 같은 배우입니다. 아르테미스와 아프로디테가 혼합된 그 여신은 고풍스러운, 그러나 아직 따뜻한 온기가 남아 있는 미소를 지으며 경배를 받고 있습니다.

그녀를 개인적으로 알고 계신가요?

그럼요.

그녀는 어떤 사람인가요?

지난번에도 그랬는데, 옛날보다 더 좋아 보였습니다. 죽음을 이긴, 아니 노쇠함을 이긴 섹스의 승리죠. 사실 이제는 예전 모습은 없고 상징성만 남아 있지만, 그래도 어쨌든 살아 있는 상징이라 할 수 있죠. 매이 웨스트는 할리우드를 정복했을 뿐만 아니라 하늘의 스타로 살아남았습니다.

미국 영화가 쇠퇴기에 접어들었다고 보십니까?

이제는 예술이 된 영화가 전반적으로 쇠퇴기에 있다고 봅니다. 하지만 미국 영화가 프랑스 영화보다 더 쇠퇴한 것은 아니에요. 프랑스 영화는 항상 쇠퇴기에 있거든요. 그런데 할리우드가 죽으면서 구경거리로서의 영화도 죽어가고 있습니다. 저는 카메라 영화에는 한 번도 관심을 가졌던 적이 없어요. 유일하게 좋아한 것은 할리우드의 심포니 영화였죠. 다른 영화들은 모두 예외적인 것으로, 이번 세기의 역사이기도 한 영화사 책의 여백에나 써놓는 것들이죠. 영화의 진정한 역사, 그러니까 영화사의 흐름은 할리우드에서 몽땅 이뤄진 것입니다. 영화의 황금세기는 1929년 토키 영화와 함께 시작합니다. 이즈음에 나온 작품들이 〈브로드웨이 멜로디Broadway Melody〉, 〈서부전선 이상 없다All Quiet on the Western Fron〉, 〈작은 황제Little Caesar〉, 마를렌 디트리히가 출연해서 신화가 됐던 〈모로코Morocco〉 등이고, 이밖에도 미키마우스가 〈증기선 윌리Steamboat Willie〉를 통해 데뷔했고, 그레타 가르보가 처음으로 유성영화를 촬영한 때입니다. 이 모두가 내가 태어난 해에 만들어지거나 상영된 것들이죠. 그리고 1949년이 되어 만들어지거나 상영된 영화들이 〈미지의 여인에게서 온 편지Letter from an Unknown Woman〉, 〈이중생활A Double Life〉, 〈춤추는 대 뉴욕On the Town〉, 〈파리의 미국인An American in Paris〉, 〈셋업The Set-up〉 등인데, 모두가 내 개인적으로는 신화가 된 영화들입니다. 이 목록에 〈아스팔트 정글Asphalt Jungle〉도 빼놓을 수 없군요. 모두의 여신인 마릴린 먼로가 등장하거든요. 그 나머지 기간은 모두 할리우드가 고난에 빠진 시기입니다. 이 위대한 대중 예술과 그것을 가능케 했던 영화산업 모두가 쇠퇴한 것이죠. 그러나 황금세기에는 이 올림포스 산의 신들이 여전히 대중의 마음속에 살아서 활동하던 시기입니다. 지금은 전부 사라지고, 죽고, 아니면 영화라는 종교의 무신론자들, 즉 비평가들에 의해 암살당하고 말았습니다.

"브루투스, 너 마저도?", 선생님 자신도 영화비평가 아니신가요?

그건 제가 영화에 대한 글을 쓰면서 먹고살 때였습니다. 그렇지만 영화에 대한 저의 사랑과 열정은 훨씬 더 컸죠. 제가 처음 극장에 간 게 생

후 29일 때입니다. 영화광이던 어머니 등에 업혀서 갔지요. 제가 어렸을 때 어머니가 늘 하시던 말씀은 "영화 아니면 정어리"였어요. 밥 먹는 것 외에는 극장에 가기 위해 돈을 아낀다는 말이었어요. 어머니 등에 업혀서 봤던 최초의 영화는 물론 기억나지 않아요. 그 영화는 불멸의 배우 루돌프 발렌티노가 유령으로 나오는 〈묵시록의 4기사The Four Horsemen of the Apocalypse〉였습니다. 극장에서 저의 첫 기억은 벽이나 스크린의 영상과 관련돼 있는데, 그것은 바로 활동사진의 빛과 어둠이었습니다. 제가 기억하는 첫 영화를 본 것은 3살이 채 안 되는 나이였어요. 말하자면 저는 4살 때 읽는 법을 배우기 전에 영화부터 봤던 겁니다. 제게 영화는 실질적으로 학교 이상의 것이었고 그 자체가 교육이었습니다. 저 같은 세속적 이교도에게 영화는 종교를 대신하는 진지한 대용물이었죠.
할리우드의 쇠락을 나타내는 징표 가운데 하나는 1950년대 이후부터 영화의 비신비화 작업이 시작되었다는 점이에요. 빛나는 작은 신과 여신들, 아직 스크린에서 살아 있고 그중 일부는 실제로도 살아 있는 영화스타들이 죽음을 피할 수 없는 평범한 인간으로 전락하고 맙니다. 영화는 일상의 삶을 역동적인 이미지로 묶어서 내보내는 텔레비전에 의해 밀려났습니다. 그리고 한때 신과 여신이 있던 자리에는 혼돈과 원시적 카오스만 남아 있어요. 우리는 영화의 신들을 죽이고 나서 그 빈자리를 무엇으로 채울지 고민하지 않았습니다. 물론 지금도 볼 만한 영화들이 만들어지고 있고 상영되고 있어요. 그러나 신화를 대체하기엔 너무 늦었습니다. 이것이 바로 할리우드에 갔을 때 제가 느낀 것들입니다.

할리우드에는 시나리오를 쓰기 위해 가신 건가요?

아니요, 제가 런던에서 써 놓았던 대본을 각색하기 위해 갔어요. 미국 중부와 남서부에서 촬영을 했거든요. 저는 항상 삶이 문학을 모방하는 것을 봐왔는데, 영화에서도 마찬가지더라고요. 제 대본 작업을 현실에 적응시켜야 하는 게 아니라 현실이 제 시나리오를 따라온다는 것을 깨달았어요. 심지어는 그냥 우연히 만들었던 특정 인물의 이름조차도 우리가 작업을 하는 도중에 마치 오래전부터 거기 있었던 것처럼 등장했지요. 그건 단지 이름만의 문제가 아니었죠. 제 시나리오에 장님 DJ가 등장하는데, 감독과 제가 덴버에서 적합한 촬영 장소를 찾을 때 거기에 예전부터 있던 장님 DJ를 발견했지요.

제가 뉴욕에서 들은 얘기인데, 폭스 필름이 선생님 시나리오를 보고 근래 본 것 중에서 가장 훌륭하다고 판단했고, 대릴 재넉[382]이 함께 일하길 원했다던데, 사실인가요?

그건 사실에 근거한 전설입니다. 사실은 리처드 재넉[383]이 전보를 보내서 제 시나리오가 〈내일을 향해 쏴라Butch Cassidy and the Sundance Kid〉 이후 가장 훌륭하다고 말하더군요. 그 아버지 재넉이 시나리오의 구성은 그대로 둔 채, 도입부 장면을 새로 제안했는데 영화의 핵심과 부합하는 것이었어요. 그래서 그 장면을 추가했죠. 그것은 현대의 고딕 대성당이라 할 수 있는 영화 건축의 버팀도리Buttress가 아니라, 신화적 원로 제작자에 대한 헌정이었습니다.

그 영화의 제목이 무엇입니까?

시나리오 제목 그대로, 〈배니싱 포인트〉[384]입니다.

어떤 내용을 담고 있나요?

신화에 대한 것입니다. 서부 서사극을 자동차의 서사극으로 만든 것이죠. 서부극의 오랜 주제로서, 한 인물이 홀로, 요즘 말로 바꾸자면, 역경에 맞서 싸우는 내용입니다. 그의 여정은 시종일관 위험과 모험으로 점철되어 있습니다. 당신도 짐작하다시피, 이 영화는 율리시스의 여정을 각색한 여러 작품 가운데 하나죠. 다만 이 영화에서 주인공의 종착역은 이타카가 아니라 죽음이란 점이 다릅니다.

시나리오는 영어로 쓰셨습니까?

모든 시나리오는 영어로 씁니다. 영화 작업을 하는 작가들 특유의 직업병인 편집증에 걸리지 않기 위해 저는 시나리오를 제 문학 작품과 다른 언어로 쓸 뿐만 아니라 필명으로 서명을 합니다. 보시다시피 정신분열에 의해 극복된 편집증이죠.

선생님 필명은 무엇인가요?

카인Cain입니다.

그 이름은 영화 비평을 할 때도 쓰시지 않나요?

아니요. 영화 비평 글은 G. 카인G. Caín으로 서명합니다. 카인의 강세가 뒷부분에 있죠. 그것은 기예르모 카인의 시나리오입니다. 마치 케인Kane처럼 발음되죠?

왜 그렇게 안 좋은 이름을 쓰시는 거죠?

얘기가 깁니다만, 어쨌든 그 뒤에는 항상 그렇듯 언어의 문제가 있어요. 그 이름은 제 첫 번째 성Cabrera과 두 번째 성Infante의 앞 글자를 딴 것입니다. 물론 저는 인류 최초의 살인자가 3천 년 동안 광고해주었던 이름을 덕분에 잘 이용하고 있습니다.

〈배니싱 포인트〉는 잘 만들고 잘 볼 수 있는 영화의 반열에 오를까요?

그걸 제가 어떻게 알겠어요? 영화는 결코 그걸 만든 감독보다 좋을 수는 없습니다. 좋은 감독은 시나리오가 나빠도, 심지어 전화번호부 책을 가지고도 좋은 영화를 찍을 수 있다는 말이 있어요. 여기에 짝을 이루는 말도 있습니다. 나쁜 감독은 아무리 좋은 시나리오를 줘도, 심지어 성경책을 줘도 나쁜 영화를 만든다는 말입니다. 결국 모든 것은 영화감독이라는 그 작은 제왕의 재능에 달려 있죠. 만일 감독들의 재능이 그 과대망상에 의해 가려진다면 〈배니싱 포인트〉의 감독은 뛰어난 능력을 가진 감독임이 틀림없어요.

1961년에 갑자기 영화 평론을 그만둔 이유는 무엇입니까?

당시 쿠바에는 소련과 다른 공산권 국가들 영화가 점점 많아지고 있었어요. 이런 영화들은 비평을 할 이유가 없는 것들이었죠. 이 점이 바로 예술과 프로파간다의 유일한 공통점입니다. 진정한 예술 작품과 선전 선동을 위한 작품은 평가할 필요조차 없어요. 둘 다 열렬한 찬양의 대상이 되지만, 비평과 상관없이 자기 본성에 따라 저절로 불멸하거나 아니면 금방 사라지거나 하니까요. 카이절링 백작[385]이 준 교훈에 따라, 저는 진실을 말할 수 없을 때는 차라리 입을 다무는 편을 택하겠다고 생각하고 침묵하기로 결심했지요. 그런 정치적 상황이 지속되면서 제 침묵도 계속된 겁니다.

선생님의 영화 평론을 모아놓은 책 『20세기의 소명』 서문을 보면 비평가 G. 카인에 대해 이렇게 쓰셨더라고요. "카인은 관객에게 씻을 수 없는 상처를 주었다. 그는 자기가 영화를 창조했다고 믿었다." 왜 이런 말씀을 하셨죠?

그건 작가와 그 분신이 벌이는 놀이입니다. 제 직업인 비평가의 요소를 저 자신으로부터 완전히 벗겨내면서 그것을 어떤 인물에 투사했고, 그를 나 자신으로부터 완벽하게 분리시킨 것입니다. 사실 이것은 애초부터 불가능한 일이었어요. 그래서 우리는 샴쌍둥이 같은 존재가 돼버렸습니다. 저는 비평가로서 제 모든 오류를 제 분신 탓으로 돌리면서 저를 객관화하는 데에 주력했습니다. 그러나 그 비평가가 지금 하나의 개인이기 때문에 객관화는 또 다른 놀이, 즉 이번 경우에는 거울의 놀이가 된 겁니다. 앞의 문장은 뜬금없이 나온 표현이기 때문에, 나와 카인을 분리하는 것이 우리를 결합하는 것이라는 사실을 드러내지 못하고 있습니다. 우리가 공유하는 영화 사랑이라는 탯줄은 우리 둘 간의 형제적 결합이 아니라 각자 같은 어머니와의 결합입니다.

그 책에 이렇게도 쓰셨어요. "그것은 그로 하여금 독자들을 다른 종류의 동물, 즉 열등한 인종의 구성원으로 생각하지 않게 하는 지적인 민주주의 형식이었다." 선생님 생각에는 이런 것이 독자를 대하는 비평가들의 올바른 태도인가요?

사실상 모든 교훈주의 태도지요. 그것이 예술적이든, 철학적이든, 정치적이든 말입니다. 마치 선생님들처럼 자기 독자를 방법론적으로 계몽하려고 하는 모든 작가는 그를 깊이 경멸하고 있어요. 그래서 저는 글을 쓸 때 결코 난해한 것을 피하려고 하지 않았어요. 독자가 제 글을 이해하면 좋은 일이고, 이해하지 못한다고 해도 상관없으니까요. 저는 단지 동등한 조건에서 소통할 수 있는 가능성만을 제공할 뿐입니다. 저는 작가와 독자가 완전히 동화되는 것을 추구합니다. 완전히 동화되는 게 가능하지 않다면 점진적으로라도 그렇게 되기를 바랍니다. 단지 서로를 비하하는 일만 없으면 됩니다.

많은 텔레비전 프로그램이나 일부 연극 작품 혹은 영화들의 수준을 볼 때 대중을 과소평가하고 있다는 생각이 들지는 않으십니까?

반드시 그렇지는 않아요. 일단 말씀하시는 구경거리의 범위가 너무 넓군요. 그러나 그런 경향은 사실 극작가나 쇼맨 혹은 공연기획자들에게다 있는데, 셰익스피어와 로페 데 베가도 거기 포함됩니다. '에이번의 백조Swan of Avon'[386]는 대중을 무대 앞 마당에서 입석으로 관람하는 저질 관객으로 취급했고 '위트의 불사조Fénix de los Ingenios'[387]는 대중을 즐겁게 해주려면 저속하게 얘기해야 한다고 대놓고 말했어요. 모든 제작자는 가능하면 대다수 동네 관객의 수준에 맞추기 위해 공연을 통속적으로 만드는 것이 최우선 과제였습니다. 관객 없는 공연은 존재할 수 없으니까 모든 공연이 통속적이었던 거죠. 연극이 이번 세기 중반에 들어와 어딘가 점잖아졌다면, 그건 새롭게 등장해 무대 앞의 관객들을 뺏어간 영화가 저속한 역할을 대신하고 있기 때문입니다. 그런데 이제는 텔레비전이 그 역할을 맡아 영화가 더 점잖아지고 있습니다. 그렇지만 여기에 역설적인 사실이 있습니다. 많은 시청자를 필요로 하는 만큼 저속해져야 하는 텔레비전 프로그램이 점점 세련미를 띠면서 텔레비전을 단순한 소통 도구에서 예술로 변화시키는 일을 빠르게 진척시키고 있다는 점입니다. 제가 여기서 언급하는 것은 물론 상업 광고를 말합니다. 일부 텔레비전 광고들은 진정한 예술 작품이라 할 만합니다. 반면 대부분의 프로그램은 단순한 정보 전달이거나 소설을 평범하게 영상화한 것이거나 영화 스크린을 축소해서 보여주는 것뿐이죠. 주어진 메시지를 전달하려는 몇몇 광고의 언어, 특히 그 압축적인 수사법과 구성과 형식은 저를 감탄하게 합니다. 그런 언어를 어떻게 메시지라고 할 수 있을까요? 그건 모두 형식입니다. 다시 말하자면, 모두 예술입니다.

선생님이 보시기에 현재 가장 훌륭한 영화감독으로는 누구를 꼽을 수 있을까요?

저는 얼마 전부터, '작가주의 영화la politique des auteurs'라는 것이 그 용어를 처음 제기한 '누벨바그nouvelle vague'만큼이나 허위적이란 생각이 들어 그것 대신 '스타 영화la politique des etoiles'라는 말을 쓰고 있습니다. 예를 들어, 에드워드 로빈슨[388]이 출연하는 영화는 그가 가지고 있는 전율적 존재로 인해 항상 저의 넋을 나가게 합니다. 그가 〈작은 황제〉의 마지막 장면에서 중얼거리는 장면은 제가 본 현대 비극 중 가장 비극적입니다. "자비의 성모님, 이게 진정 리코의 최후입니까?" 무신론자인 시카고의 마키아벨리는 이렇게 자문하면서 죽음을 맞습니다. 같은 그리스 어원을 가진 '카리스마적'이라는 말보다 '매력적'이라는 말이 더 어울리는 험프리 보가트는 아무리 평범한 장면에서도 무게감을 주는 또 다른 발군의 스타입니다. 라디오를 꺼달라고 부탁하는 것처럼, 냉혹한 터프가이와는 아무 관계가 없는 얘기라도 그가 말하기만 하면 심각해졌던 기억이 날 때마다 저는 웃음이 납니다. 그가 〈하이 시에라High Sierra〉에서 "왼손잡이, 그 라디오 좀 꺼버려"라고 말하는 장면은 시나리오를 쓴 헤밍웨이풍의 존 휴스턴을 불멸의 존재로 만들어줍니다. 한편 제임스 캐그니[389]는 로빈슨과 보가트가 가지고 있는 생의 비극적 감정과 시적인 터프가이의 모습을 결합한 배우인데, 가짜 스텝을 밟는 것 같은 그의 우아한 걸음걸이는 두 사람을 능가하죠. 또, '무니 스카페이스'의 입에서 "비싸군Expensive"이란 말을 코믹하게 반복하게 만든 작가나 감독의 역할을 벤 헥트나 하워드 혹스가 아니라면 누가 할 수 있을까요?[390] 이 영화에서 언제나 무심해 보이는 얼굴을 한 조지 래프트George Raft가 엄지손가락으로 동전을 공중에 날린 후 오른손 손바닥으로 그것을 받는 장면은 또 누가 만들 수 있겠습니까? 배우와 신이 결합한 이들은 돈과 권력 관계에 대한 모든 사회경제적 이론을 초월합니다. 이들은 물론 베르톨트 브레히트류의 반시적이고 교조적인, 다시 말해 마르크스주의적인 평범하고 저속한 빨치산 작품들보다 더 정확합니다.

그럼 선생님은 위대한 감독은 없다고 보시나요?

아니요. 물론 있습니다. 히치콕도 있고, 존 포드, 빈센트 미넬리, 하워드 혹스, 라울 월시도 있죠. 이들은 적어도 용서할 수 없을 정도의 실수를 저지르는 창작자들 같지는 않습니다. 그러나 그렇다고 해서 이들이 오류가 없는 완벽한 감독들은 아닙니다. 히치콕과 포드는 안 그렇게 보이기는 하지만요.

유럽 영화에서는 어떤 감독들이 훌륭합니까?

확실한 것은 장뤼크 고다르는 끼지 못한다는 점입니다. 한때는 훌륭하게 보인 적이 있었지만요. 잉마르 베리만도 아닙니다. 저는 과묵한 그의 스칸디나비아 영혼의 가족사를 더 이상 보지 않기로 맹세까지 했어요. 안토니오니도 훌륭한 축에는 끼지 못합니다. 그의 마지막 작품 〈자브리스키 포인트〉는 자신이 앞서 만든 모든 영화를 심각하게 의문시하면서 뜬금없이 스스로를 기회주의자, 허식주의자 그리고 말도 못하게 경박한 사람이라고 고백합니다. 안토니오니의 예술이라는 것에서 제가 한 번도 의심해본 적이 없는 것들인데 말이죠.

그렇게 중대한 문제가 되나요?

버스비 버클리[391]와 만화영화 같은 그의 인형들 그리고 시각적으로 복잡한 대규모 안무에서는 그런 것들이 문제되지 않을 겁니다. 그러나 이 시대의 삶을 해석하는, 일종의 현대판 예언자라고 자처했던 사람에게는 문제가 되겠죠.

그렇다면 페데리코 펠리니도 똑같은 경우에 해당되지 않을까요?

정반대에 해당합니다. 펠리니는 마술가였어요. 그의 〈사티리콘〉은 순간 마술의 극치로 시간의 실크해트 안에서 노는 것이었죠. 최초의 근대 소설이라고 생각하는 『사티리콘』[392]을 제가 얼마나 좋아하는지 아는 사람은 다 압니다. 심지어 저는 그 책을 스페인어가 아니라 쿠바어로 번역하려고 했던 사람이에요. 다시 말하면, 바티스타 정권 말기와 혁명 초기에 이교도적이고 비도덕적이고 야행성인 모든 사람이 흥겹게 아바나의 종말을 향해 춤을 추고 돌아다닐 때 그 쇠락과 창조의 언어로 번역을 해보고 싶었던 거죠. 『세 마리 슬픈 호랑이』는 옛날의 그 고전을 소설로 만들어본 불완전한 시도였죠. 이제 그런 번역을 할 필요가 없습니다. 펠리니의 〈사티리콘〉이 원작을 반영하면서도 능가하거든요. 영화를 보면, 트리말치온의 만찬 장면에서 카메라가 로마의 질펀한 잔치를 보여주다가 갑자기 멈추면서 반대편 끝에서 카메라를 응시하고 있는 한 여인의 얼굴을 잠시 보여줍니다. 그녀는 초대받지 않은 관객이 만찬 장면을 엿보고 있는 것을 알아차리지만 그래도 그리스도교 이전의 그 방탕한 장소에 온 것을 환영하는 것 같습니다. 이러한 상호 인식이 제게 시간과 장소의 기계인 영화로부터 좀체 받지 못했던 정신적 스릴을 느끼게 해줍니다.

선생님에게 창작이란 무엇을 뜻하나요?

말, 말 그리고 말일 뿐입니다.[393]

작가의 임무란 자신이 사는 세계를 보여주는 데 있다고 믿지 않으세요?

저는 작가가 선교사라고 믿지 않아요. 그와 비슷한 사명을 가지고 있다고는 더더욱 믿지 않지요. 만일 있다면, 작가의 유일한 사명은 가능한 한 좋은 글을 쓰는 것이에요. 수려한 글쓰기나 걸작 수준의 완벽한 소설을 말하는 게 아닙니다. 단지 모든 위험과 난관에 맞서서 자신의 가능성을 최고로 발휘하라는 말이죠. 그것이야말로 문학 창작의 가능성이고 글쓰기의 가능성이고 언어의 가능성이지요.

지금 선생님은 소설만 쓰시나요?

저는 글을 쓰면서 소설이니 단편소설이니 혹은 연대기, 수필, 잡문 등등의 구분을 구체적으로 해본 적이 결코 없어요. 저는 결코 장르의 차원에서 생각해본 적이 없습니다. 다만 문학의 차원에서 생각할 뿐이지요. 오스카 와일드의 말처럼 현실과 나 사이에는 항상 언어의 베일이 드리워져 있는 것 같아요. 저는 항상 하얀 백지와 거기에 하나하나 걸어놓을 단어들 그리고 그 단어들 사이의 인연, 즉 즐거운 놀이를 생각합니다.

그것은 상호 작용하는 놀이인가요?

놀이판에서처럼 노는 거지요. 제게 문학은 유희입니다. 까다롭고 머리를 써야 하며 동시에 구체적인 이 놀이는 종이라는 물리적 차원과 기억, 상상력, 생각이라는 다양한 정신적 차원에서 펼쳐지지요. 장기와도 비슷하지만 놀이임과 동시에 깊이 숙고해야 하는 장기와 달리 과학적 유희라는 의미는 부과되지 않아요. 저는 항상 즐기기 위해 글을 씁니다. 그러고 나서 만일 나의 글을 읽을 수 있는 독자들이 있다면, 그리고 그들이 나와 함께 즐기기를 원한다면 그 즐거움을 공유하는 것이 큰 기쁨이 됩니다.

그렇다면 다른 작가들처럼 글을 쓰면서 고통을 받지는 않으시겠군요?

다른 사람들과 마찬가지로 저도 작가의 고독을 느낍니다. 글쓰기보다는 집단 활동, 예를 들어 영화를 만들거나 정치를 하는 것이 더 재미있지요. 글쓰기는 고독한 작업입니다. 그것은 비단 고독 속에서 작업을 해야 하기 때문만은 아닙니다. 예를 들어, 저는 항상 드나드는 사람들로 북새통을 이루는 신문사에서 교열 기자로 작업하는 훈련을 하기도 했어요. 작가의 고독은 하얀 백지 위의 이중 고독입니다. 다른 한편, 아무리 잘 쓰더라도 중요하지 않고, 하나의 단어를 다른 단어와 아무리 잘 엮더라도 중요하지 않으며 작품 전체적으로 아무리 좋은 표현을 썼더라도 중요하지 않다는 사실을 깨닫는 것이 항상 괴롭습니다. 모든 것은 더 잘할 수 있는 여지를 남긴다는 사실을 알 때 이런 것들은 중요하지 않지요. 바로 이것이 작가의 영원한 고통입니다. 정리하자면, 먼저 수많은 가능성을 담은 무서우리만치 하얀 종이가 불러일으키는 즉각적인 고통이 있습니다. 그다음에는 모든 것을 의미하거나 아니면 아무것도 의미하지 않을 수 있는, 그러면서도 셀 수도 없을 만큼 언제나 무한한 변용의 가능성을 담고 있는 상징들로 가득 찬 종이가 이차적인 고통을 가져다주죠.

선생님 글이 쓰여 있는 종이가 그렇게 중요한가요?

저는 문학을 종이와의 관련하에서 인식합니다. 비록 많은 경우 타자기로 치기 전까지 그 종이의 정해진 계획을 알지 못하더라도 말입니다. 그리고 타자기에 의해 활자화된 이후에도 그 종이가 인쇄되기 전까지는 우리 사이의 놀이를 완전히 알지 못해요. 그런데 그때는 너무 늦죠. 그러니까 저는 글쓰기를 제가 쓰는 단어들로만 보지는 않는다는 거예요. 저는 타자기, 신문 혹은 책을 막론하고 모든 형태의 인쇄와 관련해 독서를 인식하고 있습니다.

선생님은 글을 자주 고치는 편인가요?

영원히 고칩니다. 수정 작업은 책이 출판되는 시점까지도 끝나지 않아요. 어떤 작가들은 작업이 끝나면, 즉 책이 탈고되거나 출판되고 나면 그 책에 대해서는 완전히 잊어버린다고 하는데 저로서는 이해가 되지 않습니다. 저는 그것 역시 19세기에 유포된 또 다른 허구라고 생각해요. 19세기는 모든 형태의 공개적인 언설이 과학으로 포장된 수많은 신비화 작업에 오염되면서 재앙이 되어버린 시기였습니다. 제게 작품은 항상 고쳐야 하는 대상이고 더 좋게 써야 하는 것입니다. 왜냐하면 완벽함은 하나의 상태가 아니라 목표이니까요. 저는 임기응변을 믿지 않고 점진적 개선을 믿어요. 그런 의미에서 오래전에 스페인어로 출판된 『세 마리 슬픈 호랑이』를 번역하는 작업은 사실 번역이라기보다는 재창작이었습니다.

『세 마리 슬픈 호랑이』의 번역은 매우 어려운 작업이었죠?

그 누구도 글이 아니라 말을 번역할 수는 없습니다. 그런데 제 작품은 음성 문학에서 출발해 글쓰기에 도달한다는 개념에서 비롯되기 때문에 어려운 거죠. 제 경우에 음성과 말하기는 구체적으로 쿠바인의 소리와 말하기를 지칭합니다. 이 작품에서 전통적인 의미의 서사성은 본질적인 것이 아니고 중요하지도 않아요. 겉으로 보기에는 수많은 이야기를 하고 있지만 자세히 보면 두세 개의 기본적인 이야기가 음성만 변조되어 반복되고 있을 뿐입니다. 그런데 번역이 가능한 것은 텍스트이지 음성이 아니잖아요. 그래서 이 작품의 번역이 그토록 어려웠던 것이지요. 그렇지만 저는 프랑스어가 문법적 복잡성이나 동일한 많은 어원 덕분에 스페인어와 가까운데도 이 책을 프랑스어로 번역하기가 제일 어려울 것이란 생각이 들었습니다. 하는 게 어려운 게 아니라 성공적으로 옮기는 게 어려운 거죠. 실제도 그랬습니다.

저는 반대라고 생각을 했는데요.

네, 만일 제가 언어학적 구조에 관심이 좀 있었거나 『세 마리 슬픈 호랑이』의 텍스트 구성 요소에 관심이 있었다면 그랬을지도 모릅니다. 하지만 저는 상응하는 단어를 찾는 것보다 글쓰기와 말하기의 템포와 리듬에 더 신경을 썼습니다. 게다가 프랑스어는 할 말과 안 할 말을 가리면서 말을 정화하는 학술원의 틀에 갇혀서 제약이 너무 많았어요. 저희 집에서 한 달 동안 같이 일할 때 프랑스어 번역가 입에서 가장 많이 나오는 말이 "안 돼요. 이건 프랑스어가 아니에요"였습니다. 저는 그에게 내 작품은 스페인어도 역시 아니었다고 설득하느라 애를 많이 먹었습니다. 또한 스페인 왕립학술원에서도 허가되지 않은 것이고 가장 자유주의적인 스페인 사전에도 없으며, 심지어 쿠바의 일상어가 아닌 것도 많다고 말했죠. 제도화된 스페인어에 대한 저의 언어적 테러리즘은 어디를 가도 환영받지 못할 겁니다. 제 작품은 때로는 건설을 위한 파괴이고, 구문과 문장, 심지어 언어의 핵심인 단어에 대한 난폭하고 혁명적인 변형을 통해 도달하는 일상 언어의 재창조입니다.

그건 영어로 번역할 때에도 똑같이 생기는 문제 아닌가요?

영어판에서는 사실 번역 행위라기보다는 창조적 사건이 일어났습니다. 첫 번역자는 영국 시인이었는데 스페인어는 거의 몰랐고 쿠바어는 전혀 몰랐어요. 그래도 중남미의 몇몇 유명한 시인들 번역은 그럭저럭했었는데, 『세 마리 슬픈 호랑이』는 도무지 못하더군요. 그래서 제가 작품의 많은 운율을 고쳤는데, 어떤 것은 굉장히 마음에 들었어요. 또한 저는 아예 역자의 결점을 거꾸로 이용해 그가 주도적으로 작품을 길들이게 하는 동시에 좋은 운율들, 여러 구문의 영어식 표현, 형편없는 오용 사례들, 말도 안 되는 오역, 오류들을 목록으로 만들었지요. 이런 것들을 수용하고 보니 그건 신세계의 발견이었습니다. 결점들이 강점들로 변모하면서 작품의 스토리나 개요가 무시되고 아예 새로운 영어 판본을 위한 다시 쓰기가 된 것입니다. 한편, 번역을 돕기 위해 위대한 번역가인 그레고리 라바사 교수의 제자인 미국 여성 수잰 질 러바인[394]이 합류했어요. 그녀는, 많은 뉴욕 사람과 마찬가지로, 말장난을 좋아하고 엄격한 언어 논리를 통해 현실을 대면하는 데에 익숙한 신대륙 유대인 특유의 유머 감각을 가지고 왔습니다. 그루초 막스[395]가 자기 영화에서 표현한 인생철학만큼 『세 마리 슬픈 호랑이』의 목표와 더 가까운 것은 없어요. 그리고 막스를 좋아하는 저의 세 마리 호랑이들은 질 러바인을 통해 자신들의 마거릿 듀몬트[396]를 만났지요. 낮에는 '질 러바인 듀몬트'가 『세 마리 슬픈 호랑이』를 영어로 직역한, 견고하게 지어진 건물의 흔적을 파괴했고, 밤에는 제가 문장, 구문, 단어, 음소를 파괴한 후 그 위에 건축물을 지어가면서 스페인어로 쓸 때와 마찬가지로 고유명사들을 가지고 언어유희를 했습니다. 현재 영어 번역본의 초벌 타자는 완성됐고요, 그 원고를 가지고 계속 작업을 하고 있는데요, 그게 첫 번째 작업도 아니고 마지막 작업도 아닙니다. 제가 종종 한밤중에 일어나서 여기에 패러디, 저기에 말장난 그리고 거기에 다시 한 번 단어의 위치를 바꾸는 일을 하고 있기 때문이죠. 이게 바로 제가 원래의 스페인어 작품을 썼을 때 했던 방식입니다.

그 작품을 왜 처음부터 영어로 쓰지 않으셨지요?

글이 쓰인 종이는 마치 사진처럼 묘한 확정성이 있어요. 그것의 내용을 줄이고, 잘라내고, 재손질하고, 늘이고, 틀을 고치는 등의 작업은 할 수 있지만 그 근본은 바뀌지 않습니다. 텍스트가 하나의 언어로 완성되면 같은 작가라도 그것을 다른 언어로 새로 쓰는 것은 불가능합니다. 그걸 직역이나 의역을 통해 옮길 수는 있지만, 다른 언어로 다시 쓰는 건 결코 가능하지 않죠. 단어 자체가 의미하듯 '다시 심기'이자 '다시 쓰기'인 번역은 원래의 글에 뭔가를 덧붙이는 일입니다. 번역은 투과되지 않는 언어 속성의 한계 때문에 두 가지 경우만 가능합니다. 축자적인 번역이냐 혹은 설명하는 의역이냐 둘 중 하나를 선택하는 것입니다. 원본이 아무리 산만하고 안 좋은 작품이라 하더라도 번역본이 항상 더 길거나 더 어색한 것은 그 때문이죠. 번역가는 지체된 작가입니다. 진정한 작가들은 번역가들이 밟고 지나가길 두려워하는 곳에 돌진합니다.

번역가는 작가가 어둠에 대해 걱정하지 않을 뿐만 아니라 암흑 속에서 즐겁게 뛰어놀 때 눈이 안 보이는 것을 절망합니다. 번역가는 반드시 자신이 설명하거나 보충해야 하는 문구와 마주치게 되어 있습니다. 그렇지 않으면 그는 직역주의literalism라는 최고의 어둠에 직면하게 됩니다. 저자로서 저는 제 작품에 대한 심사위원, 배심원, 검사, 변호사가 될 수 있었는데, 여기서 번역본은 피의자가 됩니다. 이렇게 해서 저는 제가 법정에 소환될 때 어떤 부분은 줄여야 하고 어떤 부분은 다시 살려야 한다고 판결을 내렸고, 때로는 영원히 없어져야 한다고 단죄했는데, 이런 선고가 번역가에게는 항상 애매하거나 이상하고 이해되지 않았을 겁니다. 최악의 경우, 제가 아무리 공정하게 한다고 해도 그에게는 자의적 판결로 보였을 것입니다. 이런 방식의 시적 정의justicia poética는 결코 원작을 배신할 수 없어요. 그리고 설사 배신을 한다 하더라도, 책의 주제가 되는 배신은 그 가정일 뿐이고, 변증법적으로 얘기하자면, 그것의 반反명제는 정正명제로 끝난다는 것을 증명할 겁니다. 즉 배신자를 잡으려면 번역가가 꼭 필요한 법이죠.

1968년 파리에서 비평가인 로드리게스 모네갈과의 인터뷰에서 선생님은 당신 작품을 소설로 부르길 원치 않는다고 했는데, 그 이유는 무엇이죠?

소설이라는 장르는 사실 출판사 편집자에 의해 붙여진 것이지 내가 붙인 게 아닙니다. 나는 작품을 항상 그 이름이나 약자로 불러왔어요. 『세 마리 슬픈 호랑이』는 전통적인 방식에서 보면 소설이 아니에요. 그런데 왜 그 작품에 전통적 잣대를 들이대는지 이해하지 못하겠습니다. 예를 들어, 『이상한 나라의 앨리스』를 소설이라 부를 수 있겠어요? 그렇지만 편집자나 출판인들 혹은 비평가들이 『트리스트럼 섄디』, 『율리시스』 혹은 『피네간의 경야』를 굳이 소설로 불러야 한다면 『세 마리 슬픈 호랑이』도 소설로 분류할 수밖에 없겠지요.

『세 마리 슬픈 호랑이』라는 제목은 무엇을 의미합니까?

그것은 제목이 아니라 책의 이름입니다. 그 이름에 무엇이 있죠? 그것은 쿠바 특유의 혀꼬기 말장난trabalenguas인 세 개의 단어입니다. 이는 일반적인 중남미 민속놀이기도 합니다. 이런 이름을 쓴 것은 책의 첫 표지부터 가장 비문학적이기도 한 문학적 함의를 가능한 한 최소화하기 위해서였어요. 그래서 책의 내용에 대해서는 사실상 아무것도 말하지 않도록 한 것이죠. 3을 의미하는 숫자, "슬프다"는 형용사, '호랑이'라는 동물의 이름이 오로지 발음을 어렵게 만들기 위한 목적만을 가지고 모였으니, 이는 사실 추상적 제목이라 할 수 있어요. 이렇게 완성된 제목은 사실 완성된 것과는 가장 거리가 먼 제목이 됐죠. 왜냐하면 분별없이 반복하는 가운데, 마치 같은 운율의 시구나 천박한 욕설처럼, 그 의미가 없어져 버리니까요. 언어는 선전 도구로서 쓰임새가 있는가 하면 정신적 의미의 쓰임새가 있는데, 저는 후자에 더 매혹을 느껴왔습니다. 더욱이 저는 교훈주의에 맞서 순전히 아무 의미 없는 게임으로 끝나는 혀꼬기 놀이의 의심할 여지 없는 시적 정의를 좋아했습니다. 그 와중에도, 저는 모든 맹수 가운데 맹수이며 마치 이국정취의 야만성을 요약한 칡넝쿨처럼 다른 열대의 땅에 서식하는 호랑이가 가지는 불가피한 형이상학적 의미를 좋아하기도 했습니다. 또한 형이상학적 질병 가운데서는 가장 '문학적'이고, 동물적인 활력 상태에서는 가장 '인간적'인, 슬픔이라는 전형적인 라틴어 단어 하나로 표현되는 막연한 불안감을 좋아했어요. 한편 전 생애 동안 정신의 숲 속에서 어둡게 빛나는 3이라는 숫자의 무서운 불균형에 마음이 항상 심란했습니다.

누군가가 선생님 책은 여자들보다는 남자들을 위한 책이라고 하던데, 어떻게 생각하세요?

그럴 수도 있습니다. 독자들이 살고 있는 책의 거울 다른 편의 세계에서는 모든 것이 가능하니까요. 제게는 그런 의견을 준 사람이 아직 없어요. 그런데 흥미롭게도 저는 이 책을 영어로 번역하면서 여자들과는 다르게 남자 등장인물들 사이에는 마치 동지애와 같은 친밀한 관계가 존재한다는 점을 알게 됐습니다. 게다가 『세 마리 슬픈 호랑이』에서 등장인물들 가운데 한 명은 두려운, 혹은 두려워하는 여성혐오주의자가 됩니다. 이런 용어는 스페인어보다 영어에서 더 공격적이고 훨씬 더 의미 있게 들릴 것 같군요. 아마도 '마초이즘'이란 표현이 앵글로색슨 문화보다는 스페인어권 문학과 인종에서 더 흔하게 쓰이기 때문이 아닐까 생각합니다. 아무튼 이래서, 굳이 이상적인 독자라는 주제를 끄집어내지 않더라도, 이 책의 이상적인 독자는 여자보다는 남자일 수도 있다는 생각도 드네요. 또 이 책은 제 아내가 아직 다 읽지 않은 책입니다. 아내에게 바쳐진 책이고, 또 그녀의 존재가 책에 뚜렷한데도 말입니다. 때때로 미리암 고메스가 되는 이 열렬한 독자는 사실 『백년의 고독』을 더 좋아해요. 벌써 여러 번이나 읽었습니다.

『세 마리 슬픈 호랑이』의 등장인물 가운데 누가 실제 인물인가요?

없습니다. 있을 수가 없지요. 다른 허구 작품에 있는 인물일지는 모르죠. 심지어 전기물조차도 대상 인물에 대한 글쓰기와 차후의 독서 사이에는 거리가 있다고 생각합니다. 가장 실제적이라는 서류에도 비현실성이 입혀지니까요. 『세 마리 슬픈 호랑이』에는 인물persona은 없고 성격personaje만 있습니다. 서구 문학에서 이런 형태의 픽션을 쓰기 시작한 에드거 앨런 포는 탐정소설이나 SF소설을 쓸 때 실제 인물을 진짜 이름과 함께 등장시키기도 하죠. 포는 심지어 자기 자신도 여러 작품에 등장시키지만 모두 허구적인 상황에서였습니다. 마찬가지로 저 역시 아바나의 오랜 친구들의 성과 이름, 주소를 넣기는 했어요. 그렇지만 책에서 보면 그들의 성은 가명으로 나오고 주소는 도시의 미로인 아바나 시내에서 안내판 역할을 할 뿐입니다. 그 이름들은 전부 성격이 아니라 음성을 감추고 있습니다. 그 음성은 그 책의 구성원으로서, 때로는 자기들끼리 즐기기도 하는 유희의 주인공들인 다양한 음성들로 짜인 또 다른 구조물입니다. 이미 여러 번 말했듯이, 그 책은 음성들의 백화점입니다.

그런 이유 때문에 책을 큰 소리로 읽어야 한다고 권하시는 건가요?

저는 이 책을 큰 소리로 읽어야만 이해되지 않거나 애매모호했던 부분이 명확해지고 전체적으로 이해될 거라 믿습니다. 물론 가능하다면 나 자신이 읽는 것이 좋겠지요. 제가 타이핑하는 비서와 함께 원고를 재검토하는 과정에서 비서를 잠시 쉬게 하려고 직접 읽은 적이 있어요. 그랬더니 놀랍게도 그녀가 타이핑하면서는 이해되지 않았던 많은 구절이 선명해지고 비로소 완벽하게 이해되더라고 얘기를 하더군요. 물론 책을 읽을 때, 특히 내 책을 큰 소리로 읽을 때는 평범한 독서보다 훨씬 더 주의를 요합니다.

선생님 책을 읽으면 유머 감각이 돋보이는데, 이는 중남미 문학에서 매우 보기 드문 현상입니다.

제 작품을 하나의 커다란 농담으로 받아들여주면 좋겠다고 하자 많은 사람이 놀라더군요. 작품을 읽으면서 등장인물들에서 특이한 상징을 찾고 비유적이거나 예언적인 상황을 발견하려는 사람들이 있어요. 그러한 상징 찾기는 독자들을 위험에 빠트리곤 합니다. 저는 모든 독자가 제 작품을 500쪽 이상 지속되는 농담으로만 간주해주면 좋겠어요. 중남미 문학이 그동안 저지른 잘못은 너무 엄숙하고 때로는 장엄하기까지 하다는 데에 있습니다. 그것은 작가와 독자들이 상호 합의하에 서로의 얼굴에 걸어주던 엄숙한 언어의 가면과도 같은 것이죠. 『세 마리 슬픈 호랑이』는 이렇게 어깨에 힘이 잔뜩 들어간 중남미 문학의 바람을 빼려고 합니다. 엄숙함을 좋아하는 이들에게는 이 작품이 '세 마리 슬픈 호랑이'의 약자인 TTT가 아니라 TNT 폭탄이 되면 좋겠어요

글을 쓰실 때 제일 신경을 쓰는 부분은 무엇입니까?

저는 작품을 쓸 때 크건 작건 간에 아무것도 의도하는 바가 없습니다. 저는 무엇보다도 즐기는 기분으로 글을 씁니다. 이 과정에서 글쓰기라는 저의 유희가 우선이고 그다음에 제가 선택한 단어들 사이에 벌어지는 유희를 관찰하는 즐거움이 있고 마지막으로 독자가 수동적인 관객의 자세를 버리고 그 유희의 마당에 들어오는 모습을 보는 즐거움이 있어요. 이런 유희 행위가 저의 다른 책들보다 『세 마리 슬픈 호랑이』에 훨씬 더 많이 들어 있습니다. 또한 많은 경우, 이 게임의 법칙을 정하거나 바꾸는 것을 우연에 맡기면서 집필 계획 자체가 불분명해지기도 했습니다. 놀이의 영역에 이렇게 우연성을 개입시키면서, 초안 작업에서 저지를 수 있는 오타나 오류에 의해 야기된 예기치 않은 실수 역시 저는 수정하지 않았습니다. 왜냐하면 저는 그것이 줄거리라는 의미가 아니라 직물 구조라는 의미에서 책의 짜임에 도움이 된다고 믿었기 때문입니다. 심지어 저는 검열의 가위에 의해 잘려나간 부분까지도 이 책의 편집 과정 일부라고 생각해서 건드리지 않았어요.

검열이라니 무슨 말씀이죠?

물론 쿠바가 아니라 스페인의 검열을 말합니다. 프랑코 시대라서 책이 검열을 당하긴 했지만, 출판도 되고 팔리기도 하고 비평을 받기도 했습니다. 그러나 피델이 지배하는 쿠바에서 제 책은 금서일 뿐만 아니라 파문을 당했죠.

왜 그런 거죠? 『세 마리 슬픈 호랑이』는 정치적인 책이 아닌데요.

중남미 문학사에서 이 책만큼 비정치적인 책도 없을 겁니다. 또한 이 책만큼 자유로운 책도 없을 거예요. 바로 여기에 금서의 딱지를 붙인 비논리적 행위의 논리가 있습니다. 모든 자유는 전복적이거든요. 전체주의 정권은 흡혈귀가 십자가를 두려워하는 것보다 더 개인의 자유를 두려워합니다.

스페인에서는 어떻게 검열을 당했습니까?

이 책의 첫 판본은 당시 『열대의 여명』이라는 제목을 가지고 있었는데 판매 금지가 됐어요. 『세 마리 슬픈 호랑이』라고 제목을 붙인 두 번째 판은 원래의 기획으로 돌아간 것인데, 검열을 통과하더군요. 다만 22군데에 달하는 가위질을 받아들이는 조건이었습니다.

그 책에서 22군데가 검열을 당했다고요?

네, 그렇지만 대부분 소소한 것이었고 어떤 것들은 재미도 있었어요. 예를 들어, '젖꼭지'라는 단어가 나올 때마다 그것을 잘라버리고 '가슴'이라는 단어로 바꿔버렸더군요. '군사학교academia militar'라는 표현은 줄여서 플라톤 생각이 나는 '학원academia'으로 바꿨고요. 카탈루냐 출신의 제 편집자는 스페인에서 용이하게 출판을 하고 중남미에도 배포하려면 검열을 받아들이자고 제게 권했어요. 검열관이 어둠 속에서 횡포만 부린 것이 아니라 도와준 부분도 있습니다. 그가 가위질한 부분이 화룡점정畵龍點睛의 역할을 한 겁니다. 당신도 아시다시피, 책의 에필로그에는, 아바나 말레콘 해변의 한 공원 벤치에 앉아 있는 미친 여자의 독백이 나와요. 그녀의 비정상적인 말은 실제로 들었던 말을 글자 그대로 옮긴 것이었습니다. 오래전 어느 날 햇볕이 내리쬐는 공원에 앉아 의미 없이 반복되는 정신 나간 여자의 정신없는 말을 속기사처럼 적어놓았거든요. 그 독백 마지막 부분에 하느님을 언급하는 부분이 한 번 나와요. 종교, 특히 가톨릭교에 강박적으로 사로잡힌 여자가 사실은 여러 번 말한 것인데, 제가 다 옮겨 적지를 못했죠. 그녀는 광적인 독백을 통해 종교와 가톨릭 신자들을 도마 위에 올려놓고 이상하게 떠들었는데, 검열관은 이 장면이 이단적이라고 간주하고 두세 군데 문구를 잘랐더군요. 검열의 가위질이 이제 적당하다고 생각한 상태 그대로 이 책은 끝나는데, 그 마지막 문장은 이렇습니다. "이제 더 이상 못하겠어." 검열된 모든 부분을 가지고 있던 프랑스어 번역가는 이 마지막 부분을 모두 원상 복구시키자고 하더군요. 하지만 저는 그러지 말라고 했습니다. 그렇게 갑작스러운, 그러나 더 효율적인 식으로 끝맺음을 하는 것이 더 좋았거든요. 흥미롭게도 그 창조적인 검열관이 개입한 덕분이었습니다. "예술을 위한 오류Per errata ad ars"가 된 것이죠.

선생님은 문학이 언어를 창조할 수 있다고 믿으세요?

언어는 하나의 관습이고 쓰임새이고 일상의 필수품입니다. 언어의 관습을 특별하게 사용하는 문학을 가지고 또 다른 언어를 창조할 수 있다고 믿는 것은 불가능합니다. 수천 년 전 언어의 첫 번째 관습에 뒤이어 나타난 또 다른 관습인 글자가 존재한 이래, 작가들은 그 관습의 그물에서 빠져나오려고 했지만 성공하지 못했습니다. 문학은 음악도 아니고 수학도 아닙니다. 문학은 일상의 소통 수단으로서 말과 글의 상이한 소통 체계가 섞인 언어입니다. 따라서 문학만을 위한 독립적인 언어를 창조하는 것은 불가능합니다. 아름다운 문학을 만들겠다는 미학주의적 오류나 문체에 대한 과도한 집착에 빠질 수 있기 때문입니다. 꼬집어 말한다면, 소설 창작에서 글이 잘 되는 문체와 둥글둥글한 문구를 창조하겠다는 플로베르 이후의 모든 경향은, 아름다운 글이라는 생각과 함께 모두 쓸데없는 생각이지요.

왜 그렇습니까?

흔히 문체라 불리는 문장이나 글의 아름다움은, 문학보다는 근대로 오기까지 고대인들에 의해 유지됐던 웅변술과 더 밀접한 관계를 맺고 있습니다. 그런데 문체style와 펜pen이 같은 어원을 가지다보니 부분과 전체를 혼동하게 된 것이지요. 다른 한편으로, 『피네간의 경야』처럼 작가만이 가질 수 있고 문학 작품을 위해 다듬어지는 다양하고 비밀스러운 연상이 가득한 유일하고 비의적인 언어의 창조는, 언어 본연의 모습이 아닌 언어를 제시하게 됩니다. 왜냐하면 이 새로운 문학어는 부가적인 설명을 필요로 하고, 미학적이거나 수사학적인 작업이었을 책이 아니라 문구 하나를 설명하기 위한 주석이나 힌트를 원하거든요. 그런데 그 문구도 사실 소통의 언어가 아닌 열쇠를 통해야만 가능한 암호와 언어 의미의 은폐와 관련됩니다. 다시 말해 이는 소통과 반대되는 것으로, 자발적으로 상형문자를 재현하는 언어의 실패작이 됩니다.

선생님 책은 1인칭 시점으로 되어 있는데, 이는 작품이 자전적 성격을 가지고 있다는 말인가요?

당연히 그렇지요. 저는 작품을 1인칭 시점으로 쓴 것을 자주 후회하곤 했어요. 등장인물들 가운데 작가에 해당하는 사람이 누구인지를 알아내려는 독자가 너무 많았거든요. 1인칭 시점을 쓰는 화자가 두 사람 이상일 때는 그 관계를 더 멀리서, 혹은 더 많은 사람 사이에서 찾아야 합니다. 서머싯 몸의 『달과 6펜스』에 등장하는 1인칭 화자처럼 단 한 사람의 1인칭 화자를 이용하는 작가들과는 경우가 다릅니다. 이 책이 여러 잡지들에 단편적으로 출판되기 시작하면서, 이전의 다른 작가들처럼 저 역시 문법적 음성과 작가의 페르소나를 연결해보려는 유혹과 싸워야 했습니다. 그러나 제 책을 다른 형식으로 쓰는 것은 불가능했어요. 저는 여전히 『세 마리 슬픈 호랑이』가 음성들의 백화점이며, 1인칭 단수 외에는 그 고유한 음성을 표현할 다른 방법이 없다고 생각하고 있습니다. 제가 만일 진짜 자서전을 쓰려고 했다면, 나의 분신인 비평가를 허구화했듯 내 페르소나를 허구화하기 위해 3인칭 단수나 복수로 썼을 것입니다.

선생님은 『세 마리 슬픈 호랑이』가 스페인어가 아니라 쿠바어로 쓰였다고 말하는데요, 그럼에도 이 작품이 스페인과 중남미에서 그토록 큰 성공을 거둔 이유는 무엇일까요?

저도 그 점이 항상 놀라웠습니다. 저는 그 작품이 특정한 시기에 아바나에 모여 살던 제 주변의 한정된 사람들에게만 이해될 수 있을 거라고 생각했어요. 그러니까 친하든 원수지간이든 간에 제가 아는 사람들만 말이죠. 하지만 시간이 지나면서 이 책에 가득 찬 유머와 에로티즘이 이 책을 읽는 데 상당한 도움을 주었다는 생각을 하게 되었습니다. 이질적인 것에다가 어울리지 않는 금박을 입히는 것보다는 적당히 설탕을 발라서 부드럽게 해놓은 것이죠. 게다가 이 작품은 도시의 밤거리 생활을 다루고 있는데, 20세기 도시에 살았던 대부분의 특정 연령대 이상의 남자들에게 공감을 얻었지요. 당시 시내에서 밤을 새우는 것은 항상 섹스와 연관되어 사악한 냄새를 풍기는 강렬한 유혹이었죠. 제가 20세기라고 했는데, 사실 정확한 말이 아닙니다. 제가 19세기, 18세기, 혹은 15세기라고 했어도 마찬가지였을 겁니다. 치명적인 밤의 범죄와의 합일은 심지어 유럽인들이 오기 전부터 있었을 거예요. 제가 페트로니우스나 프로페르티우스[397] 같은 로마 몰락기 문학과 쉽게 동화되는 것은 그들이야말로 밤을 기렸던 최초의 작가들이기 때문이에요. 자연의 일부로서의 밤이 아니라 반대로 역사로서의 밤이었죠. 그건 에로틱한 모험의 시간이고, 스페인어로 표현하면 '달리는correría' 시간이었어요. 또 배회의 시간이고, 비밀스러운 밤의 세계에 거주하는 아가씨들과 그 세계를 들락거릴 여유가 있는 청년들이 관계를 맺는 시간이었습니다. 그건 젊을 때 도시에 사는 행운을 가졌던, 그리고 인공적인 삶의 중심부로 여행하는 호기심과 그 다른 세계에 사는 사람들을 알고 싶다는 호기심을 느꼈던 모든 사람에게 공통된 밤이었다고 믿습니다. 출근 때문에 일찍 잠자리에 들어야 하는 사람들이나 시골에 사는 농부들에게는 마치 달의 반대편처럼 머나멀고 감춰진 세계지요.

선생님 작품은 출판된 모든 국가에서 엄청난 반향을 불러일으켰습니다. 보시기에, 가장 똑똑하고 정확한 비평을 한 곳은 어디였습니까?

프랑스 도시인 파리와 역시 프랑스의 도시라 할 수 있는 부에노스아이레스입니다.

정말이요?

그럼요. 진지하게 말씀드리는 겁니다. 제 책에 대해 가장 잘 아는 비평가들은 당신 조국인 부에노스아이레스와 파리의 신문에 평론을 쓴 사람들이었어요. 예를 들어, 파리 〈르몽드〉의 비평가가 한 말은 제가 보기에 가장 정확하고 행복한 것 가운데 하나였습니다. 그는 『세 마리 슬픈 호랑이』가 탐정소설과 기호학의 결합이라고 말했어요. 프랑스 비평들 가운데 제가 받아들일 수 없었던 유일한 글은 작품을 프랑스 문학의 관점에서 접근한 것이었어요. 그러나 프랑스 문학은 제게 전혀 흥미를 주지 못하는 것이에요.

프랑스 구조주의에 대해서는 어떻게 생각하세요?

거기에 대해서는 아는 바가 없어요. 3년 전에 그 이름을 처음 들었을 때 나는 그것이 새로운 건축 용어인 줄 알았어요. '콘크리트'처럼 말이죠.

그러나 텔 켈 그룹의 작가들은 개인적으로 아시잖아요?

그럼요. 필리프 솔레르[398]나 장 리카르도[399] 같은 사람들은 개인적으로 잘 알죠. 1963년 공식적인 업무 때문에 벨기에의 크노케 하이스트에서 열린 실험영화 세미나에 참가해서 그들을 처음 알게 되었지요. 당시 저는 벨기에 주재 쿠바 대사관의 문정관이었거든요. 행사를 주최한 요염한 여인의 미로 같은 주소를 찾아서 소형 피아트 600을 몰고 가다가 밤거리에서 길을 잃어버린 키 큰 백인 둘을 만나 차에 태워줬는데 도착하고 보니 목적지가 같았더라고요. 그들이 바로 솔레르와 리카르도였죠. 그 지역 축제가 다 그렇듯이 그날의 지적인 잔치 역시 왁자지껄한 술잔치로 끝났어요. 새벽이 돼서 솔레르와 저는 술과 기억이 섞여 정신이 몽롱한 상태로, 『세 마리 슬픈 호랑이』 마지막 장면의 리네와 실베스트레처럼, 늘씬한 두 명의 벨기에 여인들을 제 차에 태우고 플랑드르의 짙은 안개를 헤치며 제브뤼헤의 은밀한 클럽으로 향했습니다. 솔레르는 사운드 트랙을 틀어놓은 것처럼 쉴 새 없이 떠들면서 마드리드에서 배웠다는 서툰 스페인어로 말했어요. "제기랄, 이 아가씨가 대체 뭘 하자는 건지 모르겠네!" 여자가 계속해서 그를 껴안았고 그는 그녀의 구애를 뿌리치면서 그 작은 차 안에서 소동이 계속됐는데, 재미있게도 그 집요한 벨기에 아가씨 이름은 온딘 플라망(플랑드르의 요정)이었죠. 전날 저녁 파티에서는 장 리카르도가 소설사회학자인 루시앙 골드만과 같은 식탁에 앉아 열띤 미학 논쟁을 벌였어요. 그러나 나는 논쟁이 그 모임을 주최한 아름다운 벨기에 여성의 관심을 끌기 위해서였다고 생각합니다. 물론 아무 소용도 없었지요. 이국적인 카리브해 남자의 조용한 마력에 빠진 그 백인 미녀는 프랑스 젊은이와 헝가리 노인 사이에 얽힌 논쟁의 실마리를 푸는 것보다는, 인류학적 지식을 확인하기 위해 제 다리에 자신의 잘빠진 두 다리를 묶는 데에 더 관심이 있었거든요.

현대 인류학에 대해서 하고 싶은 말씀이 있으신가요?

고대 인류학이나 현대 인류학이나 마찬가지입니다. 예전의 인류학은 인간이 원숭이의 후손이라고 말했죠. 현대 인류학은 제 생각에 조금 변화를 주기 위해 인간이 원숭이로부터 유래했다고 말할 겁니다. 또 만일 그들이 혁명가라면, 원숭이가 인간의 후손이라고 말할 것이고, 그냥 진화론자라면 인간이 원숭이가 되고 있다고 말하겠죠.

레비스트로스의 작업에 대해서는 어떻게 생각하세요?

아주 훌륭해요. 굉장히 질기기도 하고요. 나도 몇 년 전부터 두 개를 갖고 있는데 사실상 매일 입고 다니는 셈입니다.

두 개라니요?

레비스 청바지요. 캘리포니아 샌프란시스코에 있는 레비스트로스 앤드 컴퍼니Levi-Strauss and Company에서 만든 것이죠.

문학에서 시와 소설 장르가 점점 섞이고 있다고 생각하지 않으세요?

소설이 서사시에서 유래했다는 점에는 의심의 여지가 없습니다. 다시 말하자면, 그 형식을 물려받은 것이 아니라, 구전적이고 신화적인 아우라와 함께 고대 세계를 둘러싸고 있는 시적 분위기를 물려받은 것입니다. 그래서 『일리아드』와 『오디세이』라는 제일 처음 알려진 최고의 걸작 서사시에서 영감을 받았고 이것이 중세의 무훈시武勳詩로 이행되었다가 기사 소설의 형태로 변형되지요. 그다음에 앞선 것들을 몽땅 풍자한 위대한 작품 『돈키호테』가 탄생합니다. 이 작품이 왜 최초의 진정한 근대소설이냐 하면, 자의식을 가지고 패러디와 풍자 기법이 구사되었고, 등장인물의 심리 연구가 이루어졌으며, 서사시와 서정시가 결합하는 가운데 현실과 허구 사이의 유희가 이루어졌기 때문입니다. 『햄릿』

과 마찬가지로 『돈키호테』는 동시에 여러 얼굴을 가진 작품이었는데, 우리는 20세기에 들어서야 그 작품의 진정한 맞수를 만나게 됩니다. 제임스 조이스의 『율리시스』입니다. 이 작품은 『돈키호테』의 모든 점을 갖고 있으면서 다시 한 번 자신의 기원과 만나지요. 고대의 『오디세이』를 말하는 겁니다. 조이스가 작품의 제목을 운문으로 된 최초의 서사소설인 『오디세이』에서 따왔다는 점은 우연이 아니지요. 세르반테스가 서사시에서 모델을 차용하면서 장르로서의 소설을 창조해 냈다면, 조이스는 똑같은 행위를 통해 장르 간에 존재하는 허구적 경계를 파괴하고 소설이 시적 범주를 창조해낼 수 있도록 했습니다. 조이스 이후에 시와 소설은 급격히 가까워져서, 예를 들어 나보코프의 『창백한 불꽃 Pale Fire』 같은 작품에 와서는 두 요소를 분리해내는 것은 불가능해지지요. 그런데 나보코프가 시와 소설이 잘 분리되지 않게 섞어버렸음에도, 두 장르 사이에 최소한의 경계는 존중합니다. 고든 핌이 발견한 환상의 물처럼 말이죠.[400] 그렇지만 두 개를 갈라놓는 날카로운 핌의 칼이 작동하지 않는다면 소설은 시이면서 동시에 산문이 됩니다. 이것이 근대소설을 번역하기 힘든 까닭이죠. 그것은 모두 소리일 뿐 텍스트가 아닙니다.

중남미 내에서 멕시코 소설, 아르헨티나 소설, 쿠바 소설 등을 별도로 구분할 수 있나요?

아니요. 하지만 쿠바인, 아르헨티나인, 멕시코인, 콜롬비아인 등에 의해 쓰인 소설이라는 말은 할 수 있겠죠. 비록 같은 말씨를 쓰는 것은 아니지만 똑같은 문자를 이용하는 사람들이니까요.

그렇다면 라틴아메리카 소설이라는 게 존재하는군요.

히스패닉아메리카 소설이 존재하지요.

차이점이 무엇입니까?

라틴아메리카라는 말에는 브라질과 아이티가 포함되고 앞으로는 프랑스어권 캐나다도 포함되어야 할 것입니다. 히스패닉아메리카는 먼 곳에 있는 스페인과 우리를 연결시켜주는 질긴 탯줄 같은 것에 의해 결합된 공동체입니다. 그 탯줄이란 물론 스페인어를 말합니다. 이 언어는 우리의 유일한 정체성입니다. 우리의 기원이라는 뜻이 아니라 불안정하나마 우리의 사상이 구축되어 있는 언어적 구조물이라는 거죠. 아르헨티나 사람과 멕시코 사람은 그 이상 갈 수 없을 만큼 다른 존재입니다.

선생님과 저 사이도 많이 다르죠?

물론이죠. 예를 들어, 당신 이웃나라인 우루과이 사람과 볼리비아 사람도 언어 말고 같은 것이 뭐가 있습니까? 내륙 고원에서 케추아어를 사용하는 주민은, 몬테비데오 사람에게 다른 나라가 아니라 다른 행성에서 온 사람들로 보일 겁니다.

그렇지만 선생님과 같은 카리브해 출신들은 다 비슷해 보이던데요.

만약에 콜롬비아 해안 주민들, 베네수엘라인, 도미니카인, 푸에르토리코인, 쿠바인의 겉모습이 비슷하다면 그것은 쿠바가 4세기 전부터 내륙 원주민들의 영향이 미치지 않는 카리브해 지역을 문화적으로 지배했기 때문입니다. 또한 모든 문화는 그리스로마 전통의 서구에서 그랬듯 항상 도시에서 만들어지는데, 바랑키야나 카라카스 혹은 산후안이 조그만 마을에 지나지 않을 때 이미 아바나는 대도시였기 때문이기도 합니다. 여기에 유일한 예외는 산토도밍고입니다. 이곳도 대도시의 자격을 갖고 있었지만 이 작고 분열되고 불행한 섬나라에 시도 때도 없이 덮쳤던 역사적 재앙이 그 가능성을 없애버리고 말았습니다. 오로지 스페인어만이 아메리카 대륙이 겪어왔던 식민 시대의 모든 굴곡에도 불구하고 꿋꿋하게 살아남았습니다. 그런 의미에서 우리 소설이 변천을 겪은 다른 장르보다도 언어에 의해 지배되고 있다는 것은 놀라운 점이 아닙니다.

지금 소설이 융성하는 원인이 무엇이라 생각하시는지요? 아메리카 대륙에서 스페인어를 쓴 지가 5백 년이 되었는데 지금에 와서야 읽을 만한 소설이 나오잖아요.

아닙니다. 라틴아메리카에서 가장 "읽을 만한" 책이라면 1세기 전에 브라질의 마샤두 지 아시스[401]가 쓴 소설 이상 가는 것이 없습니다.

네, 그럼 히스패닉아메리카 내의 소설을 볼까요?

그건 다른 문제가 됩니다. 소설은 분명 부르주아의 장르입니다. 저는 '부르주아'라는 단어를 아주 싫어합니다. 이 말은 항상 문학을 넘어서는 함의를 담고 있어서, 혐오스러운 학문인 사회학과 연결되거나 문학의 마르크스주의적 분석으로 빗나가곤 하기 때문이죠. 이 두 가지, 즉 문학사회학적 접근이나 마르크스주의적 접근은 제가 보기에 문학 분석 방법 가운데 가장 형편없는 것입니다. 그러나 소설이 중산층을 처음으로 인식했고 도시의 중산층에 의해 창작되지 않았을지는 몰라도, 적어도 소비되는 문학 장르라는 점은 부인할 수 없어요. 스탕달은 소설이 큰 길을 걸어갈 때 비춰주는 거울이라고 했죠. 그런데 잘 묘사하든 나쁘게 왜곡하든 간에 거리를 지날 때 도시의 시민인 부르주아의 모습을 비춰주는 거울이라고 했으면 더 좋지 않았을까 생각해요. 현재 중남미 소설의 성공도 멕시코시티, 부에노스아이레스, 카라카스, 보고타, 몬테비데오, 산후안 등 대도시에 자리 잡은 중산층의 권력 획득에서 비롯되었다고 봅니다. 여기서 권력이란 자본주의 사회에서 권력을 의미하는 돈을 말합니다. 이들이 바로 소설의 구매자들입니다. 구매자와 독자가 반드시 일치하지는 않지만요. 그들은 책을 살 때 책 제목이나 작가 이름만 봅니다. 얼마 전 코르타사르의 최근 소설이 나왔을 때나 레사마 리마의 첫 소설이 나왔을 때도 그런 일이 있었어요. 그들의 작품은 알려지지 않았어도 뭔가 사로잡는 매력이 있어 테이블 위에 올려진 신비의 물체입니다.

부르주아들이 남의 거울이 아니라 자신의 거울을 통해 자신을 바라보길 원하는 건 당연한 일입니다. 또한 잘생겼지만 낯선 인물들 사진을 보는 것이나 소설에 묘사된 남의 도시를 바라보는 것에 싫증이 나는 것도 당연한 일이죠. 게다가 그런 역할은 잡지나 뉴스영화 혹은 텔레비전에서 이미 빈틈없이 해주고 있어요. 이런 상황으로 인해, 일찍이 세르반테스가 모범적인 사례를 보여줬고 미국의 거대 자본에 의해 현실화된 문학적 히트작, 즉 베스트셀러el best-seller라는 용어가 중남미 최초로 등장하게 된 겁니다. 스페인어 정관사와 영어 명사가 섞여 있는 이 단어의 모양 자체가 이게 얼마나 최근에야 나타난 것인지를 잘 보여주죠. 이제 마리오 바르가스 요사, 가르시아 마르케스, 마누엘 푸익[402] 등과 같은 작가들의 소설은 나오자마자 10만 부 정도는 쉽게 팔리고 있습니다. 라틴아메리카 역사상 처음으로 글만 써도 먹고살 수 있는, 아니 잘 살 수 있는 작가들이 탄생한 것입니다.

선생님의 '부르주아 거울론'에 따른다면, 선생님이나 레사마 리마와 같은 쿠바 작가들이 중남미 다른 곳에서 성공을 거두고 있는 현상은 어떻게 설명할 수 있을까요?

이미 말했듯이, 그 거울이 언어적 거울이기 때문입니다. 레사마의 책은 단 며칠 만에 초판이 다 매진됐어요. 저의 『세 마리 슬픈 호랑이』나 사르두이의 『가수들은 어디서 오는가』 같은 작품의 출판이 쿠바에서 허락됐다면 똑같은 일이 일어났을 것이라고 확신합니다.

그렇다면 소설을 쓰지 않는 보르헤스 같은 작가의 성공은 어떻게 설명할 수 있지요?

중남미 소설의 성공은 세계에 중남미 문학의 존재를 부각하였습니다. 문학이 존재한다는 자체가 아니라, 그것이 잘 알려지고 인정되어 대중적인 성공을 거둔 것이 새롭다는 뜻이죠. 라틴아메리카 작가 가운데 살아생전에 세계적으로 인정받은 사람이 보르헤스가 처음은 아닙니다. 17세기에 멕시코의 후안 루이스 데 알라르콘[403]은 스페인의 로페 데 베가, 칼데론 데 라 바르카, 티르소 데 몰리나[404], 세르반테스 그리고 케베도와 어깨를 나란히 하여 황금세기의 기라성 같은 작가들 가운데 명예롭게 한자리를 차지했을 뿐만 아니라 동료 작가들로부터 문학적 질시를 받기도 했지요.

그로부터 2세기 반이 지나서 니카라과의 루벤 다리오 역시 유럽 전역에서 성공을 거두었을 뿐만 아니라 스페인어권 문학사의 흐름을 바꾸어놓았습니다. 그의 등장으로 중남미 시는 이제 더 이상 같은 시가 아니게 되었습니다. 이밖에도 문학사를 보면 이런 작가가 많이 있어요. 잉카 가르실라소, 소르 후아나 이네스, 호세 마르티, 레오폴도 루고네스, 알폰소 레예스 등이죠. 우리의 위대한 고전 작가로서 세 번째에 해당하는 보르헤스는 언어를 갈고 닦아 신소설의 주옥같은 작품을 낳게 하는 데 기여했습니다.

보르헤스의 역할이 그토록 큰가요?

모든 고전 작가와 마찬가지로 보르헤스 역시 우리 현실의 다양한 요소를 하나의 결정체로 만들어냈습니다. 지역의 현실이 아니라 대륙의 본질적인 현실을 말입니다. 그리하여 지난 19세기에 러시아 소설에서 일어났던 일이 라틴아메리카 소설에서 일어났지요. 푸시킨과 고골리는 러시아 문학을 자극해 무기력한 지방 문학을 세계적 차원으로 끌어올린 시적이자 산문적인 원동력이었습니다. 보르헤스는 케베도의 죽음 이후 스페인어로 글을 쓰는 작가들 가운데 가장 중요한 작가로 수동적 상태의 독서를 능동적 쓰임의 독서로 승화시켰고, 자신이 '남미적South American'이라고 부른 서사적 요소들을 뛰어난 문학성을 통해 내밀한 특정 경험들과 결합시키면서 세계적 주목을 받아 우리 같은 후배 작가들이 따라야 할 모델을 제시해주었어요. 지금 중남미에서 글을 쓰는 작가들 가운데 보르헤스의 영향을 받지 않았다고 할 사람은 단 한 사람도 없습니다. 그는 외부 세계의 유행에 휩쓸리지 않고 우리 방식으로 우리 사이에서 나타난 모델이 됐습니다. 그는 한 몸에 구현된 우리의 고골리이자 우리의 푸시킨입니다.

그래서 선생님은 문학적 지역주의를 혐오하시는군요?

저는 거기 관심을 가져본 적이 없어요. 지역주의는 그 경계만큼이나 협소한 문학을 만들어냅니다. 그것의 유일한 낙이라면 '지방색'이라 불리는 이국취향주의적 취미입니다. 사실 포크너처럼 위대한 작가의 작품도 어느 정도는 지역주의 요소가 있어요. 그런 점 때문에 제가 포크너보다는 헤밍웨이를 더 좋아하는 겁니다. 만일 포크너가 시인이라면 헤밍웨이는 훨씬 더 예술가라고 할 수 있죠. 궁극적으로 예술을 지향하지 않는 문학은 실패할 수밖에 없는 운명에 처합니다. 스페인 문학이 근대에 거의 유일하게 근대소설을 창시했음에도 쇠퇴하는 운명을 맞은 것은 지역주의로 회귀했기 때문입니다.

스페인 작가들 가운데 좋아하는 사람은 누가 있습니까?

없어요. 제가 손금 보는 사람이 아니기 때문에 저는 작가를 읽지 않고 책을 읽습니다. 좋아하는 작품으로는 『루카노르 백작El conde Lucanor』, 『아름다운 사랑 이야기』, 『로사나 안달루사』, 『셀레스티나』, 『구스만 데 알파라체Guzmán de Alfarache』, 『라사리요 데 토르메스El Lazarillo de Tormes』, 『부스콘의 생애 이야기』, 『돈키호테』 외에 조금 더 있어요. 그리고 그 시대로부터 소란스러운 침묵이 흐르던 300년 시간을 뛰어넘으면 라몬 센데르[405]의 『왕과 왕비El rey y la reina』, 마르틴 산토스[406]의 『침묵의 시간』, 그리고 후안 고이티솔로[407]의 『돈 훌리안Don Julián』이 있는데, 특히 이 마지막 책은 최근 300년 동안 스페인에서 쓰인 최고의 바로크 문학이라고 할 수 있습니다. 물론 제가 읽은 이번 세기의 위대한 스페인 소설 가운데 최고로 치는 것은 우나무노의 『안개』입니다. 우나무노는 소위 '27세대' 문학이 낳은 유일한 위대한 작가입니다. 수필이든, 시든, 소설이든 우나무노가 건드리는 모든 건 설사 예술이 아니라 할지라도, 감동적인 형이상학의 모험으로 변모합니다.

오르테가 이 가세트는 어떤가요?

오르테가는 문학은 사상이 아니라 말로 하는 것이라는 점을 다시 한 번 보여줍니다. 빛나는 사상을 가진 사람이 쓴 글이 보잘것없는 경우가 흔한데, 글이 나쁘다는 의미가 아니라 작가가 쓴 것으로 간주될 정도의 아름다운 문체와 산문 스타일이 아쉽다는 말입니다.

피오 바로하에겐 관심이 없습니까?

그렇게 글을 못 쓰는 사람은 다른 것도 다 못합니다. 특히 그는 소설가로서 최악입니다. 제일 좋은 소설이라고 해봐야 말년에 플로베르의 모방작을 모방해 쓴 것들이죠. 그의 개인 철학을 보면 사람이 무정부주의자이면서 동시에 반동주의자가 될 수도 있다는 걸 알게 됩니다.

라틴아메리카의 젊은 작가들은 왜 스페인 현대문학에 조금도 관심이 없어 보이나요?

보르헤스처럼 늙은 작가들도 관심이 없습니다. 스페인 문학은 오래전부터 평범하고 가짜 명성을 얻은 작품들이 인상적으로 수록된 목록에 지나지 않으니까요.

혹시 스페인 내전의 영향은 아닐까요?

그런 현상은 1936년에서 1939년 사이의 스페인 내전 이전에 시작됐습니다. 정확히 말하면, 무려 500년 전에 시작되었죠. 스페인의 전반적인 쇠퇴는 부당한 이중의 디아스포라를 야기한 아랍인과 유대인 추방과 함께 시작해 반종교개혁으로 공고화되고, 1588년 무적함대의 패배로 절정에 달합니다. 스페인 내전은 아메리카 대륙의 주민들이 스페인에 대항해 일으킨 독립전쟁이나 1898년 쿠바를 놓고 벌어진 미 · 서 전쟁과 마찬가지로 스페인의 몰락이 절정에 달한 후 하강기에 접어들었을 때의 사건입니다. 그 쇠퇴의 기운은 세르반테스, 케베도, 공고라, 로페 데 베가, 칼데론 데 라 바르카 등 소수의 천재 작가들이 풍요로운 황금세기의 명성을 창조할 때 이미 드러나고 있었지요. 당시 이들 스페인 작가 일부가 멕시코 작가 알라르콘을 잔인하게 놀렸던 것은, 그 누구도 다른 세계에서 온 이 불구의 방문객이 장차 일어날 세상의 변화를 암시한다는 사실을 몰랐음을 보여줍니다.[408] 19세기 말의 루벤 다리오와 오늘날의 가르시아 마르케스는 알라르콘을 경멸했던 스페인 사회에 복수극을 벌입니다. 그러나 스페인에서 살았거나 지금 살고 있는 그들 역시 끊임없는 중상모략에 시달립니다. 그것은 재능이 말라버린 척박한 황무지 한가운데에 우뚝 솟은 뛰어난 천재들이 견뎌내야 하는 숙명이지요.

선생님이 스페인어로 된 소설에 기여한 바가 있다고 보시는지요?

그렇게 봐주면 좋겠군요. 남들이 말입니다. 모든 것을 경멸하는 미래의 피사 사탑을 떠받치는 불안정한 기반으로 봐주면 좋겠어요. 우상화된 황금 송아지는 지금까지로 충분합니다. 문학, 삶, 정치, 역사, 언어에서 그 누구도 인간의 것을 신성시하면 안 됩니다.

기계문명의 발전으로 책이 사라질 것으로 보시나요?

저는 불멸하지 않는 건 아무것도 없다고 생각합니다. 단지 영원만이 영원할 뿐이지요. 마찬가지로 저는 다른 모든 인간의 창조물 가운데 왜 유독 책만 자기 창조주보다 오래 살면서 영생을 누려야 하는지 이해하지 못하겠어요. 그런데 서술자로 간주되는 현대의 기술 중 어떤 것은 책에 그림 그리는 것밖에 할 줄 아는 게 없는 것 같아요. 사실 책 자체가 기술의 형태 가운데 하나지요. 자연이 만든 책은 없으니까요.

말할 때보다 글을 쓸 때 유머를 더 잘 표현하실 수 있나요?

물론입니다. 저는 흔히 말하는 '친절한' 사람 축에 들지는 않는 것 같아요. 전문적으로 '친절한' 인종인 쿠바 사람인데도 말입니다. 제가 구사하는 특별한 유머의 종류를 알기 위해서는 저와 일정 기간 함께 살아봐야 합니다. 제 유머의 비밀번호를 알아내기 위해 필요한 시간이죠. 『세 마리 슬픈 호랑이』를 시작하면서 저는 독자들에게 그 비밀번호를 제공합니다. 사적으로는 미리암 고메스와 제 두 딸만이 제 유머의 의미를 이해합니다. 함께 살면서 그들에게 제 유머의 의미뿐만 아니라 그 방향까지 알 수 있는 비밀번호를 계속 제공해줬으니까요.

영화는 선생님 작품에 어떤 영향을 미쳤나요?

제 글쓰기에 영향을 준 것은 없어요. 그건 군살일 뿐이지요. 영화는 그것을 체화하고 있는 나 자신에게 영향을 주었습니다. 그러나 영화가 제게 유일한 열정의 대상은 아니었어요.

그럼 다른 것은 무엇이 있었나요?

많지요. 섹스, 꿈, 공포 등. 어릴 때 영화와 함께 특별한 재미를 붙였던 것이 타잔 만화였어요. 부모님이 제가 해 달라는 대로 그 책을 다 읽어 주실 수는 없었기 때문에 스스로 읽는 법을 배웠지요. 그래서 요즘도 누가 버로스를 말하면 저는 윌리엄 버로스[409]가 아니라 에드거 라이스 버로스[410]를 먼저 떠올려요. 또 호가스 얘기가 나오면 평범했던 영국 화가 윌리엄 호가스William Hogarth가 아니라 『타잔』의 천재적인 삽화가 번 호가스Burne Hogarth가 먼저 떠오르죠.

음악에는 흥미를 느끼지 못하나요?

아니요, 아주 많이 느끼지요. 영화 못지않게 제게 영향을 끼친 게 음악입니다.

어떤 형태의 음악을 좋아하세요?

모두 좋아하지만 특히 팝 음악을 좋아해요. 팝 음악은 음악을 그 기원으로 되돌아가게 해주지요. 만일 음악을 잘 조직된 소음이라고 간주한다면, 팝 음악, 록은 음악을 소음으로, 다시 말해 음악적 석기 시대로 돌아가게 해요. 쿠바 음악이 대개 여기에 일치해요. 저는 항상 음악 속에 삽니다. 제게 음악은 녹아버린 건축물입니다.

독서는 어떤 것을 좋아하십니까?

파편들이오. 쪼가리 글들은 다 좋아해요.

어릴 때부터 작가가 되고 싶으셨어요?

유년기 때 어른이 되면 작가가 되겠다는 환상을 가져본 적은 한 번도 없습니다. 어린 시절에는 운동과 사냥 같은 활동을 좋아했지요. 지금은 완전히 손을 끊었지만 말입니다. 청년이 되어서 가장 큰 소망은 미국 메이저리그 야구 선수가 되는 것이었어요. 그게 안 되면 쿠바 내에서라도 야구 선수를 하고 싶었죠. 그런데 야구공에 다리를 맞아 땅에 뒹굴면서 그 꿈에서 깨어났어요. 그 후에는 봉고 혹은 드럼 주자가 되고 싶었어요. 보다시피 순전히 청소년기의 환상이었죠. 제 리듬감은 이 근육만큼이나 빈약하기 짝이 없거든요.

문학에는 어떻게 흥미를 느끼게 되었나요?

고등학교 때였어요. 저는 수업을 중요시하지는 않았지만 나름 모범생이었죠. 성적도 좋았고 수업에 빠지는 법도 없었습니다. 그러다가 하루는 고전 문학을 가르치는 선생님 말씀을 듣게 되었지요. 그분이 『오디세이』에 대해 열변을 토하셨는데, 율리시스가 이타카로 돌아왔으나 단지 자신이 키우던 개인 아르고스만 주인을 알아보는 대목이었어요. 제가 그 대목에 푹 빠진 게 선생님의 감동적인 웅변 때문이었는지 혹은 개를 좋아하는 성격 탓이었는지는 모르겠어요. 확실한 것은 그때부터 문학 작품에 흥미를 붙이게 되었고, 이후에는 문학이 유일한 흥밋거리가 되었지요. 나중에 가서는 수업도 빼먹고 도서관에 가서 몇 시간이고 책을 읽으면서 시간을 보내곤 했지요.

그럼 그때부터 글을 쓰기 시작하셨나요?

닥치는 대로 읽기 시작했죠. 스페인어로 된 것이든 영어로 된 것이든요. 그렇지만 아직은 진지하게 글을 쓰겠다는 생각을 하지는 못했어요. 그때는 화가가 되고 싶었거든요. 어릴 때 저는 나이에 비해 그림을 잘 그렸어요. 그런데 자라면서 보니까 별게 아니더라고요. 제 남동생이 그림을 잘 그렸는데, 14살에 이미 화가처럼 그렸어요. 그래서 이미 어린 나이에 쿠바에서 가장 주목받는 화가들 가운데 하나가 된 동생을 보면서 제 솜씨가 평범할 뿐이라는 걸 깨달았죠. 그때 저는 학교에서 학생 잡지를 만드는 서클에 있었는데, 주로 일상 언어로 두운법이나 도치법을 이용한 언어유희와 루이스 캐롤이나 제임스 조이스를 모방한 말장난을 했어요. 그때 제 동급생 중에 수학 천재가 한 명 있었는데, 늦게 깨서 그런 건지 혹은 너무 일찍 똑똑해져서 그런 건지는 모르겠는데, 나중에 결국 미쳐 버렸죠. 그런데 그 친구가 제게 작가가 되는 게 어떻겠냐고 하더군요. 그때는 그 생각이 하도 엉뚱해 보여서 즉각 싫다고 했어요. 그는 문학을, 그러니까 문학 종류 가운데 하나를 저의 어줍지 않은 말장난과 동일시했던 것 같아요. 그러나 그때야말로 제가 순수하게 자각한 순간이었죠. 제가 쓰는 모든 문학은 몇몇 비평가들이 말하듯 건방지니까요.

글을 처음 출판한 것은 언제입니까?

그로부터 몇 년 후인 18세 때였어요. 그 전에 진로와 관련해 결정적인 위기가 찾아왔습니다. 그러니까 아버지는 제가 의대에 가기를 원하셨고 저도 제가 갈 길이 의사라고 확신하고 있었어요. 그래서 의대에 진학했죠. 그런데 하루는 해부실에서 해부학 수업을 위해 준비되어 있던 시신들로 가득 찬 선반과 맞닥뜨린 거예요. 그게 잘 알려진 저의 첫 위기였는데, 그로 인해 제 대학 공부도 끝나고 가정의 평화도 깨져버렸습니다. 그 즈음에 저는 장난하듯이 단편소설을 하나 써서, 역시 장난하듯이 『보헤미아』에 들고 갔어요. 쿠바의 『라이프』, 『타임』, 『리더스 다이제스트Reader's Digest』가 혼합된 성격의 잡지였어요. 그런데 잡지사에서 그걸 덜컥 실어주는 바람에 그 장난은 악습이 되었고, 그후에는 노이로제가, 그리고 그 뒤로는 졸지에 직업이 되고 말았어요. 그러니까 제 글쓰기는 장난과 악습과 노이로제성이 섞여 직업이 되었지요. 그로부터 2-3년 후에 제가 신문방송학을 전공하고 있을 때 글쓰기가 위험한 장난이라는 것이 드러났죠. 바티스타 독재 초기에 쓴 단편작품이 『보헤미아』에 실렸는데, 영어 비속어가 있다는 이유로 유치장에 갔고, 2년간 전공 공부도 할 수 없었어요.

선생님이 처음 출판한 책에 그 단편작품이 실려 있습니까?

네, 그래요. 그리고 그 당시를 증언하는 다른 작품들도 실려 있어요. 제 문학수업 시대가 아니라 삶의 수업시대에 관한 작품이죠.

지금은 어떤 작업을 하고 계시나요?

요즘에는 『더블린 사람들Dubliners』을 번역하고 있습니다. 제임스 조이스가 처음으로 출판한 작품이고 단편소설 모음집이죠. 이 작업은 출판사와 저 자신에 의해 부과된 숙제와 같은 것입니다. 저는 이 책을 더 가까이서 읽고 싶었는데, 번역은 이렇게 주의 깊은 독서와 함께 시작되죠.

다른 작품을 쓰시는 건 없나요?

머리로는 매일 밤마다 쓰고 있습니다. 번역이 끝나면, 그걸 종이에 옮기려고 해요. 이 소설은 구겐하임 장학금을 받고 쓰는 겁니다. 그래서 이번에는 저의 글쓰기 조력자, 즉 우유배달원에게 줄 돈을 걱정하지 않고 쓸 수 있을 것 같아요.

새로운 작품을 구상할 때 먼저 제목을 정하십니까?

저는 먼저 작품의 형식을 생각합니다. 문학을 형식과 분리시키는 것은 불가능하죠. 니체가 말한 대로, 내용과 형식을 분리된 것으로 생각하는 사람은 결코 예술가라고 할 수 없습니다.

선생님은 책을 쓸 때 미리 집필 계획을 구상하시나요?

저는 항상 미리 결정된 계획에 따라 글을 씁니다. 첫 구절을 쓰기 전에 마지막 구절을 알아야 해요. 그런 다음 저는 공백 상태의 형식, 즉 원래 구상된 도형 위에 글의 첫머리 혹은 말미를 메우기 시작합니다. 그 과정에서 끝에 있던 부분이 중간이나 처음으로 올 수도 있지만, 어디까지나 부분들의 총합보다 더 중요한 전체 디자인에 맞아야 합니다. 글쓰기란 내게 질서 있고 잘 짜인 카오스를 창조하는 일입니다.

그렇다면 영감을 믿지 않으시는군요?

저는 매일 작업을 위해 자리에 앉는 방법을 믿는 것만큼이나 영감을 믿습니다. 어떤 방법이든, 심지어는 모순되는 방법이라 할지라도 그것이 방법론적으로만 진행된다면 좋은 것이지요. 하지만 매일 작업을 위해 원하든 원치 않든 간에 자리에 앉는 발자크의 방법론적 유산에는 신경을 쓰지 않습니다.[411] 자신의 일정표에 따라 시간이 되면 타자기 앞에 고분고분하게 앉는 작가들은 저처럼 종이 위에 자신의 언어적이거나 정신적인 연상 작업을 정화시킬 수 있게 의욕이 충만해지는 순간을 기다려야 할 겁니다. 그걸 가리켜서 영감이라고 하는지는 잘 모르겠지만, 어쨌든 그것은 글을 쓰려는 욕망 혹은 창조적 열의를 의미하는 것입니다. 어떤 이름이든 간에 그런 상태를 가리키는 그 순간은, 날이면 날마다 오는 게 아니고 매일 정해진 시간에 오는 것도 아닙니다. 전설처럼 내려오는 초인적 절제 능력을 갖춘 작가나 문학 노동자 이야기는 저하고는 관계가 없어요. 비록 저는 근무 시간이나 글쓰기 시간이 따로 있는 것은 아니지만 매 순간 글을 쓰는 셈입니다. 머릿속에서 쓰고 타자기 앞에서 쓰고, 침대에서, 가끔은 자다가 깨어나서, 그리고 많은 경우에는 꿈을 꾸면서도 글을 쓰지요.

그래서 그런지 저는 선생님이 매우 가정적이라는 인상을 받았어요.

제 직업보다는 망명 생활 때문이지요. 망명은 한 가정을 무자비하게 해체시키기도 하지만 단합시키기도 합니다. 영원한 불안을 야기하는 이 엑소더스의 횡포를 설명할 수 있는 적당한 용어를 찾기가 어렵네요. 지금 저는 두 가지 관심밖에 없어요. 하나는 문학이고 다른 하나는 가족입니다. 무엇이 먼저라고 얘기할 수는 없지요.

지금 함께 살고 있는 가족을 말씀하시는 거죠, 부인과 두 딸이요?

고양이 오펜바흐도 포함됩니다.

오펜바흐는 샴 고양이 중에서도 라일락 포인트가 있는 종이죠?

맞아요. 사실 저는 미리암이 고양이를 키우고 싶다고 하기 전에는 고양이에 대해 편견을 가지고 있었어요. 제가 이해할 수 없는 동물이었거든요. 그런데 오펜바흐는 저를 정복했을 뿐만 아니라 고양이란 동물을 이해하게 해주었고, 이를 통해 야생 동물과 동물 세계 전체를 이해하게 해주었어요. 게다가 오펜바흐는 이 집을 이집트 가정으로 만들어버렸어요. 우리는 여기서 고양이를 숭배합니다. 강아지들을 알면 알수록 우리 고양이를 더 좋아하게 돼요. 오펜바흐라는 이름은 그 목소리를 가지고 바흐Bach를 모욕Offend한 적이 있기 때문입니다.

남아메리카에서 선생님과 미리암이 스윙잉 커플swinging couple로 유명해진 이유는 무엇입니까?

남미에서 우리가 유명해진 이유가 무엇이냐고요? 글쎄요. 아마 1967년에서 1968년경 제가 런던에 처음 살기 시작하면서 먹고살기 위해 썼던 몇몇 글과 관계가 있을 겁니다. 거기서 저는 신화의 죽음을 목격한 사람처럼, '스윙잉 런던'의 죽음에 대해 말했거든요.[412] 그 신화의 종말을 인정하고 싶지 않은 사람들이 아마도 그걸 계속 살아 있도록 하기 위해 우리를 끌어들인 것 같습니다. 예를 들어, 타이타닉 사고로 물에 빠져 죽은 당사자는 그 인간 리바이어던leviathan의 조난 사건에 대해 직접 말할 수가 없잖아요.

종교를 가지고 계신가요?

아니요. 저는 굉장히 미신적이에요. 미신의 이론이 밤낮을 불문하고 모든 생활 양상을 지배하죠. 미신은 제게 일종의 종교라고 할 수 있습니다.

저 방 뒤에 걸려 있는 십자가도 미신의 일종인가요?

저건 흡혈귀가 못 들어오게 하기 위해 걸어놓은 겁니다. 사실 굉장히 독실한 신앙을 가진 미리암 고메스가 걸어놓은 거예요. 제 미신은 그리스도교, 가톨릭 등으로 불리는 조직화된 신앙과는 거리가 멉니다. 저는 원초적인 사람이고, 그래서 제 종교도 미신이라 불려야 하죠.

살면서 가장 싫어하는 것, 혹은 보지 않았으면 하는 것은 무엇입니까?

삶에 만연해 있는 가짜, 위선, 거짓 등입니다. 우리 주변에서 실제로 일어나고 있는 약자 괴롭힘, 그리고 상징적으로 일어나고 있는 약자에 대한 괴롭힘도 싫어합니다. 거들먹거리면서 항상 시빗거리를 찾는 사람도 딱 질색입니다. 불의를 싫어하고 그중에서도 정의의 이름으로 행해지는 불의를 특히 혐오합니다. 그밖에도 노예제, 감옥, 공포, 빈곤 그리고 물론 죽음도 싫어요. 이런 것들은 제가 추상적으로 싫어하는 것들입니다. 추상적인 것과 구체적인 것 사이에 있는 것으로 가장 싫어하는 것은 역사입니다. 이밖에 싫어하는 구체적인 것들로는 정치, 육체적이거나 존재론적인 질병, 파충류, 늦은 밤과 이른 아침의 전화벨 소리, 발레, 사회주의 리얼리즘 등이 있어요. 물론 이중에는 싫어하는 만큼 절매혹시키는 것도 있죠. 그리고 다시는 보지 않았으면 하는 것으로는 고 다르와 베리만의 영화, 처형 장면, 피델 카스트로의 연설 그리고 열대 폭풍우 속에 갇혀 있는 모습 등입니다.

좋아하는 것으로는 무엇이 있는지 얘기해주시죠.

민주주의 치하에 사는 것, 섬, 멀리 보이는 열대의 폭풍우, 우리 집, 문학, 영화, 텔레비전을 통해 보는 오래된 영화 등이지요. 특히 영화 속에서 좋아하는 장면은 비가 내리는 것이에요. 재난과는 상관없이 내리는 열대의 비 말입니다. 그래서 1939년의 재난영화인 〈더 레인즈 케임The rains came〉보다는 1949년의 〈슬래터리의 허리케인Slattery's Hurricane〉을 더 좋아합니다. 영화를 보면서 가끔 기대하지 않았던 명장면을 감상하는 것도 좋습니다. 예를 들어, 험프리 보가트가 〈몰타의 매The Maltese Falcon〉에서 분노와 공포로 손을 떠는 장면, 〈캐빈 인 더 스카이Cabin in the sky〉에서 버블스John Bubbles가 펼친 명장면, 〈내 사랑 클레멘타인My Darling Clementine〉에서 헨리 폰다가 이발소에서 나와 현관 의자에 걸터앉는 장면, 〈진홍의 여제The Scarlet Empress〉에서 폰 스턴버그 감독에 의해 빛나는 연기를 한 카타리나 대제 역의 마를렌 디트리히가 냉소적으로 빈정대는 말을 하는 장면, 〈킬러The Killers〉에서 앤지 디킨슨의 대담한 섹스어필과 늘씬한 황금색 다리에 숨어 있는 유혹, 〈북북서로 진로를 돌려라North by Northwest〉의 모든 장면마다 캐리 그랜트와 히치콕 감독이 보여주는 극치의 예술, 〈양키 두들 댄디Yankee Doodle Dandy〉에서 제임스 캐그니가 춤추는 장면, 버스터 키튼[413]의 예술적인 도주 장면 등이 그렇습니다. 서부영화, 즉 '웨스턴'에 등장하는 초원이나 사막도 좋고, 존 포드 감독 영화는 다 좋고, 〈킹콩〉이나 〈다크 패시지Dark Passage〉처럼 꿈도 주고, 영화의 꿈도 주었던 영화들도 좋아합니다. 그밖에도 돈키호테와 산초의 대화, 셰익스피어의 시, 예이츠의 시, 겉으로 보면 부도덕하지만 알고 보면 도덕적인 오스카 와일드의 모든 작품에서 볼 수 있는 풍자적 우아함, 콘래드의 숙성된 산문, 헤밍웨이의 서두르는 산문과 나보코프의 독기가 있는 산문, 그리고 보르헤스의 내숭떠는 산문, 마크 트웨인의 유머가 섞인 산문, 루이스 캐롤의 몽상적 언어, 조이스의 복합적인 말장난, 링 라드너[414]의 부조리 유머, 라드너와 조이스, 그리고 하포, 치코, 그루초 등 3명의 블루밍 형제Blooming Brothers에게서 배운 페렐먼[415]의 유머도 좋아합니다. 스콧 피츠제럴드 작품에서 종종 볼 수 있는 화려한 도시의 글쓰기도 좋죠. 아마 피츠제럴드는 20세기에서 제일 세련된 작가일 겁니다. 1930년대의 미국 영화 혹은 빈센트 미넬리 감독의 영화에서 묘사되는 현대 생활의 마법, 오손 웰스가 창조한 이미지들의 수사학과 레이먼드 챈들러의 상상력 넘치는 수사학, 대실 해미트Dashiell Hammett의 소설 기법도 좋아하는 것들입니다. 바흐의 음악, 존 카를로스John Carlos에 의한 바흐 음악, 바흐에 의한 비발디 음악, 베토벤과 브람스와 말러의 교향곡 몇 대목, 많은 부분의 바그너 교향곡, 차이콥스키의 위대한 선율, 모차르트의 모든 음악, 특히 그의 모든 오페라, 〈정화된 밤〉[416], 그리고 그 전후에 나온 독일이나 프랑스의 모든 데카당décadent 음악으로서 지금 들을 수 있는 작품들도 좋아합니다. 가우디의 건축도 좋고요, 아르누보 양식의 많은 파사드, 그리고 지금까지 제가 봤던 아르데코와 아르누보의 모든 장식도 좋아요. 스페인 남부의 몇몇 마을들과 프랑스 루르드, 그리고 물론 아바나의 추억도 좋아합니다. 루이 암스트롱의 변치 않는 즐거움, 그 음악과 그 시대 재즈를 행복하게 만들었던 그의 엄청난 재능, 찰리 파커가 홀로 연주하기 시작하는 바로 그 순간, 존 콜트레인John Coltrane이 부는 색소폰의 영원한 멜로디, 쿠바나 미국에서 흔히 볼 수 있는 흑인의 불경스러움, 쿠바인들이나 많은 미국인이 개리 쿠퍼, 잭 베니 혹은 빌 코스비를 흉내 내는 말투도 재미있어요. 람페두사[417]나 그의 작품 『표범』, 혹은 쿠바의 여가수 프레디Fredy의 경우처럼, 죽음을 초월한 재능의 승리도 좋습니다. 한편 두 딸과 함께 있는 것도 좋고, 아내가 늘 옆에 있고 섹스를 하는 것도 좋아하죠. 오펜바흐가 언제나 무심한 자세로 짐짓 모르는 척 내숭 떠는 것도 좋아요. 또 제가 좋아하는 기억들도 있어요. 처음으로 자위행위를 하던 기억, 처음 섹스를 했던 기억, 만화책을 처음 읽던 기억, 그리고 체스터 굴드, 밀턴 카니프, 번 호가스, 알렉스 레이몬드, 윌 아이스너[418] 등이 그린 역동적이면서도 정적인 만화를 보던 기억 등이죠. 이는 기억을 사용하는 특권이죠. 만일 그게 없으면 앞서 언급했던 모든 것이 아무 의미도, 중요성도 없을 것입니다.

마지막으로, 지금처럼 제가 좋아하는 것을 마지막에 얘기하는 것이 염세적인 제 습관에 어울리지 않는다는 점을 말하고 싶어요. 그럼에도 불구하고 그런 말을 한 이유는 제가 의무를 존중하는 사람이고, 또 인터뷰를 할 때에는 인터뷰 작가를 잘 모셔야 하기 때문이에요. 그러나 무엇보다도, 잭 뷰캐넌이 무지개 너머로 사라지는 열차에 올라타기 전 지네트 맥도널드에게 한 말과 같은 이유 때문입니다. "난 해피엔딩happy ending이 좋아요."[419]

291 레이날도 아레나스(Reinaldo Arenas, 1943-1990)는 쿠바의 시인이자 소설가로 『현란한 세상El mundo alucinante』, 『해가 지기 전에Antes que anochezca』 등의 소설을 썼다. 동성애자라는 이유로 카스트로 정부의 핍박을 받다가 미국으로 망명했으며 에이즈로 세상을 떠났다.

292 구티에레스 알레아(Tomás Gutiérrez Alea, 1928-1996)는 <저개발의 기억Memorias del Subdesarrollo>(1968), <딸기와 초콜릿Fresa y Chocolate>(1993) 등을 만든 쿠바 출신의 세계적인 영화감독이다.

293 영국 소설가 루이스 캐롤(Lewis Carrol, 1832-1898)이 『이상한 나라의 앨리스Alice's Adventures in Wonderland』에 쓴 문장인데, 카브레라 인판테가 『세 마리 슬픈 호랑이』의 제사題辭로 사용했다.

294 루이스 비베스(Juan Luis Vives, 1493-1540) 신부는 스페인 발렌시아 출신의 르네상스 인문주의자로서 근대 심리학의 아버지라고도 불린다.

295 쿠바에 핵무기 반입을 하려는 소련의 흐루시초프와 미국의 케네디 정부가 극한까지 대치했던 미사일 위기를 말한다. 제3차 세계 대전에 가장 근접했던 순간으로 평가된다.

296 쿠르치오 말라파르테(Curzio Malaparte, 1898-1957)는 이탈리아의 작가이자 영화감독이다.

297 퓰리처상을 세 번 받은 미국 작가 손턴 와일더(Thornton Wilder, 1897-1975)가 1948년에 쓴 소설이다.

298 '7.26 운동'은 1953년 7월 26일 피델 카스트로와 그 동지들이 산티아고의 몬카다 병영을 습격했으나 다수의 사상자를 남기고 피델 카스트로도 체포되면서 실패했던 운동을 기억하자는 의미로 결성한 것이다. 카스트로의 게릴라 활동은 모두 '7.26 운동'의 이름으로 이뤄졌다.

299 카를로스 프랑키(Carlos Franqui, 1921-2010)는 쿠바의 작가다. 카스트로 혁명 후 혁명 정부의 기관지 역할을 한 <레볼루시온Revolución>의 책임자를 맡았으나 점차 혁명에 환멸을 느끼고 망명하며 피델 카스트로의 독재를 비난했다.

300 웹 부부(Beatrice and Sidney Webb, 1859-1947)는 영국의 사회학자 부부로 런던정경대LSE 설립자들 가운데 하나이며, 페이비언 협회 회원이었다.

301 블랙 팬더Black Panthers는 1960년대 중반부터 1980년대 초반까지 흑인의 존엄을 주장하기 위해 활동한 미국의 흑인 무장단체로 흑표당黑豹黨이라고 표시하기도 한다. 그 지도부는 이념적으로 대체로 사회주의나 공산주의에 기울었다.

302 안드레이 즈다노프(Andrei Alexandrovich Zhdanov, 1896-1948)는 소련의 거물 정치인으로 사회주의 리얼리즘을 기반으로 대대적인 문화계 숙청작업을 주도했다.

303 니콜라스 기옌(Nicolás Guillén, 1902-1989)은 쿠바의 국민시인으로 간주되는 흑인 시인으로, 쿠바식 '네그리튀드' 운동이라 할 수 있는 '검은 시poesía negra'를 대표한다. 오래 공산당 활동을 하면서 스탈린평화상을 받았고 쿠바작가동맹 회장을 역임하는 등 문화계에서 중요한 역할을 했다.

304 UNEAC은 작가, 배우, 음악가, 화가, 조각가 등 모든 장르의 예술가를 망라하는 조직으로 1961년 8월 니콜라스 기옌에 의해 설립됐다. 혁명정신 내에서 쿠바 문화를 보존하는 것을 목적으로 했고『가세타 데 쿠바La Gaceta de Cuba』라는 기관지를 내고 있다.

305 1961년 4월 15일, 피델 카스트로 정권을 붕괴시키기 위해 케네디 대통령의 재가하에 미국 CIA가 쿠바 게릴라를 훈련시켜 쿠바 피그만에 상륙시킨 작전으로, 참담한 실패로 끝났다.

306 도르티코스(Osvaldo Dorticós Torrado, 1919-1983)는 쿠바의 정치인으로 1959년부터 1976년까지 쿠바 혁명 정부의 초대 대통령을 지냈다. 물론 당시에도 실권자는 피델 카스트로였다.

307 아르만도 하트(Armando Hart Dávalos, 1930-2017)는 쿠바 혁명 1세대 거물 정치인으로 혁명 정부의 초대 교육부장관과 초대 문화부장관, 그리고 호세마르티 문화원 원장을 지냈다. 유명한 혁명 여전사로 '카사 데 라스 아메리카스' 원장이었던 하이데 산타마리아의 남편이다.

308 예카테리나 푸르체바(Yekaterina Furtseva, 1910-1974)는 소련의 문화부장관으로서 소련 문화계에 절대적인 영향력을 미쳤던 여성 정치인이다.

309 카를로스 라파엘 로드리게스(Carlos Rafael Rodríguez, 1913-1997)는 쿠바의 원조 공산주의자로 바티스타 내각의 일원이었으나 후에 카스트로 혁명에 가담하였으며, 혁명 정권에서 중요한 역할을 수행했다.

310 시르한 시르한(Sirhan Bishara Sirhan, 1944-)은 1968년 미국 대통령 후보였던 로버트 F. 케네디를 암살한 팔레스타인 사람으로 종신형을 받고 아직 복역 중이다.

311 도스토옙스키(Fyodor Mikhailovich Dostoevsky, 1821-1881)는 1849년 반역죄로 체포되어 총살형을 언도받았으나 처형이 집행되기 직전에 황제의 사면을 받고 시베리아 유형을 간다.

312 아일랜드 출신의 오스카 와일드(Oscar Wilde, 1854-1900)는 1895년 동성애 문제로 퀸즈베리 사건 재판에서 유죄를 선고받아 몰락의 길을 걷는다. 이후 프랑스로 추방되어 다시는 영국에 돌아가지 못한다.

313 조지 오웰(George Orwell, 1903-1950)이 소설『동물농장』에서 동물의 7가지 계명으로 말한 내용이다.

314 구스타보 아르코스(Gustavo Arcos, 1926-2006)는 카스트로의 아바나 법대 동기로 함께 싸웠으나 혁명 성공 후 카스트로의 독재에 반대하면서 두 번에 걸쳐 오래 감옥 생활을 했다.

이후에는 쿠바 내에서 민주주의 회복을 위해 싸우는 대표적인 반체제 인사가 되었다.

315 시에라 마에스트라Sierra Maestra는 피델 카스트로 혁명군이 게릴라 활동을 전개했던 쿠바 동부 지역의 산악 지대이다.

316 프랑크 파이스(Frank País, 1934-1957)는 피델 카스트로의 7.26 운동 조직원으로 활동하다가 경찰에 살해되었다. 그가 죽은 7월 30일은 혁명 순교자의 날로 지정되었다.

317 고어 비달(Gore Vidal, 1925-2012)은 진보 성향을 지닌 미국의 작가, 영화인이자 정치인이다. 1960년대 말에 정치소설 시리즈를 통해 케네디를 비롯한 미국 정치인들의 이면을 들춰냈다. 1996년에는 케네디 가문의 추잡한 사생활을 파헤친 『잭과 재키: 어느 미국인 부부의 초상Jack and Jackie: Portrait of an american marriage』를 썼다.

318 영화 <아라비아의 로렌스>로 잘 알려진 T. E. 로렌스(Thomas E. Lawrence, 1888-1935)는 영국군 장교이자 고고학자로 제1차 세계 대전 중에 오스만 제국에 맞서 투쟁하는 아랍인들과 함께 싸웠다.

319 린뱌오(林彪, 1907-1971)는 중국 부총리를 지내고 마오쩌둥의 후계자로 거론되던 인물이었으나 실각한 후 소련으로 망명하다가 비행기 사고로 사망한다.

320 얀 팔라흐(Jan Palach, 1948-1969)는 1969년 '프라하의 봄' 때 소련군의 침공에 항거해 분신자살한 체코의 학생이다.

321 칙Chic은 멋지고 매력 있다는 뜻이다. 체Che와 음성적으로 유사한 것을 이용한 말장난이다.

322 야세르 아라파트(Yasser Arafat, 1929-2004)는 팔레스타인 해방기구PLO 의장이자 자치정부 초대 수반이었다.

323 미켈란젤로 안토니오니의 <자브리스키 포인트Zabrieski Point>는 소비만능의 자본주의 사회를 비판하는 영화다.

324 랄프 잉거솔(Ralph Ingersoll, 1900-1985)은 미국의 저명한 저널리스트이다.

325 낸시 쿠나드(Nancy Cunard, 1896-1965)는 영국 상류계급 출신의 여류 작가이자 인종주의와 파시즘에 맞서 싸운 사회운동가이다.

326 밴더빌트(Frederick Vanderbilt Field, 1905-2000)는 미국의 부호 밴더빌트 가문의 일원으로 좌파 운동가였다.

327 '캔터베리의 공산주의자 대사제The Red Dean of Canterbury'는 캔터베리 대성당의 대사제였던 휼렛 존슨(Hewlett Johnson, 1874-1966)의 별명이었다.

328 펠트리넬리(Giangiacomo Feltrinelli, 1926-1972)는 이탈리아의 출판업자이며 좌파 운동가였다.

329 바르니 로세(Barney Rosset, 1922-2012)는 미국 최초로 D.H. 로렌스의 『채털리 부인의 사랑』 무삭제판을, 이후에는 헨리 밀러의 『북회귀선Tropic of Cancer』을 낸 출판업자이다.

330 "자기 밭이나 잘 가꾸자Cultivating your own garden"라는 말은 프랑스 계몽주의자인 볼테르의 소설 『캉디드Candide』(1759)의 주요 주제이다.

331 로제 바댕(Roger Vadim, 1928-2000)은 프랑스의 영화감독으로 에로틱한 성향의 영화를 많이 찍었다. 자기 영화에 출연하는 모든 여배우와 사랑에 빠지는 플레이보이로 유명하다.

332 아르투어 슈니츨러(Arthur Schnitzler, 1862-1931)는 오스트리아 작가로 빈 모더니즘 문학의 중심인물이다. 대표작으로 『카사노바의 귀향Casanovas Heimfahrt』, 『꿈의 노벨레Traumnovelle』 등이 있다.

333 조지 오웰이 1946년에 쓴 에세이 「문학 예방The Prevention of Literature」에 나오는 문장이다. 이 글은 당시 좌파 지식인들이 소련 공산주의에 경도되어 있을 때 사상과 표현의 자유에 대한 생각을 쓴 것이다.

334 제임스 볼드윈(James A. Baldwin, 1924-1987)은 미국의 흑인 작가이자 인권운동가로 흑인 동성애 문제에 대해 많은 글을 썼으며 카스트로 정권을 지지했다.

335 영국의 지배를 받던 캐나다는 1931년 독립하고 1951년 정식 국명을 캐나다자치령에서 캐나다로 변경했다. 현재의 국기와 국가는 1965년에 제정되었다. 1982년에 이르러 독자적인 헌법을 반포함으로써 법적으로 정식 주권국가가 되었다. 그러나 아직 영연방Common Wealth의 일원으로 영국 여왕 엘리자베스 2세가 국가원수이며 영국이 총독을 파견한다.

336 『헤다 가블러Hedda Gabler』는 노르웨이 작가 헨리크 입센(Henrik Ibsen, 1828-1906)의 희곡이다.

337 호세 아순시온 실바(José Asunción Silva, 1865-1896)는 보고타 출신의 시인으로 라틴아메리카 모데르니스모modernismo 시운동의 선구자다. 총으로 자살했다.

338 마르티의 외아들인 호세 프란시스코 마르티(José Francisco Martí, 1878-1945)는 가르시아 메노칼Mario García Menocal 정권(1913-1921)에서 장군으로 진급한 후 군에서 은퇴했다. 결혼을 했으나 자식은 없다.

339 이 인터뷰가 진행되던 1970년 10월 6일 볼리비아에 개혁성향의 독재자 오반도 대통령을 몰아내려는 우익 군부 쿠데타가 발생했다. 그러나 다음날인 7일, 쿠데타는 합참의장인 토레스(Juan José Torres, 1920-1976) 장군에 의해 진압된다. 이미 체념하고 파라과이 대사관에

피신해 있던 오반도 대통령은 영웅이 된 토레스 장군에게 대통령직을 물려주고 사임한다. 토레스는 페루의 벨라스코Juan Velasco나 파나마의 토리호스Omar Torrijos 대통령과 마찬가지로 중남미에서 보기 드문 좌파 성향의 군인이자 대통령으로 반미 개혁정책을 펴나갔다. 그러나 토레스 대통령은 다음해 8월에 발생한 우익 쿠데타에 의해 축출되었으며 1976년 망명지인 아르헨티나에서 납치당한 후 암살당한다.

340 크론슈타트Kronstadt 반란은 러시아 내전이 끝난 후 극도의 경제난 속에서 발트 함대의 병사들, 시민, 농민 등이 국유화에 반대하고 자유를 요구하면서 1921년에 일으킨 반反볼셰비키 봉기다. 역사가들은 프롤레타리아가 자율적 주체가 되어 일으킨 진정한 프롤레타리아 혁명이라 평가하기도 한다.

341 본명이 로드리고 디아스 데 비바르(Rodrigo Díaz de Vivar, 1040-1099)인 엘시드El Cid는 스페인 국토수복전쟁Reconquista에서 활약한 카스티야 왕국의 전설적인 장군이다. 여기서는 체 게바라를 비유한 말이다.

342 포템킨 왕자(Prince Grigory Potemkin, 1739-1791)는 러시아의 군인이자 귀족 정치가다. 러시아의 황금기를 이끌었던 여제女帝 예카테리나 2세(1729-1796)의 신임과 총애를 받았으며 애인이기도 했다. 여제는 그를 '러시아 제국의 왕자'라 불렀다.

343 존 녹스(John Knox, 1513-1572)는 스코틀랜드의 신학자이자 강경파 종교 개혁가이다.

344 『신엘로이즈Julie ou la Nouvelle Heloise』는 루소(Jean-Jacques Rousseau, 1712-1778)가 『사회계약론』 1년 전에 출판한 장편소설로 미덕을 지향하는 힘으로서의 사랑을 이상화했다.

345 라듐radium은 1898년 프랑스의 퀴리Curie 부부에 의해 발견된 원소로 강력한 방사선을 방출하기 때문에 인체에 위험하다.

346 소포니스바 안귀솔라(Sofonisba Anguissola, 1532-1625)는 이탈리아 르네상스 화가이다.

347 메리 카사트(Mary S. Cassatt, 1844-1926)는 미국 출신의 화가로 인상주의 화풍을 가지고 주로 프랑스에서 활동했다.

348 조지아 오키프(Georgia O'Keeffe, 1887-1986)는 미국 화가로 꽃의 사물화로 유명하다.

349 레오노르 피니(Leonor Fini, 1907-1996)는 아르헨티나 출신의 초현실주의 화가이다.

350 아멜리아 펠라에스(Amelia Peláez, 1896-1968)는 아방가르드 계열의 쿠바 화가로 많은 벽화도 남겼다.

351 아이작 디네센Isak Dinesen이란 필명을 가지고 있던 덴마크의 여류작가 카렌 블릭센(Karen von Blixen, 1885-1962)이 케냐 커피농장의 삶을 바탕으로 쓴 자전적 소설이다.

352 리디아 카브레라(Lydia Cabrera, 1899-1991)는 쿠바의 인류학자이자 작가로 아프리카-쿠바 문화, 특히 산테리아santería 신앙 연구의 권위자이다. 『산』은 아프로-쿠바 종교에 대한 최초의 권위 있는 연구서이다. 그녀는 1960년 스페인을 거쳐 미국으로 망명한다.

353 올더스 헉슬리(Aldous Huxley, 1894-1963)는 『내일과 내일과 내일, 그리고 다른 에세이들 Tomorrow and Tomorrow and Tomorrow and Other Essays』이란 책에서 솔트레이크시티의 모르몬 성전이 독창적이지 않고 획일적인 단조로움을 갖고 있다고 비판했다.

354 레이먼드 챈들러(Raymond Chandler, 1888-1959)는 미국의 작가로 현대 추리소설 유형을 확립했으며 사립탐정인 '필립 말로 시리즈'로 유명하다.

355 흑인 인구가 급격히 증가한 19세기에 미국 흑인들 사이에서 시작됐던 아프리카 귀향 운동이다.

356 판티Fante는 아프리카 가나 중부의 해안에 주로 살던 소수 종족이고, 아샨티Ashanti는 가나 중부 지역에서 가장 많은 종족이다.

357 리처드 라이트(Richard Wright, 1908-1960)는 미국의 흑인 소설가다. 『흑인의 아들Native Son』과 자서전인 『흑인 소년Black Boy』, 에세이집 『백인들아, 들어라!White Man, Listen!』 등의 작품이 있다.

358 프란츠 파농(Frantz Fanon, 1925-1961)은 마르티니크에서 태어난 프랑스 정신과 의사이자 작가이자 흑인 인권 운동가다. 『검은 얼굴, 하얀 가면Peau Noire, Masques Blancs』, 『대지의 저주받은 사람들Les Damnés de la Terre』 등을 썼다.

359 비아프라Biafra는 1967년 나이지리아 남동부의 이그보Igbo족이 분리 독립을 선언해 성립된 국가지만 1970년 나이지리아 정부군에 의해 진압되어 사라졌다.

360 니카노르 파라(Nicanor Parra, 1914-2018)는 반反시인anti-poet으로 자처한 좌파 성향의 칠레 시인이다. 쿠바 혁명을 지지했으나, 1970년 미국 백악관을 방문해 영부인인 패트 닉슨Pat Nixon과 담소한 사실이 알려지면서 논란이 됐고, 피노체트 군부 정권에 협조적 자세를 보이면서 쿠바를 비롯한 좌파 세력의 비난을 받았다. 2011년 세르반테스 상을 받았다.

361 라몬 그라우 산 마르틴(Ramón Grau San Martín, 1881-1969)은 두 차례(1933-1934, 1944-1948) 쿠바의 대통령을 지낸 정치인이자 의사이다.

362 안토니오 기테라스(Antonio Guiteras Holmes, 1906-1935)는 민족주의와 반제국주의 사상을 가지고 1930년대에 활동하던 쿠바의 혁명가이다.

363 APRA는 아메리카혁명인민동맹(Alianza Popular Revolucionaria Americana)의 약자로, 1924년 페루의 라울 아야 데 라 토레(Víctor Raúl Haya de la Torre, 1895-1979)에 의해 만들어졌다.

미국과 소련의 제국주의를 모두 거부하고, 원주민 보호와 농지개혁을 옹호하는 등 민족주의와 사회주의적 이상을 추구했다. APRA 출신 알란 가르시아(Alan García, 1949-2019)가 페루 대통령을 두 차례(1985, 2006) 역임했다.

364 카를로스 프리오(Carlos Prío Socarrás, 1903-1977)는 쿠바 정치인으로, 대통령에 재임(1948-1952)할 때 바티스타의 쿠데타로 축출되었다. 쿠바 역사에서 선거를 통해 당선된 마지막 대통령이다.

365 헤라르도 마차도(Gerardo Machado, 1871-1939)는 쿠바 대통령(1925-1933)을 지낸 정치인이다. 쿠바 독립전쟁의 영웅이었으나 단임 약속을 지키지 않고 독재정치를 하다가 축출된다.

366 아메드 벤 벨라(Ahmed Ben Bella, 1916-2012)는 프랑스로부터 독립한 알제리 공화국의 초대 대통령(1963-1965)이다. 1965년 부메디엔 육군참모총장이 주도한 쿠데타로 실각했다.

367 프란츠 메스머(Franz Mesmer, 1734-1815)는 독일의 의사로 메스머리즘mesmerism은 최면술을 의미한다.

368 <What the butler saw!>는 영국의 잘 알려진 TV 시리즈 드라마이다.

369 바라가뇨(José Álvarez Baragaño, 1932-1962)는 '50세대'에 속하는 쿠바 시인으로 카브레라 인판테와 함께 『혁명의 월요일』에서 일했다.

370 라퓨타Laputa는 조너선 스위프트Jonathan Swift의 소설 『걸리버 여행기Gulliver's Travels』(1726)에서 하늘을 날아다니는 허구의 나라다.

371 아이작 도이처(Isaac Deutscher, 1907-1967)는 폴란드 출신의 마르크스주의 작가로서 트로츠키와 스탈린에 대한 유명한 전기를 썼다.

372 훌리안 고킨(Julián Gómez, 1901-1987)은 스페인의 사회주의 혁명가로서 내전 당시 마르크스주의통일노동자당POUM의 지도자였으나 훗날 반사회주의자로 전향한다.

373 노보트니(Antonín Josef Novotný, 1904-1975)는 체코슬로바키아의 대통령을 지냈으며, 1968년 개혁주의자인 두브체크Alexander Dubček에게 정권을 이양했다.

374 생쥐스트(Louis Antoine Léon de Saint-Just, 1767-1794)는 프랑스혁명 당시 로베스피에르Maximilien Robespierre의 오른팔로 활동했던 자코뱅당의 지도자이다.

375 쿠바는 피델 카스트로 혁명의 성공 후 헌법 대신 기본법Ley Fundamental을 제정해 사용했다. 혁명 정부의 헌법이 처음 만들어진 것은 1976년이다.

376 알베르트 슈페어(Hermann Albert Speer, 1905-1981)는 히틀러가 신임한 독일의 최고 건축가

로서 후에 나치 독일의 군수장관을 지냈다.

377 문화투쟁Kulturkampf은 프로이센의 총리인 비스마르크가 주도해 1871년부터 1878년까지 일어났던 반가톨릭 운동이다.

378 신성로마제국 황제이자 스페인의 첫 합스부르크 국왕인 카를 5세(스페인에서는 카를로스 1세)는 세계 최초로 '해가 지지 않는 제국'을 건설한 군주이다. 1556년 아들인 펠리페 2세에게 왕위를 물려준 후 유스테Yuste의 수도원에 칩거했으며 1558년 사망한다.

379 세실 로즈(Cecil Rhodes, 1853-1902)는 제국주의 정책을 수행한 영국 정치인으로 케이프 식민지의 총리를 지냈다.

380 비오 12세(Pius PP. XII, 1876-1958)는 가톨릭교회의 제260대 교황이다. 재위(1939-1958) 기간 중에 제2차 세계 대전을 겪었다.

381 매이 웨스트(Mae West, 1893-1980)는 미국의 배우이자 가수이며 관능적인 섹스 심벌이었다.

382 대릴 재넉(Darryl Zanuck, 1902-1979)은 폭스 필름을 이끌었던 할리우드의 거물 영화제작자이다. 세 차례에 걸쳐 아카데미 작품상을 받았다.

383 리처드 대릴 재넉(Richard Darryl Zanuck, 1934-2012)은 대릴 재넉의 아들이자 할리우드의 영화제작자로, <사운드 오브 뮤직>, <죠스>, <이상한 나라의 앨리스> 등을 남겼고, <드라이빙 미스 데이지>로 아카데미 작품상을 받았다.

384 <배니싱 포인트Vanishing Point>는 1971년 카브레라 인판테가 시나리오를 쓰고 사라피안Richard Sarafian이 감독한 21세기 폭스사의 영화다. 전직 카레이서이자 경찰인 주인공이 정해진 시간 안에 1970년형 닷지 챌린저를 배달하면서 일어나는 일을 그렸으며 액션 로드 영화 가운데 수작으로 꼽힌다.

385 카이절링 백작(Count Hermann von Keyserling, 1880-1946)은 독일 귀족 가문의 철학자이며 지혜 학파The School of Wisdom를 창시했다.

386 스트래퍼드 어폰 에이번Stratford-upon-Avon 출신인 셰익스피어의 별명이다.

387 로페 펠릭스 데 베가의 이름을 말장난을 통해 바꾼 것이다.

388 에드워드 로빈슨(Edward G. Robinson, 1893-1973)은 갱단과 같은 악역을 맡아 유명했던 미국 배우이다.

389 제임스 캐그니(James Cagney, 1899-1986)는 미국의 배우이자 댄서로 아카데미 남우주연상을 받았으며 미국 영화사상 최고의 터프가이로 손꼽힌다.

390 여기서 언급되는 영화는 1932년의 <스카페이스Scarface>이다. 하워드 혹스Howard Hawks가 감독하고 벤 헥트Ben Hecht가 시나리오를 썼으며 폴 무니Paul Muni가 알 카포네를 모델로 한 주인공을 맡았다.

391 버스비 버클리(Busby Berkeley, 1895-1976)는 브로드웨이에서 출발해 할리우드에서 활동한 미국 영화감독이자 안무가이다. 스펙터클하고 유머러스하고 양식화된 뮤지컬 영화의 대가였다.

392 『사티리콘Satyricon』은 1세기 후반 로마의 페트로니우스Petronius가 썼다고 알려진 소설 형식의 작품으로, 산문과 운문, 코믹함과 진지함 등이 섞여 있다. 유랑하는 세 젊은이가 당시 로마인들의 퇴폐적인 삶을 보여주어 피카레스크 소설의 선구로도 꼽힌다. 1969년 페데리코 펠리니가 영화화했다.

393 『햄릿』의 2막 2장에 나오는 대사를 가져온 것이다.

394 수잰 질 러바인(Suzanne Jill Levine, 1946-)은 미국의 작가, 비평가, 번역가로서 보르헤스, 비오이 카사레스, 푸익, 카브레라 인판테 등의 작품들을 영어로 번역했다.

395 그루초 막스(Groucho Marx, 1890-1977)는 말장난과 위트의 명수였던 미국의 위대한 코미디언이다. '막스 브라더스'라는 이름으로 하포Harpo, 치코Chico 등의 형제들과 함께 활동했다.

396 마거릿 듀몬트(Margaret Dumont, 1882-1965)은 미국의 여배우로 막스 형제들의 영화에 주로 출연했으며, 그루초 막스는 그녀를 가리켜 '5번째 형제'라고 불렀다.

397 프로페르티우스(Sextus Propertius, BC.50-BC.15)는 로마 제정 초기의 시인으로 비가悲歌를 남겼다.

398 필리프 솔레르(Philippe Sollers, 1936-)는 지적 격동의 시기였던 1960-70년대 프랑스 문단의 중심에 있던 작가이자 비평가이다. 1960년 아방가르드 잡지인 『텔 켈Tel Quel』을 창간해 1982년까지 펴냈다. 줄리아 크리스테바Julia Kristeva의 남편이고, 자크 데리다, 자크 라캉, 루이 알튀세, 롤랑 바르트 등의 절친한 벗이었다.

399 장 리카르도(Jean Ricardou, 1932-2016)는 프랑스 누보로망 소설의 이론가이자 작가이며 1962년에서 1971년까지 『텔 켈』의 편집인이었다.

400 『낸터킷의 아서 고든 핌의 이야기The Narrative of Arthur Gordon Pym of Nantucket』는 미국의 에드거 앨런 포가 남긴 유일한 장편소설이다. 처음 시작할 때는 해양 모험소설 같은데 이야기가 전개되면서 장르 구분이 힘들어진다. 또한 결말을 앞두고 저술이 돌연 중단된다.

401 마샤두 지 아시스(Joaquim Maria Machado de Assis, 1839-1908)는 브라질 작가로 모든 장르의 작품을 썼으며 특히 최고의 소설가로 꼽힌다. 대표작인 『브라스 쿠바스의 사후 회고록

Memórias Póstumas de Brás Cubas』(1880)은 인간의 본성적 이중성을 잘 드러낸 걸작이다.

402 마누엘 푸익(Manuel Puig, 1932-1990)은 대중문화와 문학을 결합한 아르헨티나 작가이다. 대표작으로 『거미여인의 키스El beso de la mujer araña』, 『천사의 음부Pubis angelical』 등이 있다.

403 루이스 데 알라르콘(Juan Ruiz de Alarcón, 1581-1639)은 식민지 바로크 시대의 멕시코를 대표하는 극작가이다. 대표작으로 『의심스런 진실La verdad sospechosa』이 있다.

404 본명이 가브리엘 테예스Gabriel Téllez인 티르소 데 몰리나(Tirso de Molina, 1579-1648)는 스페인 바로크 문학을 대표하는 극작가이자 사제로서, 불멸의 주인공 돈 후안을 탄생시킨 희곡 『세비야의 농락자El burlador de Sevilla』를 썼다.

405 라몬 센데르(Ramón Sender, 1901-1982)는 스페인의 소설가이자 언론인이다.

406 마르틴 산토스(Luis Martín-Santos Ribera, 1924-1964)는 스페인 작가이자 정신과 의사로 스페인 모더니즘 소설의 정수로 꼽히는 걸작 『침묵의 시간Tiempo de silencio』을 썼다.

407 후안 고이티솔로(Juan Goytisolo, 1931-2017)는 스페인 현대 문학의 최고 작가로 간주되는 소설가이자 시인이며, 세르반테스 상을 수상했다.

408 앞서도 소개했던 멕시코의 시인 루이스 데 알라르콘은 스페인에서 주로 활동했는데, 키가 매우 작고 척추장애를 앓아 문학성이 뛰어남에도 불구하고 부당한 놀림을 많이 받았다.

409 윌리엄 버로스(William Burroughs, 1914-1997)는 미국의 비트세대 작가다.

410 에드거 라이스 버로스(Edgar Rice Burrouhgs, 1875-1950)는 『타잔』을 쓴 미국 작가다.

411 발자크(Honoré de Balzac, 1799-1850)는 빚을 갚기 위해 잠자는 시간 외에는 하루 종일 책상에 앉아 글을 썼다. 그는 100여 편의 소설을 비롯해 많은 작품을 썼으며, '글쓰기 공장' 혹은 '문학 노동자'라는 별명을 가지고 있다.

412 '스윙잉 런던swinging London'이란, 1960년대에 패션을 중심으로 젊은이들의 하위문화가 요동치던swinging 런던의 분위기를 말한다.

413 버스터 키튼(Buster Keaton, 1895-1966)은 미국의 위대한 영화배우이자 감독이다. 무성영화 시대부터 무표정한 얼굴로 걸작 코미디 영화들 주연을 맡아 '위대한 무표정The Great Stone Face'이란 별명이 있다. 키튼의 열렬한 팬이었던 오손 웰스Orson Welles는 그의 <장군The General>을 역사상 가장 위대한 코미디 영화로 꼽았다.

414 링 라드너(Ring Lardner, 1885-1933)는 미국의 풍자적 단편소설 작가로 헤밍웨이, 버지니아

울프, 스콧 피체랄드 등의 작가들에게 큰 영향을 주었다.

415 페럴먼(S.J. Perelman, 1904-1979)은 미국의 유머 작가이자 시나리오 작가로서, 1956년 <80일간의 세계일주>로 아카데미 영화상 각본상을 받았다.

416 <정화된 밤Verklärte Nacht>은 오스트리아의 아르놀트 쇤베르크Arnold Schönberg가 작곡한 현악 6중주곡이다.

417 람페두사(Giuseppe Tomasi di Lampedusa, 1896-1957)는 귀족 출신의 이탈리아 작가이다. 사후에 출판된 그의 소설 『표범Gatopardo』은 큰 성공을 거둔 뒤에 영화화되어 칸 영화제 황금종려상을 받았다.

418 이 문장에 열거된 사람들은 모두 미국의 유명 만화가들이다. 윌 아이스너(William E. Eisner, 1917-2005) 역시 선구적인 만화가이자 사업가로서 만화를 작품의 경지로 끌어올렸다는 평가를 받는다. 해마다 미국 최고의 만화가에게 그의 이름을 딴 상이 수여된다.

419 잭 뷰캐넌Jack Buchanan과 지네트 맥도널드Jeanette MacDonald가 출연한 1930년의 코미디 뮤지컬 영화 <몬테 카를로Monte Carlo>에 나오는 대사이다.

옮긴이의 말

이 책은 라틴아메리카 문학이 가장 뜨거웠던 시대의 목소리를 재생한 것이다. 등장하는 7명의 인물은 라틴아메리카 문학을 대표하는 작가들이다. 그 가운데 네 명은 노벨문학상을 수상했다. 나머지 세 명도 노벨상 수상 여부가 별로 의미가 없을 정도의 세계적 문호이다. 특히 보르헤스는 톨스토이나 제임스 조이스와 마찬가지로 노벨상을 수상하지 못함으로써 오히려 노벨상의 권위에 의심을 품게 만든 위대한 작가이다.
7명의 대가들을 당차게 상대한 리타 기버트의 질문은 그 어떤 전기나 인터뷰보다도 이 거장들의 문학과 세계관에 핵심적으로 접근하게 해준다. 이 책이 대륙을 넘어 세계 문단에 큰 반향을 일으킨 것도 그 때문이다. 이 책의 시대적 배경이 되는 1960년대는 베트남 전쟁, 히피, 여성운동, 파리 68혁명 등에서 볼 수 있듯이 세계적 격변기였다. 쿠바 혁명의 열기 속에 체 게바라의 신화가 시작된 라틴아메리카도 예외는 아니었다. 그 열기 속에서 라틴아메리카 문학이 전성기를 맞이하고 세계문학 시장에 얼굴을 내민다. 이 책의 주인공들은 그 치열한 시대의 주역들이다. 여기서 우리는 글을 쓰는 이유로부터 문학의 존재 이유, 세계 역사의 흐름, 세계를 뒤흔든 사건과 인물, 그리고 자신의 사생활에 이르기까지 거장들의 진솔한 목소리를 듣는다. 이는 자의적인 미화나 왜곡이 흔히 발생하는 자서전에서는 들을 수 없는 진짜 증언이다. 비록 50여 년 전의 인터뷰이지만, 오히려 그렇기 때문에 더 생생하게 들리는 '라틴아메리카 문학의 블랙박스'라 할 수 있다.
이 책에는 공산당을 대표하는 대통령 후보였던 네루다, 쿠바 혁명을 옹호하는 가르시아 마르케스와 코르타사르가 있는가 하면, 네루다와 평생 적대적인 관계였던 옥타비오 파스, 가르시아 마르케스와 불편한 관계였던 아스투리아스, 그리고 피델 카스트로를 극도로 싫어하는 카브레라 인판테 등이 등장한다. 이는 당대의 팽팽한 이념적 긴장을 보여주는 동시에, 이 책이 가지고 있는 균형 감각을 보여준다. "과연 라틴아메리카에서 무슨 일이 일어나고 있는지에 넓고 깊은 시각을 미국인들에게 보여주는 것"이 목적이라던 리타 기버트의 의도는 성공한 셈이다. 실제로 옥타비오 파스는 미국의 한 기자가 인터뷰 요청을 해오자 책장에서 이 책을 꺼내주면서 "지금까지 내가 한 인터뷰 가운데 최고"이니 먼저 읽어보라는 말을 했다고 한다.

유학 시절 마드리드의 헌책방들이 늘어서 있는 모야노 언덕의 한 좌판에서 이 책을 발견하던 순간의 짜릿함을 지금도 잊지 못한다. 책을 구입한 후에는 반복해서 읽었고 박사학위 논문을 쓸 때도 많은 도움을 받았다. 귀국하면 제일 먼저 번역하겠다는 다짐도 했다. 그리고 어느덧 30년 가까이 지났다. 많이 늦었지만 힘든 숙제를 끝낸 후련한 심정이다. 좋은 책을 만들어주신 그책에 감사드린다.

사진 출처

7개의 목소리

초판 1쇄 인쇄 2019년 10월 31일
초판 1쇄 발행 2019년 11월 07일

지은이 리타 기버트
옮긴이 신정환
펴낸이 정상우
편집 정재은
디자인 박수연
관리 남영애 김명희

펴낸곳 그책
출판등록 2008년 7월 2일 제322-22008-000143호
주소 서울시 마포구 동교로13길 34 (04003)
전화번호 02-333-3705
팩스 02-333-3745
페이스북 facebook.com/thatbook.kr
인스타그램 instagram.com/that_book

ISBN 979-11-87928-28-7 03800

그책은 (주)오픈하우스의 문학 · 예술 브랜드입니다.

* 이 도서의 국립중앙도서관 출판시도서목록(CIP)은 서지정보유통지원 시스템 홈페이지 (http://seoji.nl.go.kr)와 국가자료공동목록시스템(http://www.nl.go.kr/kolisnet)에서 이용하실 수 있습니다. (CIP제어번호: CIP2019041509)